MW01633955

EVEREST
1827

AKİLAH
AZRA KOHEN

GÖR BENİ

§

Yayın No **1827**
Türkçe Edebiyat 730

Gör Beni
Azra Kohen

Editör: Funda Acar
Son okuma: Barış Tut
Kapak tasarımı: Emir Tali
Sayfa tasarımı: M. Aslıhan Özçelik
Kapak fotoğrafı: Seth Macey
Seth Macey / Seth Macey Photography. Tüm hakları saklıdır.
Anlaşma dahilinde kullanılmaktadır.

© 2019, Azra Kohen
© 2019, bu kitabın tüm yayın hakları Everest Yayınları'na aittir.

1.-6 Basım: Ocak-Temmuz 2019
7. Basım: Ağustos 2019
8. Basım: Ekim 2019
9. Basım: Aralık 2019

ISBN: 978 - 605 - 185 - 363 - 5
Sertifika No: 43949

Baskı ve Cilt: Melisa Matbaacılık
Matbaa Sertifika No: 45099
Çiftehavuzlar Yolu Acar Sanayi Sitesi No: 8
Bayrampaşa/İstanbul
Tel: (0212) 674 97 23 Faks: (0212) 674 97 29

EVEREST YAYINLARI
Ticarethane Sokak No: 15 Cağaloğlu/İSTANBUL
Tel: (0212) 513 34 20-21 Faks: (0212) 512 33 76
e-posta: info@everestyayinlari.com
www.everestyayinlari.com
www.twitter.com/everestkitap
www.facebook.com/everestyayinlari
www.instagram.com/everestyayinlari

Everest, Alfa Yayınları'nın tescilli markasıdır.

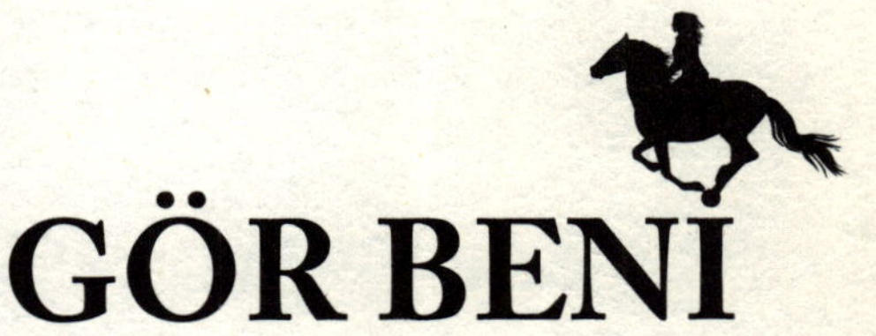

GÖR BENİ

Bu kitap, bu topraklarda yaşayan, herkes için yazıldı!*

Milyarlarca insan, milyarlarca düşünce, his, duygu, inanış, fikir, acı, haz, yaşanmışlık… milyarlarca hal her gün birbiriyle iç içe geçerek, çarpışarak, bölünerek, artarak, azalarak, birikerek, değişerek, ne olursa olsun daima birbirini etkileyerek, bir deseni oluşturur gibi var ediyor ortak bilincimizi... Yaşanmışlıklarımız ortak bilinçte birikiyor ve bu birikim, insanoğlunun varlığının özünü oluşturuyor.

Sen kardeşim, işte bu ortak bilinçte bir zerresin, aynı benim gibi. BİZİM gibi.

Hissettiğin her şey, yapmayı seçtiğin her davranış, tutmayı seçtiğin her taraf, girmeyi seçtiğin her kavga ve emek verdiğin her barış insanlığı etkiliyor, şekillendiriyor, çünkü yüce ortak bilinç Bizim gibi milyarlarca zerreden oluşuyor.

Yaşamı etkilemek, bu gezegeni her bir can için daha yaşanır kılmak ister misin? O zaman BİZİ hatırla.

Sadece bir zerre olduğunu unutmadan, hayatla savaşmayı bırak ve yaşama sahip çık.

Kimin yaşamı olduğunu ölçmeden, bedenlenmiş her canın Allah'a ait olduğunu anlayarak, cana değer biçmenin bu gezegendeki en şeytani şey olduğunu fark ederek ve sonucu ne olursa olsun elinden geleni yapmaktan vazgeçmeden, sakince, anlayarak yaşama sahip çık!

Ve asla unutma, Biz zaferden değil seferden sorumluyuz.

Sonucu ne olursa olsun sen sadece yaşamı korumak için gösterdiğin çaba kadar insansın ve işte, insanlığının ölçümü için buradasın.

Yaşamın askeri olmak, ağaca, hayvana, çocuğa ve özellikle de senden çok farklı olanlara sahip çıkmak için tasarlandın.

İlk insan bu gezegende var olduğundan beri buradasın!

Tarihin bilinen en eski dillerini bu topraklarda çeşit çeşit konuşuyor, atalarımızın genlerinden hücre hücre bedenimize aktarılmış yaşanmışlıklarda köklenen o yüce *birlik duygusunu* her birimiz, istisnasız her birimiz, tüm kırgınlığımıza, bunca manipülasyona, uğradığımız haksızlığa, hayal kırıklıklarımıza rağmen hissediyoruz. İnkâr etsek de ihtiyaç duyuyoruz. Çünkü o birlik duygusu, BİZim doğduğumuz yer.

Anavatanına dönmeye, unutturulmaya çalışılan BİZİ hatırlamaya hazır mısın?

---

*   Andrew Skeet, *The Secret History*, The Chamber Orchestra of London

Doğurduğum cennet; bedenimize yüklenmiş bilgiler düşüncelere, duygularımızsa alışkanlıklara dönüşürken kayboluyoruz hayatın içinde.

Yaşadığımız her anın bize bir şey öğretmek için dizayn edildiğini; her acının derin bir anlamı olduğunu, her haksızlığın fark edişte bir adım olduğunu ve hayatın, uğradığımız haksızlıklarla bizi denediğini, yaklaştığımız yanlış kişilerle bize nice bilgiler yüklediğini, hayal kırıklıklarında bizi eğittiğini bil. Her an yaptığımız seçimlerle, dönüşme olasılığımız olan yüzlerce farklı kişiden birine varacağımızı, seçimlerimizin önemini kimse büyürken söylemez bize. Çünkü bu gezegende, yaşam, potansiyelin keşfine değil, tüketime adanmış durumda, şimdilik.

Tükenme oğlum! Sahte olan her şeyden uzak dur, özellikle de insansılardan. Seni birilerine dönüştürmelerine izin verme! Kendini seç. Her seçimde iki şartın olsun: Potansiyeline hizmet etsin seçeneğin ve yaşamın yanında olsun her seçimin. Hayata katkın olsun. Duygu koleksiyoncusu bir anne olarak seni bir sürü şey yapman için zorlamamın nedenlerini, senden çaldığım her zamanı bu kitaplara koyduğumu ve ne olursa olsun şu sorunun cevabını unutma: Benim birinci görevim ne? Daima bil. Hisset. Affet. Keşfet. Kendine varmak için buradasın, gerisi illüzyon.

Kelimelerin kalabalığa dönüştüğü bir duyguda, minnetin güneş gibi doğduğu bir ruh ikliminde, anlamları benim için vazgeçilmez olan değerlilerime, eşime, Natime, Zelişime, Ebruma, aileme, değerli Everest Yayınları'na ve kalbimdeki ritmin efendisi olan, en çok da BİZ'e teşekkür ederim. Her an kalbimde, zihnimde kıymetinizi bilip daha da değerlendirmek için emek verme görevimi unutmayacağım. Varlığınız varlığıma armağandır.

"Acizler için imkânsız,
korkaklar için inanılamaz gözüken şeyler
kahramanlar için idealdir."

M. K. Atatürk.

Bu kitaptaki karakterler, tarihteki gerçek kişileri yansıtsalar da, tarihin farklı kesimlerindeki yaşanmışlıklar, anlamlara hizmet edebilmesi için, hikâye içinde zaman kaymasına uğramıştır. Hayatın meşguliyeti içinde, zaten yeterince yorgun olan zihninizi hikâyenin zaman çizelgesinde hatalar aramak için boşuna meşgul etmeyiniz. Öykü akışı kronolojik değildir. Şekilde kusur aramak yerine, içerikteki anlamı fark etmeye odaklanmanız dileğiyle… hayata katkısı olsun!

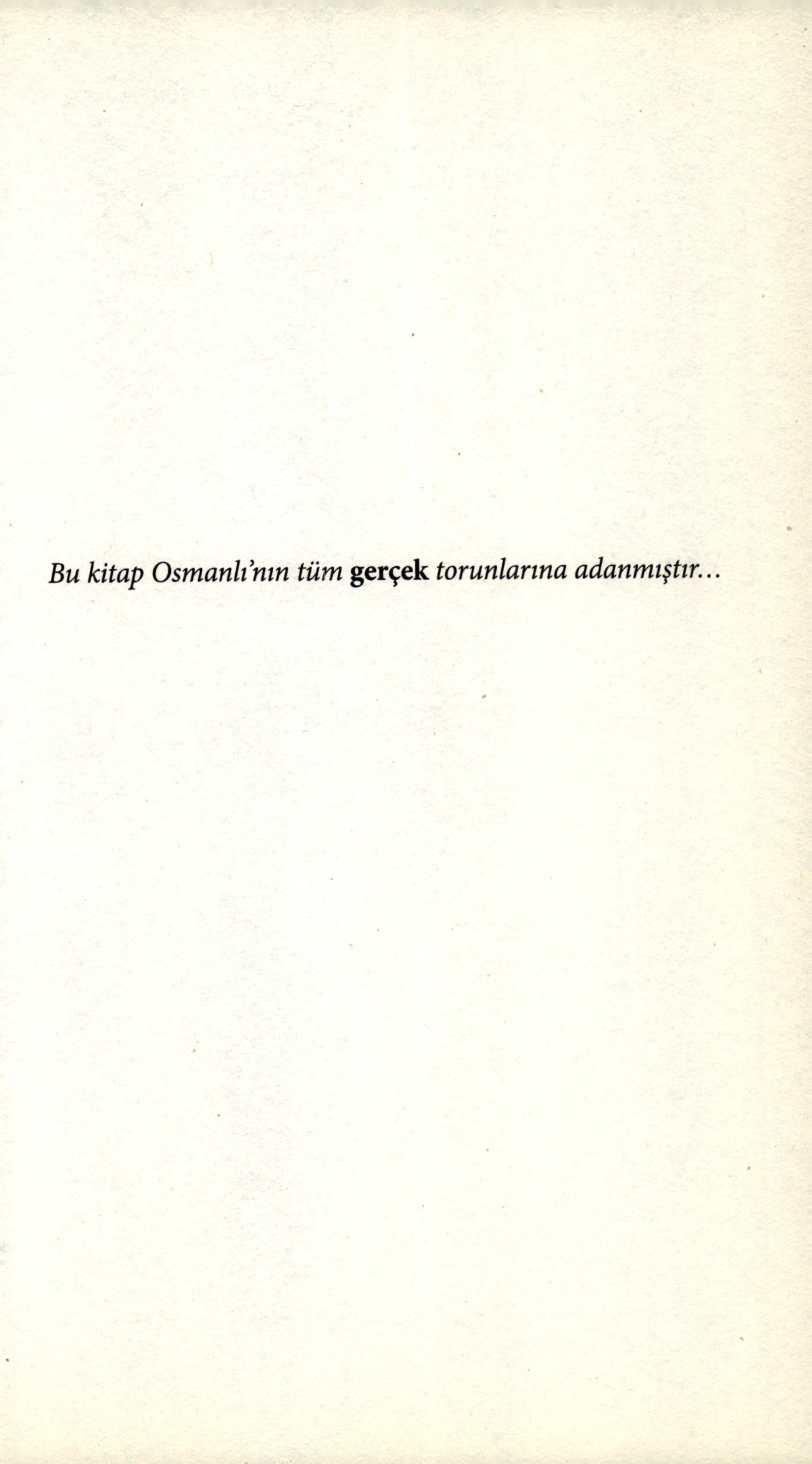

*Bu kitap Osmanlı'nın tüm **gerçek** torunlarına adanmıştır...*

Vatanım için...

GÖR BENİ
İki devrin hikâyesi

Cumhuriyet'ten hemen sonraki yıllar...

Selim[1]

"Osmanlı'nın torunuyum ben!"

Vatan delirmişti.

Tıpkı bugün gibi, kıyametin kıyısındaydı dünya. İmparatorlukların öldüğü, bireyselliğin doğduğu, geçmişin geçmişe gömülürken tohum olduğu ve gömüldüğü karanlıkta küflenirken kök salıp yeniden doğmanın hayallerini kurduğu aynı bugün gibi bir dündü...

Taraflar, taraftarlar günüydü.

Birilerinin cenneti kuruluyordu sanki, diğerlerininse cehennemi; birileri yeniden doğmuştu, diğerleri ölümün kıyısında tutunmaya çalışıyordu; bir taraf gülerken diğer taraf ağlıyor, bir tarafın zafer sandığını diğeri aşağılanma sayıyordu... Kutuplaşma öylesine derindeydi ki, dışarıda bırakılanlar çaresizce nefret soluyordu...

Hem kurtuluştu hem ölüm...

Ve vatan delirmişti.

Alkış sesleri kulaklarında yankılanırken kendine geldi Selim, zıtlıkların dünyasından kopardı zihnini. Kaçarcasına binanın dışına

---

1   Müzik önerisi: Max Richter, *November*

15

çıktı, alkış sokakta coşkuya dönüşmüştü. Merdivenleri inerken hızlandı… Ama alkıştan kaçamadı.

Yeni milli bayrağın belirlenmesini kutlayan halkın coşkusu midesini bulandırdı. "Susun!" diye haykırmak istedi ama kendisi sustu. Kabul edilmesi en zor gerçekle yüzleşmek insanı sükûnete boğardı. Bu hainler kalıp savaşmış, geri kalan asiller, vatanın gerçek sahipleri, Osmanlı'nın torunları öldürülmemek için saklanmak zorunda kalmıştı. Savaşını verdikleri o sefil zaferin bayrağını göndere çekerken nasıl da coşkuluydular, geride bıraktıkları 624 yıllık imparatorluğu nasıl da çabuk unutmaya hazırdılar! Hainler… böylesine muhteşem bir imparatorluğun bile değerini bilemeyecek kadar cahildiler.

Arabasının yanına geldiğinde, şoför tarafından kendisine açılmış kapının önünde durup göndere çekilmiş bayrağın kırmızılığına baktı. Aynı ay, aynı yıldız, aynı kırmızının içinde, aynı beyazlıkta parlarken… sanki hiçbir şey değişmemişken, aslında nasıl da her şey değişmişti… Osmanlı İmparatorluğu artık Türkiye Cumhuriyeti olmuştu. Vatanı bu köksüz cahiller ele geçirmişti, vatan delirmişti!

Binmedi arka koltuğa. Eliyle yaptığı küçücük bir hareket yetti dibinde hazır olda duran şoförü kovalamasına. Yürüdü öne, şoför koltuğuna yerleşti Selim. Bu sadece bir araba bile olsa, bir şeylere yön verecek hakimiyette olduğunu hissetmek zorundaydı, yoksa ağrıyan kalbi, hissettiği bu haksızlıkla patlayacaktı. Gelecek kayıp gidiyordu sanki… üstelik hiç varmak istemediği bir yere doğru.

Kapının kenarında şaşkınca kendisine bakan şoförün varlığı, peşinden ancak yetişmiş Rıza Bey'in varlığı, kendisine dimdik bakan köşedeki yeniyetme polislerin varlığı, çılgın bir coşkuyla Türkiye'yi alkışlayan sokaktakilerin varlığı… var oluş… sanki yok oldu… Zihnine zehir gibi oturan duygudan uzaklaşırcasına, gözlerindeki fırtınanın yağmurlarını içinde tutmaya çalışırken bastı gaza Selim ve saatte 50 km hızla geçti faytonların arasından. Her sabah sulansa da öğle güneşinin ısısıyla yine toza dönüşen toprağa özgürlüğünü verircesine, tozu dumana katıp uzaklaştı belediye binasından.

Yalnızlığa kaçmak için dere yatağına inen engebeli yola saptı. Mısır tarlalarının ıssızlığına ulaşsa sanki rahatlayacaktı, daha da hızlandı, hayat sanki bir tek orada ıssızdı. Vatanı ele geçirilmiş birinin tek sığınabileceği yer ıssızlıktı.

Zihninin fırtınası soruları bir çığ gibi yığarken, direksiyona geçirdiği parmaklarını sıktı Selim. Nasıl olurdu da yüzlerce yıllık değerler birkaç yılda yıkılır ve yerlerine hain Batı'nın özentiliği konmaya çalışılırdı? Ya kadınlar! Kadınlarımızın aklını karıştıran, kendilerini apaçık sunmaya teşvik eden bu kanunlar nasıl olur da kabul görürdü? Peki ya sözde devrimler! Şapka giyen, tuhaf eteklerin içine bedenlerini sıkıştıran, incecik bileklerini, bellerini erkeklerin gözlerine sunan halk kadınları... çocuklara böyle mi anne olacaklardı? Osmanlı'nın kadınları açılıp saçılacak, pazara çıkarılmış pamuk misali herkesin gözlerine mi sunulacaklardı?! Nasıl bir illetti bu Cumhuriyet!

Mısır tarlalarının engebeli toprak yoluna saptığında, dikiz aynasına kaldırdı gözlerini, arabanın gerisinde bıraktığı tozun beyaz bir bulutla arkasındaki şehri yutarcasına her şeyi kaplamasını izledi. Keşke bu bulut şehri tamamen kaplasa ve tüm bu hainliği yıkıp geçebilseydi...

Güneşe uzanırcasına büyüyen mısırların arasındaki dar toprak yolda ıssızlığa doğru ilerledi. Buradan daha önce onlarca kere atla geçmiş olsa da şimdi direksiyonun başına sanki ilk defa geçiyor gibi hissetti. Yer değildi aslında yabancı gelen, mısır tarlalarının ıssızlığında yankılanan arabanın motoru, hissettiği bin bir duygunun sessiz çığlığı ile karışıyordu. Gelecek kayıp gidiyordu sanki... üstelik hiç varmak istemediği bir yere doğru.

Ama nereye gidecekti ki? Aradığı yalnızlık değil, geçmişti... İnsan geçmişe kaçabilir miydi?

Görmek istemiyordu hiç kimseyi! Padişahlarına sırtlarını dönen, kulluklarını, saltanata ait olduklarını unutan, geleneklerini yok sayan hainlerle dolmuştu vatan! Anadolu'nun dört bir yanından köylülerin akın akın şehre gelmeleri teşvik edilmiş, İstanbul cahiller tarafından ele geçirilmişti. Eğitimsiz, adapsız köylülerdi göç edenlerin hepsi! *O adam* "Köylü milletin efendisidir!" deme cüretini bile göstermişti!

Bir köylü nasıl olur da bir eğitimlinin efendisi olabilirdi! Mustafa Kemal çok tehlikeliydi! Hayal veriyordu zavallılara, topraktan başka iş tutamayan, tarlacılıktan başka bir şeyden anlamayan, sadece ekip biçmeyi bilen cahil çiftçiler kendilerini kahraman zanneder olmuşlar, devlet meseleleri konuşmaya başlamışlardı! Artık herkesin bir fikri vardı! Hadsizlik had safhadaydı.

Bu adam durdurulmalıydı! Cumhuriyet saçmalığını sokmuştu herkesin aklına! Sözde eşitlik getirmişti! Herkes nasıl eşit olsundu ki! Arka mahalleden çıkacak bir çapulcu, *o adam*ın yasalarıyla, sanki diğerleriyle eşitlenip ülkeye başkan olabilirdi. Buna kim izin verirdi?! Mustafa Kemal'den başka bu çapulcuları kim adam yerine koyardı ki! Çılgınlıktı bu!

Köklü ailelerin soylarını, asaleti, mavi kanı, saltanatı, hatta hilafeti hiçe saymaya nasıl da teşvik ediyordu herkesi! Tüm dünyaya kafa tutabileceğini sanacak kadar kendinde değildi! İşte vatan da onunla birlikte delirmişti!

O adam için ölmeye hazır binlercesine nasıl anlatılabilirdi Osmanlı'nın torunları oldukları, saltanatı korumazlarsa, padişaha kulluklarını unuturlarsa, hilafeti ellerinde tutmazlarsa tarihten silinip yok olacakları?! Hilafet sayesinde Arapların üzerindeki gücümüzü sürdürebileceğimizi, İslam dünyasını ancak bizim birleştirebileceğimizi nasıl anlatacaktık bu cahillere... hainlere?!

Sırtına istiflediği mısır koçanlarının altında iki büklüm olmuş adamın yanından tozu dumana katarak hızla geçerken adamın bir anda nasıl da durduğunu, başını kaldırıp kendisine dik dik baktığını fark etti. Bu ne hadsizlikti! Adamı geçtiğinde dikiz aynasına sıçradı öfkeli gözleri, geride kalan adam iyice doğrulmuş hâlâ dik

dik bakıyordu peşinden. Bu ne cüretti! Bu çapulsuzların hepsine cesaret vermişti *o adam*. Eskiden, kendi zavallılıklarının ağırlığında bakışlarını bile yerden kaldıramayan bu eğitimsiz çulsuzların hepsi, şimdi inatla gözlerini dikebiliyorlardı kendilerinden soylulara, üstelik meydan okurcasına. Fakir edebiyatı yayılmıştı ülkeye! Dikiz aynasından aldı bakışını Selim ve o sırada gözleri bir an soluna kaydı, çünkü sol tarafta, mısır tarlasının gerisinde hızla hareket eden bir şey vardı.

Arabasının hızına yetişecek serilikte, hatta kendisiyle yarışırcasına koşan şey... bir at... evet bir attı.

Başını sabit tutmak için, ata bakmamak için boyun kaslarını öyle kastı ki, dört nala fırlamış o at isterse uçmaya başlasındı, bu günaha şahit olmayacaktı!.. Bakışı yine de bir an yana kaydı. Yeminle, bakmak niyetinde değildi aslında, gördüğü şeyi doğru anlayıp anlamadığını ölçmekti sadece amacı. Heyecanını bastırıp anlık bir dikkatle çevirdi başını ve odaklandı.

Olamazdı! İşte bu asla olmamalıydı!

Çünkü dört nala koşan atın üstünde, üzerindeki al çarşaf bedenine yapışmış, alevlenmişçesine dalgalanan bir kız vardı!

Kızıl bir alev gibi rüzgâra bulanmış kızın önce eli kalktı havaya... incecik bileğinin teni geceye doğan bir ay gibi kendini gösterirken bakışını çekti Selim, bu günaha bakmamalıydı...

Ama baktı.

İnsan ilk defa şahit olduğu bir şeyden merakını nasıl koparırdı?

Kız, hızla giden atın üstünde, zamanın akışını ağırlaştıran bir hareketle, anbean yavaşça bileğini başına indirdi ve başındaki örtüyü çekip çıkardı. Gözlerini çekemedi Selim, ne kalbinin coşkusunun hızını fark edebildi ne de atı dört nala koşturan bu kızın varoluşu nihayet kucakladığını anlayabildi.

Kız bir bayrak gibi havada tuttuğu örtüyü parmaklarının ucundan bıraktı... örtü uçuşurken dönüp o bir an Selim'e baktı... Salisenin binde biri kısalığında ama zihne kazınacak uzunlukta o bakış, sanki sonsuzluğa takılı kalmış bir andı.

Kızın bakışıyla çarpışan zihni, gaza basmasını emretti ve iyice gaza bastı Selim. Kızın o bakışının içine sineceğini, bu kızın hayatını tamamen değiştireceğini bilmeden bastı gaza ve gözünü dikti önündeki yola.

İnsan kaderden kaçabilir miydi?

Kızı geride bıraktığına emindi. Bakışını önündeki toprak yola sabitledi. Sadece kızla değil kalbi ile yarışıyordu sanki. Saatte 70 km'ye çıktığında toprak yolun engebelerinde sarsılırken, derin bir nefes aldı. Sanki hâlâ havadaki hidrojeni koklayabiliyordu ve hidrojen sanki damağında yanmaya başlamış ateşin içine sızmış gibiydi. Bu kız vatanın deliliğinin en inkâr edilemez örneğiydi!

Peki ama... kimdi?

Böyle hızlı... erkek gibi ata binmeyi nerden öğrenmişti?

Kadın ata binmemeliydi! Kadın erkek değildi!

Hele örtüsü! Asla örtüler çıkmamalıydı!

Vatan delirmişti!

Gelecek kayıp gidiyordu sanki... üstelik hiç varmak istemediği bir yere doğru. İnsan geçmişe kaçabilir miydi?

Derin bir nefesle bu günahla savaşmaya yemin ettiğini hatırlattı kendine! Dişlerini sıktı, kaşları yargılamaya hazır gerilirken, başını yine ovaya çevirdi, içindeki zehri bir bakışla kıza geri verecekti... ama kız yoktu.

Neredeydi?

Geriye baktı.

Yoktu.

Hemen sonra başını çevirince gördü onu, iyice ilerlemiş, arabayı bile geçmişti?!

Yol sağa kıvrılırken aniden frene bastı ve toprak yolda kayan araç savrularak durduğunda Selim'in bakışı hâlâ uzaklaşan kızdaydı. Kızın büyük bir cüretle özgür bıraktığı saçları rüzgârda dalgalanıyordu.

Aklı izlediği şeyin günah olduğunu bağırırken, kızın bu hali sanki mucizeydi diye fısıldıyordu kalbi. Bir kadının da insan olduğunu belki de ilk defa o an fark ettiğini yıllar sonra kendi de kabul edecekti. Kızın mısır tarlalarını geçip uzaklaşmasını izledi Selim… gözleri uzaklaşan atta sabitti…

Ve kız artık gitmişti… uzakta bir noktaydı… her şeyi kendine çeken bir kara delik gibi.

Kızın uzaklaşmasıyla hissettiği tuhaf duyguyu tarttı, esaretten kurtulmuş bir rahatlamaydı bu. Yokluğu, gözlerinin serbestliğini hissetmek gibiydi. Kızın tüm dikkati çeken zehirli varlığı olmadan yine özgür hissetmek istedi ama baktığı şeyin geride bıraktığı hal vardı düşüncesinin en bastırılmış köşesinde, merakının hemen kıyısında, sorulması gereken ama kaçınılan soruların toplanıp kilitlendiği yerin hemen yanında… Açılmaması gereken kapıların, girilmemesi gereken odaların, yaşanmaması gereken olayların tam ortasında… Silkelendi Selim.

Issızlık aramak için inmişti buraya ve sanki varmıştı cehennemin kıyısına. Etrafındaki bu delilikten aceleyle sıyrılmak istedi, alışkanlıklarına geri döneceği, emin olduğu yargıların sakinliğinde kararlar vereceği, siyahla beyazın uçlarında, grilere savaş açılmış hayatının konforunu özledi. Değişimden kaçan, alışkanlıklara sığınan bir ihtiyaçla kendi kendine mırıldandı: "Ha gayret!.."

Vatan delirmişti… Bu kız bu deliliğin yegâne örneğiydi ve biri bu deliliği durdurmalıydı. Biri… kendisiydi.

Hanedandan geliyordu kanı, Vahdettin'le arasında sadece iki soy vardı. Ailesi yüzlerce yıldır Osmanlı sarayında vezirlik yapmıştı. Şimdi *o adam* ve yeni kanunları yüzünden gerçek soylular ülkeye dönemezken madem o buradaydı, bir şeyler yapmalıydı! Dedesinin her Cuma'da mırıldandığı gibi mırıldanarak kendine hatırlattı: "Osmanlı'nın torunuyum ben!"

Gerekirse canı pahasına bu mirasa sahip çıkacaktı. Bu Cumhuriyet saçmalığı son bulmalıydı! Halifeliğe sahip çıkılmalı ve *o adam*ın inkılapları durdurulmalıydı! Yüzellilikler[2] geri dönmeliydi!

---

2   Kurtuluş Savaşı sırasında düşman ile işbirliği yaptığı gerekçesiyle yurttaşlıktan çıkarılarak ülkeden sürülen 150 kişi.

Akşamki toplantı tam zamanındaydı ama önce zihnine sinsice sızmış bu kızın fikrinden, bu delilikten kurtulmalıydı.

-2-

İlmiye & Ali[3]

İsa bir Yahudi'ydi.

"İnsanın kendini bilmesi, insanlık tarihini, yani nereden geldiğini anlamasıyla başlar. Geldiği yeri bilmeyen, gitmesi gereken yeri de bilemez ve bilinmezlik içinde kaybolmuş biri, insan olamaz. İşte bu yüzden öncelikle dinler tarihinin en eskisine gideceğiz ve kutsal kitap inen ilk din olduğu için önce Yahudilikten başlayacağız öğrenmeye. Ve size öyle bilgiler vereceğim ki, eğer kelimelerimin arasındaki manaları anlayabilirseniz…" derken Profesör Fred[4] kapı çalındı.

Kapının tokmağı öylesine yavaş, tereddütlü indi ki aşağı ve kapı öylesine sakin, ürkek açıldı ki sınıftaki herkesin dikkati meraka dönüşürken girdiler içeri.

Derin bir nefesle indirdi kapının tokmağını İlmiye, aralanan kapının önünde kardeşi Ali'nin elini sıkıca tutarken içeri adım atmaya hazırlandı ama durdu, çünkü Ali'nin küçücük parmakları iyice sıkılaşmıştı. Araladığı kapıyı daha fazla açmadan dönüp Ali'ye baktı. Küçücük bedeni nasıl da gergindi, savaşa doğmuş, daha 11 yaşında bir çocuğun gerginliği acaba ne zaman geçerdi? Ali'nin elini sıkıp bakışını kendine çağırdı, Ali kafasını kaldırıp ablasına baktı. Çaresizlikle kalkmış kaşları yumuşadı önce, İlmiye'nin kararlı gözleri sanki ışıktı. İlmiye ona eğilip fısıldarken, hissettiği karanlıktan sıyrıldı Ali. "Daima… daima yanındayım!"

---

3   *Closer than sister* - Abel Korzeniowski
4   Fred Alan Wolf'un anısına.

Ali başıyla onayladı, dikleşti, *daima* nasıl da huzurlu bir kelimeydi.

"Buyrun!" diyen tuhaf aksanlı sabırsız sese açtılar kapıyı, kendilerini bekleyen Fred'in merakla "Buyrun, oyalanmayın, girin lütfen," demesine bakakaldılar, çünkü adamın aksanı o kadar ilginçti ki… İlmiye dikkatini, Fred'in aksanından ve konuşmak için aldığı her nefesin yaşlı yanaklarını sallamasından zorla çekip elindeki kâğıdı uzattı ona.

Fred çocukların tereddüdünü görüp kocaman bir gülümsemeyle onları daha da içeri buyur ederken aldı valilikten gelen kâğıdı, açıp okurken "Hımm," dedi, çocukların neden böyle geç ve hafta ortasında derse katılmak zorunda olduklarını anladı, yeni taşınmışlardı, mırıldandı: "Geçin bakalım, istediğiniz yere oturabilirsiniz."

İşte o zaman İlmiye ve Ali ilk defa sınıfa döndüler yüzlerini, duvar boyunca U şeklinde dizilmiş sıralarda oturan farklı yaşlardaki çocuklar, gençler ve sınıfın gerisinde tek başına oturan bir derviş… Kurulan ilk Cumhuriyet sınıflarının dillere destan tuhaflığında, okuma yazma seviyeleri dışında başka hiçbir şeyleri aynı olmayan, vatan topraklarının birbirinden tamamen ayrı kültürlerinden gelmiş öğrenciler onlara bakıyorlardı.

İçi acıdı İlmiye'nin, sınıfın en küçüğüydü Ali, bu yüzden belki de en akıllısı, ama yine de bunca büyüğün arasında nasıl öğrenci olacaktı? Hissettiği endişeyi bastırıp hiç istemese de bıraktı Ali'nin elini, onun sıraya oturmasını bekledi ve sonra kendisi de hemen onun yanındaki boş sıraya oturdu ve işte o an gördü onu!

Tam karşısındaydı!

Bakışı umursamazca yerde, ciddi, dünkü gibi suratsız, öylece oturmaktaydı. İlmiye şok içinde bir an dikti gözlerini ona. Çocuk, o keskin gözlerini aniden kaldırıp ona bakmasa belki de şaşkınlığı geçmeyecekti ama o küstah gözler ancak bir tokat olabilirdi!

Orhan'ın bakışı karşısında şaşkınlığı kaçıp gitti İlmiye'nin. Aniden çatılan kaşları nöbetteki asker gibiydi. Başını hemen öğretmene çevirdi. Fred o bozuk aksanıyla onları sınıfa tanıtırken sakince dinledi İlmiye. O an Ali'yi alıp sınıftan koşup çıkmak isterken, kendilerini selamlayanların selamlarını almak, tebessüm etmek zorunda olmak ne kadar yürek tüketiciydi!

"Ali ve İlmiye aramıza yeni katıldılar! Nereden geldiniz?" diye sorduğunda Fred, mırıltıyla "Atça," dedi İlmiye, daha fazla konuşmaya niyetli değildi ama Ali girdi lafa: "Aydın'a yakın bir köy. Kurtuluş Savaşı'nda vatanı kurtaran efelerin köyü!" derken gururluydu.

Ali'nin gururu altında ezildikçe ezildi İlmiye, daha dün apartman boşluğundan, giriş katında oturan bu suratsız çocuğun efelerle ilgili atıp tuttuklarını duymuştu. Gözü istemdışı karşısındaki çocuğa kaydı. Garipti bu İstanbul'un insanları! Vatan için canlarını feda etmişleri hor görecek kadar gariptiler! Şimdi bu şehir züppesi çocuğun tam karşısında oturduğuna ve Ali'nin geldikleri yeri bu çocuğun gözü önünde anlattığına inanamıyordu. Çocukla göz göze gelince çattı kaşlarını! Meydan okurcasına baktı! Ne yani efeydi işte ataları! Bundan asla utanmayacaktı! Sonra aniden dönüp sus dercesine dümdüz baktı Ali'nin yüzüne… Ali anlamadı ablasının bakışının kaynağını ama susması gerektiğini anladı, sustu. İlmiye'nin yine gözü kaydı karşısında yayılmış oturan çocuğa, o an çocuk da kendisine bakıyordu ve ikisi de aynı anda çektiler gözlerini birbirlerinden, Fred'e döndüler.

"Evet, şimdi derse devam etmeliyiz, ara verdiğimizde sınıftaki herkesin tek tek gidip kendilerini Ali ve İlmiye'ye tanıtmalarını istiyorum. Anlaştık mı?!" demişti.

Anlaşmışlardı, sınıftaki herkes, hemen hemen herkes onayladı. İç çekti Fred küçük Ali'ye bakarken. Sınıfın yaş ortalaması on beşken Ali epey dışında kalıyordu bu ortalamanın ama testi geçecek kadar akıllı olmalıydı, ki önemli olan buydu, akıl yaşı.

Akıl, değeri bilindiğinde her şeyden daha üstündü. Savaşların savaşılarak kazanılmadığını, devletler masa başında savaşlara karar verirken daima halkların öldüğünü, insanlığın yaralandığını ta Avustralya'dan buraya ölmeye gelen oğlunu kaybettiğinde en ağır şekilde öğrenmişti Fred. Ve bir daha gidememişti bu topraklardan. Mustafa Kemal'in konuşmasıyla oğlu bu vatanın evladı, kendisiyse bu halkın öğretmeni olmuştu.[5] Savaşın şeytanlığından sadece gerçek bilgiye ulaşarak kurtulunabileceğini anlamış ve bunu anlatabilmek için yaşamaktaydı. Kendi oğlunu yitirmişti ama şimdi koca bir ulusun çocukları hayatın ona emanetiydi, yapılan hataların bedeli ancak böyle ödenecekti. Bedel ödemenin tek doğru seçeneği, emek vermekti.

"Evet, nerede kalmıştık?!" diye sorduğunda, kızlardan biri hatırlattı: "Size öyle bir bilgi vereceğim ki diyordunuz öğretmenim."

Fred hatırladı: "Hah! Tamam. Size öyle bir bilgi vereceğim ki, eğer kelimelerimin arasındaki manaları anlayabilirseniz hayatı okumaya başlayacaksınız. Hazır mısınız?"

Gözleri parladı İlmiye'nin, bir anda Orhan denen o suratsız çocuğun varlığını bile unuttu. Adını dün duymuştu, acaba doğru muydu? Ama önemli değildi onun kim olduğu, ne düşündüğü, bakışlarındaki nefretin derinliği! Çünkü nihayet okulda olduğunu kendine hatırlattı. Okyanusu geçmiş ve sanki ilk defa karaya çıkmıştı! Hazırdı, neye hazır olduğunu bilmese de hazırdı, yaşadıklarından sonra hayat onu neredeyse her şeye hazırlamıştı. Gayriihtiyari bir şekilde boynundaki yaraya gitti eli, tenini derin kesen o bıçağın tırtıklı hissi hâlâ oradaydı, kazağının hemen altında! Bedeninden akıp giden kanın geride bıraktığı soğukluk o yaranın yüzeyine öylesine işlemişti ki, parmaklarının dokunduğu yer buz gibiydi, hissizdi. Yaşanmışlığın hissi o yarayı iyice hissizleştirmişti, yutkundu İlmiye. Yutkunmasıyla birlikte yaranın izi parmağının ucunda hareketlenirken kendine kim olduğunu hatırlatmak için yaranın

---

5   Mustafa Kemal Atatürk'ün Çanakkale'de ölen düşman devletlerin evlatları için yaptığı uluslararası açıklama: "Bu memleketin toprakları üstünde kanlarını döken kahramanlar! Burada bir dost vatanın toprağındasınız. Huzur ve sessizlik içinde uyuyunuz. Sizler Mehmetçiklerle yan yana, koyun koyunasınız. Uzak diyarlardan evlatlarını harbe gönderen analar! Gözyaşlarınızı dindiriniz. Evlatlarınız, bizim bağrımızdadır. Huzur içindedirler ve huzur içinde rahat rahat uyuyacaklardır. Onlar, bu toprakta canlarını verdikten sonra, artık bizim evlatlarımız olmuşlardır."

pürüzlü yüzeyindeki harekette bekletti parmağını, kim olduğunu, nereden geldiğini, ne yaşadığını, niye yaşadığını hatırladı.

Şahdamarı kesilen birinin hayatta kalabilmesi mucizeydi, hatırladı. Mucizeden doğan biri her koşulda hazırdı, hatırladı.

Ali'ye baktı, koruyacak değerleri olanlar daima hazırdı! Hatırladı.

Evet, hazırdı. O da diğer çocuklarla birlikte, Fred'in sorusuna cevaben başını salladı.

Fred'in aniden yükselen sesi ile elini boynundaki yaradan indirdi İlmiye, geçmişten çekti zihnini ve bugüne gelebilmek için gözü bir an yine karşısındaki çocuğa kaydı, ama sadece bir an, çünkü Fred acayip bir şey söylemiş, "İsa bir Yahudi'ydi!" demişti.

İlmiye, Hıristiyanlığı dünyaya getiren peygamber İsa'nın bir Yahudi olması gerçeğine ancak odaklayabilmişti ki dikkatini, Fred devam etti:

"Hem de safkan bir Yahudi… ve İsa'nın ilk takipçileri, onun bir peygamber olduğuna ilk inananların hepsi de Yahudi'ydi. Üstelik o zamanki tapınak hahamlarının yozlaşmasına karşı koymak için mücadele eden en koyu Yahudi gruplarından biriydi. Kudüs yakınlarında Nazharet bölgesinde yaşayan Nazarene[6] tarikatının içinde doğmuş bir çocuktu İsa. Nazareneler çoğu Yahudiden çok daha koyu bir inanca sahip Yahudilerdi ve o dönemde Roma İmparatorluğu'nun hâkimiyetinde olan bölgedeki tek Yahudi Tapınağında, bugünkü adıyla sinagogdaki, tapınak rahiplerinin, bugünkü adıyla hahamların, kendilerini geri kalan Yahudilerden üstün görmelerine, halktan hediyeler beklemelerine, kurban gibi Yahudilikçe yasaklanmış Roma geleneklerine uyum sağlamalarına karşıydılar, bunu bir yozlaşma olarak görüyorlardı. Nazareneler, Yahudiliğin içindeki kast sistemine benzeyen sınıflaşmayı, ayrışmayı kaldırmaya çalışıyorlardı. Bunu dinlerine aykırı görüyorlardı. Eşitlik istiyorlardı, sınırsız, koşulsuz bir eşitlik. Düşünebiliyor musunuz, üstelik köleliğin normal olduğu bir toplumda. Mirasa, mala, süslü kıyafetlere, insanı özünden uzaklaştıran her türlü lükse,

---

6 Nazaraios, Arapçası Nazara, Nazharet, Nasıra.

hediyelere ve konfora karşı, dinin temelinin sadelik olduğunu savunan Yahudilerdi bunlar. Ve çok fakirlerdi ama fakirlikleriyle gurur duyuyorlardı. Çünkü birinin fazlalığını başkasının eksikliği olarak görüyorlardı. O yüzden sonraları bunlara fakirler anlamına gelen Ebionites de dendi. Kısacası İsa kendini, Yahudi dininin içinde mesih ilan etmişti ve içine doğduğu Yahudi tarikat İsa'nın mesihliğine tamamen inanırken, tapınak hahamlarının deformasyonuna uyan diğer Yahudilerin çoğu İsa'yı peygamber olarak kabul etmedi, çünkü o coğrafyada o zamanlar mesih olduğunu söyleyen o kadar çok insan vardı ki, birilerinin çıkıp Allah'tan haber ve öğretiler getirdiğini söylemesi sıradan olmuştu. İlham hisseden herkes, hayatın felsefesini düşünenlerin birçoğu etraflarındaki cehaletin içinde parlayan zihinlerinin farklılığıyla belki de mesih olduklarını sanıyorlardı. Peki mesih kelimesinin anlamını biliyor musunuz?"

Orhan önündeki sayfanın kenarını ritmik bir hareketle karalarken, zor tuttu kendini, neydi şimdi bu Yahudi propagandası! İsa'nın Yahudi olduğu gerçek olabilir miydi, yoksa bu ecnebinin beyin yıkamak için kafadan uydurması mıydı?! Ne yani Hıristiyanlığın kurucusu bir Yahudi miydi! Bu sınıfta ne işi vardı! Selim abinin hatırı olmasa hayatta bu aptal adamı dinlemeyecekti ama konunun nereye bağlanacağını merak da etti. Soğuk, mesafeli, dingin cevap verdi: "Mesih Allah, sallallahu aleyhi ve sellem'den öğretiler getiren kişi demek değil mi?"

Fred başını hayır anlamında sallarken açıkladı: "Bugünlerde o şekilde kullanılıyor ama hayır, mesih kelimesi İbranicede[7], mashiach kelimesinden türemiştir. Mashiach, meshetmek yani yağlamak, yağ ile işaretlemek anlamına gelir. Eskiden Yahudiler krallarını, rahiplerini, peygamberlerini yani topluma hizmet etmekle görevlendirilmiş büyük otoriteleri başlarından aşağı bir tas yağ dökerek, yağ ile işaretlerlerdi ve buna mashiach denirdi. Baştan aşağı yağ

---

7   Sami dil grubunun Ken'an koluna bağlı, 22 harften oluşan, Arapça gibi sağdan sola doğru yazılan ve Yahudiler arasında konuşulan bir dil.

dökülerek yapılan bu işaretleme ile meshedilen seçilmişler ister kral olarak ister rahip olarak seçilmiş olsunlar, kendilerine verilmiş görevi yapmak ile görevlendirilirlerdi. İsa doğduğunda, Yahudiler Roma İmparatorluğu'nun hâkim olduğu Kudüs bölgesinde baskı altında yaşıyorlardı, çünkü inanışları, âdetleri Roma İmparatorluğu'nun çoktanrılı Pagan[8] inanış ve geleneklerinden çok farklıydı. Mesela bir sürü tanrıya sürekli adaklar kurban etmek üzerine kurulmuş bir kültür olan Pagan kültürünün aksine, Yahudiler Tanrı'ya adaklar kesmeye karşıydılar, çünkü İbrahim peygamber ile birlikte kurban kesmenin kalkması gerektiğine inanıyorlar ve bunu savunuyorlardı. Bu konuya daha sonra geleceğiz."

Fred sustu, odada kızlı erkekli oturan çocuklara baktı. Farklı yaşlarda 17 genç nasıl da öğrenmeye hazırdı. Şanslı hissetti kendini Fred "Sorusu olan var mı?" diye sorarken istemdışı bir tebessüm dudağının kenarında belirdi, çünkü nihayet kendini işe yarar ve hayata hizmette hissedebilmişti, bunca yıldan sonra ilk defa… nihayet, oğlunun yokluğunda hayata hizmette gibiydi.

Kimsenin sorusu yoktu, Fred devam etti: "Roma İmparatorluğu Yahudilerin kurbana karşı olmalarından rahatsızdı, çünkü Roma'nın kurban üzerinden dönen bir ekonomisi vardı. Roma İmparatorluğu hâkimiyetinde yaşayan kültürler kendi inanışlarına göre adaklarını diledikleri gibi adarken her zaman imparatorluğa da adak verirlerdi. Bu adak bazen para ya da maddi değeri olan hediyeler, hatta köleler de olurdu. Adak pazarları halk için geçim kaynağı, o bölgenin kalkınmasının nedeniydi. Ama unutmayın, o dönemleri bugünlerle sakın karıştırmayın, adak deyince aklınıza sadece koyun, kuzu gelmesin. Bazıları insan, bebek, çocuk, bakirelerin hayatlarını adak olarak inandıkları bir sürü tanrıya sunuyorlardı. En kıymetli şeyleri kurban etmek, tanrılara gösterdikleri saygının büyüklüğünü de ifade etmek gibiydi. İnsan kurban etmek, özellikle kölelerin hayatını kurban etmek pek yaygındı. Prestijdi. Yahudiler kendi kültürlerini kapalı bir toplum olarak yaşadıklarından, yani

---

8   Doğanın güçlerini Tanrılaştıran, çok Tanrılı bir inanış.

kimse ile geleneklerini paylaşmadıklarından, geleneklerini yaymadıklarından imparatorluğu rahatsız etmeden yönetimle ilişkilerini
düzenlemenin yolunu bulmuşlardı ama İsa, adak adamaya tamamen aykırı bir öğretiyle Yahudilerin peygamberi olduğunu ilan
ederek ortaya çıktı. Yahudiliği güncelleyip gereksiz inanışlardan
sıyırmak için konuşmalar yapmaya başladığında ve son olarak da
Yaradan için canın öldürülmesine karşı gelip müritleriyle adak
pazarını basınca, o bölgenin Roma Valisi Pontius Pilate rivayete göre İsa'yı askerlerine aldırttı. Çünkü adağa karşı propaganda
yapmak Roma kanunlarına göre kesinlikle bir suçtu ve kurbana
karşı gelerek yasaları çiğnemişti İsa."

Küçük Ali dayanamamıştı, "İsa'ya inananlar Roma valisine karşı
İsa'yı neden korumadılar? Neden çarmıha gerilmesine seyirci kaldılar?" derken sesinde hayret ve bir sürü farklı duygunun tonu vardı.

Fred, "Rakamları düşün Ali," dedi. "O günlerde 100 kişi bir
araya gelince devlet kuruyordu. Dünyadaki insan sayısı zaten çok
azdı. Bunu unutma. İsa'nın takipçileri Roma İmparatorluğu'na
karşı gelebilmek için sayıca çok azdılar. Ayrıca İsa'nın hayatına ne
olduğuna dair bir sürü fikir var ve aslında emin olduğumuz hiçbir
şey yok. Kimileri İsa'nın o bölgeden müritleriyle sürüldüğünü, çoluğunu çocuğunu alıp Avrupa'ya göçtüğünü ve tapınak şövalyeleriyle
yaşadığını düşünür, kimileri çarmıha gerildiğine inanır, kimileri de
İsa'nın hiç var olmadığına. Aslında İsa'ya gerçekte ne olduğuna dair
hiçbir delil yoktur. Tarihimiz kesinleşmesi imkânsız ama kesinmiş
gibi kabul görmüş inanışlarla, fikirlerle doludur. Milattan sonra ve
milattan öncenin ne demek olduğunu biliyor musunuz?"

Dila[9]

İstenmek... kadınların zaafıydı.

Nargilenin dumanındaki hayaletler gibiydi salondaki büyük halının etrafında toplananlar. Kıpırtısız, sessiz izlemekteydiler.

Kıvrılan bedenin derinlere inen hissi... kalbin ritmine karışmış müziğin kasları yöneten etkisi...

Raks.

Çenginin bedeninde gezinen şehvetin izleyenlerin gözlerinden kalplerine bulaşması gibiydi... Dans zihne en kolay bulaşan hareket değil miydi?

En ilkel dürtülerin zihinle senkronize olduğu anda, nargilelerden çıkan dumanın yoğunluğunda, çöktükleri yerde çengileri izleyenlerin arkasından hissedilmeden ilerledi Selim. Bakışı, kırmızı ipek halının ortasında birbiriyle senkronize üç dansözde, belindeki incecik zinciri çekip saatini çıkardı, tam zamanıydı, Dila'nın çıkmasına birkaç dakika vardı... zihni dağıtmanın, hayattan kaçmanın tam zamanıydı.

Her zamanki köşesine geldiğinde Abdi fark etti onu. Hemen küçük locanın perdelerini açıp her zaman kurulduğu o divana Selim'i buyur etti. Fısıldadı Selim "Her zamankinden..."

İngilizler'in Afganistan'da yetiştirdiği özel kenevirle harmanlanmış orta boy nargilesi hemen geliverdi. Ottu, günahı yoktu. İlk nefesi alırken, nihayet susan müziğin Dila'yı davet eden sessizliğinde huzur buldu. Selim'in, aradığı ıssızlığı bu kalabalığın içinde bulabilmiş olması ne tuhaftı...

Ancak dikkatten kaçabildiğin kadar ıssızdın ve istediğin zaman ıssız olabildiğin kadar da özgür. Issızlıktı insanı kendine getiren.

---

9 Müzik önerisi: *Scarecrow*, Be Svendsen

Issızlığımızda hissettiğimiz konfor kadar gerçek değil miydik kendimize?

Sakince bırakırken dumanı, loşluğun içinde bronz bir parıltıya bulanmış incecik bedenin süzülen bir gölge gibi adım adım halının ortasına gelmesini izledi.

Dila... siyahlara bürünmüş bedenin açıkta kalan tek yeri, kıvraklığıyla dillere destan o beldi. Kızın incecik, kıvrak, bronzun her tonunda parlayan karnı, göbek deliğinin iki kenarından paralel düz bir çizgi gibi aşağıya inen ince uzun kaslarıyla karanlığın içinde duyguları yansıtan kıvrak bir hilal gibiydi. Baktıkça aslında daha fazlasının varlığını haber veren ince bir hilal.

Yüzündeki siyah peçenin tanınmazlığında ne kadar da umursamazdı Dila, gözleri bile tül ile kamufle edilmişti, acaba hangi renkteydi? Savrulan uzun siyah saçları acaba gerçekten de siyah mıydı, yoksa salonun loş ışığında siyaha mı saklanmıştı?

İzleyenlerde gezdirdi gözlerini Selim, bir bel bu kadar hayranlık nasıl toplayabilmişti?! Salondaki herkes, Dila'nın varlığından haberdar olan her erkek, onunla bir gece için fahiş fiyatlar biçmişti ama söylentiye göre bu kız hâlâ bakireydi. Bir pınar gibiydi ve böylesine akan, bakan herkesi susatan bir pınar, kendinden bir yudum bile vermeden nasıl da koruyabilmişti kendini çevresinin arzularından. Korunduğuna emindi Selim, çünkü bir kadına verilebilecek en büyük fiyatı kendisi vermişti ve geri çevrilmişti.

Bir kadın için en zoru, arzulanmaktan sakınabilmek değil miydi? Arzulanmak kadınların hastalığı gibiydi, en çok arzulandıkları kişiye yönelmeleri acaba acizlikleri miydi? İstenmek... kadınların zaafıydı. İstendiği çok gösterilen hemen hemen her kadın, kendisini isteyene kaptırırdı. Dila çok istenmişti ama kimseye kapılmamıştı. Onu ilk isteyen de Bedir'di.

Karabağlı Bedir'e hayır diyen ilk kız değildi Dila ama "Hayır"ı kabul gören tek kızdı. Bedir'in kaşından yanağına inen o iz, Dila'nın resmen imzasıydı. Bir köçeğin Bedir'e kafa tutması, onu suratından façalaması esaslı hikâyeydi ama etrafta konuşulabilecek bir hikâye değildi. Bunu herkes bilirdi, çünkü Bedir'in hikâyelerini anlatmaya kalkanların hepsi yeni hikâyeler haline gelmişti. Dila'ya el uzatanlar gibi, hepsi de artık Bedir'in leşiydi. Mezarlığa imzasını, gönderdikleriyle atan bir eşkıyanın sahibi gibiydi Dila... birbirlerine gösterdikleri hürmetten başka aralarında bir ilişki de yoktu. Bunu herkes biliyordu. Dila'nın kimseyle ilişkisi yoktu. Nerede yaşadığını bile kimse bilmiyordu. Bir gölge gibi buraya geliyor, sonra aniden kayboluyordu. Belki sokakta karşılaşıyordu Selim onunla ama belini görmeden onu tanıması mümkün değildi. O peçenin altındaki yüz kimdi? Güzel miydi? Kendi kendine güldü Selim, nargileden bir nefes daha alırken zihnindeki düşünceyi başıyla onayladı, tabii ki kesin güzeldi, Karabağlı Bedir görmüştü o yüzü ve güzel olmasaydı, Bedir gibi biri faça yedikten sonra Dila'yı yaşatmazdı. Eşkıyaların güzel şeylere zaafı olması ne tuhaftı. Kabalığın mıknatısıydı güzellik, sanki ruhun hayvanlığı ancak şekille ıslah edilecek kadar acizdi. Ruhu göremeyenler için şekil daima güneşti. Ama ne kadar güzel olursa olsun Bedir'in Dila'yı yaşatması yine de inanılır gibi değil, diye düşünürken Bedir girdi içeri. Dönüp bakmadı bile Selim girenin kim olduğuna ama Bedir olduğuna emindi, müzik durmuştu, çünkü bir tek Bedir için dururdu müzik de, dans da burada.

-4-

Orhan

Geleneği dinleştirmek İslam'a ihanettir.

"Milattan sonra ve milattan öncenin ne demek olduğunu biliyor musunuz?" diye sorusunu tekrarladı Fred.

Birçoğu hayır anlamında başını sallarken, durdu İlmiye, miladın anlamını biliyordu ama bilginin değerinin, çoğunluğun bilmesine bağlı olduğunu hayat ona öğretmişti. Sustu ve diğerlerinin de öğrenmesini bekledi. Bilgi herkese yayılmadan bilmenin yarattığı basınç öylesine büyüktü ki bunu ancak gerçekten bilenler anlayabilirdi, hayat işte o zaman cehennemdi. Bilmeyenlerin arasında bilen olmak en büyük lanetti. Dinlemeyenlerin arasında duyan olmak ise felaketti. Çok gençti İlmiye, kutsanmışlığı lanet, seçilmişliği felaket sanacak kadar gençti.

"Milat kelimesi, vilad[10] kelimesinden türemiştir. Doğum vakti demektir. Milat, sıfır yılı olarak İsa'nın doğumu ile başlar ve başlangıç anlamına gelir. İnsanlık İsa doğmadan binlerce yıl öncesinde var olmuş olsa da İsa'nın doğumundan önceki yaşanmışlıklara milattan önce deriz," derken Fred, çocuklardan biri itiraz etti: "İşte burada kafam karışıyor, niye İsa'nın doğum gününü her şeyin başlangıcı olarak seçelim ki? Miladımız niye Hazreti İsa'nın doğumu ile başlasın ki!"

Fred'in gülümsemesinin ışığına yakışır şekilde sesi de coşkuluydu, nedense aniden mutlu olmuştu: "Çok doğru sorular bunlar! Dünyadaki sistem aslında çok basit arkadaşlar, teknolojiyi geliştirenler, yaşam için gelişmiş sistemler kurabilenler, insanlığın nasıl şekilleneceğine de karar verirler. Ya lokomotif olursun ya da vagon! Lokomotifsen nereye gidileceğine ve nasıl gidileceğine sen karar verirsin, insanlığın hikâyesinin kiminle ne zaman başladığını sen seçersin, vagonsan birileri karar verir ve sen sadece peşlerinden gidersin. Bugün kullandığınız her şeyi onlar geliştirdi ve sizler o yüzden onların açtığı yolda onların sizi sürüklediği yere gitmek zorunda kalıyorsunuz. Takipçisiniz, keşifçi değil. Keşifçi olup kendi yolunuzu açmanın, vagon olmamanın tek bir yolu var!"

Sınıftakilerin gözlerinin içine baktı tek tek… "Nedir?" diye sorarken ışıklı gülümsemesi gitmiş, yerine savaşa hazırlanan bir ciddiyet gelmişti.

---

10 Viladet. Doğurmak anlamına gelir.

Sınıfta, Ali ve İlmiye dışında 15 öğrenci, daha önce Fred'den defalarca duydukları "Öğrenmek… Gelişmek… Yol olmak!" cevabını aynı anda verirken, coşkuyla ayağa kalktı Fred.

Ali ve İlmiye tek bir ağızdan konuşan çocukların yaydığı hisle şaşkındılar.

Fred ise ayaktaydı, belli ki kalbinden yükselen duyguların heyecanı fazla gelmişti. Dimdik durdu çocukların karşısında. Hissettiği duygular aniden gözlerinden fışkırmak isterken yutkundu hepsini, oğlunun hatırası zihninin her tarafını sarmak üzereydi.

Fred'in ifadesinde acıyı gördü İlmiye, her an annesinin bakışlarında gördüğü o acı nasıl da tanıdıktı… Acıyı kovalamanın en etkin yolu sorulardı. Hayatın sorularına sığınmak istedi İlmiye, keşke ona sorabileceği bir soru olsaydı da Fred'in acısını kovalasaydı ama tanımıyordu onu ve nihayet o an Orhan seslendirdi aradığı soruyu: "Siz dün demiştiniz ki İsa öldükten çok sonra Hıristiyanlık ortaya çıktı, hatta kabul gören *İnciller* bile yüzlerce yıl sonra yazıldı. Hiçbir *İncil*'i İsa yazmadı. Nasıl olur da ölmüş birinin öğretileri yüzlerce yıl sonra yok olmadan bu kadar yayılır, kabul görür? Nasıl olur da Hıristiyanlar İsa'dan yüzlerce yıl sonra yazılmış *İnciller*'e inanıp onları kutsal kabul ederler?"

Fred gülümsedi, başını hafifçe sallarken, "Dünyada var olan üç büyük dinin kitaplarının hiçbirini, o dinleri dünyaya indiren peygamberler yazmamıştır. İlk tek tanrılı din olan Yahudiliğin kitabı *Tevrat*'ı peygamber Musa yazmamıştır, ardından gelen yine Yahudi İsa'nın öğretilerini kapsayan Hıristiyanlığın kitapları kabul edilen dört farklı *İncil*'i peygamber İsa yazmamıştır ve İslam'ın kitabı *Kur'an-ı Kerim*'i peygamber Muhammed yazmamıştır ama ezberletmiştir. Zaten kâğıt kalemin olmadığı, yazının ancak derilere kazındığı ve yaygın olmadığı, okumanın sadece belirli bir kesim tarafından bilindiği dönemler bunlar. İşte bu yüzden bu kutsal kitapların hiçbiri peygamberler hayattayken yazıya dökülmemiştir. Bu, tüm dünyada bilinen ama sırası geldiğinde hızla geçiştirilen bir konudur. Çünkü kafa karıştırır."

Sınıfta ince bir uğultu yükselirken Fred uğultuyu yatıştırırcasına açıkladı: "İsa'dan örnek verelim mesela. İsa sıfır yılında doğdu ve 33-35 yılları arasında, yani 30 yaşlarındayken, adak pazarında olay çıkarıp kurbana karşı geldiği için bir Yahudi olarak pagan Romalılar tarafından çarmıha gerildiğine inanılır ya da eşini ve kızını da alıp Tapınak Şövalyeleri ile yaşamaya gittiğine..."

Derviş bir an lafa girdi: "Bizim kitabımızda ise Nisa Sûresi 157, 158'de bize İsa'nın ölmediği, Allah katına yükseldiği anlatılmıştır."

"Evet," dedi Fred ve devam etti: "İsa 33-35'lerde ortadan kaybolduktan 325 yıl sonra Hıristiyanlık din olarak Saint Paul adı verilen bir keşişin çabasıyla ortaya çıkmıştır. Neyse bu konuya ilerleyen zamanlarda yeniden geleceğiz ancak her olayı yaşandığı döneme göre düşünmek lazım, mesela o dönemde Roma askerleri her türlü büyük suçu çarmıha gererek cezalandırırlardı, yani eğer İsa çarmıha gerildiyse sadece İsa değildi çarmıha gerilen. İsa, çarmıha gerilen binlerce insandan sadece biriydi. Sonrasında İsa'nın öğretilerini takip eden o dönemin Yahudilerine, Christian, yani Christ'tan gelen denmeye başlandı. Christian kelimesinin Türkçesi Hıristiyan'dır, peki bu kelimenin kökü olan Christ'ın anlamını biliyor musunuz?"

-5-

Bedir

O kız bu deliliğin en inkâr edilemez örneğiydi...

Karabağlı Bedir... kaç kişinin canına kıymıştı? Bedir salona girdiğinde herkes toparlanırken iyice yayıldı Selim. Salondaki herkesin bakışları şimdi yerdeydi, hatta bazıları sakince bedenlerini küçültüp iyice geriye çekilmişlerdi. Sanki ormana aslan gelmişti ve diğer hayvanlar onun varlığına eğilmekteydi ama günün sonunda işte hayvandı bunların hepsi! Bedir yerine geçerken göz göze geldiler, Bedir parmağı ile şapkasına dokunarak küçük bir selam verince Selim de fesine dokunarak aldı Bedir'in selamını ve yayıldığı yerde nargilesinden bir nefes daha çekti.

Bedir yerine çökerken, omuzlarındaki ceketi geriye ittirdi, bağdaş kurdu, şapkasını çıkarıp dizine astı. *O adam*ın modasını takip eden eşkıyalarla doluydu ülke, devrim asalaklarıydı bunlar. Hepsi de çok tehlikeliydiler. Kıyafetleriyle bile Osmanlı'ya ihanetteydiler.

Gayriihtiyarı fesini düzeltti Selim, yüreğinde hissettiği bağlılığın temsiliydi bu fes ve ancak başını keserlerse düşecekti tepesinden. Osmanlı'nın torunu olmanın simgesiydi.

Dila, halının ortasına geçtiğinde müzik yeniden başladı, Bedir'in varlığına o anlık da olsa sevindiğini düşündü Selim, onun temsil ettiği her şeyden ne kadar tiksinti duysa da Bedir olduğunda Dila'nın dansı coşardı. Bu coşkuya tanıklık etmek her zaman unutulmazdı.

Dila başıyla incecik bir selam verirken, Bedir saygıyla selamı aldı. Işığın loşluğunda, müziğin etkisinde bile hissedilen bir saygı vardı aralarında. Yüzünden bıçaklanan bir adam, nasıl olur da kendisini böylesine yaralayan bir kadına hürmet gösterebilirdi? Neydi bu saygının kaynağı? Nedendi?

Nedeni ne olursa olsun, Bedir'in duyduğu bu muammalı saygı yüzünden Dila dokunulmazdı. Bir padişahlığın yıkılıp yerine Cumhuriyet'in kurulmasına bile tanık olmasına rağmen Dila ve Bedir'in aralarındaki bağı daha tuhaf bulan Selim'in aklına ata binen o kız geldi tüm bu tuhaflıkların içinden, aniden. Bir şimşek gibi çakıverdi görüntü zihninde ama neyse ki teflerin devreye girmesiyle silkelendi Selim, Dila sahnenin ortasında kalçalarını öyle bir ritimle titretmeye başlamıştı ki Dila'nın kalçasının ritmi zihnini silkelemesine de yardım etmişti sanki. Fikrini ata binen kızdan sıyırmak için dikkatini Dila'nın göbeğine kitledi Selim, gözleri göbekten yukarıya kaydı, armudi bir çıkıntı şeklinde ritme eşlik eden göğüslere vardığında zihni biraz daha rahatlamıştı. Bir erkeğin zihnini ancak bir kadın bedeni geçmişten ya da gelecekten koparıp "âna" odaklayabilirdi.

Bir bel nasıl böylesine kıvrak olabilmişti... Bir beden nasıl müziğe bu kadar cevaptaydı?

Sanki müzik akıyordu kızın bedeninde, incecik bileklerini kıvırarak elinde salladığı ipek örtünün yer yer parlayan siyahlığında hayat vardı. Davulların ritmi yerini darbukalara bırakırken Dila'nın dansı coştukça coştu, dönüşleri hızlandı, kıvraklığı arttı, alev gibi kıvrılan bedeni döndü ve aniden yere kapaklandı ve yine aynı ritimde dönerek ayağa kalktı Dila. Herkesin nefesi ağzındaydı ve Dila'nın bedeni ile birlikte aniden durduğunda darbukalar, incecik bir rebap başladı akmaya. Dila kemanın namesiyle bir yılan gibi kıvrıla kıvrıla yine indi yere ve kolu göğe uzanırken dans boyunca elinde salladığı siyah ipeği bileğini kıvıra kıvıra yükseltti ve salıverdi havaya... İpeğin havalanması... özgürlüğüne kavuşurken havada süzülmesi...

İpek yere düşmeden Dila sahneden çekilmişti bile ve Selim'in zihni karışmıştı yine. Yerine gelen birbirinden güzel dekolteleriyle üç köçeğin gösteriyi ustalıkla devralmasına bir süre bakakaldı Selim ama baksa da izlemiyordu aslında, çünkü gözleri kendi düşüncesinin içine dönmüş, baktığı şeyi görmez olmuştu. Donuk bir ifadeyle kalktı yerinden, huzuru kaçmıştı. Issız olmadığından değildi, kendi düşüncesinden kurtulamadığı içindi bu sefer huzursuzluğu. Zihninin fısıltıları yine yükselmişti.

Dila'nın havaya bıraktığı siyah ipeğin narinliği, saatler önce gördüğü manzarayı, o parlayan tenin ucundaki incecik parmakların bıraktığı siyah peçenin duygusunu beraberinde getirmişti. Gözlerini zorla çekti Dila'nın geride bıraktığı siyah ipekten. Buraya geldiğine pişmandı. Ata binen o kız sanki yine çıkıvermişti karşısına, sızıvermişti tüm düşüncelerine, ne Dila'nın dansı ne Afgan keneviri yetebilmişti zar zor temizlemeye çalıştığı fikrini kızdan arındırmasına...

Kenevirin zamanı anlara bölen hali bedenine yerleşirken kendi kendine mırıldandı Selim, "Bir kız nasıl olur da öyle ata binebilir?" Ama hızı değil, hissiydi sarsıcı olan. Neden böyle hissettiğini bilemedi, bilmek de istemedi.

Ayrılmak üzere olduğunu görüp kendisine koşan Abdi'nin eline, cebinden çıkardığı parayı alelacele sıkıştırıp "Sonra hesaplaşırız," dedi.

Fazladan vermişti ama üstünü alacak halde değildi. Kızın görüntüsü kilometreler uzunluğundaki düşünce zincirlerinin ilk halkası gibiydi ve kızın fikriyle birlikte Selim'i öyle bir yere çekiyordu ki sanki Selim düşüncelerinin hâkimiyetini kaybediyordu. Zihninde isyan vardı ve isyana karşı çıkmak için çırpınan mantığı isyanı bastırırcasına bağırıyordu:

"Vatan delirmişti!"

Kalbi fısıldıyordu: "O kız bu deliliğin en inkâr edilemez örneğiydi."

Ve merakı incecik soruyordu: "Peki ama o kız kimdi?"

-6-

...bu yürüyüşün onu hayatının en önemli anına götüreceğini bilmeden...

Önce sırtına attı ceketini sonra aheste aheste giydi Selim, hava serindi. İçerinin karanlığından çıkınca öğleden sonra güneşinin sarılığında günü hatırladı, hayatı hatırladı. Aklından geçenlerin kaybolmasıydı. Olanların olmamış olmasıydı...

Dila gece çıkmazdı dansa, onu izlemek başta iyi bir fikir gibi gelmişti ama hiçbir şeye yetmemişti. Kafası da o kadar iyi olmamıştı, saatini çıkardı cebinden akşamki toplantıya hâlâ saatler vardı, eve gitmeye karar verdi. Eve gidecek, biraz dinlenecekti. Kendini hâlâ ayık hissetti ama yine de arabaya binmek istemedi, yürümek belki de iyi gelecekti. Cebinden çıkardığı parayı değnekçiye verdi, şoför gelip arabayı alana kadar arabanın başında adam bekleyecekti. Adımlamaya başladı Selim, bu yürüyüşün onu hayatının en önemli anına götüreceğini bilmeden…

-7-

…merakları ortak olan varlıklar bir gün birbirlerini mutlaka bulurlar.

"Christian kelimesinin Türkçesi Hıristiyan'dır, peki bu kelimenin kökü olan Christ'ın anlamını biliyor musunuz?" diye sormuştu Fred.

İlmiye, "Jesus Christ diyorlar ecnebiler İsa'ya," derken, Ali "İsa'nın soyadı değil mi?" diye irdeledi.

Orhan'ın keskin bakışlarını üzerinde hissediyordu İlmiye ama bakışını özellikle ona çevirmedi.

"Hayır değil Aliciğim, Christ Yunanca Christos'tan kökünü alan bir kelime. Christos yağ ile işaretlenmiş, meshedilmiş, seçilmiş demek, yani Yahudilerin kullandığı mashiach kelimesinin mesih ile anlamı aynı. Yani Jesus Christ, Seçilmiş İsa, mesih-işaretlenmiş İsa demek. İsa'dan sonra Yahudilerin çoğunluğu, İsa'nın öğretilerini reddedip, onun öğretilerinin peşinden gidenleri dışlamaya başlayınca, İsa'nın seçilmiş olmasıyla ilgili vurgu ona inananlar tarafından ısrarla adına yapışır hale gelmiştir. Jesus Christ, seçilmiş İsa demektir," dedi Fred ve sınıfa dönüp devam etti: "Bir düşünün çocuklar, Hıristiyanlarda vaftiz adını verdikleri bir tören vardır. Bebek doğduğunda başından aşağı bir kâse okunmuş su dökülür ya da Hıristiyanlığa geçen biri suya girip başını suyun içine sokar. Sizce bu ne demek?"

"Günahlardan arınmak?" diye mırıldandı Orhan, sıkılmıştı Yahudiliği ya da Hıristiyanlığı öğrenmekten. Fred "Evet arınmak demek ama bu gelenek nerden Hıristiyanlığa geldi?" diye sorduğunda, parmak kaldırdı İlmiye.

"İsa bir Yahudi olduğuna göre Yahudilerde de mi aynı şey vardı?" diye sordu.

"Hâlâ var," dedi onaylayarak Fred, "Mikveh deniyor. Kutsanmış su ile doldurulmuş bir küvete girip başlarını suyun içine sokup çıkararak arınıyor Yahudiler, aynı Hıristiyanların yaptığı gibi. Kişi temiz bir suya girip tamamen başını suya sokup çıkarıyor. Vaftiz de böyle yapılır. Yahudilikte her cinsel ilişkiden ve kadınların âdet kanamasından sonra mikveh yapmaları şarttır. Benzerlikleri görüyor musunuz?"

Herkes başını sallıyordu. Gerçekten öyleydi! Bir dinde olan hemen hemen her şey bir sonraki dine adını değiştirerek geçmişti.

Daha fazla dayanamadı Orhan, sınıfta kendisinden küçük çocuklar da vardı, "Profesör! Niye şimdi biz Yahudiliği, Hıristiyanlığı anlamaya çalışıyoruz ki?! Biz Müslümanız, İslam'ı anlayalım yeter! Bize ne diğerlerinden!" diye çıkıştığında tam Fred konuşacaktı ki Derviş Kamil'in sesi sınıfın arkasında yükseldi: "Oğlum başında söyledi ya Fred öğretmen, insanı anlamak için insanlığı anlamak lazım, insanlığı anlamak için inancı anlamak lazım, inancı anlamak için dinî anlamak lazım, dinî anlamak için tüm dinleri anlamak lazım ve tüm dinleri anlayabilmek için anlamaya en baştan başlamak lazım… Çünkü hedefimiz gerçek bir Müslüman olmak! Kitabımızdaki Amentü Duası, İslam'dan önce indirilen dinlerin kitaplarına ve yaşamış peygamberlere de inanmayı imanın şartları arasında sunar bize. Ve gerçek Müslüman her şeyden önce bir düşünürdür, bir lokomotifin nasıl motoru varsa ve o motor sayesinde kendi kendine gidebiliyorsa, gerçek Müslümanın da kendi fikri olmalı, düşünmeli. Gerçek Müslüman aklını kullanır. Bilgi toplamadan nasıl aklını kullanacaksın?! Gerekli ve doğru bilgi olmadan sonuca varmaya çalışırsan elinde eksik rakamlarla toplama yapmaya çalışmış olursun ve sonuçların daima hatalı çıkar! Sen öğreneceksin Orhan! İslam her şeyi öğrenmek için çabada olmayı gerektirir! Senden önce kim ne yapmış, neden yapmış hepsini öğreneceksin Orhan, çalışkan olacaksın ve ondan sonra

Müslümanım diyeceksin! Çabada olduğunu göstereceksin! Fred beynini yıkamak için anlatmıyor sana Yahudiliği, Hıristiyanlığı! Anlatıyor çünkü her şeyin nasıl başladığını, insanların İslam'dan önce nasıl yaşadığını anlaman gerekiyor! Burada öğrendiğin bilgiler hayatın büyük resmini görebilmek için bu anlayışın özüdür. Lokomotif olman için şarttır bu bilgiler! Bileceksin ki kendi yolunu açabilesin, sana bir şeyler anlatanların doğrularına yapışıp asılıp onların yolundan gitmeyesin."

Ali, Derviş'in gözlerindeki anlamın gücüne dalmıştı. Bilen birinin sabrı, bildiğini korumayı öğrenmiş birinin cesareti, ne yaparsa yapsın hiçbir şey bilmediğini anlayan birinin teslimiyeti vardı. Derviş üzerinde hissettiği yoğun bakışın kaynağına çevirdiğinde gözlerini küçük Ali ile göz göze geldiler… Gözlerini çekmedi Ali. Ciddiyetle baktı Derviş'in gözlerine, öğrenmek isteyen, bilgiye adanmaya hazır, ne yaparsa yapsın belki hiçbir şey bilemeyeceğini ama anlamak için hayatını vermeye hazır olduğunu söyleyen bir bakıştı bu. Ali ve Derviş böyle tanıştılar. Çünkü merakları ortak olan varlıklar bir gün birbirlerini mutlaka bulurlar.

Koridorda çalan teneffüs çanının sesi sınıfa kadar ulaştığında, ilk kalkan Derviş oldu, sonra Fred öğrencilere teneffüse çıkabileceklerini, bir sonraki derste konuya devam edeceklerini söyledi ama önce herkes kendini yeni gelen İlmiye ve Ali ile mutlaka tanıştırmalıydı, kendini tanıtmak uygarlığın ilk kuralıydı.

Derviş'in ardından, üzerindeki cübbenin nasıl da eski olduğuna, yer yer nasıl da sökülüp dikildiğine bakarken Ali, İlmiye dürttü onu ve tek tek sınıf arkadaşlarıyla tanıştılar. Önlerinde toplanan kalabalığın gerisinde bir an Orhan'la göz göze geldi İlmiye ve hemen sonra Orhan'ın dönüp sınıftan çıkmasını izledi. Henüz tanışmamışlardı. Birini görmek, adını bilmek, selamını almak değildi ki tanışmak. Birbirimize bulaştırdığımız düşünceler, fikirler, duygular olmadan nasıl tanışıklık olsundu… Gerçek tanışma, fikrin hissini karşındakine bulaştırmak değil miydi?

Bu gencecik yaşlarında hayatı iki zıt uçta deneyimleyen Orhan ve İlmiye henüz iki yabancıydılar. Farklı değerlerden gelmişti ikisi de. Şimdi nihayet karşı karşıyaydılar, çünkü uçlar birleşmeden hayatın döngüsü başlayamazdı.

-8-

Ülkü

İnsan, zihninin şelalesinden kaçabilir miydi?

Valpreda'nın sokağına girdiğinde ilk defa huzur hissetti Selim. Çocukluğunun geçtiği, doğduğu yalıdan çıkıp bu apartmana sığınmak başta nasıl da ağır gelmişti ama bugün ilk defa umut vardı içinde. Yüzellilikler ile birlikte babası geri geldiğinde, mücadelenin başlayacağını ve her şeyin nasıl olsa zamanla yoluna gireceğini düşündü. Sir Thomas'ın varlığı resmen Allah'tan hediyeydi. Dualarına cevap gibiydi. Suudilere yardım ettikleri gibi, Osmanlı'nın direnişini de organize edeceklerdi. *O adam* kesin gidecekti.

Apartmanın ince eğimli yokuşuna geldiğinde tepedeki eski değirmene bir an baktı. Değirmenin harabeliği, buraya taşınmak zorunda kaldıkları günden beri ilk defa gözüne batmadı, hatta sanki babasından bir hatıra gibi tepenin zirvesinde dikilmekteydi. Büyük dedesinden kalmıştı bu değirmen. Ne zamandı hatırlamıyordu ama çocukluğunda bir zaman buraya babasıyla çıkmışlardı ve bu tepede o zaman dört değirmen daha vardı. Bu bölge bir zamanlar tamamen babasına aitti, *o adam* el koyup her şeyi cumhuriyet adını verdiği bu saçmalığa bağışlayana kadar… Şimdi değirmene bakınca babasından bir yadigâr olduğunu düşündü. Neyse ki Valpreda'ya ve Değirmen Tepe'deki bu son değirmene el koyamamışlardı. Köşkü de geri alabileceğini söylüyordu Rıza Bey ama maliyeye yeni atanan adamı ziyarete gitmeliydi. Hazır

42

değildi Selim, içindeki öfkeyi bastırmadan sistemin adamlarıyla sohbet etmeye nasıl hazır olabilirdi?

Babasının anısıyla tuhaf bir huzur bulurken bakışı değirmende, tırmandı yokuşu ve içine akan huzuru sindirdi. Gerçekten de ilk defa bu sokağa girdiğinde huzur hissetmişti. "Huzur işte böyle bir şey" diye düşündü, en rahatsız edici şeyleri bile sonunda süsleyen yüce bir etkiydi. Apartmanın yanındaki bakkalın önüne istiflenmiş gazeteyi görene kadar huzuru devam etti ama gazeteye gözü ilişir ilişmez nefesi kesildi. Hissettiği huzurlu sersemlik ve birazdan eve varacak olmanın verdiği rahatlama öyle parçalandı ki gazeteyi eline alırken bakkalın kendisine "Hayırlı günler," dediğini bile duymadı.

Elindeki gazetenin manşetine takılmış zihni sarsılırken, apartmanın girişindeki iki basamağı zor çıktı Selim, bakışı hâlâ gazetede, eli zile uzanmıştı ki apartmanın kapısı zile basmadan açıldı. Kimin açtığına bakmadı. Aralanan kapıyı ittirirken sanki demir kapının ağırlığı gözlerine oturmuştu, gözlerini ayırmadığı gazetenin etkisiyle kaşları iyice çatılmış, dişleri sıkılmıştı, çünkü manşette "Kıyafet devrimi uygulamaları!" yazmaktaydı ve hemen altında değişik kıyafetlerde kadınlar vardı. Şu sandalyede oturan kadının ayağındaki pantolon muydu?!

İnanılır gibi değildi. Artık tamamen emindi, vatan kesinlikle delirmişti!

Kendisine kapıyı açan askeri görmezden gelerek girdi içeri. Gözünün ucu askerin kirli, eski postallarına değmişti. Başıyla küçük bir selam verip ilerledi. Etrafta o kadar asker vardı ki sokakta er görmek önemsizleşmişti.

Bakışı gazetede, imkânsız olduğunu düşündüğü kadınların bu hallerinde, hayretler içinde asansöre doğru adımlarken irkildi. Durdu.

Asker tam kapıdan çıkarken "Hayırlı günler," demişti ama ses bir kadına mı aitti?!

Asansöre binmek yerine hemen döndü Selim. Tüm ağırlığı ile kapanmak üzere olan demir kapının ardında gördü onu!

Olamazdı! Olmamalıydı!

Kapının ardındaki yüzün yarattığı fırtınada savrulmaya başladığında, kendi zihninin içindeki düşüncelerin karmaşası bedeni devraldığında, zihninde esen kasırgalar daha önce yerleşmiş düşünceleri, duyguları, tahminleri yerlerinden söküp Selim'in olasılıklar âlemini altüst etmeye başladığında sadece bakakaldı Selim. Çünkü asker kıyafeti içindeki o kızın gözleri, kaçtığı her şeyi ona geri getirmişti.

Kızın gözleri... keskin kaşlarının altında hükümdarlıklarını ilan etmişçesine farkında ve toprağın anlamını yüklenmişçesine kahverengi, savaşçı gözleri...

Kız başını kaldırdığında kapının parmaklıkları arasından bir an parladı, nerede görürse görsün daima hatırlayacağı, Anadolu'nun çılgınlığına bulanmış o vahşi gözleri... atın üstündeki o ifadesi...

Bu sabah bir anlığına da olsa çarpıştığı o bakışlarda gaziydi artık Selim ve o andan beri zihninden çıkmayan o ifade, o kız... şimdi kapının önündeydi. Uyandırdığı her duygu ile birlikte Selim'in dibindeydi!

İnanamadı Selim! Atın üstündeki o kız apartmandan çıkıp gidiyordu, üstelik üstünde er kıyafetiyle!

Dikildiği yerde yaşadığı şoktan ancak sıyrılabildiğinde, kapanan apartman kapısının demir sesi yankılandı kulaklarında. Kız gitmişti yine.

Hemen silkelendi, elindeki gazeteyi yere bıraktığını bile fark etmedi, bedenini ele geçiren merakın kontrolünde ilerledi kapıya, demirin ağırlığını tüy gibi kaldırırcasına açtı kapıyı bir hamlede ve merakının emrinde çıktı kızın peşinden.

On metre ilerdeydi kız. Selim, gördüğü şeyin ne anlama geldiğini henüz fark edemeden adımlarını ve bakışlarını kıza sabitleyip yürüdü peşinden.

Kızın üzerinde dirseklerinden yer yer yamalanmış epeski bir ordu ceketi ve altında şalvardan pantolona evrilmiş, alt baldırları dar, ağı geniş, aynı *o adam*ın giydiği gibi bir pantolon vardı. Kızın giydiği her şey eskiydi. Ceketin üzerine deri bir kemer takmıştı ve kemer kurşun kemeriydi. Yer yer kurşunlar hâlâ diziliydi, bazıları eksikti.

Ayağındaki eski asker postalları da kesin bir erkeğindi. İzlediği şeyin etkisinde hipnozda gibiydi Selim, daha önce ne böyle bir şey görmüş ne de böyle hissetmişti. Gözleri yavaşça kızın eski çizmelerinden yukarı çıktı, omzuna astığı eski deri çantaya takıldı. Kız ne taşıyordu o çantada acaba?

Sıkıca örülmüş saçının ucundaki küçük kurdelede sabitlendi bakışı, o kalın örgüye dolanmış bu incecik kurdele olmasa... kimse anlamazdı yolda yürüyenin bir kız olduğunu ama doğru değildi bu, çünkü kızın yanından geçenlerin bakışlarında gördü Selim kızın görmezden gelinemez varlığını... Kızın tek takipçisi kendisi değildi.

Bazıları kızın ardından başlarını geriye çevirip donup kalıyorlardı dikildikleri yerde... Kız şimdi köşeyi dönmek üzereydi. Hızlandı Selim, adımları kıza daha da yaklaşırken kız aniden dönercinin önünde durunca başını önüne eğdi ve fark edilmemek için adımlarını yavaşlatmadan onu geçti. Niye aniden durmuştu ki şimdi?! Takip edildiğini mi fark etmişti?

Kızı geçer geçmez ondan uzaklaşmamak için dönüp yandaki fırına girdi. Kızı içeriden izleyebilmek için kapının gerisine çekildi ama kız omzundaki çantayı indirip bir hamlede dönerciye girmişti... bekledikçe sabırsızlandı Selim, sabırsızlandıkça heyecanlandı, heyecanlandıkça kalbi hızlandı... Nefesleri çoğaldı.

Kız dönerciden çıksa ne olacaktı ki? Yüzünü bir daha görse ne olacaktı? Kızın peşine takılması ne anlamsızdı... İnsan ne yaptığını ve niye yaptığını bilmediğinde hayatın akıntısına kapılırdı ve her akıntının sonunda mutlaka bir şelale vardı. Şelaleye varmadan bu akıştan kurtulmalıydı. O şelalenin zihnine yükleyeceği anlamlardan habersiz yaklaştı Selim cama ve kızın dönerciden çıkmasına odaklandı. Peçesini atacak âdapsızlıkta, saçı açık, hem de erkek kılığında gezen bir kızın peşinde ne işi vardı!

"Selim paşam hoş gelmişsin. Buyur lütfen," diye atılmasa Habbaz Levon, kapının ağzında kafesteki aslan gibi dolanıp duracaktı Selim ama fırıncının davetkâr sesi onu silkeledi.

Asilzadelerden Veli Efendi'nin oğlu ilk defa dükkânına girince eli ayağına dolanmıştı Levon'un, doğduğundan beri tanıyordu onu. Bu sülale padişahın yamacında, en lafı geçen, en mert ailelerden biriydi ve padişah kaçsa da İstanbul'da kalmaya devam etmişlerdi. Yalılarını bırakıp Valpreda'ya teşrif etmişlerdi. Selim'in önünde eğilse mi kalksa mı bilemedi Habbaz Levon, tezgâhın arkasındaki tabureyi hemen koşturup Selim'i tezgâhın önündeki daracık yere buyur etti.

Kendisine gösterilen hürmete şaşırdı Selim, "Kimdi ki bu adam? Adını niye biliyordu?" diye düşünürken Habbaz Levon hürmetle "Dedeniz Fahrettin Paşa da aynı sizin gibi hep böyle pek titizdi paşam," dediğinde, tebessüm etti Selim. Bu adam dedesini bile tanıyordu, tuhafına gitti ama hemen döndü, kapıdan dışarıya bakmaya devam etti, kız hâlâ çıkmamıştı. Yoksa dikkati fırıncıya kaydığı o an, dönerciden çıkıp gitmiş olabilir miydi?

"Selim paşam ne istirham edersiniz? Ne dilersiniz?" diye suallere boğan fırıncının da ilgisi fazla gelmişti, Selim tam fırından çıkacaktı ki kız dönerciden çıkıverdi, bir hamlede çantasını alıp fırıncıya yöneldi. Heyecanla geri dönüp kapıdan uzaklaştığında Selim, kendisine kocaman bir gülümsemeyle bakan fırıncının gözlerindeki ışıkla çarpıştı bakışları, adam ne ilginçti, yüzü o an tanıdık geldi, galiba yıllardır bu adamı görüyordu ama ilk defa gözlerine bakacak kadar yüz yüzeydi. Kızın içeri girmek üzere olduğu duygusunda, sancıda Selim, önüne konulmuş tabureye aceleyle otururken maskeli bir tebessümle siparişini veriverdi: "Altı ekmek."

Fırıncı duraklayan bir ifade ile "Paşam Zehre Hanımlar hep dokuz alırlardı... hayırlar olsun, aile eksilmedi umarım, altı az değil mi?" derken kapı açıldı, kız girdi içeri ve Selim telaşla konuyu geçiştirmek için düzeltti "Altı değil on altı." Fırıncı daha da bir şaşkın öylece baktı Selim'in suratına ve sonra kapanan kapının şıngırtısına dönünce kızı karşıladı.

"Oooo Ülkü kızım, hoş geldin! Getirebildin mi benim şurubu?"

Ülkü... kızın adı Ülkü'ydü!

"Tabii. Hayırlı günler," demişti yine, aynı ses tonu ile. Keşke daha fazla konuşsa diye düşünürken Selim, kızın varlığına olan ilgisini saklamak için başını iyice diğer tarafa çevirdi, hızlanan kalbinin ritminde, oturmak ne de zordu. Kalbi niye böyle delicesine atıyordu! Ayağa fırlamak ve kalbindeki ritimle yarışırcasına bin tane soru sormak istedi kıza ama kıpırtısız oturdu öylece... kız böyle yanı başında dikilirken sonsuza kadar oturabilirdi o eski taburede.

Ülkü çantasından çıkardığı şişeyi tezgâha koyarken, fırıncı "Sağ ol e mi Ülkü kızım! Çok iyi geliyor bu bizim hanıma! Selim Paşa'nın siparişini vereyim sonra senin paketi hemen hazırlıyorum, bugün de yok benim çırak. Okula yazdırdık. Okuma yazma zorunluluğu geldi ya gari, 50 yaşındakiler bile gece okuluna yazılıyor. Herkes okuyacakmış, okumayana ceza varmış," derken ve uzun cümleler arasında Selim'in ekmeklerini paketlerken, Ülkü bir an dönüp taburede oturan adama baktı.

Oturduğu tabureye, bulunduğu fırına, her yere sinmiş ekmeğin kokusuna ait olmayan, hiçbir şeye ait olamayacak parlaklıkta biri vardı. Başını çevirmek istedi Ülkü, birine, özellikle bir erkeğe böyle bakmak edepsizlikti ama adamın beyaz tenine özenle dizilmiş sakalları, sivri burnunun gözlerine tırmanan o ince kemerde yaptığı açı, güçlü kaşlarının ifadesine keskinlik veren kavisi, simsiyah kirpiklerin açık renk teninde yaptığı tezatlık... adam bir bakıştan sonra insanın başını hemen çevirmesini engelleyecek kadar farklıydı. Gözünü bir hamlede kaldırıp Ülkü'ye bakmasa, onu daha da inceleyecekti Ülkü ama şimşeğin yere inmesi gibi bakmıştı adam, ani ve odaklı.

Göz göze geldiler.

Bir bakışın binlerce kelimeye değdiğini ikisi de o an ilk kez deneyimledi.

Hemen kaçırdı bakışını Ülkü ama adamın hali bir fotoğraf gibi zihnine yapışırken önüne döndü. Bu aniden bedenine sızan duygunun etkisinde bir an sanki zihni dondu. Neydi bu adamın bakışından kendisine bulaşan?

Dikildiği yerde sanki zaman durdu. Adamın o ani bakışı sanki zihninde dondu, derin gözleri kazındı düşüncesine. Güzel kaşlarının altında öylesine derindi ki gözleri, o gözlere bir daha bakmaya cesaret etmek kolay değildi.

Kız arkasını döner dönmez, Selim de yine önüne döndü ama sadece birkaç saniye, sonra dayanamadı yine kaldırdı bakışını, bu kadar yakınında olup kıza bakmamak nefes almamak gibiydi, gözlerini çekmesi sanki mümkün değildi. Kızın çizmeleri arkadan daha eskiydi, büyüktü, üzerindeki ceketin arka eteğinde incecik küçük kahverengi lekeler vardı, pas lekesi gibi parça parçaydı. Onların kan lekesi olduğunu anlayamadı. Giydiği hiçbir şey belli ki kızın bedeninde değildi. Ceketin beline takılan kurşun kemeri o incecik belin gizli bir habercisiydi. O kemer, dev kayalıklar tarafından çevrelenmiş nadide bir adanın gizli kalmış sakin koyunu fısıldıyordu sanki.

Dikildiği yerde daldı Ülkü, adamın varlığında, o bir anlık bakışının derinliğinde anlamlar aramaya daldı, zihninde gezinen düşüncenin yoğunluğuna şaştı. Kaç an geçti hesaplayamadı ama nihayet toparlandı, kendine gelmek için başını kapıya çevirdi, kıpırdadı. Acaba adam kendi bakışındaki tuhaflığa mı aniden çevirmişti gözlerini? Onu incelediğini anlamış mıydı? Hissettiği duygunun üstüne utanç geldi serildi! Küçüldü, ezildi. Yakalanmışlık hissi, aşağılık bir duygu ile zihninin her köşesine yayılırken, bir adım uzaklaştı gerisindeki taburede hâlâ oturan adamdan. İstanbul'a geldiklerinden beri ilk defa taşradan geldiğini o an hatırladı. Kendi üstüne kaydı bir an gözleri. Bu adamın yanında ne kadar da tuhaftı bu hali! Çıkıp gitmek istedi.

Fırıncının ekmekleri paketlemesi bitmek bilmedi. Çıkıp gidecekti ama çıkıp gitmedi, çünkü o an hissettiği duyguyu sanki hayatı boyunca bir daha başka yerde hissedemeyeceğine emindi. Bekledi, ne beklediğini, niye beklediğini bilmeden bekledi. Bir tek fırıncının ekmekleri hazırlamasını beklemediği kesindi. Kollarını önünde bağlarken kendini çok aciz hissetti, hissettiği acizliği kavrarcasına avuçlarıyla ceketinin kollarını kavradı, bu kumaşta babasının anısı vardı. Onun varlığıyla çevrelendiğini kendine hatırlattı... Acizliklerimize en büyük çare değil miydi sevdiklerimiz?

Selim'in gözleri kızın ellerine kaydı, elleri ceketinin kollarına kenetlenmiş, incecik parmakları kumaşı okşamaktaydı. Bir kabuk gibi bedenini kaplamış bu kıyafetlerin içinde kız ne kadar da narindi... Daha önce bir kızı erkek kıyafetleri içinde görmemişti ama "İlginç olan, kızın giydiği erkek kıyafetleri miydi, yoksa kızın varlığının etkisi mi?" diye düşündüğü anda cevabı bilmek istemedi. Bu soruyu sormak yaklaşan şelalenin sesini duymak gibiydi. Kız kıpırdar kıpırdamaz bakışını fırıncıya dikti.

Bir adım geriledi Ülkü, uzaklaşmış olsa da hâlâ adamın önünde durmak istemedi. Gerileyince yan yana duruyorlardı şimdi. İkisinin gözleri fırıncıdaydı. Adamı görmese de varlığını yoğun bir şekilde hissediyordu. Gözlerini bir an kapadı, adamın varlığı sanki havadaydı, derin, sessiz, gizli bir nefes aldı. Orkide kokusu ekmeğinkiyle karışıp zihnine kadar vardı. Koku sanki erkek bir orkideye aitti... yepyeni bir orkide... içinde incecik tütün bulunan bir orkide. O kokuyla birlikte zihninde çektiği resmin detaylarında gezinmeye başladı fikri. Adamın şıklığını o an daha çok fark edebildi, saçları bile ne kadar özenli taranmıştı. İşte o an kendine geldi, hemen açtı gözlerini Ülkü. Bu yepyeni adamın yanında kendini eski hissetti. Tıpkı Valpreda Apartmanı'nın ihtişamı yanındaki harabe değirmen gibiydi... Acaba bu adam şu elit dediklerinden miydi? Gitmeye karar verdi. Buradan hemen çekip gitmeliydi. İnsanın kendisini böyle bir duyguya maruz bırakması acizlikti! Ama nasıl olduğunu anlamadan, istemdışı, kontrolsüz bakışı bir an daha adama kaydı. Neyse ki adam fark etmemişti bu sefer. İnanamadı bu yaptığına ve kendine kızarcasına önüne döndü Ülkü, çünkü adamın varlığının fazlalığında kendi azlığını görmüştü. Görüntüsü değildi fazla olan, hissettirdikleriydi, üstelik sadece o taburenin üstünde oturarak!

Fazlalıklarıyla, eksikliklerimize ayna olanlar ne kadar da ayrıcalıklıydılar. Adamın hissettirdiği eksiklik duygusundan uzaklaşmak istedi, fırından çıkmak için kapıya yöneldi, ekmek mekmek beklemeyecekti! Çıkıp bu duygudan gidecekti! Tam kapıya uzanmıştı ki eli, arkasından "Ülkü nere kızım?" demişti Habbaz Levon.

Eli kapının tokmağında durakladı Ülkü, o an anladı, çantasını tezgâhın önünde unutmuştu. Çantasını almak için dönerken adama bakmamak için gözlerini yere kilitledi. Fırıncı, "Dur bekle, senin mayayı verim kızım!" demişti.

"Sonra gelirim Levon Amca," dedi Ülkü, o sırada çantası devrildi, çantasının içindeki torba yere kaydığında kızın bir sürü artık yiyecek topladığını gördü Selim. Torbanın içi yemek artığı ile doluydu. Kızın çantasını toplamak için eğildiği o bir anda izledi onu. İncecik bilekleri, narin elleri, yana kayan örgüsü, çatılmış kaşları, kitlenmiş dudakları… Selim'in içine aktı. Kızın telaşla çantasını toparlamasını izlerken dayanamayıp ayağa kalksa da ona yardım etmemek, hemen yanına eğilip elini tutmamak için zor tuttu kendini. Kızın varlığının çekim kuvvetinden kendini kopararak tezgâhın üstüne dizilen on altı ekmeği ve merakının tamamını geride bırakıp çıkışa ilerledi. Fırıncı ardından "Selim paşam ben gönderirim eve, sen merak etme!" diye seslenirken Selim çıkıp gitti.

Fırıncının kapısının önünde dikildi bir an, geriye dönüp kıza bakmamak için verdiği mücadeleyi kazanır kazanmaz eve yöneldi ama iki adım atmıştı ki vazgeçti, bu duygudan kurtulmadan nereye giderse gitsin fırıncının o eski taburesinde hâlâ oturuyormuş gibiydi. Geri dönüp fırıncının önünden koşar adımlarla geçti, bakışı bir an cama kaydı, camdaki kendi yansımasının gerisinde kızın silik siluetinden gözlerini çekmesi imkânsızdı. Bakışını kızdan çekemese de adımlarını hızlandırdı, koşmaya başladı, toprak yoldaki faytonlardan hızla sıyrılıp karşıya geçti. Bu duygudan kurtulabileceği bir yere gitmeye karar verdi ama aklına gelen ilk yere zaten gitmişti. Dila'nın dansı ve Afgan keneviri zaten yetmemişti. Döndü ve rahatlayabileceği tek yere yöneldi. Zaten uzun zamandır oraya uğramamıştı...

Şelaleden uzaklaşırcasına sıraladı adımlarını, neredeyse koşacaktı, çünkü bilmiyordu, o şelalenin hayatın kaynağı olduğunu, herkesin kendi şelalesiyle tanışmasının bir zamanı olduğunu, bazen ata binen, erkek kıyafetleri giyen bir kızın bizi o şelaleye götürdüğünü, bizi kendi şelalemize kim götürmüş olursa olsun kişilerin bahane olduğunu bilmiyordu, en güçlü önyargımız olan şeyin bizi o şelaleye iten en güçlü kuvvete dönüştüğünü bilmiyordu, hayatın bizi o şelaleye götürmek için tasarlandığını bilmiyordu, kendi şelalesinden atlamamış birinin aslında hiç yaşamamış olacağını bilmiyordu... öğrenmesinin zamanı gelmişti.

İnsan, zihninin şelalesinden kaçabilir miydi?

-9-

Kendini hatırlayan biri, kimseye kapılmazdı...

Şok içinde kalakaldı Ülkü, ayağa kalkarken geriye dönüp adamın nereye gittiğine bile bakamadı, "Selim paşam ben gönderirim eve, sen merak etme!" diye adamın ardından seslenen Levon Amca'nın kelimelerinden bir tek Selim aklında kaldı. Kendi varlığının adamı kaçırdığını hissetti, yüreğinde hissettiği ağırlık gözlerine kadar yansıyınca Levon Amca "İyi misin kızım?" demişti.

Başını evet anlamında sallarken, ancak dönebildi kapıya. Selim... gitmişti. Peki gerçekten de iyi miydi? İnsan birinin varlığını kendi içinde küçültmeye çalışırken nasıl iyi olabilsindi ki? Taarruza uğramış, sınırlarına girilmiş, büyük bir savaştan çıkmış gibi hissetti kendini. İnsanın kavgası kiminle olursa olsun, derdi kendiyle değil miydi?

Ve teslim oldu Ülkü, hayataydı teslimiyeti. Yaşadığı bu duyguların ne anlama geldiğini anlamak için teslim olup sorgulamayı seçti, gerçek bir Müslüman gibi.

Levon Amca'ya zoraki gülümseyip hazırladığı mayaları alırken, iyi günler diledi. Fırından çıkarken cesaretin hammaddesinin sorular olduğunu şükürler olsun ki hatırlamıştı. Bazen sorgulamak savaşmaktan daha fazla cesaret isterdi.

"On altı ekmek yiyecek kadar kalabalık bir ailede biri nasıl bu kadar özenli kalabilmeyi başarmıştı ki?" diye ilk soru zihninde yankılandı, hele o itina ile taranmış saçlarına, sakalındaki detaylı özene acaba aynanın karşısında ne kadar zaman vermişti? Üstelik kendi ailesinin yaşadığı onca şeyden sonra… savaştan sonra, bu gereksiz özeni verebilen biri neden kendisini bu kadar etkilemişti?

Değirmen Tepe'ye doğru yürürken adamın… Selim'in hissi sarsıcı olsa da varlığı bir anda küçüldü sorularla. Hayatın gerçekleri ancak sorulara dayanabiliyorlarsa hakikatten gelirdi, yoksa gerçek hep değişkendi.

Ülkü sorularını sordukça, güzelliği ile etki yaratan ama koca bir ülkenin geçirdiği savaştan etkilenmemiş, savaştan etkilenmeyecek kadar duyarsız, hissiz birine dönüşüverdi Selim, çünkü kendini hatırladı Ülkü, geldiği yeri hatırladı, olduğu kişiyi hatırladı ve olmak istediği kişi olabilmek için etkilenmeyi seçeceği şeylerin neler olduğunu hatırladı. Olmak istediği kişiyi bilen biri daima özünü hatırlardı.

Sırtındaki çantasının ağırlığında pazardaki köpeklere vermek için topladığı artıkları hatırladı. Açlık çekmiş biri başka bir canın aç kalmasına nasıl dayansındı?

Açlığı hatırladı. Savaşı hatırladı. Babasını, abilerini, dayılarını, amcasını kaybettiği anların hepsini hatırladı. Kendini hatırladı Ülkü… kendini hatırlayan biri, kimseye kapılmazdı.

Yakışıklı'ya gitmesi gerektiğini hatırladı.

... dene ve gör.

Bahçeye çıktı İlmiye, temkinli, dikkatli gözleri, bahçenin büyüklüğünü kutlarcasına koşan Ali'nin üzerindeydi, çekingen bir atmaca gibi. Ali'nin bahçeye fırlayıp teneffüste dışarı çıkan diğer çocuklarla oynamaya başlaması o kadar çabasızdı ki Ali'nin çabasız arkadaşlığında kendi yalnızlığını hissetti. Keşke o da koşup onlara katılabilseydi ama top kovalayacak yaşı geçmişti. Annesine söz vermişti. Güneşin ısısı teninde kendini hatırlatırken, derin bir nefes aldı, gözlerini kapatıp yüzünü güneşe sundu, gözkapaklarının karanlığını bile ısıtan güneşin sarısının dünyayı kapladığını hayal etti, küçükken babasının hep söylediği gibi. Gözlerini araladığında Ali şut çekmek üzereydi, rahatladı İlmiye, sakin adımlarla ileriye, dalları çabasızca kendini yerçekimine bırakmış ama teslim olmamış söğüdün dibine yürüdü.

Gözleri hâlâ Ali'de, ağaca dayadı sırtını. Derin, içli bir nefes alıp "Oh…" diyerek boşalttı ciğerlerini ve kendi kendine mırıldandı: "Öğreniyorum."

Bir derin nefes daha alırken gülüverdi ama hemen elini dudaklarına götürüp sanki susturdu kendini. Başını dayadı ağaca. Zor tutuyordu içindeki heyecanı, sürekli hayalini kurup bir türlü dahil olamadığı o hayatın içinde nihayet var olabilmiş olmanın heyecanı dudaklarının kıvrımından taştı, yine güldü İlmiye. Yaprakların arasından güneşe bakıp "Öğreniyorum. Hazırım," diye mırıldanırken iyice huzur doldu zihni ama ağacın arkasında bir hareketlenme oldu ve döner dönmez Orhan'ın yaslandığı ağaçtan kıpırdanıp kalktığını gördü. Gülüşü soldu, şaşkınlık ifadesine yerleşirken tebessümü göçebe bir ailenin neşeli dramı gibi asılı kaldı dudağının kenarında.

Orhan ayakta, kızgın denebilecek kadar ifadesiz ama bir kızgınlık belirtisi de göstermeden bakıyordu suratına. Utanması yok muydu, niye çekmiyordu gözlerini! Hemen geriye döndü İlmiye, gözlerini yine Ali'ye bağlayıp hemen gerisinde dikilen Orhan'ın varlığını içinde önemsizleştirmeye çalıştı. Aynı ağacın altında durmak yasak değildi sonuçta ama hissettiği rahatsızlık öylesine yoğundu ki aniden geri döndü, Orhan'ın gözleri hâlâ saplandıkları yerdeydi. Hâlâ ciddi bir ifadesizlikte, hâlâ tamamen belirtisiz.

Anlayamadı İlmiye, kibarca "İyi misin?" diye soracaktı ki Orhan konuştu: "Neyi öğreniyorsun?"

Kendisine yöneltilmiş sorunun kapsadığı cevapları verebilmenin imkânsızlığında karıştı İlmiye, Orhan'ın ilgisinde yumuşadı ifadesi, gardı inmek üzereydi. Orhan yine konuştu: "Neye hazırsın?"

İlmiye sakince önüne döndü, kalbi öyle hızlı atmaya başlamıştı ki emindi Orhan bir adım daha yaklaşsa kalbinin sesini kesin duyacaktı. İyice rahatladı. Soru sorulmak ne rahatlatıcıydı. Beyninin içinde binlerce düşüncenin sentezlenmesiyle cevabını hazırlamıştı ki Orhan kendi sorusunu kendisi cevapladı, ses tonu öylesine iğneliydi ki kelimeleri saplandı İlmiye'nin kalbine: "Sana böyle açılıp saçılmayı öğretiyorlar..." derken bir adım daha yaklaşmıştı. İlmiye zihnine saplanan kelimelerin verdiği sarsıntıyla gayriihtiyari döndü Orhan'a, şimdi çocuk dibindeydi, utanmazca yaklaşmış, uzun boyuyla yukarıdan bakan bir edadaydı.

Susacaktı İlmiye, cevap vermeden söğüdün altından uzaklaşıp bu karşılaşmadan kaçacaktı, daha önce bu topraklarda doğmuş binlerce kadın gibi kaçarak korunacaktı ama Orhan zorladı: "Müslüman değil misin sen? Ha! Neye hazırsın? Daha fazla açılıp saçılmaya mı? Pantolon giymeye mi?"

Kalbi titriyordu İlmiye'nin, her şey değişmişti, artık köyde değildi, nöbette değildi, savaş bitmişti ama Orhan'ın bakışlarında, kelimelerinde, duruşunda, varlığında pusuya yatmış düşman öylesine belirgindi ki... binlerce yıldır saldırıya maruz kalmış bir cinsin üyesi olmak, savaşa rağmen hayatta kalıp buna maruz kalmak fazla geldi ve geri çekilemedi İlmiye. Dön git, diye fısıldıyordu kalbi ve dur kendini koru, ancak kendini koruduğun kadar var olabilirsin, diye kükrüyordu zihni.

Savaşmaktan yorgundu. Düşmanla karşılaşmış ve tetiği çekmek zorunda olduğunu bilen ama yapmak istemeyen bir asker gibiydi, yapayalnız, anlamsız dikilmekteydi. Ait olmadığı bir elementin içinde nefes almaya çalışırcasına aldı nefesini, döndü arkasını, çekip gidecekti, geri çekilecekti… yapayalnız, anlamsız… tabii Orhan'ın o küçük, kısa gülüşü olmasa. O gülüşün içindeki aşağılama, hor görme, küçümseme bu kadar sahici olmasa… aniden koluna uzanan eli geçmişi hatırlatmasa.

Nefret ediyordu Orhan, binlerce yıllık kültüre yapılandan, İslam'a edilen hakaretten, küçücük kızların giydiği bu süslü elbiselerden, saçlarını açmalarından, kendilerini erkeklerle bir tutmalarından nefret ediyordu! "Hani hazırdın? Bir cevap bile veremedin! Sana ne öğrettiler, sadece açılıp saçılmayı mı?" diye çıkıştı bir anlık refleksle yakaladığı İlmiye'nin kolunu bırakırken, kızın kaçışını seyretmeye hazırdı. Bu namussuzlar hep kaçarlardı…

Ama kaçmadı İlmiye.

Sağ parmaklarını aniden Orhan'ın gırtlağına kilitlemesi ve aynı anda karnına dizi ile sert bir tekme indirmesi, iki büklüm olmuş öğüren çocuğun ensesine dirseği ile vurması… binlerce yılın baskısında nihayet gelişmiş kadınlığın tepkisiydi, yani onunki de sadece bir reflekstı. Kadınlığı köleleştiren her fikre, her harekete, herkese, her şeye karşı verilen savaş, bu topraklarda zaten verilmişti ve nihayet zafer gelmişti.

Yediği ani darbe ile midesinden dışarı fırlamış sıvının yerine inmesini beklerken Orhan yerde iki büklüm olmuştu. Gidecekti İlmiye ama gitmedi, sakince eğildi, "İşte bana bunu öğrettiler bizim oralarda… Efe olmayı!" dedi.

Derin nefeslerle sakinleşmeye çalışırken iki adım atmıştı ki dayanamadı, geri döndü Orhan'a, bir daha kimsenin kendisini böyle köşeye sıkıştırmasına izin vermeyecekti, babasına söz vermişti, son söz. Orhan'ın yanına iyice eğilip ona fısıldadı: "Bir daha bana elini sürersen boynunu kırarım senin!.. Daha önce yapmadığımı mı sanıyorsun… dene ve gör."

Zilin çalması, İlmiye'nin dönüp gitmesi, Ali'ye seslenmesi, kardeşini kanadının altına almak için beklemesi… hayatın akışı öylesine seriydi ki avucunun içine yapışmış taşları silkelerken kıvrıldığı yerden doğrulup yere oturdu Orhan. Yerdeki taşların avucunun içinde bıraktığı ize baktı bir an ve sonra İlmiye'nin Ali ile içeri girmesini izledi, şaşkındı. Kızmak istiyordu ama hissettiği duygu kızgınlık değil, yalnızlıktı. Niye sataşmıştı ki kıza? Ağzının payını fena almıştı ama umurunda değildi, nedense kızgın da değildi. Geçmişten tanıdığı herkes gitmiş ve geride onları bırakmışlardı. Yalnızdı. Derse girmek için kalktığında midesi yine bulandı, ağzına gelen kusmuğu tükürdü ağacın dibine ve sınıfın penceresine döndü aniden. Sınıfın penceresindeki kıpırtıya dikti gözlerini, gün ışığının yansıması olmasa orada dikilmiş kendisine bakanın İlmiye olduğuna emindi…

Geri çekildi İlmiye! Söğüdün altında kendine gelmeye çalışan Orhan'ın halinden çekti merakını. Yerine otururken iyice heyecanlandı. Birazdan Orhan da gelip tam karşısına oturacaktı!

Sınıf sanki arenaydı.

-11-

Ve beden ancak dokunulduğunda dinen
fırtınaların yuvası değil miydi?

Zihni dağıtmanın en etkili yoluna gelmişti Selim. Bastırılmış duyguların patlamak için can attığı o andaydı. Gelmek zorunda kalmıştı. Buraya gelmemek için kendi ile olan savaşını kaybetmişti ama yine de kendini kazanmış hissediyordu, çünkü zihnindeki isyan bu sefer gerçekten hafiflemişti. Beynin tüm fonksiyonlarına darbe gibi inen o kontrolsüz duygunun etkisini geçirebilecek yegâne şeyin kollarına bırakmıştı kendini. Şimdi vatan istediği kadar delirsindi… beden delirdiğinde geri kalan her şey önemsizleşirdi. Ruhun vatanı değil miydi beden? Bedeninin açlıklarını ehlileştirmeden hiçe saymaya çalışanlar daimî bir gurbetteydiler.

Dokunulmak... gördüğümüz, duyduğumuz, kokladığımız, tadını aldığımız bu dünyanın tüm anlamsızlıklarına dur diyebilen yegâne duyu, tende değil miydi?

Dokunulduğumuzda unutmuyor muyduk mücadele etmemiz gereken her şeyi? Şelaleleri... Kendimizi.

Yenilgilerimiz, birikmiş hesaplarımız, krizlerimiz doğru zamanda, doğru dokunuşlarla sinmiyor muydu kendi köşelerine?

Herkesin doğru zamanda, doğru şekilde, doğru kişi tarafından dokunulmak istediği bir gezegen değil miydi burası?

Ve beden ancak dokunulduğunda dinen fırtınaların yuvası değil miydi?

Bedeninde Fahriye'nin elleri gezinirken, kadının sıcak ağzının nemli, ılık basıncı erkekliğinde yoğunlaşırken bıraktı kendini Selim... Doğru zamanda, doğru şekilde olduktan sonra doğru kişi hangi erkeğin umurundaydı ki?! Erkekliğinde hissettiği hazda huzur bulmak, ilkelliğin kestirmesiydi.

Yükseldi Selim... erkekliğinin ucundan beyin sapına bağlanan ve oradan tüm korteksine yayılan sinyallerin üstünde yükseldikçe yükseldi... sanki çıkıp gidecekti dünyadan.

Gökkuşaklarının hammaddesinden, yeni doğan yıldızların çıktığı rahimden coşmuşçasına kendini saçarken dünyaya, çıktığı zirvenin en tepesinde sadece bir an huzura kavuştu ve sonra aniden koptu huzurdan. Yerçekimi tüm kuvvetiyle onu kendine çekerken ve bedenine saniyede 299.792.458 metre hızla geri dönerken soruyordu Selim kendine: Ne işin var burada... yine!

Yükseldiği zirveden yerin dibine çakılırken sanki cehennemin kapılarına doğru iniyordu Selim. Bu günaha girmeyeceğine belki bininci kere söz vermişti kendine ama içgüdüleri her sözden daha kuvvetliydi, yoksa kuvvetli olan zihnini dağıtmaktaki isteği miydi?

Yenilmişlikten kaçmak için gelmişti buraya ama şimdi kendini daha da yenilmiş hissetti. İnandığı her şey yıkılmıştı vatanda, önündeki kızı kibarca ittirip çekti erkekliğini. Çakıldığı cehennem çukurundan kalkarcasına kalktı yataktan, savaş meydanında yenilmiş bir asker gibi toparlandı. Pişmandı.

Fahriye'nin kelimeleri dilinin ucunda asılı kalmıştı ki Selim cebinden çıkardığı parayı kapının yanındaki çanağa bırakıp banyoya geçti, abdestini alıp çıktı. Merdivenlerden inip kendini sokağa attığında, ancak o zaman yine özgür hissetti varlığını, çünkü nihayet bomboştu, kasıklarındaki basınç gitmiş, sanki beyin sapı da hafiflemişti. Beyninin kasıklarıyla kesin bir bağlantısı vardı.

Önce temkinli adımlarla gezindi kendi zihninde ama erkekliğiyle birlikte aklı öylesine boşalmıştı ki temkinli adımlar büyük sıçrayışlara, büyük sıçrayışlar hızla koşmaya dönüştü ve koşa koşa kızın varlığını gömüp sakladığı köşeye geldi Selim zihninde. O duyguyu gömdüğü yerde şimdi neredeyse hiçbir şey yoktu, siyah ipek peçe bile eskimiş, kenarları yırtık çok eski bir düşünceye dönüşmüştü. Ruhu sarsan o tuhaf duygunun kaynağı olan düşüncenin başında, toprağa karışmış o peçenin tepesinde öylece dikildi, meydan okurcasına toprağı ayağı ile eşeleyip kızın varlığının hissini analiz etti... şükürler olsun ki hissedecek bir şey kalmamıştı orada ve köyden gelen, yırtık pırtık üstü ile gezen bir fakire kapılmamıştı! Ve artık nihayet savaş zamanıydı!

Anayola doğru adımlamaya başladı, geçen faytonlardan birine durması için işaret ederken zihni ona küçücük fısıldadı:

"Peki ama o kızın Valpreda'da ne işi vardı?"

-12-

Allah'ın canıydı hayvanlar,
bedenlenmiş yaşamın en iyi niyetli varlıklarıydılar.

Çantasında topladığı artık yemekleri köpeklere verip iştahla yemelerini izledi bir süre. Bir canı beslemenin verdiği huzurdan daha gerçek ne vardı ki hayatta?

Daha geç olmadan Yakışıklı'ya gitmeliydi. Arka patikadan çıktı Değirmen Tepe'nin yokuşunu. Pazarda ilaç satmadığı günlerinin tamamını onun yanında geçiriyor, pazara gittiyse bile, gün içinde ara ara mutlaka uğruyordu buraya. Onu güvende olacağı, sahip çıkılacağı bir yere bırakmaya çalışmıştı ama bir canı emanet ederken kimseye güvenemeyeceğinden başka bir şey öğretmemişti o deneyim ona, az kalsın Büyükada denen at mezarlığına ve oradan mezbahaya düşecekti Yakışıklı ama Ülkü izin vermemişti. Allah yardım etmişti, kurtarmıştı onu Şamil denen pisliğin adamlarından. Kulüpte iş bulabilse, ahırın bir köşesinde mutlu mesut yaşayacaktı Yakışıklı. Artık genç de değildi ve kulüpteki diğer atlar gibi eğitimi de yoktu ama eskisinden bile hızlı ve akıllıydı. Koca dünyada bir ata nasıl yer olmazdı?!

Tepeyi çıkıp yanına yaklaşırken Yakışıklı'nın şahlanışı pek sevinç doluydu. Viranenin ağzında durup Yakışıklı'nın kendisine gelmesini bekledi Ülkü, ayaklarını kıvıra kıvıra, ismine yakışırcasına adım adım ahenkle pek bir sevinçli geldi yanına, burnu ile itti Ülkü'nün çenesini. Bu hareket, "Bana elma versene," demekti.

Ülkü omuzlarını silkerken Yakışıklı'nın boynunda asılı el yapımı boncukları aldı, kendi boynuna astı. Bu boncukları onun için dizmişti, aralarındaki yakınlığın simgesiydi. Yakışıklı onu bir kez daha ittirdi, Ülkü bir an gerilerken gülüp çantasından çıkardı elmaları, ilk ısırığı kendi aldı.

Yakışıklı, güzeller güzeli örgülü yelesini silkip kişnedi, Ülkü elmasını çiğnerken neşelenip daha fazla nazlanmadan gerisini Yakışıklı'ya uzattı, kütür kütür yemesini izledi. Bir elma nasıl bu kadar keyifle yenebilirdi… Sonra havuçları çıkardı, yakışıklı her lokması bittiğinde başını Ülkü'nün omzuna sürüyor sanki ona teşekkür ediyordu. Allah'ın canıydı hayvanlar, bedenlenmiş yaşamın en iyi niyetli varlıklarıydılar. Hele Yakışıklı, pek farklıydı! Diğer tüm atlardan farklıydı, çünkü doğumda annesini kaybettiğinden beri Ülkü ona bakmıştı ve süt annesi bulmaktan tut sağlıklı olabilmesi için her şeyiyle ilgilenmiş, diğer atların onu dışlamasına asla izin vermemişti. On yılı geçmişti, hep yanındaydı. Dosttular. Birbirleri için her şeyi yapmaya hazır iki dostun duygusunda birlikte cennetteydiler. Hayatın tüm sancısından kaçabildikleri tek yer birbirleriydi. Öyle ki Ülkü bağlamıyordu bile Yakışıklı'yı. Eve gideceği zaman boncukları onun boynuna bırakıyor, yanına geldiğinde geri alıyordu. Bebekliğinden beri bunu yapıyordu. Yakışıklı her zaman Ülkü'nün mutlaka gelip boncuklarını alacağını, bırakıldığı yerde beklerken biliyordu, boncuklar sanki Yakışıklı'ya emanetti ama şu son zamanlarda boncukları Yakışıklı'ya geçirmek çok zor olmuştu, çünkü son yaşadığı travmadan sonra Ülkü'den ayrılmak istemiyordu.

Mısır koçanlarını da çantasından çıkarıp bir bir yedirirken yaklaşmakta olan kışı nasıl atlatacaklarını hesaplamaya çalıştı Ülkü, bu koşullarda onu böyle tutması imkânsızdı. Kulaklarının kenelenip kenelenmediğine baktı, hâlâ temizdi. Örgülerini açtı, Yakışıklı'yı taradı. Birazdan eve gitmeliydi, Ayşe'ye yardım edeceğine söz vermişti, geç bile kalmıştı. Şu terzilik işi bari iyi gitseydi ama kumaş bulmak da kolay değildi, pahalıydı. Pazarda para kazanıyordu. Evde yaptığı ilaçlar satılmaya başlamıştı ama evin ihtiyaçlarına kıtı kıtına yetiyordu kazandıkları, İlmiye ve Ali'nin okul masrafları da vardı, keşke azıcık daha paraları olsaydı, o zaman Yakışıklı'ya bir yer bulmak kolay olacaktı. Ne olursa olsun, kış gelmeden onu güvenli bir yere koymalıydı!

Boncukları kendi boynundan çıkardığı anda Yakışıklı bir sıçrayışta geri çekildi, çaresiz, öylece baktı Ülkü, saniyenin binde birinde doldu gözleri, yaşlar istemdışı süzülürken Yakışıklı dikleşti, başını birkaç kez sallayıp "Boncukları boynuma takmayacağım, gidemezsin" dercesine itiraz etse de yine adım adım yaklaştı sakince kendisini bekleyen Ülkü'ye. Onsuz kalmak istemiyordu ama mecbur olmasa gitmeyeceğini de biliyordu sanki. Yanına gelip boynunu eğdi, açılmış örgülerin kıvrımladığı yelelerini okşadı Ülkü, sonra dayanamadı sarıldı ona. Koca dünyada bir ata nasıl yer olmazdı?!

Sakince boncukları boynuna geçirip çekti burnunu, sildi göz-yaşlarını, "Kız! Sana boşuna yakışıklı demiyorlar! Yakışıklı kızım benim," diye mırıldandı.

Geldiği yoldan inmek istemedi, biri Değirmen Tepe'den indiğini görür de merakla yukarı çıkıp Yakışıklı'yı bulur diye dikkat çekmek istemedi. Neyse ki değirmenin perili olduğu, hayaletlerle doldu-ğu yayılmıştı semtte, kimse çıkmıyordu bu tepeye. Herkes lanetli sanıyordu. Valpreda'yı yaptıran adamın burada öldüğü konuşulu-yordu. Gerideki ağaçlı patikaya yürüdü, yolunu uzatsa da ağaçların arasındaki yoldan görünmeden indi Valpreda'nın arkasına.

-13-

Mustafa Fehmi Kubilay

En büyük devrimdir İslam!

Batmak üzere olan güneşin davetindeki ses "Tanrı uludur! Tanrı uludur!" diye yankılanırken, "Tanrı uludur çok şükür," diye fısıldadı Selim ve hemen sustu. Yolunun üzerindeki caminin minaresine bakışlarını kaldırırken Arapça olması gereken ezanın Türkçe okun-masına alışmaması gerektiğini hatırlattı kendine... yoksa alışmış mıydı? Hemen düşüncesini silkeleyip halifeliği kaldıran bu zihniyetin Arap dünyasındaki gücümüzü sıfırlaması yetmezmiş gibi, ezanı da Türkçeleştirip[11] ülkeyi Arap dünyasından tamamen koparmasına asla alışmaması gerektiğini tekrarladı içinden. Hüsrev Efendi'nin dediklerini mırıldandı: "Arapların efendisiydik biz..."

---

11 30 Ocak 1932 tarihinde Hafız Rifat Bey tarafından Fatih Camii'nde okunan ilk Türkçe ezan, 16 Haziran 1950 yılında Başbakan Adnan Menderes'in Türkçe ezanı kaldırma-sına kadar, "Allah'ın buyruğunu net bir şekilde herkes anlamalı" düşüncesi ile bu şekil-de Türkçe okunmuştur. Bugün Tanrı kelimesine şiddetle karşı çıkılmasının temeli, o dönemde ezanın Türkçe okunmasına karşı çıkan kesimin Türkçe ezanla birlikte Tanrı kelimesine itiraz eden bazı tarikatların tepkilerinden ileri gelmektedir.

61

Yokuştan aşağıya inmeye başladığında "Şüphesiz bilirim Tanrı'dan başka yoktur tapacak, şüphesiz bilirim Tanrı'nın elçisidir Muhammed," derken müezzin, belki neflesedği nargilenin gecikmiş etkisi yüzünden, belki de kelimeleri anlamış olmanın etkisiyle müezzinle birlikte yine mırıldanmaya başladı: "Haydi namaza, haydi namaza... Haydi felaha, haydi felaha, haydi felaha..."

"Tanrı uludur!"

Bahriye Hanım'ın konağına uzanan yola indiğinde Boğaz'a demir atmış Turgut Reis'i gördü. Almanlardan alındığı zamanı anlatmıştı babası ona, Birinci Dünya Savaşı öncesinde ne de ihtişamlı bir gemiydi bu. O zamanlar Boğazları olası İtalyan saldırısına karşı korumakla görevli gemi, artık sadece donanma eğitimi için kullanılan köhne bir haldeydi. Osmanlı'nın dünyaca ünlü ihtişamı sanki bu gemininkiyle birlikte bitmişti. Zincirlendiği Boğaz'da, yutulması imkânsız ama çiğnenmiş bir lokma gibi durmaktaydı... Burnu sızladı Selim'in, 624 yıl anlayış ve köklülükle süren Osmanlı'nın ihtişamının yenilmişliği vardı bu gemide. Batmamıştı, sadece Boğaz'da demir attığı o yerde öylece duruyordu, hareketsizlikti ikisini de bitiren diye düşünürken, *o adam* ortaya çıkmasa her şeyin daha farklı olacağını hatırlattı kendine, Hüsrev Efendi'nin dediklerini düşündü, "*O adam* olmasa padişah ve şeyhler nasıl olsa koruyacaktılar bu toprakları. Kim padişahlığı kaldıracak kadar aptal, şeyhlere karşı olacak kadar kör olabilirdi! Büyük resmi görmeyi beceremeyen bir adamdı bu! Devrim adını verdiği bu lanetlenmişlik neye hizmetteydi ki?! Hiçbir şeye!"

"Selim Abi!" diyen ses öyle yakınından gelmişti ki bedenini hareket ettirmeden sese bakışını çevirdiğinde dibinde soran gözlerle kendisine bakan genci gördü. Kim olduğunu anlaması saniyelerini almıştı ve hemen konuşamadı, çünkü Fehmi'yi İstanbul'da görmekten şaşkındı!

"Fehmi!" diye hayretle atıldı ve hemen ekledi: "Oğlum ne kadar büyümüşsün, ne işin var burda?!"

Kocaman bir gülümseme ile Selim Abisinin gözünde büyümüş gözükmekten gururlu ona sarılırken cevap verdi Fehmi: "Kanun için geldim Selim Abi, soyadı kanunu çıkaracaklar, kurulda görevliyim."

"Ne kanunu dedin?" derken yüreğinde hissettiği sıkışıklığı sanki kaşlarının arasına hapsetmişti Selim, çatık kaşlarının gölgesinde Fehmi'yi dinledi: "Soyadı kanunu Selim Abi, öğretmen çıktım ya ben, devlet önce kendi memurlarına soyadı veriyor. Sonra bütün halka verecek. İstanbul'a soyadımı almaya geldim, hem de kanun kurulunda görevliyim. Ben de bu akşam Latife Teyzelere sizi görmeye gelecektim, ne güzel oldu karşılaştık."

Dişlerini sıktı Selim, yutkundu, söylemek isteyip de söylemeye karar verdiklerini yutkundu ve elini Fehmi'nin omzuna atıp zoraki bir gülümseme ile sordu: "Çok iyi yaptın. Peki şimdi nereye?"

"Hiiç, öyle sahile inecektim, özlemişim buraları. Size geçmeden önce azıcık yürüyecektim."

"Tevafuk! Düş önüme bakalım," derken kolunu Fehmi'nin omzuna attı. "Sen gönüllü mü oldun bu devletle çalışmak için?" diye sorarken sesindeki gerginliği saklamakta zorlandı ama önemli değildi, onu Bahriye Hanımların evindeki toplantıya götürmeye karar vermişti. Gerçeğe açılan birer kapıydı o toplantılar. Madem Allah onları karşılaştırmıştı, Fehmi ne kadar kaybolmuş olursa olsun, birkaç toplantı sonrasında özünü bulacaktı. Yan yana yokuşu inerlerken Fehmi'nin coşkulu sesinden cevabı sakince dinledi Selim: "Olmama gerek kalmadı, memurların hepsi dönem dönem devletin geliştirme kollarında görev alıyor. Aslında bir şey bildiğimizden değil, yapılan inkılapları iyi anlamamız ve bu devrim ruhunu korumamız için çıraklığa alınıyoruz. Fikri anlamak için önce yaşamak lazım diyorlar. Lider ülke olmak için de fikri, ilmi anlayan adamlar lazım."

"Bu devrim ruhunu korumak şeytanı korumak değil mi be Fehmi?! Ne lanet bir şey bu devrim!" diye çıkıverdi cümle Selim'in ağzından. *O adam*ın yaptığı her şey lanetli değil miydi?

Fehmi'nin adımları yavaşladığında onunla birlikte durmak zorunda kaldı Selim, çocuğun bakışı yerdeydi, söylemek istedikleri olduğunu ama kendisi gibi zor yutkunduğunu fark etti. Omzuna attığı elini sıkıp "Söylesene oğlum! Selim Abin değil miyim ben senin?! Veletliğini bilmesem tamam da, bahçelerde koştuğun zamanlardan tanırım seni. Ne söyleyeceksen yiğit ol, söyle!"

Fehmi bakışını yerden alıp Selim Abisine çevirdi. Selim o gözlerde daha önce kimsenin gözünde görmediği ve adını henüz koyamadığı bir şey fark etti... Neydi bu gözlerdeki şey diye düşünürken, Fehmi konuştu: "Abi, artık tek bir kişinin sahipliğinde olmak yok! Kula kulluk etmek yok! Devrimi istemezsin, hor görürsün ama sen Müslüman değil misin? En büyük devrimdir İslam! Bir zamanlar insanlar köle pazarlarında alınıp satılıyorlardı, köleliğin kaldırılması da bir devrimdir! Dış güçlerin kurduğu sömürgecilik sistemine karşı savaşmak da bir devrimdir!"

Aklı karıştı Selim'in, hem Fehmi'nin karşısında böyle dikilmesine, hem de çok nefret ettiği devrimin en büyük devrim olan İslam ile binlerce yıldır hayata getirdiklerine.

Neydi devrim? Olanı yıkıp yerine yenisini getirmek değil miydi? Yıkım değil miydi?

"Devrimi anlamak lazım Selim Abi... Anlamalı ki yanlışlarımızı düzeltebilelim. Devrim yenilenmedir, süregelen yanlışlıkları düzeltme çabasıdır. Bir adım daha insan olma umududur."

Bakışını Selim'den alıp önüne döndü Fehmi ve yürüdü, hareketinde küstahlık değil kırılmışlık vardı. Nedense kendini suçlu hissetti Selim, çocuğun ardından birkaç saniye bakarken kaşlarını çatıp ona kızmak istedi, bu saygısızlığı başıboş bırakamazdı ama sonra Fehmi aniden geriye dönüp "Cumhuriyet böyle bir şey Selim Abi, önemli önemsiz demeden herkesin düşündüğünü söylemesine izin veriyor. Fikrin özgürlüğü diyorlar buna. Lütfen hadsizliğim için kızma bana. Devlette hep diyorlar ki siz öğretmensiniz, öğretmenler düşünmeli ve düşündüklerini hep söyleyebilmeli, çünkü bir çocuğun ilk öğrenmesi gereken şey düşünmek ve düşündüğünü söyleyebilmektir. Düşündüklerini söylemeye alışık olmayınca düşünmeyi de unutuyor insan," dedi ve dönüp yine yolu adımlamaya devam etti. Silkelendi Selim, uzun adımlarla yakaladı Fehmi'yi ve birkaç adım sessizce yürüdüler. Aralarındaki sessizliğin bir fikir ayrılığının tohumu olduğuna emin olan Selim çok yanıldığını sonraları anlayacaktı ama zaten en emin olanlar en çok yanılanlar değil miydi?

"Öğretmen oldun demek! Memnun musun?" diye sordu Selim, sessizliği bölmek, huzursuzluğu gidermek için sesinin tonuna özellikle dikkat etmişti ve yokuştan inerken karşısında sereserpe yayılmış olan denizdeydi gözleri.

Selim'in anlaşma çabasını nadide bir çiçeği sular gibi cevapladı Fehmi "Çookk!" derken coşkuyla cevap vermese Selim ona dönmeyecekti ama sesindeki neşeyi ifadesinde de görmek istedi.

Fehmi "Yanlışları değiştirmek istiyorsan topa tüfeğe gerek yok, en büyük silah ilimdir, en iyi yöntemse eğitim. Çok şükür ki insan öğrenen bir varlık. Allah bize sabır versin yeter, sabrın olduğu yerde anlayış her zaman gelir. İlgi tek çaredir," derken mimiklerinde umut vardı. Çok uzun zamandır bu topraklardan çekildiğini hissettiği o derin umut, şimdi Fehmi'nin ifadesinin her kıvrımında bağırmaktaydı, "Buradayım, hep var olacağım dercesine..." ama "Topa tüfeğe gerek yok..." ne kadar naif bir cümleydi. Çocuğun savaşları kelimelerle kazanacağını sanmasına gülümsedi Selim, içinde hissettiği fikir ayrılığı ciddi bir acımaya dönüşmek üzereydi, acaba bu Cumhuriyetçilerin hepsi de Fehmi gibi hayalperest miydi? Hayalperestler tarafından ele geçirilmiş bir ülke miydi burası? Yine de şükürdü, ya cehalet tarafından, üstelik kendi cahilliklerini fark etmeyen köşeye sıkışmış cahiller tarafından tamamen ele geçirilseydi bu vatan... "Ne işe yarayacak ki soyadı?" diye kurcaladı Selim Fehmi'nin zihnini, "Osmanlı'da soyadı mı vardı?!" dedi. Bakalım daha neler vardı o hayalperest kafanın içinde.

"Mahkemeye gidiyorsun, kimsin sen, seninle aynı isimde bir sürü insan yok mu? İnsanın bir kimliği olmalı ve bu kimlik kimse ile karışmayacak netlikte, eşsizlikte olmalı. Soyadı bir sülalenin çatısı gibi olacak, isimler ise o çatının altındaki evin odaları," derken itiraz etti ona Selim: "Ağaç gibi, soyadı ağacın gövdesi, o soya dahil olanlarsa ağacın dalları gibi yani."

"Aynen öyle Selim Abi, buna soyağacı deseler yeridir. Keşke senin gibi aydınlar da katılsa Cumhuriyet'in reformlarına, bu toprakları cennet yaparız!" derken o kadar samimiydi ki Selim'in ifadesindeki fırtınayı, tiksintiyi görmedi bile.

"E sen ne soyadı alacaksın kendine?" diye söylendi Selim, ilgilendiğinden değildi ama sessizliğe bıraktığı her adım içindeki duyguyu patlatacak gibi bir yoğunluk getiriyordu, huzursuz zamanlarda boşlukları kelimelerle doldurmak iyi niyetin acizliğiydi.

"Kubilay," dedi Fehmi.

"Fehmi Kubilay ha..."

"Mustafa Fehmi Kubilay. Dedemin adını da unutma Selim Abi," diye cevapladı Fehmi, sesindeki gurur öylesine gerçekti ki bir an dönüp ona baktı Selim, kendini bildi bileli bahçe ve ayak işlerini yapan bir sülale ile nasıl böylesine onur duyabilirdi biri... sonra bakışlarını hemen kaçırdı. Bu çocuk çok değişmişti. Savaş onu değiştirmişti... Savaş her şeyi değiştirmişti. Gurur duyulacak, onur hissedilecek haller bile değişmişti. Ayaklar baş, başlar ayak olmuş, gidilmesi gereken yollar yok olmuş, meçhul yollar amaç olmuştu... Savaş her şeyi değiştirmişti. Neyse ki yokuş bittiğinde Bahriye Hanım'ın konağına birkaç yüz metre kalmıştı, artık Fehmi'deki bu tuhaf duyguya maruz kalmayacaktı.

Neydi bu duygu, ondan etrafa sızan bu gururun kaynağı? Düşünmek istemedi. Gelen geçen tanıdıkları selamlamaya başladı Selim, yolda karşılaştığı katılımcılara denk geldikçe Fehmi'yi bu toplantıya götürmenin iyi bir fikir olup olmadığını zihninde sorguladı. Cumhuriyet denen illetin karşıtı herkes olacaktı bu toplantıda ve Fehmi kalbindeki bu hastalıklı sevgi ile pek de güvenilmezdi ama aynı zamanda bu bir fırsat da olabilirdi. Fehmi'yi kurtarma fırsatı, bu Cumhuriyetçi denen hainlerin nasıl da Osmanlı'yı silmeye çalıştıklarını ona gösterme fırsatı… Fehmi uyanırsa onunla birlikte *o adam*ın cumhuriyetine hizmette olanları da uyandırabilirlerdi ve işte o zaman uyanış başlayabilirdi. Allah karşılaştırmıştı onları, tevafuktu bu. Madem yoluna çıkmıştı, onunla adımlayacaktı. Fehmi'nin kendisinde yaratacağı depremlerden habersiz, onunla yürüdü Selim.

Bahriye Hanım'ın evine vardıklarında faytonlardan inenler, atlarını teslim edenler, yürüyerek gelenler... giriş pek kalabalıktı. Fehmi sarıklıların arasında duraklayıp "Selim Abi istersen ben seni dışarda beklerim ya da akşam evde de..." derken lafa girdi Selim: "Saçmalama oğlum, düş peşime. Madem bulduk birbirimizi Allah'ın bir bildiği vardır, benimle geleceksin," diye ısrar etti.

Fehmi tereddütte, ürkek, Selim zaferde, rahat girdiler eve.

-14-

Orhan[12]

İnsan olmayı başarabilmek için doğduğunu anlamadıysan, hangi dine inandığının hiçbir anlamı yok.

"Daha önce, dinler tarihini öğrenmek için ilk kutsal kitaplı din olan Yahudilerin tarihini öğrenmekten başladık, kutsal kitapların hiçbirinin o dinin peygamberi tarafından yazılmadığını söylemiştim. Bilgi peygamberler aracılığıyla indirildi ama daima peygamberlerin ölümlerinden çok sonra başka biri tarafından yazıya geçirildi."

Sınıfta kalkan parmağı fark etti Fred, söz verdi.

Öğrenci, "Yahudi demek ayıp değil mi öğretmenim, Musevi demek lazım gelmez mi?" diye sordu.

---

12 *How we left Fordlandia* - Johann Johannsson

"Lazım gelmez," dedi Fred. "Bazılarınız kibar olmak için Musevi diyorlar, ancak bu söylem tüm Yahudileri kapsamaz, çünkü Musevi Musa'dan gelen Musa'nın takipçileri demek, yani Musa peygambere inanmış, onun kurallarına uymayı seçmiş kişiler Musevi'dir. Yahudiler ise henüz Musa peygamber doğmamışken var olmuş bir topluluğun adıdır, yani bir ırktır. Yahudiler, Araplar gibi, Sami ırkına mensupturlar. Aslında Yahudiler ve Araplar aynı soydan gelir, Arapların kuzenidirler desek yanlış olmaz. Çünkü…" dedi ve tahtaya "İbrahim" yazdı, hemen yanına da "Abraham" yazdı.

"İbrahim ya da Abraham –ikisi aynı kişi– hem Musa'nın, hem İsa'nın, hem de Muhammed'in, yani tüm peygamberlerin büyük büyük büyük dedesidir kendisi. Yani üç büyük dinin peygamberleri aslında kuzendirler. Her bir peygamber İbrahim'in torunudur."

Öğrenciler şok içindeydiler, gözleri fal taşı gibi açılmış olan Ali nefessiz dinlemekteydi. Orhan'ın kaşları çatılmıştı, bu adam ne saçmalıyordu, böyle bir şey olsa bunu yazın gittiği Kur'an kursunda, camide zaten anlatırlardı. Ne yani Musa ile İsa kuzen miydi?! Ya Hazreti Muhammed?!

Fred devam etti, "İbrahim, insanlık tarihinde, Tanrılara insan kurban etmeyi kaldıran ilk kişidir. İnsanlar Tanrılara çocukları, bakireleri kurban etmeyi İbrahim'le bırakmış onun yerine koç, kuzu kesmeye başlamışlardır. Hikâye şöyle: İbrahim'in karısı Sara hamile kalamayınca, Sara'nın izni ile İbrahim karısının yardımcısı olan Hacer'i kendine eş alır. Hacer hamile kalır ve bir oğulları olur, adını İsmail koyarlar. İsmail, Muhammed Peygamber'in ve Arapların atasıdır. İsmail'in doğumundan 14 yıl sonra Sara da hamile kalır ve İbrahim'in bu sefer Sara'dan da bir oğlu olur. Onun adını da İshak koyarlar ve İshak, Musa Peygamber'in ve Yahudilerin atasıdır. Yani Yahudiler ve Araplar kardeş çocuklarıdır aslında ve ilk Hıristiyanlarsa, daha önce anlattığım gibi, Nazheretli Yahudilerdendirler. İshak'ın soyundan gelirler."

Çocuklardan biri, "Yani hangi yıl oluyor bu öğretmenim? Milattan, yani İsa doğmadan kaç yıl önce yaşamış İbrahim Peygamber?" diye sordu.

"Bronz Çağ'da doğmuş İbrahim Peygamber ama hangi bronz çağ?! Üç dinin ve her kültürün bu konuda görüşü farklı çocuklar, çünkü her bölgede çağları belirleyen elementler farklı zamanlarda kullanılmış. Mesela Çinliler milattan 4000 yıl önce bronz çağını yaşarken, yani bronzdan aletler yapıp kullanırken, Çinlilerden ta 2000 yıl sonra Avrupa'da bronz çağı yaşanmış. Yani insanların bronzu işleyip kullandığı zamanlar tüm dünyada aynı anda olmamış. Ama bugün artık geçmişimizi unutmuş bir halde yaşadığımız için, genellemeler üzerinde üç aşağı beş yukarı bir ortalama yapılmaya çalışılarak, tarihimiz, yani insanlık tarihi yazılmaya çabalanmış. İşte bu her şeyi genelleştirme çabası, tarihteki en büyük problemdir. Her bölgede farklı şekilde kendini gösteren olayların ve gelişmelerin genellenmesi, insanlık var olduğundan beri çok ciddi kafa karışıklıklarına neden olmuştur ve olmaya da devam etmektedir. Ama sizler şanslısınız, çünkü Cumhuriyet'le birlikte, bu genellemenin aldatmacalarına çare arayan, insanlık tarihinin hakikatini bulmak için çabalayan bir anlayışla hazırlanmaya çalışılıyor tarih kitaplarınız.[13] Sümerlerin aslında kimler olduğunu işlediğimizde ne demek istediğimi anlayacaksınız. İşte bu yüzden dersimizin adı İnsanlık Tarihi, kendi aramızda yaptığımız savaşlara değil, insanlığın nereden geldiğine odaklanacağız. Ve inanç, inanma ihtiyacının, dolayısıyla dinlerin insanlığı nasıl etkilediğinin izini süreceğiz. Bu iz bizi katman katman açılan bilgilerle belki de insanlığın tarih sayfasında ilk görüldüğü yer ile bugünkü hali arasındaki benzerliklere ve unutulmuş, çoğu zaman çarpıtılmış gerçeklere götürebilir. İşte o yüzden milletlerden birinin nihayet bu çabayı

---

13 1946'dan itibaren tüm içerik yeniden değiştirilmiş, tarih kitaplarına milliyetçilik akımı gibi sunulan ancak halkı ayrıştıran bir anlatım sonraki yıllarda oluşturulması planlanan kutuplaşmayı temellendirebilmek için yüklenmiştir. Kutuplaşmanın temelleri ulusun bir kesimini diğerinden ayıran bir tarih anlatımıyla böyle atılmıştır. Birlik duygusunu kaybetmiş insanlar güçlü bir ülke kuramazlar.

göstermesi o kadar değerli ki... Neyse, İbrahim'in yaşadığı yılların en az milattan önce 2000-2500 yılları arasında olabileceği tahmin ediliyor ama tabii hiçbir şey kesin değil. Tarihin o dönemlerini, en eski kaynaklar olduğu için insanlık, İbranilerin kaynaklarından, kutsal kitapları *Tevrat*'tan öğrendiği kadarıyla yorumluyor, çünkü *Tevrat*'taki bilgilerin çoğu, ilk din Yahudilik olduğu için, insanlık tarihinin en eski bilgileri olarak kabul edilmiştir. Mesela Hıristiyanların *İncil*'i bile *Tevrat*'ı birebir kabul etmiştir. *İncil*'in ilk bölümü, Yahudilerin *Tevrat*'ından oluşurken, buna *Old Testiment* yani *Eski Vasiyet* derler ve devamı, yani İsa'dan sonra olmuş olan olayların anlatıldığı bölüm, *New Testiment* yani *Yeni Vasiyet* olarak devam eder. *İncil*, Yahudilerin *Tevrat*'ı ile Hıristiyanların tarihini iki ayrı bölüm olarak bir arada sunar. Bu ikinci kısmın İsa öldükten 62 yıl sonra[14] Saint Paul tarafından yazıldığı söylenir ama yazıldığı tarihe dair bulunan ilk delil, İsa'nın ölümünden 120 yıl sonrayı gösterir. Geçmişin tarihi olarak okutulan her şey, aslında birçok muammanın gerçek kabul edilmesi ile oluşturulmuştur. Hıristiyanlık, İsa öldükten 325 yıl sonra, Roma İmparatoru ve pagan olan Konstantin[15] tarafından din olarak kabul edildiğinde

---

14 Kilise kaynaklarında 60 yıl olarak bulunan bu bilgi için herhangi bir kanıt yoktur. MS 70 ilâ 100 arasında Yunanca yazıldığı düşünülen ve aslında kimin yazdığı bilinmeyen ama 2. yüzyılda Mathew, Mark, Luke ve John isimleri verilen, Yunanca "iyi haber" anlamına gelen *"euangelion"* kelimesinden türetilen Gospellerde yazılanların gerçekliğini destekleyen başka bir tarihî delil yoktur. İlk kanıt, Jesus'un çarmıha gerildiği söylenen tarihten 120 yıl sonrasına aittir.

15 Araştırmanız temennisiyle: 1. Konstantin, Roma İmparatorluğu'nun Bizans şehrini, imparatorluğun başkenti yapan Roma imparatorudur. Bu yüzden şehrin adına Konstantinopolis yani Konstantin'in şehri denmiştir. Roma'daki Milvio Köprüsü'nde imparatorluk tacı için savaşırken, üzerinde *"in hoc signo vinces"* – "bu işaret ile kazanacaksın" yazılı, göğe yükseltilmiş bir haç görünce Tanrısını o anda Apollo'dan İsa'ya değiştirmiş ve savaşı kazanınca da imparator olup daha önce bir suç olarak görülüp yasaklanmış Hıristiyanlığı devlet dinî haline getirmiştir. Ancak, imparator olduğunda yaptırdığı kemerde hem Hıristiyanlıktan hem Apollo, Diana, Herkül gibi pagan kültürü Tanrılarından işlemeler vardır. Bugün Hıristiyanlıktaki birçok dinî uygulamanın pagan kültüründeki inanışlar ve 1. yüzyıl ile 4. yüzyıl arasında yaygın bir inanış olan İran-Hint dini, Mitraizm dininden temel alınarak Konstantin tarafından Hıristiyanlığa yerleştirilmesiyle oluşturulduğuna dair ciddi deliller vardır.

Yahudiliğin bir kolu olmaktan çıkmış, tek başına bir din olarak resmiyet kazanmıştır."

Sınıftaki uğultu yine yükseldiğinde, elindeki sopayı tahtaya vurup çocuklara kendi aralarında konuşmamalarını buyurdu Fred.

Daha şimdiden şaşırmış olmaları sonradan anlatacaklarını anlamalarını zorlaştıracaktı ama önemli değildi, gerçeklerin olduğu gibi anlatılabilmesi, üstelik bir okulun çatısı altında, resmen bir mucizeydi. Vatandaşlarını bir sermaye kapısı gibi gören devletler, bilgiyi herkesten kısıtlar olmuştu, halkın cahilliği hammadde gibi kullanılırken, bu topraklarda kurulan bu cumhuriyetin niyetinin ne olduğu, anlatılmasına izin verilen bilginin zenginliği çocuklara sunulan derslerden belliydi. Devrimdi Cumhuriyetin niyeti, bir insanlık devrimi… Sadece bu ülke vatandaşları değildi hedef, tüm insanlığa örnek olacak bir eğitim, yaşam ve kültür kurmak peşindeydi Cumhuriyetçiler, verdikleri eğitimden, olanı olduğu gibi anlatmaktaki gayretlerinden belliydi.

Sınıftaki öğrenciler İsa'dan 300 yıl sonra dinleştirilmiş olan Hıristiyanlığa duydukları şaşkınlığı kendi aralarında konuşarak hafifletmeye çalışırlarken, Fred elini tahtaya vurup sessizlik buyurdu. Hazmı zor gerçeklerin sadece sessizliğe ihtiyacı olduğunu biliyordu.

Sınıfın sessizleşmesiyle birlikte sakince kalkan bir parmağa konuşması için izin verdiğinde Fred, "Profesör, peki *Tevrat* ne zaman yazıldı?" diye sordu çocuklardan biri, Fred açıkladı:

"*Tevrat*'ın yazılması ilginçtir, çünkü *Tevrat* beş kitaptan oluşur. Toplamda 79.847 kelimedir, yani A4 büyüklüğünde bir kâğıda yazılsa, her sayfada 500 kelime olsa, yaklaşık 160 sayfa olur. *Tevrat*'ın bir diğer adı da Torah'dır, duyarsanız aklınız karışmasın diye söylüyorum, çünkü Yahudiler *Tevrat*'a Torah derler. Torah kökünü moreh kelimesinden alarak *akışta olan* anlamına gelir. Torah bu yüzden, yani akışta olması için ilk olarak sözlü indirilmiştir, yazılması yasaklanmış, her cuma kulaktan kulağa anlatılması buyrulmuştur. Musa'nın *Tevrat*'ı İsa doğmadan, yani milattan 1313 yıl önce sözlü olarak indirdiği kabul edilir ama bu bilgi de kesin değildir. Yuvarlama tarihin ürünüdür. Torah'ın ikinci kitabı Exodus, dünyanın yaradılışından 2448 yıl sonra, Sivan ayının yani haziran ayının altıncı gününde on emrin Musa Peygambere Sina Çölü'nde indiğini söyler[16] ama bizler dünyanın ne zaman yaratıldığını bilmediğimiz için hesap yapamıyoruz. Yani Yahudilerden gelen bilgiye göre dünya yaratıldıktan 2448 yıl sonra Musa Torah'ı indirmiştir. Musa Peygamberin *Tevrat*'ı indirmesi ile birlikte Torah önce sözlü olarak Yahudiler arasında ezberlenmiştir, buna sözlü Torah denmiştir. Yaklaşık 80 bin kelimeden bahsediyoruz burada! Ve *Tevrat*'ın beş kitabı, ancak 70 yılında, yani Musa Peygambere indirildikten 1383 yıl sonra, ikinci Yahudi tapınağının yıkılması ile birlikte toplanmaya başlamıştır. Hıristiyanlıkta da durum aynıdır, İsa Peygamber öldükten yüzlerce yıl sonra *İnciller* toplanmıştır ve bugün yüzlerce *İncil*'in arasından seçilmiş, Hıristiyanlığın kutsal kitabı olarak kabul gören dört ayrı *İncil* vardır. Oraya da geleceğiz."

Çocuklar öyle şaşırdılar ki şaşkınlıkları anbean arttı, tek bir ismin beş kitabı kapsaması, Musa Peygamber öldükten 1383 yıl sonra *Tevrat*'ın yazılmaya başlamış olması, yaklaşık 80 bin kelimenin belirli bir sıra ile binlerce yıl akılda tutulmaya çalışılması... ilk defa duyan biri için hayret vericiydi, sınıftan bir nefes gibi yükselen hayret sesi, Fred'in önce pek hoşuna gitti, çünkü merak, öğrenmenin ilk koşuluydu. İnsan, insanlığın geçmişini bilmeden nereye varması gerektiğini nasıl bilsindi?

Merakla gidiliyordu varılması gereken her yere. İşte bu yüzden neyi merak ettiğimiz karakterimizin temeliydi.

Ali parmağı havada, Fred'in izin vermesini bekleyemeden kelimelere döktü hayretini "Beş kitap! 160 sayfa! Nasıl olur da insanlar beş kitaba sığacak bilgiyi 1300 yıl hiç unutmadan ezberleyebilirler öğretmenim?!"

"Güzel bir soru Ali. Hayret verici, sarsıcı bir soru, ancak cevabını ben de bilmiyorum çocuklar... Kimsenin bildiğini de sanmıyorum," derken sınıftaki çocukların daha da büyüyen hayretine baktı ve

---

16 *Exodus*, Shemot 19:1

bu hayretin sorumluluğu bir anda ağır geldi, çünkü o hayrette kandırılmışlık vardı. Gezegenin her köşesine dağılmış milyonlarca insan boşluklar doldurularak oluşturulmuş bir insanlık tarihi ile nasıl da sınırlandırılmıştı… Bu kandırılmışlık öylesine büyüktü ki milletler kendi çocuklarına anlatamıyorlardı bile geçmişin gerçeklerini. Meraklar sorulara dönüşünce sınıftaki uğultu çoğaldı, henüz bilmedikleri bilgilerin eksikliğinde, kendi başlarına bulamayacakları cevapları bulabilmek için çaresizce fısıldaşmalar başlamıştı ki Fred elini masanın tahtasına vurup dikkati yine üzerinde topladı.

"O kadar basit değil!" dedi.

"Çünkü Torah'ın başta sözlü olmasının bir anlamı vardı. Zamanla dilden dile anlatılırken, din ve dinî geleneklerin zamanın şartlarına uyum sağlaması kolaylaştı. Çünkü dilden dile, nesilden nesile anlatılan geçmiş, her anlatımda giderek daha mantıklı hale gelmiş olabilir. Ve bunun için öylesine işlevsel bir gelenek geliştirmişlerdir ki bu gelenek bugün bile devam etmektedir: Şabat! Cuma günü güneş batımından cumartesi güneş batımına kadar olan sürede Yahudiler hiçbir iş yapmazlar, yasaktır, bu 24 saatlik süre boyunca yaşam için gerekli olabilecek her şey, yemekler bile önceden hazırlanır, çünkü kibrit bile çakmak Torah tarafından yasaklanmıştır. Şabat için cuma gecesi tüm sülale bir araya gelir, anneanneler, dedeler, büyük dedeler, torunlar, tüm sülale… şölenli bir yemek yenir, yemeği her cuma akşamı o sülalenin en yaşlı kişisi evinde hazırlar. Yemekte sohbet etmek ama havadan sudan değil, yaradılışla ilgili sohbet etmek, özellikle hanımları mutlu etmek sevaptır ama en önemlisi, sözlü Torah mutlaka anlatılır, Yahudilerin piramitleri inşa etmeleri, ahit sandığını alıp Mısır firavunundan nasıl kaçtıkları, denizi yaran Allah'ın onları firavunun ordularından nasıl koruduğu, vaat edilmiş toprakları ararken başlarına neler geldiği, Allah'ın onlara gökten ekmek yağdırarak nasıl yardım ettiği… Yahudilerin geçmişleriyle ilgili her şey masallar, hikâyeler halinde çocukların Yahudilik tarihini anlaması için sözlü Torah olarak cuma akşamları anlatılırdı. İşte bu gelenek sözlü Torah'ın nesilden nesile aktarılmasını sağlamış olmalı ta ki ikinci tapınakları yıkılana kadar. İkinci tapınağın 70 yılında yıkılmasıyla birlikte Yahudiler sözlü Torah'ı derilere yazmaya başlamışlar. Hadi size şaşıracağınız bir şey daha söyleyeyim: Kim Neron'u duydu? Roma kralı deli Neron'u aranızda duyan var mı?"

Vardı. Birkaç kişi parmak kaldırırken Orhan İlmiye'nin kaçamak kalkan parmağına baktı. Bu kızın bilmediği bir şey var mıydı? Neron da kimdi?!

İlmiye yukarıda tuttuğu parmağı, Fred'in dikkatini çekmeyince sabırsızlanıp "Roma'yı yakan çılgın Roma İmparatoru Neron!" diye çıkıştı.

"Evet," dedi Fred, "Roma İmparatoru çılgın Neron çıkardığı yangınlarla ünlüdür. Yahudilerin yaşadığı Kudüs o zaman Roma İmparatorluğu'nun bir eyaletiydi. Geçen dersten hatırlıyorsunuz umarım. İsa'nın doğduğu Nazareth bölgesi buradadır, Kudüs'ün hemencecik kuzeyinde."

Hatırlıyorlardı.

"Roma İmparatorluğu'na ait topraklarda bir azınlık olarak yaşayan Yahudiler, 66 yılında Roma'ya karşı ayaklandılar, Pagan geleneklerinden kurtulup sürekli Roma'ya ödedikleri vergilerden özgür olmak istiyorlardı. İşte o zamanlar Neron Roma İmparatoru'ydu. Neron'un gönderdiği ordular Kudüs'e vardıklarında Yahudilerle savaştılar. Dört yıl süren savaş sonrasında, 70 yılında, Yahudilerin ikinci tapınağı Neron'un emri ile yakıldı. Tapınağın yakılması ve Yahudilerin dağılması sonrasında, o güne kadar nesilden nesile sözlü olarak anlatılan Torah'ın nesilden nesile aktarılması tehlikeye düşünce, Yahudiler sözlü Torah'ı toplamaya başladılar… Şimdi bir düşünün, Mısır'da köle olarak firavunun emrinde ünlü Mısır piramitlerini yapan Yahudiler, binlerce yıl sonra Roma imparatorlarıyla savaşıyor. Geçmişlerinin ne kadar eski olduğunu görüyor musunuz?"

Herkes başını sallıyordu. Orhan'ın kaşları çatılırken içinde tutamadığı kelimeleri saçıldı: "Önemli olan, en eski din değil, en son din olmak! Niye sürekli Yahudilerden bahsediyoruz ki!"

Fred'in ifadesindeki sıkıntılı karmaşa kelimelere dönüşmek üzereydi ki ders boyunca konuşulanları hareketsiz dinleyen Derviş Kâmil'in sakin sorusu duyuldu: "İnsanlık tarihinin en eski bilgisi kimde Orhan?"

Orhan kaşları çatık, inandığı her şeyi korumak için ayağa fırlamaya hazır, kendinden emin ama bildiklerinden tereddütlü, "İlk din onlar diye her şeyi biliyor değiller! Müslümanlık tarihimiz bize yetmeli! Sabahtan beri Hıristiyanlık ve Yahudilik propagandası dinlemekten yoruldum. Bu Müslümanlığa ters, uymaz hocam!" diye çıkıştı.

"Müslümanlığa ne uyar Orhan?" dedi Derviş Kâmil, sesindeki bıkkınlık öylesine netti ki Orhan sorudaki kinayeyi istemese de anlamak zorunda kaldı. Cevap verecekti ki Derviş lafa girdi, "Orhan, sabahtan akşama kadar sana Hıristiyanlık ya da Yahudilik tarihi anlatsak, üç gün boyunca... beş gün boyunca... seni Hıristiyanlaştırmak ya da Yahudileştirmek kaç gün sürer?"

Bu nasıl bir soruydu şimdi, Orhan iyice gerildi. "Elhamdülillah ben Müslüman doğdum, Müslüman giderim bu dünyadan."

"Hımmm. Yani burada amacımız bir derste seni Hıristiyanlaştırmak ya da Yahudileştirmek olamaz," dedi Derviş ayağa kalkarken, ifadesinde ince bir tebessüm belirdi ama o kadar inceydi ki Orhan bu tebessümü göremezken, İlmiye görebildi. İnce ifadelerin derinliklerini görmek her zaman kadınların işiydi.

Derviş adım adım Orhan'ın yanına gelirken, "Peki biz sana neden anlatıyoruz şimdi tüm bunları?" dedi.

İfadesindeki tebessüm büyümüştü, toyluktan kuvvet alan şüphe ile tohumlanmış, nefret ile sulanmış duygularının gri bulutları Orhan'ın bakışlarından çekilip ancak güvende hissettiğinde doğabilecek o eşsiz güneşin ışığını gözleri inceden inceye sunarken, sustu Orhan. Gardını indirdi, savaşta değildi ki. Niye din söz konusu olduğunda saldırmak öğretilmişti? Sanki Müslümanlığın kanıtı en kavgacı şekilde İslam naraları atmaktı, diye düşündüğü anda, Derviş "İslam naraları atmak Müslümanlığın kanıtı değildir, çünkü anlayıştır İslam," dedi.

"O gereksiz, kavgacı naralar İslam'ı gerçekten yaşamayanlarca atılır. İslam'ın savunulmaya ihtiyacı yoktur, şirk koşmaktır bu! İslam'ı yaşarsın, etrafındaki herkese örnek olacak bir zarafet ve kudrette yaşarsın, gerisi teferruattır. Ve İslam'ı yaşayabilmek için önce insan olmak gerektiğini anlamak lazım oğlum," dedi Derviş ve koridordan gelen teneffüs çanının sesi sınıfa kadar ulaşsa da sınıfta kimse kıpırdamadı, Derviş devam etti: "Önce insan olacaksın, sonra Müslüman ya da Hıristiyan ya da Yahudi… Tüm bu dinler, insana insanlığı öğretebilmek için sunulmuşlardır. Sen, insan olmayı başarabilmek için doğduğunu anlamadıysan, hangi dine inandığının hiçbir anlamı yok. Çünkü din gidilen bir yoldur, varılan yer değil. Yaradan'ın suretinde yaratıldığını, onu temsil ettiğini, yaşama duyduğun saygının ölçümü için burada testte olduğunu unutmayacaksın. İlla taraf tutacaksan tek bir taraf olduğunu, yaşamın tarafında olman gerektiğini unutmayacaksın! İnsan olmak, asıl önemli olanın ne olduğunu anlamakla başlar ve asla unutmamakla şekillenir."

Derviş yürüyüp çıkışa vardığında ona odaklanmış sınıf hâlâ sessiz, kıpırtısızdı. Elini kapının tokmağına uzattı Derviş ama kapıyı açmadı, durdu öylece… o an, İlmiye'nin bakışı Orhan'a kaydı. İfadesine yapışmış o her zamanki aşağılayıcı hal ve her an saldırıya geçecekmiş gibi olan savaştaki o bakışların yerinde şimdi sakinlik vardı. Bu sakinlik ona nasıl da yakışmıştı… Keskin kaşları yumuşamış, sanki bir atmacanın özgürce göklerde süzülmesi gibi şakaklarını serbest bırakmıştı. Kemerli yüksek burnunun her nefeste öfke ile gerilen delikleri küçülmüş, bitmek bilmez, o kaynağı bilinmez öfkenin saldırganlığına asillik getirmişti. "Alaycı olmadığında ya da nefretle dolmadığında, nasıl da anlamlı gözleri…" diye düşünürken, Orhan'ın o anda, aniden başını kendisine çevirmesi öylesine büyük bir sürprizdi ki başını hemen öne eğdi İlmiye, yapılan sürprizi görmek istemeyen biri gibi gözlerini çekti.

Kalbi hızlandı Orhan'ın, aniden, nedensiz hissettiği telaş sanki İlmiye'nin bakışından kendisine bulaşmıştı. Bir anlık çarpıştığı kızın bakışlarında sanki onaylama vardı. Derviş konuşurken kızı izlemeye devam etti Orhan, çekemedi gözlerini. İnceledi… başı öne eğikti ama yüreği değil. Bir kızın bu kadar güçlü olabilmesi incelemeye değerdi. Kol gücü değildi onu güçlü yapan şey, varlığının, bulunduğu yeri dolduran farklılığıydı. Varlığından onun bedenini göremiyordu sanki.

Derviş kapıyı açıp çıktığında kıpırdaşan sınıfla birlikte ancak bakışını İlmiye'den çekebildi Orhan.

Derviş kapıdan çıkarken "Düşünün," demişti ama ondan önce "ne kadar insansınız?" mı demişti…

Her şeyden önce, ne kadar insandık? Düşünüp anlamaya çalışmalıydık.

-15-

Sir Thomas Edward & Mösyö Picot

Allah'ın ve Hazreti Muhammed'in adının altına pala koymak hangi Müslümanın aklına gelirdi?!

Sarıklı üç beş kişinin arasından sıyrılıp Selim'in peşinden girdi Fehmi eve. Evin zenginliği öyle bir boyuttaydı ki nutku tutuldu Fehmi'nin, savaş sonrası böylesine bir zenginlik nasıl olabilirdi? Kendini küçücük hissederken bir daha hissetmeyeceğine yeminli olduğu bu duygu iliklerine yine işledi. Birilerinin abartılı zenginliği başka birilerinin daha da fakirleşmesi değil miydi? Kapının girişindeki altın varaklı konsolun detaylarına, girişin ortasındaki cam kubbenin altında duran altın heykelin parlaklığına bakarken azaldı da azaldı Fehmi, buradaki zenginliğe şahitlik etmek; açlıktan ölen çocuklara, emek tembelliğinin yarattığı cahilliğe, yokluk içinde birbirine düşen fakirliğe şahitlik etmek gibiydi. Baktığı pahalılıktaki aciz fakirliği gördü Fehmi, görülenin ötesini görmeyi seçen herkes gibi. Etrafında eve giren iyi giyimli insanların rahatlığında azaldı da azaldı, belki aynı şeylere bakıyorlardı ama yaşanmışlıklar bambaşka olunca bakılan şeydeki anlamlar da farklılaşmaz mıydı?

Salonun tabanındaki o ipek halıdaki zenginlik, o halıyı dokuyan kişinin çaresizliği gibiydi. Anadolu'yu görmüştü Fehmi, Anadolu'yu gören kimse, böylesine bir zenginliğe tahammül edemezdi.

Duvardaki yağlıboya tabloların önünden geçerken azaldı da azaldı Fehmi, savaştan hiç etkilenmemiş bu evde, kendini azıcık hissetti. Sanki yer yarılmış ve içine girmişti. Azıcıktı Fehmi… istedikleri her şeyi elde edebilmek için kurallar koyanlardan daima az değil miydi, o kurallara uymaktan başka çaresi olmadığına inandırılanlar?

Neydi hak?! Kimindi?!

"Paranın uşağı olmuştu hak. Adalet ise yoktu. Zenginliğin bir sınırı konmadan adalet nasıl olsundu? Miras kalkmadan nasıl yeni doğanlar eşit doğsundu? Mirasları korumak için konulmuş kurallara maruz yaşarken adaletin hayalini kurmak bir labirentin içinde dürüstlük aramak gibi değil miydi?" diye düşündü Fehmi.

Fehmi'nin duraklamasında onun tedirginliğini hissetti Selim ama önemsemedi, ilk defa böyle bir ihtişama dahil olmak insanı sarsardı, bu tedirginliği normaldi, ilerledi, sonra yanına baktığında onun geride kaldığını gördü, başında dikildiği açık büfeye gözlerini dikmişti Fehmi. Onun hayatında ilk defa böylesine gösterişli bir sofra gördüğüne emindi. Gülümsedi.

Osmanlı farkıydı, bu ihtişam, bu özen Osmanlı'ya ait kültürün temeliydi. Masadaki her şey gümüştü, ince detaylarla bezenmiş Osmanlı gümüşünün parlaklığı, Fehmi'nin ifadesine yansımaktaydı. Fehmi'nin yanına gitti ve keyifli bir gülümseme ile sırtını sıvazladı, onunla şakalaşacaktı ama Fehmi'nin gözleri mi kızarmıştı? İfadesine vuran parlaklık bir kara deliğe çarpmış gibi gözlerinde simsiyah kaybolmuştu.

"Ne oldu oğlum?" diye fısıltıyla sordu, "İyi misin? Açsan ye!"

Fehmi sanki gözyaşlarını yutkundu ve sonra "Yok abi, ben dün Sivas'taydım ve oradaki çocukların açlığını görsen hayatının sonuna kadar açım diyemezsin, bu sofraya bakamazsın. Küfür gibi gelir sana…" dedi sesinin titrekliği testere etkisindeydi.

"Saçmalama Fehmi, dünyada kaç tane aç çocuk var biliyor musun! Ne yapsaydı Bahriye Hanım, yemek mi yapmasaydı? Tam tersi, etrafına bak, o çocuklara yararı olacak insanları buraya toplayıp çare aramak gerek. O sofra bu onurlu davranışa hizmet ediyor. Her güzellikte, çirkinlikleri hatırlayıp üzülemezsin," diye çıkıştı ama Fehmi'nin kara gözlerindeki o ifade o kadar kararlıydı ki…

Bir an Fehmi'nin hissettiği duygunun gerçekliğini hissetti Selim ve neyse ki o sırada Bahriye Hanım'ın neşeli sesi duyuldu. Misafirlerini karşılıyor ve herkesi alt salona davet ediyordu. Sese döndü Selim, eliyle Fehmi'nin kolunu tutup peşinden gelmesi için yavaşça çekti. "Hadi oğlum abartma, sofra için gelmedik buraya. İstemiyorsan yemezsin," derken ciddileşti, ilerledi onunla. İştahla masaya saldıranların arasından sıyrılıp aşağıya inen merdivenlerin başına yürüdüler. Elinde liste ile duran uşak, misafirleri buyur ederken listeden isimleri kontrol ediyordu. Bahriye Hanım'ı da selamlayıp aşağı inerlerken Fehmi'nin adını da listeye ekletti Selim.

Aşağısı bir sınıf gibi düzenlenmişti. Alt bahçeye açılan kapıların gerisinde uzanan denize baktı Fehmi, Boğaz bugün ne kadar da sakindi. İçinde kopmaya hazır fırtınayı ezercesine duruyordu deniz. Derin bir nefes aldı Fehmi, buraya nereden gelmişti! Zihnindeki düşünceleri uzaklaştırıp doğaya baktı, İstanbul nasıl da yemyeşildi. Yeşilliğin arasındaki bu tek tük yalılar resmen inci gibiydi. Yaza hazırlanıyordu doğa… alkış sesi ile geriye, salona döndüğünde, Bahriye Hanım'dan başka bir kadının olmadığı salonda kayboldu dikkati. Ev sahibi Bahriye Hanım'ı mı alkışlıyordu herkes? Ev sahipliğine övgüler diziyorlardı ama o değildi alkışladıkları. Aşağı inen son iki kişiydi. İkisi de ecnebiydi, tenlerinin renginden, tiplerinden belliydi. Bu iki kişi ve kendisi dışında herkesin başında bir fes vardı, o an iyice durakladı. Yukarıdaki sofradan sonra bu görüntü kalbini sıkıştırdı. Cumhuriyet'e karşıydı her biri belli ki ama Bahriye Hanım'ın kıyafetleri özgürlüğü bağırıyordu. Örtüsüz saçları sade bir topuzla geride toplanmıştı. Bahriye Hanım toplantıya en son katılan iki ecnebinin elini bile sıkmıştı.

Azaldıkça azaldı Fehmi, ait değildi buraya, bu insanların arasına. İnsan, ait olmadığı yerlerde hep azalırdı. Bakışları Selim'e kaydı, bir bakışla hissettiği duyguyu ona aktardı ama Selim sakince bakmaya devam etti gözlerine ve mırıldandı: "Peşin hükümlü olma, dinle. Bu insanların hiçbiri aptal değil, hepsi vatan için ellerinden geleni yapmaya hazırlar ve belki de senin bilmediğin bir şey biliyorlar. Öğretmen değil misin sen, en çok senin öğrenmeye açık olman lazım oğlum. Sıkılırsan çıkarsın."

Herkesin sandalyelere oturması rica edilirken başını salladı Fehmi ve otururlarken, "Burada konuşulanları kimseye anlatamazsın Fehmi," dedi Selim fısıltıyla ve gözlerinin içine bakıp onay istedi: "Hiç kimseye!"

Sıkıldı Fehmi, öyle sıkıldı ki Selim'e olan minneti olmasa koşup çıkacaktı bu evden ama Selim Abi'nin ailesi yıllar boyunca ekmek kapısı olmuştu tüm sülalesine ve onurlu biri sır tutabilmeliydi, minnet duyduklarının sırlarını hele kesin tutabilmeliydi. Başıyla onaylarken "Şerefim üzerine sözüm olsun Selim Abi ama..." dedi.

Aması yoktu, Selim bir bakışla bunu net belli etti ve tam o sırada kızıl saçlı, çilli adam ayağa kalkıp aksanlı bir Türkçe ile "Şerefyap oldum ey meclis, velakin dünkü mülemma için de özür dilerim. Size Sir Thomas Edward Lawrence'ı takdim etmek isterim," derken, yanındaki sarışın adam sıcacık bir gülümseme ile ayağa kalkıp "Teşekkür ederim Mösyö Picot," dedi ve neredeyse tek tek herkesin gözünün içine bakıp "Selamün aleyküm," diyerek selamladı.

Şaşkınlığını gizleyerek izledi Fehmi, bir an dönüp Selim'e bir şey söylemek istedi ama selamlamaların bitmesine yakın bir anda salonun kalın kadife perdeleri çekiliverdi, zifiri karanlık içinde incecik yakıldı gaz lambaları. Gündüz vakti niye karanlığa gömüldüklerini daha anlayamadan Fehmi, Sir Thomas yerdeki çantadan çıkardığı makineyi kurup çalıştırdı. Duvara yansıyan siyah-beyaz görüntüde, üzerinde kocaman bir pala ve Arapça yazılar bulunan bir bayrak göndere çekilirken, etraftaki Araplar, beyaz kıyafetleri ve başlarına oturttukları çemberyünleri ile pek gururluydular. Ancak çok sonra Arapların arasında aynı onlar gibi giyinmiş adamlardan birinin Thomas Edward olduğunu fark etti Fehmi, hemen Selim'i dürtüp gösterdi. Selim gülümsedi, nedense umursamamıştı. Göndere çekilen bayrak sonrasında, kocaman bir yer sofrasının etrafına bağdaş kurmuş Arapların kutlama yaparken elleriyle yemek yemelerini izlediler, ardından yeni yapılanmakta olan yarı inşaat halindeki bir arazide ata binmelerini izlediler. Arapların gündelik hayatından kesitler devam ederken, Suudi Arabistan'ın yeni bayrağının gökte dalgalanmasını izlediler.

Sessizliğin içinde siyah-beyaz dalgalanırken grinin her tonunu sunan o bayrağın üzerindeki Arapça yazıyı okudu Fehmi, "Allah'tan başka Tanrı yoktur ve Muhammed onun peygamberidir" yazıyordu, Allah'ın adının hemen altında, bayrağın alt kısmına yerleştirilmiş ucu kıvrık palaya kitlendi gözleri. İslam'ı bilen, gerçek bir Müslüman böyle bir bayrakla ilgili ne düşünebilirdi… Allah'ın ve Hazreti Muhammed'in adının altına pala koymak hangi Müslüman'ın aklına gelirdi?!

Bir bayraktan çok, İslam'ı savaş silahı olarak kullanmaya yeminli bir birliğin sembolünü gördü Fehmi. Ama aslında gayet normaldi, çünkü İngilizlerin kurduğu bir ülkeydi Suudi Arabistan. Suudiler çölde çadırlarda dağınık kabileler halinde yaşadıkları 1905'ten beri öyle sıkı fıkıydılar ki İngilizlerle, İslam anlayışları Vahabilik adı altında İngilizlerin öncülüğünde gelişmişti. Bayraklarındaki o palanın yeri sanki kurulma amaçlarının simgesiydi. Çok uzun zamandır Hıristiyanların hükmettiği, deforme bir anlayışla yaşıyorlardı dinlerini.

Zifiri karanlıktaydılar.

… mutlak gerçeğin peşindeysek eğer, genelleştirilmiş tarihin tuzaklarına düşmeyeceğiz!

İnsanın unutulmuş geçmişinin en önemli konularından birine girecekti Fred ama konuya balıklama atlayamazdı, adım adım yaklaşmaya karar verdi. "Bir dakikanın 60 saniye olması, bir saatin 60 dakikadan oluşmasının nedeni nedir?" diye sordu.

Sınıfta kimse bilmiyordu, İlmiye ise cevap veremiyordu, dışarıda yağan yağmurun sesi, ikinci teneffüste Orhan'ın bakışlarının kendisine yüklediği gerilimi baskılayabilecek gibiydi, eğer İlmiye zihnine kazınmış Orhan'ın o tuhaf bakışlarını silip, soruya cevap vermek için parmağını kaldırabilirse… ama kolay değildi.

Çünkü arada teneffüse çıktığında gökyüzünü aniden kaplayan bulutların duygusunda Orhan'ın nerede olduğuna bakmıştı İlmiye. Bu sefer ağacın altında değildi. Onu bulmak için, dikildiği yerden gözleriyle bahçeyi temkinli tararken, duvarın üzerinde oturmuş kendisine bakarken bulmuştu onu. Yine o aşağılayıcı ifade gelip yerleşmişti o gözlere ve İlmiye hemen bakışını çekip meydan okurcasına attığı emin adımlarla söğüt ağacının altına yürümüştü, Orhan'ın bakışlarını her an üzerinde hissederek.

O söğüt ağacı İlmiye'nin ilk zaferiydi. İkisi arasındaki savaşa söğüt ağacı muhaberesi bile denebilirdi ve İlmiye galip gelmişti! Teneffüs boyunca gözlerinin, onun oturduğu duvara kaymaması için kendini kontrol ederek ağacın altında dikilip Ali'nin miço oynayışını izlemişti. Zaman sanki farklı akıyordu çocuklar için, on dakikaya bile bir dünya oyunu sığdırabilen çocuklara zaman izafiydi.

Profesör, "Bir dakika 60 saniye de, neden 100 saniye değil? Ondalık sayı sistemini kullanan bir uygarlık olarak zamanı altılık sayı sistemi ile ölçüyor olmamız acaba kimin icadı ve neden?" dediğinde, sorunun tekrarlanması ile kendine geldi İlmiye ve parmağını kaldırdı ama öylesine yavaştı ki elinin hareketi, Profesör "Buyur İlmiye!" diyerek atılmasa belki de indirecekti.

"Sümerler," diye mırıldandı İlmiye, cevaptan emindi ama kendisinden değil.

Fred'in kaşlarındaki hayret keskinleşirken ellerini bir kere birbirine vurup "Bravo! Sümerler! Çok iyi İlmiye! Açıklayabilir misin?" dedi.

Üzerinde toplanan bakışların, daha doğrusu Orhan'ın bakışının yine kendisine odaklandığını bilmenin etkisiyle sesinin titremesini kontrol edemese de açıkladı İlmiye: "Sümerler ondalık sayılar kullanmak yerine altılık sayı sistemi kullanıyorlardı. Altışar altışar sayıyorlardı, bugün bizim için 10 ne ise Sümerler için de 6 oydu. 360 derece Sümerlerden geliyor. O yüzden de saatleri 60 tane dakikaya, dakikayı da 60 tane saniyeye, saniyeyi de 60 tane saliseye böldüler. Yani bugün hâlâ kullandığımız zaman dilimi taa Sümerlerden kalma bir hesaplamadır ama nedenini bilmiyorum."

Şaşkındı sınıf. Herkesin dikkati İlmiye'nin üzerindeydi. Böylesine tuhaf bir bilgi doğru olabilir miydi? Sümerler gibi ilkel, tarihin çok gerisindeki bir toplumun bulduğu zaman dilimini mi kullanıyorduk, üstelik hâlâ!

İlmiye bu bilgiyi nereden öğrenmişti?! Orhan teneffüs boyunca bakmamak için kendi kendine söz verdiği ama her an kendine yenildiği kıza yine dikti gözlerini, cildi ne kadar temizdi, kızıl kahve saçları güneşin ışığına bulanmıştı… üstelik başörtüsünün altında olması gerekirken… sonra Fred'e dönüp istemdışı bir acele ve itirazla sordu: "Doğru mu öğretmenim?"

Fred ellerini bir kez çarpıştırıp "Nasıl! İlginç değil mi? Kendimizi çok gelişmiş sanıyoruz ama kullandığımız saat sistemi bile, bilinen en eski medeniyetten, Sümerlerden geliyor! Üstelik milletler farklı takvimler kullansalar da, nedense bu 60 dakikalık zaman sistemini tüm dünya aynı şekilde kullanıyor. İlmiye doğru söyledi! Ve evet, bir dairenin 360 derece olması da Sümerler tarafından belirlenmiştir, üstelik İsa'nın doğumundan, yani milattan dört bin yıl önce diye tahmin ediyoruz, ama bazı kaynaklar da bunu sekiz bin yıl olarak gösteriyor. Taraf tutmadan mutlak gerçeğin peşindeysek eğer, genelleştirilmiş tarihin tuzaklarına düşmeyeceğiz! Aksi halde kafamız çok karışır ve geçmişteki olasılık ihtimalleri üzerinden öyle kavgalar ederiz ki o kavgalar savaşlara, o savaşlar insanlık için mutlak yıkımlara, ayrımcılıklara dönüşür. Neyse… nerde kalmıştık?"

Ali hatırlattı: "Sümerlerin keşiflerinden bahsediyorduk profesör, saat sisteminden, bir dairenin 360 derece olmasından…"

"Hah!" dedi Fred, "Şimdi burada bir durmak lazım!" derken masaya yaslandı. "Sümerler, saat sistemi, bir yılın kaç ay ve günden oluştuğunu bilmenin dışında… bu gezegenle ilgili acayip bir şey biliyorlardı."

Sustu Fred, çocukların dikkatindeki heyecanı yokladı. Taptazeydi merakları.

"Dünya oval bir gezegen ve kuzey kutup noktasına bir çubuk diksek, buna eksen diyorlar bilim insanları, işte o çubuk, dünya kendi etrafında her döndüğünde bir hareket yapıyor. O hareket her gün, bir önceki gündekinden farklı oluyor. Bu eksen çubuğunun yaptığı hareket, her gün eşsiz bir şekil çiziyor, bu şeklin asla tekrarı olmuyor, tabii yirmi beş bin dokuz yüz yirmi yıla kadar. İşte bu eksen çubu-ğunun yirmi beş bin dokuz yüz yirmi yılda bir, ilk yaptığı harekete döneceğini[17], ilk defa Sümerler biliyorlar. Dünyanın yaklaşık yirmi altı bin bin yıllık döngüleri olduğunu biliyorlar! Ama bu kadar da değil! Her ay dünya gezegeninin yüzünün hangi takımyıldıza döndüğünü de ilk defa Sümerler hesaplamış. Yani bugünkü burçları ve onları temsil eden takımyıldızlarının tamamını tarihteki herkesten önce Sümerler biliyorlardı.[18] Tekerleği ilk kullanan da onlar! Tarlalarında pulluk[19] kullanan da. Su ve kanalizasyon kanallarını ilk açanlar, rüz-gârı kullanarak ilerleyen yelkenli gemileri ilk icat eden de onlar!

---

17 Dünya ekseninin precession'u deniyor buna. Araştırınız.
18 Dünya ekseninin her 72 yılda bir derecelik açı ile değiştiğini dahi biliyorlardı.
19 Tarla toprağını karıştırmaya yarayan demir alet.

Bilinen ilk dil yine onlara ait ve milattan önce iki bin yılına kadar da Mezopotamya'nın insanı Sümerce konuşmuş, o kadar yaygın bir dilmiş.[20] Binlerce yıl konuşulmuş. Hatta bugün siz Türklerin kullandığı, Ural-Altay dil kuşağından gelen diliniz de Sümerlerin etnik dilinden türemiştir.[21] Sümerlerin etnik dilinden türeyen yegâne dildir tüm Türk dilleri. Bir düşünün çocuklar, Sümerler sizin gibi konuşuyorlarmış! Bir örnek vereyim, Sümerlerin dört ayrı diyalektiği vardı ve edebiyatta kullandıkları Sümer diyalektiğine Eme-sal, diyorlardı.[22] Eme-sal, ince ayar, iyi dil demek. Sizin dilinizdeki *emsal* kelimesi ile aynı anlamda.[23] Bu gezegende ilk konuşulduğu düşünülen dilin torunlarısınız. Bunun yanında, ilk defa yazı yazanlar da Sümerlerdir! Peki, Sümerlerin tüm bunları bildiğini biz nereden biliyoruz? Bu bilgilerin gerçek olduğu, daha doğrusu, binlerce yıl önce Sümerler tarafından bilindiğine dair elimizde delilimiz var mı?"

Parmağını kaldırması ile cevap vermesi bir oldu İlmiye'nin, zaten sınıfta başka cevap vermek isteyen yoktu, "Tabletler!" demişti aceleyle, bu aceleciliği önemsemedi Fred, İlmiye'nin kelimelerini onaylarken, "Evet İlmiye, tabletler sayesinde," diyerek tekrarlayıp sınıfın pürdikkati dağılmadan açıkladı:

"1849 yılında İngiliz bir arkeolog[24] bugünkü Irak'ta, dünyanın unuttuğu bir kurak arazide, dev heykeller ve daha önce hiç tanı-

---

20 The A. K. Grayson, *Penguin Encyclopedia of Ancient Civilizations*, ed. Arthur Cotterell, Penguin Books Ltd. 1980. s. 92
    Joan Oates (1979). *Babylon* [Revised Edition] Thames and Hudston, Ltd. 1986 s. 30, 52–53.
21 Simo Parpola, "Sumerian: A Uralic language" in Language in the Ancient Near East. Compte rendu de la 53ᵉ Rencontre Assyriologique Internationale, Moskova., Temmuz 23, 2007.
    Zakar, András 1971: "Sumerian – Ural-Altaic affinities". Chicago Journals içinde, Current Anthropology, cilt 12, sayı 2, Nisan, 1971, "Sumerian-Ural-Altaic Affinities": 215–225.
    Bobula, Ida 1951: Sumerian affiliations. A Plea for Reconsideration. Washington D.C. (Mimeographed ms.)
22 Sylvain Auroux, *History of the Language Sciences* cilt 1 (2000) s. 2.
23 Rubio (2007) s. 1369.
24 Austin Henry Layard.

madığı yazılarla dolu binlerce kil tablet buluyor. 1849 yılından önce Sümerlerin varlığını bilmiyorduk bile! Ancak yirmi iki bin kil tablet[25] tarihle ilgili emin olduğumuzu sandığımız birçok şeyi değiştirebilirdi ama hâlâ değiştirmedi, çünkü insanlık öylesine bir yoğunlukta kendisine yalan söylemiş ve yalanların üzerine bugünkü medeniyetini kurmuş durumda ki genelleştirilmiş bu tarih bilgisini tamamen yıkabilecek bu tabletlerin anlattığı şeylerden korktular! Evet korktular, çünkü tabletlerden birkaç tanesinin ne anlattığı ortaya çıktığında önce tabletlerden bazıları kayboldu, sonra Papalık bir araştırma ekibi göndererek tabletleri Vatikan'da uzun süren bir incelemeye aldı ve bu durum tabletlerin içeriğinin anlaşılmasını geciktirdi. Bugün bu yalanların neler olduğunu hep birlikte inceleyeceğiz. Hazır mısınız?!" diye sordu Fred.

Hazırdılar!

-17-

Birinci Dünya Savaşı'nın adı değişmeli...
Birinci dünya yağması olmalı.

Film nihayet bitmişti. Arap bayrağının o palası, zifiri karanlığın içinde, o son sahnede donup kaldığında açıldı perdeler. Zifiri karanlığı dolduran gün ışığı, karanlıkta parlayan palanın etkisini sıfırladı.

Kamaşan gözlerini bir an kapattı Fehmi ve sonra zar zor açarak Selim'e döndü, bu da neyin nesi böyle diye soracaktı. Yeni kurulan Arap devletinin varlığını, Arap kıyafetleri giymiş bir sürü İngiliz'le kutlayan Arapların propagandasını izletmişlerdi resmen ama neyin propagandasıydı ki bu? Neydi bu tuhaf adamların satmak iste-

---

25 Yaklaşık olarak 130 bin kelime ve parça içeren bu koleksiyon Irak dışında bulunan en büyük koleksiyondur.

diği şey? Soramadı çünkü salonun köşesinden ayağa kalkan biri daha önce davranmıştı, adam ayağa kalkar kalkmaz çılgınlar gibi alkışlarken "Bravo üstatlar! Bravo! İyi bir giriş yaptınız!" deyip sandalyelerin arasından adamlara yaklaşmıştı ki salondaki diğerleri de safça alkışa katıldığında aniden alkışı durdurup kinaye ile ciddileşiverdi adam. "Ama kendinizi tanıtmadınız? Sadece adınızı bahşettiniz… Ee kimsiniz siz?" diyerek cümlesini bitirdiğinde alkışlar tamamen durmuştu, çünkü adamın sesindeki ciddiyet, ifadesindeki gerginlik sarsıcıydı.

Kalabalığın arasından Şamil Ağa, "Yerine otur Altay Efendi" dedi, bir diğeri "Seni dinlemeye gelmedik!" diye itiraz etti. Salondaki herkes gerilmişti, Fehmi dışında. Çünkü Altay'ın itirazında kendini bulmuştu Fehmi. Onun gibi ayağa kalkmak için bir hamle yaptı ama Selim aniden tuttu onu ve "Şşt!" derken çekip yerine oturttu, neyse ki kimse Fehmi'deki kıpırdaşmayı fark etmedi, çünkü herkes ayaktaki Altay'a kitlemişti gözlerini.

Altay dik bir bakış attı gerisinden bağıranlara ve mutlak sessizlik yine salona yerleştiğinde, sakince ayağa kalkan Thomas Edward bozuk bir aksan ve sentetik samimiyetten erimek üzere olan bir gülümseme ile "Üstadım, bizler size yardım için buradayız," dedi ve yanındaki kızıl saçlı adamı ayağa buyur etti.

Thomas Edward ile birlikte ayağa kalkan kızıl saçlı adamı salon yine alkışladı. Kahroldu Fehmi, o hain alkışların arasında tek başına durmuş etrafındaki saçmalığa tiksinti ile bakan Altay'ın yalnızlığına kahroldu. Bu adamlar niye bu ecnebileri alkışlıyorlardı?

Kızıl saçlı adam mütevazı bir edayla, ellerini, yeter dercesine küçük küçük salondakilere sallayıp alkışları susturdu ve Altay'a "Bizler tarihçileriz.[26] Tarihin değerlerine sahip çıkmak, bu değer-

---

26 Diğer ülkelerin özkaynaklarını kolay yağmalayabilmek için ajan olarak ülkelere sızıp toplum manipülatörü olarak görevlendirilmişlerin büyük çoğunluğunun tarih akademisyeni ya da tarihçi olduğu bilinmektedir. Dünyada ilk defa kraliyete bağlı ajanlık sistemini aktif bir şekilde kuran İngiliz Kraliçesi 1.Elizabeth'in yardımcısı Francis

lerin kaybolmaması için gereken ne varsa yapmak için yıllardır çalışıyoruz. Dostlar! 624 yıllık şanlı Osmanlı tarihinin korunması için, İslam dünyasının incisi olan halifeliğin gereken değeri bu topraklarda tekrar bulması için bir şeyler yapmak lazım!" derken salondakiler öylesine bir coşku ile alkışlamaya başladılar ki bazıları ayağa kalkarken kızıl saçlı adamın tam karşısında dikilen Altay'ın ilk cümlesi duyulmadı.

Fehmi içine hapsettiği tepkinin etkisiyle gergin, daha fazla dayanamayıp sordu: "Kim bu adamlar Selim Abi?!"

Selim sakince durumu izlerken, Fehmi'nin kulağına eğilip "Arapların ülke kurduğunu biliyorsun değil mi?" dedi ve ekledi: "1932'de Araplar çölün ortasında şehir kuruyorlar! Nasıl sanıyorsun?! Bu adamların sayesinde!"

Altay'ın alkışları yaran gür sesi "Pardon mösyö!" diye yükseldiğinde, alkışlar dindi ve kızıl saçlı adamın gülümsemesi ifadesine yapışırken soğudu. "Siz İngiliz misiniz?" demişti.

Ama cevabını beklemeden konuşmaya devam etti, "Çok güzel Türkçe konuşuyorsunuz, başka hangi dilleri biliyorsunuz? Aaa durun ben tahmin edeyim, Arapça, Farsça… Türkçe zaten konuşuyorsunuz, üstelik böyle neredeyse aksansız, bu kadar kızıl olmasanız sizi bizden sanacağız. Pardon isminizi öğrenemedim?"

Adamın cevap vermekteki bir anlık tedirginliğini bölerek, "Size nasıl hitap etmemi istersiniz?" dedi.

Adam gülümseyip "Üstadım, bendeniz bir dünya vatandaşıyım, tarihçiyim. Savaşta kaybedilen değerlere sahip çıkmak için mücadelenize katılmaya geldik ama sizin gerginliğiniz bizi üzüyor," dedi, o sıcacık ve çok anlayışlı gülümsemesi ile babacandı.

"Hâlâ adınızı bağışlamadınız?" dedi Altay dümdüz tebessümsüz bir ifadeyle bekledi. Kızıl saçlı adamın anlayışlı gülümsemesine aniden kış geldi ama babacan hali hâlâ yerindeydi.

Walsingham ile kurduğu bu sistemi anlatan tarihî kitaplardan biri: *Elizabeth's Spy Master: Francis Walsingham*, Robert Hutchinson.

Mösyönün gülümsemesinin solmasıyla birlikte, salondakiler iyice gerildiler.

Bahriye Hanım, "Altay efendiciğim, lütfen yukarı istirham eder misiniz?" diyerek yaklaşırken, Altay "Hay hay Bahriye Hanım," dedi, bir iki adım kadına doğru atmıştı ki durdu, Mösyö'ye ve kalabalığa doğru dönüp "ama kafam karıştı, önce bir sualim var dostlar," dedi. Dostlar derkenki vurgusu kinayeliydi. "Bu savaş, Birinci Dünya Savaşı, zaten Osmanlı İmparatorluğu'nun elindeki toprakların paylaşılmasının danışıklı dövüşü değil miydi? Kimler savaştı bu savaşta? İngiltere, Fransa, İtalya, Rusya, Japonya ve 1917'den sonra savaşa dahil olan Amerika'ya karşı diğer üç devlet: Almanya, Osmanlı ve Avusturya-Macaristan, yani kaybedenler. Ne oldu sonrasında? Macaristan Avusturya'dan ayrıldı. Almanlar topraklarının % 13'ünü kaybedip çok ağır bir savaş tazminatının altına girdiler ama onu da 1932'den beri artık ödemiyorlar! Peki ya Osmanlı?! 3 milyona yakın insanımız öldü ve topraklarımızın yarısından fazlasını kaybettik! Aslında kaybetmezdik! Peki niye kaybettik bu savaşı?" derken gerilimin daha da yükselmesini engellercesine tatlılıkla lafa girdi adam: "İşte biz de bunun için buradayız üstadım, bu haksız kaybınızı hafifletmek için, adalet için."

"Ah pek güzel!" dedi Altay. "Peki nasıl yapacaksınız bunu? Bize topraklarımızı geri mi vereceksiniz, yoksa şehitlerimizi mi dirilteceksiniz?"

Mösyö cevap verecekti ama Altay izin vermedi: "İngilizsiniz değil mi siz?" dedi adamın gözlerinin içine içine bakarken.

Mösyö, "Bu tavrınız çok kırıcı üstadım, haksızlık etmektesiniz. 1853'te Ruslar Osmanlı'ya saldırdığında biz vardık yanınızda! Kırım Savaşı'nı ne çabuk unuttunuz!" diye açıkladı babacanlığından tek bir çizgi bile eksilmeyen ifadesinin Altay'a nasıl da değişmez, etkilenmez bir maske gibi geldiğini bilmeden.

"Unutmadık!" dedi Altay, "Rusların Akdeniz'e inip sizin Asya'da sömürmeyi planladığınız topraklardan pay alamaması, planlarınıza karışmaması için, Rusları yenmemize yardım ettiniz ta ki

1903'te Osmanlı kendi topraklarından geçecek tren yolu ile ilgili olarak Almanlarla anlaşana kadar. Tren yolunun 1902'de yapımına başlanması ile birlikte en sonunda 1907'de Ruslarla masaya oturup on yıl içinde çıkmasını planladığınız savaşta Osmanlı'yı nasıl bölüşeceğinize anlaştınız."

Cebinden küçük katlanmış bir kâğıt çıkardı Altay, açtı, kâğıtta bir harita vardı. Salondakilere döndü, kâğıdı havaya kaldırıp salona sunarken "Şu haritaya bakın!" diye bağırdı. "Tren yolunun güzergâhı buydu! Peki kim var bu güzergâhta? Almanya, Avusturya-Macaristan İmparatorluğu, Balkanlar ve Osmanlı! Birinci Dünya Savaşı denen tiyatrodan nasibini alan, yenilen tüm milletler bunlar."

Mösyö'ye döndü Altay, "Bu demiryolunun geçtiği her ülkeye savaş açtınız! Berlin'den Bağdat'a uzanan tren yolunun bitimini engellemek için ne gerekiyorsa yaptınız, milyonlarca kişinin öldüğü bir Dünya Savaşı çıkarmak dahil!" dedikten sonra sakince, her kelimesi adamın zihnine işlesin diye tane tane "Birinci Dünya Savaşı'nın adı değişmeli… Birinci dünya yağması olmalı," dedi.

Şoktaydı William, bu detayları nerden öğrenmişti bu adam? Daha önemlisi kimdi? Aldığı eğitimi hatırlattı kendine, bundan çok daha tehlikeli ve geri dönülmez durumlardan sıyırmıştı kendini, sakince konuştu: "Ama üstadım bu nefretiniz gözlerinizi kapatmış resmen, Birinci Dünya Savaşı'nın bir tren yolu için çıktığını düşünmek bile gülünç değil mi? Mantıklı düşünemiyorsunuz siz."

"Bir tren yolu… Bunu söyleyeceğinizi biliyordum. Çünkü sizin yönetiminiz çevresindekilerin cahilliğinden beslenir durur. Bilgiyi ortaya çıkarmaya çalışanlarla dalga geçmek atalarınızın keşfettiği bir yöntemdir. Pek de işe yarar, çünkü birini susturmanın en kısa yolu onu utandırmaktır," dedi, arkasına döndü, elindeki haritayı salondakilere göstererek, "Eğer bu tren yolu yapılsaydı dünyadaki tüm dengeler değişecekti. Şuna bakın! Dünya petrolünü bugün İngilizler değil, Osmanlı işleyecekti!" diye haykırırken, Thomas Edward'ın kahkahası Altay'ın sesine karıştı.

Aniden kahkahaya döndü Altay, Edward'ın kahkahaları sanki o çivit mavisi gözlerinden fırlıyor gibiydi, Mösyö de ona tebessümle katılmıştı. Altay'ın kendisine dönmesiyle birlikte kahkahası hafifleyip cıvıltılı bir gülümsemeye dönüşürken konuştu Edward: "Oh pardon üstadım! Coşkunuza saygı duyuyorum ama dünya meselelerini alt tarafı bir trene bağlamak pek yakışık almadı, koca bir prens öldürüldü, kalpler kırıldı, bir ulus… Avusturya-Macaristan yüreğinden vuruldu…"

"Geldin ortalığı karıştırdın!" diye bir itiraz yükseldi gerideki kalabalıktan, "Çek git!" diye bağırdı bir diğeri ama Altay önemsemedi "Prensi kim vurdu?" diye sordu dümdüz, oyunsuz.

Edward tebessümle "Sırp bir genç, bilmediğinize…" derken, Altay *"Black Hand*!" dedi aniden. Edward'ın ifadesinde oluşan çatlaklardan sızan şaşkınlık ancak gözlerinin içine içine bakıldığında ve sadece deneyimli biri tarafından anlaşılabilecek seviyedeydi, bir an sonra geçiverdi. İşi kriz çıkarmak olan biri için en büyük şokun etkisi bile sadece birkaç saliseydi. Gülümsemesi incelip silik bir tebessüme, tebessümü de ifadesizliğe dönüştü ama tek bir kelime etmedi, ciddileşti Edward, sakince sordu: "Siz kendinizi tanıtmadınız?"

Edward'ın gözlerindeki endişenin yansıması öylesine netti ki doğru damarı yakaladığını anladı Altay. "Sana tanıtacak hiçbir şeyim yok benim!" dedikten sonra hemen kendisini istemeyen kalabalığa döndü, "Tek başına Sırp bir genç değil, Siyah El adında kocaman bir örgüt öldürdü Franz Ferdinand'ı. O bahsi geçen Sırp genç ise Siyah El'in başadamlarından biriydi. Silahlarını Ruslardan, eğitimlerini İngilizlerden alan bir terör örgütüdür bu Siyah El, bir kıvılcım vazifesi görmesi için yıllar önce planlanmış bir operasyonun maşasıdır. Bu tip örgütler onlarca yıl sonra yapmaları planlanan işler için kurulur, beslenir, palazlanır ve sonra işleri bitince de yok olurlar. Kılıftırlar! Dış güçler, bu tip organizasyonlarda kullanmak için hemen hemen her ülkede pusuya yatmış uykuda birimler tutarlar, zamanı geldiğindeyse bu birimler kendilerine verilen emri uygularlar. Franz Ferdinand'ı öldüren o Sırp, tamamen askerî eğitim almış bir örgüt üyesidir. Amaç Birinci Dünya Savaşı'nı çıkarmak değildi, zaten çıkacağı kesinleşmişti, suikast sadece savaşın çıkmasına bahane olması için, halkın savaşı desteklemesi için planlandı. Yoksa bir Sırp'ın Avusturya-Macaristan Prensi'ni öldürmesi… yani dünyanın en büyük devletlerinin hepsinin savaştığı bir Dünya Savaşı, bir adamın diğerini öldürmesinden çıkmaz! Bunu böyle düşünmemizi istiyorlar, çünkü olayların nedenlerini bildiğinizde asıl planları ve o planların ne kadar önceden tasarlandığını da görmeye başlarsınız. Daha büyük planları saklamanın tek yolu nedenleri saklamaktır. Biri birini öldürdü diye savaş çıktığını sanacak kadar ahmaksınız! Birinci Dünya Savaşı 1908 yılında İran'da petrol çıkarılmaya başlamadan çok önce planlanmıştı! İran'da ilk petrolü çıkaran şirket, Anglo-Persian Petrol Şirketi, İngiliz'dir! İran'dan hemen sonra Irak'ta da petrol çıkarmaya başladılar ama bir sorun vardı, o da o toprakların Osmanlı İmparatorluğu'na ait olması! Eğer Osmanlı, Almanlarla ortaklaşa kurduğu tren yolunu tamamlasaydı, çıkan petrolün hepsi Almanya'ya gidecekti ve sanayi dehası Almanlar, tren yolu sayesinde bölgenin savunması için gereken her türlü mühimmatta Osmanlı'ya her an destek verebileceklerdi. Sanayiyi geliştirip yeni tanklar, uçaklar, arabalar yapılabilecekti. İngiliz savaş kabinesinin genel sekreteri 1918'de Bağdat'ta hazırladığı raporda İngiliz hükümetine 'Geleceğin tüm gücü petroldedir, petrolü yöneten gücü yönetir,' demiştir. Kendinize gelin kardeşlerim! İpek Yolu'nun binlerce yıl boyunca Avrupa'yı ne kadar etkilediğini bir düşünün! Kontrolü sadece Osmanlı ve Almanların elinde olan bu tren yolu yepyeni bir ipek yolu etkisi yapacaktı ama çok daha güçlü bir şekilde! Ticaret ve sanayii hammaddesi için yapılmış bir yol düşünün! Şimdi bazı ahmaklar bu adamların bize yardım edeceğini mi sanıyor?! Osmanlı'yı bölüşmek için Arapları tohumlayanlar, Vahabizim gibi bir uydurmayla İslam'ı savaş maşası haline getirmek için Suudiler'in kafasını karıştıranlar size yardım etmeye mi geldi sanırsınız!!" dediğinde dişlerini sıkmak zorunda hissetti, yoksa salondaki herkesin yüzüne tükürecekti. Özentilik, kıyafette, görüntüde değil, çelinen akılların değerlere sahip çıkamayan güçsüzlüğündeydi. Kendi köklerinin kıymetini bilmeyenler kendi özgüçlerini de işleyemezlerdi.

Işık doğdu Fehmi'nin zihnine! Dikildiği yerden fırlayıp adamın yanına gitmek ve onunla birlikte doğruda durmak, onu, savunduğu değerleri korumak ve züppelik içinde özünü kaybetmiş bu cahil zenginlerden oluşan kalabalığın yüzüne tükürmek istedi.

Hemen hemen herkes ayaktaydı artık, Fehmi, Selim'i falan unutmuş, yavaşça önünde dikilen adamları geçip Altay'a yaklaşıyordu ki Edward'ın sesi duyuldu, "Kusura bakmayın efendiler! Bu gibi meseleleri ayık kafa ile konuşmak, hatta düşünmek lazım. Böyle alkolün etkisi ile atıp tutmak kimseye bir şey kazandırmaz Altay Bey, tam tersi, en büyük destekçilerinizi bile küstürürsünüz. Size yardım için ailelerinin sıcacık yuvasını bırakıp dağları aşıp gelmiş insanları kaybetmek Osmanlı İmparatorluğu'nun kurtarılmayı bekleyen mirasını sırttan bıçaklamaktır ama dediğim gibi, bu meselelerin önemini anlayabilmek için önce ayık olmak lazım ki siz resmen sarhoşsunuz! Saçmaladıkça saçmalıyorsunuz! Kafanızdan örgütler uyduruyor, tiyatrolar yazıyorsunuz. Ve benim sizi dinleyecek daha fazla sabrım da kalmadı!" dedi.

Alkış koptuğunda, ayaklanmış insanların arasından rahatsızlık vermeden geçip Altay'ın yanına ulaşmaya çalışıyordu Fehmi, Edward'ın konuşmasını dinlemişti ve tam yanlarına gelmişti ki salondakiler Edward'ı alkışlarken alkol kokusunu fark etti. Edward haklıydı! Bu sinsi adamın söylediği her şey yalan bile olsa, bir tek konuda haklı olması geri kalan her konuda Altay'ı sanki haksızlaştırmıştı! Şeklin ötesindekini göremeyenler en önemli anlamlara hep kördüler!

Kafası karıştı. Hissettiği hayal kırıklığının ağırlığı kalbine bir ağrı gibi yayılan ani bir yenilmişliğe dönüşürken gözlerini Altay'ın inatçı ifadesine dikti Fehmi. Alkışlarla kovulan biriydi Altay ve ifadesindeki umutsuzluk çok derindi. Elindeki haritayı hızla katlarken başını kendi kendine sallıyordu, kendi vatanında, kendi kardeşleri tarafından uğradığı haksızlığın zehrinde cehennemdeydi. Adım adım merdivenlere ilerlerken kalabalığın alkışa devam etmesi edepsizceydi. Kendi celladına hayran bir milletten ne beklenirdi ki…

Gözleri ıslandı ama asla bu hainlerin arasında ağlamayacaktı, kalbi sıkıştı, alkışlar değildi kalbini sıkıştıran, adama vermesi gereken cevabı verememiş olmasıydı. Yargılanırken doğruları savunmak imkânsızdı. Öğleden beri içmişti. Sorumlulukları sarhoşlukla unutmaya çalışmak çaresizliğin tek hafifleticisiydi. Nasıl dayanıyordu bu ruhsuzlar etraflarında olanlara? Bu yağmaya! Sabah nasıl kalkıyor, nasıl giyiniyor, süsleniyor, nasıl yiyor, nasıl eğleniyorlardı? İçmeden, kendilerini uyuşturmadan bunca kötülüğe nasıl katlanıyorlardı. Bu ağırlığı ayık kafa ile nasıl taşıyorlardı… Merdivene ulaşmak üzereyken başı öyle bir dönmeye başladı ki adımları yavaşladı, gözleri karardı, sol kolunda zaman zaman olan o ağrı, yine uğradı… Bir adım daha atacak takati kalmamıştı ki kolunu aniden kavrayan elin sahibine döndü Altay.

Düşmeden yetişmişti ona Fehmi. Tuttu Altay'ı kolundan, etraflarındaki dünyaya karşı sadece iki kişiydiler. Altay bir an baktı kendisini tutanın kimin nesi olduğuna… Gözlerindeki saygı birbirini tanıdı. Düşmanların arasından geçip gittiler.

"Senin getirdiğin çocuk değil mi bu Selim," diye mırıldandığında Bahriye Hanım, otomatik bir tezlikle başını evet anlamında salladı Selim ve ekledi: "Ben gönderdim sarhoşa yardım etsin diye."

Fehmi ve Altay'ın kendilerine refakat eden hizmetlilerle merdivenlerden çıkmasını izlediler dikildikleri yerden, "İyi yapmışsın," dedi Bahriye ve kardeşi Rıfat sigarasını yakarken ekledi: "Salonun ortasında bayılacaktı zırtapoz! Def oldu gitti. Diyorum size şu toplantıları küçük tutun diye. Şimdi bu gidip ortalığı karıştırmasın, Kemal'in adamları konağı basmasın! Başımıza iş almayalım?"

"Yok, telaş etmeyin. Altay Efendi arada saçmalasa da halifelik makamına pek bağlıdır. Ondan kötülük gelmez," diye itiraz etti Selim ama aslında kendisi de emin değildi.

Salon uğultuya gömülürken, Bahriye Hanım kardeşi Rıfat'ın kulağına eğilip "Mühim konuları sona saklasınlar," diye uyardığında Rıfat başı ile onaylayıp kalabalığı yararak Edward'ın yanına ilerledi. Selim'in gözleri boş merdivenlere daldığında, Rıfat'ın kalabalığı düzene sokan telkinleri ile salon sessizleşmek üzereydi. Kahveler dağıtılırken Selim'in gözleri hâlâ merdivenlerdeydi. Fehmi'nin çekip gitmesi fazla gelmişti ama asıl soru, Altay'ın söyledikleri doğru olabilir miydi?

Bazı sorulara insanlık hâlâ hazır değildi.

Tahtaya bir fotoğraf yapıştırdı Fred.

"Bahsi geçen tabletler farklı şekil ve boyutlarda olabilirler. Bu fotoğraftaki sadece bir örnek. İlk bulunan kil tabletlerden sonra bugün hâlâ yeni kil tabletler bulunmaya devam etmekte. Bizler bu tabletin üzerindeki yazıya çivi yazısı diyoruz. Kulağa çok ilkel geliyor değil mi? Ama her şeye dayanarak binlerce yıl sonra bu günlere kadar ulaşabildikleri düşünüldüğünde aslında o kadar da ilkel değiller. Çivi gibi sert bir cisimle yumuşak kil tabletlerin üzerine yazılmış bu yazı sonrasında fırınlanarak sertleştirilip zamana dayanıklı hale getirilmiş. En azından kâğıttan daha dayanıklı oldukları kesin, sanki suya, ısıya ve zamana dayanıklı olabilmesi için özellikle tasarlanmışlar. İnsanın aklına gelen ilk şey, ellerinde çivi ile binlerce tablet yazan "ilkel" bir millet ama peki Sümerler bizim düşündüğümüz gibi ilkel miydi? Peki ya Sümerlerden sonra gelen Asurlar? Bizim uygarlığımızın ancak 1400'lerde, Rönesans döneminde hesaplayabildiği Jüpiter gezegeninin döngülerini Asurlar bizlerden binlerce yıl önce birebir hesaplamışlar. Onların bıraktıkları tabletler de var. Tarihimiz incelenmeyi bekleyen gizemlerle dolu. Bu gizemlere artık gereken önem verilmeli! Sümerlere geri dönelim. Yirmi iki binden fazla tablet var elimizde... Peki Sümerler bu tabletlere ne yazdılar?"

Sustu Fred, öğrencilerin dikkatindeki devinime baktı. Tarih hepimizindi... her birimize ait bu geçmiş, bir taraftar propagandasına çevrilip yalanlarla doldurulmadan önce, dersler öğreneceğimiz en yüce kaynaktı ama şimdi güç simsarlarının elinde bir yönetim kalkanı haline gelmişti. Tarihleri unutturularak köksüzleştirilen kültürler değersizlik hissi ile birliklerini kaybediyorlar, insanlıklarını unutuyorlardı. Evren ve dünya ile ilgili cahiller tarafından *İnciller*'e yazılmış saçma sapan yanlışların ortaya çıkmaması için Kilise'nin öldürdüğü insanları düşündü Fred. Yaşanmışlıkları deforme edip geçmişin hakikatlerini kendi çıkarlarına göre manipüle edenleri düşündü... Kendi kendine sürekli yalan söyleyen bir uygarlığın, geçmişini artık bilmiyor olması ne kadar da doğaldı. Yalan üstüne yalan koyan biri gerçeği hatırlayamazdı. O kadar çok yalan vardı ki tarihte artık doğru kayıptı.

İlmiye "Profesör?" diye ona seslenmese, geçmişin karanlık çağlarında kaybolacak gibiydi Fred'in zihni ama İlmiye'nin sesi ile silkelenip derin bir nefes alarak "Evet arkadaşlar! Bu tabletlerin neler anlattığını konuşacağız bugün. İnsanoğlunun geçmişi ile ilgili en eski bilgileri delillerle sunan ikinci kaynaktır Sümerler," dedi.

Arkasını dönüp çantasına uzanırken bu sefer de Orhan "Profesör?" dedi, Profesör'ün kendisine dönmesi ile "İlk kaynak hangisi, *Kur'an-ı Kerim* mi?" diye sordu.

Fred gülümsedi, "Orhancığım, *Kur'an-ı Kerim*, *İnciller*, hatta *Tevrat* bile yazılmadan binlerce yıl öncesinden bahsediyoruz. Daha peygamberlerin hiçbirinin doğmadığı bir dönemdir bu. Nereden geldiğini unutmuş insanlığın, nereden geldiğini sunan en eski deliller bunlar, bilinen tüm dinlerden önceler. Ama bugün Cumhuriyet ile birlikte sizin için hazırlanmış kitapların dışındaki, tüm diğer ülkelerin tarih kitaplarında, Sümerler, *çivi yazısını bulan ilk kavimdir* şeklinde kısacık geçiştirildiği için kafanın böyle karışması çok normal oğlum. Neyse ki yeni kitaplarınız[27], bu bilgileri kapsamlı olarak sunuyor ve sizlere sorulması gereken soruları sorabilme cesareti veriyor olacak. Sizce, Sümerler gibi böylesine gelişmiş bilgileri bulup kullanabilmiş bir uygarlık hakkında çok daha fazla bilgi edinmeye, en azından bulunan binlerce tablette ne yazıldığını, Sümerlerin bize ne anlatmak için çabaladıklarını öğrenmeye çalışmak gerekmez mi?"

Kesinlikle gerekiyordu! Sınıftaki her öğrenci başını evet anlamında sallarken, onlara katıldı Orhan. Aslında aynı soydan geldiklerimizle değil, aynı soruları sorduğumuz insanlarla birdik.

"Tüm ülkelerdeki tarih kitapları… böylesine gelişmiş bir medeniyete, neden sanki üzerlerinde deri kıyafetler ve ellerinde oklarla etrafta meyve toplayıp avcılık yapan ilkel yerlilermiş gibi sadece birkaç cümle ile değiniyordu?" diye düşünürken Orhan'ın kaşları iyice çatılmıştı. Delil neyse onu görmek, anlamak, emin olmak zorunda hissederken kalbi hızlandı. Sordu: "Profesör! Tabletlerdeki çivi yazılarını okuyabiliyor muyuz ki?"

"Evet, tabii ki!" dedi Profesör. "Hiç Sümer tableti gördün mü Orhan?" diye sordu Fred.

Sümer tableti mi?! Yok artık derken gayriihtiyari gülüverdi Orhan, ne zannediyordu bu Profesör, Irak'a gidip arkeoloji mi yapıyorlardı nenesiyle birlikte?! Ama gülmesi iyice gevşeyecekken yarım kaldı, çünkü Fred "Şaşırmayın. Bugün Türkiye'nin bir bölümü bir zamanlar Sümerlerin hüküm sürdüğü bölgedir. Topraklarınızdaki bir sürü köyde bu tabletler bulunmaya devam etmektedir. Sadece dillerini konuşmuyor, aynı zamanda topraklarında yaşıyorsunuz," demişti.

İlmiye başıyla onaylamak ve parmak kaldırmak istiyordu, hayatının konusuydu Sümerler, dedesinin eve getirdiği o ilk tabletin anısını yüzlerce kere dinlemişti babasından ama kaldıramadı par-

---

27 Atatürk'ün tasarladığı tarih kitaplarında Sümer uygarlığına, diğer ülkelerde okutulan tarihten çok daha detaylı yer verilmiş, ancak 1946'dan itibaren Amerikan Yardımı'nın başlaması ile birlikte ülkemizde Rockefeller Vakfı'nın içeriğini hazırlattığı tarih kitapları okutulmaya başlamış ve içerik değişmiştir.

mağını, karşısında yayılmış Orhan'ın, ilkel sırıtması değildi sorun, babasını kaybetmiş olmanın fikri yeniden üzerine tüm ağırlığı ile çökmüş ve sanki parmaklarına beton dökülmüştü.

Fred o sırada tahtaya renkli boyama ile yapılmış bir güneş sistemi haritası asmasa, belki içinde büyüyen yokluğun fikrinde iyice ağırlaşacaktı İlmiye ama Fred'in, binlerce yıl önce hal bulmuş bir uygarlıktan bahsederken bir anda uzaydan bahsediyor olması dikkat çekiciydi ve İlmiye'yi o yokluk fikrinden çekip çıkarıverdi.

Tahtadaki güneş sistemi de neydi?!

"Güneş sistemimizin merkezinde güneş var," dedi Fred elindeki çubuk ile haritanın ortasında bulunan güneşi gösterirken. "Bir sürü insan yüzlerce yıl boyunca sadece bu cümleyi kurdukları için Kilise tarafından öldürülmüştür. Çünkü eskiden *İnciller*'de dünyanın güneş sisteminin merkezinde olduğu ve güneşin de dünya çevresinde döndüğü yazıyordu. Güneş sisteminin merkezinde güneşin olduğunu söylemek, hele hele dünyanın güneş etrafında döndüğünü söylemek Hıristiyan kilisesine, Hıristiyanlığa resmen karşı gelmekti. Ortaçağ adını verdiğimiz o karanlık çağın o kadar karanlık olmasının nedeni, Kilise'nin kendi tutarsızlıklarını gizlemek için binlerce insanı öldürme çabasıdır," dedi ve derin bir nefes aldıktan sonra "sadece birkaç yüz yıl önce bu cümleyi kurduğu için öldürülen öğretmenler, bilim insanları ile dolu bir geçmişimiz var arkadaşlar. O yüzden şimdi güneş sistemimizin merkezinde güneşin olduğunu ve dünyanın onun etrafında döndüğünü söylemek, birkaç yüz yıl önce idam edilmemize neden olabilecek bir güçteki tabunun artık yıkıldığını gösteriyor. Peki bu durum bize ne öğretiyor?"

"Tabular... daima... yıkılırlar" diye düşünürken Orhan, Fred "Tabular daima yıkılırlar!" deyip elindeki çubuğu masaya çarptığında sınıfta herkes sıçradı. Orhan'ın gözleri fal taşı gibi açılmıştı, bu adam resmen beynini okuyordu.

"Tek sorun, tabuları yıkmakla görevlendirilmiş yüce ruhların da bu süreçte kurban ediliyor olması... her yeni bilgi, o bilgiyi indirmek için bir aşı gibi görevlendirilmiş kişilerin kurban edilmesiyle kök

salmıştır tarihimizde… insanlık en değerlilerini öldürerek ilerler… neyse nerede kalmıştık?" dediği anda, Ali "Güneş merkezde
diyordunuz Profesör," diye hatırlattı.

Profesör, "Bu resimde tasvirlendiği gibi, şuradaki küçük gezegen
1930 yılında daha yeni keşfedildi," derken elindeki çubukla tahtadaki
güneş sistemini gösterdi. "Adını Pluto koydular. Arizona'daki çok
gelişmiş bir uzay gözlem merkezinde, anbean uzayın fotoğrafını çeken
bir makinenin, blink mikroskop ile birleştirmesiyle geliştirilen teknik,
bizden milyarlarca kilometre uzaklıkta, gökyüzünde topluiğnenin
başı kadar bile yer kapladığını gözlerimizle göremeyeceğimiz bir
gezegenin varlığını daha birkaç yıl önce keşfederken, ilkel sandığımız
Sümerler bu gezegeni altı bin yıl önce zaten keşfetmişlerdi. Peki ama
ilkel olduklarına emin olduğumuz bu Sümerler, tüm teknolojimize
rağmen bizim için bile görülmesi bu kadar zor olan ve ancak birkaç
yıl önce keşfedebildiğimiz bu gezegenin varlığını nasıl biliyorlardı?
Öylesine emindiler ki şuna bakın!" dedi ve masanın üstündeki dosyadan bir kâğıt çıkardı ve sıranın başındaki çocuğa uzatıp "Elden
ele dolaştırın lütfen çocuklar," dedi.

Sümer tablet fotoğrafı

100

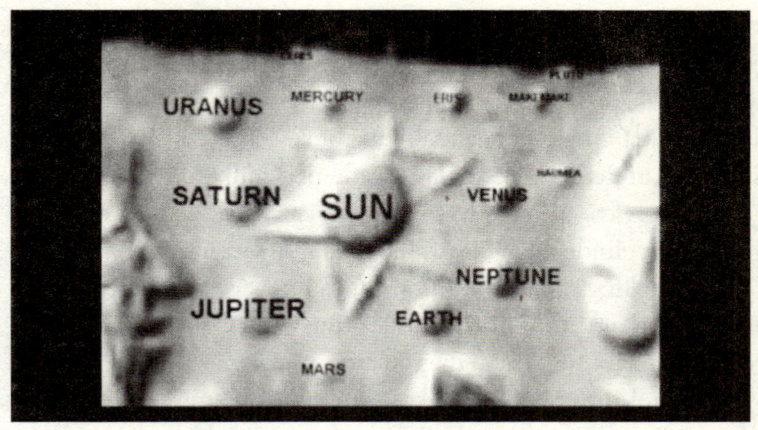

Aynı tabletten yakın plan kesit

Kâğıt Ali'ye geldiğinde bir an dondu kaldı Ali. Binlerce yıl önce yaşamış bir uygarlık nasıl olmuştu da galaksideki tüm gezegenleri, hatta bizim henüz bilmediklerimizi bile, birbirlerine olan uzaklıklarının oranını ve hatta büyüklüklerini bilebilmişti… Ablasına döndü Ali, elindeki kâğıdı verirken şok içinde fısıldadı: "Sümerler nasıl bilebilir…" derken İlmiye susturdu onu, sessizlik en önemli malzemeydi düşünce için, düşündü İlmiye, inceledi, fark etti… Fark edince ışık olursun demişti kadının biri.

Ali merakının sabırsızlığını yenemeyip "Ama nasıl olur…" derken Ali'ye dönüp "Biliyorum, sormak istediğin bir sürü soru var, benim de öyle ama konuşmak yerine heyecanımızı bastırıp dinlemeliyiz, düşünmeden sorulan sorular, sadece vakit kaybı olurlar. Anlamak için, konuşmak değil, sadece düşünmek ve bilgi toplamak gerek. Sence topladığımız bilgi, bu fotoğrafın bize ne anlattığını anlamaya yeterli mi?" dediğinde bir an gözü yine kâğıda kaydı Ali'nin, bilgisi kesinlikle yeterli değildi. Ordular şeklinde zihninde dizilmiş şaha kalkmak isteyen sorular, tek tek atlarından inip zihnindeki yerlerine oturdular. Karar verdi Ali: Önce düşünecek, kendi cevaplarını bulmaya çalışacak, biriktirdiği bilgi yetmezse daha fazlasını toplamak için araştıracak ama asla hemencecik hazıra konup kestirmeden giderek cevaplamaya çalışmayacaktı! Ne boş boş konuşup merakını kovalayacak ne de hazır cevaplar peşinde sorular yığacaktı... Kendi fikrini üretebilmek bu hayattaki en zor şeylerden biriydi ve kendi fikirlerini üretenlerin çoğunlukta olduğu bir ülke asla yenilmezdi! Yenilmeyecekti Ali! Derin bir nefesle sustu ve ablasını başı ile onaylarken elindeki kâğıdı yanındaki çocuğa uzattı İlmiye ve o an Orhan'a kaldırdı gözlerini, birazdan eline geçecek olan kâğıdın, onda yaratacağı etkiyi görmek istiyordu. O an Orhan ile göz göze geldiler ve ikisi de aynı anda gözlerini çektiler.

Orhan, İlmiye'nin Ali ile konuşmasını dinlemiş, etkilenmişti. Kâğıdı eline alırken aklında İlmiye'nin sözleri vardı.

İlmiye bir an bekledikten sonra, Orhan'ın dikkatinin kâğıtta olmasını fırsat bilip yavaşça kaydırdı gözlerini ona.

Orhan dikkatle, sanki nefessiz, inceliyordu kâğıdı. Kaşları milimetrik bir hareketle çatılırken, o da kâğıdı yanındaki çocuğa verdi ve gözlerini kaldırdığında İlmiye'nin bakışı ile buluştu yine gözleri ama bu sefer İlmiye hemen çekmedi gözlerini, çünkü ilk defa aynı şeyi merak eden iki ayrı kişinin buluşması gibiydi bakışları...

Sadece baktılar birbirlerine birkaç saniye, çocuklukları boyunca farklı fikirlerin etkisindeydiler ama sanki ilk defa aynı soruları soruyor gibiydiler. O an, ikisine de sanki fazla gelmişti ki ikisi de aynı anda gözlerini çekip birbirlerinin varlıklarını reddettiler. Bu reddediş sanki bir çarpışma etkisindeydi. Karşı karşıya olmak için toplum mimarları tarafından dizayn edilmiş iki kişi yan yana aynı soruları sormaya başladığında devrim mutlaka gelirdi.

Fred, öğretmen masasının üstünde kumaşa sarılmış 20 santime 25 santim büyüklüğünde kalın kil tableti dikkatlice örtünün içinden çıkarırken, "Bu tablet sizin topraklarınızdan çıkan tabletlerden sadece bir tanesi," dediğinde çocukların şaşkınlıkları heyecanlı bir nefesle çıktı yüreklerinden.

Sınıfta yükselen uğultunun huzurunda "Evet," dedi Fred. "Sizin topraklarınızın bir bölümü de Mezopotamya'ya dahil demiştim.

Şaşırmayın. İki sıradan kalkıp inceleyebilirsiniz tableti. Bu arada Mezopotamya ne demek bilen var mı?" dediğinde sınıfın iki köşesinde karşılıklı duran sıraların başında oturan iki çocuk kalkıp masaya giderek tabletleri inceledi.

Kimse Mezopotamya'nın anlamını bilmiyordu.

Fred açıklarken tahtaya Meso yazdı, "Meso, eski Yunancada Mesos kelimesinden gelir, orta-ara demektir. Potamia ise nehir demek. Nehirler arası anlamına gelen Mezopotamia, Türkiye'nin de içinde bulunduğu bugünkü adıyla Fırat ve Dicle nehirleri arasındaki toprakları kapsar. Yani bugünkü tarihin kabul ettiği en eski uygarlık sizin de topraklarınızı kapsayan bu bölgede çıkmıştır. Tarihte kabul görmüş en eski uygarlığın topraklarında yaşıyor olmak nasıl bir duygu?"

Soruyu duydu İlmiye ama cevabını bile düşünemedi, çünkü o an fark etmişti ki birazdan Orhan ile birlikte masaya gitmek zorunda kalacaktı.

Sıra, kil tableti incelemek için sabırsızlanan Ali'ye geldiğinde sandalyesine gömüldü İlmiye, birazdan kalkıp dünyada görmek için en çok can attığı, babasının saatlerce bir masal gibi anlattığı o kil tabletlerden birine dokunabilecekti ama yanı başında Orhan ile birlikte! Bu ne tezattı!

Hayatın tezatları, bizler anlamasak da aslında daima anlamlıydı.

Ali geri gelip sırasına otururken, tereddütle kalktı İlmiye, kalkarken gözü Orhan'a kaydı, Orhan da tam o sırada gözünü ondan kaçırmıştı. İkisi de şimdi ayaktaydı.

İlmiye tabletin başına adımlarken, Fred "Kim bilir, üzerinde yaşadığınız bu toprakların derinlerinde nasıl sırlar gizlidir! Ama sizler şanslısınız, bu topraklarda sırlanmış medeniyetlerin tüm ihtişamı ile ortaya çıkartılması hususunda ciddi çalışmalar yapabilecek kurumları nihayet kuruyor devletiniz. Ve bu pek değerli tableti de sizlere sunmak için tarih arşivleme kurumundan ödünç veriyorlar okullara. Eğitime verilen önem bu şekilde devam ederse iki nesil sonra lider bir ülke olacaksınız. Araştırdıkça, öğrendikçe anlayacaksınız ki gezegenimizin tarihi, daha doğrusu, bu gezegendeki insanlık tarihi, bizlere anlatılandan çok daha gizemli ve ilginçtir," demiş ve masanın yanına gelmişti İlmiye. Yanı başında dikilen Orhan'ın cüssesinin etkisi sarsıcıydı, nasıl olmuştu da bu çocuğu bahçede yere yığmıştı… ona bu kadar yakın durmak da tuhaftı ama masanın üstünde duran tablete gözlerini indirdiği anda geri kalan her şey önemsizleşti ve parmağının ucuyla tablete dokunur dokunmaz her şey değişti.

Önce dibinde duran Orhan'ın yargılayıcı varlığı silindi, sonra sınıftaki çocukların uğultusu yok olup gitti, çünkü parmaklarının ucunda neredeyse altı bin yıl öncesine ait bilgi vardı… geri kalan her şey teferruattı.

Gerçekliğin önünde küçücük bir zerreydi insan ve İlmiye hayatında ilk defa, zerrelerden oluşan o dev gerçekliğin bir parçası gibi hissederken öyle bir duyguya vardı ki… o duyguda ışık vardı. Fark edince ışık olursun.

Daha önce hiç böyle bir şey görmemişti Orhan!

Galiba şok içindeydi… galiba, çünkü emin değildi, hissettiği duygunun şoka dönüşmesi o kadar hızlı olmuştu ki ne masanın üzerinde Sümerlere ait olan o taşı inceleyebildi, ne de sürekli bir şeyler söyleyen Profesör'ün sorusunu anlayabildi… İlmiye'nin parmağına kitlenmişti varlığı. Kil üzerine yapılmış işaretlerde gezen o parmağın duygusu sanki dalgalar halinde katman katman dışarıya yayılıyordu. Gözlerini parmaktan çekip kızın yüzüne kaldırdığında, kızın aşağıya bakan gözlerinin uzun kirpikleri kıpırtısızdı ama hemen altlarında gözlerini kaplayan sulu ışığın gözyaşı olduğunu anlayacak kadar yakındı Orhan ona, inip kalkan göğüs kafesinde hayat ve hüzün vardı… Kafası iyice karıştı, neden eski bir taşa bakarken ağlasındı ki bir kız? Ne olursa olsun onun yanında böylece durmakta huzur vardı… Orhan sanki hayatında ilk defa ışığa bu kadar yakındı.

İlmiye bir hamlede süpürdü gözünden süzülmek için izin isteyen yaşları ve bedenindeki tüm gücü toplayıp parmağını kil tabletin üzerinden çekti! Başını kaldırıp nerede olduğunu, yanında kimin olduğunu umursamadan merakının ejderhasını Fred'e salıverdi: "Anunnakiler gerçek mi?"

Tokata dönüşmüştü soru Fred'in yüzüne çarparken ve sanki o tokadın etkisinden kurtulmak istercesine gözlerini kırptı Fred, bakışları Orhan'a kaydı, sonra sınıftaki çocukların üzerinde gezindi… Bir cevap varoluştaki tüm soruların fitilini aynı anda yakabilir miydi?

Fred'in soruyu resmen geçiştirmesi, "Sıradaki!" diye seslenip İlmiye'nin kendisine odaklanmış bakışlarını görmezden gelmesi Orhan'ı bile etkilemişti. Daha önce sorulardan kaçanları görmüştü Orhan ama ilk defa korkan biri vardı karşısında. Sorulardan korkan insanların uygarlığında kendi kendine fısıldadı Orhan: Anunnaki de neydi?!

Sıradaki çocuklar tablete bakmak için masaya yaklaşırken, sessizce yerine geçti İlmiye, gözlerini kendisine dikmiş Orhan'ın merakını fark etmedi bile, üzgündü çünkü, bazı sorulara insanlık hâlâ hazır değildi.

-19-

Valpreda

Ne yaparsa yapsın rüzgârı yakalayamayacak olmanın
yıkıcı duygusu her hücresine yayıldı.

Okulun bahçesinde yavaşça, temkinli yürüdü İlmiye, bahçe çıkışında heyecanla arkadaşları ile vedalaşan Ali'den gözlerini ayırmadan adımlarını bekletti. Gözleri sürekli Ali'nin üzerindeydi ama zihni o sırada bahçe kapısından çıkmak üzere olan Orhan'da takılıydı. Aralarındaki mesafenin yeterince açılmasını bekledi. Orhan'ın bahçeden çıktığına emin olduktan sonra Ali'ye seslenirken çıkışa yöneldi. Evin yolunu tutacaklardı ama Orhan'la aynı istikamete gidiyor olmanın gerginliği yüreğine yerleşmişti.

Bahçe kapısında bir an durup Ali'nin yanına gelmesini bekledi. Elini, tutması için bir emir gibi Ali'ye uzattığında "Ama abla," dedi Ali, utanıyordu artık ablasının elini bir bebek gibi tutmaktan, ancak "Sakın!" diye İlmiye'nin itirazına çarptı kelimeleri.

"Sakın" ya da "Saçmalama" İlmiye'nin sürekli kullandığı kod- lanmış kelimelerden biriydi. Bu iki kelime de Ali'nin itiraz etmeye hakkı olmayan şeyleri ifade etmekteydi. Tuttu Ali ablasının elini ve yola koyuldular.

Okulu geride bırakırken seri adımlarla ilerledi Orhan, zihnin- deki bilgi fırtınasının geride bıraktığı karmaşadan sersem, yorgun ve zihni tamamen meşgul yürümeye devam etti. Ne öğrenmişti bugün? Öğrendiklerini nasıl anlatacaktı ki Selim Abi'ye? İsa bir Yahudi'ydi. Kurbanı engellemek ve kendini herkesten üstün gören tapınak rahiplerini yanlışlarıyla yüzleştirmek için yola çıkmış ve çarmıha gerilmişti. Hıristiyanlığı yayan birinin Yahudi olması, ilk Hıristiyanların tamamının Yahudiler olması pek manidardı. İşte bunu anlattığında Selim Abi acayip şaşıracaktı! Hatta camideki İmam Abdullah bile kesin şok olacak diye düşündüğü anda, fikrini değiştirdi, ona anlatmamaya karar verdi. Camide fazla konuşanlar ve meraklı olanlar hep dışlanırdı, sessizce dinlemek kabul görmenin en kolay yoluydu. Başını sallayıp onaylamak bazı yerlere kabul edilmek için sanki anahtardı.

"Acaba bazı imamlar bilmediklerini gizlemek için mi soruları susturuyorlardı, tıpkı Kilise'nin Ortaçağ boyunca yaptığı gibi?" diye düşündü ilk defa. İmam Abdullah'ın sorulara niye kızdığını anladı. Bilgi işte böyle bir şeydi, anlamsız detaylara bile anlam verip bir anda zihni canlandırabilirdi. İmamın anlamsız kızgınlığına anlam geldi. Selim'le konuşmak için sabırsızlandı Orhan. Ancak güvendiği biri ile öğrendiklerini paylaşmak zihnindeki soruları hafifletecek gibiydi. Peki Anukiler de kimdi? Yoksa Anonki miydi? Keşke not almış olsaydı.

Otomatik bir hamle ile elinde ikiye katladığı deftere indi bakışları. Kendine kızdı. Kalemini kaybetmiş, kimseden de kalem isteyememişti. Çünkü henüz itiraf etmeseler de belliydi, hepsi *o adam*ın özentisiydi. Profesör bile Cumhuriyet'i iyi bir şey sanıyordu… yoksa ajan falan mıydı? Osmanlı'ya karşı çalışan, imparatorluğun yeniden canlanmasını engelleyen bir ajan… Habire Cumhuriyete övgüler dizmesinin nedeni belki de buydu? Yoksa 624 yıllık dev bir imparatorluktan Türkiye'ye dönüştürülmüş bu ülkeyi yüceltip durması pek de mantıklı değildi. İtiraz edecek bir sürü şey varken susmak ne zordu sınıfta ama yapayalnızdı.

Başını kaldırıp sokağın sonundaki kurak tepede zaman ile savaşına devam eden değirmene baktı… nasıl da tek başına kalmıştı. O da yapayalnızdı. Kendini o değirmen gibi hissetti, sanki etrafındaki herkes gitmiş, Osmanlı'nın ihtişamından geriye sadece yağmalanmış bir anı kalmıştı… O anının içinde hapsolmuş gibiydi, aynı kendi gölgesiyle eşleşen bu değirmen gibi… Ne yaparsa yapsın rüzgârı yakalayamayacak olmanın yıkıcı duygusu, her hücresine yayıldı. Gözlerini çekti değirmenden, sokağın yokuşunu tırmanmaya başladı. Her adımda kendini geride hissetti. Yetişmeliydi bu Cumhuriyetçilere! Eve gider gitmez bir kalem daha bulmalı ve yarından itibaren İlmiye gibi not almalıydı.

İlmiye…

İlmiye'nin ışıklı gözleri geldi aklına ve duruverdi Orhan aniden, düşünmeden. Dikildiği yerde zihni İlmiye'nin fikri ile sanki ele geçirilmişti. O Sümer taşının başındaki hali, bakışları tablete sabitlenmiş ifadesindeki ışığın duygusu sanki etrafında gezinmekteydi… Tüyleri ürperdi.

"Abla niye böyle yavaş yürüyoruz?" diye mızıldandığında Ali, "Şşt!" diye susturdu onu İlmiye. Gözleri Orhan'da, tetikte, temkinliydi. Niye yolun ortasında aniden duruvermişti şimdi bu çocuk? Yere dikmişti gözlerini, baktığı şey de neydi?! Aniden geriye dönse ikisini de görebilirdi.

Ali o anda anladı, fısıltıyla "Bu çocuktan mı saklanıyoruz?" diye sorguladı.

"Saçmalama!" dedi İlmiye ve Ali o an kesinlikle Orhan denen o çocukla aralarındaki mesafeyi korumaya çalıştıklarına emin oldu, çünkü ne zaman bir konuda haklı olsa, İlmiye "Saçmalama!" derdi. Ali kesinlikle emindi, çünkü İstanbul'a taşınıp taşınmayacaklarını sorduğunda İlmiye yine "Saçmalama!" demişti ama taşınmışlardı. Taşınırken hayvanları bırakıp bırakmayacaklarını sorduğunda, İlmiye yine "Saçmalama!" demişti, ama tüm hayvanları bırakmak zorunda kalmışlardı. Babasının neden öldüğünü sorduğunda kimse cevap vermemişti, öldürülüp öldürülmediğini sorduğundaysa İlmiye yine "Saçmalama!" demişti…

Böylesine saçma sapan ve saçmalayanlarla dolu bir dünyada *"saçmalama"* tüm sorulara en büyük onaydı.

Acaba saçmalamak mı lazımdı? Durdu Ali. Birden, inatla! Ablasının elini bırakmadan, çatılan kaşlarının arasından baktı İlmiye'ye. Göz göze gelebilseler ona soracaktı bu seferki "Saçmalama!"nın hesabını ama gelemediler, çünkü İlmiye hızlıca çekti onu ve yol yapımı için kenara istiflenmiş beton çuvallarının arkasına daldılar.

İlmiye'yi düşündüğünde başını yerden kaldırdı, bir an durup geriye döndü Orhan. Gerideki sokak boştu. O an adını duydu. Biri "Orhan!" diye bağırmıştı! Nedense heyecanlandı ama sese döndüğü anda heyecanı geçti, çünkü değirmenin bulunduğu tepeden aşağı inen, mahalleden arkadaşlarıydı kendisine seslenen. Normalde karşıya geçip kesin onlara katılırdı ama zihni öğrendikleriyle öyle meşguldü ki lak lak yapacak halde değildi. Eliyle kısa bir selam verip fırına girdi.

Çuvalların arasına neden saklandıklarını anladı Ali, çünkü takip ettikleri sırık çocuk aniden arkaya dönmüştü, sanki takip edildiğini hissetmişti ama neyse ki şimdi fırına girmek üzereydi, "Neden saklanıyoruz bu çocuktan?!" diye inatla ablasına ısrar etti.

İlmiye ağzını açmıştı, "Saçm…" diyecekken Ali "Ya saçmalamaya kararlıysam!" diyerek meydan okuyan ama yine de saygılı bir bakışla çıkıştı.

Ali'nin ifadesindeki tepkiye baktı İlmiye, saygısızlık değildi, yetişkinlikti. Belki de ilk defa onun büyüdüğünü anladı. Gözleri, Ali'nin sorgulayıcı gözlerinde aceleyle gezinirken ağzını açtı ama ne diyecekti ona, bu çocukla aynı apartmanda oturduklarını, çocuğun kabalığını, arka avluda Mustafa Kemal ve Efelerle ilgili atıp tutmasını, diğer çocuklarla birlikte yaptığı dedikoduları, şapka takanlara sataşmasını, Cumhuriyetle geçtiği dalgaları… düşmanlığını… onun gibilerin kendilerinden ne kadar rahatsız olduklarını… ne diyebilirdi Ali'ye, yargılayıcı kötülükle aynı apartmanda oturmak için cennet köşesi olan köydeki evlerini bırakıp devletin korumasında buraya taşınmak zorunda kaldıklarını… nasıl anlatabilirdi İlmiye, Ali'nin kalbini parçalamadan?

Çok değerliydi Ali'nin küçücük kalbi. Tertemizdi. Yargısızdı. Sevgi doluydu ve etrafındaki nedensiz nefreti anlamayacak kadar cesurdu. Bir hedef tahtası gibi cesur, sevgi kadar ortadaydı Ali'nin yüreği… Sustu İlmiye.

Suskunluğun sessizliğinde, anlayış dilenircesine sadece baktı Ali'nin anlamlarla ışıklanmış gözlerine ve Ali sadece küçücük başını salladı. Kendisine anlatılmayanı anlamayı öğrenmiş, ruhu yetişkin her çocukta görülen o derin tebessüm ile İlmiye'nin yükünü siliverdi, "Önemli değil," deyip geri çöktü yerine ve sırtını çuvallara yaslarken tüm yargılar sanki önemsizleşti. Ali aniden başını kaldırıp Orhan'ın fırından çıkıp çıkmadığını yoklamasa, Ali'ye anlatamadıklarının zorluğunda kalacaktı İlmiye o çuvalların arkasında ama Ali, yeniden saklanıp "Çıkıyor!" dediğinde sanki oyuna katılmıştı. Oyunun adı konuşmadan anlaşmaktı. Sevgide buluşabilenler konuşmadan anlaşırlardı.

Fırından dokuz ekmekle çıktı Orhan, iki tanesi kendilerinin, yedi tanesi Latife Teyzelerindi. Acaba Selim Abi eve gelmiş miydi? Tekrar adımlamaya başladı. Sokağın yukarısında toplanmış, kendisine yine seslenen arkadaşlarını başından savarcasına el sallayıp girdi mahallenin tek apartmanı Valpreda'ya.

Giriş katındaydı evleri ama eve girmek yerine arka avluya geçti. Kahretsin ki Selim Abi'nin arabası yerinde yoktu. Ekmeğin başından koparıp ağzına atarken duvara oturdu, koltuğunun altına sıkıştırdığı defteri eline aldı. İlk sayfasını açtı, sadece ilk sayfada küçücük bir karalama vardı. Üstü zift gibi üst üste karalanmış kelime artık okunmazdı ama o karalamacanın altındaki kelimeyi hâlâ görebiliyordu, çünkü zihnine kazınmıştı… "Hainler" yazmıştı. Sınıfta yapayalnızdı ama keşke sabah olsa da okula koşsaydı. Hayat tuhaftı.

2. BÖLÜM

Uyanmanın vakti belki de gelmişti.

Ülkü'nün aralanmış dudaklarından aldığı nefes, tek bir tutamla isyana gelip örgüden kopmuş saça çarparken, narin elleri çantayı telaşla toparlarken dayanamadı Selim, bir hamlede Ülkü'nün önünde dizlerinin üstüne çöktü, uzandı tuttu Ülkü'nün incecik bileğini, avucunun içine aldı... varlığı gibi narin ama herkesten farklı olduğu kadar kuvvetliydi... Bileği çevirip elin bittiği, nabzın attığı o noktadan kokladı, burnunu sürerken derin bir nefesle öptü, Ülkü'nün bedeninin kokusu nabzının attığı o yerde toplanmıştı sanki, dudaklarını değdirdi ve kaldırdı bakışlarını, Ülkü'nün gözleri kendininkilere kitlenmişti. Kirpiklerinde, gözlerinin derinlerinde gezindi, gözbebeğinden yansıyan ışıkta kendini buldu Selim. Öylesine tanıdık, öylesine içtendi ki gözleri... O bir tutam saçı tutup parmaklarının ucuyla hissetti, kulağının arkasına koydu ama elini çekmedi, parmaklarının ucuyla yavaşça, ürkütmeden Ülkü'nün tenine değdi... parmakları hafifçe teninden yanağına oradan boynuna kaydı... elleri ne kadar da büyüktü, Ülkü'nün narinliğiyle kıyaslandığında. Parmaklarının tersi ile Ülkü'nün boynunu okşarken Ülkü başını geriye attı, koynu öyle güzel, öyle nemli, öyle taze bir koku ile açıldı ki elini zor tuttu Selim o koyna dokunmamak, hayatın suyunu içmemek için. Ülkü başını geriden kaldırdı, Selim'in gözlerinin içine baktı ve o an daha fazla dayanamadı Selim, öylesine bir açlıkla, daha önce hiç yaşanmamış tüm duyguları salıp özgürleşircesine, öylesine bir coşkuyla yapıştı ki onun dudaklarına...

Bir gülün içinde toplanmış tatlı suyu içer gibi içti Selim Ülkü'nün dudaklarını. Kana kana ama incitmeden…

Pişinin kokusu güneşin ışığı ile birleşip Selim'in zihnine sabah olduğunu söylediğinde, rüyasından sıyrıldı Selim. Köşkün bahçesine kurulan kahvaltı sofrasının kokusu odasının penceresinden sızıp kendisine ulaşmış olmalıydı ama ne kokuya ne de sabaha hemen teslim olacaktı. Ülkü'nün bedeninde çıktığı gezintiye devam etmek için gözlerini iyice sıktı, rüyadan kopmamak için yorganı çekti başına, karanlığa sığındı.

Kendini bildi bileli bu pişinin kokusu, gün ışığı, Boğaz'ın yüce manzarası pazar günü ile takımdı. Ülkü'nün bedeni karanlığın içinde kaybolup pişinin kokusu odayı kaplarcasına yoğunlaşınca yorganın altında gözlerini açtı. Yorganı kaldırdı.

Zihninin yarattığı beklenti gerçeğin ıssızlığıyla çarpışınca beklentisi parçalandı. Ülkü yoktu! Köşkte de değildi! Beklentiler gerçeğin ağırlığını asla taşıyamazdı, ne kadar az iseler hayat o kadar rahattı.

Aralanmış perdelerden yüzüne ulaşan ışığın sunduğu manzara, Boğaz'ın dalgalarını değil, yaşlı değirmenin fırtınada bile artık dönemeyecek kadar paslanmış kanatlarını sunmaktaydı. Şimdi de yenilginin simgesiydi o değirmen!

Yatakta doğruldu Selim, değirmene bakarken kaşları çatıldı. Babasının elinden alınan her şeyi bir görüntüye sığdırabilseler bu değirmenin görüntüsü tek başına yeterliydi. Ölüm belgelerinin üstüne vurulan mühür gibiydi. Dün değirmene bakarken hissettiği sakin huzurun yerinde şimdi telaşlı bir kasırga vardı, önüne gelen her güzelliği yıkmak için estikçe esen, gücünü karmaşadan alan, dinmez bir kasırga Selim'in zihninde, geçmişin huzurundan açlıkla beslenerek bugünün yokluğunu alevlendirircesine estikçe esiyordu. Hatırladı, bugün pazar da değildi! Perdeler niye açılmıştı ki! Kalkması için Nana açmış olmalıydı perdeleri. Saat kaçtı?

Yorganı bir an başına çekti ama insan zihninin kasırgasından saklanabilir miydi? Gözlerini kapatıp Ülkü'nün dudaklarının rüyasında bıraktığı hissi bulmaya çalıştı… imkânsızdı. Bir kere uyanmıştı.

Kaçmak için uykuya, karanlığa saklanmanın yeterli olamayacağı bir yaştaydı. Yorganı bir hamlede üstünden atıp yatakta doğruldu yine. Gözlerini kapatıp derin bir nefesle içine çekti pişinin kokusunu. Kendi kendine mırıldandı: "Ha gayret!"

Gözlerini açtı.

Nana elinde pişilerle içeri girip hiç değişmeyen o komik Türkçesi ile onu sofraya davet etmese ve Orhan'ın kapının önünde beklediğini bildirmese kararsızlıkla yatakta kalacaktı ama neyse ki en zor zamanlarda bile insanı hayata bağlayan basit keyifler vardı. O basit keyifler kimliğimizin DNA'sıydı.

Kalktı Selim, Nana'ya saati sordu, öğleden sonraydı. Orhan'a aşağıda, arabanın yanında beklemesini, iletmesini istedi. Nana'ya 20 dakikada masada olacağını söyledi ve onun odadan çıkmasını izledi. Ayağa kalktı, çıplak bedeni ve 1.90'lık boyu ile dikildi odanın ortasında. Boyun kaslarını esnettikten sonra, şınav çekmeye başladı. Ülkü'nün dudaklarının hissi her şınavla azaldı. Ülkü değildi ki rüyasını gördüğü şey, o sadece bir bahaneydi. Tanımıyordu bile o kızı, basit bir köylü kızıydı, belki de deliydi, kıyafetlerinden belliydi.

Banyoya girmesi, duşunu alıp, dişlerini fırçalayıp, jilet gibi hazırlanıp mis gibi kokarak içeri geçmesi sadece 12 dakika sürdü.

Hızlıydı Selim, ritüel haline getirdiği işleri yaparken öyle hızlı, disiplinli ve seriydi ki bir ülkeyi bile yönetecek içerikteydi ama işsizdi. Çünkü uğradığı haksızlık çalışmasına izin vermiyordu, dört dil konuşuyor, piyano çalıyor, mükemmel ata biniyor, araba kullanıyor, hesapta fark yaratacak kadar formül biliyor, sarayın odalarında oynayarak çocukluğunu geçirmiş biri olarak Devlet-i Aliyye'nin yönetimi ile ilgili verimli fikirler verecek kadar teşkilatlanmadan anlıyor ama hiçbir işe yaramıyordu. Bir işe yaramasına izin verilmiyordu.

Osmanlı'yı yeniden ayaklandırmak için yapılması gerekenleri zihninde planlayıp kendisi ile aynı amaçta olanlarla buluşuyor, var olmaya çalışıyordu. Kendisine söylediği yalanlar olmasa, bir ip alıp o değirmenin paslı kanatlarından birine asacaktı belki de kendini. Bu yüzden zor zamanlarda kendimize söylediğimiz yalanlar değerliydi ama giderek eskiyordu hepsi ve yerine yenileri bulunamıyordu… Uyanmanın vakti belki de gelmişti.

Salona giden uzun koridorda adımları yavaşladı, çünkü annesinin sesinden Mahmud Esad Bozkurt'un adını duymuştu. Durdu. Annesi yine neler çeviriyordu?

-2-

Les démocraties ne finissent pas en remède.

Latife ağzındaki şekeri kıtırdatırken itiraz etti: "Yoooo bizle alakası yok bunların, kesin köylüler! Kiralarını kim ödüyor biliyor musun?"

Burnunun ucundaki gözlüklerinin üstünden kim dercesine baktı Lütfiye, Latife salonda yalnız olduklarına, hizmetlilerden ya da ev ahalisinden kimsenin etrafta olmadığına emin olduktan sonra, hayret verici bir sırrı ifşa ediyor olmanın gücüyle cevap verdi: "Mahmud Esad Bozkurt."[28]

Gözleri açıldı Lütfiye'nin, şaşkınlıkla "Adalet Bakanı!" derken Latife "Şşşt!" dedi, ekledi: "Selim bilmiyor kız, bağırma!"

Lütfiye yine öne eğilip fısıltıyla sordu: "Anlamadım, neyi bilmiyor?"

"Bir sene oldu boştu katlar, bizim Rıza Efendi kiralayıverdi sonunda ama kimse tutmayınca hükümete kiralamış, en azından paramızı peşin aldık. Altı aylık ödediler," diye açıkladı Latife ve elindeki sinek yediyi masaya kibarca koyarken ekledi: "Ama pek tuhaflar! Erkek yok evde! Kadın kadına yaşıyorlar." Gümüş servis

---

28 Kadın hakları ile dünyaya örnek olan Türk Hukuk Devrimi'nin yapılanmasında büyük etkisi olan, eski Adalet Bakanlarımızdan biri. O dönemde verilen Bozkurt soyadı ülkücülüğü çağrıştırsa da, Mahmut Esad Bey icraatları incelendiğinde ülkücü değil ülkeci biridir. Araştırınız.

114

tabağındaki akide şekerinden ağzına bir tane attıktan sonra devam etti: "Nana'yı tembihledim, bizimkileri gözledi… Iıh! Sokakta pis kedileri besleyen o küçük velet dışında evde hiç erkek yok."

"Seyahatte olmasın ailenin erkekleri?!" dedi Lütfiye, ikiz kız kardeşinin her olaya kendince kulp takmasından bıkmış, ona doğru eğilip fısıltıyla imalı "Senin kocan da yurtdışında, belki onların babaları da gitmek zorunda kalmıştır?" dedi.

"Sen görmedin tabii kızları… Zevahirlerinden belli, asalet nedir bilmez kimseler bunlar. Bir tanesi er üniformasıyla geziyor hâlâ, erkek olmak istiyor belki, eski püskü bir şey giyiyor, bir de görsen sanki savaşta. Anneleri bir tuhaf. Bir kere gördüm kendisini hemen içeri kaçtı, bir selam vermek, nasılsınız demek yok. Ev sahibiyim ben canım! Köylü bunlar işte, hallerinden belli. Daha ne diyeyim… ha bir de o velet var, sabahın köründe merdivenlerden inerken istiklal marşını tekrarlıyor hep sinirimizi bozmak için sanki… bize de ezberletti velet," dediğinde Nana elinde gümüş pişi tabağıyla yaklaştı masaya, tuhaf aksanıyla "Korkma sönmez bu şafaklarda yüzen alsancak!" derken Latife'nin şahitliğini yapıyordu.

"Bak," dedi Latife, "Nana bile ezberledi!"

Nana hatırlattı: "Bir de yaşlı kadın var yanlarında, hatırlar mısınız hanımım, ordu bizim sokaktan geçerken pencereden bağırıp el sallayan o tuhaf kadın…"

Latife hatırladı: "Ha evet bir de o var!" Elindeki desteyi masaya ters kapatıp sıkıntıyla geriye yaslanırken, "Doldular eve, halimiz hayrola bakalım! Boş durmasın diye kiraladık ama uykumuzda boğazlamasınlar da bizi," dediğinde Nana hızla ve sadece Latife'nin anlayacağı bir kaş göz hareketi yapıp masadan boşları aldı. Latife, Nana'nın ne demek istediğini anladı, Selim kalkmıştı. İşaretlerin ne anlama geldiğini anlamayan ve ilgilenmeyen Lütfiye, gözlüklerini indirip dik dik baktı Latife'ye. Nana'nın önünde konuşmak istemiyordu, imalı bir şekilde kız kardeşine bakıp kaşlarını çattı. İnsanlarla ilgili böyle yorumlar yapması günahtı. Farklı nedenlerden de olsa ikisi de sustu.

Nana salondan çıktıktan sonra, Lütfiye "Neden böylesin sen Latife? Yazık değil mi, Refik Halit'i kaybettiğinde üzülmedin mi? Belli ki onların da kayıpları var," diye çıkıştı.

Koridoru salona bağlayan kapıya baktı Latife, neyse ki kimse yoktu, ciddiyetle kardeşine dönüp fısıltıyla "Şşşt, sessiz konuşsan ya!" dedikten sonra yine kapıyı yokladı. Kimse yoktu. Sonra dönüp yine fısıltıyla Lütfiye'nin ağzının payını verdi: "Aşk olsun Lütfiye! Refik'i kaybetmedik! Padişah düşmanları nüfuzundan korktukları için sürdüler kocamı! Geri dönecek. Göreceksin! Yüzelliliklerin[29] hepsi geri dönüp bu hilafet düşmanlarına ağzılarının paylarını verecekler! Acıdan şu göbeğim şişti de şişti halime bak!" dedi şişik göbeğini göstererek, sonra alınganlığının doruklarında hüzünlendi: "Sana teessüf ederim, bu asalet yoksunu köylülerle aynı kefeye koydun ya bizi… aşk olsun."

Lütfiye açıklamak için ağzını açmıştı ki o sırada içeri Selim girdi. Saray'a kabul edilmişçesine, her zamanki gibi, tertemiz ve yakışıklıydı. Ona her baktığında yüreği sızlıyordu Latife'nin, seviyordu yeğenini ama sadece bu sevgisi değildi yüreğini sızlatan şey, böylesine nadide ve değerli birinin savaş döneminde doğmuş olması büyük yazıktı. Kaybettiği oğlunun anısı Selim'in hallerinde yaşıyordu, Lütfiye bu yüzden Latife'nin yamacından ayrılamıyordu, Selim'i bırakmak istemiyordu.

Hanımlar kalkıp Selim'i karşıladılar. Selim kısaca eve gece yarısı gelişinin uydurma nedenini açıkladı, hanımlara iltifatlarda bulundu. Fransız ekolü ile yetiştirilmiş olmanın verdiği tüm incelikleri, hanımların gümüşlerle bezenmiş sofrasına sundu ve en uygun noktada nihayet meraktan uykularını kaçıran, rüyalarını kontrol eden soruyu sordu: "Bir kız gördüm asker kıyafetleri vardı üzerinde, tuhaftı. Yeni mi taşındılar?"

Pişiden bir ısırık almıştı ki Lütfiye, lokması ağzında kalıverdi, Latife'nin vereceği cevaba odaklanıp bekledi. Neyse ki yalan söy-

---

lemek yerine başını evet anlamında salladı Latife, "Şu bir türlü verilmeyen dairemiz kalmıştı ya, oraya taşınmışlar. Rıza Bey kiracı bulmuş en sonunda," diyerek geçiştirdi.

"Nerden gelmişler validem?" dedi Selim, daha yüzlerce sorusu vardı ama ilgilendiğini fazla belli etmeden sorması gerekti.

"Hiç bilmiyorum oğlum ama pek fenalar, Valpreda'ya yakışmıyorlar, köylü oldukları kesin. Kızların hepsi birbirinden tuhaf. E hadi yesene oğlum, seversin diye Nana sana yaptı pişiyi," dedi Latife, oğluna çay servisi yaparken.

"Ben bu sabah gördüm, selamlaştık… Adı Ülkü mü neymiş…" dedi Selim, tek bir lokma yiyecek iştahta değildi ama lokmadan ısırdı, yakınındakilerin beklentilerini karşılamak hayatı kolaylaştırır ama fazlası esir ederdi adamı. Gözlerini annesine kaldırdığında teyzesi, "Er kıyafetleri giyen kız mı bu?" dedi.

Selim omuzlarını hafifçe silkeleyip "Evet," dedi ve sordu: "Niye bir kız erkek kıyafetleri giyer ki?"

"Aynı soruyu ben de annesine sormayı düşünüyorum baloda," dedi Latife kendi kendine gülerek.

"Ne balosu?" dedi Selim yaslandığı sandalyeden doğrularak, heyecanlanmıştı. Bir balo vardı ve orada Ülkü ile karşılaşma fırsatı mı olacaktı?

Latife bir an baktı oğlundaki tepkinin aciliyetine, "N'oldu kuzum?.. Hemen celallenme lütfen, onlarla birçok konuda aynı fikirde olmasak da adab-ı muaşeretimizi bozmayacağız. Davet edildiğimiz yere icabet etmemiz pek doğal," dedi. Selim'in merakını Cumhuriyet balosuna tepki sanmıştı.

"Yok validem, anlamadım ne balosu bu?" diye sorarken dirseklerini masaya koydu Selim, cevap için sabırsızlanıyordu.

Latife dik bir bakışla Selim'in masaya dayanmış dirseklerine baktı, kaşları milimetrik hareketle kalktığında Selim hemen indirdi dirseklerini. Saray gücünü kaybetmiş olabilirdi ama adap kuralları içimizde yaşamaya devam etmeliydi, Latife bu konuda kesindi. Sonra cevap verdi: "Cumhuriyet balosuymuş. Onlara da davetiye gelmiş, Nanalar görmüşler. Bu görgüsüzler kaçırmaz bu fırsatı, geleceklerdir elbette… acaba ne giyerek!"

Latife'nin köyden şehre gelen insanların sosyeteye özenmesinden tiksindiğini farklı cümlelerle sunan konuşması devam ederken, sohbetten bir anlığına koptu Selim. Ülkü ile tanışmasına bahane olacak bu baloda; Ülkü'nün kim olduğuna, nasıl biri olduğuna dair zihninden bir milyon düşünce aynı anda geçerken, annesinin sesi ile kırıldı düşünce zincirleri. Annesi "Hanedan düşmanları ile kutlama yapacağız! Ne âlâ! O hala bozuntusu Hayrünnisa'da orada olur kesin! Neydi bunun cemiyeti?" demişti.

Teyzesi Lütfiye "Asri Kadınlar Cemiyeti" diye cevap verirken ona döndü Selim, Cumhuriyet balosunun gerçekliği, o baloda Ülkü'yü görecek olmasının heyecanını bastırdı, ezdi. Kızla ilgili sormak istediği bir sürü soru vardı, birkaç şey daha öğrenebilirdi hakkında emindi ama hükümetin Cumhuriyet'i karşıt fikirde olanları bile davet edecek kadar büyük bir balo ile kutlayacak olması, hanedanlığın köklerinden böylesine bir rahatlıkla uzaklaşmış olması gerçeğini getirdi aklına. Yirmi yediden beri kendi aralarında yaptıkları baloların dedikodularını duymuşlardı ama daha önce hiç davet edilmemişlerdi. Gerçeklik bir tokat gibi çarptığında, insan çırılçıplak huzursuzluklarıyla yüzleşirdi. Çırılçıplaktı Selim, Cumhuriyet'in saldığı köklerin, hanedanlığı, hilafeti nasıl ezip önemsizleştirdiğini, balolara dönüşen kutlamaların nasıl da nispetvari bir şölenle Osmanlı'nın mirasını küllendirdiğini düşünürken çırılçıplaktı… daha önce değil ama davet edildiği balonun etkisi ile ilk defa o an, geri gelmesini beklediği her şeyden kilometrelerce uzakta hissetti kendini. Ne babası sürgün edildiğinde ne köşklerinden çıkmak zorunda kaldıklarında böyle hissetmişti. Hep her şey sanki düzelecekti ama şimdi yenilgiyi hissetti. Çünkü davet edilmek, önemsizleşmekti. Belliydi, düşmanlığı bile önemsizdi. Annesinin ince çığlığı aniden yükselmese, yenilgi labirentinde kayıplara karışacak gibiydi ama "Ayyy!" diye bağırmıştı Latife ve Selim hissettiği yenilginin gerginliği ile gardını almış ayağa fırladı! Ne oluyordu?

Çiçekli Fransız ipeğinin ortasına dökülen çayın etkisiydi Latife'nin çığlığının kaynağı. Çayını yenilemek isterken devirmişti porselen çaydanlığı. Hizmetçiler salona koşturup masayı toparlarken ayakta dikildiği yerde örtüye sabitledi gözlerini Selim, ipeğin üstüne dağılmış gümüş takımlar, kristaller, zenginlik… her şey ne kadar önemsizdi… Osmanlı yitip gitmişti.

Ne kapının çaldığını fark etti ne de salona buyur edilen Fehmi'nin, annesi ve teyzesi tarafından coşkuyla karşılandığını. Gözlerini diktiği ipeğin lekesinde öylesine tedirgindi ki Fehmi selam vermek için gerisinde durup kolunu tuttuğunda sıçrayıp kendine geldi Selim.

İrkildi Fehmi, Selim'in tepkisi, dün akşam Bahriye Hanım'ın konağından Altay Bey'i çıkarmış olmasının tepkisiydi miydi?

Selim, yüzüne şaşkınlık içinde bakan Fehmi'yi aniden karşısında görünce sanki taş taşır gibi zorlanarak gülümsemesini ifadesine yapıştırdı ama her zamanki gibi, olduğundan emin bir halde Fehmi'ye sarılıp onu selamladı. "Affedersin Fehmi, dalmışım. Geldiğini bile fark etmemişim, arabayı dün bir yerde bıraktım, getirmediler diye endişe kuruyordum," diye açıkladı.

"Yok Selim Abi, getirmişler, araban aşağıda, çocuklar yine toplanmış arka tarafa," dedi Fehmi ve ekledi, "merak etme Orhan var yanlarında, arabayı yıkarken caka satıyor çocuklara."

Selim gülümsemesini yüzünde tutmakta hâlâ zorlanırken Fehmi'nin sırtını sıvazladı. O an üzerindeki üniformayı fark etti, etkisi fazla geldi, konuyu değiştirmek için "Aç mısın?" dedi.

Fehmi aç değildi. Köyden getirdiği salçaları Nana'ya verirken; annesinin, babasının, anneannesinin, dayılarının, tüm sülalesinin selamlarını iletti. Hanımlar Fehmi'nin üniformalı halinin şıklığından bahsederken koltuklara geçtiler. "Sen de baloya geliyor musun?" diye sordu Selim. Bir zamanlar köşkün bahçesinde kısa donuyla koşan bir çocuğun üniformalar içinde hanedan hainine dönüşmesi büyük trajediydi. Selim bir an annesine baktı, aynı düşüncenin onda da var olduğunu anlayınca hemen gözlerini kaçırdı.

"Cumhuriyet balosuna mı?" diye sorgularken Fehmi, ancak o sırada Selim'in ifadesindeki zoraki gülümsemenin kıyısındaki acıyı gördü, konuşulamayan duyguları geçiştirebilmek için binlerce yıldır insanların yaptığı şeyi yapıp boşlukları doldurmak için konuşmaya devam etti. "Yok," dedi, "atamam çıktı, asteğmen olarak Menemen'e gidiyorum. Helalleşmeye geldim."

Lütfiye, "Helal olsun tabii oğlum," derken tebrik etti, "Orası da neresi?" dedi Latife, "Yoksa şu yeni vilayetlerden biri mi?"

"Hayır," dedi Fehmi, İzmir'e bağlı bir ilçe olduğunu açıkladı Menemen'in. Ege'nin en güzel köylerinden biriydi. Fehmi'nin cümlesi bittiğinde, sanki dünyada konuşacak bir şey kalmamıştı ve o sessizliğin içindeki huzursuzluk bulaşıcıydı. Selim'in huzursuzluğu herkese bulaştı.

"Ben kalkayım," dedi Fehmi, ayaklandı. Hanımlar ısrar ettiler, daha oturmasını, akşam yemeğine kalmasını istediler ama gitme zamanı gelmişti, Fehmi emindi, Selim'in ifadesinde saklanmış acının farkında, ilerledi kapıya. Selim'i sona bırakarak herkesle vedalaştı.

Fehmi'nin uğurlanmasını izledi Selim, kendisine sıra geldiğinde eşikten dışarı çıkıp asansörün kapısında bekledi. Fehmi asansörün kapısını açtı, tam binecekti, durdu ve iç cebinden çıkardığı bir zarfı Selim'e uzatıp "Selim Abi," dedi ama gerisi gelmedi. Selim zarfı alırken bir an birbirlerine baktılar. İkisi de yaşadıkları duyguların ani zıtlığında şaşkındı. Konuşamadılar ama Fehmi gönülden bir içtenlikle sarılıverdi Selim Abisine ve sonra hemen dönüp asansöre bindi.

Kapı kapanıp asansör inişe geçtiğinde, Selim elindeki kapalı zarfa baktı, üzerinde "Selim Abi'ye" yazısı ve tarih vardı. İçeri girecekti ki apartmanın karanlığında çatıya çıkan merdivenlerden aşağıya sızan gün ışığını fark etti. Çatının kapısı aralık kalmıştı ama aralık olmamalıydı.

Bir hamlede yukarı çıktı Selim, kapıyı çekip kapatacaktı ki kapının arasına konulmuş terliği fark etti. Eğilip aldı terliği, bu küçük bir kadın terliğiydi, kapıyı çekip eve geri dönecekti ki dışardan, çatıdan gelen sesi fark etti.

Bir kız güzel sesiyle şarkı söylüyordu. Daha önce duyduğu sözlerin farklı bir beste ile söylenmesi ilginç geldi, bir kızın çatıya çıkmış olması da. İşte tam bu düşünce ile durdu, Ülkü olabilirdi bu kız! Elinde terlik, geçti kapıdan, Ülkü'yü görme ihtimalinin heyecanı şehrin manzarasının etkisi ile karıştı, burası ne de güzeldi, ilk defa şehrin bu yükseklikten nasıl göründüğünü fark etti. Buraya taşındıklarından beri Valpreda'nın en üst katının tamamını kendilerine yuva yapmış olmalarına rağmen bir kez bile çıkmamıştı çatıya. Şaşkındı, böylesine güzel bir manzarayı ilk defa gören herkes şaşırırdı.

Bir katına iki büyük daire sığan dev apartmanın çatısı doğal olarak çok genişti, kızın sesi nereden gelmekteydi. Derken gördü kızı, çatı çıkışının arka tarafında iki uçtaki bacanın arasına gerilmiş ipe; büyük, yer yer yamalanmış bir örtü sermekteydi. Güneşin ışığıyla örtünün arkasındaki silueti görmek heyecan vericiydi. Yavaş yavaş yaklaştı, sesini gırtlağından temizledi, hızla saçını toparladı, dikleşti; örtünün kıyısına gelmişti. Kız hâlâ şarkısını söylüyordu, sesi ne de güzeldi… Şarkıyı bölmek istemedi, bitene kadar bekleyecekti… tabii kız aniden çığlık atmasa!

Kızın Ülkü olmamasına da, kendisinden korkup çığlığı basmasına da hayretle bakakaldı Selim.

İkisi de aynı anda birbirlerine "Kimsiniz siz?" demişti ve sonra birbirlerinin yüzüne bakıp kalakalmışlardı. Selim kendini salak gibi hissetti, bu kız tabii ki Ülkü değildi, ondan çok daha kısa ve yuvarlak hatlıydı.

"Affedersiniz, ben sizi başka biri sandım. Rahatsızlık vermek istemezdim küçük hanım," deyip kızın tek bir kelime konuşmasına dahi fırsat vermeden kapıya yöneldi ama birazdan geri dönecek ve Ayşe'nin hesap soran ifadesi ile karşı karşıya gelecekti, kapının arasından aldığı terlik yüzünden çatıda rehin kalmışlardı. Zaten Ayşe'nin çığlığı da rehin kaldıklarını o an anlamasındadı.

Kapı sadece içeriden açılabiliyordu, o terlik o yüzden araya öyle bırakılıyordu. Adamın, mahcubiyet içinde hızlı adımlarla kapıya ilerlemesini izlemiş, nasılsa geriye geleceğinden emin, arkasındaki bacanın kıyısındaki duvara yaslanıp kollarını önüne bağlayıp beklemişti Ayşe.

Selim geri geldiğinde "Sizce eğer bir kapının arasına terlik konulduysa amacı ne olabilir?" diye azıcık kinayeli sormuştu ona.

Bilmiyordu Selim, hayatında hiç arasına terlik konulmuş bir kapı görmemişti. Terliğin de başka bir amaçla kullanılabileceğini düşünmemişti. Sarayda, köşklerde olmuyordu böyle şeyler! Terlik bile bilmezdi. Şaka değildi, sarayda, köşkte terlik giyilmezdi. Köylü âdetiydi terliklerle ilgili her şey ve hamamda giydiği takunya dışında hiçbir ahbaplığı olmamıştı terlikle ama kıza bunu açıklayamazdı. Sakin bir mahcubiyetle özür diledi yine, kız ile arasındaki kültür farkının uçurumundan bakarken.

"İsminiz nedir?" diye sorduğunda Ayşe, adamın nezakette boğulmak üzere olan varlığına gülümsedi. Bu kadar süsü bir erkekte görmek ilginç gelmişti. Daha önce hiç bu kadar şık birini görmemişti. Bazı fotoğraflar vardı gazetelerde yayınlanan ve adam o fotoğraflardan bile daha şıktı. Terlik bilmez bu süslü adamın çatıda ne işi olduğunu düşünürken "Kayboldunuz galiba," dedi. Sadece gülümsedi Selim kendini takdim ederken. Birbirlerinin adlarını öğrenip âdetin yerini bulacağı şekilde selamlaşırlarken Ayşe, Selim'in kıyafetinin kumaşını inceleyip. "Pek özel bir kumaş, Avrupa malı mı?" dedi.

Selim anlamadı kızın neyi sorduğunu, kaşları çatılınca Ayşe konuyu değiştirdi, "Çok şanslısınız, Mustafa Kemal'e ne kadar benziyorsunuz, bir şapkanız eksik," dediğinde, Selim hâlâ kıza karşı o kadar mahcup hissediyordu ki, kendisi için hakaret olabilecek bu iltifata gülümsemek zorunda kaldı.

Ayşe'nin içtenliği, çekinmeden örtüyü kendisine uzatıp yardım istemesi tuhaf olsa da, Selim örtünün ucunu eline alıp mecburiyet duygusu ile ona yardıma başladı.

"Burada mı oturuyorsunuz?" diye sordu Ayşe, son örtüyü de sermesi Selim'in yardımı ile bittiğinde.

"Evet," dedi Selim.

"Ne tuhaf ilk defa görüyorum sizi," diye hayret etti Ayşe, Selim nazik bir tebessümle "Siz ne kadar zamandır buradasınız Ayşe Hanım?" diye sorduğunda "Bir ay olacak," diye açıkladı Ayşe ve Selim'in beş yıldır burada oturduğunu öğrendiğinde şaştı kaldı. "Daha önce hiç bu çatıda kilitli kalmadınız, üstelik kapı aralığına terlik koymayı bile bilmiyorsunuz…" diye şaşkınlığını ifade ederken uyandı, hayret içinde "İnanmıyorum, hiç çatıya çıkmadınız mı daha önce?!" dediğinde, Ayşe'nin şok içindeki ifadesinin karşısında nasıl tepki vereceğini şaşırdı Selim.

Evet, beş senedir hiç çatıya çıkmamıştı ve bunun neden bu kadar önemli olduğunu da anlayamadı.

Ayşe açıkladı: "Beş senedir burada yaşayıp şu manzarayı merak etmemek, üstelik şehrin en yüksek binalarından birinde yaşarken, hayatı merak etmemek demek. Siz bıkmışsınız Selim Beyciğim, bıkkınlığınız yüzünden yaşamayı unutmuşsunuz. Bizleri hayrete düşürecek şeyler sunmazsak zihnimize, yaşamayı unuturuz."

Kaşları çatık, ciddiyetle dinledi Selim, evet bıkmıştı, insan bu kadar haksızlığa uğrayıp nasıl bıkmasındı.

Ayşe, "Bıktığınız ne olursa olsun, o bıkkınlıkların dışında coşkuyla akan bir hayat olduğunu unutmamak lazım. Yoksa merakınız kurur, merakı kurumuş biri çöle dönüşür. Düşünceler ağaçlar gibidir, meraksız büyüyemezler," dediğinde, Selim kızın kelimelerindeki anlamları takip etmekte zorlandı. Nasıl tepki vereceğini bilemediğinden kapıya vurup yardım istemeye gitmek için izin istedi Ayşe'den.

Selim, çatının kapısına ara ara vurup alt kattaki Nana'ya seslenirken cevap alamayınca sohbetleri devam etti. Kızın Atçalı olduğunu, dikiş dikmekten çok keyif aldığını öğrendi. Çok konuşuyordu Ayşe, boş konuşmuyordu ama yine de çok konuşuyordu, aslında konuşmasından çok övmeyi seçtiği konulardı itici olan. Kendini

Cumhuriyet kadını olarak tanımlayan biri ile çatıda kalmak, hayatın kötü bir esprisi gibiydi. Biri şu kapıyı açmazsa kapıyı kıracağına emindi Selim. Alt kattakiler duysun diye kapıyı daha da fazla yumrukladı.

Duyan olmadı.

Ayşe kapının önünde beklerken, Selim bıkkınlık içinde çatının çevresinde bir tur attı, yer yer örtülerin üstüne serilmiş, üstüne tül konulmuş kurutulan çiçekleri, otları gördü, ne olduklarını merak etti ama sormadı. Alt kattaki pencerelerden birine ulaşabilse ya da alt katın camına uzanabilecek bir şeyler bulabilse harika olacaktı ama çatıda Ayşe'nin serdiği iki örtüden, o örtülerin asılı oldukları ipten ve yer yer serilmiş kuru çiçeklerden başka hiçbir şey yoktu. Ayşe'nin yanına geri döndüğünde kapıyı kırmaya kararlıydı.

Ayşe'den geri çekilmesini rica etti, geriden koşup kapıyı omuzlamaya karar vermişti ki "Ne yapmayı planlıyorsunuz Selim Bey? Kapıyı kırmayacaksınız herhal," diye itiraz etti Ayşe.

Selim şaşkınlıkla kızın suratına bakıp "Başka bir öneriniz?" dedi. Kız ne bekliyordu ki!

Ayşe gülümseyip bozuk bir Fransızca ile "Les démocraties ne finissent pas en remède," dedi. Demokrasilerde çare tükenmez demek istemişti. Sonra kıkırdayıp "Fransızca öğreniyorum, size de tavsiye ederim," diye ekledi.

Selim kendi kendine güldü bir an ama sonra tebessümünü sınırlandırdı, kızla dalga geçiyormuş gibi olsun istemedi ama Fransızcası Türkçesinden bile daha iyi birine bunu söylemek naiflik değildi de neydi?! Bu Cumhuriyetçiler her şeyi bir tek kendilerinin bildiğini sanıyorlardı.

"Bekleyeceğiz," dedi Ayşe.

"Mümkün değil!" diye itiraz etti Selim, "Yeterince bekledik, benim burada olduğumdan bile kimsenin haberi yok. Sizi arayan olsaydı şimdiye kadar gelirlerdi."

Kız koynundan çıkardığı boyun saatine bakıp "On dakika verin, kardeşim Ülkü kesin gelir," dedi.

Durdu Selim.

Nefesini tuttu.

Ülkü'nün adı bile nedense dünyasını durdurdu… rüyasındaki o dudakların lezzetini, o bileğin kokusunu hatırladı ama sadece bir an ve hemen sonrasında Ülkü'nün Fransızca bile bilmeyen, çatıya örtüler asan bu tuhaf köylü kızının kardeşi olduğunu fısıldadı zihni. Rüyasında hayaline sızan kişi gerçek değildi.

"On dakika! Eğer kimse gelmezse o zaman ne isterseniz yapabilirsiniz ama bu kapı 1800'lerde yapılmış, kırılması kolay olmamalı. Sonuçta şehrin ilk apartmanındayız, ileride tarihi değeri bile olacaktır, ayrıca bu yüzden kırmak tek çare de olmamalı. İstanbul'un ilk apartmanının antika kapısını kıran biri olarak anılmak istemezsiniz değil mi Selim Beyciğim?" dedi Ayşe tebessümle.

Kızın ne dediğini tam olarak duymadı Selim, aklı Ülkü'deydi, başını sakince sallayıp yine de onayladı. Bir anda çatıdan kurtulmak önemsizleşmiş, birazdan Ülkü ile karşılaşmanın olasılığı önem kazanmıştı. Ülkü saçma sapan, köylü, eğitimsiz bir kızdı büyük ihtimal ama aslında kim olduğu, kim olacağı önemli değildi, merakı bir kere kaptırmıştı kendini bu kıza, üstelik Melek'le yaşadıklarından yıllar sonra ilk defa… gönlü hareketlenmişti. Kalbine sanki nabız gelmişti.

Merakını bu kadar çeken biri için on dakika tabii ki bekleyecekti, kendine itiraf etmese de gerekirse sabaha kadar beklerdi.

-3-

Fakirlik en büyük hakaretti.

Yolun kenarında durup lüks faytonlardan inenlere baktı Ülkü. Hepsinin parası vardı… peki ya amacı?

Pazarda sattığı ilaçlardan sadece iki tane kalmıştı, pazar torbasının içinde kalan son iki şişeyi de çıkarıp çantayı katladı. Şişeleri

125

sırtındaki deri çantanın içine dikkatle koydu, sallanmasınlar diye torbayı da üstüne yerleştirdi. Taktı yine sırtına çantayı. Üzerindeki ceketi ve altındaki eski binici pantolonunu yürürken düzeltti, her an hissettiği utancı saklamak için, katman katman yüklendiği sorumlulukları düşündü. Yapması gereken o kadar çok iş vardı ki kendisine acımaya, halinden utanmaya haceti yoktu. Rezil olmaktansa ölmeyi bile tercih edebilecek bir kararlılıkta geçti yolun karşısına. Kapıda bekleyen bekçiye yaklaşıp "İş görüşmesi için geldim," dedi.

Adam şöyle bir süzdü onu, "Ne işiymiş bu?" dedi.

Elinde tuttuğu kâğıdı adama uzatıp "Kulüp içinde atlarla ilgilenecek bakıcılar arandığı yazıyor," diye açıkladı Ülkü. Her hali ile ortada olan, varlığının önemsizliğinden emin, hayata teslim biri için hâlâ sorgulanıyor olmak ne büyük huzursuzluktu. Adamın yer yer kızarmış yanağındaki lekelere bakmamaya çalışırken gülümsedi ama adam, "E o zaman sen niye geldin ki?" dedi hesap sormanın her tonunda bir küçümsemeyle.

Belki asil değildi ama zekiydi Ülkü, bekçinin hangi soruları sormaya hakkı olduğunu bilecek kadar zekiydi. "Siz mi karar veriyorsunuz iş alımlarına?" diye dikleşti hemen. Biliyordu bu tipleri, bunlar en kötüsüydü. Parası olanları ilah gibi görürler, o parayı nasıl kazandıklarını sorgulamadan, nasıl harcadıklarını önemsemeden ilahtan çok ilahçı oluverirlerdi. Yangına odundu hep bunlar. Cahil keresteler!

Kızı kovmakla içeriyi aramak arasında bir an kararsız kaldı bekçi, çünkü gerçekten de atlara bakacak, çalıştıracak birileri aranıyordu ama aradıkları kişi kesinlikle kadın değildi! "Sadece manej görevleri var, temizlik ya da servis bölümü için eleman aranmıyor!" diye çıkıştı.

Ciddiyetinden ve dikliğinden bir gram kaybetmeden, "Ben de manej bölümü için geldim," dedi Ülkü.

Adam güldü önce ama Ülkü'nün ifadesi daha da sertleşince "Kadınlar çalışamaz manejde," dedi, bu sefer daha tersti.

"Müdür siz misiniz? Ben sizi bekçi sanmıştım!" diye çıkıştı Ülkü ve bekçinin sabrı kalmadı. Ülkü'yü resmen kovmasa da kovulmaktan beter eden bir eda ile içeri almayacağını mırıldanıp başını çevirdi, kulübesine girip kapattı kapısını.

Çaresizdi Ülkü, Yakışıklı'ya hak ettiği kadar sahip çıkamamanın çaresizliğinde bir an dikildi kulübün girişinde, içeri koşup zorla girmekle, adama daha yalaka davranmak arasında düşünceleri gitti geldi ama ne bir hırsız gibi içeri girmeyi ne de bu halden anlamayan adama yalakalık yapmayı kendine yakıştırabildi. Zaten yalakalık nasıl yapılırdı ki?

Geri döndü, evin yolunu tuttu ama önce Yakışıklı'ya uğrayacaktı.

Valpreda'nın sokağına geldiğinde, eski değirmeni görür görmez iyice sabırsızlanıp tepeyi tırmandı. Yakışıklı'yı değirmenin arkasında, kimsesizlik içinde bırakmanın vicdan azabı, elinden başka hiçbir şey gelmiyor olmasının çaresizliği ile yine birleşirken vardı değirmene. Arka tarafa döndüğünde gördü onu, viranenin köşesinde otlanmaktaydı, şükürler olsun ki oradaydı.

Çantasından çıkardığı elmaları, mısırları, havuçları istifledi viranenin kuytusuna ve neşeyle yanına yaklaşan Yakışıklı'yı beslemeye başladı. Yakışıklı onu sırtına alıp gezmek istiyordu, bu yüzden hep başıyla onu ittiriyordu ama Ayşe'ye yine sözü vardı Ülkü'nün, topladığı kumaşları boyamasına yardım edecekti. "Az kaldı Yakışıklı kızım benim!" dedi. Çaresizdi ama hayatın mutlaka bir yol açacağına da emindi. Elinden geleni yapmaya devam ettiği sürece bir şeyler olacak ve hayat izin verecekti Yakışıklı'ya sahip çıkmasına, emindi.

Yakışıklı'yı besledikten sonra boynundaki boncukları sakince çıkardı, ona takacaktı ki Yakışıklı çevik bir hamle ile öteye sıçradı. Omuzları düştü Ülkü'nün, üzüldü. Giderek daha da zorlaşıyordu bu durum. Biraz bekledi ama bu sefer Yakışıklı o boncukları takmamakta kararlıydı, anladı.

Boncukları yere bıraktı Ülkü, deri kayışı alıp beline bağladı ve birkaç adım boncuktan uzaklaştı. O zaman Yakışıklı hemen neşe ile geldi yanına ve tuttu onu Ülkü, yelesini okşadı, ustalıklı bir hamle ile geçiriverdi kayışı. Yakışıklı itiraz edercesine kişneyince "Şşş bir bildiğim var kızım, sakin, bak hava bozuyor, böyle açıkta kalamazsın," dedi ve onu değirmenin dibindeki viranenin direğine bağladı. "Hah, bak işte burası korunaklı, zaten akşama geleceğim yine ben," derken önüne tüm elmaları yığdı. Elmaya bayılıyordu Yakışıklı. Ülkü kaygı ve suçluluk duygusu ile arka patikaya yürürken neyse ki elmalara gömülmüştü Yakışıklı. Onu rahatlatabilmek için normalde bir haftada yiyeceği elmaların hepsini vermek zorunda kalmıştı.

Arka patikadan görünmeden inip arka kapıdan girdi apartmana Ülkü, otomobilin yanında toplanmış hararetle otomobillerden bahseden mahalle çocuklarının yanından sessizce geçip, fark edilmeden girdi apartmana, asansöre binmek yerine merdivenleri seçti. Eve çıkarken aniden yok olan mısır ve elmaların hesabını nasıl vereceğini düşündü, artık daha fazla yalan söylememeliydi. Yalanlar yalanları doğuruyor, kişiyi yardım isteyebileceği bir konumdan uzaklaştırıp yalanlarla örülmüş bir patikanın uzantısında yapayalnız bırakıyordu. Yalanlardan kurtulmak istedi, anneannesine bu akşam olanları kesin söyleyecekti, annesi duymadan bu durumu nasıl çözecekti bilmiyordu ama bir yolunu bulacaktı. Eve çıktığında kapının arasına sıkıştırılmış terliği gördü, başını kapıdan içeri sokup anneannesine seslendi: "Anaaa!"

"Geldin mi Ülkü?" diye cevap verdi Zübeyde Hanım. "Geldim de Ayşe nerde?" diye sordu Ülkü.

Ayşe'nin çatıdan daha inmediğini öğrenince bıkkınlıkla tırmandı geri kalan dört katı. Ayşe kesin yine çatıda kapalı kalmıştı ama zaten ekinezyalar ve enginarlar da kurumuş olmalıydı, yağmur inmeden hepsini toplamalıydı. En üst kata geldiğinde adımlarını iyice sessizleştirdi ve ışığı da yakmadı, bu züppeler tarafından fark edilmek istemiyordu. İstanbul'un asilzade aileleri oturuyordu tüm apartmanda ve hemen hemen hepsi saltanat yanlısıydı, hele çatı katı, en zenginlerine aitti, sürgüne gönderilen babaları galiba eski sadrazamdı! Tüm kata yayılan kocaman bir evleri vardı. Zenginlikleri hesaplanamaz haldeydi! Valpreda'daki en fakir aile kendileriydi, fakirlik problem değildi ama zenginlerin arasında yaşarken fakir olmak, eksikliğini çektiğin her şeyin bekçiliğini yapmak gibiydi. Ve zenginlerin arasında fakir olmak sanki hakaretti, çünkü saygı en büyük eksiklikti ve burada zengin değilsen asla verilmezdi. Saygı dilenecek hali yoktu bu halden anlamayan züppelerden, o yüzden fark edilmemek, hiç karşılaşmamak en güzeliydi. Sessizce çatıya vardı, kapının tokmağını çevirdi.

-4-

Yenilmez olmanın en büyük ilkesi ulaşılamaz olmaktı.

On dakika geçeli on dakika olmuştu. Evden kimse aramaya gelmemişti, aramış olsalar da çatıya çıkmış olabileceğini hayal bile edemezlerdi. Bedenini yasladığı duvarın soğukluğunu ve ayaklarının ağrısını hissetmeye başladığında tam doğrulacaktı ki gözlerini diktiği kapının tokmağı hafifçe oynadı ve ayağa fırladı Selim!

Sadece ayakları değil kalbiydi harekete geçen.

Kendisinde o tuhaf etkiyi yaratan kişinin gerçekliğini birazdan test edecek olmanın belirsizliği yok eden rahatlığı, hissettiği tüm duyguların gerçek olabilme ihtimali ile çarpıştı, kızın köyden gelme olmasının gerçekliği ile bölündü.

Kararsız duyguların ortasında, merakını coşturan düşüncelerin kıyısında, derin bir karmaşada dikildi Selim.

Ayşe'ye seslenmeliydi, seslenmedi.

Kapıya yaklaşmalıydı, yaklaşmadı.

Öne adım atıp Ülkü girdiğinde kendini tanıtmalıydı, tanıtmadı.

Kapının karşısındaki bacanın dibinde kapının açılmasını bekledi sakince, sessizce… İzledi.

Kapı açıldı.

Ülkü'nün, başı önüne eğik çatıya çıkmasını, elini kapının tokmağından ayırmadan, uzun, ince, mağrur bedenini yukarı uzatıp, gerideki bacalara dönüp çarşafların yanında duran Ayşe'ye seslenmesini izledi. Selim henüz fark edilmemişti.

Ayşe "Nerde kaldın Ülkü ya? Ağaç olduk burada!" diye söylenerek yanına gelirken, Ülkü "Kumruları yemledin mi?" diye sordu. "Çıktığımda ilk onu yaptım," dedi Ayşe. "Çiçekler kurudu, toplamak lazım," diye hatırlattı Ülkü. "Birazdan Ali'ye toplatırım," dedi Ayşe ve Ülkü önüne dönmüştü ki kendisine doğru yaklaşan Selim'i gördü karşısında, donakaldı.

Önce gözleri saplandı kaldı, bedeni kıpırdayamadı. Dün fırındaki adamdı bu! Çatıda ne işi vardı diye düşünürken, ona adam demek bile tuhaftı... beyefendi demek daha uygundu çünkü beyefendiliğin anıtını dikseler bu adam gibi bir heykel olurdu. Selim, diye adını geçirdi içinden.

Saçları yine yana taranmıştı. Ne etkileyici bir görüntüydü bu... Adamın varlığının geri kalan şeyleri silikleştirmeye başlamasının etkisi ile Ülkü'nin beyni, karakterini, sahip olduğu değerleri korumak için sinyaller vermeye başladı. Uyarı sinyalleri ile sorgulamaya başladı Ülkü: Kim her gün böyle şık olabilirdi ki?! Belli ki pek zengindi...

Her zenginliğin bir eksiklikten doğabildiğini hatırlattı kendine. Bu adamın bu kadar şık olabilmesi için kimlerin neleri kaybetmesi gerekmişti? Ülke savaştan çıkmıştı ve bu beyfendi sabah akşam farklı giyinecek şıklıkta yaşamaktaydı... Etrafında olanlardan acaba haberi var mıydı?

Ayşe yanlarına geldiğinde, "Selim Bey,[30]" diyerek takdim etti Selim'i, Selim başı ile adaplı bir selam verirken, Ülkü ciddiyetinden, yaşanmışlıklarının zihnine yerleştirdiği her şeyden zerre fire vermeden, her koşulda kendini bilmenin netliğinde, Selim'in yakışıklılığından ve bedeninden, hatta bunlardan daha büyük bir

---

30 Müzik önerisi: Bachar Mar-Khalife, *Yalla Tnam Nada*

duygu hissettiren varlığından nihayet etkilenmemiş bir mağruriyette elini uzattı.

Selim, Ülkü'nün incecik, nadide parmaklarını eline almak için uzandı, heyecandan donan ifadesi belli etmese de, bedenindeki kan coşmuş, yanaklarına koşmuştu, çünkü birkaç saniye sonra eğilip o parmakların ucuna bir öpücük konduracaktı, tabii eğer gözlerini kızın gözlerinden çekebilirse...

Elleri birbirine dokunduğunda sanki kalp atışları senkronize oldu. İkisi için de aynı oranda, aynı anda, aynı duyguda tuhaf bir anda buluştular.

Elini çekmek istedi Ülkü, adamın gözleri öyle derindi ki çekemedi elini, kendisine saplanmış o gözlere birkaç saniye de olsa dalıp derinlerine indi.

Ülkü'nün eli, Selim'in parmaklarının üstünde durduğu o kısacık anda evrende bir yerde güneşler doğmuş, o güneşler yeni galaksiler doğurmuştu sanki... ikisi de yaşadıkları o anın büyüklüğüne yemin edebilirdi, evrenin zihinlerinde olduğunu bilmeden.

Selim gözlerini ayıramadan, Ülkü'nün parmaklarını dudaklarına yaklaştırırken başını azıcık eğdi, bakışları hâlâ onun gözlerindeydi... Teni teninde, gözü gözünde, ilgisi ilgisinde, varlığı varlığındaydı... rüyasında bedenine yüklenen o duygudan çok daha yoğun bir duygudaydı... birkaç saniye sonra olacaklara hazır değilse de olanlar oluverdi.

Ülkü elini öyle ani çevirdi ki, Selim'in eğilmek üzere olan bedeni irkilip hemen dikleşti. Ne oluyordu! Derken Ülkü'nün kontrolünde, iki erkek gibi tokalaştılar.

Ne sanıyordu bu adam kendini![31]

Dikleşti Ülkü, zihninde hissettiği güç, parmaklarının ucunda birikircesine tokalaşırken kurtardı kendini adamın etkisinden.

Selim şaşkındı, kızın gözlerinden koparamadığı gözleri, içinde barındırdıkları her duygu ile teslim olmaya hazırken, Ülkü'nün aniden çekilen elleri öylesine büyük bir boşluk bıraktılar ki sadece

---

31 Müzik önerisi: Aaron, *U Turn* (Lili)

elinde değildi o boşluk, aslında kalbindeydi… kaşları azıcık çatıldı, elleri birleştiğinde, çatıdan birlikte atlayabilecek kadar bile yakın hissederken kendini ona, andan kendini aniden koparan Ülkü'yü anlamaya çalıştı. O da hissetmişti kendi bedeninde gezinen duyguları, hissinden belliydi! Ama niye kendini böyle çekmişti?

Ülkü o anda karar vermişti: Zenginlik içinde çabadan tamamen uzaklaşmış, anlamsız hayatına eğlence arayan bir züppeden başka bir şey değildi bu karşısındaki süslü adam. Yakışıklılığı ile kamufleydi ama amaçsızlık içinde ailesinin mirasının keyfini sürerken eğlencede kaybolmuşlardandı, belliydi! Bir de ona elini mi öptürecekti! Elini çevirivermişti Ülkü, sıkıca tokalaşmış, adamın kendisine kilitlenmiş bakışlarına meydan okurcasına dimdik, gözlerini kaçırmamış ve sonra bir hamlede çekmişti elini, geriye dönüp çıkıvermişti kapıdan. Ne sanıyordu bu adam kendini! Sanki her şeyin, bu apartmanın bile sahibiydi!

Şaşkınlık içinde bakakalmıştı Ayşe, önce bu ikisinin şok içinde birbirlerine kilitlenmesine, sonra Ülkü'nün şaşkınlıkla Selim'e uzattığı elini aniden çevirip dikleşmesine, tokalaşıp tek bir kelime söylemeden çekip gitmesine… Bazen aşk böyle doğuyordu herhalde… şaşkınlık içinde.

Ayşe bir hamlede kapıyı tutmasa yine kalakalacaklardı çatıda. Zoraki bir tebessümle gülerken tutuvermişti kapıyı ve o sırada şaşkınlığını ancak atabilmişti Selim, kaybettiği savaştan ancak çıkabilmiş gibiydi…

Ayşe "Buyrun," dedi, çatıdan çıkışı gösterirken, "bizim Ülkü biraz ciddidir böyle… Neyse, tanıştığımıza memnun oldum Selim Bey, ben cumartesileri hep kumaş kurutuyorum burada, beklerim," deyip geçmişti kapıdan.

Selim ve Ayşe daha Selimlerin kapısına gelmeden Ülkü çoktan katları inmişti.

Yoklukla savaşanlara duygular fazla gelirdi, utanç her yanı kış gibi sarar, eksiklik içinde yaşamanın zorlukları fırtınaya dönüşür, hisler buz tutar ve yargılar ağır basardı. İnsan akıllıysa, işte bu zamanlarda hep duygularından kaçardı. Çünkü o duygular hayat mücadelesinde olanlara sanki haramdı.

Selim, Ayşe'yi uğurlayıp birkaç saniye kendi kapısının önünde bekledi, aşağı inen Ayşe'nin ayak seslerini dinledi, Ülkü'nün ayak sesleri çoktan dinmişti. Sonra dayanamadı, bir hamle ile apartman demirlerinin boşluğundan baktı aşağıya. Gözlerini diktikçe dikti boşluğa, bu katlardan birinde, aşağıda olmalıydı Ülkü… keşke bir an da olsa başını kaldırıp baksaydı yukarı… bekledi Selim… bekledi… beklemek tek çareydi… Ülkü bakmadı. Geri çekildi ama bedeni çekilirken zihni o tırabzanın kıyısında kalmıştı sanki.

Üçer beşer atlayarak ama sessizce inmişti merdivenleri Ülkü, o duygudan kaçarcasına, evlerinin kapısının önüne geldiğinde durdu, içeri girecekti ama giremedi. Keşke ondan uzaklaşmakta bu kadar acele etmeseydi, biraz daha oyalansaydı yukarıda ama o an geçip gitmişti. Kapının önünde nefeslenirken, gözlerini kapattı ve elinin eline değdiği o ilk anda hissettiği duyguyu düşündü. İrkildi. Bedenindeki tüm tüyler de irkilmişti. Bu ilkti. İlk defa birini… bir erkeği merak etmişti. Burada ne işi vardı? Çatıda ne arıyordu? Hem de Ayşe ile nasıl mahsur kalmıştı? Yoksa burada mı oturuyordu? Bakışındaki tanıdıklık, ifade ne kadar anlamlıydı? Gözleri… elleri… sesi… ne kadar anlamlıydı… başkasının bedeninde anlam bulmak sarsıcıydı.

Ayşe'nin yaklaştığını fark etti. İçeri girecekti, girmedi, bekledi. Neyi bekliyordu ki?! Ani bir hareketle tırabzanlara uzandı ve başını yukarı kaldırdı, acaba yukarıda bir yerlerde hâlâ orada mıydı?

Yoktu.

İçeri girdi Ülkü. Yukarıya baktığına bile pişmandı, böyle süslü duygular kendisine fazlaydı, savaştaydı, bunu asla unutmamalıydı. Hayat bir savaştı, değerlerini koruma, sevdiklerini yaşatma, karakterine sahip çıkma savaşı. Yakışıklı'ya bile yer bulamamışken bunları düşünmesi ne zavallılıktı! Fırsat verdiği anda istila edileceğini Kurtuluş Savaşı'ndan öğrenmişti Ülkü; babasını, abilerini, dayısını ve evini kaybettiği savaşta karakteri doğmuştu… yaşadıklarından sonra kimseye geçit vermeyecekti. Yenilmez olmanın en büyük ilkesi ulaşılamaz olmak değil miydi?

-5-

Melek

Köylü halkın efendisi falan değildi ki!

Tam kapıyı çalacaktı ki Selim, Nana kapıyı açtı. Selim'i gördüğüne şaşkın "Paşam seni arıyorlar," dedi.

Selim'in sesini duyan teyzesi Lütfiye merakla kapıya gelip "Oğlum nerdesin annen telaş etti. Bir anda yok oluverdin. Telaş ettik!" diye karşıladı Selim'i.

Geçiştirdi Selim. "Arabaya bakmaya inmiştim," gibi bir şeyler mırıldanarak ceketini çıkarıp kendisine yaklaşan annesinin eline tutuşturdu, onu alnından öpüp odasına geçti.

Bir saat önce çıktığı odaya geri dönmüştü. Yalnızlığa ihtiyacı vardı. Yalnız kalmak karışmış zihnin tek çaresiydi. Yatağına uzandı, gözlerini dikti tavana ama aslında bakmıyordu, öyle derin düşünüyordu ki gözleri görse de zihni fark etmiyordu. Aklının her köşesi Ülkü'deydi. Kızın teninin berraklığında, pembenin binbir tonunda parlayan dudaklarında gezindi düşüncesi. Saçlarını salsa… üstündeki o büyük ceketi çıkarsa… incecik bedeniyle yanına uzansa… nasıl hissettirirdi? Özlemiş hissetti.

İnsan hiç tanımadığı birini nasıl özlerdi?

Yataktan doğrulduğunda bir hamlede fırlayıp kapıdan çıkmak, aşağı kata inip hangi dairede oturuyorsa onu bulmak istedi… onun gözlerinin içine bakmak, onu kollarına alıp sarmak istedi… aslında onu soymak istedi ama düşüncesini hemen geri çekti, Ülkü öyle hemen soyulacak bir kız değildi. Farklıydı.

Neden farklıydı?

Atın üzerinde peçesini atarken edepsizliğine hayret etmişti? Ahlaksızlığa nefretti hissi. Peki şimdi ne değişmişti? O zaman hissettiği gerçekten de bir nefret miydi ki? Tüm düşüncelerine aykırı olan ne varsa, hayal kırıklıklarının tamamını sanki o an Ülkü'ye yüklenmişti, çünkü onun varlığı kontrolsüzce değişen her şeyin simgesi gibiydi, nefret değildi... kontrol edilemezliğin duygusuydu bu... Peki şu an neydi bu hissettiği? Bilemedi ama kız çok güzeldi, farklıydı... onu görmek istedi... onu özledi... ama karşısına dikilse ona ne diyecekti ki?

Elini bile öpmesine izin vermemişti, peçesizdi belki ama hiç de edepsiz değildi, hatta kalbi zırhlıydı sanki, aşk geçirmezdi diye düşündüğü anda iştahı kabardı, kadın kendini sakladığı kadar kadındı. Kadınlık kutsaldı. Ülkü'nün saçları açıktı ama kalbi kalkanlıydı. Ülkü'yü kasıklarında hissetti, merakı arzuya dönüştü. Çok uzun zamandır kimseyi istememişti, aslında Melek'ten daha fazla istediği kimse olmamıştı, Ülkü bu anlamda tekti. Hiç tanımadığı, tuhaf bir kız bir anda Melek'in duygusunu bile yenebilmişti, önemsizleştirmişti. Nasıl böyle aniden duyguları evrilmişti, yenileri eklenmiş, eskileri değişmişti?

Etkisi gerçek olan biri hayatımıza girdiğinde tüm duygularda bir devrim gerçekleşirdi. Aşk en büyük duygu devrimi değil miydi?

Ayağa kalktı, zihninde gezinen düşüncelerin yoğunluğu fazla geldi. Kaybolacak gibi hissederken köklerini hatırlamaya ihtiyaç duydu. Babasının fotoğrafının karşısına dikildi. Babasını dünyanın en güçlü adamı zannettiği o on yaşlarındaki kendi haline baktı. Nasıl da babasının yanında gururluydu. Babasının kolları altında nasıl da korkusuzdu... şimdiki duygusundan eser yoktu. Babası yanında olsa, Ülkü'yü görse ne düşünürdü?

Babasının fikrine sığınıp köklerini hatırladıkça Ülkü ile ilgili düşüncelerini eledi, çünkü mantıksızdı bu düşündükleri! Pencereye döndüğünde karşısındaki değirmen ile çarpıştı zihni ve yine bir tokat gibiydi değirmenin simgeledikleri.

Hayatındaki değerleri kaybetmiş biriydi Selim, kendisine ne kadar telkin ederse etsin bu değişmeyecekti, Cumhuriyet'i uluorta kutlamaya başlamışlardı, davetiyesini artık eski sadrazamın evine bile gönderecek kadar arsızlardı, Cumhuriyet ile birlikte halkı soktukları değişim yerleşmek üzereydi. Her şeyini kaybetmiş, fena yenilmiş hissetti. Kaybettiği her şeyin yanına, tüm bu yenilmişliğin üstüne bir de köyden bir kızı kendine eş mi alacaktı?

Kaşları çatıldı, niye şimdi bu kızla evlendiğini düşünmüştü ki! Değirmene çevirdi bakışını, o değirmene dönüşeceğini hayal etti. Paslanmış duyguları, esen hayat rüzgârları ile saçmalamaya başlamıştı!

Bünyesinin altüst olduğunu düşündü, hayatını düzene sokmalıydı ama önce bu düzene duygularından başlamalıydı. Ülkü'nün fikri bir parazit gibi zihnine girmişti. Peçesini atan bir fakiri, *o adam*'ı öven bir aileyi kendine yakıştıramazdı! Ne kadar güzel olursa olsundu, denk değillerdi!

Aynanın önüne geçip kendine baktı. Onurlu bir ailenin son nesliydi. Kim olduğunu kendine hatırlatıp kökleriyle gurur duydu. Dikleşti.

Ülkü de kimdi ki! Saçlarını, üstünü başını düzeltti, saate baktı, şaşırdı, bir saatten fazladır odada kızı düşünmüştü. Kendini ahmak gibi hissetti, dünkü nargile belki de fazla gelmişti. Odasından çıktı. Koridorda ilerlerken annesinin kahkahasını duydu, uzaktan geliyordu, küçük salona girdiğinde kimse yoktu, kahkahalar büyük salondan duyulacak kadar coşkuluydu.

Yine misafirleri vardı. Geri dönüp telaşla mutfakta servis hazırlayan hizmetlilere misafirlerin kim olduğunu sordu. Hizmetçilerden biri elindeki tepsiyle kahveleri taşırken hızla yanından geçip "Köşkten eski komşular paşam," dedi. Nana nerdeydi? Nana'nın Latife Hanım tarafından bir yere gönderildiğini öğrendi.

Ceketini düzelterek küçük salondan geçip büyük salona ilerledi. Kadınlar gününde evde kalma heveslisi hiç değildi. Annesine ve teyzesine hoşçakal diyecek ve akşam geç geleceğini bildirip gidecekti, yoksa merak edeceklerdi. Bu akşam özellikle önemliydi, dün geceki küçük toplantının ardından, bu akşam, Osmanlı'nın mirasına sahip çıkmak için canlarını ortaya koyan, Anadolu'nun dört bir yanından gelmiş önemli kimselerle bir araya gelinecekti. Hareket bir başlasa gerisi mutlaka gelecekti, Selim emindi! Osmanlı'nın mirasına sahip çıkacak bir halk vardı Anadolu'da, hareketin devamını onlar getirecekti. Yüzelliliklerin geri dönmesiyle yıkılan her şeyi eskisinden de daha güçlü kuracaklar, saltanatı yenileyebileceklerdi, şu Cumhuriyet illetine destek verenleri elemek yetecekti.

Salona iki kanat şeklinde açılan büyük kapı aralıktı, aralıktan geçip girdi salona Selim. Dik, mağrur, şehrin en kıymetli bekârı olarak gururla validesinin arkadaşlarını selamladı, ta ki hanımların arasında kendisine manalı gözlerle odaklanmış Melek'i görene kadar her şey yolundaydı.

Melek… hayatının aşkı… yalanı… ihaneti… beyazlar içinde ipekli kıyafetleri ile parlarken ne kadar da masumiyet timsali gibiydi ama hiçbir şeyin göründüğü gibi olmadığını Selim'e Melek öğretmişti.

Selim'in yaşadığı şoku Melek dışında kimse fark etmedi, Melek ise çok eğlenmiş görünmekteydi. Zorla olsa da ifadesini topladı Selim, âdet yerini bulsun diye hanımların tek tek ellerini öperken Melek'in kendisine uzattığı eli eline aldığında sadece ikisinin anlayacağı bir kinaye ile "Eşiniz Salih Beyler nasıllar?" diye sordu.

Melek beklemiyordu böyle bir iğneleme ama oynadığı oyunlarla sosyete basamaklarında kendine yer açarak ilerlemiş biri olarak önemsemedi Selim'in tepkisini, gülümseyip romantikliği her kirpiğine bulaşmış gözlerini süzerken "İyidirler umarım, kendileri seyahatte, henüz dönmediler," diye açıkladı. Sonra hanımlara dönüp "Koca konakta yalnız olmak öyle zor ki," dedi.

Bir an düşündü Selim, kendini kurban gibi göstermeyi ne kadar da iyi beceriyordu Melek, taraftar toplamak içindi her yaptığı hareket. Hanımlardan bazıları Melek'in güzelliğine övgüler dizip sürekli seyahatte olan kocasını kınarken, nasıl da mağrurlaşmış, ilginin merkezi olduğu için rahatlamıştı… Elindeki çatalı düşürmesi ve ani bir eğilme ile dekoltesini Selim'e sunması aynı anda oldu ve Selim hemen çekti gözlerini, çünkü kadının şehvetli etkisi hâlâ bedeninde gezinmekteydi.

Kasıkları aniden sancılandı Selim'in, Salih seyahatteydi ve Melek evlerine gelmişti... Bunun tek bir anlamı vardı, ikisi de biliyordu ama Selim hemen geri çekti kendini. Böyle bir namussuzluğa artık bulaşmayacaktı! Fahişelere giderdi, gündüz vakti Dila'yı seyredip kafayı çekerdi ama evli bir kadınla bir daha birlikte olmayacaktı! Burası kesindi! Kasıkları Melek'in iştahıyla patlasa bile bu namussuzluğun parçası olmayacaktı!

Tam o sırada "Neyse ki bahçedeki küçük havuz var da balıkları yemlerken biraz rahatlıyorum," dedi Melek, Selim kibarlığından fire vermeden hızlıca hanımları selamlayıp acelesi olduğunu söyleyerek hızla çıkmasa, erkekliğindeki hareket pantolonunun üstünden bile anlaşılacaktı, çünkü o havuzun kıyısında yaşamışlardı ilk vuslatlarını. Melek'in kelimeleri ile diri göğüslerinin avuca sığan etkisi, inlemeleri, "Selim" diye fısıldayan sesindeki nefesi... yaşanmışlıklarındaki her özlem, her yasak kitlendikleri yerden çıkmış, Selim'in zihninde iktidarlıklarını ilan edivermişlerdi.

Çıktı salondan Selim ama hizmetlilerin hareket içinde koşuşturdukları diğer tarafa geçmedi. Pencerenin kıyısına geçip dışarıya bakarken bedeninde uyanan duygunun geçip gitmesini bekledi. O sırada Nana geldi, Selim'in gerisinden geçerken üzerindeki paltoyu çıkarıp sabırsız bir eda ile yüksek sesle dedikoduya girişti, "Gittim hanımım. Söylediğiniz gibi konuştum," dedi kocaman yaramaz bir gülümseme ile.

"E teşrif ediyorlar mı yarın?" diye sordu Latife Hanım, ciddiyetle sadede gelerek.

"Evet," dedi Nana, "anneleri rahatsızmış ama anneanneleri ve kızlar kesin," diyerek ekledi.

Konuşulanları dinlerken kaşları çatıldı Selim'in, Latife saatte 300 km hızla ciddiyetten hınzırlığa dönüşen bir kahkahayla "Hanımlar, yarınki kahvaltı pek şenlikli geçecek," demeseydi, Selim çıkıp gidecekti ama pencerenin kıyısında, salonun dışında onları dinlemeye devam etti. Kimdi bu bahsettikleri?

İlerleyip hızla koridorun başına geçti, Nana'yı bekledi. Nana gelir gelmez konunun ne olduğunu sordu. Nana aşağıya Ülkü'lerin evine inmişti ve validesinin isteği üzerine kızları Mabeyn[32] Bahçesi'nde olacak yarınki kahvaltıya davet etmişti. Dondu kaldı Selim. Heyecanlanamadı. Sosyetenin buluşma yeri olan Mabeyn Bahçesi'ne rezil olmaya gelecekti Ülkü.

Belki köylüydüler, aşağı sınıftandılar ama böyle bir aşağılanmayı hak edecek hiçbir şey yapmamışlardı… *o adam*a inanmaktan başka! Vicdanı sızladı. Fikirler ne kadar zıt olursa olsun, karşımızdakini yargılarken vicdanımızdaki adalet değil miydi insanlığımızın rahmi? Duyduğu kumpas ağır geldi, fikrini hafifletmek için düşündü Selim: Köylü halkın efendisi falan değildi ki! Akılları varsa gelmezler, diyerek koparttı attı düşünceyi zihninden. Herkes yerini bilmeliydi. Köylü halkın efendisidir diyen adamın çilesini çekecek olan yine köylülerdi, onun takipçileri, ait olmadıkları yerlere dahil olmaya çalışarak belki de bu aşağılanmayı hak etmişlerdi. Kalbi Ülkü'lerin dahil olmaya çalışmadıklarını, davet edildiklerini fısıldarken, zihni ne olmuş olursa olsun yerlerini bilmeyip daveti kabul edecek kadar zavallı olduklarını bağırıyordu… Hadsizdiler! Vicdanındaki adaletin sesini susturdu Selim, işine geldiği gibi.

Evden çıktığında düşüncelerini dağıtmak için arabayı almadan yürümeye karar verdi. Nasılsa sahile inecek, toplantı için tekne ile karşıya geçecekti. Sonra Orhan'ın kendisini beklediğini hatırlayıp çocukların toplandığı arka bahçeye uğradı ama Orhan çoktan gitmişti, okula yetişmesi gerekmişti.

---

32 İstanbul'da Yıldız Sarayı'nın olduğu Yıldız Parkı'nın eski ismi.

Yahudiler ve Hıristiyanlar acaba kendi kitaplarını yazarken bu kil tabletlerden mi esinlenmişlerdi?

"İsa'nın Yahudi olduğunu öğrendik, peki İsa'nın siyahi olduğunu biliyor musunuz?" dedi Fred ve sınıftan yükselen uğultu öyle bir boyuta geldi ki elini masaya vurup sessizlik buyurmak zorunda kaldı.

Sustu çocuklar, Fred'e odaklandılar. "Peki ya insanlığın nerede başladığını biliyor musunuz?" diye sordu Fred.

Çocuklardan biri "Cennette," diye cevap verince güldü sınıf, Fred de gülenlere katıldı. "Haklı olabilirsin, peki size cennetin dünyada bir bahçe olduğunu söylesem…" dedi ve Derviş Kâmil ile göz göze geldiler, Fred'in söylediği bilginin ne anlama geldiğini anlamaları için çocukların daha birçok şey öğrenmeleri gerektiğini bir bakışta Derviş hissettirmişti.

"Sorumu toparlayayım," dedi Fred, "insanlık dünyada ilk defa nerede ortaya çıktı? Hiç merak ettiniz mi ilk insan nerede yaşadı?"

Çocuklar henüz bilmiyorlardı sorunun cevabını, sınıfta cevabı bilen tek kişi, İlmiye, soruyu duymamıştı bile, bakışları Orhan'ın boş sandalyesine kitlenmişti. Orhan okula gelmemişti ve İlmiye nerede olduğunu merak etmişti. Neyse ki o an kapı aceleyle açıldı, sonra hemen çekilip kapandı ve sonra da çalındı… bu patavatsızlığı yapanın Orhan olduğunu anladı İlmiye, gözlerini hemen önündeki deftere dikip sınıfa girmek üzere olan kişi ile sanki hiç ilgilenmiyormuş gibi yaparken Orhan girdi sınıfa. Kitap defter almış olması hayret vericiydi. Derse geç kaldığı için özür dileyip elindeki kitapları nereye koyacağını bilemeden yerine geçti, İlmiye'nin tam karşısına. Bakmadı İlmiye ona, defterine bir şeyler yazmaya devam etti ya da yazıyormuş gibi yapmaya.

Fred, "İnsanlar ilk defa nerede ortaya çıktı onu konuşuyorduk Orhan, gel bakalım," dediğinde, İlmiye başını Fred'in tahtaya yazdığı şeye bakmak için kaldırdı ama bakışı Fred'e varmadan önce

Orhan'a uğramıştı ki göz göze geldiler, çünkü Orhan zaten kendisine bakıyordu, bakışları çarpışınca hemen çekti ikisi de gözlerini. İlmiye'nin kalbi kaburgalarında ritim tuttururken Fred'e çevirdi başını, Fred "Nimrod" yazmıştı tahtaya ve hemen sonra yanına "Nemrud"u da ekledi.

"Hem eski hem yeni, yani tüm ahitlerde, –ahit ne demekti: *Tevrat* ve *İnciller*, yani İsa'dan önceki ve sonraki Yahudi ve Hıristiyanların dinî kitapları– işte tüm bu ahitlerde anlatılan ortak bir hikâye var: Nuh Tufanı ve Nuh'un oğullarından Ham'ın oğlu Cush'un nasıl Mezopotamya'daki tüm medeniyetin kurucusu olduğu."

Tahtadaki Nemrud yazısının altını çizdi Fred:

"Nuh'un torunudur Cush, yani Nuh'dan Ham, Ham'dan Cush, Cush'dan Nimrod doğmuştur."

Sınıfa dikkatle baktı, birazdan vereceği bilginin anlaşılması çok önemliydi. Herkesin dikkatinin kendisinde toplandığından emin olduktan sonra devam etti:

"Hıristiyanların ve Yahudilerin dinî der ki, Nuh Peygamber'in torununun oğlu olan Nimrod, Nuh Tufanı'ndan sonra insanları bir araya toplamış ilk kişidir. Yani Nuh'tan üç nesil sonra insanlar ilk defa devlet olmuşlar. *Tevrat*'ın ilk kitabı Yaradılış 10:8'de şöyle der: 'Yeryüzünün içinde yüce olmaya başlayan Nimrod'un babasıydı Cush. Lord'dan önce o yüce bir avcıydı. Bu nedenle söylenir ki, Lord'dan önce Yüce Avcı Nimrod. Onun krallığının başlangıcı, Babel (Babil), Erech[33] (Uruk) ve Accad[34] (Akkad) ve Shinar (Mezopotamya) topraklarındaki her şeydi.'[35]

Şimdi gelelim asıl konumuza! Dünkü Sümer tabletini hatırlıyorsunuz değil mi?" diye sordu sınıfa Fred.

Herkes hatırlıyordu. Çocuklar hep birlikte heyecanla onayladılar.

"O tabletlerden bir sürüsünde de Cush ve Nimrod'dan bahsedilmiştir. Yani Sümerler'in ilk kralı ile *Tevrat* ve *İncil*'de anla-

---

33 Sümer şehri Uruk.
34 Akad ülkesinin başkenti Akad.
35 *Book of Genessis* ve *Book of Chronicles*'da anlatılır.

tılan İbrahim'in torunu aynı kişidir. Bunun ne anlama geldiğini düşünmenizi istiyorum," dedi Fred ve masasına dayanıp kollarını önünde bağlayıp bekledi.

Sınıf düşünceliydi. Nasıl olurdu da tarihin en eski yazılı kaynağı olan Sümer kil tabletleri, dinî kitaplarda adı geçen birinden bahsedebilirdi, üstelik bu dinler daha var olmadan binlerce yıl önce?

Ali, "Yahudi ve Hıristiyanların kitaplarında anlattıklarının aynısını, üstelik aynı karakterlerle, onlardan binlerce yıl önce Sümerler nasıl tabletlerde anlatmış olabilirler?" diye sordu.

Fred sakince açıkladı: "Güzel soru Ali! Şöyle toparlayalım: Tufandan sonra gökten krallık Cush'a indi diye yazmışlar Sümerler, tıpkı *İncil* ve *Tevrat*'ta da yazdığı gibi. Cush Sümercede Kish'dir. Cush'un yaşadığı bölgeden olanlara Cushite denir. Ali haklısın ki, tufanın olduğunu ve tufan sonrası insanların Cush adlı biri tarafından bir araya getirildiğini sadece Yahudi ve Hıristiyan din kitaplarında değil, bu kitaplardan binlerce yıl önce yazıldığı kesinleşmiş Sümer tabletlerinde de okuyoruz. Sümer tabletleri ile kutsal ahitler arasındaki benzerlik, *Tevrat*'ta ve *İnciller*'de anlatılan kutsal olayların Sümerlerce de aynı şekilde anlatılması şaşırtıcı, haklısınız! Ancak daha şaşırtıcı olanı bunun daha önce duyulmamış olması değil mi?"

Düşündü Orhan: Yahudiler ve Hıristiyanlar acaba kendi kitaplarını yazarken bu kil tabletlerden mi esinlenmişlerdi? Yoksa dünyadaki tüm yaşantıyı etkileyecek seviyede bir şeyler yaşanmıştı geçmişte ve bu yüzden aralarında binlerce yıl zaman farkı olmasına rağmen hem tabletler hem de dinî ahitler aynı şeyleri mi anlatıyorlardı? Ya da efsaneler dinleştirilmiş olabilir miydi?

… atalarına yapılan haksızlığın önünden geçmek gibiydi…

Balıkçı teknesiyle karşıya geçmek en hızlı çözümdü ama kesinlikle konforlu değildi. Motorun uğultulu sesi, teknenin dalgalara çarpmasından sıçrayan suyun endişesiyle birleşince, temizliğinden ödün vermeye alışık olmayan Selim iyice sıkıldı. Sabırla karşı kıyıya ulaşmayı bekledi. Toplantının, güvenlik meselesi yüzünden, Mısır Konsolosluğu'nda yapılmasına karar verilmişti, saatine baktı, neyse ki tam zamanında yetişecekti.

Gayriihtiyari kafasını kaldırdığında, Boğaz'ın eşsiz yeşilliği arasında tek tük inciler gibi dizilmiş köşklerin arasında çocukluğunun geçtiği, atalarından yadigâr güzeller güzeli köşkü gördü ve gördüğü anda başını çevirdi, kendisine ve atalarına yapılan haksızlığın önünden geçmek gibiydi doğduğu bu köşkü görmek. Öyle kolay kolay hazmedilir bir duygu değildi. Gözlerine hücum eden hıncı baskıladı, toplantıya gidecek ve ailesine tüm bu yapılanların doğurduğu duyguları Anadolu'da başlayacak harekâta yönlendirecekti.

Başını özellikle sola çevirmemeye özen göstererek nihayet vardı Hidiva Sarayı'na. Sarayın sahil şeridine dizilmiş temkinli askerler, motoru kapatmalarını işaret edince, nihayet sessizlikte kendine geldi. Mısır askerlerinin yönetiminde yanaştılar konsolosluğa.

Bir sıçrayışta indi Selim, kendini tanıttı, neyse ki askerlere talimat verilmişti, bekleniyordu, hemen içeri alındı.

Zamanda yolculuk eder gibi geçti, yaklaşık 50 odalı devasa sarayın koridorlarından. 1781'de inşa edilen Saray, II. Abdülhamid Han'ın, Mısır Veziri Abbas Hilmi Paşa'nın annesine hediyesiydi. Mısır İngilizlerin eline geçince ailenin vezirliği sona erse de, Emine Valide sarayı Mısır'a miras bırakmayı seçmişti. Belli ki o da nefret ediyordu *o adam*dan!

Üst kattaki salona alındığında odada Sir Thomas Edward, Mösyö Picot, Bahriye Hanım, kardeşi Rıfat ve tanımadığı cübbeli üç kişi daha vardı. Geç mi kaldım duygusu ile saatine bakmak istedi ama galiba bu adamlar kendisinden önce buyur edilmişti. Kendisine gösterilen yere oturdu ve toplantıya katıldı.

-8-

Güçlü olmak öğrenilen bir çabaydı.

Ayşe "Rahat dur!" derken iğne battı aniden.

Ülkü sıçradı, "Abla ya! Dikkat etsene lütfen! Elbise değil savaş provası yapıyorsun sanki," diye itiraz ederken iğne batan bacağını kaşıdı.

Tam o sırada bu sefer beline battı iğne "Ohoooo," dedi Ülkü. "Sus kız!" diye çıkıştı Ayşe, "dikkatimi dağıtıyorsun! Mızıldanma!"

Gözü işinde "İğne batarsa çok güzel olurmuş elbise, göreceksin bak, şu Cumhuriyet balosu bir olsun, nasıl ünlenivercem terziliğimle!" dedi sakince.

Güldü Ülkü, "Ona ne şüphe, sosyetenin hanımlarını iğnelemekle ün yapacağın kesin!" dedi.

Dudaklarının arasında tuttuğu iğnelerle konuşmak istemediği için başını kaldırıp dik bir bakış attı Ayşe kardeşine, başını hayattan sabır istercesine sallayıp nefes aldı.

Bir süre sessizce provalarına devam ettiler, dikildiği taburenin üstünde hafifçe geriye doğru yaylanıp kapının gerisinde, koridorun en sonundaki odada küçük koltuğuna oturmuş kitabını okuyan annesine baktı Ülkü, Ayşe onu çekiştirip dikleşmesini sağlarken "Kız düz dursana, yamuk olacak eteğin," dediğinde Ülkü hemen toparlandı. Annesi için endişeleniyordu ama endişe bulaşıcı bir şey olduğundan dillendirmedi Ülkü, dik durup ablasının teyellemesinin bitmesini bekledi.

Ayşe dudağında sıkıştırdığı son iğneyi de eteğe takınca, gözü elindeki işte, Ülkü'ye bakmadan, "Merak etme," dedi.

144

Anlamadı Ülkü, dik durmaya çalışırken "Neyi?" diye sordu.

Ayşe ayağa kalkıp "Çıkarabilirsin ama iğnelere dikkat et," dedikten sonra daha kısık sesle "annemi," diye cevap verdi.

"Niye ki?" dedi Ülkü, kendi fark ettiği şeyin ablası tarafından da fark edilip edilmediğini yoklarcasına.

Ayşe sadece ona döndü ve kinayeli bir bakış attı sonra makaslarını toplarken, "Kız velet, senin altındaki boklu bezi alıyordum ben!" dedi.

"Ne alakası var abla ya!" diye geçiştirdi Ülkü ve soyunmaya başladığında Ayşe iğneler batmasın diye ona yardım ederken, "Annem daha iyi kızım, bak kitap okuyor, alışıyor ortama. Kolay mı hayatını bırakıp yeniden başlamak… hele babamdan sonra," diyerek sustu, sanki son kelimeyi fazla söylemişti, teselli etmeye çalıştığını belli etmek istemediği de çok belliydi.

"Değil tabii ama nerdeyse bir aydır bir adım atmadı dışarı abla," dedi Ülkü. "Daha başka bir tuhaflığı var gibi."

"Ne tuhaflığı olacak ya, alışmaya çalışıyo kadın şu şehrin pisliğine. Ayrıca abartma üç hafta bile olmadı taşınalı! Bu pis caddelerde avare avare gezinsin mi sen mutlu olacaksın diye!"

"Niye çıksın ki dışarı?!" diyerek hafifletti konuyu Ayşe ama Ülkü'nün ifadesi değişmedi. "İlmiye'lerin okulunu bile görmedi," diye vurguladı Ülkü.

Ayşe, "Önemli değil, artık savaş bitti, güvende hissediyor demek ki, sonra gider görür. Ayrıca hayat onu dışarı çıkarmak istediğinde ona bir neden verir! Sen karışma bakim hayatın işine!" dedi, "Şu gömleği bir geçirsene üstüne, bakim iyi daraltmış mıyım? Yarın rezil olmayalım," diye sordu.

"Yarın ne var ki?" dedi Ülkü. Ayşe Ülkü'nün gelmeme ihtimaline karşı parmağını sallayıp "Bana bak, yan çizmek yok. Ananem çok hevesli, ona göre!" dediğinde şaşırdı Ülkü, "Tamam abla ya ne kızıyorsun? Ne olduğunu bile bilmiyorum," dedi.

Ayşe önce ciddiyetle "Mabeyn Köşkü'ne davetliyiz," dedi, sonra gülümsemesi hevesle ifadesinde doğarken "ay, sosyeteyle kahvaltı edicez kız!" dedi.

Ülkü heyecanlanmadı, kaşları çatıldı, ablası üzerindeki gömleği çekiştirirken "Bizi niye çağırsınlar ki?" diye sorguladı.

"Sen de bizi küçümseme, bugüne bugün buradayız artık," dedi sonra kinayeli ama ciddi ekledi: "Selim Bey de kesin orada olacaktır."

Selim'in adını duyar duymaz irkildi Ülkü ama belli etmedi. Soğuk, "Kim?" dedi.

Kinayeli bir tebessümle "Çatıdaki beyefendi," dedi Ayşe. Gözünün önünde birbirlerine nasıl kitlendiklerini sanki görmemişti, Ülkü'nün tepkisizliğine güldü.

Birkaç saniye sonra Ülkü, "*O adam* da kimin nesiymiş, süslü süslü ne işi var burada?" diye mırıldandı. İlgilendiğini belli etmeden ablasının bildiği bir şey var mı diye öğrenmek istiyordu.

"E burada yaşıyor adam, ne yakışıklı değil mi?" dedi Ayşe.

Ülkü itiraz ederek, "Hayatında bir gün zorluk görmemiş züppe! İsterse dünyanın en güzel erkeği olsun, adam değil!" dedi.

Güldü Ayşe, kız kardeşindeki ilgi çok belliydi. "Çatı katında oturuyorlar," dedi, "belki yarın o da Mabeyn'de olur," diye tekrar ekledi.

Nedenini anlayamadığı bir endişe çöktü o an Ülkü'nün üstüne, hüzün yansıdı gözlerine. Selim'in varlığına maruz kalma ihtimali bile dayanıklılık testi gibiydi, heyecanlanamadı.

Ayşe'nin gömlekle işi bitince, "Bana bak," dedi.

Ülkü ona döndü. "Yarın Mabeyn Köşkü'de elbise giyeceksin," dedi. Ülkü derin bir nefes aldı, çıktığı taburenin üstünden inip "Abla," dedi, "hangi elbiseyi giyeceğim? Bizim elbisemiz mi var? Şu eskileri dike dike bir hal oldun sen."

"Var tabii," dedi Ayşe, arkasındaki koltuğun üstünde yarı dikilmiş, provadaki elbiseyi gösterdi. "Bunu akşama bitircem ben, sen merak etme! Sabaha hazır!" dedi.

Ülkü'nün kaşları çatıldı, ciddiyetle kumaşı inceledi "Abla…" dedi şüpheyle. Ayşe kumaşı Ülkü'nün elinden alıp hızlıca toparlarken, "Hadi soyun, gömleğin işi bitti," diye geçiştirdi onu.

Ülkü, "Abla ya, babaannemlerin eski perdesi değil mi bu kumaş?!" diye çıkıştı.

Güldü Ayşe, "N'olmuş, çok güzel olmadı mı elbise?! Kumaş işte, sen nasıl kullanırsan o oluyor!" diye geçiştirdi konuyu.

Ülkü gömleği çıkarırken, Ayşe o an aklına gelmiş gibi, "A, bir dakika ya, şunun etekliğini de bir geçirsene üstüne, bakim olmuş mu?" dedi etekliği eline alırken, Ülkü itiraz etti "Yok abla! Lütfen ya! Ben zaten etek giymiyorum ki! Valla pazara da geç kalıcam bak," derken odadan kaçıverdi.

Ayşe peşinden "Kız giyme o erkek kıyafetlerini artık…" derken Ülkü gitmişti bile.

Ülkü kendisine büyük gelen pantolonunun belini bağlarken, mutfaktan bir elma aldı, dolma yapan anneannesine öpücük kondurdu ve annesinin yanına gitti, kapıda durup annesi tarafından fark edilmeyi bekledi.

Annesi bakışını kitabından kaldırmadan "Ne oldu kuzu?" dediğinde, "Ne okuyorsun?" dedi, "*Vurun Kahpeye*[36] diye bir kitap, üstelik bir kadın yazmış. Halide Edip Adıvar, okumalısın," dedi.

Elmasından bir ısırık daha alıp "Sen bitir, okurum anne," dedi Ülkü. Sonra "Anne?.." dedi.

Annesi yine bakışını ona kaldırmadan "Mmm?" diye mırıldandı.

"Pazara gidiyorum, gelsene benimle."

Durdu Semiha, o an bakışını kaldırıp kızına baktı, bir an sessizlik oldu, sanki ne diyeceğini şaşırmıştı, sonra tebessümle "Kızım, benim pazarda ne işim var? Hem sen varis kremi yapacaktın, ne oldu? İstanbul'un kadınları kesin alırlar," dedi, her zamanki gibi konuyu değiştirmişti ve Ülkü bu duruma alışık alışık, gülümsedi, "Zencefil ve biberiye almam lazım. Bu akşam hazırlayacağım," derken yanına gitti ve öptü onu.

---

36 Kitap tavsiyesi. O dönemin sosyokültürel vaziyetini anlamak için okumalısınız.

Semiha bir hamlede çekti kızını kucağına oturttu. "Koca bebek seni! Gel bakim buraya," dedi.

Annesi ve kardeşinin kıkırdamalarına, odanın kapısından başını uzatak baktı Ayşe ve hemen gerisinde mutfaktan başını uzatan anneannesi, gözlüklerinin üstünden uzağı göremediği için Ayşe'ye "Pişt! Ne oluyor?" diye sordu.

Zübeyde Hanım'a döndü Ayşe "Yok bir şey anneanne, kıkırdıyorlar işte," dedi. "Ülkü bu, annemi eğliyor," diye açıklayıp girdi geri içeri.

Ülkü ve Semiha biraz daha şakalaştıktan sonra, Ülkü annesine sarılıp "Anne?" dedi yine, Semiha kızının saçını okşarken "Hımm?" diye mırıldandı yine, "Biz çok güçlüyüz biliyosun demi?" diye sordu Ülkü.

"Bilmem mi! Sizi ben doğurdum," dedi Semiha.

Güçlüydüler, en zor günlerde bile aralarındaki sevgiyi kaybetmemiş, canları pahasına birbirlerine sahip çıkmış ve her şeye rağmen birlik içinde hayatta kalmışlardı! Güçlü olmak öğrenilen bir çabaydı.

-9-

Vatikan, tabletin sahte olduğunu bağırıp yok edilmesini istedi...

Tahtaya kocaman, rengârenk boyanmış bir dünya haritası astı Fred, bilinen tüm eski uygarlıkların sınırları aynı harita üzerinde, en eski imparatorluğun rengi en açıktan, en yeni devletin rengi en koyuya gidecek şekilde üst üste işlenmişti. Sümerler ve sonrasında kurulmuş Akadlar, Babiller, Asurlar, Persler, Yunanlar, Roma... kendi renklerinde bir arada dünyayı kaplamışlardı.

Dünya kocamandı ama geçmişten günümüze bir sürü uygarlık Türkiye'nin de içinde olduğu topraklarda hayat bulmuştu. İnanılır gibi değil diye düşündü Ali, koca dünyada neden hep burası tercih edilmişti? Neden binlerce yıldır bu bölge, insanlığın yaşamak için seçtiği en verimli bölgeydi?

Orhan yaşadıkları toprağın ne kadar kıymetli olduğunu düşünürken, İlmiye diğer milletlerin, sürekli bir şeyler bahane ederek bu toprakları istemelerinin bir nedeni olduğunu düşündü ama bu nedeni anlamak için daha çok şey öğrenmeli büyük resmi görebilmeliydi, kestirmeden giderek hakikate ulaşmak asla mümkün değildi.

Fred açıkladı: "Geçen derste öğrendiğimiz gibi, Sümerler bizden bile daha gelişmiş olabilirler. Tüm uzayı, takımyıldızların konumlarını çözecek kadar gelişkindiler. Ve Sümer yazıtlarında deniyor ki, tüm bu Sümer sistemi, Cush topraklarında, binlerce yıl önce yaşamış Nimrod tarafından sistemleştirilmiştir… Nimrod ya da Nemrut!"

Sustu bir an Fred, çocukların dikkatini inceledi, dikkatleri yerindeydi, devam etti:

"Öyle ki hem dünyanın ilk tarihî yazıları olan Sümer tabletlerinde, hem Yahudilerin *Tevrat*'ında, hem Hıristiyanların *İnciller*'inde Cush'tan insanlığın babası olarak bahsediliyor. Nuh'un torunu Cush, medeniyetin kurucusu Nimrod'un da babası. Ama unutmayın bu insanların ne zaman yer küreede yaşadıklarını ya da tufanın ne zaman olduğunu kesinlikle bilmiyoruz! Sadece tahminler var. Sıkılan var mı?" dedi Fred ve sınıftan önce çıt çıkmadı, sonra herkes başını sallayarak itiraz etti.

Neyse ki sıkılan yoktu, çünkü konuyu bağlayacağı yer pek mühimdi.

"Gelelim Nimrod'a!" dedi Fred. "Cush'un oğlu Nimrod, Nuh Tufanı'ndan sonra dünyanın ilk hükümdarı olan kişi! Babası Cush'un bir araya topladığı insanları sistemli, gerçek bir devlete dönüştürmüş. O zamanlar Shinar, yani Mezopotamya topraklarında yaşayanların hepsi aynı dili konuşuyorlarmış, bunu yine *Tevrat* ve *İncil*'den okuyoruz ve tabii Sümer yazıtlarından da. Okursanız fark edeceksiniz ki bugün kutsal kitaplar olarak sayılan bu kitaplar, yani ahitler, aslında insanlık tarihini hikâyeler şeklinde, hikâyede bahsi geçen kişinin kaç yıl yaşadığını bile bildirerek anlatırlar. Neyse, Nimrod'a geri dönelim. Bugünkü Irak'ı merkez alan Mezopotamya'da, Sümer tabletinde belirtildiği üzere Nimrod, insanı Tanrıların yüceliğine çıkaracak yollar arıyormuş ve bunun için de tufandan sonra yeni bir dünya düzeni kurmuş. Muhteşem Babil Kulesi'ni duyan var mı aranızda?"

Vardı. Ali parmağı havada sabırsızca açıkladı: "Allah'a ulaşmak için, gökyüzüne kadar uzanan kule, Babillerin yaptığı kule değil mi bu? Ülkü Ablam anlatmıştı!"

Fred açıkladı: "*Tevrat*'ın ilk kitabı hatırlarsanız Yaradılış'ta –Genesis– on birinci bölümde Tanrı'ya ulaşmak için kat kat yapılan Babil Kulesi detaylı olarak anlatılır, aynı şekilde *İnciller*'de de anlatılır. Bu aynı Babil Kulesi'nin bahsi, kil tabletlerde ve farklı kültürlerdeki bir sürü efsanede de aynı şekilde geçer. Şu resme bakın," dedi ve masasının üstündeki dosyadan çıkardığı bir fotoğrafı elden ele dolaşması için ilk sıradaki çocuğa uzattı. Kil bir tabletin fotoğrafıydı bu. Taş üzerine kazınmış çivi yazısı ve yedi kattan oluşan bir piramit vardı.

"Bu fotoğraf, ortaya çıkan ilk din kitabından binlerce yıl önce hazırlanmış bir kil tablete ait. Gördüğünüz adam Babil Kralı II.

Nebuchadnezzar ve hemen yanında yaptığı söylenen kule de bir ziggurat. Ziggurat nedir bilen var mı?" diye sordu Fred.

Kimse bilmiyordu. Çantasından büyük iki siyah-beyaz fotoğraf çıkarıp tahtaya sıkıştırdı.

"Eğer yolunuz Irak'a düşerse, bugün hâlâ var olan bu zigguratı orada tüm ihtişamı ile görebilirsiniz! Irak ve İran'da onlarca ziggurat bugün halen ayaktadır," dedi.

Tüm çocuklar şaşkınlık içinde dev yapıyı incelediler. Milattan önce kurulmuş, hatta en eski uygarlıklardan birinin böyle bir yapı yapmış olması inanılır gibi değildi. Böyle bir yapıyı yapmaktaki amaçları neydi? Sorular Orhan'ın zihnini altüst ederken Fred, Babil Kralı'nın olduğu fotoğrafı eline alıp anlatmaya devam etti:

"II. Nebuchadnezzar, milattan önce 605 ila 562 yılları arasında Babil'i yöneten bir kral. Yanında çizilmiş bu bina, yedi katlı bir ziggurat, 100 metreye 100 metre taban genişliğinde ve 100 metre yüksekliğinde olduğu anlatılıyor. Ama bunun Nimrod'un gökyüzüne, Tanrılara kadar ulaşmak için yaptığı söylenen orijinal kule olmadığı biliniyor. Çünkü Kral II. Nebuchadnezzar Nimrod'dan çok sonra yaşamıştır. Nimrod'dan sonra o bölgede hâkimiyet sürmüş Nebuchadnezzar gibi bir sürü kralın Nimrod'un kulesine benzer kuleler yaptığı görülmüştür. Bu zigguratlar aslında farklı şekilde tasarlanmış bir tip piramit. Nimrod'dan sonra bir sürü kral gökyüzüne ulaşmak için zigguratlar yapmış, onun başaramadığını kendileri başarmak istemişler."

Orhan, "Onun başaramadığını söylüyorsunuz, Nemrud kuleyi yaptı mı, yapmadı mı?" diye sorarken zil çaldı.

Ders bitmişti ama teneffüse çıkmak için sınıfta en ufak bir kıpırtı olmadı.

"Teneffüs çocuklar!" dedi Fred, sınıftan bir an bir uğultu yükseldi ama sonra uğultu dindi ve öğrenciler "Çıkmayalım… Çıkmayalım öğretmenim!" diye tutturdular.

Pes etti Fred, Derviş Kâmil'e bakıp başıyla onayladı, "Okey Okey! Çıkmıyoruz"

Sonra masaya yaslanıp devam etti: "Evet, Sümer yazıtlarına ve ahitlere göre Nimrod, eğer çalışırlarsa insanların da Tanrılar gibi olabileceğine inanarak, *Tevrat*'ta belirtildiğine göre Nuh Tufanı'ndan 101 yıl sonra kuleyi yapmış, ama…" Bir an durdu Fred, arkasındaki eski deri çantasının içinden bir tomar kâğıt çıkarıp hızla aralarından bir tanesini arayıp buldu ve çekti çıkardı.

"Çocuklar!" dedi, elindeki kâğıtta sanki bir itiraf yazılıydı. "Aslında cevaplarını kimsenin bilemeyeceği sorular sorup eminmişiz gibi cevapladığımızı fark ediyorum. İnsanlık tarihi en başından beri bunu yapıyor. Bilmediğimiz sorulara eminmiş gibi cevaplar verdiğimiz için bugün tarih bize hizmet etmiyor, tam tersi, bizleri yanıltabiliyor. Orhan! Senin soruna cevap verecek eminlikte değilim aslında ama Yahudilerin ve Hıristiyanların binlerce yıldır bu soruya nasıl cevap verdiğini öğrenmek ister misiniz?"

Sınıf onayladı, Orhan da bir an düşündü, sınıfta geçen bu dersin Yahudi ve Hıristiyan propagandası olup olmadığını anlamaya çalıştı ve sonra başını evet anlamında salladı, bilmek istiyordu. Derviş Kâmil'in dediği gibi, öğrenmek Müslümanlığın ana şartıydı. Müslüman öğrendiğinden değil, öğrenmediğinden korkmalıydı.

Fred okumaya başladı:

"*Tevrat*'ın ilk kitabı Yaradılış'ın 11. bölümünde der ki 'Şimdi bütün dünyanın tek bir dili ve ortak bir konuşması vardı. (2) İnsanlar (Cush'tan - Etiyopya'dan çıkıp) doğuya doğru ilerledikçe, Shinar'da (Mezopotamya) bir düzlük buldular ve oraya yerleştiler. (3) Birbirlerine, hadi, birlikte tuğla yapalım ve onları iyice pişirelim dediler. Taş yerine tuğla ve harç yerine katran kullandılar. (4) Sonra dediler ki, gelin, göklere uzanan bir kule ile kendimize bir şehir inşa edelim, böylece kendimiz için bir isim yapabiliriz; aksi takdirde tüm dünyanın yüzeyine dağılmış olacağız. (5) Ancak Rab, insanların inşa ettiği şehri ve kuleyi görmeye aşağıya indi. (6) Rab dedi ki: Eğer aynı dili konuşan insanlar bunu yapabilmeye başladılarsa, o zaman bu insanların yapmayı planladıkları hiçbir şey imkânsız olmayacaktır. (7) Gelin, aşağıya inip insanların dillerini karıştıralım ki birbirlerini anlayamasınlar. (8) Böylece, Rab onları, oradan yeryüzünün her tarafına dağıtıverdi ve onlar da şehri kurmayı bıraktılar. (9) İşte bu yüzden Babil dendi – çünkü Rab tüm dünyanın dilini karıştırdı. Oradan Rab, insanları tüm dünyanın yüzüne dağıttı.'" Fred okuması bitince sınıfa baktı dikkatle ve o sırada Orhan sordu: "Babil ne demek ki?"

"Babil, Tanrı'nın kapısı demek," diye açıkladı Fred, masaya yasladı bedenini, kollarını kavuşturdu, "ve Nimrod da isyankâr demek," dedi. Dikkatle bakarken sınıfa, "Sorularımız olmalı…

153

Düşünmeliyiz, bilgi toplamalıyız ve cevapları bulmak için çabalamalıyız arkadaşlar!" dedi.

Sonra ayağa kalkıp sınıfın içinde yürürken, "Yaradılış 10. bölüm, 8-11 arasında Nimrod'un krallığını kurduğunu *Tevrat*'tan ve *İnciller*'den öğrendik. Gökyüzüne kadar çıkan kule yapıyor Nuh'un torunu… Ve Tanrı gökyüzünden inip o kuleyi yıkıyor. Peki Nimrod gerçekten de yaşamış mıydı? Bugün *Tevrat*'ta anlatıldığı için dünyaya yayılmış ve artık kabul görmüş tufan efsanesinden sonra, *Tevrat*'ın anlattığı diğer şeyler acaba ne kadar gerçektiler?"

Masanın üstünde ters çevrilmiş fotoğrafı aldı Fred, sınıfa gösterdi.

Tablet 11[37]

---

37 Tufan'ın nasıl olduğunu anlatan bu tablet, İngiltere'de British Museum'da sergilenmektedir. Harvard Üniversitesi'nin yaptığı bir incelemede, Türkiye Kayseri'de bulunan bir tabletin üzerinde yazılı bilgiler takip edilerek, on bir tane Asur şehrinin lokasyonu harita üzerinde tespit edilmiş ve sonrasında yapılan kazılarda tespitin doğru olduğu anlaşılmıştır. Bu şekilde lokasyonların bulunabilmesi, *Tevrat* ve *İnciller*'den

"İsa doğmadan en az 2500 yıl önce yazılmış bir kil tablet bu. Tanrıların insanlara kızıp dünyayı nasıl sele boğduğunu anlatmış Sümerler… aynı *Tevrat*'ta ve *İnciller*'de anlatıldığı gibi. Ut-napishti, aynı Nuh Peygamber gibi, dev bir gemi inşa ediyor ve kendi aile-siyle birlikte, her tür hayvandan bir çift alıyor gemiye. Binlerce yıl öncesine ait bu tablet, ilk olarak 1872'de çevrildiğinde ortalığı nasıl karıştırmış inanamazsınız çocuklar! Vatikan, tabletin sahte olduğunu bağırıp yok edilmesini istemiş ama yapılan kimyasal incelemede tabletin İsa'dan önce en az 2500 yıllarına ait olduğu anlaşılınca susmak zorunda kalmışlar. Ut-napishti'nin hikâyesini duyan var mı aranızda?" diye sordu Fred.

Kimse cevap vermedi, herkes hâlâ aynı şeyin şaşkınlığınday-dı. *Tevrat* ve *İncil*'de anlatılan bir hikâye nasıl olur da binlerce yıl öncesinde anlatılmış olabilirdi? *Tevrat* ve *İnciller* Sümerlerin, Babillerin binlerce yıl önce kil tabletlere yazdıkları hikâyelerden mi oluşturulmuştu?! Yahudiler ve Hıristiyanlar bunu bilmiyor muydu?!

Zihni allak bullak oldu Orhan'ın, İlmiye'ye baktı, o da çok düşünceliydi. Tüm dikkatiyle tahtadaki fotoğrafa odaklanmış, zih-ninde doğan soruları duymaya çalışıyor gibiydi.

Fred "Tabletteki anlatım şöyle: *O günlerde insanlar arttıkça art-tılar. Yeryüzü dolup taştı ve topraktan göklere doğru vahşi bir boğa gibi böğürür oldular. Enlil (Baş Tanrı) duydu bunu, Tanrıların danışma toplantısında: İnsanoğlunun yarattığı bu kargaşa çekilmez oldu, gürül-tülerinden ne uyuyabiliyoruz bir damla, ne dinlenebiliyoruz… Bunun üzerine Tanrılar, insanoğlunu yok etmek konusunda bir anlaşmaya vardılar. Kararı uygulamak da yerin, rüzgârın ve evrendeki hava-nın Tanrısı Enlil'e düştü. Buna karşılık, tatlı suların ve bilgeliğin Tanrısı, sanatın koruyucusu Ea, önceden verdiği sözü tutarak beni bir düş aracılığıyla bundan haberdar etti*, diyor Ut-napishti, aynı Nuh Peygamber'in *Tevrat* ve *İnciller*'deki hikâyesinde dediği gibi, ve anlatım öyle devam ediyor: *Kulak ver ey Şurrupaklı, ey Ubaratutu*

---

binlerce yıl önce yazılmış bu tabletlerde yazılanların gerçeklere dayanabiliyor olması-nı düşündürmektedir.

'nun oğlu! Evini yık, malını bırak, kendine bir gemi yap, yeryüzünün nimetlerini bir yana atıp canını kurtarmaya bak hemen! Dediklerimi uygula: evini yık, kendine bir gemi yap. Yapacağın geminin ölçüleri şunlar olsun: Eni, boyuna eşit düşsün, güvertesinin üzerindeki dam da dipsiz uçurumu örten çatıyı andırsın. Bittikten sonra gemiye bütün canlı yaratıkların tohumunu al.

Ben, bunu anlar anlamaz Ea'ya, efendime dedim: İyi, anlaşıldı efendim. Şimdi bana ne dedinse iyi dikkat ettim. Ben yapacağım. Fakat, kent halkı ve yaşlılar sorarsa ne diyeyim?

Ea, konuşmak için ağzını açıp bana dedi: – Onlara şunu bildir: Enlil'in bana kızdığını öğrendim. Bu yüzden artık ne onun ülkesinde, ne de onun kentinde dolaşacak yüzüm kalmadı benim. Efendim Ea ile birlikte yaşamak üzere körfeze gideceğim. Ama size sınırsız bir bolluk, ender bulunur balıklar, ürkek av kuşları ve bereketli bir hasat mevsimi verecek. Akşamüstü fırtınanın ilki sizlere seller gibi buğday getirecek, de…" sınıfa baktı Fred, binlerce yıl önce anlatılan hikâyeyi öylesine bir dikkatle dinliyorlardı ki çocukların öğrenmek bilmez yaramazlar olduğunu söyleyen kim varsa halt etmişti. Gerçeği öğrenmeye hazırdı insan, saçmalıkları bilgi diye yutturmak için eğitim adı altında uygulanan işkenceyi düşündü Fred, eğitimde birçok şey değiştirilmeliydi ve insanlık tarihi özellikle eğitime eklenmeliydi. Nerden geldiğimiz konusu sırlarla doluydu…

"Bakın şimdi, anlatımın burasında ne kadar detaylı bilgi verildiğine bakın: *Halk çevresine toplandı. Küçük yavrular bile gemi için zift taşıyorlardı. Güçlü erkekler gemiye yedek kereste getiriyorlardı. Beşinci günde geminin kaburgasını oluşturdum. Geminin omurgası bir iku genişliğindeydi. Kenarları iki kez on kamış yüksekliğindeydi.*

Üst güvertesi de alt güverteye tümüyle eşitti. Bunun da her yanı, iki kez on kamış uzunluğundaydı. Bundan sonra geminin dış yüzünü hazırladım ve onları boyadım. Gemiyi altı kat yaptım. Geminin alt ve üst güvertelerini yedi bölüme ayırdım, ambarını da dokuza böldüm. Ortasına da su kazıkları çaktım. Güzel kürek seçtim. Ve geminin yedeklerini ambara koydum. Eritmek için kazana 21.600 zift döktüm.

Bunun yarısını saf zift olarak gemiye sakladım. Tekneciler, gemiye 10.800 sırlık getirdiler. Bunun üçte biri peksimet kızartmak için harcandı: üçte ikisini de gemici sakladı. İşçilere çok sığır kestim. Ve her gün koyun boğazladım. Ustalara, ırmak suyu gibi şarap akıtıldı. Yeni yıl şölenleri gibi bir şölen oldu. Gemi yedinci günde tamam oldu. Gemiyi kızaktan indirmek güç oldu. Çünkü, geminin üçte ikisi suya girinceye dek, onu, kızak üzerinde aşağıdan ve yukarıdan itmek zorunluğu vardı. Elime geçen her şeyi içine yükledim. Elime geçen her gümüşü içine yükledim. Elime geçen her altını içine yükledim. Bütün soyumu, sopumu ve kavmimi gemiye bindirdim. Yabani ve evcil hayvanları ve bütün ustaları gemiye aldım… diye devam ediyor anlatım," dedi ve elindeki kâğıdı masaya koydu Fred, kollarını bağlayıp sınıfta yürürken "Geçmişin en eski medeniyetlerinin, yani Sümerlerin, Babillerin, Asurların, hatta Hitit ve Filistinlilerin tarihini incelediğimizde Nimrod'un hikâyesinin birebir aynısını buluyoruz. Hemen hemen tüm bu uygarlıklar, hatta sizler dahil, Nimrod'un efsanesini anlatmışlar."

Ali parmak kaldırdı ve sordu: "Siz dahil dediniz öğretmenim, biz Yahudi ya da Hıristiyan değiliz, Nimrod'un hikâyesinin bizde de bir adı var mı?"

Başını salladı Fred, "Gılgamış destanını duydunuz mu?" diye sordu.

Birkaç kişi parmak kaldırdı. Çocuklardan biri açıkladı: "Dünyada yazılmış ilk destan değil mi bu? Bir Türk destanı."

"Evet, Gılgamış bilinen en eski destandır. İnsanlık tarihinin ilk destanıdır. İsa'dan 4000 yıl önceye ait kil tabletlerde Gılgamış'ın öyküsünün parçaları bulunmuştur, ancak aynı öykünün en kapsamlı metni İsa'dan 3000 yıl önce Akad dilinde yazılmıştır ve Asurbanipal adındaki Asur kralının kütüphanesinde ortaya çıkmıştır. Efsanenin ne anlattığını bilen var mı?"

Kimse bilmiyordu, çocuklar öylece Fred'in konuşmaya devam etmesini beklediler.

Fred kalkıp çantasından bir defter çıkardı, "Bende özeti var. Dinlemek ister misiniz?" dedi. Tüm sınıf hazırdı, herkes dinlemek istiyordu.

"Uruk şehrinin yöneticisi Gılgamış. Herkesten daha güçlü, çünkü devlere yakışır bir yapıda, herkesten daha iri yarı, kocaman biri. Bir aslanı kedi gibi eline alacak büyüklükte bir adam. Üçte ikisi Tanrı olduğu bilinen bir rahip kral," dedi. Çantasından çıkardığı bir resmi tahtaya yapıştırırken "Şu şehre bakın! Arkeolojik kazılar ve tabletlerdeki anlatımlar birleştiğinde ortaya çıkan resim bu," dedi.

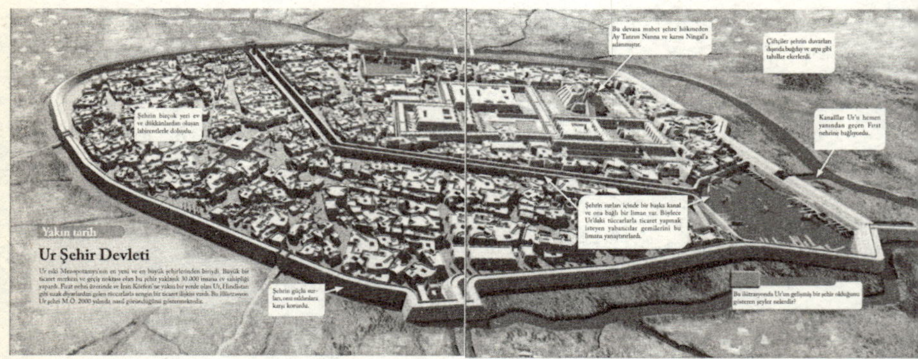

Ve devam etti: *"Gılgamış, Uruk şehrinde yaşayan herkesin sürekli çalışmasını buyuruyor, çünkü kentin çevresini muazzam bir sur ile çevirmek istiyor. Çalışmaktan yorgun düşen halk, Gılgamış'ı tanrılara şikâyet ediyor. Tanrılar halkı dinliyorlar. Savaş ve aşk tanrıçası İştar, halkı korumak için Enkidu'yu görevlendiriyor. Enkidu sedir ormanları içinde, vahşi hayvanlar arasında yaşamakta. Bir vuruşmada kötülük yapan bir devi öldüren Enkidu, Gılgamış ile karşılaşınca önce onunla savaşıyor ama onu yenemeyip sonra onunla dost oluyor. Böylece tanrıçanın iradesi yerine getirilmemiş oluyor. Her iki kudretli yaratık, Gılgamış ile Enkidu, insanoğluna düşman olan yaratıkları yok ederek dünyanın düzenini kurmaya ve ölümsüzlüğü bulmaya çalışıyorlar.*

Enkidu, arkadaşı Gılgamış'ı tanrıça İştar'ın ziyaretine götürür. Tanrıça, Enkidu'nun Gılgamış'a bağlılığını anlar. İştar, Gılgamış'ı baştan çıkarmaya çalışır. Gılgamış, tanrıçaya gönül verenin sonunda ölüme mahkûm olacağını bildiğinden İştar'ın aşkını kabul etmez. Gazaba gelen İştar, Enkidu'yu cüzzam illetine uğratarak ortadan kaldırır. Gılgamış'ı da aynı şekilde öldürmek ister. Gılgamış, hayat ve ölüm muammalarını çözmek, ölümsüzlüğün sırrını elde etmek için atası Utnapişti'ye[38] *başvurmaya karar verir."* Durdu Fred, sınıfa "İşte şimdi buradaki Utnapişti'ye dikkat edin çocuklar!" dedi ve okumaya devam etti: *"Gılgamış, atası* **Utnapişti***'yi bulmak için birçok gezi yapar. Ölüm kıyılarına kadar denizi aştıktan sonra Utnapişti'yi bulur. Kutsal ihtiyar, Gılgamış'a Büyük Tufan'ı anlatır. Utnapişti, Tanrılar dünyayı suya boğduğunda büyük bir gemi yapıp var olan her türden bir çift alarak gemisine koyan kişidir. Vaktiyle bütün Mezopotamya tufana boğulmuşken tanrıların yardımıyla nasıl yalnız kendinin ve hizmetçisinin kurtulduğunu anlatır. Utnapişti, Gılgamış'ı tanrıçanın şerrinden kurtarır, ancak ölümsüzlüğün sırrını açıklamaz. Gılgamış'ı boş çevirmemek için ona kuvvet ve gençliğin sırrını yazıp verir. Gılgamış büyük üzüntüler içinde atasına veda eder. Bir gece rüyasında Enkidu'yu görür. Enkidu, ölülerin bulunduğu Gölgeler Vadisi'nde, hiçbiri kendisini tanıyıp hatırlamayan yaratıkların arasında, tanrıların iyiliğini beklemektedir. Gılgamış bu rüyadan anlar ki ölümsüzlük dünyada ulaşılabilecek en büyük mutluluk değildir. Yeryüzünde gerçek mutluluk, tanrıların yardımıyla insanların hafızasından silinmeksizin gerçek ölümsüzlüğü bulabilmektir."*[39] dedi ve defteri kapattı Fred.

İlmiye, "Dünyanın bilinen en eski destanı Gılgamış Destanı'nda bahsi geçen Utnapişti ve Nuh aynı kişi oluyor, Gılgamış ile de Nimrod aynı kişi oluyor," dedi yüksek sesle.

---

38 Utanapişti, Ut-napisti, Utnapshti olara da kaynaklarda bulunmaktadır.
39 Jean Bottéro, Gılgamış Destanı - Ölmek İstemeyen Büyük İnsan (çev: Orhan Suda), (3. Baskı), YKY, İstanbul 2010.

"Bir teori var,"[40] dedi Fred, "eski milletlerin karakteristik özelliklerini ortaya koyan bu tip destanların, mitolojilerin kendi dönemlerinde, yani çok eskilerde, aslında din kitabı gibi kutsal kabul edildikleri, bu şekilde hürmet gördükleri, ancak zamanla kutsallıklarını kaybettiklerinden destan ve mitolojilere dönüştükleri, kutsallığı devam eden inanç ve kitapların ise dinleri oluşturduğu düşünülüyor. Yani biraz önce okuduğumuz bu özette bahsi geçen hikâyenin kahramanı, Akadlar'da Gılgamış, Sümerler'de Atra-Haris adıyla ve *Tevrat*, *İncil* gibi günümüz kutsal kitaplarında Nimrod adıyla geçerken, Sümer tabletlerine göre 3600 yıl hükümdarlık yapmış ve tufandan önceki son kral olan Ziusudra'nın hikâyesinde de tufanın gerçekleştiği anlatılıyor. Evet, Gılgamış Destanı'nda adı Ut-napisti olarak geçen kişi ise Nuh olarak kendini gösteriyor. Aynı kişi birebir aynı hikâye ile Helenistik dönemde Berossus adlı rahip ve astronom tarafından Xisuthuros olarak anlatılmış. Kişiler ve olaylar aynı, ama isimler, anlatıldıkları zaman ve kültürler farklı. Yine tekrarlıyorum! Üstelik *Tevrat* ve *İncil* yazılmadan binlerce yıl önce kil tabletlere yazılmış karakterler bunlar."[41]

Sınıf sessizdi, herkes zihinlerine aldıkları bilginin hazmı için sessizliğe sığınmıştı... Bilgi ancak sessizlik içinde damıtılarak bilgeliğe dönüştürülüşünde kullanılabilecek bir araçtı. Bir süre sonra tereddüt ederek parmak kaldırdı İlmiye, temkinli bir sakinlikte hatırlatırcasına sordu: "Derse İsa siyahiydi diye başlamıştınız öğretmenim, İsa gerçekten zenci miydi?"

---

40 Bu konudaki İngilizce kaynaklardan yararlanamayanlar için, *Mecmua Dergisi*, Sadık Yılter'in yazısı bu teoriyi Türkçe olarak detaylı bir şekilde anlatır.
41 Yine İngilizce kaynaklardan yararlanamayanlar için, Dinler Tarihi, Prof. Mustafa Ünal'ın dinletisini tavsiye ederim.

-10-

Oğlum Selim'e hasretle...

Mösyö Picot "Bu bir dinsizleştirme operasyonudur!" dediğinde, Şamil Ağa ve cübbeliler başta olmak üzere hepsi başlarını hararetle salladılar.

Mehmed Ali Efendi, "Türkçe ezan mı olur be üstadım! Halimize bak!" dediğinde, ona hürmetlerinden önünde eğilip bükülen diğer iki molla onayladılar ve Rıfat "Bu Mustafa Kemal bir ajan, ecnebi ajanı! Dinî yok etmek için gönderildi buraya!" diye nara attı, mollalar yine hararetle onaylayınca Mehmed Ali Efendi heyecanla çıkıştı: "Tekke ve Zaviyeleri kapatmak senin ne haddine! Şeyh Es'ad Efendi Hazretlerimizin peşinde ölüme kalplerini açacak binlercesi var, tek bir lafımıza bakar! Bu inkılaplar artık durmalı!"

Toplantının nara atışmalarına dönmesini engellemek için lafa girdi Sir Thomas, "Üstadlar!" dedi. Ayağa kalkıp masanın üstünde istiflenmiş dosyaları kucağına aldı ve tek tek adamlara dağıtırken "İslam'ın kardeşliği her zorluğu yenecektir! Arap kardeşlerinize bakın, özgürce dinlerini yaşarken, aynı zamanda devletlerini de İslam'ın şartlarına göre kurmadılar mı?!" dedi. Mollalar bedenlerindeki tüm hareketle onaylarken, dosyaları aldılar.

Mollaların okuma yazması yoktu, Şamil Ağa da aslında okuyamıyordu, Mehmed Ali Efendi bir tek Arapça okuyabiliyordu. Ama yine de hepsi kendilerine uzatılan Osmanlıca hazırlanmış dosyaları itiraz etmeden alıp okuyormuş gibi yaparken Sir Thomas'ın konuşmasını dinlediler:

"Dostlar unutmayınız ki muhterem Şeyh Said'in kanı hâlâ yerdedir. Kendisine yapılan bu namussuzluğun hesabı sorulmalıdır! Dersler alınmalıdır. Aynı hatalar tekrarlanmamalı, eğer girişilecek bir hadise var ise, bu hadise incelikle, usta ellerce planlanmalı ve bu plana herkes harfi harfine uymalı. Unutulmamalıdır ki bu hadise, Müslümanlığın Mustafa Kemal illetinden kurtarılma hareketidir."

Sustu Thomas ve lafı Picot'a bıraktı. Picot oturduğu yerden sakince ayağa kalkarak, "*Kur-an'ı Kerim* hak yolunda hizmet için her yolun mübah olduğunu söylemez mi?"[42] diye sordu, cübbeliler başta olmak üzere, Selim hariç odadaki herkes, Thomas dahil, "Söyler!" dediler.

Picot, "Müslümanlığı bu din düşmanlarından kurtarmak için gerekirse ölmek lazım gelmez mi? Bu ölüm iman yolunda alınan bir madalya değil midir?" diye sordu, hepsi birden daha da yüksek sesle "Öyledir!" dediler.

Picot "Arap din kardeşlerimizin omuzlarını omuzumuzda hissetmek Allah'ın bir lütfu değil midir?" dediğinde "Öyledir!" diye yükseldiler.

"Dostlar, hizmet bizi bekler! Müslümanlığı dünyaya yaymak, girilmemiş kalp kalmadan durmamak en büyük hizmettir!" dediğinde alkışladı herkes, Selim de alkışlamak zorunda kaldı ama o an Bahriye Hanım ile göz göze geldiler. Açık saçı ile bu mollaların görmezden geldiği kadın sıkıntılıydı. Bahsi geçen Müslümanlık hiçbir zaman Osmanlı'da vuku bulmamıştı ve Bahriye'nin Selim'e kayan gözleri bu adamların bahsettikleri "şeyin" ne olduğunu bilmemekten geliyor gibiydi. Küçük bir tebessümle tedirgin, çekti gözlerini Bahriye Hanım ve odada kendini fazlalık gibi hissederken toplantıyı sessizce dinledi. Bu Arapların İslamında kadınlara yer olmadığı kesindi…

O sırada Picot Boğaz'a bakan pencerelerin perdelerini kapadı, oda karanlığa boğuldu ve Picot masanın üstünde duran aleti çalıştırınca duvara yansıyan görüntünün ışığı yayıldı odaya, Anadolu'nun havadan yer yer çekilmiş fotoğrafları yansıdı.

Sir Thomas, dosyada anlatılan planlamayı duvara yansıtıp, üstünden geçerek planlamanın anlaşıldığına emin olmak ister gibiydi.

---

42 *Kur'an-ı Kerim*'in öz ifade ve anlamından oldukça farklı olarak Vahabilerin yorumladıkları ve tüm dünyaya ciddi bir organizasyonla yaydıkları ayetlerin deforme mealleri bu yalanı savunur. Ülkemizde de bir kesim tarikatlar bu yalan üzerinden hareket etmeyi Vahabizm'deki deformasyona uyarak hak görmüşlerdir.

Mollalar, Şamil Ağa, Mehmet Ali Efendi pürdikkat izlediler Thomas'ın anlatımını ve sanki rahatladılar, dosyayı anlamamış olmanın verdiği gerilim gidiverdi üzerlerinden.

Bahriye Hanım yelpazesini çıkarıp ince ince kendini serinletmeye çalışırken, Picot, mollalara, şeyhlere ve tekkelerin kapatılmasından zarar görmüş herkese güvenilir bir şekilde haber gönderip, onlarla bağlantıya geçilerek halk örgütlenmesinin yapılabilmesi için kahvehanelerin kullanılmasını temel alan bir sistemi nasıl kuracaklarını anlatmaya başlamıştı. İşsiz güçsüz insanlar bulunmalı ve bunlar ulak olarak kullanılmalıydı. Amaç, Bursa'da yapılması planlanan toplantıya halkı temsil eden büyük başların katılımını sağlamaktı. Selim zaten dosyanın ilk bölümünde apaçık izah edilmiş bu örgütlenme planını dinlemekten sıkılınca, elindeki dosyaya kaydı dikkati. Dosyayı incelemeye başladı.

Osmanlı'yı kurtarma operasyonuna katılacak kişi ve tarikatların, şeyhlerin listesi de dosyaya eklenmişti. Bu önemliydi çünkü hareketin başarısı halkın, özellikle de Anadolu'daki halkın katılımı ile mümkün olacaktı. Herkes ayaklanmadan Mustafa Kemal'i yenmek mümkün değildi, çünkü dosyada belirtildiği gibi, fanatik bir şekilde ona bağlanmış birtakım "milliyetçiler" onu korumak için kendi bedenlerini siper etmeye hazırdılar. Kullanılan "milliyetçiler" kelimesine takıldı Selim, en koyu milliyetçi kendisi değil miydi? Neden Picot ve Thomas bu kelimeyi seçmişti ki? Herhalde Türkçeleri o kadar da iyi değildi.

Dosyanın ikinci kısımında, örgütlenmenin ikinci ayağı anlatılmıştı, her şey iki ay içinde yapılmalı ve iki ay içinde Anadolu'nun değişik köşelerinde başlatılan ayaklanmalar çoğalarak en sonunda birleşmeli ve ayaklanmaları bastırmak için Anadolu'nun ücra köşelerine dağılan ordunun dağınıklığından istifade edilmeliydi. Ancak bunun olabilmesi için Anadolu'da yaşayan diğer etnik gruplarla birlikte hareket etmenin önemi belirtilmişti.

Selim sakince duvara yansıtılan sunumun bitmesini bekledi, bahsi geçen ama isimleri belirtilmeyen bu etnik grupların kimler olduğunu duymayı bekledi ama bunun bahsi geçmedi. Sunum bitti.

Perdeler açıldı ve kendilerine dağıtılan dosyalar geri toplanıyordu ki Selim sordu: "Pardon Mösyö Picot, hareket planında diğer etnik grupların örgütlenmesinden bahsedilmiş ama bu etnik gruplar kimler, dosyada belirtilmemiş?" dediğinde güldü Picot, dosyaları toplarken "Bu konuda Thomas çalışıyor Selim Bey, o size rapor versin," dedi ve sonra Selim ikinci sorusunu sordu: "Hükümetten, ordudan katılım çok fazla demiştiniz, burada göremedim harekâtın ordu ve hükümet ayağını."

Thomas yanlarına geldiğinde, Picot ince bir tebessümle "Selim Bey, ordunun içinde Mustafa Kemal'in baskısına boyun eğmek zorunda kalanları ifşa edemeyiz takdir edersiniz ki," dedi ve sorgulamayı tamamen kapatırcasına "hem babanız beyefendi de bu duyarlılığımızda hemfikir olurdu," diye ekledi. Thomas, "Davamızı kazanabilmek için canımızı ortaya koyduk, Osmanlı himayesinde ezilmiş birçok etnik grupla omuz omuza," derken kaşları çatıldı Selim'in "Osmanlı zamanında ezilmiş hangi etnik grup vardı?" diye düşündü, yıllar boyunca babasının dizinin dibinden ayrılmadan içişlerinde ne geçiyorsa dinlemiş, öğrenmişti ve ezildiği için isyan etmek isteyen hiçbir etnik grubun bahsi geçmemişti. İsyan edenlerin hepsi sistemli bir şekilde dışarıdan isyana teşvik ettirilmiş olanlardan ibaretti. Son üç yüz yıldır Osmanlı topraklarında, özellikle Türklerin birleşmesini engellemek için bir tampon bölge kurma çabası hüküm sürmekteydi.

Selim'in ifadesindeki karmaşayı gören Picot, "İyi misiniz Selim Bey?" dedi. Başını salladı Selim, "Bize destek vermek isteyen etnik gruplar kimler?" diye sordu direkt.

"Ooo!" dedi Thomas ve elini Selim'in omzuna koyup samimiyetinin doruklarında ekledi: "Bize güvenin Selim Bey, muhterem babanızın ve geri kalan yüzellilikerin vatana geri dönüp Osmanlı'ya sahip çıkması en çok sizin çabanız ve bize olan güveninizle olacak. *Hizmet Hareketi*'ne katkılarınız hem bu dünyada hem cennette mükafatlandırılacaktır." Tepesinde dikilmiş, cilveli bir eda ile elini omzuna atan Thomas'ın bir anda sörlüğü gitmişti sanki, ayağa kalktı Selim, tam adamın bu gereksiz laubaliliğine ve soruyu cevaplamamasına karşın gereken tepkiyi verecekti ki Thomas iç cebinden bir zarf çıkartıp ona uzattı. Söyleyeceklerini zihninde toparlamış olmanın verdiği hazırlanmışlık ile açtı ağzını Selim, zarfı önemsemeyecekti ama önemsedi, çünkü gözünün ucu zarfa değdiğinde babasının el yazısını hemen fark etmişti.

"Oğlum Selim'e hasretle…" yazıyordu zarfta.

-11-

Yani ilk Yahudiler aslında zenci miydiler?

Soruyu İlmiye'nin sormuş olmasının fırsatından istifade, gözlerini ona dikti Orhan. Bugün yanakları biraz daha pembeydi; dudakları da öyle. Sanki kiraz yemişti.

Fred, "Cush'un soyuna Cushite denir demiştik, Cush'un yaşadığı yer bugünkü Yemen ile Etiyopya dahil tüm o bölgeyi kaplar ve Cushite'ler Etyopyalılardır. İbranice Cush[43], koyu, siyahi demek ve aynı zamanda Etiyopya'ya verilen isimdir. Etiyopya, *Tora* ve *İnciller*'de adı geçen ilk yerdir. Ahitler ve tarihi tabletlerin birçoğu, insanlığın Cush ile birlikte tufan sonrası toparlandığını ve Nimrod ile devletleştiğini, zamanla Cush'tan, yani Etiyopya'dan çıkıp Babil'e kavimlerin yerleştiğini ve oradan da tüm dünyaya insanların yayıldığını anlatıyor. Yüzlerce yıl sonra, belki bir gün en eski insan fosili bulunduğunda, en eski insan fosili nerede bulunacaksa oraya dikkatle bakmak lazım! Acaba Etiyopya'dan mı çıkacak diye hep merak etmişimdir?"[44] dedi ve ekledi: "Ayrıca Etiyopyalılar bugün halen

---

43 Kush ya da Cush

44 2.8 milyon yıl önceye ait bulunan en eski insan fosili Etiyopya'da bulunmuştur. (1974)

165

Cush'u Etiyopya'nın babası olarak kabul ederler. Cush bölgesinde 230 tane piramit bulunur, Mısır'da bulunan piramitlerin sayısının iki katından fazladır bu bölgedeki piramitler ama daha küçüktürler. Peki Mısır demişken Cush'un babası Ham'a geri dönelim. *Tevrat*'a göre Mısır ve çevresi, Ham ve soyunun yaşadığı bölgeydi. Ham'ın kelime anlamının ne olduğunu bilen var mı?"

"Ham meyve gibi mi, yani olmamış mı demek?" dedi öğrencilerden biri.

"Hayır," dedi Fred, "Ham Türkçe bir kelime değil, Ham İbranicede yanmış, kararmış demek, Aramaic dillerinde ise siyah demek. Bugün Ham aslında tüm zencilerin atası olarak bilinir. Ham'ın bir zenci olduğu, oğlu Cush'un İbranicede Etiyopya anlamına geldiği ve Ham'dan doğan soyun siyahi olduğu *Tevrat* ve *İncil*'de apaçık ortadadır," dedi ve hemen çantasından küçük bir kitap çıkarıp hızla aradığı sayfayı buldu ve okudu:

"*İncil* 106:22'de der ki: *Ham'ın topraklarında mucizeler olurken, Kızıldeniz'de korkunç şeyler oldu.* Buradaki Ham'ın toprağı denen yer Mısır'dır. *Tevrat*'ın ilk kitabı Yaradılış'ta[45] Ham'dan, hem Nuh'un oğlu, hem de Kenan[46] bölgesinin babası olarak defalarca bahsedilir ama Ham'ın hikâyesini asıl ilginç yapan şey, sadece teninin siyahi olması değil, Ham'ın soyunun, babası Nuh tarafından lanetlenmiş olduğuna dair anlatılan hikâyedir. Rivayete göre, Nuh gemisiyle hayvanları ve bazı insanları selden kurtardıktan sonra, hikâyede anlatıldığı gibi iki tane oğlu değil, bir sürü çocuğu olmuştur, öyle ki Nuh kendi oğlu Ham tarafından iğdiş edilmiştir. Bu, *Tevrat*'ın

---

yılında bulunan ve bugün Amerikan Tarih ve Doğa Müzesi'nde sergilenen "Lucy" adı verilen bu insan fosilinin yanında 3.18 milyon yıl yaşında olduğu saptanan bir başka fosil de aynı bölgede bulunmuştur.

45 İsimlerin kullanıldığı yerler:
Tevrat - Genesis 5:32 - Ham'in isminin, Nuh'un oğlu olarak ilk kullanıldığı yerdir.
Genesis 9:18 - Kenan bölgesinin babası Ham.
Genesis 10:6 - Ham'ın dört oğlu.
Genesis 9:20 -27 - Nuh'un, Ham'ın üzerine koyduğu lanet.
İncil 105: 23 ve 78:51, 1CH 4:40 - Mısır ülkesi Ham toprakları olarak geçer.
46 Mısır, Suriye, Lübnan, Ürdün, İsrail'in olduğu bölge.

Yaradılış kitabının 9. bölümünde böyle anlatılır. Babasını iğdiş eden Ham'ın bu yüzden lanetlenmesiyle bugün hâlâ savaşların sürdüğü Kenan bölgesinin de bundan etkilenip lanetlenmiş olduğu söylenir. Ve hem *Tevrat*'ta hem *İncil*'de detayıyla geçen bu lanetleme olayı[47], bugün zencilere yapılan zulmün, ırkçılığın Hıristiyan dünyasındaki fanatiklerce haklı olarak görülmesine araç olarak da kullanılmıştır, üstelik yüzlerce yıl. Bu lanetleme hikâyesine bağlı kalan Mormon Kilisesi, bugün hâlâ zencilerin din adamı olmasına ve herhangi bir dinî organizasyonunda zencilerin çalışmasına izin vermemektedir. Irkçılığı ve en önemlisi de köle kullanımını haklı gösterme çabasına temel oluşturan bir bahane olarak binlerce yıl kullanılmıştır bu hikâye. *Tevrat* da, *İnciller* de, Nuh'un siyahi oğlu Ham'ı nasıl lanetlediğini anlatır aynı hikâye ile. Zenci olarak doğduğunuzu düşünün çocuklar. Ne hissederdiniz? Arada düşünün bunu. Evangelizm'i duyan var mı aranızda?"

Yoktu.

"Peki ya Vahabizm'i duyan var mı?"

Yoktu.

Sınıfın sessizliği içinde İlmiye tereddütle kaldırdı parmağını "Lanetlendiği söylenen Kenan bölgesi bugün neresi oluyor?" diye sordu.

Fred açıkladı: "Günümüzdeki Filistin ve Lübnan toprakları ile Ürdün, Mısır ve Suriye'nin kıyı kesimlerini kapsamaktadır."

Sürekli savaşın olduğu bir bölgeydi burası. Lanetlenmiş olduğu için mi hep savaşıyordu buradaki insanlar, yoksa toprakları çok verimli ve çok revaçta olduğu için paylaşamıyorlar mıydı bu bölgeyi?

Bilemedi İlmiye. Yaradan'ın kendi yarattığı toprağı lanetlemiş olabilecek bir varlık olması kesinlikle mantıklı değildi ama insanlar rahmete kulp takabilecek, rahmeti lanete çevirebilecek kötülükteydiler, işte buna emindi.

Fred çocukları düşündürmek istiyordu, sordu: "Nuh Peygamber'in soyunun Mısır-Etiyopya arasına yerleşmiş ve siyahi olduklarının

---

47 Genesis 9: 20-27.

bu kadar net ortaya konmuş olması size ne düşündürdü? Tarihte birçok şeyin hayal ettiğimizden çok farklı olduğunu ve kitaplarda açık bir şekilde yazılsa da okumayanlara, araştırmayanlara nasıl da farklı anlatıldığını görüyor musunuz?"

Sınıf şaşkındı. Nuh Peygamber'in oğullarından biri nasıl olur da zenci olurdu? Diğerleri nasıldı?

Durdu Fred, çünkü Derviş Kâmil hafifçe başını eğerek hızlı gittiğini ona hatırlatmıştı. Derin bir nefes alırken açıkladı: "Binlerce yıl önce olmuş şeyleri, günümüzün koşullarından bağımsız düşünmek zorundayız. Eğer dikkatli bir şekilde insanlığın geçmişini anlatan hikâyeleri okuyup analiz edersek acayip şeyleri fark edeceğiz. Mesela size bir örnek vereyim. Aranızda hiç kiliseye giden oldu mu?"

Tüm sınıfta kiliseye giden bir tek Derviş Kâmil vardı, parmağını kaldırdı. Çocukların hepsi kıkırdadılar bir dervişin kiliseye gitmesine, Orhan ise şüphe ile sorguladı, Dervişlerin tüm dinlerin üstünde, Allah'a en yakın duyguda yaşamaları gerektiğini, her şeyi öğrenmekle görevlendirilmiş olduklarını bilmeden.

Fred heyecanla masasının üstünde, daha önce çantasından çıkardığı kâğıt tomarının içinde bir şeyler aradı ve buldu.

Kâğıdı sınıfta elden ele dolaşması için en baştaki çocuğa uzattı yine. Kiliseye gitmeseler de, resimdeki nurlar içindeki adamı tanımak zor değildi. Tabii ki İsa'ydı bu!

"İsa!" dedi fotoğrafı eline alan bir çocuk.

Herkes fotoğrafa bakarken hemfikirdi.

Orhan konunun nereye varacağından şüpheli kâğıdı yanındakine geçirdi. Kâğıt dolana dolana İlmiye'ye geldiğinde, kaşları çatıldı İlmiye'nin. Parmak kaldırdı, sorusu vardı: "Öğretmenim peygamberlerin hepsinin Hazreti İbrahim'in torunları olduğunu söylemiştiniz. Peki Hazreti İbrahim ile kendisinden çok önce yaşamış Ham ya da Cush arasında akrabalık var mı?"

"Çok güzel bir soru bu İlmiye, buradan zihninin nereye varmak istediğini anlıyorum," dedi Fred ama sınıfın geri kalanının kafası karışmıştı.

"Cush'un oğlu Nimrod vardı ya; Abraham işte o Nimrod'un soyundan gelir. Dolayısıyla tüm peygamberler de öyle."

"Ama," dedi İlmiye, itiraz edecekti ki Fred heyecanlı bir gülümsemeyle işaret parmağını dudağına götürüp ona sus işareti yaptı, göz kırptı ve elindeki kâğıdı sallayıp "Öğrenmek için en gerekli şey sabırdır," dedi.

İsa'nın nurlar içindeki resmi nihayet tüm sınıfı dolanıp Derviş Kâmil'in ellerine ulaştığında küçük bir gülümseme belirdi Derviş'in yüzünde ve Orhan hemen çekti gözlerini Derviş'ten. "İlmiye'nin anladığı şey neydi?" diye düşünürken gözleri yine İlmiye'ye saplandı, boynuna bağladığı eşarbın kıyısından yarası görünüyordu. Acaba boynuna bu kadar korkunç ne olmuştu? Aklı bir an oraya kaydı, ne acayip bir yaraydı bu!

Fred, "Bugün tüm kiliselerde, Hıristiyanlığın merkezi Vatikan'da ve Hıristiyanların evlerinde tuttuğu İsa'nın tüm tasvirlerinde bu resimde gördüğünüz kişi İsa olarak kullanılmaktadır ama bu aslında Nazharetli İsa değildir!" dedi, elindeki resmi tahtaya yapıştırırken. "Aslında bu kişi Cesare Borgia'dır.[48] Kendisi 6. Papa Alexander Borgia'nın oğludur."

---

48 1497'de öz erkek kardeşini öldüren Cesare Borgia, aynı zamanda öz kız kardeşiyle ve öz babası 6. Papa Alexander ile sevgili olmasıyla da ünlüdür. Böylesine deforme birinin, İsa'nın görüntüsünü yansıtmak için seçilmiş ve tüm Katolik kiliselerinde tasvir

Sınıftan yükselen uğultuyu susturmadı Fred, sadece izledi. Kaşları havaya kalkmış çocukların hayretini izlemek umut vericiydi. Söylenmiş yalanlara hayretin olmadığı yerde adalet biterdi, o yerler hep cehennemdi.

"6. Papa Alexander, Leonardo Da Vinci'den oğlunu özellikle İsa gibi çizmesini istiyor ve dünyadaki tüm kiliselere bu resmi dağıtıyor. İsa'nın tüm tasvirlerinin gerek resimlerde gerek heykellerde Cesare gibi yapılmasını emrediyor. Aslında özünde Kudüs yakınlarında doğmuş Ortadoğulu bir İsa'dan, Roma'nın Hıristiyanlığı kabul etmesiyle birlikte, Batı Avrupalı bir İsa anlayışına geçiriliyor Hıristiyanlık."

Sonra elindeki diğer kâğıdı yine dolaşması için en öndeki çocuğa uzatırken açıklamaya devam etti: "İlmiye'nin bağlantı kurduğu bir şey var. Evet, Ham ten rengi çok koyu biriydi ve oğlu Kral Nimrod da öyle, İsa'nın büyük büyük dedesi İbrahim ise Nimrod'un soyundan gelmekteydi. Şimdi size verdiğim bu ikinci fotoğraf küçük küçük taşların boyanarak, yani mozaik dediğimiz bir teknikle İsa'nın yapılmış, bilinen en eski ve ilk tasviridir."

O an yine zil çaldı, yorulmuştu Fred, iki derstir teneffüs yapmıyorlardı. Ön sıradaki hayret içinde resme bakan çocuğun elinden çekti kâğıdı, "Zil çaldı, teneffüs sonrası inceleyeceksiniz bunu," dedi ve kâğıdı masanın üstüne ters çevirip koydu, çantasını toparladı, omzuna astı ve sınıftan çıkmak için döndüğünde kendisine pürdikkat bakmaya devam eden sınıfın sessizliği ile karşılaştı. Kimse yerinden kıpırdamamıştı bile!

"Ne oluyor?" dedi gayriihtiyari bir şaşkınlıkla ve Orhan "Çıkmasak öğretmenim…" dediğinde sinirlense mi sevinse mi bilemedi.

Sınıftaki diğer çocuklara baktı, hepsi elinde kalemleri öylece beklemekteydiler, sanki hâlâ dersteydiler. Teneffüs kimsenin umurunda bile değildi.

---

edilmiş olması çok düşündürücü değil mi? Papalık makamına sahip Borgia ailesinin inanılmaz ama gerçek sapkınlıklarını, özelikle 6. Papa Alexander Borgia'nın kendi öz kızı Lucrezia ile olan ensest metres ilişkisini araştırmanızı tavsiye ederim.

İnsan, diye düşündü Fred, nasıl da öğrenmek için dizayn edilmişti ama gerçek bilgiyi, kendi geçmişini, geldiği yeri, yaptığı hataları öğrenmekti insanın asıl becerisi, kendisine binlerce yıl hayat diye yutturulmuş yalanlara ilgisini kaybetmesi pek normaldi. Çantasını indirdi sırtından, masanın üstündeki kâğıdı yine aldı eline ve öndeki çocuğa geri uzattı, sınıftaki herkes elden ele dolaştırıp incelesin diye ve masaya yaslanıp tepkileri bekledi.

Fotoğraf Orhan'a geldiğinde, dikkatle baktı fotoğrafa Orhan ve sonra bir anda gözlerini kaldırdı, çünkü İlmiye'nin bakışlarının kendisine odaklandığından emindi.

Göz göze geldiler, İlmiye çekecekti ki bakışını, tam o sırada Orhan elindeki kâğıdı yanındaki çocuğa vermek yerine ona uzatıverdi, sanki fotoğraf değil, beyaz bir barış bayrağı vermiş gibiydi.

Kendisine uzatılan fotoğrafı almadan Orhan'ın eline önce tereddütle baktı İlmiye, başkasının sırasını almak hoş değildi ama sonra dayanamadı, yerinden kalkıp kâğıdı eline aldı, çünkü merakı adap anlayışını aşmıştı.

Santi Cosma e Damiano Kilisesi mozaiği[49]

Fotoğrafta siyahi bir İsa vardı!

---

49 300'ler Roma Pagan inanışı için Romulus Tapınağı olarak hizmet veren bu yer, 500'lerde kilise haline getirilmiştir. İsa'nın bilinen ilk ve en eski tasviri buradadır.

Fred açıkladı: "İsa'nın bilinen en eski tasviri bu! 300'lerde tapınak olarak kullanılan ve Roma İmparatoru Konstantin'in Hıristiyanlığı din olarak kabul etmesinden sonra 530'da kiliseye çevrilen bir yapının tavanında İsa'yı resmetmiş mozaiğin fotoğrafı bu."

"İnanılır gibi değil," dedi İlmiye, elindeki fotoğrafı Orhan'ın hemen yanındaki çocuğa geri uzatırken ve sabırsızlanan Ali'yi sakinleştirmek için "Yerine otur, şimdi fotoğraf sana da gelecek," diye uyardı.

Fred, "Tabii İsa'nın gerçek resmi bu mudur bilinmez ama Papalar falan işin içine girmeden önceki ilk tasvirlerinden biri bu. İsa, diğer tüm peygamberler gibi, bir Ortadoğulu'ydu. Kudüs yakınlarında doğmuştu. Ama II. Konstantin Roma İmparatorluğu'nun resmî dinî olarak, tamamen stratejik bir şekilde Hıristiyanlığı seçmeden önce, Hıristiyan kelimesi bile Avrupa kültürlerinde aslında, *zavallı* anlamına gelen bir hakaret olarak kullanılırdı. Öyle ki Konstantin Hıristiyanlığı kabul ettiğinde kendisi ölüm döşeğine kadar Pagan olmaya, yani Zeus, Apollon gibi tanrılara tapmaya devam etmiştir, yani sadece yayılan Hıristiyanlığın insanları nasıl etkilediğini görüp bu etkiyi kullanmak için Roma'yı Hıristiyanlaştırmıştır. Bunun hikâyesi öyle bir hikâyedir ki duyduklarınıza inanamazsınız! İşte evangelizm burada doğar," dedi ve durdu Fred çünkü tenefüs bitmişti ve çocuklar zili duymadılar bile.

Fotoğrafa bakma sırası kendisine gelen Ali, "İsa aynı zamanda Yahudi'ydi. Yani ilk Yahudiler aslında zenci miydiler?" diye sordu.

"Deliller öyle gösteriyor ama tarihi yazanlar bu gerçeği yok saydıkları için, araştırdıkça, günümüz tarihinde gerçekler olarak sunulan birçok şeyin aslında nasıl deforme edildiğini fark edeceksiniz. Mesela Avrupa'nın 711 ilâ 1492 yılları arasında, İspanya merkezli olarak 800 yıl boyunca zenciler tarafından, Moors[50] İmparatorluğu

---

50 711 yılında Tarıq İbn-Ziyad liderliğindeki Moors'lar Afrikadan İspanya'ya Cebelitarık kanalından geçip 800 yıl boyunca İspanya ve bölgesini yönetmişlerdir. Elhamra Sarayı, Moors İmparatorluğu zamanında yapılmıştır. Ünlü "Game Of Thrones" dizisindeki Dorne Krallığı, Moors İmparatorluğundan esinlenilmiş, dizinin o bölümleri bile bu bölgede çekilmiştir.

adı altında yönetildiğini biliyor muydunuz? Bilmiyordunuz, çünkü ortaçağ kilisesi koca bir imparatorluğu sadece zenci olduğu için Avrupa tarihinden çıkarmıştır. Gerçeği bilemezsiniz, çünkü neyi bilip bilmeyeceğinize gerçekler değil, birileri karar veriyor. Tarihi yazanlar sizin geçmişinizi bile istedikleri gibi yazıyorlar," dedi Fred masasına giderken. "İşte bu yüzden, daha zekice ve geçmişi bugünün koşullarıyla yargılamadan, özellikle o günün koşullarını hesaplayarak düşünmek zorundayız! Ve kesinlikle geçmiş için savaşmamalıyız, çünkü savaşmamızı sağlayacak bir geçmiş yaratmak, genel geçer eğitim sistemi içinde öylesine kolay ki… özkaynaklarınızı yağmalamak isteyenler geçmişe yerleştirdikleri kin tohumları ile sizleri diledikleri gibi savaştırabilecek örgütlenmeye zaten sahipler ama bu örgütlenmenin aktif olabilmesi için tek bir şeye ihtiyaçları var: düşünmeden davranmakta emir eri olmuş, yönetimine girdikleri kişilerin tek bir lafına bakıp analiz etmeden hareket etmeye hazır insanlar. Konumuza geri dönersek, İsa Kudüs'ün kuzeyinde ortaya çıktığında o günün koşulları neydi? Düşünün!"

-12-

… Hizmet Hareketi'ni desteklemek için gerekeni yap.

Ne yüreğinin sancısı olmuş köşkü gördü geri dönerken Selim ne de teknenin motorundan çıkan rahatsız edici gürültüyü duydu, ne soğuğu hissetti ne de dalgalarla çarpışan teknenin kavgasında üzerine sıçrayan denizi… Kaçıncı keredir okuyordu elinde tuttuğu mektubu bilmiyordu ama hayatının en kıymetli şeyini parmaklarının arasında tutuyor olmanın heyecanı, babasını çok özlemiş olmanın hüznü ve mektupta yazanların sorumluluğu fazla gelmişti, gözünden süzülen yaşlar azdı bile hissettiği çaresizliğe.

Anadolu'ya vardıklarında bir sıçrayışta indi tekneden, elindeki mektubu yine okumaya devam ederken yürüyemedi, oturdu bir bankın üstüne. Elleri titremeye başladığında belki yirminci kere okuyordu bu kısacık mektubu… Mektup diyordu ki:

"Oğlum, içinde bulunduğumuz durumun vahameti öylesine bir zaruriyet oluşturuyor ki bu satırları sana yazarken ellerim titriyor. Sir Thomas'ın ricasını yerine getirmenin hem benim hem de atalarımızın rızasını yerine getirebilmek için tek yolumuz olduğunu bil ve hizmeti desteklemek için gerekeni yap."

Babasının elyazısı, babasının imzası ve ailesinin mührü vardı mektubun üstünde. Ne annesini sormuş ne kendiyle ilgili bilgi vermişti. Hüzün vardı satırlarında.

Sir Thomas'tan öğrendiği kadarıyla Halep'teydi babası. Mektubu ezberlemişti ki katlayıp iç cebine koydu, gözlerindeki yaşları, ruhundaki çaresizliği sildi, babasının vasiyetini, atalarına borcu olan hizmeti yerine getirmek için kalktı. Oyalanmayı bıraktığı gün bugündü. Rıza Bey'e gidecek, köşkü geri almak için kimin elini öpmesi gerekiyorsa öpecek ve bu işi tez zamanda bitirip *"Hizmet Hareketi"* için ne gerekiyorsa feda edecekti.

-13-

Evet, tahtaya kutsal tapınak fahişeleri yazdım,
bunun anlamını bilen var mı?

Sınıf düşünceliydi, geçmişin koşullarını düşünmeye çalışıyordu çocukların her biri ama küçücük yaşlarında edindikleri azıcık bilginin, geçmişin koşullarını anlamak için yeterli olmayacağını biliyordu Fred ve "Elimizdeki malzemeleri bir sıralayalım bakalım!" derken hızla tahtaya yazmaya başladı:

"1- Bir sürü tanrıya tapan, yarı çıplak gezinen, her yerde özellikle hemcinsleriyle çiftleşen Pagan Romalılar.

174

2- Değişik tanrılar için yapılmış bir sürü tapınak, özellikle
tanrılara bırakılan hediyelerle geçinen kalabalık bir ruhban sınıfı,
ki bu pagan ruhban sınıfı I. Konstantin'in Hıristiyanlığı resmi din
yapmasıyla otomatik olarak rahiplere dönüştü, yani Hıristiyanlığın
ilk rahipleri, Apollo'ya Artemis'e ve diğer tanrılar için inşa edilmiş
tapınaklarda, bu tanrılara taparak yaşayan pagan rahiplerdi.

3- "Kutsal tapınak fahişeleri" yazdı ve durdu Fred, sınıfa döndü.
Zil çalmıştı. Elindeki tebeşiri tahtaya geri bırakırken "Hadi
çocuklar, teneffüse! Zil çaldı!" dedi ve masanın üstündeki kâğıtları
toplamaya başladı ama Fred'in tahtada yazdıklarını hızla defterlerine
not eden çocuklardan yine hiç tepki gelmedi, sanki duymamışlar-
dı, sonra aniden gülenler oldu sınıfta, son cümleyi okumuşlardı.
Yazmayı bitirenler de kıkırdamaya başladılar ve sonra ciddileşip
cevap bekler gibi Fred'e baktılar.

Teneffüse göndermeliydi çocukları ama çocukların kendisi-
ne odaklanmış gözlerindeki merakı tüm teneffüsleri iptal edecek
ısrardaydı. Merak edebilmek ne kıymetli bir meziyetti!
"Teneffüse çıkmak isteyen?" diye sordu kendi parmağını havaya
kaldırarak ama sınıfta bir tek kendisi vardı parmak kaldıran.
"Derse devam etmek isteyen?" diye sordu, çocukların hepsi
yazmaya devam ederken diğer ellerini kaldırarak cevap verdiler.
Derviş dahil tüm sınıf devam etmek için parmak kaldırmıştı.
"Sanırım bugün teneffüs yok hiçbirimize," dedi Fred gülerek.
Merakı hiç tetiklenmemiş biri bile ilk tetiklemeden itibaren nasıl
da uyanıyordu? Reaksiyondu hayat, insanın kimyasını değiştiren,
zihni düşünceden düşünceye, analizden analize ve nihayetinde
şekilden şekile sokabilen zincirleme bir reaksiyon ve merak bu
reaksiyonun atmosferiydi. Neyin merakına takıldıysa zihnimiz onun
dünyasında var oluyordu gerçekliğimiz. Sorgulamak insanlaşma-
nın, insanlaşmak uyanmanın şartıydı ve sorgulayan biri, bir gün

mutlaka ayağa kalkardı. İnsanlık bir gün mutlaka ayağa kalkacaktı! Kıyamet zamanları yakındı.

"Evet, tahtaya kutsal tapınak fahişeleri yazdım, bunun anlamını bilen var mı?" diye sordu Fred.

Bilen yoktu.

Yorulmuştu Fred, masanın önüne geçip masaya oturdu, "I. Konstantin Hıristiyanlığı resmi din olarak kabul etmeden önce, Roma İmparatorluğu, içinde bir sürü dinin olduğu, genel olarak pagan olan, Zeus, Apollo, Afrodit gibi tanrılara tapan insanların oluşturduğu bir kültüre sahipti. Belki duymuşsunuzdur, bereket tanrıçası için yapılmış İzmir'deki Artemis Tapınağı'nın, Romalılardaki adı Diana'dır.[51] Ya da Yunanistan'daki Afrodit Tapınağı gibi, imparatorluk toprakları, her bir tanrı veya tanrıça için ayrı ayrı yapılan ihtişamlı tapınaklarla doluydu. Sümerlerden sonra gelen Babil geleneği, Sümer geleneğinin yerini alınca, bu tapınaklarda, özellikle Afrodit Tapınağı'nda, Babil toprakları içinde yaşayan her kadın, ister köle olsun, ister varlıklı ailelerden gelsinler, Tanrı'ya hizmet adına, yılda en az bir kez kimsenin birlikte olmak istemeyeceği, tapınağa ziyarete gelen rastgele kişilerle tapınakta birlikte olarak, yani bedenlerini tapınaktakilere ve ruhlarını tanrılara sunarak hizmet ederdi.[52] Ve işte bunlara kutsal tapınak fahişeleri denirdi[53] ve tapınağa kendini sunmaya giden her kadın ya da sürekli tapınakta tanrılar için çalışan kadınlar, tüm bedenlerini saklayacakları bir örtü giyerler ve yüzlerini de peçe ile saklarlardı. Peçe Roma zamanında sadece tapınak fahişelerinin giydiği bir kıyafetti. Sadece gözlerini görünür yapan bu örtüyü giyen kadınlar, hizmette oldukları için kutsal sayılırlar ve tanrılara adanmışlıkları yüzünden toplumda

---

51 İlk olarak Sümer yazıtlarında ve sonrasında ise Homeros'un *İliada* kitabında bahsi geçen Amazon Kadınları ve liderleri olduğu düşünülen Diana ya da Artemis, Homeros'un anlatımı ile "erkeğe eşdeğer olan kadın" olarak tarihe geçmiştir. Amazonların efsanesi, Sümerlerin Üçüncü Hükümdarı olan ve 100 yıl hüküm sürmüş Kug-bao adlı bir kadına kadar dayanıldırılır.

52 Kutsal Fahişelerin büyük bir çoğunluğu da erkekti ve erkeklere de hizmet veriyorlardı.

53 Bkz. Kedeshah, Qedesha

büyük saygı görürlerdi. Bu cinsel hizmeti, Babil'den sonra kurulan Mısır, Pers, Roma, Yunan gibi tüm büyük medeniyetlerde, aynı şekilde kutsal tapınak fahişeleri olarak görebilirsiniz. Bir kadının bedenini hizmete sunması o kadını kutsal yapan bir şeydi. Hizmetteki kadınların peçe ile kendilerini saklamaları kanundu."

Sınıf şok içindeydi!

Büyük bir örtü ile bedenlerini saklayan, yüzlerini gizlemek için peçe takan kadınlar, tapınaklarda önlerine gelen adamlarla birlikte olup resmen fahişelik yapıp nasıl olur da büyük saygı görebilirlerdi?! Çocukların ifadelerindeki şokun büyüklüğünü görüp konuyu değiştirmek istedi Fred.

"Evet, bu örnekten de anlayacağınız gibi, geçmişi günümüz koşulları ile düşünmek ne büyük hata olur değil mi çocuklar?! Hadi bakalım, biraz birlikte düşünmeye devam edelim! Aklımızı birlikte yürütelim. Yazılan ilk *İnciller* sizce hangi dilde yazıldılar? Tahmin edebilir misiniz?"

-14-

Ne vardı bu kızın varlığında, geri kalan her şeyi…
herkesi sıradanlaştıran?

Pazar yeri öylesine kalabalıktı ki Rıza Bey ile tüm meseleleri konuşup bitirmelerine rağmen pencerenin manzarasında dikildi öylece Selim.

Sokağı dolduran kalabalığın yaşamı kovalarcasına peşinden koştukları hayatı izledi… telaş İstanbul'un sokaklarında akan bir hastalık gibiydi, çünkü telaşa kapılmış insanlar, yağmalanan değerlerin, akıp giden hayatın mucizelerinin, anların önemini unutmuşçasına yaşamaktaydılar.

Pencereyi araladı, sokağın sesi pencerenin aralığından odayı doldururken derin bir nefesle o telaşı içine çekti, bir nefeste soludu

177

Selim, kendini aşılar gibi. O telaşı yenmeye, insanlara asıl neyin önemli olduğunu hatırlatmaya, 624 yıllık değerleri unutturmak isteyenlerle savaşmaya hazırlandı. Bu öyle bir savaştı ki aslında savaştığı şey işte bu telaştı. Her bir insanın hayatı boyunca yaşatıldığı bu sahte telaş değil miydi cehenneme giden yolların taşları?

İnsanlığın, hayatı, zamanı tüketircesine, anları önemsizleştirircesine bu zehirli telaşla yaşaması, yaşama edilmiş en büyük hakaretti. Bu telaşı durdurup geçmişin değerlerini hatırlatabilirse, telaşın içinde sanki bir labirentte gibi kaybolmuş ya da kaybettirilmiş herkes; işini gücünü, hayatta kovaladıkları, peşine düştükleri ne varsa bırakıp duracak ve değerleri hatırlayıp nihayetinde korumak için toplanacaktı. Osmanlı'nın mirasını herkes hatırlayacaktı.

Rıza Bey ikinci kere adını seslendiğinde ancak duyabildi Selim, pencereyi kapatıp hemen döndü ona, Rıza Bey "Olur mu?" demişti. Neydi olan? Selim dinlememişti ki.

Küçük bir tebessümle, naçizane "Duymadım Rıza Abi, kusuruma bakma aklım karışık, düşünüyordum," dedi.

Rıza güldü, Selim'in yanına gelip elini omzuna attı, "Yarın akşam Ahmet Bey de kulüpteki davette olacak, gidelim olur mu? Tanışmak için en güzel fırsat demiştim ama duymadın," dedi.

"Olur," dedi Selim. Kendisine çok zor gelen bu buluşmayı gerçekleştirmenin zamanı gelmişti. Samimiyetle sordu: "Sen nasıl yapıyorsun Rıza Abi?"

Anlamadı Rıza, kaşları soru sorarcasına çatıldı. Selim "Bu hainlerle nasıl yüz yüze gelebiliyor, anlaşmaya çalışıyorsun?" diye açıkladı. Kendi hakkı olan, ata yadigârı köşkü geri alabilmek için Osmanlı'nın yıkılmasında görev almış birine tatlılık yapmak zorunda kalmak fazla gelmişti. Zaten bunu yapamadığı için, köşk, devlet denetimine girmişti. Aslında bir telefonla, bir başvuru ile çözülecek işlem, Selim'in gururu yüzünden düğüm olmuş ve ancak görüşmeyle çözülebilecek karışıklığa gelmişti.

Gülümsedi Rıza. "İnsan oğlum bunların hepsi, sonsuza kadar mevkilerine sahip olacaklarını sanıp, etraftan gördükleri hürmeti kendilerinin sanan zavallı insanlar. O mevkilerden düştükten sonra ne kadar sefil oluyor halleri bir bilsen acırsın. Hükümetten biri ile karşı karşıya geldiğimde hep bunu düşünüyorum, Ahmet, Mehmet, Hasan… isimler hep değişiyor zaten, yapılması gereken şeyleri yapmak aslolan Selim Paşam. İkiyüzlü hissetme kendini, hakkına koyulan eli çekmek için üzerine düşen görev ne ise onu yapacaksın. Akşam kalabalık da olacak, yanımda dur, gülümse, hal hatır sor, ben gerisini halledeceğim. Ve unutma takmıyorlarmış gibi görünseler de, sen bir Osmanlı sadrazamının soyusun Selim Paşam, senin de onları kabul ettiğini görmek istiyorlar. Bekliyorlar.”

Tebessümü dondu Selim'in, işte zaten bu yüzdendi kendini hain gibi hissetmesi. Babası adına gidip sıkacaktı Ahmet denen adamın elini, hal hatır soracaktı… belki sonunda köşkü alacaktı ama onurunu sanki o köşk karşılığında orada bırakacaktı… düşünmek ağır geldi, silkeledi zihnini. Köşk lazımdı, hemen Hizmet Hareketi'ne bağışlanmalıydı. Köşkü, Suudi Arabistan Konsolosluğu'na bağışladıktan sonra, diplomatik dokunulmazlıktan yararlanılarak, hareketin merkezi olarak kullanılacaktı.

“Akşam Bahriye Hanımlar'da görüşürüz Rıza Abi, sağ olasın,” dedi Selim ve saygı ile vedalaşıp çıktı Rıza Bey'in ofisinden. Asansörü bekleyemedi, içinde büyüyen karmaşayı dindirmek istercesine, bedenini otomatiğe alıp hayatın telaşından sıyrılarak, ağır ağır, düşünceli, merdivenlerden indi. Zemin kata gelmişti ki içeri giren kalabalık adamların neşesini duydu, Mustafa Kemal ile ilgili konuşuyorlardı, son konuşmasında nasıl destan yazdığından bahsediyorlardı coşkuyla ve durdu Selim. Adamların asansöre binmelerini bekledi. Hayat aynı anda akıyordu, üstelik aynı mekânda ama herkes farklı yaşıyordu gerçekleri, acıları, duyguları, düşünceleri… çünkü hayat, her bedende daima farklı akıyordu.

Asansör kapısının kapanma sesi ile birlikte son katı da indi. Çıkışa vardığında, sokakta akan insan kalabalığının içine karışmaya ve biraz yürümeye karar verdi. Kendini o kadar yalnız hissediyordu ki bu anlamsız kalabalığın akışına kapılmak belki zihnindeki fırtınayı hafifletecekti.

Çıktı sokağa, pazar yerinin her adımı kaplayan yoğunluğuna sığınırcasına kapıldı ilerleyen insanların akışına. Aktı Selim… Domates kokusunun nane ile karıştığı yerlerden geçip kuzu derisindeki peynirin yayık ayran ile sunulduğu köşeyi aşıp atlet, don satanların önünden akıp geçti… Nereye yürüdüğünü, neden yürüdüğünü hesaplamadan adımlamıştı. Tek istediği azıcık rahatlamaydı. Kaçabileceğini bilse koşup düşüncelerinden kaçacaktı ama kalabalığın arasında akarken zihni nihayetinde sakinleşti, sanki aydınlandı, hafifledi. Anadolu'nun her köşesinden toplanmış baharatların satıldığı yerde, pazarın çıkışına varmak üzereydi ki o an her şey değişti.

Ülkü, ilaçları dizdiği, el işi ile örtülmüş bir kasanın gerisinde elindeki deftere bir şeyler yazarken, yanında kendisine bir şeyler anlatan yaşlı kadını dinlemekteydi. Örgünün hükümranlığına isyandaki bir tutam saçı yine dudağının kıyısına değmekteydi.

Dikkatle baktı Selim… Yüreği kuşatan o tuhaf varlığının etkisinden sanki kızı göremiyor gibiydi.

Ne vardı bu kızın varlığında, geri kalan her şeyi, herkesi sıradanlaştıran? Hayat şimdi onu niye buraya getirmişti?

-15-

Zaferden değil, seferden sorumluydu İlmiye…

"Latince mi?" diye sordu İlmiye, sınıftaki herkes aniden ona dönüp bakınca sınıfa açıklamak zorunda hissetti: "Roma İmparatorluğu'nun resmi dili Latinceydi, Hıristiyanlığı resmi din olarak ilk defa Romalılar kabul ettiğine göre ve *İnciller* de İsa Peygamber öldükten çok sonra yazıldığına göre, yazılan *İnciller* de Roma'nın resmi dili olan Latince olmalı!" diye açıkladı.

Gözlerini kırpmadan İlmiye'yi dinliyordu Orhan, bu kız sonsuza kadar konuşsa, onu sonsuza kadar dinleyecekmiş gibi hissediyordu hayatında ilk defa… Sadece konuştuklarının ilginçliği değildi dikkatini tutsak eden aslında, konuşurkenki mimikleri, dudaklarının aldığı şekil ve anlattığı konularla birlikte değişen ifadesinin halleriydi… her zaman dikkat çekiciydi, hatta konuşmadığında bile. Boynundaki o iz bile güzeldi.

"Başka tahmini olan?" diye sordu Fred sınıfa, hemen hemen herkes İlmiye ile hemfikirdi ama Orhan gözlerini İlmiye'den hiç çekmeden, İlmiye'nin gözlerini kendi gözlerine çekmek ihtiyacıyla "İsa bir Yahudi'ydi ve ona ilk inananların hepsi de Yahudi'ydi," diye çıkıştı, İlmiye'nin bakışlarının kendisine sabitlendiğini görünce açıklamaya devam etti: "Önceki derslerde anlatıldığı gibi, İsa'nın 30'larda çarmıha gerilmesinden 330'larda Romalıların Hıristiyanlığı kabul etmesine kadar geçen 300 yılda, birileri *İnciller*'i yazmış olmalı ki bir sürü *İncil* olsun. *İncil*'i ilk yazanlar İsa'nın yakın takipçileri olacağına göre ben oyumu İbraniceden yana kullanıyorum," dedi, meydan okuyordu İlmiye'ye ama üstünlüğünü ortaya koymak için değil, eşitliğini sunmak içindi bu girişimi.

İtiraz edecekti konuşmanın başında İlmiye ama sustu, dikkatle dinledi, konuştukça Orhan'ın haklı olabileceğini düşündü, düşündükçe aslında bu çocuğu nasıl da yargıladığını fark etti. Kendisinin yargılandığı gibi yargılıyordu onu. Halbuki insan değişkendi ve bu değişkenliğin sınırsızlığını Orhan'da izledi. Daha dün bu aptal çocuk kendisine nasıl diklenmişti, şimdiyse karşısında oturmuş akıl yürütüyordu… yürütecek bir aklı olması umuttu! Gözlerini ona sabitlemiş bakarken aslında onu hiç tanımadığını düşündü, Orhan'ın da aniden kendisine dönmesi ile çekti bakışlarını İlmiye ve o sırada "Bravo!" dedi Fred ve ekledi: "Sağlam bir akıl yürütme oldu bu Orhan!"

İlmiye de, Orhan da Fred'e baktılar, aklın yolunun mutlaka bir olduğunu düşünerek.

Fred ilk yazılan *İnciller*'in İbranice olduğunu açıklarken, Orhan ve İlmiye'nin bakışları bir an yine karşılaştı, İlmiye hemen çekecekti bakışını ama Orhan dudağının kıyısında beliren küçücük tebessümde dalga mı geçiyordu, nispet mi yapıyordu… bilemedi İlmiye ama yine de dikleşti, kendine yakışan bir eda ile başı ile incecik bir selam verip cepheyi kaybetse de mağrurluğundan hiçbir şey kaybetmediği için karşısındakine zafer kazanmış gibi hissettiren bir imparator edasında döndü, Fred'i dinledi. Zaferden değil, seferden sorumluydu İlmiye, bunu ona babası öğretmişti.

Fred, "İlk yazılan *İnciller* İbraniceydi arkadaşlar, sonrasında İbraniceden Yunancaya ve Latinceye çevrilmişlerdir. Yani Hıristiyanlığın temelini oluşturan kitapların hepsi ilk olarak İbranice yazılmıştır, çünkü yazanlar da, İsa'nın Yahudilikteki deformasyonları düzeltebilmesi için Hıristiyanlığın Yahudiliğe indirildiğini düşünen Yahudilerdir. Yahudiliği kapalı bir din olmaktan çıkarıp tüm dünya ile paylaşma çabası vardı bu harekette," dedi.

Ali düşünceliydi, sakince parmağını kaldırdı, Fred'in başı ile yaptığı küçük hareketi bekleyip sordu: "Madem Hıristiyan kelimesi bile zavallı anlamına gelecek şekilde kullanılıyordu, üstelik Konstantin hâlâ Pagan'dı, peki neden koca bir imparator olarak inanmadığı halde Hıristiyanlığı kabul etti?"

Yorulmuştu Fred, hiç teneffüse çıkmadan üç ders yapmışlardı. Derviş'e baktı. Derviş sessiz oturduğu köşesinden sakince açıkladı: "Din, çocuklar… insanın en temiz mahremidir aslında. Neye inandığımız, daha doğrusu neye inanmayı seçtiğimiz kimliğimizin en mahrem yerinden, kaynağından gelir. Din işte bu yüzden kutsaldır, çünkü hayatlarımız inandığımız şeylere göre şekillenir. İnandığımız şeylerle yönetiliriz. İnsanı, tüm davranışlarını, gelecek planlarını inançları yönetir. Kendi döneminde, dünyanın en büyük imparatoru haline gelen I. Konstantin Roma İmparatorluğu'nun elindeki toprakları yönetebilmek için sürekli orduyu büyütmek zorunda kalıyordu ki ordunun sadakatini sürekli elinde tutabilmek bir imparator için oldukça pahalıdır. Sürekli bir savaş bulmak gerekir, çünkü savaş bir taraf için ölümken, diğer taraf için de ganimettir. Savaş aslında kumardır, biri kazanırken bir diğeri mutlaka kaybeder. Hayatın her sahasında hüküm süren farklı tanrıların olduğu ve bu tanrıların birbirleri ile kavga ettiğinin kabul gördüğü Pagan kültüründen; tek bir tanrının var olan her şeye hâkim olduğu ve o Tanrı'nın emrinin her şeyden üstün olduğu bir kültüre geçmek yönetimi kolaylaştırır. Konstantin'in Hıristiyanlığı kabulü ile insanlar ilk defa Tanrı adına konuşup Tanrı'nın kurallarını uygulama yetkisine kavuştular."

Sustu Derviş, öğrenilmesi gereken o kadar çok şey vardı ki hayatta, keşke bu çocuklara hayatın öğrenilmesi gereken şeyleri öğrenebilmemiz için nasıl da ustalıkla tasarlandığını anlatabilseydi... Sonra sakince "Hepimiz kendi zannımızda, kendi 'yarattığımız' bir Allah tanımı ile yaşıyoruz,"[54] dedi ve ekledi: "Dünyadaki insan sayısı kadar farklı şekilde hayal edilmiştir Allah ama ne olursa olsun, ne kadar farklı hayal edilmiş olursa olsun Allah'ın hakikatinin tek olduğunu ve bizlerin kapasitesinin bu hakikati kavramaya yeterli olmadığını ama kavramaya çalışmanın, araştırmanın, öğrenmenin, anlamak için cihatta olmanın gerçek iman olduğunu unutmayın çocuklar ve tüm iyi şeylerin kötülük için mutlaka kullanılmaya çalışıldığını da."

Derviş'in geride bıraktığı sessizlik öylesine yoğundu ki sınıf düşünceyle dolmuştu. Korkusuz bir sessizliğin olduğu yerde daima düşünceler doğardı.

Zil çaldığında içinden çıktıkları bilgi fırtınasının etkisiyle bir süre daha yerlerinde kaldı öğrenciler, Orhan dışında. Orhan hızla kalkıp defterlerini toparladı ve nihayet teneffüse çıkan Fred öğretmenle Derviş'in peşine takıldı, onlara bir şeyler anlatıyordu. İlmiye oturduğu yerden bir an izledi onları, görüş mesafesinden çıktıklarında dayanamadı, kalktı peşlerine takıldı. Orhan'ın bu acelesi nedendi acaba? Ve nedense onu merak etmek, hatta takip etmek gizli bir eğlenceye dönüşmek üzereydi...

---

54 Deniz Erten'in *İşaret (Misafir)* kitabından.

Ülkü taptaze, derin, hayat dolu bir nefesti ve Selim
onu almazsa sanki ölecekti...

Ne vardı bu kızın varlığında, geri kalan her şeyi, herkesi sıradanlaştıran? Hayat şimdi onu niye buraya getirmişti?

Dikildiği yerde bir adım geriledi Selim, fark edilmeden geri dönmekti ilk tepkisi ama adımını geriye attığı anda sertleşti bedeni. Kızın güneşi kucaklayan saçına baktı, belki başka bir zamanda, başka şartlarda, başka bir yerde bu kız ile karşılaşmış olsa, kız dinine saygılı, değerlerine ait yaşıyor olsa o zaman bu etkinin bir anlamı olabilirdi ama şu an kendisine acizlik veren bu etki zihninden gitmeliydi.

Öne bir adım attı Selim, ardından hemen ikincisi geldi, ancak kızın yanı başına gittiğinde ona ne söyleyeceğini düşünmediğini fark etti ama önemli değildi, savaş aslında bu kızda başlıyordu, bu kızın kendi üzerindeki o tuhaf etkisini yenerse geri kalan her şeyi yenebilecek kudreti bulacağına emindi. Vatan delirmişti ve bu kız o deliliğin en belirgin abidesiydi. Yıkımlara önce abidelerden başlanmaz mıydı? Bu delilik yıkılmalı ve değerler korunmalıydı! Bu kızla ilgili ne varsa ezip geçecek, onu kendi sahteliği ile yüzleştirecekti!

Parmakları ağrımıştı Ülkü'nün ama değmişti, defterinin sayfaları kasanın üstünde, örtünün altındaki suyun içine yerleştirilmiş ilaç şişeleriyle birlikte bitmek üzereydi. Eve taşıyacağı torbalar da tezgâhın altında birikmişti. Neyse ki bir sürü elma getirmişlerdi, Yakışıklı şenlenecekti. Son kelimelerini de yazıp kopardı kâğıdı, örtünün altındaki suyun içinden bir şişe seçip üzerindeki önlükle kuruladı ve kâğıtla birlikte teyzeye verdi, "Çay içmek yok, kahve de. Eğer bu ilacı kahveyle, çayla karıştırırsan çöp olur Zülhe Teyze, tamam mı?" dedi.

Teyze anlamıştı. "Biliyorum kızım, geçen seferde öyle dediydin ya, bir aydır içmiyoz çay da, kahve de ama iyiliğini gördük maşallah! Galip Amcanın ağrıları geçti tam dediğin vakit," diye cevap verip aldı ilacı, elindeki bir torba elmayı ona verdi, kocaman bir gülümseme ile Ülkü'yü yanağından öpüp gitti. Kadının gitmesinin ardından bir an tebessümle bakan Ülkü, kasanın iç tarafından çıkardığı deftere acele ile bir şeyler yazmaya başladığında, sakince bir adım daha yaklaştı Selim ve Ülkü'nün ne yazdığına baktı. "Zülhe Teyze – romatizma, parazit" yazıyordu ve o sırada ne anlama geldiğini anlamadığı bir cümle daha yazıyordu Ülkü.

Bu kız kendini doktor diye pazarlıyor muydu bu cahillere? Köyden gelmiş bir kız şifa dağıtabilir miydi? Şişeler neden suyun içindeydi?

"Şişeler neden suyun içinde?" diye sorduğunda Selim, bir an yazdığı cümleyi bitirmeye odaklanıp gecikmeli kaldırdı başını defterinden Ülkü ve karşısında dikilen Selim'i görünce öylesine şaşırdı ki şaşkınlığı mimiklerini ele geçirip ifadesine yansıdı, bakakaldı birkaç saniye ve sonra hemen kalemi defterin arasına koyup kapatırken dev bir taşı kaldırırmış gibi şaşkınlığını silmeye çalışarak açıkladı: "Hava sıcak, suyu saat başı değiştiriyorum ki özler değer kaybetmesinler"

"Doktor musunuz?" dedi Selim, kızın gözlerine kitlediği gözlerini bir an bile kıpırdatmadan, sanki ruhunu görmek ister gibiydi.

Selim'in kendisine kitlenmiş bakışındaki yoğunlukta gerildi Ülkü, çünkü utanmıştı ve utandırıldığında savunmaya geçmek namusun doğasında vardı. Kaşları incecik çatılırken "Hayır," dedi, kısa ve net. Meydan okurcasına çekmedi gözlerini Selim'in gözlerinden, öylece kalakalmış gibiydiler, birbirlerinde uyandırdıkları duygunun içinde sanki ikisi de esirdi.

Ülkü gözlerini çektiğinde ancak nefes alabildi Selim, onu ezip geçmeye gelmişti buraya ama sanki karşısında kocaman bir deniz vardı. İnsan suyu nasıl yıkıp geçebilirdi?

Ülkü elindeki defteri tezgâhın altına kaldırıp örtüyü çekmişti kenara, şişeleri kabın içinden çıkarıp suyu boşaltmaya başlamıştı. Adamın üzerine üzerine gelen enerjisinden korunmanın en iyi yolu onunla ilgilenmemek diye düşünürken, geride gölgede duran kovanın içindeki suyu kaba doldurdu.

"Belki bana da yardımcı olabilirsiniz?" dedi Selim aniden, kelimeler ağzından öylesine doğallıkla çıkmıştı ki ne diyeceğini bile bilmeden, planlamadan konuşuverdi: "Kendimi iyi hissetmiyorum… Uyuyamıyorum… uyanamıyorum…"

Ülkü bir an Selim'e baksa da hemen gözlerini geri çekip suyun içine şişeleri dizmeye devam ederken, mesafeli sordu: "Neden?"

"Bilmiyorum," dedi Selim.

Son şişeyi de suya yatırıp örtüyü örterken, "Belki düşünmeniz gereken şeyleri yeterince düşünmüyorsunuz. Bizler, her birimiz kendimizle ilgili şeyleri anlayabilecek kudretteyiz ama tabii düşünmeye vakit ayırabilirsek," dedi.

"Siz ayırıyor musunuz vakit?" dediğinde Selim, boy boy üç çocuğunu zaptetmekte zorlanan bir kadın yaklaştı yanlarına ve "Ah Ülkü kızım, öyle acelem var ki," dedi, elindeki torbayı Ülkü'nün tezgâhının yanına koyup kucağındaki çocuğu diğer koluna geçirirken "hazır mı?" diye sordu.

"Hazır tabii!" diye cevap verirken aceleyle tezgâhın altından bir kavanoz çıkardı Ülkü, "Daha fazla yaptım üçüne bir ay yeter," dedi. Kadın kavanozu heyecanla alıp "Allah razı olsun senden kız!" dedi neşeyle ve bir an Selim'e kaydı gözü, Selim'in yakışıklılığını daha önce fark etmiş olmamanın verdiği ifade değişmesi yaşarken dudağının kenarında beliren tebessümü silmeden "İyi günler," diledi ve Ülkü ile vedalaşıp gitti.

"Daha üç haftadır burada değil misiniz? Bir sürü insanla tanışmışsınız," dedi Selim.

Başını evet anlamında sallarken yine ciddileşip gardını alır gibi mesafe koydu ifadesine, gözlerini bir an kaldırıp dümdüz sordu: "Yardımcı olabileceğim bir konu var mı?"

Vardı ama Selim cevap vermedi, sadece duygularından oluşmuş kocaman bir dalganın üstünde Ülkü'ye doğru akıyormuş gibi baktı… Ülkü bu sefer çekmeyecekti gözlerini! Selim'in duyguları

Ülkü'nün anbean artan ciddiliği ile çarpışınca ikisinin de gözlerindeki ışık kırıldı, yağmurlar yağdı sanki o an ve Ülkü'nün mesafesi artarken "Ne istiyorsun! Niye burdasın!" dercesine kaşları hafifçe çatılıp gözleri hafifce sancılanırken, "Özür dilerim," dedi Selim aniden, "asla sizi rahatsız etmek istemedim," diye ekledi ve sanki bu cümle yağmur sonrası çıkan o gökkuşağının ilk rengiydi. Bir an daha dursa Selim, mahcubiyetinin doruklarından sanki dönüp gidecek gibiydi Ülkü ama çatıdaki karşılaşmalarından sonra, o gün aniden Selim'den uzaklaştığında biraz daha onunla konuşmamış olmanın verdiği pişmanlığın üzerine sindirdiği duygudan dersini almıştı. "Rahatsız etmediniz," deyiverdi Ülkü, "uyuyamadığınızı ve uyanamadığınızı söylediniz... bedenimiz oksijen ile çalışıyor, nefesle içimize aldığımız hava bedenimizin her köşesine oksijen taşıyor ve vücut aslında çok da yanıcı bir madde olan bu oksijeni havanın içindeki diğer şeylerden ayırıp enerjiye dönüştürebiliyor. Nefes alın Selim Bey, daha çok ve derin nefesler alın. İyi alınmış bir nefes beraberinde mutlaka uykuyu getirir, iyi bir uyku beraberinde mutlaka dinç bir uyanışı getirir, dinç bir uyanış beraberinde düşünen, anlayan ve sorun ne kadar büyük olursa olsun çözen bir zihni getirir," dedi.

İlk defa nefes alır gibi nefes aldı Selim ve aldığı o nefesle zihninin her köşesinde bir düşünce yankılandı: Âşıktı Selim! Ülkü'nün her mimiğine, sesinin tonuna, kelimeleri kullanırken dudaklarının aldığı şekle, gözlerinin yansıttığı ışığa, örgüsünden kopmuş o bir tutam saçın asiliğine, giydiği erkek kıyafetlerine, o kıyafetlerin üzerindeki lekelere, daha önce hiçbir kadınla, hatta kimse ile konuşurken hissedemediği bu tuhaf halin eşsizliğine, kendisinin onun yanındayken hissettiği duygulara esirliğine... Âşıktı Selim.

Onu ezmek, yok etmek, atın üzerindeyken yere attığı o peçenin intikamını alıp, delirmiş bu vatanın acısını ondan çıkartırcasına onu önemsizleştirmek istemişti ama ona yaklaştıkça, onun varlığına maruz kaldıkça, temsil ettiği her şeyi geçip onun ötesini görebilmişti. Neydi Ülkü'nün ötesi?!

Kendini saklayan, insanlara şifa vermeye çalışan, karşılığında para değil elma, sebze alan, elini bir erkeğe öptürmeyecek kadar kendine saygısı olan bir nefesti... üstelik "Nefes alın Selim Bey," demişti... Selim'in en çok da bir nefese ihtiyacı olduğunu, etrafını saran bu kuru gerçeklikte boğulduğunu bilmeden nasıl bunu söyleyebilmişti?

Ülkü taptaze, derin, hayat dolu bir nefesti ve Selim onu almazsa sanki ölecekti... Donup kaldığı yerde dikkatini, merakını, varlığını Ülkü'nün ifadesinden, etkisinden koparmak için savaşırken sadece ona bakakaldı.

Ve kendini ondan koparacak gücü topladığında bir hamlede arkasını döndü Selim, bu sefer kaçma sırası kendindeydi. Ülkü'ye tek bir kelime etmeden, dudakları az biraz kıpırdasa da ağzından kelimeleri çıkaramadan döndü ve çekip gitti. Öyle bir hızla geri dönüp kalabalığın arasına karışmıştı ki Ülkü peşinden bakarken kendini berbat hissetti.

Ne olmuştu? Tam konuşmaya, biraz olsun tüm züppeliğine, pahalı kıyafetlerine rağmen Selim Bey'i insan yerine koymaya çalışırken ne olmuştu da bu adam aniden kopup gitmişti. Onu nasıl rahatsız etmişti? Ona hakaret etmemişti ki! Yine kendini eksik hissetti Ülkü, Selim'in tamamen kalabalığa karışması ile şaşkınlığını ancak atabildi üzerinden, Selim'in züppeliği gitmiş, temizliği, asilliği kalmıştı kendi ile yüzleşip varlığını eksik gördüğü, yargıladığı her düşüncenin kökünde. Böylesine temiz, şık, bakımlı... asil biri tarafından nasıl göründüğünü anlamak için kendine baktı... hali rezildi. Selim ondaki rezilliği, eksikliği, tüm tuhaflıkları tamamen anlamış olmalı, daha fazla katlanmak istemediği için çekip gitmiş olmalıydı!

Hızla eşyalarını topladı, ilaçlarını çantaya koyup suyu arkadaki yeşilliğe döktü, kabı torbaya koydu, aceleyle katladı örtüyü, çantasına soktu ve kasayı yan tezgâha geri verip gözlerinde biriken yaşları tutmaya çalışırken hızla çıktı pazardan.

O aslında gencecik bir kız çocuğuydu ama ne gençliğin toyluğunu ne de duyguların en güzel mevsimlerini yaşamaya hakkı olmadan, hayatın mücadelesinde kaybolmuştu.

-17-

... insanlık tarihinde görülmüş en büyük karışıklık
tarihin kendisiydi.

"Enoch... Adem'den sonra gelen yedinci kişidir Enoch[55]... Nuh'un dedesinin babasıdır," dedi Fred, o kadar heyecanlanmıştı ki çocuklarla özellikle de bir okulun içinde, bir sınıfta bu bilgileri nihayet paylaşabiliyor olmaktan kalbi titredi. "Gökyüzünden inen Tanrı'nın oğulları meleklerin, ademoğullarının kızlarıyla çiftleşmesinin hikâyesini duyan var mı?" dedi.

Şok içindeydi çocuklar. Hepsinin, istisnasız hepsinin, kaşları çatılmıştı. Neden bahsediyordu Fred? Yoksa en sonunda okumaktan falan delirmiş miydi?!

Çocukların ifadesindeki dehşetle karışık şaşkınlığı görünce konuya daha yumuşak girmeye karar verdi Fred. "Okey!" dedi, "Dünyadaki ilk din savaşı ne zaman oldu?"

Kimse bilmiyordu.

Din için ölmeyi göze alan ilk insanlar kimlerdi ki diye düşündü Ali, nedense bunu daha önce hiç düşünmemişti.

"Makabiler," dedi Fred, "İsa doğmadan 800 yıl önce Yunanlar denizlere yayılıp kendilerinden daha güçsüz olan kültürleri kolonileştirmeye başlayarak Helenistik Yunan İmparatorluğu'nu oluşturdular, hatta milattan önce 776'da Olimpiyat Oyunları başlatıp Yunan şehirlerini birbirleriyle yarıştıracakları bir sistem kurdular ve milattan önce 480'lere geldiklerinde Yunan İmparatorluğu altın çağını yaşamaya

---

55 Enoch'un Kitabı 60:8 ve *İncil* Jude 1:14 - 15

189

başlamıştı. Milattan önce 146 yılında Makedonya için Romalılarla savaşana kadar da Helenistik Yunan İmparatorluğu devam etti."

Sınıf not alırken Ali parmak kaldırdı, "Öğretmenim Yunan İmparatorluğu ile Roma İmparatorluğu aynı şey değil tamam ama ikisi de pagan ve aynı tanrılara mı inanıyorlar?" diye sordu.

"Evet Ali, ikisi de pagandı ve inandıkları tanrılar da özellikleri bakımından aynıydı, sadece tanrılara koydukları isimler farklıydı. Dünyanın o günlerden bugünlere ne kadar değiştiğini fark ediyor musunuz? Bir ara tüm dünyada en çok Latince konuşuluyordu ve sonra da Yunanca… gördüğünüz gibi çocuklar, diller bile ölüyor. Hayat daima değişiyor. Neyse, nerde kalmıştık?"

"Din için yapılan ilk savaşı anlatıyordunuz öğretmenim," diye hatırlattı çocuklardan biri.

"Hah," dedi Fred ve masaya dayanıp anlatmaya başladı: "Milattan 168 yıl önce bir savaş olur. O dönemin en büyük imparatorluğu olan Helenistik Yunan İmparatorluğu, pagan kültürüne aykırı olan diğer inanışları baskılamak ister ve Kudüs yakınlarındaki Modin şehrinde yaşayan Makabiler'den Yunan tanrısına bir domuz kurban etmesini ister. Şehrin büyüklerinden Matatya, domuzun kendi kültürlerinde haram olması yüzünden bunu reddedince çatışma çıkar. Tahmini olarak en fazla 12 bin kişi olan köylüler ile 40 bin kişilik Yunan ordusu arasında çıkan savaşı bir düşünmek lazım. Çiftçilik yapan Makabilere karşı, üzerine bindikleri yüzlerce fille önlerine geleni yıkan Yunan askerleri… Makabiler mucize sayılacak bir direniş gösterirler ve ikinci yılın sonunda Kudüs'ü almış olsalar da 25 yıl savaşırlar. Savaşın ana nedeni, domuz yememek gibi tektanrılı bir dinin geleneklerini, Helenleşmiş çoktanrılı Yunan geleneklerine karşı korumaktı. Ve milattan önce 142'de Yunan hükümdar Demitrius savaşmaktan yorulduğu için Matatya'nın oğlu Şimon ile barış antlaşması imzalar. İşte din için yapılan ilk savaş budur ve Helenistik Yunan Medeniyeti ile Yahudiler arasında olmuştur, o günden sonra, sanki bir gelenek gibi, insanlar hangi medeniyette olurlarsa olsunlar din için savaşmaya devam etmişlerdir."

Dikkatle sınıfa baktı Fred, tahtadaki Enoch'un Kitabı yazısının yanına gitti, "Şimdi ben size niye Makabileri anlattım biliyor musunuz?" dedi, tabii ki kimse bilmiyordu.

Orhan bu adamın Yahudi propagandası yaptığını yine bir anlık düşünse de, birazdan ilginç bir bilginin de geleceğini hissediyordu, çünkü şimdiye kadar her şüphesi Fred'in anlattığı ilginç bir bilgi ile çarpışıp kırılmıştı. Boş konuşmuyordu Fred.

Derken Fred açıkladı: "Tam da işte bu zamanda, Makabilerin yaşadığı dönemde, tahmini olarak İsa doğmadan 300 yıl önce Etiyopya'da '*The Book Of Enoch - Enoch'un Kitabı*' çıkar karşımıza. Ge'ez dilinde, yani Etiyopyaca yazılmış bir kitaptır[56] ama Latince, Yunanca, İbranice ve Aramice yazılmış parçaları dünyanın farklı bölgelerinde yapılan arkeolojik kazılarda, milattan çok önceki tarihlere ait oldukları tespit edilerek bulunmuştur.[57] Anlaşılmıştır ki o dönemin en yaygın kitabı Enoch'un Kitabı'dır ve belirtmek isterim ki benim gibi binlerce kitap okumuş bir kitap kurdu için bile en şaşırtıcı kitaptır! Çünkü Enoch'un Kitabı aslında ilk yazılan *Tevrat*'tır ama şaşırtıcı olması bundan değildir. Aynı, *Tevrat*'ın ilk kitabı Yaradılış'ta[58] olduğu gibi, insanın yaradılış hikâyesini anlatır, ama çok daha detaylı bir şekilde! Ancak şaşırtıcı kısmı yine bu da değildir! Şaşırtıcı kısmı, Enoch'un Kitabı'nı okuduğunuzda yeryüzüne yayılmış insanlıkla ilgili bildiğinizi sandığınız her şeyi değiştirecek öğeler içermesidir. Yaradılış hikâyesini bu kitap ile anlatan kişi Enoch'un bizzat kendisidir," dedi ve Süleyman'a dönüp aniden "Evet, Süleyman kimdi Enoch?" diye sordu.

Sorunun aniliğine şaşırdı Süleyman ama cevapladı: "Nuh'un dedesinin babası değil miydi?"

---

56 Bugün, insanlık tarihinin en eski belgelerinden biri kabul edilen bu dinî kitabı, Ethiopian Orthodox Tewahedo Kilisesi dışında diğer kiliseler Papalığın emri ile kutsal kitap listesinden çıkarmışlardır. Neden mi? Hikâyeye geri dönün anlayacaksınız.

57 Ölü Deniz kıyısındaki Kuman'da, bir mağaranın içinde bulunan testilerin içine saklanmış yazıtların arasında Enoch'un Kitabı'ndan parçalar da bulunmuştur.

58 Genesis.

"Evet!" dedi Fred, "Enoch'un yazığı bu kitap da aynı *Tevrat* gibi beş ana kitaptan oluşur. İlk kitabın asıl ismi[59]:Enoch I: Denetçiler'dir[60]. İnsanlık tarihi ile ilgili bilgi veren en eski yazılı eserlerden biri olmasına ve en önemlisi, kendisinden çok sonra yazılacak olan *Tevrat* ve *İnciller*'in bu kitaptan esinlendiği okuyan herkesin hemen fark edeceği yalınlıkta olmasına rağmen, 4. yüzyılda, Hıristiyanlığı resmi din yapan Konstantin'in kurduğu bir komisyon, Enoch'un Kitabı'nı yasaklamıştır. Hıristiyanlık kurulur kurulmaz bu kitap yasaklanan ilk kitaplardandır. Sonrasında da Yahudi otoriteler tarafından kutsal kitapların arasından çıkarılmış ve yok edilmiştir ta ki 1773'te Abyssinia'da[61] altı yıl yaşadıktan sonra Avrupa'ya dönen ünlü seyyah James Bruce yanında üç kopyayı[62] getirip birini Oxford Üniversitesi Bodleian Kütüphanesi'ne, diğerini Fransa Kraliyet Kütüphanesi'ne bağışlayana kadar. Sıkıldınız mı?" diye sordu Fred, çünkü çocuklardan bazıları neredeyse uyumak üzereydi, bazılarıysa konunun nereye bağlanacağına meraklı cin gibiydi.

"Hadi bakalım, uykunuzu açmak için size bu skandal kitaptan bir parça okuyayım," dedikten sonra Fred çantasından bir kâğıt çıkardı ve okumaya başladı:

---

59 I Enoch: The Watchers

60 Orijinali Watchers – Gözlemciler olan bu kelime, gökyüzünden indikleri belirtilen ve Tanrı'nın oğulları olarak nitelendirilen, yeryüzünde yeni yaratılmış insanları gözleme görevinde, Tanrı'nın hizmetindeki insanüstü varlıkları temsil etmektedir.

61 1270 ilâ 1974 yılları arasında Etiyopya'da hüküm sürmüş bir krallık. Habeşistan.

62 Dünyanın en eski kütüphanelerinden, Oxford Üniversitesi'nin Bodleian Kütüphanesi'ni ziyaret edip Enoch'un Kitabı'nı görmenizi tavsiye ederim.

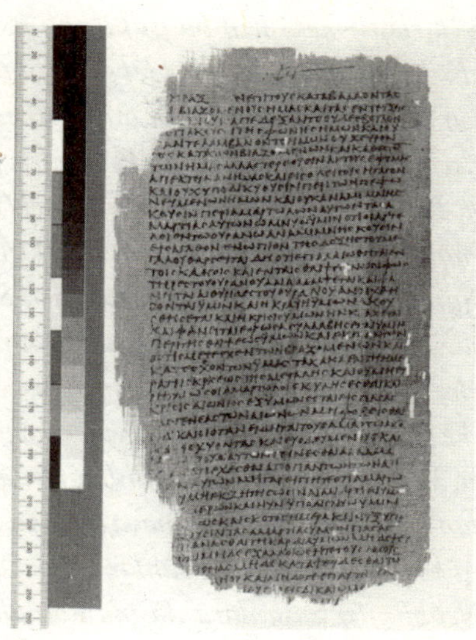

Enoch'un Kitabı'ndan bir yaprak.

"O günlerde, insanın çocukları yeryüzünde çoğalmaya başladığında, aralarında yakışıklı ve güzel doğanlar oldu. Ve gökyüzünün[63] *çocukları –denetçiler– onları gördüler ve arzu ettiler; ve birbirlerine dediler ki 'Gelin, insan kızlarının arasından kendimize eşler seçelim ve bize çocuklar doğursunlar.'"*

Sustu Fred, derin bir nefes aldı, sınıftaki dikkatin yerine gelip gelmediğine baktı, gelmişti, çocuklar yine not almaya başlamışlardı ve sonra yine okumaya devam etti: *"Semyaz, onların (Gökyüzünün çocuklarının) lideri olarak dedi ki 'Korkarım ki siz bunu yapmaya rıza göstermeyeceksiniz ve yalnız başıma ben bu büyük günahtan sorumlu olacağım.' Ama hepsi ona dediler ki 'Hepimiz birlikte yemin edelim, bu öneriyi terk etmek için değil ama aramızdaki herkesi bu*

---

63 Orijinal kelimesi "Heavens" olan bu kelime, birçok kaynakta cennet diye çevrilmiştir ama aslında bu kelime "Gökyüzü" anlamına gelmektedir. Bu farklılık, *Tora* ve *İnciller'de* Heavens'ta yaşayan, Heavens'tan aşağı inen Tanrı'nın oğullarının cennette yaşadığı düşünüldüğünden oluşmuştur. Düz çeviride gökyüzünden inen, gökyüzünde yaşayan Tanrı'nın oğulları ifadesi ortaya çıkmaktadır.

lanetle bağlamak (birleştirmek) için bu işi bitirelim, ve hepsi birlikte yemin ettiler, birbirlerine bağlandılar. Hepsi birlikte 200 kişiydiler, ve Hermon'un[64] zirvesi Ardos'a indiler ve oraya Armon Dağı dediler. Yemin edip birbirlerine lanetle bağlandılar. Ve isimleri şöyleydi: Arâkiba (Arakiel), Râmêêl, Kôkabîêl, Tâmîêl, Râmîêl, Dânêl (Daniel), Êzêqêêl (Chazaqiel), Barâqîjâl (Baraqiel), Asâêl (Azazel), Armârôs, Batârêl, Anânêl, Zaqîêl, Samsâpêêl, Satarêl, Tûrêl, Jômjâêl, Sariêl ve liderleri Sêmîazâz (Semyaz).[65] İki yüz Denetçinin lideri bunlardı.

Ve eşleri üzerlerine aldılar ve her biri sırayla kendisi için bir eş seçti ve eşleştiler. Ve onlara sihirli ilaçlar, büyüler, köklerin kesilmesini, bitkileri öğrettiler. Ve kadınlar hamile kaldılar, boyları sonradan 300 cubit[66] boyunda olan Nephlimleri[67] doğurmaya başladılar. Bu Nephlimler insanların ürettiği her şeyi tükettiler, insanlar onları beslemekten nefret ettiler. Öyle ki Nephlimler insanlara düşman oldular, onları yemek için savaştılar. Ve kuşlara, vahşi hayvanlara, yılanlara, balıklara karşı günah işlemeye başladılar. Biri ya da diğeri tarafından onların etleri yenmiş, kanları içilmişti. Ve dünya zalimlere karşı bir suçlama getirdi."

Sustu Fred, sınıf sessizdi. Çocukların şaşkınlığı öyle bir seviyedeydi ki okuduklarının düşünceye, düşüncelerin de sorulara dönüşmesini bekledi Fred.

Ve nihayet çocuklardan birinden soru geldi: "Yani…" dedi çocuk, "Bu Enoch'un Kitabı *İncil*'den ve *Tevrat*'tan daha önce yazılmış değil mi?"

Başını evet anlamında salladı Fred.

Çocuk sordu: "Enoch'un Kitabı *Tevrat* ya da *İnciller*'e benziyor mu?"

---

64 Hermon Dağı. Suriye-Lübnan sınırında ve Şam'ın batısındaki dağ.

65 Enoch 6: 1, 2, 3, 4, 5, 6, 7.

66 Cubit, eski zamanlarda kullanılan, dirsekten orta parmak ucuna kadar olan uzunluk ölçüsüdür. 1 Cubit ortalama 45 cm'dir.

67 Nephlim, dev, yüce anlamına gelen bir kelime. Cümlenin gidişatında dev olarak yorumlanmış.

Gülümsedi Fred, beklediği soru gelmişti. "Benzerlikten çok öte," dedi ve elindeki kâğıdı masanın üstüne bırakıp çantasından başka bir kâğıt çıkardı.

"Şimdi, biraz önce Enoch'un Kitabı'ndan okuduğum hikâyeyi, Enoch'un Kitabı'ndan yüzlerce yıl sonra yazılmış *Tevrat*'ın ilk kitabı Yaradılış'tan okuyalım:

"*İnsanlar yeryüzünde çoğalmaya başladığında ve onlardan kızlar doğduğunda, Tanrı'nın oğulları onların hoş (yeterli) olduklarını gördüler ve kendileri için istedikleri gibi seçtikleri eşleri aldılar. Sonra Tanrı dedi ki, 'Benim ruhum sonsuza kadar ölümlülere uymaz, etten oldukları için, ve onların günleri 120 yıl olsun.' O günlerde Nephlimler dünyadaydı —ve sonrasında da— Tanrı'nın oğulları, kendilerine çocuklar doğuran insan kızlarına gittiğinde. Bunlar eski ünlü savaşçıların yenilenmiş kahramanlarıydılar.*"[68]

Kâğıtları indirdi Fred "Evet," dedi, "konu birebir aynı olsa da anlatımın nasıl karıştırıldığını, devlerin hikâyeden nasıl çıkarıldığını fark ettiniz mi? Bahsi geçen eski ünlü savaşçıların yenilenmiş kahramanları aslında Nephlimler ama öyle bir şekilde söylenmiş ki şaibe oluşmuş, Nephlimlerin kim olduğu arada sanki kaynatılmış. Tasvirler, ölçüler çıkartılmış. Geri kalan anlatım ise aynı. Sizler neler düşünüyorsunuz? Düşüncelerinizi bekliyorum çocuklar."

"Demek ki Yahudiler ve Hıristiyanlar tüm bu ayetleri yazarken ellerinde Enoch'un Kitabı vardı," dedi Ali, "peki *İnciller*'le ne kadar benzeşiyor?" diye sorguladı.

Çantasından başka bir kâğıt çıkardı Fred, katlanmış kâğıdı açınca diğerlerinden çok daha büyük bir kâğıt oldu ama üstünde küçücük yazılarla doldurulmuş iki sütunlu bir tablo olduğunu gördü çocuklar. Elden ele dolaştırması için önceki çocuklardan birine uzattı Fred ve açıkladı: "*İnciller*'le, Enoch'un Kitabı arasında öylesine çok benzerlik vardır ki iki kitaptan alıntıları yan yana alıp eşleştirebilirsiniz ve bunun gibi onlarca kâğıda anca sığar. Fark edeceksiniz ki aynı hikâye sansürlenerek, değişiklikler yapılarak

<hr>

68 Genesis 6:1–4, New Revised Standard Version.

195

anlatılmış. Devler çıkarılmış, Tanrı'nın oğullarının adı melekler olarak değiştirilmiş, bu meleklerin insan kızlarıyla çiftleşmesi atılmış... Çünkü bugün okuduğunuz *İnciller*, unutmayın *İnciller*'in bir diğer ismi neydi?"

"Yeni Ahit," dedi çocuklar, hemen hemen hep bir ağızdan. Öğrenmişlerdi.

"Evet," dedi Fred "bugün okuduğunuz *İnciller*, Hıristiyanlığı kabul eden Roma İmparatoru I. Konstantin tarafından 325 yılında İznik'te toplanmış, papazlardan oluşan bir konseyden çıkmıştır. Amaç, etraftaki tüm *İnciller*'i toplayarak, imparatorluk tarafından bütünleştirilen, onaylanmış bir *İncil* oluşturmaktı, farklı dönemlerde farklı kişilerin yazdığı şeyleri kıyaslayıp ortak konuları alarak Hıristiyanlığın kitabını toplamaktı. 2048 papaz, 25 Mayıs'tan 20 Temmuz'a kadar dünyanın dört bir yanında kabul görmüş kitapları toplayıp, okuyup eleyerek bu kitaplardan bazılarını yok etmeye karar verip yasaklayıp yakarak Hıristiyanlığın Yeni Ahitlerini oluşturdular. Yani bugün hâlâ okunan *Yeni Ahit*, başına Yahudilerin *Eski Ahit*'ini de ekleyerek bu konseyde oluşturulmuştur, Hazreti İsa tarafından yazılmamıştır. Sorusu olan?"

Ali parmak kaldırdı: "Bu Enoch'un Kitabı da yakılan kitaplar arasında mıydı?"

Fred cevap verdi: "Bir sürü kitap vardı sakıncalı görülen ama özellikle 27 tanesi halka yasaklanarak tüm kopyaları Papazların yönetimindeki askerler tarafından toplanıp yakıldı. Ve evet Enoch'un Kitabı bu yakılan kitapların arasındaydı. *İnciller*'in ve *Tevrat*'ın atası olan, hatta türediği kitabın Hıristiyan kilisesi tarafından kabul görmemesi ne büyük bir ironi değil mi?"

"Nasıl yani, Konstantin, kendi kafasına göre din kitabı mı oluşturdu?" diye sordu İlmiye.

"Yooo, o kadar da basit değil," dedi Fred, ekledi: "İznik Konseyi'nde oluşturulan *İnciller*'deki hikâyelerin kronolojik sıralaması ve *Tevrat* ayetlerinin çoğu 50 kitaptan seçilerek oluşturulmuştur, evet Roma imparatoru bu seçimleri papazlara danışarak kendi istediği ile yapmıştır ama..." dedi Fred, yanlış bir şey söylemekten çekinerek baktı Derviş Kâmil'e ve lafa girmesi için başı ile yaptığı küçücük bir hareketle davet etti onu.

Derviş açıkladı: "2048 tane papazın iki ay boyunca çalıştıklarını unutmayın çocuklar. Şunu söyleyebiliriz ki Enoch'un Kitabı aslında İsa doğmadan önceki *Tevrat*'ı ve İznik Konseyi toplanmadan önceki orijinal *İncil*'i temsil etmektedir ama içindeki şaşırtıcı öğeler yüzünden o dönemde saklanmıştır, ancak Fred öğretmeninizin de söylediği gibi, olayları oldukları dönemin koşullarına göre düşünmek lazım. Çoktanrılı pagan kültüründen, tektanrılı Hıristiyanlığa geçişi hedefleyen Konstantin, belki de, devleri gökyüzünden inip kızlarla çiftleşen insanüstü, güçlü erkekleri hikâyeden çıkartarak kendince paganlıktan ayıklamak istemiş olabilir, çünkü Enoch'un Kitabı'ndaki hikâyeye dikkatle bakarsanız, Yunan ve Roma İmparatorluklarındaki pagan kültüründeki birçok tanrının da Enoch'un Kitabı'nda Tanrı'nın Oğulları olarak bahsi geçen varlıklardan esinlenerek çıkarıldığını fark edeceksiniz... okudukça, araştırdıkça, öğrendikçe hayat sanki sizinle konuşmaya başlayacak ve hiçbir şey artık sıradan olmayacak. Anlamak cennet kapılarının anahtarıdır, çünkü ancak anlayınca insanlaşır ve ancak insanlaştıkça cenneti dünyada var edebilecek o yüce çabaya geçebilirsiniz. Tüm öğretiler bizlerin insana dönüşmesi içindir," dedi ve sustu.

İlmiye parmak kaldırdı: "Konstantin neden paganlığı bırakıp Hıristiyanlığa geçmek istesin ki? Ona ne yarar sağlamış olabilir bu değişim?"

Gülümsedi Fred. "Şimdi bir düşünün, bir sürü tanrı ve o tanrıların gücüne ayrı ayrı inanan binlerce insan, o tanrıların her biri için yapılmış bir sürü ayrı ayrı tapınak ve o tapınaklarda ayrı ayrı tanrılar için çalışan bir sürü tapınak rahibi ve en önemlisi, birbirlerine kızan, kavga eden ve çekişmelerine insanları da alet eden, kavgalarında insanları savaştıran, kimseye hesap vermeyen, özellikle de hükümdarların asla kontrol edemeyeceği tanrıları...

Batıl inanışların hepsi bu tanrılara bağlanıyor. Hükümdar attan düşüyor, 'Zeus buna kızgın attan düşürdü,' diyorlar ve bir anda hükümdar güç kaybediyor… Denizciler çıkan fırtınadan dolayı Posseidon'un kızdığını düşünüyorlar, onun tapınağına koşup ondan af dilenip ona adaklar adıyorlar. Pagan kültüründe bu tanrılarla onlardan medet uman insanlar arasında rahipler gibi aracı yok. Tanrılar adına, kilise gibi onların kurallarını uyguluyoruz diye cezalar kesen bir mecra yok. Şimdi düşünün çocuklar, başına buyruk bir sürü tanrının olduğu bir sistemde insanı yönetmek mi daha kolay yoksa, bu tanrıların hepsinin toplamından daha güçlü, her şeyi kapsayan, net yaşam kuralları koyan −ki o kurallar toplum olabilmenin temelini oluşturmuşlardır tarih boyunca− her şeyden yüce bir tek Tanrı'nın emrinde toplumu yönetmek mi daha kolay?" diye sordu Fred ve bir anlık sessizlikten sonra, "Konstantin akıllı bir adam olmalı ki inancın kalabalıkları birleştirip hizaya sokmaktaki etkisini Hıristiyanlar arasında fark etmiş," dedi.

Zihinler çalışırken susardı insan. Sınıftaki mutlak sessizlik devam ederken bir süre bekledi Fred, tek tek çocukların üzerinde gezdirdi gözlerini. Bu kısacık zamanda eğer iyi dinledilerse ve üzerine düşünürlerse ne kadar çok şey öğrenecek ve insanı nasıl da güzel analiz edeceklerdi.

"Başka sorusu olan?" dediğinde, Ali yine parmak kaldırdı ve sordu, "Yani şimdi, dünyada yazılmış en eski din kitabı Enoch mudur öğretmenim?"

Gülümsedi Fred, insanın geçmişine bakıldığında modern dinler buz dağının tepesi gibiydi. Sanki sadece altı bin yıldır dünya gezegeninde yaşıyor ve bunun dört bin senesinde ancak uygarlık kurabilmiş gibi görünen insanın, aslında çok daha eskilere dayanan bir geçmişten geldiğini bu çocuklara nasıl anlatabilecekti? Üstelik söylenmiş bunca yalanın üstüne… Bu bir kişinin işi değildi, bu görevi medeniyetler üstlenmeliydi… İnsanlık tarihi, birbirine karışmış aynı olayları farklı isimlerle öylesine işlemişti ki insanlık tarihinde görülmüş en büyük karışıklık tarihin kendisiydi.

"Enoch'un Kitabı'ndan 1400 yıl önce yazılmış bir kitap daha var," dedi Fred, çocukların ilgisi bir öğretmen için yaşam enerjisi gibiydi ve o enerjiyle dolmuştu sınıf, ilgi bir ok gibi kendisine odaklanınca sakince açıkladı: "Rig Veda… İsa'dan tahmini 1700 yıl önce yazılmış, dünyanın en eski kitabıdır ve yazılmasından da yüzlerce yıl önce sözlü bir kitap olarak nesilden nesile aktarılmıştır. Rig Veda'dan bir din doğmuştur."

Rig Veda da neydi?! Dünyanın en eski din kitabı nasıl olmuştu da duyulmamıştı. Yazmaktan parmakları ağrımıştı İlmiye'nin, Ali'ye baktı küçücük elleriyle nasıl da kendisinden bile daha hızlı yazmaktaydı, neyse ki kaçırdığı yerlerin notlarını ondan alacaktı.

Fred, "Rig Veda, Hinduizm'in kitabıdır ve Hinduizm dini dünyadaki en eski dindir. Rig Veda sadece dünyada bilinen en eski din kitabı olmakla kalmaz, bugün hâlâ aktif bir şekilde kullanılıyor olması Hinduizm'i insanlığın bilinen ilk dini yapar ama İngiltere'nin sömürgeleştirme sisteminin bir uzantısı olarak bu din, bugün sanki sadece basit bir felsefeymiş gibi köksüzleştirilmiştir, çünkü yağmalamak istiyorsan önce köksüzleştireceksin mantığı burada da işlemiştir," dedi, ama Rig Veda'nın Hıristiyanlığa nasıl da köklü bir ilham olduğu konusuna giremedi. Konu öyle karışıktı ki merak eden bilinçlerin çaba ile araştıracağı günlerin gelmesini diledi. Çalan zil sesiyle birlikte masasının üstündeki kâğıtları toplarken, "Evet çocuklar, bu haftaki ödeviniz bir araştırma! Cumaya kadar vaktiniz var. Araştırmanızı kütüphanede yapacaksınız. Önümüzdeki pazartesiye hazır olmalı," dediğinde sınıfta şaşkın bir uğultu yükseldi, çocuklar belki de ilk defa kütüphaneye gideceklerdi.

Fred ödevin detaylarını vermeye başladığında hepsi birden hızla yazıyordu, Fred "Sümerlerle ilgili hayret verici iki bilgiyi listeleyecek ve bu bilgileri detaylı olarak açıklayacağınız bir sunum hazırlayacaksınız. Ödeviniz en az bir, en fazla iki sayfa olmalı. Sayfanın kenarlarından ve üstünden iki santimetre boşluk bırakarak ve başlıklı olarak yazmayı unutmayın. En önemlisi ise delil sunmak zorundasınız," demişti ve sınıftan çıkarken eklemişti: "Unutmayın, doğru daima doğrudur ta ki birileri onun yanlış olduğunu kanıtlayana kadar ve tarih doğru sanılan yanlışlarla doludur."

-18-

Çelişkili düşünceler fırtınası Selim'in zihninde
esmeye başladığında…

Valpreda'ya nasıl vardığını anlamadı bile Selim, pazarın o kalabalığından nasıl sıyrılmış, nasıl apartmana ulaşmıştı? Tek bildiği, düşünmeden, art arda sıraladığı adımlarıydı. Kapıdan girerken kendisini karşılayan hizmetliyi susturdu, parmağını kendi dudağına götürüp "Şş," dedi ve içeriye haber vermemesini birkaç sessiz hareketle anlatıp hızla süzüldü odasına.

Jet hızıyla soyundu, Paris'ten gelen kıymetli kumaşlardan dikilmiş takım elbiselerinden birini giydi, İtalyan ayakkabılarını geçirdi ayağına, zenginliğini kuşandı Selim, kendisini Ülkü'den ayrı koyan her şeyi, kendine kendini, asaletini, eğitimini, ailesini ve en önemlisi, Osmanlı'nın torunu olduğunu hatırlatan her şeyi giyindi, yüklendi. Babasının mektubunu aldı eline, ezberlemiş olsa da bir kez daha okudu. İç cebine koydu. Babasının saatini taktı, şu saat bile Ülkü'nün tüm ailesinin birkaç yıllık geçimini sağlardı, diye düşündüğü anda çıkardı saati kolundan. Birinden maddi olarak fazla olmak değildi Ülkü ile farkları. Aileleri, kökleri, geçmişleri, en önemlisi de gelecekleri belli ki çok farklıydı… *"L'expérience est un professeur cruel qui vous fait passer examen avant de vous avoir expliqué la leçon,"*[69] diye mırıldandı kendine. O imtihana girip bu dersi öğrenmeyecekti. Kendisi ile aynı sınıftan, eğitimden, görüşten gelemeyen, başını açmış, *o adam*ın hayranı olduğu her halinden,

---

69 Tecrübe, zalim bir öğretmendir; önce imtihan eder, sonra öğretir.

200

kıyafetinden belli olan bu kızı kalbinden, zihninden silmeli, kendine gelmeliydi! Belliydi, bu kız hayatının dersiydi! Tuzaktı!

Peki ama o gözleri? İnsanlara yardım edişi? Sadeliği?

Çelişkili düşünceler fırtınası Selim'in zihninde esmeye başladığında bir an yine onunla evlendiğini düşündü Selim, vuslatın heyacanı bedenine yayılınca erkekliği öylesine hızla hareketlendi ki; ona akacağı anın coşkusu ondan doğacak çocukların varlığına, çocukların varlığı o evlilikle kuracağı hayatın çelişkisine bulandı. Annesinin vereceği tepkiyi düşündü ve silkelendi. Zihni karıştıkça karıştı ve tek bir kelime konuşacak hali kalmadı, evden çıkmadan önce kâğıda hızlıca not yazdı: "Validem, Bahriye Hanımlar'da sohbete gidiyorum, merak etmeyin." Evden sessizce sıyrılıp çıkacaktı.

Hızla geçti koridoru, notu karşılaştığı hizmetlilerden birinin eline sıkıştırdı, kimseye görünmeden dışarı fırlamak üzereydi ki validesinin üzgün mızıklanmasını duydu, durakladı kapıda ve o duraklamada Nana'ya yakalandı. Nana elindeki sıcak su torbasıyla onu görünce, "Karnı yine şişti Paşam, bir görünüp moral verseniz validenize keşke," dedi hüzünle ve o an fark edip "pek de yakışıklı olmuşsunuz," diye ekledi.

Biraz önce bıraktığı notu Latife Hanım'a götüren hizmetçiyi durdurup aldı Selim, buruşturdu ve validesini görmeye yürüdü evin diğer kanadına.

-19-

...her kelimenin Selim'in yüreğine kazınacağını bile bile.

"Hayatta her şey geçici. En büyük sancılar, kavgalar, acılar, aşklar..." dedi Lütfiye, endişeden tansiyonu düşmüş kız kardeşinin yanına çöktüğünde, "Bu da geçecek, göreceksin canım," dedi şefkatle. Latife tepkisini mırıldanarak "Bu adam bana niye yazmıyor Lütfiye? Terslik yokmuş gibi davranmaktan yoruldum, sürüldü tamam da insan bir mektup yazmaz mı?!" sözleriyle gösterdi. Parmaklarının ucunda içeri giren Nana'daki telaşı görünce bir hamlede doğruldu, Nana'yı dinledi. Selim nihayet eve gelmişti, odasında üstünü değiştiriyordu, demek ki yine dışarı çıkacaktı. "Hemen kapının orada bekle, halimi anlatıp buraya gönder onu, bana görünmeden sakın gitmesin," diye fısıldadı Latife ve göreve gönderdi Nana'yı.

Rıza Bey'den telefon aldığından beri bu durumdaydı ve Selim'i beklemek azaptı. "Peki ya bu Selim Lütfiye! Ha bu Selim! O niye hemen koşup gelmez validesine de babasının mektubunu paylaşmaz?" diye fısıldadı hüzünle ve sonra yüksek bir sesle acı içinde inledi, sesinin ta sokak kapısından duyulacağına emindi.

Selim kendisini görmeden bu evden çıkacaksa gerekirse peşinden koşacak şu babasından gelen mektubun hesabını soracaktı! Niye bu saatten sonra köşkü satın demişti ki?! Cenazesi çıksa o köşkü sattırmayacaktı!

Selim içeri girdiğinde Lütfiye kardeşinin karnına ilaç sürüyordu, Latife oğlunu görünce göbeğini kapatıp doğruldu.

Yüreği parçalandı Selim'in, annesine haber vermeden çıkıp gidecek ve onu bu halde bile görmezden gelecek kadar aklı başında değildi! Hep o kızın yüzünden diye düşündü bir an ve annesinin ellerini öpüp başına koyarken "Neyin var validem?" dedi.

Latife her mimiğine yerleşmiş sancıyla "Bu şişlik oğlum, sabah doktor geldi, baktı ama sebep yok. Üzüntüden olurmuş," dedi.

"Niye üzülesin ki canım annem?" dedi Selim, annesinin kusurlarını bilen ve onu olduğu gibi kabul edip seven her evlat gibi şefkat gösterme sırasının kendisine geldiğini fark edeli çok olmuştu.

"Babandan haber var mı oğlum?" deyiverdi Latife, aniden sorduğu sorunun netliği çok ortada olunca ekledi: "Onu gördüm rüyamda, bir haber alsam çok iyi gelecek."

Var dese, mektubu göstermek zorunda kalacak, kendisine bir kelime bile yazılmamış olmasından annesinin üzüntüsü daha da artacak, yok dese onu bu haliyle baş başa bırakacak gibi hissetti kendini Selim ve tebessümle "Ben de sana müjdeli haberi vermeye geliyordum validem, babam haber göndermiş, Halep'teymiş. Güzel gelişmeler var," dedi.

Latife Hanım doğruluverdi uzandığı yerden, gözlerinde parlayan ışığın her duyguyu yumuşatan, güzelleştiren tatlılığıyla "Halep'te mi?" diye sordu.

Başı ile onayladı Selim, "Tez zamanda gideceğim onu görmeye. Merak etme güzel şeyler olacak validem, sen iyi ol yeter ama şimdi çıkmam lazım, sohbete geç kalamam validem," dedi.

Latife, "Git sağlıcakla yavrum," derken alnından öptü oğlunu.

Selim de hem annesinin hem teyzesinin elini öpüp tam odadan çıkıyordu ki Latife Hanım "Köşkten haber var mı yavrum?" diye sordu.

Durakladı Selim, sakince dönerken "Yarın o konuyu çözmek için Rıza Bey ile kulübe gidiyoruz," diye açıkladı. "Ah yuvamıza geri dönsek artık da ben de sağlığıma kavuşsam oğlum. Bu yaştan sonra insan evini özlüyor," dedi Latife, söylediği her kelimenin Selim'in yüreğine kazınacağını bile bile.

Tebessüm etti Selim, mahcubiyetini silen, üzüntüsünü yok sayan bir tebessümdü bu. "İnşallah validem," dedi ve çıktı. Rıza Bey'in annesine haber taşıdığından artık kesinlikle emin olmuştu!

-20-

Anunakileri duydun mu Selim Abi?

Arabasının yanına vardığında annesinden kendisine bulaştırılmış suçluluk duygusunu ancak atabilmişti üzerinden Selim. Orhan, şoför koltuğunda oturmuş elindeki kitabı dikkatle okurken, Selim arabanın başında dikildi ama Orhan kitaba o kadar odaklanmıştı ki Selim'in geldiğini fark bile etmemişti. Ancak Selim arabanın kapısını açınca sıçrayıp toparlandı, hemen indi arabadan. "Seni bekliyordum Selim Abi, okulu anlatacaktım ya," diye açıkladı.

Selim şoför koltuğuna geçerken "Atla bakalım," dedi.

Orhan arabanın önünde dolanıp kapıyı açmadan ön koltuğa atlayınca Selim ona bir bakış attı, daha önce arabaya böyle binmemesi konusunda onu uyarmıştı.

Orhan "Affedersin be Selim Abi, üstü açık ya, tutamadım kendimi," derken, garajdan geri geri çıkmaya başladı Selim "Akşam geç dönebiliriz, annene haber ver istersen merak etmesin," diye uyardı ama sadece güldü Orhan, annesi onu ne zaman merak etmişti ki! Hayatta annelerinin merak ettiği çocuklarla merak etmediği çocuklar arasında ciddi bir ayrım vardı.

Yola koyulduklarında "Nere gidiyoruz ki?" diye sordu Orhan, "Sohbete," dedi Selim ve "Bahriye Hanımlar'a," diye ekledi.

Bir an çok sevindi Orhan, sonunda o da katılacaktı o sohbetlerden birine ama o anlık endişe ile sormak zorunda hissetti "Beni alırlar mı ki Selim Abi?"

"Bakıcaz," dedi Selim, "e söyle bakalım okulda ne anlattılar?"

"İsa'nın Yahudi olduğunu biliyor muydun Selim abi?" dedi Orhan, aynı Selim abisinin oturduğu gibi kolunu kapının üstüne koyup dikleşti. Onunla senkronize davranmak, onun gibi olmak hedeflerin en büyüğüydü.

Ne demekti şimdi bu? Orhan'ın ne saçmaladığına dönüp baktı Selim, göz kırpıp küçük bir baş hareketiyle ne olduğunu sorguladı.

"Rapor istiyorum demiştin ya, onu vermeye çalışıyorum," dedi Orhan. "Okulda bir sürü şey anlattılar. Kafam epey karıştı."

Durdu Selim, ciddileşti, "Nasıl kafan karıştı?" diye sorgularken endişesi tüm ifadesine yayılmıştı. Kesin çocukların beynini yıkıyorlardı! Tam düşündüğü gibiydi. Bu Cumhuriyet saçmalığı, eğitim adı altında yapılan bu operasyon Osmanlı'ya karşı bir girişimden başka bir şey değildi.

"Yani… öyle şeyler öğrendim ki anlatsam uyduruyorum sanırsın," diye açıkladı Orhan, Selim'de yarattığı gerilimi fark etmeden.

"Sanmam, anlatsana Orhan!" dedi Selim, sabırsızlanmaya başlamıştı.

Orhan, hızla ceketinin iç cebinden ikiye katlanmış defterini çıkarıp aldığı notları açtı, İsa'nın, Yahudi tapınağındaki rahiplerin çifte standardına ve kurbana karşı gelmesi yüzünden nasıl peşine düşüldüğünden başladı, mesih kelimesinin anlamının İbranicede yağla işaretlenmiş demek olduğuyla devam etti, İsa'nın çarmıha gerilip gerilmediğinden, hatta aslında var olup olmadığından emin olunamadığını da ekledi ama Selim'in ilgisini çekemedi, çünkü Selim "Bize neymiş ecnebilerin dininden!" diye geçiştirdi, sadede gelmek istiyordu. "Bunlar yoksa size Hıristiyanlığı mı öğretiyorlar oğlum!" diye sordu.

"Öğretiyorlar ama ne kadar anlamsız bir şey olduğunu anlıyorsun öğrendiklerinden," diye açıkladı.

"Ne demek şimdi bu?!" diye çıkıştı Selim, "Müslüman adamın ne işi varmış Hıristiyan tarihi ile! Ne saçmalık bu!"

Orhan itiraz etti, "Ben de öyle düşündüm önce ama Derviş öyle demiyor, diyor ki Müslüman olarak ilk görevimiz her şeyi bilmekmiş. Yoksa lokomotif yerine vagon olurmuşuz, bizi istedikleri yere çekerlermiş. İslam her şeyi öğrenmek için çabada olmayı gerektirirmiş."

"Derviş de kim?" diye sordu Selim.

Orhan gayriihtiyari cevap verdi: "Fred öğretmenin yanındaki derviş, adı Kâmil galiba. İnsanlık tarihi dersinde hep bizimle."

Yanından geçen fayton trafiğini umursamadan frene basıp durdu Selim, kaşları o kadar havaya kalkmıştı ki sanki şaşkınlıktan gözleri yuvalarından çıkacaktı. Sinirliydi, belliydi ama şaşkınlığı sinirini de aşmıştı.

"Öğretmeniniz bir ecnebi ve yanında da bir derviş mi var?" diye sordu.

Selim'in şaşırmasında duraladı Orhan, evet anlamında başını sakince sallarken "Ama çok iyi Türkçe biliyor, bazı kelimeleri komik söylüyor ama iyi konuşuyor. Tarihle ilgili konuları Fred anlatıyor ama İslam'la ilgili konularda sadece Derviş konuşuyor," diye açıkladı.

Ecnebi özentisi Cumhuriyetçiler öğretmenleri bile ecnebilerden seçiyorlardı! Yeniden gaza bastı Selim, faytonları geçip sahile indiğinde "Ne anlatıyorlar size?" diye sordu.

Orhan kızmıştı. Saygısından fazla tepki veremedi ama "Selim Abi sen beni dinlemiyor musun?!" diye itiraz etti.

"Dinliyorum oğlum! Anlatsana daha ne anlatıyorlar İsa falan dışında?!"

"Anlatıyorum ya zaten, Hıristiyanlığı..." derken lafa girdi Selim: "Anladık, geç o kısmı, başka ne anlatıyorlar. Yani halifelikle ilgili konuşuyorlar mı?"

"Yok dedim ya, hep insanlık tarihi ile ilgili konuşuyorlar. Hıristiyanlar, Yahudiler ve Müslümanların amca çocukları olduğunu biliyor muydun? Hepimizin dedesi İbrahim diye biriymiş."

Evet anlamında başını salladı Selim, "Senin bunu bilmiyor olman kötü Orhan, sen ne öğrendin ki camide?" diye sordu.

Omuzlarını silkti Orhan "Duaları ezberledik, namaz kılmayı öğrendik, haram, zekat falan işte... Her şeyin nasıl başladığını anlatmadılar ki ama Selim Abi bir sorun var, sanki Allah insanları cezalandırmak için sürekli yukarıdan bizi izleyen biri gibi anlatıyor bizim imam! Şunu yapmayın cehenneme gidersiniz, bunu yapmayın yanarsınız... Onlar ecnebi kesin cehennemlikler falan... Bu saçma değil mi ya! Ayrıca madem herkesi Allah yarattı, neden herkesi Müslüman yaratmadı?"

Selim'e döndü Orhan, Selim abisinin ne düşündüğünü bilmek istiyordu.

Şoktaydı Selim, doğduğundan beri tanıyordu bu veleti ve şimdi karşısında filozof kesilmişti. Ne acayip sorular doğmuştu Orhan'ın zihninde. Nasıl cevap verebileceğini bilemedi, kendisi de çok küçükken sormuştu bu soruyu ve kendisine verilen cevabı verdi: "Oğlum ne yaptılar sana okulda?! Ne biçim sorular bunlar? Nefsimizi denemek için gönderdi Allah bizi buraya, bakalım doğru olanı seçecek miyiz diye bizi sınıyor."

Cevapları muammalı sorularda karşısındakinin sorgulamasını kısıtlamak bir cehalet yöntemiydi.

Bir anlık susturmuştu Selim Orhan'ı ama başarılı olamadı, çünkü Orhan bir saniye sonra yine durup "Her şeyi Allah yarattıysa o zaman onun yarattığı cana biz nasıl değer biçeceğiz?"

"E oğlum," dedi Selim ve ekledi: "İşte o yüzden *Kur'an-ı Kerim*'i yazmış ya Hazreti Muhammed! Orada anlatıyor tüm bunları!"

"Peygamberimiz yazmadı *Kur'an-ı Kerim*'i Hazreti Osman yazdı!" diye itiraz etmişti ki Orhan, Selim elinin ucuyla Orhan'ın başının arkasına sıyrık bir tokat geçiriverdi. "Çıldırtma beni! Hazreti Muhammed'in indirdiği ayetleri Hazreti Osman kitaba topladı! Konuştuğumuz şeyleri yine mi konuşacağız!"

"Niye kızıyorsun ki, peygamberlerin birbirleriyle kuzen olduğunu bile söylemediler Selim Abi, öyle karışık anlatıyorlar ki her şeyi, böylesine bir akrabalık aklıma bile gelmedi, açıkçası bizim imamın bunları bildiğini de sanmıyorum," diye açıklarken omuzları düşmüştü, daha çok kendi kendine konuşuyormuş gibiydi. Aslında üzgündü çünkü bu anlattıklarının kendisinde yarattığı fırtınaları Selim abisinde de yaratacağını hayal etmişti ve işin aslı Selim de bu zihin açıklığını görememişti. "Kitaplaştırmadı, derilere yazdırdı, o zaman kâğıt daha yoktu," diye itiraz etti Orhan.

Selim zor tuttu kendini, "O kadar da önemli değil!" derken sinirini bastırdı "Ne olmuş *Kur'an-ı Kerim*'i Hazreti Muhammed yazmadıysa?! Sonuçta onun ezberlettirdiği ayetleri toplatmış Hazreti Osman. Önemli değil!" dedi.

Orhan yine durdu, "Ya önemli olmaz mı Selim Abi! Bizden niye saklıyorlar?!"

"Oğlum saklamıyorlar, her yerde yazıyor tarih, ilahiyatçı olsaydın okurdun. N'apsınlar, kapı kapı gezip bunu mu açıklasınlar? Merak eden okuyup araştırıyor zaten. Senden bir şey sakladıkları falan da yok! Yoksa bizden sakladıklarını mı söyledi öğretmen?"

Hayır anlamında başını salladı Orhan "Fred değişik bir öğretmen her şeyi bilmemizi istiyor. Tarafsız gibi… tarihteki her şey doğrudur, ta ki birileri onun yanlış olduğunu ispatlayana kadar diyor,"

"Osmanlı ile ilgili bir şey konuşmadılar mı oğlum? *O adamın* propagandasını falan yapmadılar mı?" diye sorguladı Selim, Orhan'ın beynini yıkıyorlarsa, onu kendi soyundan uzaklaştırmak istiyorlarsa bilmek istiyordu.

İkisinin de odağı o kadar farklıydı ki kendini yapayalnız hissetti Orhan ve "Selim Abi ya… boş ver, eğer konu oralara gelirse merak etme, durmam ki sınıfta, ayrıca hemen haber veririm sana," dedi.

"Not tutman lazım," dedi Selim. "Biliyorum," diye cevap verdi Orhan, elindeki ikiye katlandığı yerden iz yapmış deftere bakarken, "bugün başladım tutmaya," dedi. Kendisini heyecanlandıran şeylerin Selim'i heyecanlandırmamış, merakını depreştirmemiş olması içinde bir gerginlik yaratmıştı, yutkundu.

Orhan'daki küskünlüğün hissini fark etti Selim.

"Oğlum," dedi, "İslam dünyası tüm bu ecnebilerle savaşta. Şimdi bunları sorgulamanın sırası değil!"

Ama Orhan aniden "Niye?" dedi ona dönerek. Selim, Orhan'ın aniden kendisine dönmesine baktı, sonra konuyu değiştirmek için şakayla karışık Orhan'ın omzundan tutup onu hafifçe sarsarken "Oğlum şu haline bak! Birkaç gün okula gittin seni ne hale getirdiler! Ne demekmiş 'niye'?"

Orhan şaka kaldıracak halde, eğlencede değildi, cevabı öğrenmek istiyordu: "Niye savaştayız ecnebilerle? Niye sorgulamanın sırası değil Selim Abi?" diye itiraz etti ve o sırada fark etti Selim, Orhan'ın gözleri kızarmıştı, sanki dokunsan ağlayacaktı.

Eliyle Orhan'ın saçını karıştırdı önce ve sonra sıkı sıkı omzunu tutup onu sarstı, bir babanın çocuğuna hissettirmek isteyebileceği kadar samimiydi davranışı. Orhan burnunu çekti, topladı hislerini. Selim'in davranışı iyi gelse de, "Soruların sorulmadığı, soru soranların şeytan sayıldığı bir gelenek nasıl İslam'ı yansıtsın!" diye düşündü ama konuşmadı, Selim Abi hep en zor zamanlarda yanında olmuştu ama biriyle merakını paylaşamamak sanki tüm bağları törpülüyordu. Niye anlattıkları Selim Abi'yi etkilememişti? Acaba İlmiye ne düşünüyordu bu konularda? Şakaya vurdu Selim "O hoo ooh, işimiz var seninle Orhan, inşallah sınıfta da bu kadar soru soruyorsundur! Şu Fred'i çıldırtırsın belki!"

Gülüştüler. Selim, "Konu bizim tarihimize geldiğinde, dikkat kesil, not falan al. Defterin var mı?" diye sordu. Konuyu değiştirmeye çalışıyordu.

Elindeki defteri kaldırıp gösterirken "Pazartesi kitap da vereceklermiş," diye açıkladı Orhan.

"Hah!" dedi Selim, "Kitap hazırladıklarını duymuştuk, kitapları alır almaz bana getir."

Yine başını salladı Orhan, "Selim Abi," dedi, Selim gözü yolda "Hım?" dediğinde, Orhan "Bizim sınıfta bir kız var," dedi. Selim'in tepkisi şaka ile karışık bir uğraşmaya dönecekti ki hemen devam etti: "Boynunda acayip bir yara var. Kocaman, derin bir yara. Sanki boğazını kesmişler. Atça'dan gelmiş. Savaş çok mu kötüydü oralarda?" diye sordu.

Bilmiyordu Selim, İngilizlerin yönetiminde İstanbul'u basan Hint kökenli askerlerin İstanbul sokaklarında avarelik yapmasını izlemekten ve Boğaz'dan, evlerinin önünden geçen İngiliz, İtalyan, Yunan savaş gemilerini takip etmekten ibaretti savaşa dair anıları. "Kız kaç yaşında?" diye sordu.

"Sormadım ama en fazla 15-16," dedi Orhan, "kardeşi var, o daha küçük, 11 yaşlarında."

"Nasıl aynı sınıfta oluyorsunuz ki?" diye sordu Selim, "Sınav yapıp sınıfa aldılar herkesi, bilgi seviyemiz aynıymış," diye cevapladı Orhan.

Küçümseyen bir tebessümle "11 yaşındaki çocukla mı aynıymış bilgi seviyeniz, yuh!" dedi Selim.

"Öyle deme Selim Abi, çocuk zehir gibi, büyümüş de küçülmüş velet!" diye cevap verdi Orhan. Selim Orhan'a baktı bir an, konuşurken nasıl keyiflendiğini fark etti. "Kız güzel mi?" deyiverdi.

Engellemeye çalışsa da engelleyemedi tebessümünü Orhan, "Ya ne alakası var Selim Abi!" diye itiraz etti. Güldüler.

Bahriye Hanım'ın konağı gözükmüştü, fayton trafiği yoğunlaşmıştı ki dayanamadı Orhan, hayret verici son paylaşımını yaptı: "Hıristiyanların kutsal kitabı *İncil* var ya…"

"Eee…" dedi Selim ama dayanamayıp "Oğlum Hıristiyan olmak istiyorum demiycen inşallah!" dedi.

"Yok be Selim Abi! Tövbe tövbe! Dinle bak: O kitabın başında, yani ilk yarısı, Yahudilerin kitabının tamamından oluşuyormuş, buna *Eski Vasiyet* diyorlar, ikinci yarısı ise İsa doğduktan sonrasını anlatıyormuş, buna da *Yeni Vasiyet* diyorlar. Düşünsene, bu Hıristiyanlar Yahudileri de kendilerinden görüyorlar aslında…"

"Saçmalama!" dedi Selim "Tarih Hıristiyanların Yahudileri öldürdüğü bir sürü engizisyon mahkemesi ile dolu. İspanya Kralı Ferdinand ve Kraliçesi Isabel Yahudileri İspanya'dan kovunca biz, Osmanlılar, kendi topraklarımızı açtık onlara! Ayrıca İsa bir Yahudi ise, niye Yahudiler onu Roma Valisi'ne şikâyet ettiler ki?"

"İsa'yı valiye şikâyet edenlerin Yahudiler olduğunu bilmiyoruz ki?" dedi Orhan, güldü Selim, "Bunu Hıristiyanlara anlat!" dedi.

Kafası iyice karışmıştı Orhan'ın, yeni fark ettiği bir şeyi kendi kendine mırıldanır gibi sordu: "Bu Hıristiyanlar binlerce yıldır süren bir kin yüzünden mi Yahudileri kovalıyorlar yoksa?"

Omuzlarını silkti Selim, bilmiyordu, çünkü ilgilenmiyordu. "Bize ne!" dedi.

Park edebilmek için konağın önünde biriken faytonların çekilmesini beklerlerken, Orhan son sorusunu sordu: "Anunakileri duydun mu Selim Abi?

Selim buruşmuş bir ifade ile "Ne nakiler?!" diye sordu, "Anunakiler," dedi yine Orhan.

"O da nesi?" dedi Selim.

"Bilmiyorum henüz," dedi Orhan "Ama öğrenince sana da söylerim."

"Bana bak, ne öğrenirsen öğren Osmanlı'nın torunusun sen! Sadece bunu sakın unutma! Tamam mı?" dedi Selim Orhan'ı kafa kol yapıp başını hafifçe sıkıştırırken.

Kurtardı Orhan kendini, "Yuh be Selim Abi herhalde!" diye cevap verdi, dağılan saçını başını düzeltirken, "Nasıl ama artık kolay kurtuluyorum!" dedi. Gülüştüler. Arabayı park etti Selim, ancak arabadan indiklerinde konağın iç bahçesindeki sarıklı, uzun cübbeli adamı hürmetle takip eden kalabalığı fark ettiler... "Mollalar İstanbul'a gelmiş," dedi Orhan ve susturdu onu Selim, aylaklık yapmanın sırası değildi. O mollaların hepsi Hizmet Hareketi'nin askerleriydi.

-21-

...çünkü insanın kazanamayacağı tek savaş kendisiyleydi.

"Ülkü..." dediğinde annesi, Ülkü'nün zihni duydu ama gözlerini diktiği aynada öylece kendinde kalakaldı, üzerinde provası yapılan elbisenin iğnesi yine batmıştı ama ne Ayşe'nin yanlışlıkla batırdığı iğneye ne de çok az konuşan annesinin değerli seslenmesine verecek tepkisi kalmıştı, çünkü kendi labirentinde kaybolmuştu ve bulunmak da istemiyordu. Kendinden saklanan herkes gibi dalıp gitmişti.

Semiha, "Ne güzel oldun güzel kızım benim," dediğinde otomatik tebessüm etti Ülkü. Annesi kitabını okumaya geri dönerken tebessümü soldu ama gözleri öyle kendine sabitti ki "Kız?" diye dürtükledi Ayşe onu, "iyi misin?" diye fısıldadı.

Ülkü sakince başını evet anlamında salladı ama varoluşunun tamamını sorgulayan, hissettiği gibi yaşayamayan, günbegün daralan sınırların içinde yok olan biri nasıl iyi olabilirdi ki?

Özgürlük lazımdı insanın "kendine", düşünme özgürlüğü, deneme özgürlüğü, yanılma özgürlüğü, hata yapma özgürlüğü...

211

Ülkü özgür değildi ki bunca sorumluluğun, beklentinin içinde gencecik bir kız çocuğu nasıl özgür olabilirdi, özgür olmayan biri nasıl "kendini" oluşturabilirdi?

"Abla," dedi Ülkü, Ayşe Cumhuriyet balosu için dikmeye çalıştığı elbisenin, daha önce birçok kez kullanılmaktan eskimiş kumaşının deforme kısmını dikişin altına alıp kamufle etmeye çalışırken, "bu ben değilim ki…" dedi.

Ayşe, "Ne demek kız ben bu değilim!" diye tepki verirken, annesi oturduğu köşeden indirdi elindeki kitabı, dikkatle baktı kızına. Derin bir nefesle rahatladı. Kapattı kitabını. Şükürler olsun ki Ülkü'nün zamanı gelmişti. Krizlerimiz baskıladığımız yerde yoğunlaşıp artık baskılanmayacak bir basınca gelince, yani ruhumuzun kömürü elmasa dönüşünce, duygularımız bir yanardağın volkanı gibi bilincimizin en derininden öyle çıkarlardı ki yüzeye, hallerimize bulaşır, karakterimiz işte o zaman yüzeye ulaşırdı. Ülkü'nün zamanı nihayet gelmişti… Ülkü'nün iç fırtınasını bir süredir hissediyordu Semiha, dışarıya tek bir meltem dahi sızmasa da, onun ruhunda kasırgaların koptuğunu, düşünce okyanuslarında girdapların doğduğunu biliyordu. Büyümek diyorlardı buna ve Ülkü doğasını baskılamak için öylesine yoğun, öylesine derin bir savaş veriyordu ki kendiyle, feci yenilecekti, Semiha emindi, çünkü insanın kazanamayacağı tek savaş kendisiyleydi. Ama o yenilgi öyle kıymetliydi ki… işlevsiz düşüncelerimiz, gereksiz bilmişliklerimiz, ezbere hallerimiz içimizdeki meydanlarda verilen muharebelerde ayıklanıyor, karakterimiz bu yenilgilerden doğuyordu.

Semiha küçücük bir hareketle o sırada konuşmak üzere olan Ayşe'yi susturdu. Ülkü'nün aynadaki yansımasına dikti gözlerini, iyice doğruldu ve sakince sordu: "Sen kim olduğunu, ne istediğini biliyor musun Ülkü?"

Kendi yüzünden çekti gözlerini Ülkü, annesine odakladı. Annesinin aylardır, belki de yıllardır, ilk defa özüne döndüğünü fark edemeden, düşünmeden "Evet," dedi, dikleşti.

Savaşa doğmuş, savaşta sevdiklerini, değer verdiklerini kaybetmiş ama yıkılmamış her çocuk gibi, her zayıflıkta güçlü olmanın tek çare olduğunu, sen güçlü olmazsan geri kalan her şeyin yıkılacağını ve kendini ne kadar zayıf, aciz hissedersen hisset iradeni kaybetmezsen gücünü daima o iradede bulacağını ona hayat öğretmişti. Kim olduğunu henüz bilmiyordu ama ihtiyaçlarını hiç kimseye göstermeyecek kadar güçlü olmak zorunda olduğunu biliyordu. Çünkü ihtiyaçlarımız bizi yargılayan gözler karşısında zayıflığa dönüşüyor ve insan ilk oradan yaralanıyordu.

Semiha sakince mırıldandı: "Ben hâlâ kim olduğumu bilmiyorum Ülkü… çoğu zaman ne istediğimi düşünemiyorum bile… elbette bazı fikirlerim var neyin doğru neyin yanlış olduğuna dair ama aslında her şey sadece fikir, değil mi? Hayattan kaçmak, saklanmak… akıllıca korunmak gibi geliyor ve o yüzden evden çıkmıyorum, çünkü hırpalanmaktan çekiniyorum ve bazen sana baktığımda kendimdeki bu duyguyu görüyorum," dedi.

Ülkü itiraz edip "Ben hep dışarlardayım anne," derken güç gösterisi ile annesinin hissettiği bu duyguyu kovalayacaktı ki Semiha tebessümle devam etti: "Evet, sen hep dışarlardasın, pazarlardasın, peki ya kalbin ne kadar dışarıda? Temkinli davranmak ve kendimizi korumak akıllıca, buna itirazım yok ama en büyük tehlike duygularımızdan kaçtığımızda çıkıyor ortaya," derken ayağa kalktı Semiha, kızı ile aynanın arasına girip Ülkü'nün karşısına dikildi. Omuzlarından tuttu onu, sakince konuştu: "Bir gün babanın kıyafetlerini giymeyi bırakıp kim olduğunu anlamaya karar verdiğinde, belki ben de seninle pazara gelmeye başlarım. İkimiz de saklanmaktan vazgeçtiğimizde belki kim olduğumuzu buluruz."

Semiha, Ülkü'yü başından öptü, koltuğa bıraktığı kitabını geri aldı, oturdu, kaldığı yerden sanki hiçbir şey olmamış gibi okumaya başladı. Onu izlerken annesinin de duygularını ne kadar derinlerde yaşadığını fark etti Ülkü, belki de ilk defa. Daha önceleri yaşadıklarından dolayı onun hep bunalımda, krizde olduğunu düşünmüştü ama aslında kriz değildi Semiha'nın yaşadığı, ilk defa o an anladı

Ülkü, yenilgiydi. Annesi kendine yenilmişti ve yaralarını sarmaya çalışıyor gibiydi. İnsanın kendi ile savaşı ne kadar uzun sürerse yenilgisi de o kadar büyük oluyordu. Evet, belki o yenilgiden karakter doğuyordu ama peki ya anlayıştan… insanın kendisini anlamak için verdiği çabadan ne doğuyordu? İşte karakterin mucizeleri ancak kendini bilince çıkıyordu ortaya.

Etrafında olanları görmezden gelerek Ülkü'nün eteği ile ilgileniyormuş gibi yapan Ayşe, çaktırmadan küçük bir çimdik attı Ülkü'ye, annesini eski halinde görmek çok iyi gelmişti, aynada kardeşi ile göz göze gelince göz kırptı, gülümsedi. Ülkü de o an çıktı kendi labirentinden, ablasına gerçek bir tebessüm etti. Sonra annesine sordu: "Anne?"

"Hımm?" dedi Semiha başını kaldırmadan.

"Yarın benimle pazara gelsene."

Kitaptan yine başını kaldırmadan "Belki," dedi annesi, belki, umuda atılan ilk adım gibiydi.

Ayşe "Kız geç kalmıyor musun sen? Levon Bey'e ilaç götürmeyecek miydin?" diye hatırlattığında, o an hatırladı Ülkü, telaşla "Yardım et çıkarayım şunu," dedi. Fırıncı Levon'un beli ağrıyordu ama büyük ihtimal böbreği vuruyordu beline, ona zerdeçaldan yaptığı ilacı götürecekti ama asıl hedefi çingenelerin oraya uğrayıp Bedir'le konuşmaktı. Yakışıklı'ya yer bulmak zorundaydı. Aceleyle soyundu ve biraz geç gelebileceğini bildirip yola koyuldu.

-22-

…burada tanıklık edeceği şeyin, tanıdığı herkesin, hatta bir ülkenin bile kaderini değiştireceğinden haberi olmadan.

Duvara yasladı sırtını Orhan, bekledi. Ağzındaki lokmayı çiğnerken bahçenin bittiği yerde başlayan denizi izledi, güzeldi ama içeriden gelen uğultular aniden öylesine yükselmişti ki dönüp

214

içeri bakmak zorunda hissetti. Yüzünü döndü duvara, pencerenin ahşabına kaydırdı başının ucunu, sol gözü pencerenin çerçevesine gelince durdu, içerisi görünüyordu.

Salon kalabalıktı. Ama aslında insanlar ayakta durdukları için kalabalık gözüküyordu, kalabalığın ortasında oturan birkaç kişi vardı ama onları da ayakta duranlar yüzünden bu aralıktan görmek imkânsızdı. Oturanların hepsi önemli adamlar olmalıydı, ayaktakilerinse onlara hizmette oldukları hürmetlerinden belliydi.

Niye Selim Abi izin vermemişti ki içeri girmesine? Selim Abi'yi aradı gözleri; buldu, yukarı çıkan merdivenin ağzında tek başına dikilmiş, kalabalığa dikmişti gözlerini, herkesten ayrıydı. Selim Abi daima herkesten ayrıydı, çünkü farklıydı. Merdivenin başında sırtını dayadığı yerde tüm endamıyla sağ eli ceketine asılı izliyordu kalabalığı.

Sağ elini hemen aynı Selim gibi ceketine astı Orhan. Hayatta en çok vakit geçirdiğin beş kişinin karışımına dönüşürsün demişti yazarın biri.[70] Beş kişiye gerek yoktu, Orhan Selim Abi'ye dönüşse yeterdi.

Oturan sarıklı bağıra bağıra "Bak bak bak hele şuna bak sen!" gibi bir şeyler diyerek ayağa kalktığında o zaman ancak suratını görebildi adamın Orhan, faytondan inerken herkesin beklediği, eteğini öptüğü adamdı bu. Kalabalığın uğultusu da kesilivermişti. Acaba kimin nesiydi? Padişah gibiydi.

Yanındaki yardımcısı yüksek bir sesle "Dinleyin efendiler!" dediğinde herkes pürdikkat kesilmişti. Sarıklı adam elindeki kâğıttan bir şeyler okurken, diğerleri de hürmetle geri çekilmiş, hepsi dinlemekteydi.

Uzun uzun okudu adam, pencerenin dışına taşan ses net değildi. Kanunlarla, dinle ilgili bir şeyler söylüyordu, arada durup hayretlerle başını sallayıp "Tövbe tövbe," diyerek itiraz ediyordu. Acaba elindeki kâğıt neydi?

---

70 Emanuel James "Jim" Rohn

Bir süre daha kalabalığı, sarıklı adamın elindeki kâğıdı okudukça sinirlenip naralar atmasını, diğerlerinin ona katılmasını, ansızın çekilen tekbirleri izledi.

Sıkıldı Orhan, iyi ki içeri almamıştı Selim Abi onu. Yine Selim'e baktı. O da hâlâ merdivenlerde dikildiği yerde duvara dayanmış, adamı dinlemekteydi ve belli ki o da sıkılmıştı. Bu konuşmalar ne zaman bitecekti? Daha kaç zaman Selim abisini bu bahçede bekleyecekti?

Sarıklı adam elindeki kâğıdı buruşturup beddua okuyarak fırlattığında, pencereden hemen geri çekti kendini Orhan, çünkü kâğıt tam pencerenin dibine çarpmıştı. Buruşturulmuş olsa da üstündeki yuvarlak mühür gözüküyordu, mühürde Türkiye Cumhuriyeti yazıyordu. Kalabalığın neden toplandığı, ne konuştuğu artık ilgisini çekmiyordu. Yine yasladı sırtını duvara, bir ısırık daha alırken ekmeğinden, ağzına nihayet köfte geldi. İçeriye olan merakı bitince ancak şimdi fark etmişti denize uzanan bahçenin ortasındaki küçük havuzu. Batan güneşin kızıllığının tonları havuzun suyu üzerinde dans ettiğinden sanki havuz yanıyordu. Havuza yaklaşmak istedi ama ilk adımda durdurdu kendini, buraya inmesi bile yasaktı ve kıyıya gitse içeriden görülebilirdi. Faytoncuların beklediği çardağa dönmek zorundaydı, isteksizce geri döndü, köfte ekmekten bir ısırık daha alıp yürümeye başladı, herkes püfür püfür tütün içiyordu çardakta, o ise nefes almak için buraya inmişti ama şimdi geri dönmek işkence gibi geldi. Leş gibiydi tütün! Adamların neden içtiğini anlamıyordu, ne keyif alıyorlardı ki! Ve sanki içenlerin hepsinin ortak bir noktası vardı: Mutsuzlardı.

Mutsuzum demenin, hatta problemlerim var ve çözemiyorum demenin simgesi gibiydi tütün ama bunu da sanki kimse fark etmemişti. Kendilerini böylesine ele verdiklerini bilseler içerler miydi? Etrafında kendi problemleri ile baş edemeyen tanıdığı kim varsa …yok yanlış oldu, aslında isteseler belki baş edebilecek güçtelerdi ama bu tütün içenler nedense hep üşengeçti… problemleri ile baş etmemeyi seçenler ve şikâyet etmeyi sevenler içiyordu bu tütünü, annesi gibi. Acaba doktorlar bu konuda ne düşünüyorlardı? Tütün içmenin nefesi açtığından bahsediyorlardı ama Fatma Teyze'nin kocakarı ilaçlarından bile iğrençti tadı, istediği kadar nefesi açsındı!

Özenle budanıp şekillendirilmiş çalıların arasından geçti, ekmekten bir ısırık daha alırken tütün kokusu burnuna geldi, çadıra yaklaşmıştı. Durdu, oraya girip ne yapacaktı ki? Köftenin tadı Selim Abi'nin dediği kadar vardı. Çadırı geçip evin önünden diğer cephesine yürüdü. Buradan düz yürüyüp merdivenlerden inerse, diğer taraftaki gibi sahile varacağını sanmıştı ama evin bu cephesi yüksekte kalıyordu ve kocaman bir yeşilliğe uzanıyordu. Çok süslü küçük demir kapısı olan kocaman bir bahçe vardı, acaba bahçe nereye kadar uzanıyordu?

Kapının üstündeki süslü tabelada *Fethi Paşa Korusu* yazıyordu. Koru da ne demekti? Gezmek istedi ama kapının üstünde çan vardı. Açarsa kesin çalacaktı, vazgeçti, yürüdü geçti ama sonra geri döndü, salondaki konu her ne ise daha Selim Abi'nin çıkmasına saatler vardı. Elindeki köfte ekmeği kâğıdına sarıp dişlerine sıkıştırdı, elleri boşa çıkmıştı, elleriyle kendini yukarı çekip kapının asılı olduğu kısa duvara bir sıçrayışta çıktı ve girdi bahçeye Orhan, burada tanıklık edeceği şeyin tanıdığı herkesin, hatta bir ülkenin bile kaderini değiştireceğinden haberi olmadan.

Bahçe çok güzeldi, sarı sıcacık fenerlerle ışıklandırılmıştı, girişte kocaman bir incir ağacı vardı, ağacı geçince yol ikiye ayrılıyordu. İki patikanın önünde durup bekledi, köftesini kâğıdından sıyırıp bir ısırık daha aldı, tadı o kadar güzeldi ki bitirmemek için yavaş yavaş yiyecekti. Patikalardan soldakini seçti, çünkü kalbi solda değil miydi? Patikada yürüdü, yükselen yarım ayın ışığı ince ince dizilmiş fenerlere sanki yardım ediyor, gece sadece tonundan kaybediyordu.

Bir söğüt ağacının önünden geçerken durdu, nedense aklına İlmiye gelmişti. Şimdi burada olsa, ona Anunakiler neydi diye sorsa, okulda öğrendikleri şeyleri konuşsalar ne güzel olurdu. Konuşacak niye hiç kimse yoktu? Yoksa aynı şeyleri merak etmek, aynı şeyleri bilmekten daha güçlü bir bağ mı oluşturuyordu? Söğüt ağacının püsküllerini geçip gövdesine yaklaştığında sıçradı!

Ağacın dibinde bir şey vardı! Gecenin karanlığında ne olduğu seçilmiyordu ama hareket ediyordu… "Sıçan!" diye düşündü Orhan.

Bir adım gerilerken nihayet bunun sıçan değil bir kedi olduğunu anladı, çok küçük ve kapkara bir kedi. Kesin uğursuzdu diye düşündü, kara kedilerin Mısır'da binlerce yıl boyunca kutsal sayıldığını, uğurlarından dolayı onlara tapıldığını bilmeden. Dönüp gidecekti yanından ama kedinin ince miyavlaması bir bebeğin ricası gibiydi. Elindeki ekmeğin içinden bir köfte çıkarıp mesafesini koruyarak kediye attı, uğursuz da olsa onu da Allah yaratmamış mıydı?

Dönüp çıktı söğütün altından ama kedi bir anda pıtır pıtır koşup ayaklarına dolanıverdi. Bir adım öne sıçradı Orhan, sırnaşık bir kara kedi en son ihtiyacı olan şeydi! Bir iki adım uzaklaşmıştı ki kedi nerede diye bakmak için döndüğünde, kedinin onu takip etmediğini fark etti. Rahatladı, kara da olsa en azından sırnaşık değildi. Patikanın ortasında oturmuş, ısrarsız ama davetkâr bir eda ile kendisine bakıyordu… biblo gibiydi. Arkasını döndü Orhan, bir iki adım daha atmıştı ki yine döndü, kedi aynı yerde durmaktaydı. Dayanamadı, ekmeğin içindeki son iki köfteden birini çıkardı, birkaç adım yaklaşıp yere bıraktı ama kedi kalkmadı, sadece Orhan'a bakmaya devam ediyordu.

"Gelsene hadi!" demese Orhan, sanki kedi hiç kıpırdamayacaktı bile ama Orhan çağırır çağırmaz koşup geldi, köfteyi yemek yerine Orhan'ın eline sürtündü, hemen elini çekti Orhan ama kedi umursamadı, bulaştıracak fazla sevgisi olanlar karşılarındakinin korkaklığını umursamazlardı! Sokakta yaşayan hayvanların sevgisi hep fazlaydı. Bir an yine kedi ile göz göze geldiler ve dayanamadı Orhan hafifçe parmağını uzattı ona ve yavru hemen boynunu, başını sürttü Orhan'ın parmağına, sevgi bulaştırırcasına. Sevgi kesinlikle bulaşıcıydı!

Yerdeki köfteyi alıp koydu kedinin önüne ama kedi Orhan'a kendini sevdirmekle daha ilgiliydi, sevgi ihtiyacı açlıktan bile daha öncelikli olabilir miydi?

Kedi eline sürtünürken köfteyi parçalara böldü Orhan, daha önce hiç kedi beslememişti, çünkü annesi hiç kedi sevmezdi. Arka bahçeye ne zaman girseler hep su atar kovalardı her birini, hatta kedileri kovalamak Orhan'ın göreviydi… abisi öldüğünden beri.

Parçaladığı köfteyi yavaşça kediye yedirdi. İlk önce kedinin önüne koymakla başlayan besleme operasyonu dördüncü lokmadan sonra parçayı parmaklarının arasında tutup yedirmeye dönüştüğünde, bu işte çok yetenekli olduğunu düşündü Orhan, hemen ekmeğin içideki diğer köfteyi de çekti çıkardı, parçaladı, kendine ayırdığı son köfteyi de yedirdi. İki büklüm eğilmekten sırtı ağrımıştı ama bunu ancak doğrulmaya karar verdiğinde anladı. Doğrulur doğrulmaz kedi dolandı ayaklarına. Bir adım geriye attı Orhan, yoksa kedi peşinden mi gelecekti!

Tabii ki!

Belki de hayvanlar kendi sevgi açlıklarından değil, aslında kimin sevgiye ihtiyacı olduğunu hissettiklerinden takip ediyorlardı peşlerine takıldıkları kişileri belki de gerçekten yanlış anlaşılıyordu. Sorumluluk almaktan kaçarken sevgiye fırsat vermeyen kuru bir yaşama mı dönüyordu hayatımız?

Hızla geri döndü Orhan, yüklenmek istemediği bir sorumluluktan kaçarcasına kediden uzaklaşmak için adımlamaya başladı, bir ara hafifçe geriye baktı, kedi patikanın ortasında yine oturmuş, Orhan'ın uzaklaşmasını izliyordu, yine bir bibloya dönüşmüştü sanki. Neyse ki peşinden gelmiyordu! Orhan rahatladı.

Yolun derinlerine yürümüştü ki büyük denemeyecek kadar küçük, küçük denemeyecek kadar büyük olan havuzu fark etti. Havuza yaklaşırken başta ikiye ayrılan patikanın bu havuzun çevresinde birleştiğini anladı, havuzun başına gitmek için meraklı adımları hızlanırken duyduğu bir kahkaha ile duraladı. Patikanın diğer tarafında biri vardı!

Bir kadın. Cilvenin her tonunda kıkırdarken… kadının kahkahasına bir ses daha katıldı, bir erkek.

Bedenini küçülttü Orhan, geriye küçücük bir adım attı, yavaşça dönüp sonra tüm hızıyla koşup kaçacaktı, izinsiz buraya girmiş olması çok ayıptı. Yakalanırsa Selim Abi'yi rezil edeceği aklından geçerken "Ama Mösyö siz hiç laftan anlamaz mısınız?" demişti diğer patikadaki hanım…

Bahriye Teyze! Yıllardır verdiği her davette annesinin yemek yapmak için geldiği bu yalının asilzade sahibi!

"Şerefyap oldum Bahriye Sultan… Hadi ama!" demişti erkek sesi, ses kesinlikle bir ecnebiye aitti. Türkçesi o kadar bozuktu ki konuşması neredeyse komikti.

Orhan'ın gözleri kocaman açıldı, hayreti kaşlarını yukarı kaldırdı, geriye bir adım daha atmıştı ki Bahriye Teyze "Laftan anlamıyorsunuz, bari halden anlayınız Mösyö, böyle çalıların arasında çok ayıp," derken nefes nefeseydi. Orhan "Belki de Bahriye Teyze'nin yardıma ihtiyacı var!" diye düşündüğü anda Bahriye yine kıkırdamaya başladı.

"Ne güzel işte, hayvanlar gibi," demişti Türkçesi bozuk adam. Bahriye Teyze'nin kıkırdamaları çoğalırken donup kaldı Orhan. Kaçamazdı, burada olduğunu anlarlarsa bu iğrenç münasebeti gördüğü de ortaya çıkacaktı! Bir daha Bahriye Teyze'nin suratına nasıl bakacaktı!

Asıl Bahriye Teyze'nin kendi suratına nasıl bakacağını düşünmeden, etrafındaki çirkinliğin sorumluluğunu yüklenerek her vicdanlı insan gibi eğildi Orhan ve patikanın hemen kıyısındaki ağacın arkasına sessizce geçip çöktü, saklandı. Patikanın diğer ucunda çalıların arasında, hışırtılar içinde onları istemese de dinledi, hışırtılara inlemeler, inlemelere adamın ağzından çıkan, Orhan'ın anlamını bilmediği, ecnebi kelimeler eklendi…

Kusmak istedi Orhan, çünkü aklına annesi gelmişti. Yıllar önce onu da böyle yakaladığı o pencere duvarının dibindeki gibi hissetti kendini. Nefret etti!

Tanıklık ettiği şeyin biraz sonra çok daha derin anlamlara kapı olacağını bilmeden çöktüğü yerde kitlendi.

Hırıltılara dönüşen iniltiler içinde Bahriye Teyze ve ecnebi neyse ki işlerini bitirdiler. Çabuk denemeyecek kadar uzun, uzun denemeyecek kadar çabuk, mide bulandırıcı bir zamansızlığın içinde gibi geçmişti dakikalar.

Tam gidiyorlar derken, sesleri önce uzaklaştı, Orhan eğildiği ağacın arkasından dolanacaktı ki sesleri bir anda yine yaklaştı.

"Ayrı ayrı çıkalım, birlikte görünmeyelim," demişti Bahriye. "Ne fark eder, burayı gezdirmiş olamaz mısınız? Heyecan yapmayın," diye karşılık verdi ecnebi.

Orhan'ın gözleri bir ara sıkıca kapalıydı, kendisini burada yakalarlarsa olacaktan kaçar gibi kapatmıştı gözlerini ama "Olur mu Mösyö?! Londra'da değiliz, burada bu saatte bir erkek ve bir kadın ne yapsın?" dediğinde neredeyse ağacın önünde gibiydi sesler ve Orhan gözlerini açtı, kızıl saçlı ecnebi "Bir daha yapalım mı?" diye Bahriye'nin göğsünü sıkıştırırken ikisi de pek keyifliydiler ve gerçekten de ağacın şimdi dibindeydiler. Havuzun etrafından dolanmış, bu patikaya ilerlemişlerdi.

Bahriye adamın ellerini cilveyle indirmeye çalışırken, "Aman mösyö bir gören olur, mahvoluruz," diye kıkırdadı. Adam bıraktı Bahriye'yi, şakalaşmaları bitince, Bahriye saçını başını toparlarken "Ah bu kalabalık ne zaman gidecekler, adap bilmez köylüler nerdeyse evi yiyecekler," diye çıkıştı, adamsa umursamaz, cebinden çıkardığı keseyi bir cevap gibi Bahriye'ye verirken "Merak etmeyin Sultanım unutmadım! Sizin Hizmet Hareketi'ne katkılarınız unutulamaz," dedi ve tam o sırada küçük kara kedi koşup yanlarına geldi, miyavlamasa belki ikisi de fark etmeyecekti ama kedinin küçücük miyavlaması ve Bahriye Hanım'ın "Ay kara kedi! Uğursuz!" diyerek yüzünü buruşturması ve ecnebinin bir tekme ile kediyi çalılıklara göndermesi o kadar hızlı oldu ki...

Kediden çıkan incecik ses bir an sonra aniden kesilince sanki zaman dondu… yerine ince, acı dolu bir inleme gelmiş ve sessizliğin çaresizliği son bulmuştu.

Fırlamak istedi Orhan, fırlayıp kediye bakmak, yardım etmek, *o adamı* tekmelemek, hatta öldürmek ama çöktüğü yerde bekledi. İkisi gidene kadar karanlıkta, saklandığı ağacın dibinde çaresizliğin merkezinde bekleyecekti.

<h3 style="text-align:center">-23-</h3>

Ben de buradayım! Varım!

Yakışıklı'nın sırtında, üzerindeki kıyafetlerin kamuflajında uçarcasına indi tepeyi Ülkü, özgürdü… Gecenin karanlığında herkes evindeydi, sokaklar boştu ama tehlikeliydi, önemli değildi, çünkü hızlıydı Ülkü, sanki görünmezdi, asker kıyafetlerinin içinde, kullanmayı iyi bildiği sırtındaki çiftesiyle tek kişilik orduydu.

Tepeyi inip sahile vardı, yalıların olduğu tarafa değil sazlıklara yöneldi. Levon Amca daha iyiydi, tüm sorun az su, çok çay içmekteydi, suyun yerine çayı koyan herkesin böbreği yorgundu. Günde iki tas su içmeli ve zerdeçal yemeliydi. Zerdeçal, karaciğer ve böbreğin en güzel temizleyicisiydi.

Yakışıklı'yı koşturdukça coşturdu, sanki uçuyorlardı birlikte medeniyetin henüz her köşesini ele geçirmediği bu şehirde… İstanbul. Belki merkezi değildi dünyanın ama kesinlikle kalbinin attığı yere yakındı.

Karanlığın içinde ayın ışığı bir pusula gibi yolunu aydınlatırken, çalgılı çengili müziği ancak uzaktaki ateşi gördüğünde duydu, Yakışıklı'yı durdurunca müzik duyulur olmuştu.

Yakışıklı'nın sırtında eğilip patikadan çıktı, ağaçların arasında kalmaya dikkat ederek sakince yaklaştı. Çingeneler yaktıkları dev ateşin etrafında toplanmış çoluk çocuk şenlik havasında dans ediyorlardı.

Hindistan'ın kuzeyinden yüzlerce yıl önce yola çıkmış ve dünyanın dört bir yanına yayılıp hiç durmamış, kök salmamış bir toplum, geceye ışık veren ayı kutlamaktaydı. Ay yükselirken yaptıkları şenlikleri duymuştu ama ilk defa gelmişti buraya, duydukları gerçekti!

İzledi Ülkü, farklı hayatların aynı anda nasıl da zamanın akışında olduğunu düşünürken zihni zenginleşti. Bir anın içinde milyonlarca farklı deneyimden sentezlenmiş milyonlarca farklı duygu hayata akıyordu... İnsanlar yaşıyor, hayat sanki bu yaşanmışlıkları bir yerde topluyordu, bilinç diyorlardı buna.

Karaciğerin enzimleri salgılaması gibi, beyin de bilinç salgılar, demişti yüzlerce yıl önce Hegel diye biri...

İzledi Ülkü, yalın ayak küçük çocukların ateşin etrafındaki hallerini izledi, darbukaların, çalgıların eşliğinde gençlerin dans etmesini, yaşlıların şarkı söylemesini izledi... Ahengi izledi... Daha önce böylesine önyargısızca ve doğallıkla eğlenen kimseler görmemişti. Bir anın içinde farklı deneyimden sentezlenmiş farklı duyguların hayata akmasını izledi...

"Hey!" demişti birisi, fark edilmese belki izlemeye devam edecekti ama sese döndü, omzundaki çifteyi öyle hızlı aldı ki önüne, kendisine seslenen çocuk korku ile sıçradı.

İfadesine bir kalkan gibi yerleştirdiği sertliği sesine bulaştırıp "Bedir burda mı?" diye sordu Ülkü.

Çoban çocuk gerisindeki inekleri kontrol edip "N'apçan Bedir Abi'yi?" dediğinde "At getirdim ona," dedi Ülkü.

Bir kez yardım aldığı birinden bir daha yardım almak, hiç yardım almadığın birinden yardım istemekten daha kolaydı.

Çocuk dikkatle baktı, kaşları çatılırken "Sen kız mısın abla?" dedi. Cevap vermedi Ülkü, "Geç kalıyorum, Bedir Abin nerde?" diye tekrarladı.

Çocuk "Ay için mi getirdin?" dedi. Anlamadı Ülkü, çingenelerin bir sürü değişik âdeti vardı. Evet mi dese, hayır mı dese bilemedi, ay için adak kesiyor olabileceklerini düşünerek "Yok," dedi.

Çocuk "Abla ay şenliğine bir şey getirmedin mi?" dedi. Şaştı kaldı Ülkü, "O zaman dans etcen," dedi çocuk. Ülkü "Beni oyaladığın için geç kaldığımı anlatırım Bedir Abi'ye," diye çıkıştı.

Çocuk hemen elindeki sopa ile işaret ederek "Şenliği geç abla, dere var ya çergelerin[71] arkasında, derenin diğer kıyısındaki çerge onundur ama seni beklemiyosa sakın geçme dereyi, Adnan ordadır, o bilir," dedi ve hızlı bir dönüşle uçtu Ülkü.

Şenliğe yaklaştığında yavaşladı. Çevrilen kuzunun kokusu öyle yoğundu ki yemek yemediğini o an hatırladı. Sakince attan indi ve ritimli bir şekilde çadırlara doğru ilerledi, şenlikte çengilerden bazıları Ülkü'yü fark etse de, selam verip gülümsedi Ülkü, sanki tanıyormuş gibi hepsini rahat davranmak, oyalanmadan Bedir'e varmanın en kestirme yoluydu. Çadırlara vardığında şenliğin yer yer yakılmış ateşinden uzaklaşınca karanlık çöktü aniden ama sonra köşelere yerleştirilmiş bidonlardan yayılan ateşin ışığını fark etti, hiçbir yer zifiri karanlık değildi. İncecik dizilmiş fenerlerin arasından geçerken dereye varmak üzereydi ki "Dur hele!" diyen biri bağırdı ardından.

Durdu Ülkü, adam yanına yaklaşana kadar onun kadın olduğunu anlamamıştı "Çüş kayıp mı oldun be adam!" derken Ülkü'nün yanına yaklaşınca "Oo…" dedi ve keyifle ekledi: "Hoş gelmişsen yavrum."

"Yavruna sıçarım senin!" dedi Ülkü. Bu heriflerin tanımadıkları kızlara nasıl askıntı olduğunu biliyordu. Adam bir adım öne atıp diklenecekti ki "Bedir Abi nerde lan?" diye çıkıştı Ülkü.

"Abi" kelimesinin bu topraklardaki ilkelliğin üzerindeki etkisi ne de büyüktü, halkın gerçek namusu bu kelimenin etkisinden belliydi. Sokakta da yaşasalar, ilkel tepkileri ile olay da çıkarsalar, namusları tamdı bu çingenelerin. Adnan bir adımda geri çekilirken "Bedir!" diye seslendi nehrin öbür yakasına ve bir an dikkatle baktı

---

71 Çingene çadırı.

Ülkü'nün güzel yüzüne. Ne kadar güzel olursa olsun, Bedir'e "Abi" diyen bir kızdı bu.

Ülkü'nün dikleşmesi Adnan'ın gözlerini çekip başını önüne eğmesi ile birlikte derenin üzerine atılmış teneke köprüden geçtiler. Yer yer yakılmış varillerin ışığında çadırların arasından otlağa yürürken; adamın gerisinde, eli silahında, temkinli takip etti onu Ülkü.

Otlağın başına geldiğinde Bedir'i gördü, otlağın çevresinde ata biniyordu. "Bedir!" diye bağırdığında hemen duymadı, üçüncü bağırışta yönünü değiştirip hızla yanlarına geldi ve yaklaştığında at tamamen durmadan bir hamlede indi attan. Babası ve dayıları dışında çok az kişi vardı böyle iyi at süren diye düşünürken o an anladı Ülkü, Bedir yörüktü. Çingenelerin arasında ne işi olduğunu geçirirken aklından, Bedir yaklaşıp anca Ülkü'yü tanıdı, "Kız sen bir gün normal giyinmez misin? Bakıyorum çarşaftan erkek kıyafetlerine geçmişsin," dedi.

Güldü Ülkü, "Bakıyorum senin de ellerin bağlı değil bu sefer," derken Bedir ciddileşti, sadece Ülkü ile ikisinin bildiği bir sırrı korumak için gerisindeki adamlarını bir el hareketiyle öteledi. "Hele gel kız şöyle, gece gece ne işin var sokaklarda?" derken atını adamlardan birine verip atı kurulamalarını istedi. Ateş yakılmış kısa bir varilin başına geçerlerken, "Maaşallah seninki baya toplarlanmış, iyi görünüyor," diye ekledi Yakışıklı'yı kastederek.

Ülkü "Yörüksün[72] sen," diye hissettiği hayreti gecikmiş cümlelere sığdırınca, dik baktı ona Bedir, kaşları çatıldı, kızın tahmin mi ettiğini, yoksa bir şey mi bildiğini anlamaya çalıştı.

Yörüktü Bedir, boydaki herkesi Dünya Savaşı'nda kaybetmiş, elinde tek bir sancakla İstanbul'a gelmişti.

Ülkü "Doğru bildim de mi?" diyince bakışını ateşe çevirdi, sertleşti Bedir, geçmişi hatırlamak kayıpları hatırlamaktı, içinde yanan öfkenin, nefretin üstüne gaz atmaktı! "Niye geldin sen şimdi?" diye homurdandı.

---

72 Kurtuluş Savaşı'nı kazanmamızın nedenlerinden biri olan Yörükleri, Yörük boylarını ve kültür zenginliklerini araştırmanız dileğiyle.

Bedir'deki acıyı fark eden Ülkü, "Seni görmeye geldim," dedi ve ekledi: "Arada hayvan pazarına gidiyorum, Şamil'in adamlarını çok sık görür oldum, habire adaya göndermek için at, eşşek getirip satıyorlar, kesin çalıyorlar, ama artık Şamil aralarında değil, çok önce onu iki kere belediye binasının orada gördüm, üstü başı bile değişmiş. Hayvanlığını insan kıyafetleriyle saklar gibiydi adi."

"Devlete yaranmaya çalışıyor mendebur ama ne mal olduğu belli, hain daima haindir! Az kaldı, temizleyeceğiz biz o işi, sadece bir şey bekliyorum, hele o olsun sonra hakkımız olacak Allah'ın izni ile onun ipini çekmek," dedi Bedir. Kendisini az kalsın öldürüyordu Şamil, az kalsın… Ülkü olmasa.

Ülkü tereddütle "Yakışıklı seninkinden hızlıdır," dedi, konuyu Yakışıklı'ya getirmek içindi bu cümlesi, "Siz kaçarken zaten görmedim mi kız ben!" diye çıkıştı Bedir, "Şimdi sen niye senin kısrağı bizim sıpalarla kıyaslıyosun ki, ne demeye çalışıyon yani?" diye direkt konuya girdi yanan bidonun gerisindeki ağaç kütüğüne otururken.

Ülkü de yanına oturup "Yakışıklı'yı sana versem, onu yanından ayırmadan baksan? Otlaktaki ahırda kalsa," dedi.

Güldü Bedir, "Kız sen benim nelerle uğraştığımı görmüyor musun?" dedi, "Burada ona yer var mı sence? İnsan kalbi değmiş o ata, burada yalnızlık çöker ona, eşşeklerin arasında olur mu o elmalarla beslediğin at?"

"Ama sen varsın!" diye itiraz etti Ülkü, "Hem sadece bir süreliğine? Ben zaten hep gelirim, her ihtiyacı ile ilgilenirim," dedi, gözlerindeki duygu öyle ani, öyle güçlü yoğunlaştı ki kaşları aniden secdeye eğilirken gözlerindeki bulutlar iyice nemlendi.

Derin bir iç çekti Bedir, "Bir süreliğine?" diye sordu.

"Biz eve dönmek için para biriktirene kadar en fazla sekiz ay," diye heyecanla cevapladı Ülkü.

Derin bir iç çekerek başını geriye attı Bedir, eliyle kirli sakalını kaşırken, "Kız sekiz ay bir ömür buralarda… Hem ben bugün varım yarın yokum! Ayrıca göçecek bu oba, baksan ya kış geliyor, güneye inecekler," dediğinde çekti duygularını aniden Ülkü, yutkundu "Ne zaman?" dedi.

"Bir haftaya kalmaz, havalar daha da sertleşmeden yola çıkacaklar," diye cevap verdi Bedir.

"Peki ya sen Bedir Abi?" dedi Ülkü.

Bedir, Ülkü'nün gözlerindeki endişeyi gördü, gözlerine yansıyan o kocaman yüreğini gördü, "Tüm İstanbul benim kız!" deyip Ülkü'nün endişesini kovalarcasına "İşin gücün yok, bunu mu merak ediyon?" diye güldü Bedir ve sonra "Bana bak!" dedi, Ülkü'ye yaklaşıp fısıltıyla "Mezbahadaki karşılaşmamızı kimseye anlatmıyon de mi?" diye uyardı Ülkü'yü. Şamil'in kendisini pusuya düşürüp yakaladığının bilinmesi racona tersti. Leşleriyle ünlü ve hürmet gören bir kabadayının kumpasa gelmiş olması olacak iş değildi. Bu haber duyulursa, diğerlerini de kumpas denemelerine teşvik ederdi.

Kaşlarını kaldırdı Ülkü "Karşılaşma mı! Hayatını kurtarmam demek istedin herhalde!" derken, "Sus kız, bağırma!" dedi Bedir.

Ülkü güldü, ona yaklaşıp "Yok merak etme, sırrın bende," dedi fısıltıyla "Karabağlı Bedir'in askeriyiz, başın belaya girerse haber et, hah bu çifteyi alır gelir, yine seni kurtarırım," dedi, gülmesi büyüdü.

Bedir kızar gibi yaptı ama hayatını borçluydu bu kıza, kaybettiği kardeşleri gibi seviyordu onu, o da güldü "Bak, sonunda seni susturmak zorunda kalacam kız!" dedi şakayla, Ülkü ağzını kilitler gibi yapıp "Ayıpsın," dedi.

Bedir "Hele baksan ya sen, niye geldiniz ki siz buralara? Hadi madem geldiniz, bu zavallı atı niye taktınız peşinize?" diye sorduğunda gülmesi soldu Ülkü'nün, bakışı düştü, cevap vermek istemediği her mimiğinden belliydi. Bedir tam konuyu değiştirecekti ki kaldırdı Ülkü bakışını, gözlerindeki ani öfke öylesine netti ki nefret sinmişti kalbine ama neye karşı, ne içindi belli değildi. "Komşu mu kaldı!" dedi Ülkü, "Yanan tek ev bizim miydi sandın. Tüm köyü yaktılar!"

Bedir dondu kaldı, yaşadığı onca felaketten, kaybettiği onca sevgiden sonra yine de şaşırabiliyor olması silkeledi sanki kalbini ve aniden duyguları donduruldukları yerden çıkıp geliverip kelimelere dönüştüler:

"Bizimkiler de Ülkü… benimkiler de hep…"

Ama duygular öylesine devdiler ki susmak tek çareydi. Sustu Bedir ve o suskunlukta kendi kalbindeki nefreti onun gözlerinde gördü Ülkü. Kaybettiğin sevgiyi senden alana hissettiğin nefret en büyük zehirdi. Kendi duygusunu, kaybını, derdini unuttu Ülkü, Bedir'inkine döndü kalbini ve onu kurtarırcasına "Yapıcaz Bedir Abi!" dedi, ıslak gözleri, güzel dudaklarında beliren tebessümle tamamen zıtlık içinde gülümserken ağlarcasına "İnadına yeniden yapıcaz evimizi ve yaşayacağız! Sonsuza kadar yaşayacağız!" dedi ve lafı bittiğinde başı ile kendini onaylayıp bir hamlede gözünde yoğunlaşan damlayı eliyle alırken "Vazgeçmek yok!" dedi.

Ege'nin kanı vardı Ülkü'nün damarlarında, en büyük devrimin bir tebessümde, en büyük ihtilalin kalpte yapıldığını bilen, en büyük direnişin sabırda olduğunu anlamış yörük sancağının onuru akmaktaydı kanında… Ayağa kalktı, sanki hiçbir şey olmamış gibi, "Eyvallah!" dedi gülümseyerek, rahatlamış, yenilmez bir ifade ile "Ben gideyim evdekiler merak ederler," derken ıslıkla Yakışıklı'yı çağırdı.

Yakışıklı bir hamlede yanına gelirken Bedir de ayaklandı ama onun toparlanması Ülkü kadar kolay olmadı, çünkü duygularını öyle derine gömmüş, kalbinden ötede öyle dondurmuştu ki şimdi yeniden ısıttığında sanki aniden alev almıştı kalbi, bazı erkekler zor hisseder ama bir kere hissettikleri duyguyu zor kaybederlerdi. Varlığının köküne kazınmıştı bu acı, Bedir'in en gerçek parçasıydı… yarasıydı.

Teneke köprüye doğru sessizce yürüdüler.

Bedir, "Adnan bıraksın seni," dedi, Ülkü bir bakış atınca sustu, sonra "kız, gece vakti," derken, Ülkü "Yetişebilirse bana keyfi bilir," dedi.

Bir hamlede Yakışıklı'nın sırtına sıçradı, Bedir Adnan'a seslenirken Ülkü'nün Yakışıklı'yı döndürüp koşturması, zamanla yarışır gibi hızla eve yollanması sanki bir andı. Geri kalan her şey hatıraydı. Yaşanmışlıklarımızın hepsi anlardan ibaretti ama bazı anlar ömrün tamamına bedel olsa da hayat tüm anların üst üste eklenip, bir bilmecenin küçücük parçaları gibi birleşmesi değil miydi?

Peki ya bütün?

Herkesin yaşadığı tüm anlardan oluşan parçaların bütünü neydi? Bütün bizdik.

Yaşadığımız, yaşamayı seçtiğimiz her şey Bizdik. Seçimlerimizdik Biz. Girmeyi seçtiğimiz kapı, yürümeyi seçtiğimiz yolduk… Olacağımız kişiyi seçe seçe, olduğumuz kişiye gelmemiş miydik?

Valpreda'nın semtine yaklaştığında yavaşlattı Yakışıklı'yı Ülkü ama sadece bir an, sonra esen rüzgârları kıskandıracak kadar hızlandı yine, çünkü arkadan dolanmayacaktı. Mahalleden ilk kez at üstünde geçmeye karar vermişti!

Rüzgâr gibi geçecek, gecenin karanlığında, özgürlüğün tadında mahalleye, İstanbul'a, vatana, dünyaya… hayata "Gör beni!" diyecekti. "Ben de buradayım! Varım!"

İstedikleri kadar kadını, canı hiçe saysınlardı, bir gün hak bu topraklara da gelecekti! Hayat buna çoktan karar vermişti. Hayatın diyalektiğinde sıra Bize gelmişti.

Kendisinden sonra gelenlere yol açarcasına hızlandıkça hızlandı Ülkü…

-24-

Osmanlı'yı bu kadar yüce yapan şey neydi…

Nihayet bitmek üzereydi toplantı, etrafındaki güruhun kabalığından sıyrılarak Molla'nın attığı kâğıdı almaya gitti Selim, mollayı bu kadar kızdıran bu kâğıtta ne yazdığını kendisi okumak istemişti. Sonra hemen merdivenlere geri gelip yukarı çıktı. Buruşmuş kâğıdı düzeltirken Bahriye Hanım'ı aradı gözleri ama gecenin bu saatinde ortalıkta olmaması, etrafta bu kadar yabancı varken gerçek bir hanımefendi için normaldi. Ne büyük hizmetti direniş için Bahriye Hanım'ın varlığı, evini açması!

Hizmetliden fesini alıp kapıya uğurlanırken, selamlarını iletmelerini istedi. Hüsrev Efendi kendisine seslenmese kimseyi tanımadığı bu kalabalıktan hemen uzaklaşacaktı ama Hüsrev Efendi'nin yaşlı bedeni kendisine yetişene kadar Molla Mehmed'in adamları yukarı çıkmıştı bile. Kalabalığın arasında kaldıklarında, Hüsrev Efendi'nin gözlerindeki umudu gördü Selim, "Gördün mü oğul! Az değiliz, Mehmed gibi kaç kardeşimiz var bilir misin Anadolu'nun dört bucağında?! Her birinin emrinde öl dese ölecek kulları var. Şeyhler, mollalar bir ayaklansınlar! Hele haber yayılsın, kurtuluş savaşı nasıl oluyormuş asıl biz göstereceğiz! Hilafeti geri almadan durmak yok!" derken Hüsrev Efendi, zoraki gülümsedi Selim, daha sıraya girmeyi bile beceremeyen, düzen ve nizamdan anlamayan, itişip kakışmaktan utanmayan, Allah ve padişah dışında birine kulluk etmeyi normal sayacak kadar şuursuzlaşmış bu eğitimsizler mi Osmanlı'nın mirasını koruyacaktı diye düşünmekten alıkoyamadı kendini. Kalabalığın evden çıkışı iyice itiş kakışa dönüşmek üzereydi ki Hüsrev Efendi'yi yönlendirerek yaşlı adamı kalabalıktan sıyırıp çıkışa yöneltti Selim.

Hüsrev Efendi'nin hayallerini, Molla Mehmed'e sunduğu övgüleri dinlerken evden çıktılar, fayton çadırına gelmişlerdi. Aslında kendi kendine susmaya söz vermişti Selim ama dayanamadı sordu, "Osmanlı'yı bu kadar yüce yapan şey neydi Hüsrev hocam?"

Bu ani soru karşısında duraladı Hüsrev Efendi, kaşları kalkarken bir sürü düşüncenin zihninden geçtiği gözlerinden belliydi ve "Allah," dedi Hüsrev Efendi. Allah Osmanlı'nın yücelmesini istemişti! Emindi.

Sordu Selim, "Peki Allah mı istedi Osmanlı'nın çökmesini?"

Durdu Hüsrev, gülüşü dondu. Hain mi vardı karşısında?! Dikkatle baktı Selim'in suratına, "Haşa!" derken kaşları çatılmıştı, "Bu nasıl soru oğlum!" dedi, konuşmasına daha devam da edecekti ki yanlarına Molla Mehmed'in güruhu gelmişti.

Kalabalığın içinde yine itiş kakış arasında kaldılar. Selim, Hüsrev Efendi'nin koluna girip onunla yine sıyrıldı kalabalıktan, fayton çadırının arkasındaki bir kuytuya çekildiler, Molla'nın güruhunun faytonlara binmesini izlerken, Selim, "Avrupa'da bulunan en düzenli, sistemli orduydu Osmanlınınki. Kapıkulu askerlerinin iç sistemlerini küçümsememek lazım Hüsrev Efendi! I. Murat Yeniçeri Ocağı'nı kurduğunda sadece kendine ordu kurmayı hedeflememişti. Ele geçirilen yerlerdeki ailelerin ilk çocuklarının alınıp dört yıl eğitilmesi, sonra evlerine tatile gönderildiklerinde, birkaç dil öğrenmiş, çok iyi eğitilmiş, Osmanlı devletine bağlı olarak aldıkları maaşlarla ailelerine destek verecek yetişkinlere dönüşmeleri sağlanmıştı! Eğitim! İşte bu, Osmanlı ordusunu öyle güçlendirdi ki ilk başta çocuklarını vermemek için kuyulara saklayan aileler, çocukların nasıl eğitildiğini gördüklerinde gönüllü olarak Yeniçeri Ocağı'na katılmaları için çocuklarını kendileri saraya sunar oldular. Yani eğitim Hüsrev Efendi! Gerçek eğitim! Sadece inanmak yetmez, savaşacaksak, Osmanlı âdetlerini yaşatacaksak o âdetleri biz kendimiz yaşamalıyız!" diye çıkıştı, sonra kalabalığı gösterip "Şu halimize bak! Daha sıraya giremiyoruz. Sen kaç yaşındasın, sana saygı yok! Sana bile saygı göstermekten aciz bir grup nasıl Osmanlı'yı yüceltsin!"

"Haklısın evlat!" dedi Hüsrev Efendi. "Ama sabır, hele büyük toplantı için bir araya gelelim, o zaman sistem de kuracağız. Osmanlı'nın torunlarıyız biz! Kanımızda var! Sen hiç merak etme! Destek tam zamanında gelecek, bak Araplar şimdiden yanımızda!"

"İnşallah," dedi Selim kalbine sızan umutsuzluğu sindirmeye çalışarak, iyi akşamlar dileyip Hüsrev Efendi'yi faytona bindirdi. Katladığı buruşuk kâğıdı cebine koyarken o an aklına Fehmi'nin sabah kendisine verdiği mektup geldi! Neredeydi mektup? Telaşla üstünü başını yokladı. Üstünü değiştirmişti. Çatıya çıkmıştı, orada düşürmüş olabilirdi. Etrafta Orhan'a bakındı, bulur bulmaz onu çatıya mektubu aramaya gönderecekti ama Orhan neredeydi? Neyse ki Molla Mehmed gidince telaşla onun peşinden gitmek için birbiri ile yarışan sürü de gitmişti, etrafa sakinlik gelmişti ama Orhan görünürde yoktu. Nereye gitmişti bu velet?!

Geride kalan birkaç faytoncuya Orhan'ı sordu, kimse görmemişti. Bahçede hızla turlayıp aradı onu ama Orhan hiçbir yerde yoktu... Arabanın yanına geldi, belki içinde oturuyordur diye ümitlendi ama orada da yoktu, gitmişti.

-25-

... kendimizden başka bir canın iyiliği için hayata yalvardığımızda doğuyordu insanlığımız.

İlk rüzgâr gibi Valpreda'nın önünden geçmiş, değirmen tepeye çıkmak için düz gitmek yerine solda kalan dar patikaya sapıp arka taraftan dolanarak varmıştı viraneye Ülkü.

Yakışıklı'nın sırtından bir sıçrayışta indiğinde, bacaklarının ne kadar ıslandığını fark etti, Yakışıklı öyle terlemişti ki Ülkü'nün pantolonu bile ıslanmıştı. Atların terlemesi sağlıklıydı ama terledikten sonra mutlaka kurulanmaları şarttı.

Neyse ki hazırlıklıydı Ülkü, Yakışıklı'yı kurulamak için bir sürü eski çarşaf toplamıştı, bir tanesini daha bu sabah ipe asmıştı. Çarşafı almak için yıkık sütunların arasına gerdiği ipin oraya döndüğünde durdu, çünkü çarşaf yoktu. Viranenin derinliğindeki karanlığa sinmiş biri mi vardı?!

Bir hamlede sırtındaki çifteyi çekip omzuna dayadı. Savaş görmüş bir kız için karanlığa sinmiş kimsenin şakası olmazdı. Kurşunu çiftenin ağına verirken etrafını, arkasını kolladı, acaba başkaları da var mıydı? Bir ıslıkla Yakışıklı'yı yanına çağırırken sırtını kollamak için yavaşça duvara dayadı ve karanlığa seslendi: "Ayağa kalk ve öne gel!"

232

Yakışıklı viranenin girişinde belirmişti ki karanlığın içinde, pusudaki siluet dikleşti. Siluet bir erkeğe aitti. Adım adım yarım ayın ışığının altına çıkarken nedense ürkekti. Tüfekten korkmuş olmalıydı, belli ki Ülkü'nün buraya geldiğini gözlemişti ama silahlı olacağını tahmin etmemişti derken, gözleri kırmızı, ayın ışığında bile belli olacak kadar hüzünlü çıktı Orhan kuytudan… elinde, Ülkü'nün aradığı çarşaf ve çarşafın ortasında üstünden çıkardığı ceket ve ceketin içinde bir şey vardı.

Ağlamıştı Orhan, çok ağlamıştı. Tanıyordu Ülkü bu çocuğu, apartmanın arka bahçesinde sürekli bağıra çağıra oynayan veletlerden biriydi bu, giriş katında oturan o tuhaf, suratsız kadının oğlu. Küçük bir adımla yaklaşıp oğlanın tuttuğu şeye baktı, yavru bir kedi miydi?

"Ne oldu?" dedi Ülkü.

Orhan ağlamamak için kendini zor tutarak "Tekme yedi," dedi.

Ülkü'nün "Sen mi attın?" demesiyle birlikte Orhan'ın savaşa hazırlanmış gözleri akıncılarını yolladılar. Gözyaşları süzülürken kaşları iyice çatıldı, başını hayır diye sallarken üzüntü, teslimiyet, vicdan yarası, suçluluk suratına bulaştı. "Bunu nasıl düşünebilirsin," diye mırıldanmıştı.

Çocuğun naifliğine dikkatle baktı ve tüfeği indirdi Ülkü. Bu da, savaşı İstanbul'dan izlemiş o çocuklardandı. Şanslı mıydı, şanssız mıydı bilemedi Ülkü. Savaşın kazanıldığı bir ülkede savaşı yaşamak belki de şanstı ama savaşın kazanıldığı bir ülkede savaş sürerken savaşı yaşamayanlar sanki ebediyete kadar zaferden de mahrumdular.

İnsanların neler yapabileceğini, ne kadar kötüleşebileceğini, düşmanın herkes olabileceğini yaşamıştı Ülkü, Yunanlar işgale geldiklerinde mahallenin diğer yakasında yaşayanların onları nasıl alkışlarla karşıladığını gözleriyle görmüş, Bodrum'u bombalayan İtalyanların teslim olanlara neler yaptığını oradan kaçıp kendi köylerine sığınanlardan bizzat duymuştu. Sadece toprak değildi korudukları, namustu! Çünkü savaş ganimeti sayılıyordu kadınlar, küçücük kızlar, hatta erkek çocuklar ve küçücük bir dipçik darbesiyle bitiriliyordu değersizleştirilmiş hayatlar. Erkekler öldürülüyordu önce ve hamileler. Babasını kaybettikleri o gün, savaşın nihayet bittiğini sanıp gardlarını indirdikleri tek gün değil miydi… Gardını bir daha asla indirmeyecekti! Çifteyi omzundan indirse de, çocuğun üzüntüsünü hissetse de, soğukluğunu korudu, mesafesini gözlerindeki bakışa yerleştirerek.

Ve nihayet silkelendi kendi cehenneminden Ülkü, derin bir nefes alıp kediyi kontrol etmek için Orhan'a bir adım daha yaklaştı, o sırada Yakışıklı hafifçe kişnedi, ayağını yere vurdu. Ülkü bir hamlede Yakışıklı'nın boynundaki boncukları alıp kendine takarak onu sakinleştirdi, henüz gitmeyecekti. Orhan'ın kucağındaki kedi baygındı, ama derin nefesler alıyordu.

"Çok kustu," dedi Orhan.

Ülkü bir hamlede kediyi örtü ile birlikte Orhan'ın kucağından ustaca, sarsmamaya özen göstererek aldı, duvarın üstüne koyarken gerideki ahşabın üstünde duran çarşafları gösterip Yakışıklı'yı kurulamasını emretti ve eliyle ince ince kedinin bedenini dikkatle yokladı, zaten kedi bir damlacıktı.

Şükürler olsun ki kırık yoktu, hayatını köyde hayvanların arasında geçirmiş biri olarak teşhisi doğruydu ama travması vardı, kusması beyin sarsıntısından olmalıydı. Orhan'a döndü, çocuk elindeki çarşafla Yakışıklı'yı beceriksizce kurulamaya çalışıyordu. "Neden eve götürmedin?" diye sordu.

Bir an Ülkü'ye baktı Orhan ama kendisine verilen göreve saklanırcasına bakışını kaçırıp Yakışıklı'nın ön bacağını kurulamaya devam ederken burnunu çekti, önce cevap veremedi, sonra mırıltı ile "Faydası olacağını bilsem götürürdüm," dedi.

Ülkü kedinin üstünü örtüp Orhan'ın yanına gitti, çarşafı elinden alıp hızla ve ustaca Yakışıklı'yı kurularken "Baytara götürmek zorundasın," dedi.

Orhan hemen kedinin yanına geçerken "Nerde var baytar?" diye sordu.

"Burada doğmadın mı sen? Bilmiyor musun baytar nerde var?! Hayatında bir hayvana yardım etmedin mi daha önce?" diye çıkıştı Ülkü.

Orhan'ın zaten ruhu kırılmıştı, hassaslaşmıştı, cevap veremedi, itina ile kedisini aldı kucağına, nereye olduğunu bilmese de çare bulmak için gidecekti. Çare ararken yargılanmak ağır gelmişti.

Yakışıklı'nın sırtını kurulamaya geçmişti Ülkü, Orhan'a bakmadan "Nereye götüreceksin ki onu?" diye sordu.

"Baytar bulacağım," dedi Orhan.

"Gecenin bu saatinde baytarı nerden bulacaksın?" diye sordu, elindeki çarşaf Yakışıklı'nın ıslaklığından sırılsıklam olmuştu. Doğruldu Ülkü, ıslak çarşafı katlarken Orhan'a baktı.

Orhan, kırmızı gözleri merhamet dilenircesine döndü Ülkü'ye, ne yapacağını, ne söyleyeceğini, nereye gideceğini bilemeyen gözleri sanki yalvarıyordu sessizce. İlk insanlık belirtisi işte buydu: Kendimizden başka bir canın iyiliği için hayata yalvardığımızda doğuyordu insanlığımız. Belki de bu yüzden habire doğuruyorduk, kendimizden başkasını sevebilme kabiliyeti geliştirebilelim diye… Ülkü'nün gardı indi. Hayvan sevmeyi kimseden öğrenmemiş, iyi bir örneği hiç olmamış bir çocuk vardı karşısında, güya şehirliydi ama en vahşiler zaten hep şehirli değiller miydi? Ama bu çocuk, şimdi bir hayvanı sevmeyi seçerek, farkında bile olmadığı vahşiliğinden kurtulmaya çalışıyordu, kolaya kaçmadan, o canı kurtarmak için emek vermeye hazır, karşısında dikilmiş medet umuyordu.

3. BÖLÜM

Etraflarındaki coşkunun, şaşaanın şaşkınlığında huzursuz, davet edilecek kadar kabul görmüş olmanın ayrıcalığında huzurlu gibiydiler.

Mabeyn Köşkü'ne giden yolun üzerindeki ana kemerden at arabası ile girdiler. Yaprakların arasından süzülen güneşin, köşkün duvarlarına sığınmış gölgelere rüzgârın etkisi ile dalga dalga ulaşmasını izlerken nefesini tutmuştu İlmiye ve gözleri öylesine kocaman açılmıştı ki köşke varana kadar kırpmamaktan en sonunda sulanmıştı… yoksa hissettiği duygu muydu gözlerindeki ıslaklığın kaynağı? Çünkü gurur duymuştu böyle bir güzelliğin mirasçısı olmaktan.

Sultan Abdülhamid yaptırmıştı bu köşkü ve Atatürk olmasa bu güzelliği görmeye bile hakkı olmayan bir hayatın içinde yaşayacağını bilmekten duygulanmıştı. Abdülhamid ve Mustafa Kemal, dedesinin en çok örnek aldığı iki liderdi. Beklemediğimiz güzellikleri bize verenler değil miydi ufkumuzun liderleri…

"Ne oldu kızım?" dedi Zübeyde Hanım.

"Yok bi şey anneanne gözüme bir şey kaçtı herhal," diye geçiştirmişti soruyu İlmiye. Ayşe'nin her zaman sıcak elleri yine şefkatle sırtını sıvazlamasa at arabasından inmeleri gerektiğini anlamayacaktı, köşkün önüne gelmişlerdi ve o hâlâ yapının muhteşemliğinde kaybetmişti kendini.

At arabasından indiler, alışık olmadıkları kıyafetlerin içinde, alışık olmadıkları bir yerde, alışık olmadıkları olaylara gebe, tırmandılar merdivenleri.

İçeri girmeden önce bir an durup gerideki manzaraya döndü İlmiye, bahçede bulunan ağaçlar o kadar çeşitliydi ki sanki dünya ormanları buraya toplantı yapmaya gelmişti.

Sade bir rüküşlükle katıldılar davete, sessizce, kimsesizce. Sadelikleri giydikleri elbiselerin temiz dikişinden, ki Ayşe dikmişti, rüküşlükleri ise elbiselerinin kumaşlarının kalınlığındandı, ki eski perdelerin kumaşları değerlendirilmişti. Üçü de koyu bordonun kahve rengine çalan bir tonunda aynı perdeden yapılmış elbise giymişti. Cumhuriyet balosu için Ayşe'nin dikmeye çalıştığı elbiseleri saymazsak sahip oldukları tek elbiseler üstlerindeydi.

Etraflarındaki coşkunun, şaşaanın şaşkınlığında huzursuz, davet edilecek kadar kabul görmüş olmanın ayrıcalığında huzurlu gibiydiler. Zübeyde Hanım, Ayşe ve İlmiye içeri girdiklerinde, şenlikli kalabalığın nezih homurtusunu varlıklarıyla yarıda kesiverdiler.

Altın varağın, akıl almaz detayda oymalarla buluştuğu salonda keyif içindeydi millet, herkes herkesle selamlaşmayı bitirmiş, tabaklar yemeklerle doldurulmuş, sabırsızca beklenen bu günün nihayet gelmiş olmasının monotonluğu ortamı sarmaktaydı ki Rıza Bey'in bakışında gördü içeri girenlerin yarattığı merakı Selim ve hemen geriye, kapıya doğru döndü. Zübeyde Hanım iki torunuyla birlikte girişte karşılanmayı beklemekteydi.

Ülkü yoktu.

-2-

Bilgi işte böyle bir şeydi, bileni deliden
hanımefendiliğe yükseltiverirdi.

Yine gelmişti bu deli! Güzel de bir kızdı ama belli ki deliydi, kıyafetleri bile hiç normal değildi ama bu sefer en azından o koca, tuhaf palto yoktu üstünde, tam bir seyis gibi giyinmişti. Sıkkın bir nefes alırken, yüzündeki kırmızı lekeyi kaşıya kaşıya kulübe-

238

den dışarı çıktı Bekçi Cemil, kollarını önünde bağlayıp kendisine yaklaşan kızı bekledi. İki metre kala ona seslendi: "Her gün her gün! Yapacak başka işin yok mu kızım senin?!"

"Yok," dedi Ülkü, sırtındaki çantayı omuzundan indirip içinden bir şey çıkarırken "olsa buraya niye geleyim. İş bulmaya çalışıyorum," dedi ve elindeki şişeyi çalkalarken adamın yüzünde daha da büyüyen lekelere bakıp "işsizlik çok zor. Hele yapabileceğin bir sürü iyi iş varken bir şans bile verilmemesi haksızlık. Keşke erkek olsaydım, o zaman belki de bana yardım ederdin," diye ekledi. Adamı, durumu kurcalamak istedi, çünkü yardım almak için buraya gelmek zorunda hissetmesinin nedeni belki de bu adama yardım etmekti... Bir olaya bakış açını değiştirip, sorunun etrafında 360 derece dönebilmek, hayattaki tıkanıklıkları açmak için belki de tek çareydi. Ve kişinin kendine yaptığı en büyük yardım, başkasının ihtiyacı olan bir şeyi karşılamasında aracı olabilmekti, çünkü hayat farklı bedenlerde, farklı duygularla aksa da aslında tekti.

Adam bir an affalladı, ne diyeceğini şaşırdı, kızsa mı, ona katılsa mı bilemedi ama sonra hemen toparlayıp "Yok, edemezdim. Bu atlar, yattıkları şu ahırlar bile kaç para, kız sen biliyon mu?! Öyle bi köylüye, hele hele bi karıya hayatta baktırmazlar. Senin benim canımızdan daha pahalı bu atlar," dedi.

Elinde salladığı şişeyi çalkalamayı durdurdu Ülkü, duydukları aniden öylesine işledi ki içine uzun süredir merak ettiği bir soruya cevap gibi geldi. Suratında acı bir tebessüm doğarken, hissettiği duygunun adını koydu: Değersizlik duygusuydu bu. Başkaları tarafından biçilmiş bir değere ait olmakla başlayan, hep diğerlerinin gözünden kendini görüp neye layık olup olmadığını yine diğerlerinin gözünden tartan bir hastalık gibiydi... Bu adamda bedenlenmişti o duygu. Başkasının hürmet gösterdiğine otomatik olarak hürmet gösterme eğiliminde olan, birinin değerini başkasının gözünden biçen herkese bulaşmış bir zehirdi.

Şişeyi indirdi Ülkü, insanları sahip olduklarıyla değerlendirecek kadar sığ olan bu adama öyle acıdı ki ister istemez tebessümü büyüdü dudağının kenarında, aşağılamadan değil merhametten doğan bir tebessümdü bu. Kendi değerini başkalarının gözünden biçen kişilere merhamet göstermek gerekirdi, çünkü ancak onlara gösterilen merhamet onları uyandırabilirdi. Merhametti merhametsizliğin tek ilacı. İnsan kendi değerini bilmediğinde, kendisine ucuza değer biçecek biri mutlaka hayatına geliverirdi. Sana ne kadar değersiz olduğunu hissettirenlerle dolu bir hayat, lanetlenmişlikti.

Elindeki şişeyi adama uzatırken tebessümle mırıldandı: "Bu, yanağındaki kızarıklıklar için, sürmezsen daha da büyüyüp her yanına yayılacak. Yüzünü yıka, ellerini sabunla[73] ve bunu sabah akşam pamukla sür, aynı pamuğu bir daha kullanma. Kabuk bağlarsa sakın kabuğu yolma, elleme. Beni dinlersen bir hafta içinde geçer, kurtulursun."

Adam şok içinde aldı şişeyi, bir senedir geçmek şöyle dursun sürekli çoğalan bu yaraların bir hafta içinde geçmesi vaadiyle ilgili onlarca soru soracaktı ama çoktan arkasını dönmüştü Ülkü, adım adım uzaklaşmaya başlamıştı bile. Buraya Yakışıklı'yı Bedir'e vermemek için bir şansı olur mu diye son bir kez yoklamaya gelmişti ama sonra konuya girmekten vazgeçmişti, daha kendisine bile faydası olmayan birinden insan nasıl yardım istesindi ki...

Ardından seslendi adam: "Bir dakka!"

Ülkü adama dönmeden, "O atlar bizden daha değerli değil! Bunu anlasan kurdeşen dökmezdin belki," dedi.

Kaşları çatıldı adamın, kız ne demek istemişti bilemedi... Şişeye baktı, beyaz kapağının üstünde el yazısı ile "ürtiker" yazıyordu. Bu kız çare olabilir miydi yaralarına? Kafası karıştı Cemil'in, hiçbir şey göründüğü gibi değildi. Dayanamadı, yolun karşısına geçmiş kıza yine seslendi: "Doktor musun hanfendi?"

---

73 Aynı iğnenin, hatta kullanılmış pamuğun bile tekrar kullanılmasında sakınca görülmeyen, batıl inançların bilginin yerine geçtiği yıllarda, el yıkamak bazı medikal kesimlerce gereksiz sayılabiliyordu.

Bilgi işte böyle bir şeydi, bileni deliden hanımefendiliğe yükseltiverirdi. Bir şeylere çare olabilmek gerçek güç değil miydi? Ülkü'den cevap gelmedi.

-3-

Etraflarında kendilerine yöneltilen soruların tam ortasında Kurtuluş Savaşı'nın hiçbir cephesinde olmadığı kadar tedirgindiler.

Latife girişte gördü onları. Utangaç bir şaşkınlıkla kapının yanında bekleyen Zübeyde Hanım ve iki torununu kendisi karşılamak yerine, hizmetlisini gönderip karşılattı onları. Nasılsa davet edildikleri yerde, ev sahibi tarafından karşılanmamanın manasını anlayacak asalette bile değildiler.

Hizmetçi, onları Latife Hanım'ın büyük masasına yönlendirirken "Buyrunuz," demişti Zübeyde Hanım'a.

Çekinerek izledi İlmiye anneannesini, Valpreda'nın üst katlarında oturanlardan bazıları da buradaydı. Orhan'la karşılaşma olasılığını hesaplamamıştı, bakışlarını yere saplayıp kendince dünyadan saklanırken ne Orhan'ın ne de annesinin böyle bir kahvaltıya davet edileceğini düşünemedi, tabii mutfakta çalışmak dışında.

Ayşe ise etraftakilerin kıyafetlerinden çekemedi gözlerini, salondaki kadınların hemen hemen hepsi, şu takip ettikleri hanım dışında, ipek giymişti, bu nasıl bir zenginlikti?! Yaklaştıkları masada Selim Bey'i görünce Ayşe biraz da olsa rahatladı. Kalabalıklardan oluşan tanımadıklarımızın okyanusunda tanıdık bir yüz bir ada gibiydi. Hemen selamını verdi Ayşe ve Selim beyefendiliğinin doruklarında ayağa kalkıp başı ile karşıladı Ayşe'nin selamını.

Karşılandığını görünce Zübeyde Hanım dikleşti, görüntülerinin bu şaşaaya layık olmadığının farkındalığında ama davet edilmiş olmanın onurunu yüklenerek vardı masaya. Kendince emindi, iyi insanlar için şekil önemli değildi, onları bu kahvaltıya davet etmek nezaketini gösterecek kadar iyi olan komşulardan kendine kesinlikle arkadaş edinecekti.

Hayatlarında ilk defa tanıştıkları Latife Hanım ayağa kalkıp sanki çok uzun süredir onları tanıyormuşçasına takdim etti salondaki diğer misafirlere, "Buyrunuz efendim, yeni komşularımız" derken takdimi öyle bir coşkuydaydı ki sanki bir sirk gösterisi sunmak üzereydi.

O an olmasa da, belki birkaç saniye sonra, belki birkaç saliseliğine kendini ezilmiş hissetti İlmiye, Ayşe de öyle. Nedenini hemen anlamadılar, kendilerine gösterilen abartılı ilgiyi nedense başta doğal buldular, çünkü etraflarında olanlara, insanların düşüncelerine hemen teşhis koyamadılar ama geriye dönüp o günü hatırladıklarında oraya neden davet edildiklerini anlayacaklardı, ama henüz değildi.

Zübeyde Hanım'ın sevinçli selamı olmasa kendilerine dikilmiş bakışların ağırlığında ezileceklerdi ama neyse ki Zübeyde Hanım'ın kalbinin güzelliği koyuverdi kendini ortaya, apaçık, sorgusuz sualsiz, "Sizler kadar şık değiliz ama onur duyduk sizlerle tanışmaktan, İstanbul'a taşındığımızdan beri kimselerle görüşmemiştik. Teşekkür ederiz davetiniz için," derken öylesine samimiydi ki.

Zübeyde Hanım'ın hitabındaki samimiyette yerin dibine girmiş gibi hissetti Lütfiye Teyze, kardeşi Latife resmen dalga geçmek için çağırmıştı bu zavallıları. Giydikleri kıyafetlere bakılırsa Latife başarılı da olacaktı ama Lütfiye hemen ayağa kalktı. Onları eğer o an masaya buyur etmezse, Latife'nin onları seyirciye sunduğu bu halde, dikildikleri yerde kalacaklardı belki de ama neyse ki Lütfiye Teyze, Latife'nin planladığının tam aksine hepsini oturttu masaya. Latife ile Lütfiye bir an göz göze geldiklerinde Latife'nin ifadesindeki "Ne yapıyorsun sen! Bu ne hadsizlik!" bakışı, Lütfiye'nin "Asıl sen ne yapıyorsun! Kendine gel!" bakışı ile çarpışıp dağıldı.

Latife hemen gülümsemesini toparlayıp sohbete başladı, çünkü bu güzel gün için başka planları da vardı.

Zübeyde ve kızlar masaya yerleştiler ama masadaki yiyeceklerin ne kadar pahalı olabileceğini görene kadar davet edildikleri bu ortamın zenginliğini tahmin dahi edemediler. Birkaç simide ve geri dönmek için kullanacakları faytona yetecek kadar paraları vardı, Zübeyde'nin kaçamak bakışı Ayşe'ye bunu hatırlattı. Acaba yemekler paralı mıydı? Etraflarında kendilerine yöneltilen soruların tam ortasında Kurtuluş Savaşı'nın hiçbir cephesinde olmadığı kadar tedirgindiler.

Keşke buraya hiç gelmeseydiler.

-4-

Kadın olmak başlı başına bir ihtilaldi.[74]

Bahçenin taş köprüsünden geçerken heyecanla etrafına baktı Ülkü, çünkü hayatında daha önce böylesine özenle yapılmış bir yer görmemişti. II. Abdülhamid'in anılarında "her metrekaresine altın döktüm" dediği eviydi burası. Eskiden sadece padişah ve yakınlarına açık olan bu güzellik şimdi herkesindi! Abdülhamid'in yüksek zevkine tanıklık edebilmek şahaneydi. Bu güzellikler değil miydi yüreklere sızıp düşünceleri değiştiren, insanlığımızı geliştiren, yaşadığımız toprağa vatan dedirten?

Bu güzellikleri hep birlikte paylaşmadan, hayatı nasıl paylaşacak ve nasıl *değerlendirecektik* vatanı? Korumamız gereken değerleri nasıl anlayacaktık, peki anlamadığımız bir şeye nasıl sahip çıkacaktık? Birlikte değer kattıklarımızı biriktirmek değil miydi kültür? Bizim olanı korumak değil miydi Cumhuriyet? Kendini –milletçe– bilmekti Cumhuriyet! Değerler için ayağa kalkmaktı! Sahip çıkmaktı!

Köprüyü geçerken sırtındaki çantasını düzeltti, koşarak geçip mermer havuzun içindeki balıklara hayretle bakan Ali'yi izledi Ülkü, heyecanı ne kadar tanıdıktı? Her çocuk bu heyecanla doğmuyor muydu? Ve her çocuğun bu heyecanı bir şekilde elinden alınmıyor muydu? Ali'nin yanına gidip balıklara baktı Ülkü, küçücük

---

74 Müzik önerisi: Max Richter, *Calesta Taboo Lament*

243

bir havuzun içinde soru sormadan, sorgulamadan yaşayıp hayatı o havuz kadar sanıyorlardı. Bu balıklardan daha balık olan, bir sürü vardı, insan kılığında etrafta gezinip sorgulamadan yaşayan… birazdan akvaryuma girecek gibi hissetti.

"Ali?" dedi, "İyi ki gelmişsin de mi?"

Güldü Ali, başını salladı, gelmek istememişti, çünkü annesini evde yalnız bırakmak istememişti ama Ülkü pazardan eve gelince onu ikna etmişti. Anneannesinin ettirdiği yemin olmasa bu akvaryumdan hallice davete hayatta gelmeyecekti Ülkü ama şimdi yanında Ali olunca iyi ki diye düşündü, çünkü buraları Ali'ye göstermekten mutlu olmuştu. Ali'ye elini uzattı, parmağını şıklattı. Ali hemen ablasının elini tuttu. İlmiye'nin "Sakın" ve "Saçmalama"sı gibi Ülkü'nün parmak şıklatmaları vardı.

El ele Mabeyn Köşkü'ne yaklaşırlarken, uykuluydu Ülkü, boynunu sağa sola esneterek uykuyu kovalamaya çalıştı. Sabaha kadar baytarı beklemişti ama neyse ki kediyi emin ellere teslim etmişti. Köşkün kapısına geldiğinde hayatın zıtlıklarını aynı anda yaşayan biri gibi hissetti. Burada ne işleri vardı? Bu kadar pahalı, süslü yerlerde yaşayan insanlarla yakınlaşamayacak kadar süssüz ve fakirdiler. Merdivenlere vardıklarında içeriden gelen müziği duydu, birileri piyano çalıyordu ama çalan kişi iyi değildi, Hicaz'ı[75] piyanoda çalmak nasıl kulağa iyi gelsindi ki…

Anneannesine söz vermese hayatta katılmazdı bu kahvaltıya ama anneannesi resmen emretmişti, "Fikrinizi sormuyorum!" demişti. Demokrasi ne demek bilmiyordu anneannesi, ülkenin yarısından fazlası gibi. Demokrasinin anlamını bilenlerin çoğu demokrat bir toplum için savaşırken ölüp gitmişlerdi. Çanakkale işte bu yüzden geçilememişti, çünkü Bizimdi. Kalanlarsa aslında korkaklardı, savaşmak yerine kaçmayı, saklanmayı seçmiş korkaklar, aynı kendisi gibi…

Babasının yanında cephede olmakla başlayan keşkeler zihninde sıralanıp içeriden gelen şangırtılı basit salon müziğini iyice

---

75 https://www.youtube.com/watch?v=l4_tvE74k8k

anlamsızlaştırırken girdi içeri Ülkü… Hayatın zıtlıklarını aynı anda yaşayan birinin dokunulmazlığında kapıdan geçti, o an kendisi fark etmese de, üzerindeki beyaz gömlek ve paçaları çizmenin içine sokulan binici pantolonu ile salona sanki devrimin kendisi gelmişti. Girdiği anda uykudan eser kalmadı, sadece onun değil içeridekilerin de uykusu kesin kaçmıştı. Dikkatler anında üzerindeydi, bir an irkilse de hemen sonrasında umursamadı. Hayat en çok da umursamamayı öğretiyordu, sürekli bir saldırı altında yaşamak zorunda kalmışlara. Ait olmadığını bildiği hiçbir ortamın fikri umurunda olamayacaktı! Köpekbalıkları tarafından yargılanan bir kurt o yargıyı umursar mıydı?

Sabah kulübe gitmek zorunda kalmıştı, çünkü Orhan denen velet bile biliyordu artık viraneyi ve Yakışıklı'nın orada barındığını. Ne kadar iyi at bindiğini ve yaptığı ilaçların atlarda bile nasıl işe yaradığını bir gösterebilse, Yakışıklı'ya o kulüpte yer açacak, Bedir'e vermek zorunda kalmayacaktı, atıyla uçsa bile sadece kadın olduğu için kendisine asla yer verilmeyeceğini, o yeri ancak alırsa sahiplenebileceğini bilmeden. Seyis kılığında kulübe gitmek sabah iyi bir taktik gibi gelmişti ama şimdi herkesin ipek elbiselerle süzüldüğü bu salonda bu haliyle fazla sivrilmişti, üstelik görünmez olmaya en çok ihtiyacı olduğu zamanda.

Nasıl oldu, bilmiyordu Selim ama Zübeyde Hanım'ın kurşun yarasını iyileştirmek için neler yapılması gerektiğini mide bulandırıcı bir şekilde, hiçbir detayı atlamadan ve bir hanımefendiye asla yakışmayan bir üslupla uzun uzun anlatmasını hayret ve dehşet içinde dinlerken ve masadaki diğer kadınların ona küçümseyen gözlerle sanki bir sirk hayvanını izliyormuş gibi bakmalarını, çaktırmadan birbirlerini dürtmelerini izlerken bir anda irkildi Selim…

O gelmişti!

Hemen gerisinde hissetti onu.

Başını çevirip ona bakmadı bile, çünkü emindi! Ülkü içeri girmişti.

Tam karşısında bahçeye açılan kapının camına kaldırdı bakışını, o camdaki Ülkü'nün yansımasının ölüm döşeğinde yatacağı o an bile aklından çıkamayacağını ve Zübeyde Hanım'ın anlattığı o mide bulandırıcı kurşun çıkarma tekniğinin bir gün hayatını kurtaracağını bilmeden.

Camdan Ülkü'nün önce kardeşinin elini bırakmasını, sonra sırtındaki çantayı girişteki adama teslim etmesini izledi... Ali koşup masaya yaklaşırken, Ülkü'nün üzerindeki binici kıyafetiyle ipekli elbiselerin arasından geçip merdivenlerden sakince inmesini, piyanonun yanından geçerken bir anlık piyanoyu incelemesini, adım adım, sakin ve mağrur bir halde masaya yaklaşmasını kıpırtısız izledi... Kalbi resmen davul çalıyor, nabzı damarlarında dans ediyor, aldığı nefesler hidrojen bombasına dönüşüp zihninde patlıyor, Ülkü'ye dönüşen binbir düşünceyi yeni gezegenler gibi doğuruyordu fikri.

Bu kızda herkesten başka bir hal vardı, başka kimsede olmayan bir atmosfer. Her nefes sanki Ülkü'nün fikrine bir yenisini ekliyordu. O an boyun bağını açmak istedi Selim, üzerindeki ceketi çıkarıp atmak, fesini bırakmak, bedenini saran tüm düğmelerden kurtulmak istedi... oturduğu yerde hâlâ kıpırtısızdı ama Ülkü şimdi hemen arkasındaydı ve onun varlığını bu kadar yakında hissetmek yıkanmak gibiydi... taze, ferah, sade olmaya teşvik eden bir yol gibiydi Ülkü ve alınması artık ihtiyaca dönüşmüş bereketli bir nefes gibiydi... Selim o yolda yürümek ve o nefesi almak istedi...

Ali kendisine öğretildiği gibi masadaki büyüklerin elini tek tek öperken Ülkü masaya vardı ve işte tam o sırada ayağa kalktı Selim, sakince arkasına dönüp Ülkü'nün tam karşısına dikildi.

Aniden göz göze geldiler... Kalbi öyle ani, öyle kontrolsüz hızlandı ki Ülkü'nün, bedeninin her köşesine oksijen taşımak için damarlarında gezinen kanın yüzüne hücüm etmesini engelleyemedi. Azıcık bir boyun ve kıpırtısız bir beden hareketiyle de olsa irkilmesi gözbebeklerinin yansımasında gösterdi kendini ve Selim, o gözlerin içine bakarken aniden fark etti Ülkü'de yarattığı etkiyi, tanıdı... çünkü kendisine de bulaşmıştı aynı etki. O anki keşfi ani bir duygu sarhoşluğuna dönüşürken başı ile küçücük bir selam verip "Buyrun lütfen," diyerek oturduğu sandalyeyi buyur etti ona ve bir adım geri çekildi.

Aniden zincirlerini koparmış ve bedenine yayılmış duyguları kontrol altına almakla meşgul olan mantığı, Selim'in yerine oturmaması gerektiğini Ülkü'ye hatırlatamadı ve Ülkü Selim'in etkisinden uzaklaşmak için sandalyeye doğru bir adım atıp masadakileri selamlarken Selim bir adım gerisinde dikildiği yerden onu izlemeye devam etti. Bir adım öne gelse örgülü saçlarını koklayacak gibiydi.

Pantolonunun içine soktuğu beyaz gömleğin yakaları hafifçe kalkmış, boynunun narinliğini sarmıştı. Bol pantolonu ve eskilikleri boya ile kamufle edilmeye çalışılmış o büyük botları… Kadınlar pantolon giymemeliydi belki ama Ülkü hepsinden farklıydı, bambaşkaydı. Bu kıyafetlerin içinde olmayı seçmek cesaret isterdi ve o bir cesaret abidesi gibiydi.

Ülkü'nün masadaki insanları selamlaması bitmek üzereydi ki Latife, "Hay Allah, başınıza bir şey mi geldi kuzum, bu haliniz pek acayip. Elbiseleriniz nerde?" deyiverdi.

Validesinin atağı ile dikkatini Ülkü'den koparmak zorunda kaldı Selim ve annesine döndüğü anda dümdüz kendisine baktığını fark etti, yoksa kıza olan ilgisini anlamış mıydı?

Hemen bakışlarını annesinden kaçırdı Selim, Ülkü'nün bu salonda uğrayabileceği her türlü saldırı ile ilgili hissettiği suçluluk ifadesine yansıdı ama Ülkü yerine otururken sanki hiç saldırıya uğramamış gibi, "Hayır, hanımefendiciğim, başımıza bir şey gelmedi… çok şey geldi. Bu ülke savaştan çıktı. Siz pazar kahvaltılarınızı şenlendirirken, bizler pazar yerinde toplanan ordunun yaralarını iyileştirmekle meşguldük. Elbise giymek aklımıza bile gelmedi, hâlâ da bazı yaralar iyileşmiş değil, yani uzun bir süre elbise giymeyeceğiz," diye cevap verdiğinde masada herkesin ifadesi dondu, Selim hariç.

Selim sakin adımlarla masanın diğer ucuna yürüdü, Rıza Bey'in yanına oturacaktı ama aslında tek istediği, Ülkü'nün güzel yüzünü görebilmekti. Ülkü'nün ifadesinde beliren gülümseme resmen zafer bayrağını sallıyor, kendisine sunulan yere tereddüt etmeden dimdik otururken saldırıya hazırlanan diğerlerine meydan okuyordu.

Latife Hanım kalakaldı, boş ağzı birkaç salise kıpırdadı ama kelimeler çıkmadı. Çıkmayan kelimelerin basıncı kocaman, ani bir kahkahaya dönüştü ve hemen sonrasında Latife Hanım ikinci raunda hazırdı, "Savaşta hanımlığınızı kaybetmişsiniz, pek yazık olmuş kuzum," derken kinayesi öyle bir seviyedeydi ki Ülkü'nün bakışları dondu Latife'nin yüzünde, öylesine derin, öylesine ciddi, öylesine tehditkârdı ki gözleri, Zübeyde Hanım o an yerin dibine girdi.

Ayşe dürtmese masanın üstünden kadının tepesine atlayacaktı sanki Ülkü. Bu herkesi aşağılayan, halden anlamayan, perdenin kumaşından sadece üç tane elbise çıktığı için kendisine elbise kalmadığını düşünemeyecek kadar bencil, etrafındakileri aşağıya ittirerek kendini yukarıda tutan kadın, üzerindeki ipekli elbisesine, elindeki kuş tüyü yelpazesine, kulaklarına, boynuna, parmaklarına dizdiği pırlantalara rağmen nasıl da ilkeldi.

İlkellik şekilde değildi ki.

İlkellik ehlileştirilmemiş ihtiyaçlarımızın bizleri ele geçirmesiyle başlayan, hissettiğimiz eksikliği diğerlerinin fazlalığında bulan, kıyaslarla yargılayan, şekille sınırlar koyan bir haldi ve bu kadın o halin nadide bir örneğiydi.

Gülümsedi Ülkü, kinayeyi iade eden bir üslupla gözlerini Latife'den ayırmadan, "Ne şanslısınız, görünen o ki siz hiçbir şey kaybetmemişsiniz savaşta. Üstelik Malta'ya[76] bile gitmeden," dedi tane tane.

---

76 13 Kasım 1918'den 6 Ekim 1923'e kadar beş yıl boyunca tek bir kurşun atmadan İstanbul'u işgal eden İngilizlere karşı, 2 Ocak 1920'de toplanan Meclis-i Mebusan, 17 Şubat'ta bir bildirge ile Misak-ı Milli kararını açıklamış. Bu karar üzerine, İngilizler 9 Mart'ta milliyetçilerin toplandığı Türk Ocağı'nı basıp, tüm devlet binalarını, karakolları denetim altına alıp direnenleri öldürmeye başlamışlar. Meclis-i Mebusan kapatılırken, direniş için bir grup aydın Anadolu'ya kaçmış, yakalananlarsa İngiliz donanmasının bir gemisiyle Malta'ya sürgüne gönderilmişler.
Yazarlardan Ziya Gökalp, Hüseyin Cahit gibi fikir adamları, asker ve devlet büyüklerinden Fahrettin Paşa, Ali Sabis Paşa gibi isimler sürgün edildiler. Yakalanacaklar listesindeki Mustafa Kemal Paşa yakalanmadı. Üç yıllık Malta sürgününde tutulan 145

Kelimeler belki çok da yıkıcı değildi ama Ülkü'nün onları söylerkenki bakışı, sesinin tonu, gözlerinin içine yerleşmiş o ışığın iması öyle güçlüydü ki yelpazeyi sallaması durdu Latife'nin, zihni dondu. Bu kız onu resmen vatan hainliği ile suçluyordu. Şimdi karşısındakinin üstüne atlamak isteyen tek kişi Ülkü değildi artık, Latife de hazırdı.

Yelpazeyi bir hamlede kapatıp ciddileşerek yeni bir lafa hazırlandı, ona Vahdettin'in uğradığı haksızlığı anlatacaktı ama neyse ki Lütfiye girdi lafa, "Aman Allah hepimizi korusun! Ne güzel bir aradayız her şeye rağmen. Ne şanslıyız. E, Ülkü kızım siz neler yapmaktasınız?" derken içten ve ilgiliydi.

Selim, teyzesinin tatlılığına minnette, vatan haini bahsinin geçmesinden tedirgin baktı Ülkü'ye, *o adam*ın takipçisi miydi bu kız? Vahdettin'i suçladığı kesindi. Ülkü'nün konuşmasını beklerken anneannesi Zübeyde cevapladı soruyu: "Böyle giyindiğine bakmayın, onu alacak koca yaşadı, şifacıdır benim kızım, otlardan ilaçlar yapar ama sadece ilaç değil, çok da güzel yemek yapar Ülkü. Otlardan bile yemek yapmayı bilir."

Yok olmak istedi Ülkü! Anneannesinin saflıktan doğan görgüsüzlüğü sanki şu aptal kadına silah olarak verilmişti ve anneannesi konuştukça kurşunlanıyor gibi hissetti. Neyse ki Ayşe lafa girip

---

kişiden 15'i orada öldü. Sadece 20 kişi kaçmayı başardı. Geri kalanlar ise Atatürk'ün gayretleriyle, ele geçirilmiş İngiliz esirlerle takas edilerek geri alındı. Tüm bunlar olurken İstanbul'un bir grup zengini de İngilizlerle anlaşarak koşullar ne olursa olsun varlıklarını koruyabilmek kaidesiyle Meclis-i Mebusan'ın kararını destelemeden ve savaştan etkilenmeden İstanbul'da yaşadılar. Bu işgalden sonra yine Damat Ferit Paşa kabinesi İngilizlerin kurgusu ile başa getirilirken, Mustafa Kemal Paşa İstanbul'un işgali üzerine İstanbul'daki İtilaf Devletleri'nin temsilcilerine, tarafsız bütün devletlerin dışişleri bakanlıklarına şu telgrafı gönderdi: *"Biz hakkımızı ve istiklâlimizi korumak için girdiğimiz kavganın kutsallığına ve hiçbir kuvvetin bir milleti yaşamak hakkından mahrum edemeyeceğine inanmış bulunuyoruz. İstanbul'un işgali olayından doğacak büyük mesuliyete son bir defa olarak dünyanın dikkat nazarını çekeriz. Davamızın haklılığı ve kutsallığı bugünlerde, Tanrı'dan sonra en büyük yardımcımızdır."*
Biri size İngilizler tek kurşun atmadan İstanbul'u nasıl bıraktı diye sorduğunda, onlara asıl İngilizlerin İstanbul'u tek kurşun atmadan nasıl işgal edebildiklerini sorun.

"Ama Ülkü avukat olacak, değil mi Ülkü?" deyip onurunu Ülkü'ye geri verdi.

Başını salladı Ülkü, keyfi iyice kaçmıştı. Halden anlamayan bir züppe kadın tarafından yargılanmak ve saldırıya uğramak yıkamazdı onu, alışıktı, ama anneannesinin iyi niyetine kurban gitmek ağır geldi. "Onu alacak koca yaşadı," bile demişti! Kocalar tarafından alınan bir şeydi hâlâ kadınlar. İnanılır gibi değildi. Bu noktadan sonra konuşmayacaktı, bu halden anlamaz kadın ne yaparsa yapsın kelimelerini ona harcamayacaktı. Dönüp anneannesine baktığında Zübeyde'nin ifadesindeki endişeyi, karmaşayı görüp elini anneannesinin dizine koyup dizini sıvazladı. "Önemli değil, yanındayım" demenin bin türlü hali vardı, Ülkü ise hep bunu yapardı. Zübeyde dizindeki elin üstüne kendi elini koyarken torununu nasıl da iyi savunduğunu düşündü, rahatladı.

"Demek avukat olmak istiyor hanım kızımız ama kuzum, kadın avukat görülmüş mü ki? Böyle erkek kıyafetleri giymekle de erkek de olunmayacağına göre… sanki zor yani," diye kaşıdı Latife, Ülkü ile işi bitmemişti daha. Kahvesinden bir yudum aldı keyifle, verdiği rahatsızlık umurunda bile değildi, daha fazlasını vermeye de yeminliydi. Kendini halkın efendisi sanan bu köylü kalabalığı yüzünden sürülmüştü yurttan kocası!

Annesinin acımasızlığına baktı Selim, ne zamandır böyleydi? Muhtemelen parası olmadığı için kendine elbise alamamış bir kıza geçirmişti dişini, Ülkü'nün gururlu durmak için saldırdığını bile fark etmeden çıkarmıştı pençelerini… Ne zamandır böyleydi?

Lütfiye'nin dürtüklemesi o kadar sertti ki masadaki herkes Lütfiye'nin kardeşini dürtüklediğini anladı. Latife ise gülerek Lütfiye'ye dönüp "Ayol ne oluyor kuzum? Hayal kurmak güzel ama bir yaştan sonra tuhaf oluyor. Ben yardım etmeye çalışıyorum. Birilerinin gerçekleri konuşması lazım gelir değil mi…" dedikten sonra Ülkü'ye dönüp kinayenin doruklarında, "Anlamadım hanım kızım, nasıl avukat olmayı planlıyorsunuz? Kadından avukat mı olurmuş?" dedi yine, yelpazesi gülümsemesine takım gibiydi.

Dikkat kesildi Selim, çünkü annesi acımasız olsa da haklıydı. Böyle erkek kıyafetleri içinde gezinip hayaller kurmak aşağılayıcıydı. Ülkü'ye o an ikinci kez acıdı. İlki eski ayakkabılarına baktığı o fırındaydı. Kız güzeldi ama bir köylünün kraliçe olma ihtimali bile bu şehre yeni taşınmış bir kızın avukat olma ihtimalinden daha yüksekti. Kendisi bile zor olurdu avukat, bu kızı kim kabul edecekti?! Ülkü'nün üzerindeki kıyafetlerde gezindi gözleri, kendisine yabancı gelen bu hali nasıl da romantize etmişti, hemen gerisinde yatan deliliği nasıl fark etmemişti?

İlmiye içeri girdiklerinden beri sessizce incelemişti herkesi ve Ülkü'nün uğradığı saldırılardan sonra saatli bir bomba gibi patlamak üzere olan ablasının haline dayanamayıp konuşmaya karar verdi, nasıl olsa kimin kim olduğu ile ilgili analizini iyi yapmıştı. "Beyhan Nil, Süreyya Ağaoğlu... Kadın avukatlar bunlar, varlar. Sayıları yeterli mi? Tabii ki değil. Eminim çoğalacaklar. Çoğalacağız Latife Hanım. Biz çoğaldıkça hanımefendiliğin sınırları genişleyecek ve bir gün herkes anlayacak hanımefendiliğin pantolon giymekle kaybolmadığını ama şirret olmakla bozulduğunu," dedi hiç sinirlenmeden, dümdüz, adım adım yıkıp geçmişti Latife'yi... öylesine yumuşak ve sade konulmuştu ki sanki "şirret" kelimesi bile kulağa iltifat gibi gelmişti ama Latife geri çekilmedi. Bakışını İlmiye'den alıp onu duymazdan gelip Ülkü'ye "Eğitiminiz nedir küçük hanım, Darülfünun Hukuk Fakültesi'ne kabul edilmek için epey eğitim almak lazım gelmez mi?" diye sordu, sonra oğluna dönüp neşe ile "Ne oldu Cumhuriyet'le birlikte tüm kurumlar ciddiyetlerini mi kaybediyorlar?! Ben de doktor olayım bari, böyle diploma veriyorlarsa..." dedi gülerken, yine yelpazesini açmış sallamaya başlamıştı. Beğendiğin aşifte bu mu dercesine Selim'e bakışı pek kinayeliydi. Oğlunun bu kıza ilgisini darmaduman etmeden kalkmayacaktı o masadan!

Zübeyde kabul görmek istiyordu ama torunlarını korumak daha mühimdi, kabul etmek istemese de, nedenini anlamasa da resmen saldırıya uğruyorlardı, yoksa yanlış bir anlaşılma mı vardı? Daha önce hiç böyle bir ortamda bulunmamıştı, köyde komşularıyla olan tartışmalar hep başıboş gezinen keçiler, kaçan tavuklar ve mahsüller üzerine olurdu ki çözmesi her zaman kolaydı, savaş gelene kadar. Kafası karışıktı ama yine de lafa daldı: "Latife Hanımcığım, torunlarımın hepsi çok nadidedirler, akıllıdırlar. İlmiye okula gidiyor, özel bir sınıfta karma eğitim denen bir şey var onu öğreniyor."

İlmiye anneannesinin yanlışını düzeltecekti, eğitim karmaydı, yani kızlı erkekli ama öğrendiği şey bu değildi, ağzını açtı ama anneannesi konuşmaya devam edince vazgeçti.

Zübeyde "Ayşe dikişte ustadır," derken hafifçe doğrulup "giydiğimiz tüm bu elbiseleri o dikti. Bakın detaylarına nasıl da temiz dikişleri, o kadar becerikli ki bu eski perdeyi bile nasıl da güzel değerlendirdi," dedi, kızlar yerin dibine girmişlerdi ki asıl bomba Ülkü'de patladı, çünkü Zübeyde Hanım "Ülkü'nün böyle gezdiğine bakmayın, bir piyano çalsa şaşarsınız," derken daha fazla dayanamadı ne Latife ne de Ülkü, ikisi de aynı anda Zübeyde'nin lafına girdiler.

Ülkü "Anneanne!" demişti, Latife ise "Nerden öğrendi piyano çalmayı, handa mı?" diye dalga geçmişti.

Anneannesinin yorgun, karışmış, şaşkın ifadesine bakıp dişlerini sıktı Ülkü, dimdik döndü Latife'ye, bir an bakışı İlmiye'ye kaydı, iyi ki de kaydı, çünkü o bakışta bilgelik vardı, küçük kardeşinden o an akıl almışçasına sakinledi, tekrar Latife'ye döndüğünde gözlerinin içine bakıp tane tane, sinirlenmeden konuşmaya başladı: "Halkevinde öğrendim. Fredric Chopin'den tam size göre bir parça biliyorum ama büyük ihtimal siz henüz daha bu parçayı bilmiyorsunuzdur. Umarım yakında öğrenirsiniz, bir gün ben sizin için çalabilirsem pek memnun olurum."

Meydan okumayı hemen kabul etti Latife, "Bizim bilmediğimiz ne çok şey biliyorsunuz avukat hanım. Madem biz bilmiyoruz, o bir gün bugün olsun, çalın da dinleyelim!" derken kızın kendini rezil edeceğinden emindi. Halkevleriymiş, Allah'ın köyünde piyano mu öğretiyorlardı yani!

Ülkü başını sakince eğip "Hay hay," dedi ve düelloya hazırlanır gibi gözlerini Latife Hanım'dan ayırmadan kalktı.

Ülkü'nün kalkmasıyla masadaki iki erkek, Rıza Bey ve Selim de hemen ayaklandılar. Selim'in suratına bile bakmadan dönüp dimdik piyanoya yürüdü Ülkü.

Geriye yaslanıp sessiz bir iç çekerken acı hissetti Selim, gözlerini kapatıp izlemek istemedi olacakları, kızın sadece kıyafetleri değil halleriydi asıl tuhaf olan, yazık diye düşündü, annesi kızı resmen çıtır çıtır yemişti ama yazık diye düşünmesinin sebebi bu değildi. Kızın kesin bir rahatsızlığı falan vardı, güzelliğini saymazsak görüntüsünden, hal ve hareketlerinden belliydi. Savaş sonrası deliren çok kişi vardı, milletin yarısı kafayı yemişti. Annesi bu yarım akıllı hayalperest kızı yerin dibine sokup çıkardığı yetmezmiş gibi, çalamayacağı piyanonun başında, saray soyundan gelen tüm salona rezil edecekti. Sancılı bakışları teyzesininkiyle buluşunca, Lütfiye küçücük bir baş hareketiyle sanki ruhundaki sancıyı paylaştı. O da elbette yeğeninin kıza olan ilgisini anlamıştı.

O sırada annesi ile bir an yine göz göze geldiler. Tüm bu hırpalama oğlunu yarım akıllı bir köylüye kaptırmamak içindi. Annesinin yanına gidip elini tutmak, ona merak etmemesini, kız ilginç gelmiş olsa da onunla bir gelecek asla düşünemeyeceğini fısıldamak, onu rahatlatmak istedi Selim ama salon öylesine sessizdi ki kıpırdayamadı. Keşke zamanı durdursa ve bu zavallı kızı şu işkenceden kurtarsaydı ama herkes gözlerini Ülkü'ye dikmişti, çok geçti.

Adım adım herkesin kendisine baktığının farkındalığında, zerre kadar utanç ya da korku hissetmeden yürüdü Ülkü, o önyargı yuvası kadına gösterecekti gününü! Salonun ortasındaki piyanonun yanına gitti. Piyanistin kulağına eğilip rica etti. Piyanist, Latife Hanım'a bakıp onun onay vermesi ile birlikte kalktı.

Piyanistin kalkması, Ülkü'nün tabureye oturttuğu narin bedenini dikleştirip birkaç tuşa basması ve durması zaten sonu belli olan bir oyunun finali gibiydi ama Ülkü yerinden azıcık kalkıp piyanoforte'nin iç kısmına sarktı ve tellerin arasından küçük bir şey çıkarıp piyanonun üstüne koydu. O çıkan şey fındık mıydı?

Ülkü'nün yerine yeniden oturması ve tane tane notalara basmasıyla birlikte izleyenlerden çıkan ince uğultunun tüm semtlere yayılacak bir dedikoduya dönüşmesi an meselesiydi. Bilgi ve yetenek daima yenilmezdi. Bu ikisini kuşanmış biri koşullar ne olursa olsun her cephede galip gelirdi, ne giyerse giysindi!

Selim bakakaldı. Pantolon giymiş, köyden gelmiş bir kızın böylesine etkileyici piyano çalması mıydı şok edici olan, yoksa çalmayı seçtiği parça mı?

Bilemedi Selim. Kalkan kaşları, kocaman açılmış gözleriyle sadece izledi.

Salonu dolduran bu asilzade İstanbullular, yüzlerce yıldır saraylarda gösteriler izlemiş ataların evlatlarıydılar ama bu kızın yaptığı gösteri hepsini geride bırakacak nitelikteydi, çünkü şok ediciydi!

Fredric Chopin'in 2 numaralı piyano sonatı[77] salonda yankılanırken şok içinde izledi Selim Ülkü'yü, bu kızın aklının gayet yerinde olduğuna, isterse avukat da olacağına o an emin oldu. Ülkü sanki mucizeydi. Emin olduğun klişelerin hepsini sarsacak, hiçbir şeyin göründüğü gibi olmadığını sana canlı canlı yaşatacak, hissettirecek, bir kere tanıklık edersen bir daha aklından çıkmayacak bir mucize… Yoksa aslında bazı şeyler tam da göründüğü gibi miydi? Biraz önce ona acıdığı duyguları bir iğne gibi içine saplandı. Kendi sığlığında onu yargılamaya ne kadar hazırdı, işte o an şekilciliğin ne olduğunu anladı. Kendisi safkan bir şekilciydi!

Salondaki herkes sessizdi, hepsinin dikkati Ülkü'deydi.

Pantolon giymiş bir köylü kızından mükemmellikle çalınan bir parça dinliyorlardı, çalınan parçanın cenaze marşı olduğunu bilmeden… itiraf etmek gerekirse marşın cenazeye ait olduğunu bilecek kadar Avrupa müziğine alışkın değildiler. Osmanlı'nın son dönemindeki hilafet Doğu'nun gericiliğine saplanmayı, Araplarla

---

77 Cenaze Marşı, Frédéric Chopin - *Piano Sonata No. 2, III. Lento* | Arturo B. Michelangeli (3/4)

bir olmak için çabalamayı emrettiğinden; resmi, heykeli, müziği, sanatın her dalını sınırlandırdığından beri, beynin hem sağ hem sol lobunu aynı anda çalıştırabilen, hem çalana hem dinleyene nota nota zekâ katan bu aletin faydalarından mahrum kalmışlardı.

Acaba bu mahrumiyet gelişimlerini nasıl etkilemişti?

Almanların yenilip yenilip bu kadar çabuk toparlanması ya da Rusların bir türlü devrilmez olmaları piyanoyu ilkokulda her çocuğa öğretecek kadar ciddiye almalarından mıydı?[78]

Müzik bittiğinde önce çocuklar alkışladı, piyanoyu çalan kızın salondaki herkese başkaldırdığını bilmeden, gerçi bilseler de umursamazlardı. Ardından yaşlılar katıldı çocuklara, hayatın başında ve sonunda olanlar için, anlamları savaşmadan ayırt edip kabul etmek belki de daha kolaydı. Ve Selim'in alkışlamasıyla birlikte salondaki diğerleri de, ürkek de olsa, ona katıldılar.

Latife'nin gözleri Selim'e kaydığında, Selim alkışlamaya devam ederken gülümseyerek omuzlarını silkti, ne yapsın, kız şahaneydi! Annesi acımasız olabilirdi ama kendini ortaya koymakta kararlı bir yeteneği inkâr edecek kadar kalpsiz asla değildi. Latife yenilmişti.

Ülkü alkış seslerinden kafası karışmış bir durumda döndü Selim'e ve cenaze marşını alkışladığını bilip bilmediğini anlayamadı. Bu insanlara hakaret etmek istemişti ama bu hakareti hepsi sevmişti. O sırada Latife Hanım sinirden belki kudurabilirdi ama ifadesindeki tebessüm ve ellerini narince birbirine vurması ile tam bir hanımefendiydi... Onun zamanındaki hanımefendiliğin anlamı, hayatta kalabilmek için birbirlerini zehirleyen kadınlar tarafından padişahın haremlerinde verilmişti.

Ülkü kalkıp küçük bir selam verip masaya ilerledi ve yerine otururken gururlu anneannesinin "Demiştim size çok iyi piyano çalar, Halkevleri çok şey öğretti çocuklarımıza," demesini duy-

---

78 Piyano çalmayı öğrenmiş bir bireyin beyni öylesine farklı yapılanır ki piyano sağ ve sol beyin hemisferi arasındaki ilişkiyi güçlendiren, beynin bölümleri arasındaki iletişimi ve dolayısıyla beynin çok hızlı çalışmasını sağlayan yegâne araçtır. Piyano öğrenmek bireydeki zekâ ve medeniyetteki gelişmişlik seviyesini etkileyebilir.

mazdan geldi. Selim'e bakmamaya özellikle dikkat etti. Bakışları Latife'de, tetikte, saldırının devamını bekledi ama Latife akıllı kadındı, kaybedeceği savaşlara girmemeyi saltanatlıkta hizmet veren usta politikacı babasından ve kocasından öğrenmişti. Ülkü'yü tebrik edip Ayşe'ye döndü "Sizin becerileriniz nelerdir Ayşe Hanım?" diye sormuştu.

Ayşe'nin dikiş dikmekte ustalaşma hikâyesini, moda anlayışındaki farklılıkları, terzi olmak istediğini dinleyemedi Selim, kaybolmuştu. Gözlerini koparamadığı Ülkü'yü tanımlayamıyordu. Bakışları Ülkü'ye saplanmış düşünürken, aniden döndü Ülkü ona.

Niye bakıyordu bu adam böyle! Üstelik annesi olacak şu kadının ettiği hakaretlerden sonra bu ne cesaretti!

Ne utanmazdı!

Resmen gözlerini dikmiş, hatta saplamıştı!

Ülkü meydan okudu Selim'in gözlerinin içine içine bakarken, ya bakışını çek ya da... der gibiydi. Selim hemen bakışını çekti ama zihni o bakıştaki vahşiliğin esiriydi.

Ülkü dişlerini sıktı. Başı açık, kendilerinden olmayan kızların hepsinin yollu olduğunu sanan, ihtiyaçlarını çektiği şeyleri adaplı bir şekilde yaşamanın yolunu bulmadıkları için kapalı kapılar arkasında her haltı yeseler de, herkesi kandırmayı hayat sanan o güçsüzlerdendi! Pazarda yanına gelivermesi bu yüzden miydi? Bunların hepsi hadım edilmeliydi! Bir gün bilim adamları bu tip düşünceler üreten salakların beynindeki geriliği kesin tespit edecekti ama şimdilik halleri muammaydı. Bunlara rağmen kadın olmak başlı başına ihtilaldi. Her gün bir zihni fethedip varlığını olduğun gibi kabul ettirmekle geçen gündelik ama sonsuza kadar süren bir ihtilal. Her gün yeniden başlayan, hiç bitmeyen bir direniş. İnsan yerine konulmanın savaşı! Kendi kadınlığından bihaber, dekolte vitrini gibi gezinen birçoklarının arasında engellere rağmen ilerlemeye çalışılan bir yoldu kadınlık.

Her şeye rağmen kadın kalabilmekse en büyük zaferdi! Çünkü dünyanın en çok kadınlara ihtiyacı varken, sadece üç beş abazan aç bırakılmış cinselliklerine mazeret arıyor diye, objeleştirilen kadının tüm varlığını hayattan çekip saklanması hayata ihanet değil miydi? Kadının görev almadığı bir toplum köleliğe hizmetteydi.

Ayşe, "Tek problem iyi fiyata kumaş bulmak," dediğinde sohbetin istikametine geri döndü Ülkü, Ayşe'yi dürtmek istedi, bu insanların hiçbir zaman uygun fiyata ihtiyacı olmamıştı ve onlara hitap etmeyen ihtiyaçlardan konuyu açmak, rezil olmanın ilk adımıydı. Bari bu densiz kadın Ayşe'ye sarmasaydı. Ama zaten dışlanmanın doruklarında bir soğuk savaş halihazırda yaşanmıştı bu masada. Aslında dışlanmak umurunda değildi ama anneannesi umursayacaktı, emindi, çünkü köydeki komşuluğu burada da yakalayacağının hayalini kurarak gelmişti buraya, etrafında olanları netlikle hesaplayamayacak bir yorgunluktaydı. Yaşlılık değildi yorgunluğunun kaynağı, yalnızlıktı. En çok komşularını ve hayvanlarını özleyen bir yaşlı kadındı Zübeyde Hanım. Bir soru sorulsa on dakikada detaylarla cevaplıyordu. Sanki ağız ishali olmuştu, açıkladıkça açıklıyor kendisine ne sorulursa iç dünyasını, hatta sevdiklerinin iç dünyasını bile fazlasıyla sunuyordu. Önce net bir utanç hissetti Ülkü, sonra, canı kadar sevdiği anneannesinden utandığı için kendinden nefret de etti. Utanılması gereken, anneannesi değil, dalga geçmek için fırsat kollayan bu asalaklardı!

"Ah kuzum iyi söylediniz, hele bu zamanda çok zor," dedi Latife, ağını ören bir örümceğin samimiyetinde sabırla ekledi, "Cumhuriyet balosuna davetli misiniz?"

"Davetliyiz," diye cevap verdi Zübeyde Hanım, cevaplarken öyle gururlanmıştı ki Latife Hanım'ın Rıza Bey'e kaçamak bakışlarını fark etmedi bile, resmen göğsü kabarmıştı, "Ne büyük onur!" diye iç çekerken.

Yakın masalardan Zübeyde'nin tepkisini duyan herkes ona dikkatle baktı, Zübeyde bakışları üzerinde topladıkça daha da onurlandı, o bakışların kendisi ile hemfikir olmadığını anlamadı. İnsan kendisinde ne varsa etrafında da o var sanırdı.

Latife Hanım Ayşe'ye doğru eğilip "Çok şık olacakmış duyduğum kadarıyla," diye fısıldadı, Ayşe'nin suratındaki utancı görmek için gözlerini ayırmadı.

Evet, çok şık olacaktı ve o şıklığın içinde kendilerine nasıl yer bulacaklardı diye düşünürken Ayşe iyice kızardı. Cumhuriyet balosunda değildiler ama sahip oldukları en şık kıyafetlerle burada bile rezil gibiydiler. Latife dönüp Lütfiye'ye baktı ve küçücük bir mimik yaparak, bu kızların ne kadar köylü olduklarını ima etmek istedi ama Lütfiye hemen başını çevirdi, bu oyuna katılmayacaktı.

Ayşe kekeledi, işi şakaya vuracaktı ki "Neyse kuzum," deyiverdi Latife, Ayşe'ye dönüp "bende tam size göre bir kumaş var, yarın bana uğrayın, göstereyim. Genç kızlığımdan kalma, bizde genç kız yok, hepsi erkek. Küçük bir hediye sayın bunu, kabul ederseniz beni çok mutlu etmiş olursunuz. Üzerine çay dökülmüştü ama siz beceriklisiniz, o lekeyi de halledersiniz. Tam size göre!" dedi.

Zübeyde nihayet tatlıya bağlanan sohbetin huzurunu yansıtan bir sevinçle "Ah ne iyisiniz Latife Hanım. Mahcup ettiniz bizi," dediğinde kendini tutarak izledi Ülkü. Söylenecek çok şey vardı bu kadına ama her kelimenin bir yeri ve zamanı da vardı. Yanlış zamanda, yanlış kişilere edilmiş kelimeler zamanın hırsızıydı. Keşke Ayşe dik durup o kumaşla falan ilgilenmediğini vurgulasaydı. Sohbetin akmasını, sözün dolaşıp Latife Hanım'ın araya sıkıştırılmış sorularına dönüşmesini izledi Ülkü, Selim'in varlığını kendine odaklanmış hissederken.

Ne zaman taşınmışlardı?

Neden taşınmışlardı?

Daireyi nereden bulmuşlardı?

Evde kaç kişi yaşıyorlardı?

Anneleri neden gelmemişti?

Peki neden rahatsızdı?

Nesi vardı?

Sorular gereksiz bir sorgulamaya doğru evrilirken Ayşe ile göz göze geldi Ülkü. Anneannesinin DNA'sına kodlanmış Ege

Denizi'nin ılık iklimi, sanki tüm bereketiyle dürüstlüğe dönüşmüş, sorulan her soruda çırılçıplak kendini koyuyordu ortaya. Oysa ki dobralığın cezalandırıldığı, cesaretin hadım edildiği topraklardaydılar… İstanbul'daydılar. Bizans oyunlarının keşfedildiği yer değil miydi burası?

Anneannesinin açıklamaları bir türlü bitmedi: *Üç hafta önce taşınmışlardı ama hâlâ alışamamışlardı.*

Savaşta her şeylerini kaybedince köyde kalamamışlardı.

Evde dört torunu ve kızı ile birlikte yaşıyorlardı.

Kızı rahatsız olduğu için gelememişti ama selamlarını göndermişti.

Savaştaki kayıplar ağır gelmişti, o yüzden kızı sıkıntıdaydı… derken doluverdi Zübeyde Hanım'ın gözleri, taşmamak için titrek bir savaş veren gözyaşlarından bir tanesi sızıverince Ülkü ayağa kalktı ve sorguyu bitirdi!

Latife'nin hevesi kursağında kalsa da, Ülkü'nün anneannesini toparlamaya çalışmasını izlemekten ve akşam yemeğine misafir bekledikleri için gitmek zorunda oldukları yalanını dinlemekten epey keyif aldı. Amatörler diye düşündü içinden, her şeyleri ile ne kadar da ortadaydılar. Basitçe varoştular. Oğluna döndü, kendi gördüğü rezaleti onun da gördüğünden emin olmak için baktı ona ama Selim öylesine odaklanmıştı ki bu yosmaya, kız silah çıkarsa alkışlayacak gibiydi. Bu kızın varlığı büyük tehlikeydi, en çok da kendi ailesi için.

Ülkü'nün ve kardeşlerinin ayağa fırlaması ile birlikte Selim de ayağa kalkmıştı, masada yaşanan soğuk savaşın trafiğinden yorulan Rıza Bey de Selim'i takip edip ayaklandı. Hanımlar kalkarken erkeklerin uğurlamak için kalkması bir Fransız geleneğiydi, Saltanat Fransız akımından etkilendiği için sarayın çevresine de yerleşmişti. Selim nezaketle validesinden izin isteyip misafirleri geçirmek için peşlerinden gitti. Latife gitmemesini buyuracaktı ki Selim cevap beklemeden kızlara yetişivermişti.

Çıkışa doğru ilerlerken Ali tutmuştu anneannesinin elinden ve İlmiye girmişti diğer koluna, Ayşe herkesle vedalaşıyor, kendisine verilme ihtimali olan kumaşın olasılığı ile ortamı yumuşatmaya çalışıyor, Latife Hanım'a saygılarını sunuyordu ki Ülkü'nün seslenmesi ile o da ailesine yetişti.

O sırada fark etti Ülkü Selim'in peşlerinden geldiğini, Ayşe'yi de geçip yanına yaklaştığını, ama umursamadı.

Selim "Piyano çalmayı nerden öğrendiniz?" demese dönüp yüzüne bile bakmayacaktı.

"Latife Hanım'a açıkladığım gibi, Halkevi'nde. Fazla ilginizi çekti galiba!" diye çıkıştı, savaş modunun hemen kıyısındaydı, gerekirse bu süslü abazayı da kapının önünde pataklayacaktı!

"Açıkçası evet," dedi Selim, net, dürüst bir itiraftı bu, geriden gelecek kelimelerin tatsızlığına hazır, Selim'in suratına bakmadan çıkışa ilerledi Ülkü ama Selim o an duymayı hiç beklemediği bir şey söyledi: "Bir hanımın cenaze marşını bizimkilere dinletip alkış alması doğal olarak ilgimi çekti, ilgimle size rahatsızlık verdiysem affedersiniz Ülkü Hanım."

Dışarı çıkmışlardı ki Ülkü durakladı, kaşları da kalkmıştı, ifadesindeki şaşkınlığın farkında değildi, çaldığı parçanın cenaze marşı olduğunu Selim'in bilmesi olağanüstü gelmişti, kendisini tebrik etmesineyse daha da şaşırdı. Gayriihtiyari gülümsedi, "Sadece musiki dinlersiniz sanmıştım," derken samimiydi.

Ülkü'nün ifadesindeki yumuşamayı ilk defa gördü Selim, bir kadın nasıl her bakışta daha da güzel olabilirdi? Üstelik Ülkü tam da olduğunu anladığı kişiydi. Şu üstündeki kıyafetleri saymazsak, içeride hayatlarını iyi bir eş bulmak için bekleyerek geçiren o eğitimli kızlardan nesi eksikti? Fazlası vardı! Etrafında tek bir kız bile yoktu ona baktığında hissettiklerini hissettirebilen, olmamıştı da. Melek bile onunla kıyaslanamazdı! Ülkü'nün gözlerinin içine içine bakarken mırıldandı: "Hayatta pek çok şeyi, pek çok şey sanıyoruz ve bu yüzden çoğunlukla da yanılıyoruz," ve ekledi: "Musiki de dinliyorum ama piyanonun insanı zekileştirdiğini söylüyorlar."

Gülümsedi Ülkü, Selim'in gözlerinin içindeki ışık fazla gelmişti, gözlerini çekmek zorunda hissetti, gülümsemesini sınırlandırırken, faytona yaklaşmıştı. Faytona binerken bakışını son anda yerden kaldırıp "İhtiyacınız var tabii, siz de haklısınız," dedi.

Tutmadı kendini, gülümsedi Selim. Bu kızın hakareti bile anlamlıydı. İyi günler diledi. Ülkü başı ile bu iyi dileği kabul etti. Selim daha da hayran oldu, Ülkü nasıl da hemen kendini çekiyor ve varlığının etrafına sanki dikenli teller örüyordu. Birbirlerine hiç dokunmadan vedalaştılar.

Ülkü faytonun asma merdivenine çıkmıştı ki atlar azıcık hareketlenince hafifçe tökezledi ve Selim sağ eliyle Ülkü'yü belinden tutuverdi ama sadece birkaç saniye ve sadece hafifçe tutup dengesini sağlamasına destek verdi, sonra hemen çekti elini.

O birkaç saniyede eline bulaşan his Selim'in bedenine hücre hücre yayılırken, dokunduğu yerde, kumaşın altında hissettiği Ülkü'nün ılıklığı ve bedeninin hafifliği zihnine kazındı… Tebessümü dondu Selim'in, Ülkü'ye dokunan eli, bacağının yanında kıpırtısız beklerken Ülkü faytona binmişti. Yerine oturup Selim'e teşekkür etmek için başıyla küçücük bir hareket yapacaktı ki Selim'in ifadesine saplandı gözleri, sanki onun ne hissettiğini hissetti ve teşekkür edemedi.

Birkaç saniye birbirlerinde gördüler kendilerini, birbirlerine ne hissettirdiklerini… Ülkü hemen çekti gözlerini, çünkü Selim'in gözlerini kendininkilerden çekemeyeceğini fark etmişti.

Ülkü'nün ifadesine… kaçırdığı gözlerine… örgüsünden sıyrılmış bir tutam saçının uçuşup yanağında dans etmesine… bedeninde uyanan hisse… bakakaldı Selim, bakışında sonsuz bir saygı vardı, ne Rıza Bey'in kendisine seslendiğini duydu ne de faytondaki hanımların bakışındaki tuhaflığı fark ettiklerini anladı… sadece bakakaldı fayton uzaklaşırken. İnsan ilk defa ait olduğu bir yer gördüğünde böyle donup kalmaz mıydı? Selim'in gözlerinde, ait olmak için hazır olan bir adanmışlık vardı.

Evet, kadın olmak başlı başına bir ihtilaldi.

Her gün bir zihni fethedip varlığını olduğu gibi kabul ettirmekle geçen, seni etten oluşmuş bir dekolte olarak görme eğilimindeki ahmaklara sınırlarını bildirmekle devam eden, gündelik ama sonsuza kadar süren bir ihtilal.

Direnişin ta kendisiydi!

Toplumları, insanlığı doğuran kadınlar hayatın en önemli hizmetlisi değil miydi?

-5-

Denge, etrafımızda olan her şeye rağmen olmamız gereken kişiyi
unutmamak değil miydi?

Öyle bir sessizlik hâkimdi ki yol boyunca, üstü açık arabada rüzgârın sesi kasırgaya, motorun sesi volkanlara dönüşmüştü sanki... Selim böylesine yapay bir tepkisizlikte ne yapacağını bilemedi. Annesi arabaya binerken elini Selim'e uzatmayı reddetmiş ve özellikle arka koltuğa geçmiş, Selim iyi olup olmadığını sorunca da cevap bile vermemişti. Küsmüştü oğluna, ilk defa.

Valpreda'ya vardıklarında Latife Hanım, hızla arabadan inmiş, arka kapıdan apartmana girip doğruca asansöre ilerlerlerken girişte elinde kekle kendilerini karşılayan Orhan'ın annesi Selda'ya selam bile vermemiş ve kimseyi beklemeden hızla asansöre binip çıkmıştı eve.

Annesine açtığı kapının başında, geride bekledi Selim, ilk defa yaşıyorlardı böyle bir kriz, ilk defa böyle davranıyordu annesi. Lütfiye Teyze inip "Üzerine gitme, bir şeyler atıştırsın, şekeri de düşmüştür şimdi onun, toparlansın, konuşuruz oğlum," dediğinde, "Ne oldu ki teyze, ne yaptım ki ben?" diye sorguladı Selim aslında konunun ne olduğundan emindi ama sadece annesinin böylesine net bir şekilde kalbini görmesine şaşırmıştı.

Lütfiye "Yavrum, anneler oğulları için hep endişelenirler... Onun kendince haklı nedenleri var ama sen de niyetinde ciddiysen kendi haklı nedenlerini ona sunmak zorundasın," dediğinde,

262

ilk defa o an olayın vahametini anladı Selim. Ülkü zihninin her köşesine sinmiş, bedeninin her hücresine kendini özlettirmişti. Herkesten, her şeyden farklı bir duygusu vardı ve o duygunun dışında başka hiçbir duyguda Selim sanki kök salamayacaktı. Kabul etmek istemese de, her zerresi istiyordu onu… sadece onu. İhtiyaçtı bu hissettiği, sağlam, atlatılamaz, görmezden gelinemez bir ihtiyaç! Ülkü'ye yaklaşmalı ve onu keşfetmeliydi! Yoksa sanki ruhu solup gidecekti ve bunu teyzesi bile bir görüşte fark etmişti. Demek ki bu duyguyu sadece kendisinden saklayabilmişti? Acaba Ülkü de bu kadar anlamış mıydı?

Teyzesi yanağını okşadığında "Teyze," dedi mırıltıyla, girişte hâlâ kendilerini bekleyen Selda'nın duymayacağı şekilde mırıldandı "Ülkü… çok başka."

Lütfiye, Selim'in yanağından bir makas aldı, gülümsedi. "O zaman bunu annenin anlamasını sağla," dedi bir görev verir gibi ve Selim'in koluna gidip asansöre doğru yürürken Selda'yı karşıladı: "Ooo kek mi yaptın bize, ne harika Selda!" derken vardılar asansöre. Selda sıradan şikâyetlerini dizdikten sonra Orhan'ı sordu Selim'e, Orhan sabahtan beri ortalarda yoktu…

Bilimiyordu Selim, kendi duygu karmaşasından Orhan'ın geceden beri kayıp olduğunu düşünmemişti bile, velet acaba nerdeydi? Asansör anca aşağıya geldiğinde Orhan'ın annesine nasıl katlanıyor olabildiğine kaydı düşünceleri, şikâyet etme makinesi gibiydi Selda Abla ve susmuyor, sürekli konudan konuya geçip karşısındakine dinlemek için bile fırsat vermiyordu, çünkü kendini hiç görmüyordu. İnsan, bedeninin dışına çıkıp kendine bakabilmeliydi. Nasıl göründüğünü, nasıl davrandığını, nasıl düşünüldüğünü anlayabilseydi, karşısındakinin üzerinde yarattığı etkiyi analiz edebilseydi, belki o zaman dengede durabilirdi.

Denge, etrafımızda olan her şeye rağmen olmamız gereken kişiyi unutmamak değil miydi? Anlamak gerekirdi: Kendini anlattığın gibi değil, karşındakinin yorumladığı gibiydi onun zihnindeki izin.

Nihayet asansöre bindiler ve Selim elinde kek ile eve çıktığında kapı açıktı, Nana bir asker gibi kapıda beklerken keki Selim'in elinden alıp "Valideniz bekliyor paşam," dedi. Selim başını salladı, o da konuşmak istiyordu ama Nana'yı durdurup elindeki keki geri aldı, konuşma ciddiye binmeden annesinin şekerini doyurmalıydı.

Annesinin odasına gittiğinde masada oturmuş buldu onu, geçip karşısına oturdu ve keki de tam ortalarına koydu. "Validem," dedi kalbinde hissettiği sevginin her notasında "seni asla üzmek istemem, gönlünün zerresine hüzün girse..." derken kesip attı Latife: "Baban şimdi burada olsa, hatta bu sabah kahvaltıda o kızla tanışsa, sence ne düşünürdü?! O kıza öyle baktığını görse ne hissederdi? Pantolon giyen, hadsiz bir kız mı bana gelin olarak layık bulduğun, ailemize yakıştırdığın kişi!"

"Anne," diyebildi Selim ama Latife'nin konuşması daha bitmemişti. "Şşt!" diye susturdu onu, sonra "Ne zamandır devam ediyor bu durum?! Hem de benim çatımın altında!" diye çıkıştı.

Selim'in zihni karıştı, annesi tüm sınırları aşıp asla vermemesi gereken tepkileri verip onu üç yaşındaymışçasına azarlamaya başlamıştı. Latife "İnşallah! Ama inşallah niyetin gönül eğlendirmektir!" dediğinde ayağa kalktı Selim, konuşmamak, daha sonra pişman olacağı bir tepki vermemek için zor tutarak kendini... Döndü kapıya doğru yürüyordu ki "Köşkü satamazsın!" dedi annesi.

Durdu Selim, annesine dönüp bir laf etmekle yürüyüp gitmek arasında sıkışıp kaldı ve sonra annesine dönüp "Babamın rızası ne ise," diyordu ki Latife ayağa fırladı "Babanın Fransa'da ne işler çevirdiğini bilmiyor muyum sanıyorsun! Uyan oğlum uyan!" diye bağırdı ve annesinin daha da çirkinleşmesine dayanamayan Selim "Yeter!" dedi. Bu ne hadsizlikti!

Çekti gitti Selim, Latife birkaç adım attı peşinden, ardından bağırmak istedi ama tuttu kendini. Kimsenin bilmediği sırları, kriz anında böyle deşifre etmek hiç kimseye, özellikle de oğluna fayda getirmeyecekti. Selim'i korumak için yıllarca sakladığı sırları şimdi ortaya saçması saygı duyulur bir şey değildi. Babasının oğluydu

Selim, asaletin olmadığı yerde durmayacaktı. Zaman gerekliydi, söylenmiş yalanları keşfetmesi, yapılan hataların teşhisini koyabilmesi için. Selim'e zaman gerekliydi.

Yıllarca ortaklığını yaptığı yalanların ağırlığı, kaybedilen nüfuzla birlikte Latife Hanım'a artık fazla gelmişti.

-6-

...bedenindeki tüm sevgi ile ona kalkan olmaya, içine yerleşmiş o acının zehrini sıkıp dışarı atmaya çalışırcasına sarıldı.

Ayşe aynanın önünde saçını düzeltti, karnını içeri çekti, elbisesini çekiştirip dikleşti ve provaya başladı: "Lütfiye Hanımcığım nasılsınız?" Beğenmedi.

"Lütfiye Hanımcığım sizi kırmamak için aceleyle geldim."
Yine beğenmedi.

Bir adım geriye atıp aynadan uzaklaştı, aynaya yaklaşırken "Merhaba sevgili hanımefendi... ısrarınız üzerine," derken Ülkü kapının aralığında beliriverince, sıçradı Ayşe "Kız!" dedi "Ödümü patlattın!"

Ülkü hafif ıslanmıştı, boş çantasını kenara koyarken "Hanımın kim kız?" dedi, yorgundu ve Ayşe'nin gündüz rüyasına alışkın odaya girip yatağın üstüne oturdu, saçının suyunu aldı eliyle.

Provasının basılmasından rahatsız Ayşe, "Kız ne bu halin? Kaşla göz arasında yine nere gittin sen? Bir içeri, bir dışarı ne çeviriyorsun anlamadım!" diye çıkıştı, Ülkü'nün habire bir yere gidip geldiğini fark etmişti.

Yoksa Yakışıklı'dan haberi var mı diye endişe ile ona odaklandı Ülkü, biraz önce başlayan yağmurda Yakışıklı'yı kuytuya almak için değirmene gitmişti, ablası görmüş olabilirdi ama sonra Ayşe kinayeli "Yoksa Selim Bey'le mi buluştun yağmurda?" diye sordu.

265

"Of ya!" derken Ülkü konunun Yakışıklı ile alakası olmamasına rahatlamıştı. Yatağın üstündeki fırçayı ablasına atarken "Valla anneme söylerim seni!" diye kızdı.

Güldü Ayşe, "Niye kızardı hemen yüzün?" diye kaşıdı iyice.

"Of ya! Abla ya edepsizleşme! O züppeyle hiç işim olmaz benim! Adam günde iki kez kıyafet değiştiriyor," diye geçiştirmek istedi Ülkü.

"Faytondaki bakış neydi öyle?" diye sordu Ayşe, Ülkü suratı iyice kızarırken kalktı yataktan, üzerindeki ıslak gömleği çıkarmaya başlarken "Görmedim ben bakış falan," dedi ve konuyu değiştirdi: "O dengesiz kadına gitmiyorsun herhal!"

"Kadının kumaşı varmış, alıcam işte," dedi Ayşe.

Ülkü, Ayşe'ye döndü, kaşları kalkık, ifadesi sert "Yok artık, o kadından kumaş alacaksın!" diye çıkıştı.

"Çok büyütüyorsun Ülkü!" dedi Ayşe, konuyu kapatmak için odadan çıktı ama Ülkü hemen peşine takıldı: "Büyütüyor muyum?! Sen bugün, o kadın benle dalga geçerken orada değil miydin Ayşe?!" dedi.

Ofladı Ayşe, kardeşinin haklılığındandı sıkıntısı, omuzları düştü, kaşları kalktı "İyi ya işte, ben de intikam almaya gidiyorum!" diyerek toparladı.

Ülkü'nün karışan aklı ifadesine yansıdı, ne diyorsun sen dercesine baktı ablasına. Ayşe açıkladı: "Çift en 14 metre kumaş varmış elinde, çift en! Cumhuriyet balosuna ne giyeceğiz kızım biz? Ha?! Perdeler dahil her şeyi diktim, ottan kumaş dokumadığım kaldı! Şu pazardan topladığın şeyleri satsak anca peçete alırız. Madem teklif etti, gidip bir kumaşa bakacağım, iş görürse alıp dünyalar güzeli bir elbise yapacağım," dedi, sonra Ülkü'nün pantolununun kenarını tutup "sıkılmadın mı bunun içinde gezmekten?! Bu kadınlardan en iyi intikamı gösterişle alırsın. Bunlar bir tek gösterişten anlar!" dedi, ciddiydi ama Ülkü önüne geçip yolunu kesince onun konuşmasına izin vermeden sordu: "Ne giycez Ülkü baloda? İlmiye ne giyecek?!"

Direnişi o an kırıldı Ülkü'nün. Kendinin ne giyeceği önemli değildi, onun için iş işten geçmişti ama İlmiye'nin de bu duyguları yaşayarak aşağılanmalar hissetmesini istemedi. Haklıydı ablası, çaresizdiler. Çaresizliklikleri belki önemsiz gibi görünüyordu, alt tarafı kıyafetleri yoktu ama toplum içinde var olmak, kimliğini en uygun, en yakışır şekilde ortaya koymak, saygı bulmak için tek yoldu iyi giyinmek. Üste başa bakarak insan yerine konulan bir gelenekten geliyordu insanlık, adım adım insanlığından uzaklaştırılarak. Moda içtekini dışa yansıtabilmek için araç olduğundan beri insanlar kestirmeden kimliklerini sunmak için yarışır olmuşlar, kimliği beğenilen bir diğeri gibi giyinmek, görünmek, sürüler halinde birbirini taklit etmek, kişiyi keşfetmesi gereken özünden uzaklaştırırken kalabalıklara yaklaştırmıştı. Başkasının beğenisinde olmak kendini bilmekten çok daha anlamlı hale getirilirken aslında hayatın içi boşaltılıyor ve yaşam anlamsızlaştırılıyordu. Bunu biliyordu Ülkü, o yüzden diğerlerinin kendisi ile ilgili ne düşündüğünü önemsemiyordu, kendi anılarına sarılmış, geçmişin acısından sıyrılabildiği için şükrederek, aza kanaat ederek yaşıyordu. Aza tamah edenin çoğu asla bulamayacağını biliyordu ama kendi geçtiği buhranlardan İlmiye ve Ali'nin geçmelerini, zedelenmelerini istemiyordu. Bu çaresizliği kamufle etmezlerse İlmiye ve Ali de o bitmek bilmez yoksunluktan nasiplerini alacaklar, Ülkü'ye bulaşan bu yetersizlik duygusu ile onlar da boğuşmak zorunda kalacaklardı.

Bir adımda geri çekildi Ülkü, küçük bir mimikle dudağının kenarını büktü ve sonra koridordan odasına giderken Ayşe'ye seslendi: "Lütfiye Hanım'a selamımı söyle o zaman!" dedi umursamazca.

Kibri yenmenin en kestirme yolu umursamamaktı. Ayşe'nin çıktığını kapının sesinden anladığında bir an durdu koridorda ve o an annesinin odasının kapısının kapalı olduğunu fark etti. Annesi kapısını asla kapatmazdı.

Sakince odaya yürüdü. Kapının dibinde durup dikkatle içeriyi dinledi. Sabah köşke gitmeden önce eve uğradığında annesi iyiydi, Ali'yi evden aldığından beri onu görmediğini düşündü ve ani bir telaşla, korkunun tüm beyin hücrelerine yayılıp beyin sapının bedenini ele geçirdiği o duyguda açtı kapıyı!

Annesi yerde, yatağın köşesindeydi. Aniden açılan kapıya kaldırmıştı başını ve duyguların tahriş ettiği gözlerindeki hüzünle Ülkü'ye bakmaktaydı. "Ne oldu kızım?" derken elinde tuttuğu fotoğrafları hızla koydu kutuya, babasının fotoğraflarıydı. Yüzünü yere eğip duygularını kamufle etme çabasıyla kalktı yerden.

Annesinin yanına gidip ne diyeceğini şaşırırken Ülkü, "Çocuklar nerde?" diye sordu Semiha.

Çocuklar içerideydiler, ödev yapıyorlardı, kelimeler duygulara az gelince sarılıverdi annesine Ülkü, sıkı sıkı, bedenindeki tüm sevgi ile ona kalkan olmaya, içine yerleşmiş o acının zehrini sıkıp dışarı atmaya çalışırcasına sarıldı. Ve o an tutamadı kendini annesi, hıçkırıklara boğulurken, zehre dönüşmüş yaşanmışlıkların yürekte yuvaladığı yaradan irin akıtırcasına ağladı Semiha ve Ülkü de ona katıldı.

Hayatın en verimli terapilerinden biri acıyı paylaşmak değil miydi?

Hayat, acı ve sevginin zıtlığında yaşanan bir ikilemde çalışan denklem gibiydi. Acılar paylaşılarak azalır, sevgi paylaşılarak çoğalırdı, hayatın temelinde daima paylaşmak vardı. Cennet ancak paylaşılarak kurulabilecek en güzel yer değil miydi?

-7-[79]

Toplumları halk yapan şey ortak geçmişleridir. Ortak geçmişlerini yeniden yazabilirsen onları istediğin yere güdebilirsin....

Bir saat olmuştu geleli, oturduğu koltuğun konforunda özenle seçilmiş eşyaların işçiliğini tek tek incelemeyi bitirmiş, antik

---

79 Bu sahnedeki olaylar birbirlerinden farklı zamanlarda gerçekleşmiş olsa da, her bir olay tarihten alınmıştır.

masanın üstündeki objelerin zenginliğinin detaylarında uzun uzun gezindikten sonra, odanın güzelliğine karşı olan ilgisini tamamen kaybetmişti Picot. Beyaz takım elbisenin içinde tüm şıklığı ile otururken beklemekten sıkılmıştı. Kucağındaki şapkasını ve dosyayı sehpanın üstüne koyup ayağa kalktı, bedenini esnetti. Boğaz'ı gören pencerenin kıyısına ilerlerken odanın büyüklüğüne baktı, geçen gün Thomas ile toplantı yaptıkları odadan çok daha büyük, çok daha şaşaalı bir odadaydı. Beyaz bir ihtişamla Boğaz'a yerleştirilmiş bu yapı aslında bir yalı değildi, resmen saraydı ve oda, sarayın daha önce hiç girmediği diğer kanadındaydı. Bu Robert anlatıldığı kadar güçlü biriydi, burada ağırlanmasından belliydi. Boğaz'daki diğer yalılarda gezdi gözleri, birbirinden güzel yalıların yanında, en güzeli bu konsolosluğa aitti. II. Abdülhamid'in, Mısır Hidivi Hilmi Paşa'nın annesi Emine Valide'ye hediye ettiği saray nasıl olmuştu da Cumhuriyet'in ilanı ile birlikte Emine Hanım tarafından Mısır'a bağışlanmıştı?

Bu padişah yandaşları ne tuhaf insanlar diye düşündü Picot, kendi ülkeleri ayakta kalmaya çalışırken başka bir millete saraylar bağışlayacak kadar alınganlardı ama gönül zenginliği olarak görüyorlardı bu alınganlığı. Kendisine paşa denmesine izin verilmediği için Abdülhamid'in hediyesi olan sarayı İngilizlerin yönetmindeki Mısır'a bağışlamıştı Emine Hanım, üstelik Mısır kendi ailesinin yönetiminden alınmasına rağmen.[80]

Pencerenin önünde dikildi, gri gökyüzünün duygusu odanın huzuru ile çelişkideydi. Saatine baktı, çekip gitse yeriydi ama Robert Clive karşısından çekip gideceğiniz biri değildi. Cebinden çıkardığı sigaralıktan bir tane almıştı ki açıldı kapı, Robert, Picot'a kendini daha da önemsiz hissettirecek şekilde üzerinde bornozla girdi içeri.

"Bu Türklerin hamamı söyledikleri kadar varmış!" derken boynundaki havlu ile kulaklarının arkasını kuruluyordu.

Nasıl tepki vereceğini bilmeden, yakamadığı sigarası elinde, bir an bakakaldı Picot ve hemen sonra toparlandı. Sigarasını sigaralığa

---

80 İstanbul Bebek'teki Mısır Konsolosluğu binasının gerçek hikâyesi.

geri koydu, sigaralığı da iç cebine ve "Toplantımızın saatini şaşırdım galiba, bir saattir burdayım, bekliyorum," dedi, burada beklediği zaman boyunca Robert'ın hamamda keyif yaptığını bilmek yeterince sinir bozucuydu.

"Yo şaşırmamışsın Mösyö, beklemek sana verdiğimiz işin bir parçası," diye cevap verdi Robert üzerindeki bornozu çıkarırken. Ciddiyetle bir çalışma odası olarak tasarlanmış odada Robert'in aniden çırılçıplak kalması inanılır gibi değildi, hemen bakışını kaçırdı Picot ama Robert'in çıplak erkekliği çoktan zihnine kazınmıştı ve meşgul gözükmek için sehpanın üzerine bıraktığı şapkasının altından dosyayı aldı. Açıp inceliyormuş gibi yaptı.

Robert masanın arkasındaki dolaptan çıkardığı pantolonu çıplak bedenine geçirirken bir an yine gözü kaydı Picot'un, Robert'in gelişmiş sırt kaslarındaki izler Birinci Dünya Savaşı'ndan kalmış olmalıydı. Robert pantolonunu iliklerken döndü Picot'a, konuşmadan öylece baktı ve Picot itinayla elindeki dosyayı masaya bırakırken "Her şey burada Bay Clive," dedi ve ekledi: "Hazırlıklarımız tamamlanmak üzere. İkinci seviyeye geçmek üzereyiz."

Güldü Robert, üstü çıplak, altında pantolonu ve yalınayak masanın başına geldi, dikildiği yerde çekmeceden aldığı ince bir tarakla saçını tararken, "İkinci seviyeye geçmek üzeresiniz demek…" dedi kinayenin her türlü imayı kucaklayan ifadesiyle.

Rahatsız oldu Picot ama geriye yaslandı, rahat görünmeye çalıştı. Ezdirmeyecekti kendini.

Robert koltuğuna oturdu, yarı çıplak haliyle oymalı antik masanın başında ilginç görünüyordu. Yakışıklı bir adamdı ama yakışıklı olduğunu düşündürmeyecek kadar kinayeli bir ifadesi vardı, neyi ima ettiğini anlamakta zorlanacağınız bir ifadeydi bu. Bakan herkes kendine bir gönderme bulabilirdi Robert'ın ifadesinde. Bir an sessiz durdular ve Robert geriye yaslanırken "Amerika'yı yeniden keşfetmeye gerek yok Mösyö Picot!" dedi, elinde oynadığı tarağı çekmeceye koyup bir dosya çıkardı. Dosyayı masanın üstüne atarken hâlâ ayakta dikilen Picot'a karşısındaki koltuğa oturmasını işaret etti. Başı ile selamlayıp koltuğa yerleşti Picot ve masanın üstündeki dosyayı alırken "Thomas'ı beklemeyecek miyiz?" diye sordu.

Başını hayır anlamında salladı Robert ve kutudan aldığı puroyu ıslatmak için yalamaya başladı. Eliyle yaptığı küçük bir hareketle dosyayı incelemesini işaret etti.

Picot dosyayı açarken Robert purosunu yakmıştı, elindeki kibriti üfledikten sonra "İkinci seviyeye geçmenizi değil, bu işi bu yıl içinde bitirmenizi istiyoruz!" dedi, çok netti.

Başını dosyadan bir an kaldırdı Picot, "Mollaları örgütledik, altı aya kalmaz…" derken Robert başını hayır anlamında sallayıp "düşmanı küçümseyen, yenilgiye hazırdır, zafere değil," dedi ve ekledi: "Mustafa Kemal'in halk örgütlenmesini birkaç molla ile kıramazsın. Daha köklü hareketler lazım. İnceleyin Mösyö," diye buyurdu.

Picot cevap vermedi, önce şu elindeki lanet olası dosyada ne yazdığına bakıp sonra Robert'ın ağzının payını verecekti, dikkatle incelemeye başladı dosyayı. İlk sayfada Doğu Hindistan Şirketi'nin logosu vardı. 1600 yılında I. Elizabeth tarafından kurulumu onaylanmış bu şirket, Hindistan'ı köleleştirme operasyonunun en kilit noktasıydı. İlk sayfadaki şirketle ilgili bilgiyi geçtikten sonra hızla diğer sayfalara da göz gezdirdi Picot. 1600-1700 yılları arasındaki İngiltere ve Hindistan kıyaslaması yapılmıştı, tuhaf bir şekilde İngiltere'nin Hindistan'ı kolonize ettiği dönemde aslında Hindistan'ın ne kadar güçlü olduğunu rakamlarla ortaya koyuyordu sayfadaki veriler. Küçücük bir adada sınırlı bir iklimde yerleşmiş İngiltere'nin kendinden çok daha zengin ve güçlü bir ülkeyi bu kadar kolay köleleştirmesi şaka gibiydi. Diğer sayfalardaysa Hindistan'ın sömürge haline getirilmesi için yapılan hamleler sırasıyla listelenmişti. Resmen bir köleleştirme yöntemi sunulmuştu dosyada. Hindistan'ın adını gördüğü anda itiraz etme isteği içinde büyüse de, tepkisizce sayfaları tek tek inceledi. Son sayfaya nihayet geldiğinde, dosyayı kapatacaktı ki kafası karıştı. Okuduğu cümleden başını kaldırıp

"Kızıl Kale[81] 1648'de Şah Cihan tarafından yaptırılmadı mı?!" diye sordu. Delhi'nin en büyük tarihi yapısı hakkında bilinen her şeyin yalan olduğunu anlatıyordu son sayfa, konunun ne kadar derinlere indiğini sunabilmek için özellikle konulmuştu dosyaya.

Robert purosundan uzun bir nefes alıp sırıttı birkaç saniye, dumanı dışarı üflerken "Hindistan'ı görünce bu Türklerin Hintlilerle alakası yok diye itiraz edecektin değil mi Picot?" dedi.

İtirazı kursağında kaldı Picot'un, cevap veremedi, bekledi.

Robert purosundan yeni bir nefes çekerken doğrulup "Tarih Mösyö Picot, tarih! Toplumları halk yapan şey ortak geçmişleridir. Ortak geçmişlerini yeniden yazabilirsen onları istediğin yere güdebilirsin. Eğer nerden geldiklerini bilmezlerse, gittikleri yerin daha iyi mi, kötü mü olduğunu ölçemezler. Ölçümün olmadığı yerde şikâyet olmaz! Sorumlu aranmaz! Güdersin. Kızıl Kale tabii ki Babür kralı tarafından yapılmadı, çünkü Kızıl Kale'nin kuleleri bile İslamik geleneğe aykırıdır… Neyse tarih dersi için buluşmadık. Hindistan'ı himayeye almak için yapılan hamlelerden sadece bir tanesidir bu. Dikkatini çekeceğini bildiğim için dosyaya eklettim. Yoksa Türklerin Hintlilerden epey farklı bir kültürle geliştiklerini, savaşçı bir ruha sahip olduklarını biliyoruz. Çanakkale'deydim! Ancak bu dosyayı sana kıyaslama yapman için değil, doğru müdahalenin ne kadar başarılı olduğunu anlaman için gösteriyorum. Dünyadaki en eski medeniyet nedir Mösyö Picot?" diye sordu.

"Sümerler," dedi Picot, tereddütsüz, çünkü tarih okumuştu üniversitede.

---

81 Red Forth - İngiliz tarihçilerin, Babür İmparator'u Şah Cihan'ın 1648 yılında yaptığını söylediği Delhi'deki en büyük yapı olan Kızıl Kale'nin Pers elçisi tarafından ziyaret edildiğini gösteren ve 1628 yılında çizilmiş tablo, Oxford Üniversitesi'nin Bodlien Kütüphanesi'nde bugün hâlâ korunmaktadır. 1166 yılına ait Batı-Hindu dilinde yazılmış olan *Pritviraj Raso* adlı eser ise Delhi'deki dev kırmızı saraydan, detayları tamamen Kızıl Kale'ye uyacak şekilde bahseder. Bu durum, İngilizlerin Hindistan'ı sömürgeleştirmelerinden sonra Hindistan tarihinin, hatta tarihî binalarının kökenlerinin dahi nasıl değiştirilmiş olduğuna örnektir.

Güldü Robert, "Tarihçi olarak senin Sümerler demeni istediğimiz için tarihteki en eski medeniyetin Sümerler olduğunu düşünüyorsun Mösyö. Çünkü o düşünceyi oraya biz koyduk," dedi.

Ciddiydi Picot ama daha da ciddileşti, çatılan kaşlarının altından "Benimle dalga geçmek hoşunuza mı gidiyor Mister Clive?" dedi oyun bozan bir edayla.

"Alınmayın," dedi Robert umursamaz bir tavırla, "kişisel değil," diye ekledi.

"Lütfen benim dosyamı inceler misiniz?" dedi Picot, bu kadar saçmalık fazla gelmişti.

"Dün inceledim," dedi Robert, dosyayı yeni getiren Picot'un şaşıracağından emin, açıkladı: "Masanızın üstünde bırakmıştınız."

Kaşları bir an çatıldı Picot'un bu herif odasına bile girmişti, üstelik dün! Ama kızamadı, işini yapıyor diye birine kızılmazdı ki. Yutkundu sinirini, gülümseyerek "Benim değil, Türklerin üzerinde çalışıyorsunuz sanıyordum," dedi, soktuğu lafın kendisine geri döneceğini bilmeden.

"Biz herkesi çalışırız Mösyö, istisnasız herkesi ama en çok da bize hizmet sözü verip de sözünü tutmakta zaman kaybedenleri," diye cevapladı Robert ve purosundan bir nefes daha çekti.

"Peki. İşimize dönebilir miyiz?" dedi Picot işe yaramadığını artık anladığı gülümsemesini tamamen koparıp atmıştı suratından, kendisine okunan meydana katılmaya hazır bir bakışla dikti gözlerini Robert'ın suratına.

Robert'ın attığı ani kahkaha ve ayağa kalkıp masanın önüne gelmesi, purosundan bir nefes alıp çekiciliğinin doruklarında arkasındaki masaya dayanırken "Çok alıngansın," demesi öyle bir sürpriz olmuştu ki tebessüm mü etse, kalkıp gitse mi, bilemedi Picot. Bir an donakaldı, sonra Fransız babasından gelen politik kabiliyeti ve İngiliz annesinden aldığı soğukkanlılığı birleştirerek küçük bir tebessüm etti, "Sizin insanları ne kadar terlettiğinizi duymuştum, keşke hamamda buluşsaydık Mister Clive," dedi gülümseyerek.

Robert da gülümsedi, sonra Picot'un karşısındaki koltuğa otururken "Türk Tarih Tetkik Cemiyeti'nin kurulduğunu biliyor musun?" diye sordu.

Türkçesi iyiydi Mösyönün ama "Tetkik" de ne demekti, çatılan kaşları anlamadığını ele verince Robert açıkladı: "Türklerin köklerini araştıran bir tarih kurumu. Dil Tarih Kurumu ile birlikte beş yıl oldu kurulalı. Önce ciddiye almadık ama bir sürü heyet kurup görev verdiler ve şu sıralar Bruno Taut ile görüşmedeler. İnanabiliyor musun?!"

Kaşları kalktı Picot'un, "Mimar Bruno Taut, Alman?" diye sorguladı.

Başıyla onayladı Robert: "Dil Kurumu'nun binasını ona yaptıracakmış Mustafa!"

Picot şaşkın, "Ülke savaştan çıktı, parayı nerden buldu da Taaut[82] gibi bir mimara bina yaptırıyor?" dedi.

"Türkiye, Mösyö Picot, hızla lider bir ülke olma yolunda ilerliyor. Sizin oyalandığınız her gün onlara güç kazandırıyor, çünkü özkaynaklarından koklatmıyorlar bile! Değerlendirmesini istediğimiz hiçbir anlaşmayı Mustafa Kemal'in okuduğunu bile sanmıyorum, çok inatçı! Kendi sanayisini kurdu, uçak, tren, araba, hepsini kendileri yapıyorlar! Engellemek zorundayız! En azından 60'lara kadar araba sanayi gelişmemeli bu topraklarda. Tarımda o kadar ileriler ki geçen sene domates yetiştirme tekniklerini göstermek için İtalya'dan bir heyet geldi, düşünebiliyor musun Mösyö, İtalyanlara domates yetiştirmeyi öğretiyorlar! Bayraklarındaki kırmızı bandın nedeni domates olan İtalyanlara! Dünyanın dört bir köşesine gönderdikleri farklı farklı heyetler kurmuşlar, eğitim cemiyeti diye bir şey, eğitim için müfredat oluşturuyorlar, üstelik dünyadaki müfredatları birleştirip eleyerek ve temel aldıkları örnek kim dersin?"

---

82 Kuzey-güney doğrultusunda uzanan binanın konkav kornişler, girişte tek kolonun taşıdığı koruyucu çatının kavisle bitirilişi gibi detaylar dikkat edilmeye değerdir. Atatürk'ün bizzat ilgilendiği projede ünlü mimar Bruno Taut, Osmanlı döneminin taş-tuğla almaşık duvar örgüsü ve taşıyıcılarda turkuvaz çini kullanımıyla Türk sanatına bazı göndermelerde bulunmuştur.

Bilmiyordu Picot, tahmin etti "Almanlar?"

Güldü Robert, "Finlandiya!" dedi, "Heyet rapor çıkarmış, eğitim için en ileri ülkenin Finlandiya olduğunu tespit etmiş! İşin komiği, çıkan rapordan sonra biz de çalıştık ve anladık ki haklılar. Düşünebiliyor musun, bu çiftçi bozuntusu Osmanlı devşirmesi cahiller, bize danışmadan bir adım bile atamazken bugün böyle bir tespiti yapacak örgütlenmedeler ve biz onlardan öğreniyoruz en iyi eğitimi dünyada kimin verdiğini! Mustafa Kemal, Grigory Petrov'un Finlandiya'nın iç sisteminin nasıl kurulduğunu anlattığı *Beyaz Zambaklar Ülkesi'nde* adlı kitabının tüm devlet çalışanları tarafından okunmasını şart koşmuş!" derken ayağa kalkıp çekmeceden çıkardığı kitabı Picot'a uzattı, "Oku, tehlikenin ne kadar büyük olduğunu anlayacaksın!"[83]

Picot kitabı aldı, incecik bir kitaptı, Robert'ın abarttığını düşündü, vatandan uzun süre ayrı kalmak insanı paranoyaklaştırıyordu ki zaten Robert Clive paranoyaklığı ile ün yapmış biriydi. Alt tarafı yeni kurulmuş bir ülkeydi bu, ne tehlikesi!

Robert poposunu yine masaya dayayıp puroyu elinde döndürürken "Mustafa Kemal durdurulmalı!" dedi.

Başı ile onayladı Picot, en azından bir konuda kesin hemfikirdiler, "Onun için buradayız," dedi.

Başını hayır anlamında salladı Robert, "İki nesil daha yetiştirirse her şey çok daha zor olacak," diye çıkıştı.

Robert'ın umutsuzluğunu kırarcasına itiraz etti Picot: "Rockefeller Vakfı eğitime başladı bile, okul kitaplarına el atması an meselesi, bir yıla kalmaz müfredat kontrolümüzde olacak."

Robert güldü, "Kız öğrencilerin okuması için vakfın bağışladığı parayı alıyorlar ama kızlara kendileri eğitim veriyorlar. Henüz o işi tam oturtamadık. Vakıf aktif ama sınırlamada. Bırakın müfredatı, sınava bile giremedik daha."

"Tek bir adam bu kadar sistemli olamaz!" diye itiraz etti Picot.

---

83 Kitap tavsiyesi: *Beyaz Zambaklar Ülkesi'nde*, Grigory Petrov

Gülümsedi Robert. "O tek adamın şimdiye kadar ölmüş olması gerekiyordu ama ölmedi," dedi ve yine Picot'un karşısındaki koltuğa geçip oturdu, gözlerinde tuhaf bir ışık vardı, sordu: "Mustafa Kemal ile tanıştın mı?"

"Hayır," dedi Picot, "Cumhuriyet balosunda tanışmayı planlıyorum," diye ekledi.

Geriye yaslandı Robert, dışarıda patlayan gök gürültüsüne çok ters bir sakinlikte baktı ve suratında doğan o tuhaf gülümsemede öyle bir aşağılama vardı ki Picot bakışını kaçırmak zorunda hissetti. "Tanış…" diye mırıldandı Robert, "Biraz sohbet et…" dedi ve hızla ayağa kalkıp kıyafet dolabına giderken ekledi: "Sonra bana gel, o zaman konuşalım. Onu tanımadan örgütlenmeyi başaracağını sanman pek tatlı."

Robert gömleğini giyerken ayaklandı Picot, "Arap Yarımadası'ndaki başarımızın yarısını burada edinsek yeter," dedi, başarılarını Robert'a hatırlatmanın zamanı gelmişti.

"Akşamki yemeğe geliyor musun?" diye sordu Robert, konudan konuya atlamak sanki umursamazlığının yansıması gibiydi.

"Belki," dedi Picot, aslında gidiyordu ama Robert'ı meraklandırmak istedi, hareketlerinin bu kadar tahmin edilebilir olması sinir bozucuydu.

Gömleğinin düğmelerini iliklerken cevabı hiç duymamış gibi umursamaz, ona döndü Robert, "Arapları Osmanlı'ya karşı örgütlemek… hele Vahabizm hamlesi dahiyaneydi, unutmadık…" derken ona yaklaştı ve elini uzattı tokalaşmak için, tereddütlü bir acemilikle elini Robert'a uzattı Picot, bu adamın yanında neden kendini çocuk gibi hissettiğini bilemedi, Robert'ın hakkında duyduğu onca şeyin etkisi miydi hissettiği bu acemilik, yoksa bu kadar yakışıklı olduğunu duymamış olmasından kaynaklı hazırlıksız yakalanmışlık duygusundan mı… bilemedi, tokalaştılar ama Robert elini Picot'un elinden, gözlerini de gözlerinden çekmedi. Durum tam tuhaflaşmaya doğru giderken diğer elini Picot'un yüzüne uzattı Robert, gözünün üstüne düşen saçını parmağı ile kulağının arkasına aldı ve eliyle kulağını sıyırıp hafifçe boynundan tuttu. Picot o an anladı, Robert kendisi ile ilgili her şeyi biliyordu, cinsel tercihlerini de… ve Robert Picot'un yüzüne yaklaştı, nefesini yüzünde hissettirebilecek yakınlığa geldiğinde mırıldandı: "Ama Arapları Türklerle kıyaslayacak kadar neden bahsettiğini bilmiyor olman çok sevimli… Picot."

Robert'ın elini Picot'un teninden çekti, arkasını dönüp masasına doğru giderken "Senin şu planladığın gibi parçalanmayı din üzerinden yönetmek yerine, önce Mansell'in[84] raporunu okumanı tavsiye ederim," dedi.

Kapının ağzında durdu Picot, bu adamın kendisine işini nasıl yapması gerektiğini söylemesine izin vermeyecekti, ona döndü, Robert şimdi de gömleğine kol düğmelerini takıyordu, ne kadar da yakışıklıydı. Picot sakince "Mikro-milliyetçilik çok da iyi çalışmıyor bu topraklarda," dedi ve ekledi, "Hoybon ve Taşnak Cemiyeti

---

84 Anadolu'da görevli, İngiltere istihbarat subayı Albay Mansell, 5 Aralık 1917'de İngiltere Dışişleri Bakanlığı'na şu raporu sunuyor: "…Pantürkizme karşı ağırlık olarak Kürt milliyetçiliğini çıkarmak gerekmektedir. Coğrafi durum dikkate alındığında Türk kovanına önemli bir unsur olarak Kürtler sokulmalılar." Raporun öngörüsüne göre, Türklerin Kürtler ile yüzlerce yıldır süren bölünmez ittifakı ilerideki 100 yıl içinde tüm Türklerin birleşmesine zemin hazırlayacak bir taban oluşturabileceği için bölgedeki en tehlikeli konu bu Türk birliğidir. Kurtuluş Savaşı'nın Kürtlerin desteği ile kazanıldığı tarihte sindirilmeli, iki etnik köken arasındaki ayrımcılığın köklenmesi sağlanmalıdır. Albay Mansell'in raporu öncesinde, topraklarımızda Kürt ve Türk ayrımı diye bir konunun var olmadığını araştırınız, biliniz. Anlayınız. Raporunda, Kürt kardeşlerimize otonomi ve toprak vaat ederek ulusal bilinç oluşturulması ve bu konuda Bedirhanların kullanılabileceğini vurgulayan Mansell'in planı doğrultusunda, İngiltere I. Dünya Savaşı'nın sonunda Osmanlı'yı parçalarken kendi mandaterliğini kabul etmeleri koşuluyla tüm Kürt aşiretlere otonomi ve toprak vaat etmiştir. Bu yazışmaların hepsini Albay Mansell'in raporlarında, İngiliz Milli Kütüphanesi'nde 60 yıl geçmek koşulu ile halka açılan belgelerde bulabilirsiniz. Rusya ile birlikte planlanan, Doğu Türklüğü ile Türkiye arasına, Ermenistan ile oluşturulacak bir duvarın çekilmesi Mansell'in raporu sonucunda şekillenmiştir. Sonrasında Kürt kimliğinin, yapay bir örgütlenme ile Türklere, Araplara, İran'a karşı ve özellikle Irak'ın petrol bölgesinde bir unsur olarak kullanılması için gerekli hususlar belirtilmiştir. Bu durum Kürt kardeşlerimizin İngiltere açısından önemini artırmıştır. Manipülasyona açık, haberleşmeden uzak, eğitimsiz bir gerilla bölge yaratılarak burası sürekli ihtiyaç halinde bırakılmıştır ve bölgede halihazırda yaşayan Kürtler, gelecekte oluşturulması planlanmış kutuplaşma için kurban olarak seçilmişlerdir.

başarısızlığını unutmayalım. İslam'ı Vahabizm'e devşirebilirsek gerisi kolay, çünkü halihazırda biat tabanlı bir tarikat yapılanması zaten bu topraklarda var."

Kalbi hızla atarken çıktı kapıdan Picot, dünyanın en sinir bozucu adamlarından biriydi şu Robert, nefret etti, onu bir daha görmek için sabırsızlanırken.

-8-

Rezil olacaksak özentiliğimizle değil,
kabadayılığımızla rezil olalım.

Uzaklara düşen şimşeğin sesi Ülkü'ye vardığında, çocukların odasında yanık kalmış gaz lambasını söndürüyordu Ülkü. İrkildi aniden. Sönen lambanın karanlığa teslim ettiği oda, bir sonraki şimşeğin ışığı ile yeniden aydınlanıverdiğinde, hissettiği endişe büyüse de apartman boşluğuna bakan pencerenin perdesini çekmediğini fark etti, çocukları uyandırmadan çekti perdeyi ve çıktı odadan.

Parmaklarının ucunda anneannesinin odasına girdi, radyonun başında, elinde tığıyla o da uyuyakalmıştı, pencereden baktı, gökyüzü bulutlarla kaplanmıştı. Perdeyi çekti, radyoyu sessizce kapattı. Ayşe'nin yatağı boştu, mutfağın ışığı yanıyordu, o kadından aldığı kumaşların üzerinde çalışıyor olmalıydı hâlâ. Zübeyde Hanım'ın ayaklarını yatağına kaldırıp patiklerini çıkardı ve homurdanarak yatağa uzanmasını izledi. Üstünü örttü ve kapıyı aralık bırakarak odadan sessizce çıktı.

Koridorun sonundaki annesinin aralık kapısından baktı, annesi de uyuyordu. Babasını kaybettiklerinden beri nöbetteydi Ülkü, herkes uyumadan uyumaması, herkesten önce uyanması emri verilmişti sanki.

Kapıyı yine aralık bıraktı ve uzun koridordan salona doğru yürürken sandalyenin üstündeki paltosunu aldı, sessizce giydi,

278

Yakışıklı'yı kontrol etmeye gidecekti. Mutfağın önünden geçerken duraladı. Mutfak kapısının ağzına yığılmış, yerdeki çuvalın üstünde bir sürü kumaş vardı. En üstte duran kumaşı aldı eline, kumaşın ortasındaki lekeye baktı, masada oturmuş patron çıkaran Ayşe'ye "N'apıyorsun?" diye sordu, "bu lekeli kumaşı mı verdi sana?!"

Güldü Ayşe, hınzır bir mutlulukla kıkırdadı ve önündeki patrona son çizgiyi de çizip kalktı masadan, yerden çekip aldığı paltoyu Ülkü'ye gösterip "Şuna bak! Kaşmir bu Ülkü! Gerçek Kaşmir! Etiketine bak! Fransız markası."

"Eski bir erkek paltosu!" diye itiraz etti Ülkü, kaşmir olsa bile ne işlerine yarayacaktı?

Yerdeki kıyafetle karışık kumaş tepesinin üstüne basıp Ülkü'nün üstündeki paltoyu çekiştirip çıkarırken "Ah Ülkü, hiç anlamıyorsun bu işlerden," diye çıkıştı Ayşe. "Giy bak şunu!" derken giymesine yardım etti.

Ülkü üzerindeki paltoyu çıkarmış, Ayşe'nin giydirdiği eski kaşmir platoyu geçirmişti üstüne ama o kadar büyük ve eskiydi ki giydiği şey, kokusu bile iğrençti, yer yer güvelenmişti. "Bu benim paltomdan bile eski ve kokuyor Ayşe!" diye itiraz etti Ülkü, ceketi hızla çıkarıp yere atarken.

"Kız yere atılır mı bu, kaşmir diyorum sana! Külle yıkıycam ben bunu, bak gör o zaman nasıl parlayacak!" diye sinirlendi ceketi yerden alırken.

"Yere değil çöpe atmak lazım abla, ne yapacaksın bu çöpleri. Külle değil ateşle yıkaman lazım bu koku gitsin diye. İntikam alacakmış! Bi de gittin kadından bu çöpleri alıp bizi rezil mi ettin?" diye sorguladı Ülkü aceleyle kendi paltosunu yine giyerken.

"Yok kızım ya! Kadın o kadar da kötü biri değil, zaten hazırmış içeride, çuvalla veriverdi. Şu kumaşa bak!" dedi. Ortasında kocaman lekeli kumaşı Ülkü'ye gösterip "Bak ipek, hem de kaç metre?! Hem sana, hem bana, hem de İlmiye'ye elbise çıkartırım ben bundan!" derken, Ülkü "Çay lekesi Ayşe bu, hayatta çıkmaz" deyip bıraktı örtüyü ve salona doğru ilerledi.

Ülkü'nün peşinden gitti Ayşe. Ülkü ayakkabılarını hızla giydi, sokak kapısından çıkacaktı ki durup ablasına "Abla… Allah aşkına biz yarışamayız bu kadınlarla! Lütfen kendimizi rezil edeceğimiz bir yarışa girmeye kalkma, bak dövdürme bana bu kadınları! Rezil olacaksak özentiliğimizle değil, kabadayılığımızla rezil olalım," dedi ve çıktı kapıdan.

Ayşe ardından "Nere gidiyorsun ki sen şimdi yine?!" diye seslendiğinde, "Postaya bakacağım, geliyorum hemen," dedi Ülkü. Yatmadan önce Yakışıklı'yı son bir kez kontrol edip hemen gelecekti.

-9-

İnsan düşünmekten sarhoş olabilir miydi?
Peki ya sürekli aynı kişiyi düşünmekten?

Yağan yağmurun şiddeti artarken geriye yaslandı Selim, engebeli yolun etkisiyle sağa sola sallanırken faytonun penceresinden dışarıya sabitledi gözlerini. Birazdan inecekti ama sonsuza kadar oturduğu yerde kalacakmış gibiydi, düşüncelerin bataklığında hareketsizdi. O bataklık bir girdaba dönüşmüştü sanki. Düşüncelerinin merkezinde Ülkü, bu merkezin etrafında dönen validesi, muallakta kalmış köşk ve en dışta her şeyi saran Hizmet Hareketi'nden oluşan bir dünya vardı ve bir girdap gibi zihninde dönüyor, ne varsa kendisine çekip yutuyor, geri kalan her şeyi düşünülemez yapıyordu.

Kulübün girişine geldiklerinde fayton yavaşlarken başını geriye yasladı Selim. İçeridekinin kim olduğunu görmek için bekçinin başı pencereden uzandığında istifini bozmadan "İyi akşamlar Cemil," dedi.

Cemil konuşanın Selim olduğunu anladığı anda gülümseyip "Oo paşam hoş gelmişsiniz!" diye heyecanla selamladı onu ve koşup kapıyı açtı.

Fayton yine kalktığında derin bir iç çekti Selim, kulübe varmıştı, birkaç saniye sonra faytondan inmek zorundaydı ve düşüncelerinin bataklığından çıkmak zor olacaktı. Aslında kulüpteki partiye falan katılmak istemiyordu ama köşkü geri almak için maliyeye yeni atanan adamla tanışması şarttı. Bu Cumhuriyetçilerin ortak özelliklerinden biri de hürmet görmek için birbirleriyle yarışmalarıydı. Rüşvet almıyorlardı, vermeyi denemişti, rüşvetten de daha mühim olan saygı bekliyorlardı ve Selim o pek değerli saygısını Cumhuriyetçilere vermektense köşkü kaybetmeyi göze almıştı, düne kadar.

Yağmur yeri dövmeye başladığında kulübün merdivenlerine vardılar ve faytondan indi Selim. Şemsiye ile kendisine koşan görevliyi bir el hareketiyle durdurup yağmurun altında adım adım yalnız çıktı merdivenleri, ıslanmak nefes almak gibi gelmişti. Zihnindeki girdabı suya boğmak, okyanusu büyüterek girdabı küçültmek istedi.

Girdi içeri Selim, sırılsıklam olmuş pardösüsünü çıkarmayacaktı eğer görevli üzerinden almasa, sarhoş gibiydi. İnsan düşünmekten sarhoş olabilir miydi? Peki ya sürekli aynı kişiyi düşünmekten?

Kalabalıktı parti, kadınlar dekolteli ipek elbiselerin içinde Osmanlı'yı geride bırakmış, biraz Rus, biraz Fransız, az İngiliz modasında kendilerini bulmuşlardı… 11 yıl önce babasıyla Paris'te katıldığı partiyi hatırladı ve hatırlar hatırlamaz silkeledi düşüncelerini. Kalbinde hissettiği girdabın yanına bir de geçmişin depremlerini ekleyip bu partinin ortasında içsel bir afet geçirerek kendini kaybetmeyecekti!

Rıza Bey'in "Paşam hoş gelmişsin!" diyen sesi ve omzunda hissettiği eli olmasa belki de çekip gidecekti Selim ama Rıza Bey'in varlığı onu kendine getirdi, buraya ne için geldiğini hatırlattı.

"Hoş bulduk," dedi Selim, Rıza Bey'in babacanlığına hürmetle ama konuyu annesi ile paylaşmış olmasına kızgın, mesafeli, hemen konuya girdi: "Maliye'ye yeni atanan adam geldi mi?"

"Ahmet Bey mi?! Daha görmedim, burda seni bekliyordum, belki içeridedir," diye karşılık verdi Rıza ve kulübün merdivenlerinden inip ayakta sohbet için dikilen insanların arasından geçip tanıdıklara selam vere vere arka salona vardılar. Mesafe kısa olsa da etraftakilere gülümsemeye o kadar zorlandı ki Selim, arka salona vardığında derin bir nefes alıp şöminenin yanındaki kuytu köşeye geçti, arkasından gelen Rıza Bey'in birileri ile selamlaşmasını beklemeden. Nedense insanlarla ayaküstü sohbet etmek, dövüşmekten bile zor gelmişti. Duygulara, hayatı etkileyen gerçek konulara değinmeden havadan sudan konuşmak onun için her zaman bir işkenceydi. Odadaki birçoklarını, babasından tanıyordu ama özellikle bazılarının şu son dönemde iktidara yaranmak için manevra yeteneklerini sergilercesine her şeyi yapmayı göze almış olmaları aniden midesini kaldırdı, aslında onların varlığı değildi rahatsız olduğu, sonunda onların kervanına kendinin de katılmış olmasıydı.

Herkes ayakta birileri ile sohbetteydi, şöminenin yanında tekli koltuğa oturdu. Oturan ve yalnız olan tek kişi kendisiydi. Bir an kalabalığın arasından ta uzaktaki, biraz önce indiği merdivenlere baktı… o merdivenlerden koşarak indiği, babasına gösterilen hürmetle kendini çevresindeki her şeyin efendisi gibi hissettiği çocukluktaki o duygu geldi aklına… Her şey ne kadar geçici ve sahteydi aslında… huzur denen şey, bu sahteliğin içinde kendimize söylediğimiz yalanlardan ibaretti, geçici olan her şey gibi.

Başını geriye yasladı, saçlarındaki suyu hissetti o an, bayağı ıslanmıştı, kalabalığı izlemeye daldı. Bu sahteliğe katılacak kadar ikiyüzlü hissetmenin yorgunluğuyla, analiz etmeye başladı. Rus konsolosunu gördü, kalkıp yanına gitmesi gerektiğini, adamla sohbet etmesi gerektiğini biliyordu, hemen sonra Fransa ataşesini fark etti, sonra İngiliz askeri ataşesini gördü, hepsi önemliydi. Başını kaldırdı yasladığı yerden, herkes buradaydı…

Herkes neden buradaydı?

...kopacak fırtınanın hayatını tamamen değiştireceğini bilmeden.

Yakışıklı akıllıydı, zaten hemen sokulmuştu değirmenin kuytusuna. Köşeye sakladığı torbanın içinden havuç çıkardı Ülkü, "Kız tosun olucan bu gidişle ama al bakalım," derken Yakışıklı'ya verdi. Boynundaki boncukları düzeltti, havalar kötüleşince kullanmak için pazardan topladığı ve yamaladığı mavi brandayı açtı, yıkık duvarın üst kısmına ve duvarın bittiği yere önceden çaktığı çivilere iple brandayı bağladı. Rüzgârı ve yağmuru kesecek mavi bir duvar kurdu. Sağlamdı. İşi bittiğinde huzurla baktı oluşturduğu köşeye kurulmuş Yakışıklı'ya, köşeye istiflediği samanların üstüne oturmuştu bile. Atlar ancak kendilerini güvende hissettiklerinde oturur ya da yatarlardı, gidip Yakışıklı'ya sarıldı. Boynunu kaşıya kaşıya onu daha da sakinleştirdi, yatırdı. Cebindeki elmayı da verdi "Yakında adını tombuş diye değiştirmek zorunda kalacağız kızım," dedi ve sakince kalktı Ülkü. Yakışıklı'nın itirazlı ama ince kişnemelerine aldırış etmeden nihayet fırtınaya hazırlıklı olduğunu düşünerek dikkatlice çıktı değirmenden, kopacak fırtınanın hayatını tamamen değiştireceğini bilmeden.

...ettiği tüm yeminleri, kendine verdiği tüm sözleri bozarcasına,
çektiği acıya ihanette, kasırgasını saldı Selim...

Bu kadar üst düzey, üstelik önemli adam neden bu havada burada toplanmıştı?

Yoksa, sıradan bir kulüp partisi değil miydi bu? Maliye'deki Ahmet Bey'in katılmış olması dışında hiçbir önemi yoktu partinin, zaten Mustafa Kemal de katılmayacaktı partiye... ama bu adamların hepsinin burada olmasının özel bir nedeni olmalıydı diye düşünürken kalkıp gitmek istedi, oynanan oyuna katılmayacaktı… ama katılmak zorundaydı, Hizmet Hareketi'ne katkı sağlayabilmek, babasının hakkını koruyabilmek için ne gerekiyorsa yapmak zorundaydı. O zorundalığın yenilmişliği dalga dalga çökerken zihnine, gördü onu. Hayatının asıl yenilgisi merdivenlerden iniyordu.

Uzaktaki merdivenlerden inen Melek, ipek elbisesinin içinde alevlenmiş bir beden gibi varlığını yanından geçtiği herkese hissettirerek, adım adım dikkatleri toplayıp bir yılan gibi kıvrılarak geliyordu kalabalığın arasından. Hayatının aşkıydı bu kadın… bir zamanlar ve artık hayatının ihaneti.

"Neydi bu kadını kendisi için bu kadar önemli yapan şey?" diye düşünürken izledi onu. Güzellik değildi Melek'i çekici yapan şey, çünkü aslında çok da güzel bir kadın değildi ama asildi. Ne kadar da asil bir edası vardı. "Asalet…" diye düşündü Selim, Melek'e bakan herkesin aklına gelen ilk kelime bu olmalıydı, bu asaleti karşısındakine hissettirebilmek için öylesine pahalı, dikkatli, detaylı giyiniyor ve davranıyordu ki ilgisine layık olanlar kendilerini kral gibi hissederken, geri kalan herkes sanki Melek için görünmezdi.

Bedenini bir milim bile kıpırdattığında kıvrımlarını dans ettiren, pudra renginde Fransız danteliyle bezenmiş ipek elbisesi, geride incilerle topuzladığı saçı ile yatakta neler yapabileceğini hissettiren bir asalet abidesiydi. Attığı her adımda bedenini ustaca taşıyışı… asaletin yürümesi gibiydi… ama…

Tüm o asaletine rağmen daima da bir *ama* vardı bu kadında, ancak dikkatle bakıldığında hissedilen ve hissedildiği anda devleşiveren, o tüm sözde asaleti yok eden dev bir AMA… kaynağı çok derinlere saklanmış, kimse görmesin diye özenle seçilmiş o ipek elbiselerin, pahalı iç çamaşırlarının altına gizlenmiş, kokusu yayılmasın diye katbekat sürülmüş kremlerin, sıkılmış parfümlerin altında kalmış, özenle yapılan makyajıyla kamufle edilmiş bir şeydi… hain bir ruh tüm bu şaşaa ile kamufle edilebilir miydi?

"Edilemedi" diye düşündü Selim, çünkü Melek ile yaşadığı ilişkide sadece onun ne kadar hain olduğunu değil, aynı zamanda tüm basitliğini, cahilliğini, yetersizliğini de görebilmişti. O sırada Rıza Bey Selim'in yanına geldi, düşünce zincirlerini kırarcasına "Hadi paşam, Ahmet Bey'i buldum," dedi.

Kalktı Selim, göreve gider gibi Rıza Bey'in peşine takılıp Ahmet Bey'in yanına gitti. Adamın etrafı, onunla konuşmak isteyenlerle öyle çevrelenmişti ki ancak ilk insan çemberini geçince görebildi adamın kim olduğunu.

Bu muydu Cumhuriyet'in savunucusu? Dibinde dikilen uzun boylu, geniş omuzlu, kumral, ecnebi adamın yanında kısacık kalmıştı Ahmet Bey... ufak tefek, gözlüklü, çekingen bir hali vardı ama kesinlikle ciddiydi... bir tek ciddiyetiyle insanı tedirgin edecek cinstendi. Tek bir kelime söylemeyecekti Selim, adamın etrafındaki yalakalar öylesine konuşkandılar ki tek bir kelime söylemeden gece boyunca yanında dikilse konuşmadığı hiç fark edilmezdi bile.

Neyse ki Rıza Bey'in güzel bir hamlesiyle tanıştılar, zoraki de olsa sohbete başladılar. Daha çok Rıza Bey ile Ahmet Bey'in sohbetini dinleyip baş hareketleriyle katıldı onlara Selim, konunun saltanatla Cumhuriyet arasındaki kapışmaya gelmemesi için Rıza Bey'in ne kadar da özenli bir çaba gösterdiğini izlerken iyice canı sıkıldı. Havadan, sudan, geride bıraktıkları yazdan, gelecek kıştan sohbet ettiler... Selim hep dinledi. Devlet çalışanı olmanın özelliklerinden biriydi havadan sudan konuşma becerisi geliştirebilmek, özellikle bunu bu seviyede bir ciddiyetle yapabilmek, gerçek bir yetenek değildi de neydi!

Hayatlarında hiçbir anlama odaklanamayan ve kendine işi düşenlere karşı hissettiği gücün içinde kaybolmuş bir memurlar ordusunun, güve gibi bu Cumhuriyet denen illeti içeriden yok edecek güçte olduğunu düşündü Selim. Ne tuhaf, dedi, Hizmet Hareketi'ne ne gerek vardı ki, güya devletin hizmetinde olmak için göreve alınmış bu güveler zaten bir gün bu devleti bitirecekti... Tek ihtiyaçları olan şey, buradaki çürümüşlüğü fark etmeyecek, sonuçlarını öngöremeyecek, bir liderdi. Mustafa Kemal'le olmayacağı kesindi ama sonrası Allah kerimdi.

Rıza Bey, istediği randevu sözünü aldığında sohbeti hemen bitirmedi, bu sefer de Boğaz'daki yapılanmayı konuşmaya başladılar. Kaçak yapılan köşkler, yalılar ve bunların yıkımına kaydı sohbet ve o sıkıcı sohbetin bir yerlerinde de fark etti Selim, uzaktaki köşede dikilen Mösyö Picot'un bir anlık da olsa kendilerine baktığını. Önce gülümsedi gayriihtiyari ama Picot selamı almak yerine başını çevirince, aniden kendini gergin hissetti. Mısır Konsolosluğu'ndaki toplantıdan sonra Cumhuriyetçilerin katıldığı partide onunla karılaşmak tuhaftı. Selam vermeye yeltenmekle yanlış mı yapmıştı?

Ahmet Bey'in yanında dikilen ecnebi adam aksanlı Türkçesi ile "Mösyöyü tanıyor musunuz?" diye aniden sorunca irkildi Selim. Hazırlıksız bir şaşkınlıkla "Kimi?" derken, adamın sesi çok tanıdık gelmişti, tanıyordu bu adamı ama nereden, çıkaramadı.

Adam güldü, "Kimi, iyi bir tepkiydi," dedi.

Selim gerginleşirken, Rıza Bey hâlâ Ahmet Bey ile sohbete devam ediyordu, neyse ki adamın konuşmasını duymamışlardı. Adam elini uzatıp içten bir gülümseme ile "Robert Clive," diyerek kendini tanıttı.

Tokalaşırlarken tanıdıklık hissi Selim'de iyice artmıştı, Selim "Ya siz, Robert Bey?" dedi, adamın mavi gözlerinin içine dikkatle bakıp Picot ile tanışıklığının adam için ne önemi olduğunu ölçmeye çalışarak.

Güldü adam, soruya cevap vermek yerine, "Bu havada bu kadar insanı partiye getirebilmek büyük başarı olsa gerek, siz de epey ıslanmışsınız," dedi ama Selim bu havadan sudan konuşma oyununa girmeyecekti, çünkü nedense o an Picot'un kendisine değil aslında bu adama bakıyor olabileceğini düşündü ve direkt sordu: "You speak very fluently. Where did you learn Turkish, Mr. Clive?"[85]

---

85 Çok akıcı konuşuyorsunuz. Türkçeyi nerede öğrendiniz Clive Bey?

Gülümsedi Robert, "You speak fluently too. I was just going to ask you the same question,"[86] dedi.

Selim "Are you an American?"[87] diye sordu, güldü Robert, "I am a citizen of the world,"[88] diye cevap verdi.

"I did not know they have started giving passports for world citizenship. I should definitely have one. I wonder what the cost is?"[89] diye karşılık verdi Selim iması her kelimede kendini sunan bir eda ile.

Rıza Bey aniden onlara dönüp "Çarşamba öğleden sonra dörtte, Ahmet Bey ile randevu uygun mudur Selim Bey?" diye sormasa Robert'a onu nereden tanıdığını soracaktı Selim ama Rıza Bey'in sorusu ile konu karıştı ve o sırada Robert herkese iyi geceler dileyip yanlarından uzaklaştı.

Rıza, Selim ve Ahmet randevu saati konusunda uzlaşırken bir an Robert'ın ardından baktı Selim, tipi değildi tanıdık gelen, peki neydi diye düşünürken bir an sonra adama karşı olan ilgisini tamamen kaybetmişti, çünkü o sırada ikinci salona giren Melek'le Robert'ın selamlaşmalarını fark etti ve kendisine yaşattığı bunca şeyden sonra Melek'i hâlâ izliyor olmaktan rahatsız, çekti gözlerini.

Ahmet Bey, yeni yapılacak devlet binasının inşaatı ile ilgili konuşmaya başladığında, varlığı sanki bir hediyeymiş edasıyla kendilerine yaklaştı Melek, tüm ilginin birkaç saniye içinde kendisine kayacağından emin durdu yanlarında.

Rıza Bey'in Melek'i fark etmesi ve Ahmet Bey'in onu sohbete davet etmesi, bina inşaatını bırakıp ipekten, dantelden, modadan ve modern Cumhuriyet kadınından, Ahmet Bey'in görevinin ne kadar önemli, kendisinin ne kadar değerli olduğundan, Melek'in eşi Salih Bey'in orduya katkılarından bahsin başlaması zamanda yolculuk gibiydi... Yıllar önce Melek'in nasıl da Vahdettin'e övgüler

---

dizilmiş şiirler okuduğunu hatırladı Selim, belki o zaman gencecik bir kızdı Melek ama önemli olan küçük olması değildi, bugün Vahdettin mezarından kalkıp gelse o şiirleri okumaya devam ederdi, Melek gibiler övgüler dizecekleri birilerini daima buluyorlardı güce yakın olanları bekledikleri o yalakalık kuyruğunda… Üzerindeki elbisenin şıklığı, ince detaylarda ustaca vaat ettiği bu kadınlığı aslında Melek'in savaş kılığıydı. Üzerinde belki zırh yoktu, kalkan ve kılıcı, silahları yoktu ama onun yerine bir kalkan gibi kullandığı gülümsemesi, karşısındakini baştan çıkartmak için güzel kıyafet-lere bezendirdiği bedeni, göğüsleri, kalçaları… Melek'in silahıydı. Konuşurken aniden gülmesi, başını geriye atıp gerdanını, göğsünün baharını karşısındaki rahatça bakabilsin diye açması… istediğini yaptırmak için karşısındakine attığı oltalar gibiydi her hareketi. Güç el değiştirse de, gücün kıyısında var olmanın formülü binlerce yıldır nesilden nesile geçmiş bu yalakalardaydı.

Sessizce sohbeti dinledi Selim, izledi: Melek'in göğüs kafesinden gelen kahkahasını, kahkahayı atarken başını yana yatırıp boynunu her fırsatta açmasını, dekoltesini sunmasını, elini göğsünün üstüne koyarken gerdanının inip kalkmasını, hafifçe karşısındaki adamın koluna dokunmasını izledi Selim. Bir zamanlarki hayatının aşkıydı bu kadın… aşkı ilk hissettiği bedendi bu beden… bu eller, gözler, dudaklar… bir zamanlar hissettiği duyguların kaynağıydılar, taptığı bir tapınak gibiydi bir zamanlar Melek ve tapılan her şey gibi sonunda yıkılmış, Selim'in o bir zamanlarki hayatından eser bile kalmamıştı. Evleneceğini hayal ederek büyüdüğü kadın, karşısın-da, bir zamanlar saltanata dizdiği övgüleri, şimdi güç çeşmesinin başında kim varsa ona diziyordu, cilvesinin doruklarında. Güç el değiştirirken Melek de el değiştirmiş ve Selim'i bırakıp orduya destek vermesiyle Cumhuriyetçiler tarafından hürmet edilen yük-selişteki Salih Bey'in eşi olmayı başarıyla planlamış ve ustalıkla uygulamıştı, düğünden dört gece sonra Selim'in yatağına girmeye devam etse bile.

Sosyeteydi Melek'in var olma sebebi. Diğerlerinin gözünden görüyordu o da kendini, eğer kıskanılmıyorsa yaşadığını hissetmiyordu, ruhu birkaç nesil önce bozulmuştu. Dikkatin merkezinde olabilmek içindi tüm hamleleri ve hatta belki o dikkati toplamadaki en yakın, kolay yol Selim olduğu için bir zamanlar Selim'i kendine sevgili seçmişti... Sadrazamın oğlu olmak büyük bir güçtü ama her güç gibi el değiştirmişti, her güç gibi o da geçip gitmişti.

Kendisine soru sorulduğunu ancak Rıza Bey "Selim?" dediğinde anladı Selim, daldığı düşüncelerden çıkıp "Pardon," dedi ve küçücük bir tebessümle Rıza Bey'in suratına bakarken "ne demiştiniz Rıza Bey?" diye yineledi.

Melek "Pek solgun görünüyorsunuz Selim Beycim, iyi misiniz demiştim," diye lafa girdi. İlk defa o an göz göze geldiler Melek'le, söylenecek çok şey vardı ama tebessüme sığındı Selim, "Sağ olun..." dedi sonra kinayenin her tonunda ama yine sadece Melek'in anlayacağı bir üslupla "Ya siz?" dedi.

Gülümsedi Melek, boşlukları doldurmadaki ustalığını konuşturdu konuşarak, gülerek. Ne dediğini duymadı aslında Selim, sabit bir tebessümle onu izlerken çocuklukları geçmişti aklından. Melek'in, ruhunu satacak değerde şeyler bulmadan önceki hallerini hatırlamaya çalıştı... Piyano öğretmeninin kızıydı Melek, babasının dersleri vasıtasıyla girip çıktığı zengin evlerde kendine öyle güzel yer edinmişti ki acaba hiç kendisini gerçekten de sevmiş miydi? Yoksa sadrazamın oğlu olduğu için miydi tüm o ilgisi? Peki ya sevişmeleri... Her kavgadan, ayrılıktan sonra koşup geri gelmesi... Hissettiği, gösterdiği duygular da mı sahteydi? Bir kadın orgazm olurken, "sonsuza kadar seninim" derken, böylesine içten numara yapabilir miydi?

Herkes aniden kendisine dönüp bakınca ancak cevap verebildi Selim, Ahmet Bey "Cumhuriyet balosuna geliyorsunuz di mi Selim Bey? Davetiyeniz geldi mi?" diye sormuştu.

Sadece "Evet," diyebildi Selim, gidecek miydi emin değildi ama yine de evet dedi, çünkü evet demeliydi. Çarşamba günü dedesinden yadigâr kalan yalılarının geri alımı için toplantı yapacaktı bu adamla, ya Cumhuriyetçiydin ya da hain! Öyle bir baskı vardı ki eleştiri bile yapmak vatan hainliğiyle başlayan, sahip olduğun her şeyi kaybetmekle devam eden, topraklardan sürülmekle ya da hapisle sonuçlanan ama asla son bulmayan bir işkencenin ilk adımı sayılırdı. Cumhuriyet'e laf etmek cami duvarına işemek gibiydi.

Sustu Selim, ne Melek'in satılık ruhunun nasıl da müşteri aradığını vurdu onun yüzüne, ne de harf devrimi adı altında yapılan ihanetle birlikte Latin harflerine geçişte Osmanlıca yazılmış binlerce Osmanlı kitabındaki bilgilerin nasıl yok olduğunu konuştu… Hahambaşı Haim Naum Efendi'nin İngilizlerle arabuluculuk yapmasıyla kaldırılan hilafetin, İslam dünyasında nasıl bir güç kaybına yol açtığını da konuşmadı… 624 yıllık tarihin Cumhuriyet adı altında nasıl kesilip atıldığını da… sustu Selim, zihnindeki her sorunun cevabını zamanı geldiğinde Ülkü'den alacağını bilmeden sustu ve Melek'in sohbeti yönetmesini izledi bir görev gibi, nasılsa Hizmet Hareketi her şeyi çözecekti.

Yeterince dinledikten sonra, Mabeyn Köşkü'nde kahvaltı sonrası başı tutan validesinin sözde rahatsızlığından bahsedip kendinin de rahatsızlanmak üzere olduğunu belirtip halsizliğinden dolayı özür dileyerek izin istedi.

Herkesle kibarca vedalaşırken "Size kapıya kadar eşlik edeyim Selim Beycim, solgun görünüyorsunuz, Latife Hanım'a da çok üzüldüm," diye koluna giriveren Melek'in oyununu bozmadı. Ama kalabalığın arasından geçerken çıkarttı onu kolundan, ona bu kadar yakın olmak bile hayatında ilk defa yaşadığı tensel duyguları öyle coşturmuştu ki salona girerken zihninde oluşan Ülkü'nün girdabı şimdi küçük bir su birikintisindeki akıntı gibiydi… hormonların fırtınası devreye girdiği anda erkek bedeninde geri kalan her şey önemsizleşir, silinir, kanın hücüm ettiği erkeklik bir kasırganın koca bir şehri umursamazca yıkacak güçte esip coşması gibi başına buyruk yönetirdi bedeni. Ancak kasırga dindikten sonra kendine gelebilen beden, düşünmeden çıkardığı o fırtınada hayata, değer vermesi gerekenlerin hayatına verdiği zararı kavrayacak bilinçteyse uyanış olabilir ve kontrol altına alınabilirdi. Erkeklik bu gezegendeki en başına buyruk şeydi ve dünyadaki düzeni kendi kasırgalarını bile yönetemeyen, bedenlerine laf geçiremeyen erkeklerin kuruyor olması inanılır gibi değildi! Melek'in varlığının dibinde olmasının verdiği duyguları kasıklarından uzaklaştırmak için zihnini topla-maya çalışan Selim, yoluna çıkan konsolosları selamlayıp yanında bir refakatçi gibi kendisini takip eden Melek'in varlığını umur-samamaya çalışarak kulübün çıkışına nihayet vardığında dışarıda hâlâ yağmur yağıyordu.

Melek'e hoşça kal bile demeden dümdüz merdivenlerden inmeye başladı.

Melek "Selim!" diye ardından seslenirken kulübün dış kapısının önünde yağmurun ulaşamayacağı girişte üzerindeki incecik ipek elbiseyle pek çaresizdi.

Döndü Selim, üzerine yağan yağmurun etkisini umursamadan ıslanmaktan keyif alarak alt basamaklardan baktı ona, konuşmadı. Ona verebileceği her şeyi zaten vermişti ve şimdi daha ne istiyor olabilirdi?

"Sana anlatmam gereken bir şey var," dedi Melek, başıyla anlat dercesine küçük bir hareket yaptı Selim ama merdivenlerin başında aralarında bu kadar mesafe varken, Selim yağmurun altında ısla-nırken ve Melek de ıslanmak istemezken nasıl anlatsındı, Melek'in kaşları çatıldı. Bir adım öne attı ama ipek elbisesine sıçrayan yağmur suyundan rahatsız hemen geri kaçtı.

Selim öylece ona bakarken, Melek "Lütfen gelir misin bir dakika!" dedi.

Gelmeyeceğini bakışlarıyla anlattı Selim.

Melek'in ifadesindeki kızgınlık büyürken ve artık Selim'i kont-rol edemiyor olmanın hayal kırıklığı öfkeye dönüşürken faytonu geldi Selim'in ve yine hiç konuşmadan döndü Selim, faytonuna bindi. Melek'in varlığından kaçar gibi pencereden uzakta, koltu-ğun tam ortasına yerleşti, keşke bir anda evde olabilseydi. Fayton hareketlendi sonra aniden duruverdi ve o an kapı açıldı aniden, Melek içeri binmişti.

"Hainsin sen!" demişti. Daha önce sevişirken Selim onu her tahrik ettiğinde söylediği gibi söylemişti. Bu bir cümlede yaşanmış tüm şehvetin hatırası vardı. Açılmaması için zihninin en kuytusuna sakladığı tüm düşünceler o cümle ile yerlerinden fırlayıverdiler.

Fayton yine hareket alırken Melek'in kendini Selim'in karşısındaki koltuğa atması, "Niye kaçıyorsun benden?" diye sorması… olması düşünülemez bir şeyin olması gibiydi.

Ne cevap vereceğini, içindeki öfkeyi, uğradığı haksızlığı, adaletsizliği, çektiği acıyı Melek'in yüzüne nasıl haykırması gerektiğini düşünürken kalakaldı Selim, bazen sessiz kalmak tek çareydi…

Melek aniden dizlerinin üstüne çöküp tutmasa ellerini, gözlerinin içine bakıp "Görmüyor musun? Sensiz çok acı çekiyorum," diye mırıldanmasa, belki Selim büyüyen öfkesinin içinde sessizce kalacaktı ama Melek bir anda kucağına oturup kulağına "Sadece seni istiyorum," diye fısıldadı, kalçasının sıcaklığı Selim'in kasıklarına bulaştı.

Melek'in fısıltıları arasında hareketlenen erkekliğinin kontrolü ele geçirince bedenini, bir hamlede kaldırdı Melek'in eteğini ve indirdi külodunu… Yapmamak için ettiği tüm yeminleri, kendine verdiği tüm sözleri bozarcasına, çektiği acıya ihanette, kasırgasını saldı Selim ve birleşti Melek'le.

Ritimler inlemeleri tetiklerken kavradı Selim Melek'in bedenini, inlemeler bedenden akan sıvıların namelerine dönüşürken soktu başını kadının ensesine, boynundan öperek dudaklarını buldu… Sıvılar duyguların kapısını açtığında çekti Selim nefesini Melek'in nefesinden, duygular hatıraları cezalı tutuldukları hapishanelerinden çıkardığında Melek'le birlikte kaybolduğu bu kasırganın ritminden uyandı Selim, hatıralar yapılmış hainlikleri çağırmıştı ki o an kendine geldi Selim!

Çıktı, çekti kendini Melek'ten ve bir hamlede kenara ittirdi bedenini ve tüm gücüyle vurdu faytonun tavanına... Durdurdu arabayı.

Daha fayton durmadan Selim'in yavaşlayan faytondan hiddetle inmesi, tüm şiddetiyle yağan yağmuru umursamadan kendi kasırgasından kaçması, su içindeki sokağın derinliğine koşup kaybolması ve geride bıraktığı Melek'in yapayalnız ardından bakakalması... aynı günahı paylaşmanın yüklediği benzerlik lanetlenmişliğe döndüğünde paylaşımlar da küflenirdi. Sahtelik içinde, yalanların üzerine sadece ihtiyaçlarını gidermek için bir ilişki kurmaya çalışmak aslında küflenmek gibiydi. Bu küf insanı içeriden bitirir, ruhu öyle zehirlerdi ki geriye umutsuzluk kalırdı ve umutsuzluk ruhun zehiriydi. Melek de, Selim de birbirlerini zehirlemişlerdi ama ihtiyaçlarını ehlileştirmeye çalışanlara hayat daima bir panzehir verirdi.

-12-

... ışığı düşen şimşeğin sesi öylesine yüksekti ki...

Göğün sesi yere indiğinde gözlerini açtı Ülkü, o an yine, düşen şimşeğin ışığıyla aydınlanan odada annesi uyuyordu, sessizce kalktı. Parmaklarının ucunda çıktı odadan, koridorda sessizce ilerlerken, geçtiği her kapının önünde durup, içeri bir an bakıp ev ahalisinin uyumasını kontrol etti.

Geceliğini çıkarmak istedi ama ışığı düşen şimşeğin sesi öylesine yüksekti ki vazgeçti, kaybedecek zamanı yoktu. Bedenine bir hamlede paltosunu, ayağına botlarını geçirdi... Yakışıklı'yı kontrol etmeliydi!

...kalbi, güm güm atarken, bu saatte o kapıdan çıkan Ülkü'den baş-
kası değil diye fısıldıyordu sanki...

"Bin yüz bir… bin yüz iki… bin yüz üç… bin yüz dört…" Sakince sayarken Selim, gökyüzünden inen şimşeğin sesini bekledi… "bin yüz beş… bin yüz altı… bin yüz yedi…" demişti ki ses de geldi. Fırtına iki kilometre uzaklıkta olmalıydı.[90]

Sesten daha hızlıydı ışık. 27.700 santigrat derecede iniyordu şimşek yere, üstelik güneşten beş kat daha sıcak bir şekilde. Her yıl ortalama 100 bin fırtınada 25 milyon şimşek yer küreye düşerek, her saniyede 100 bin şimşekle sanki kalp mesajı yaparcasına enerji veriyordu dünyaya… İnsanlar önemsemiyorlardı bu bilgileri… şimşekler niye düşer birçoğu merak bile etmemişti ama aslında bu bilgileri bilmek hayatın işleyişini, muhteşem mekanizmasını görmek, küçücük aklımızla hayatın sırrını çözebilmekti.

Gecenin karanlığında, Selim'in kalbindeki fırtınayla yarışırcasına gürleyen gök, yağmurlarını indirirken doğruldu Selim, uyuması imkânsızdı. Eve gelir gelmez abdest almış, kendini Melek'in günahından temizlemeye çalışmıştı ama şimdi inen her şimşekle birlikte yer küreye inen elektrik, sanki bedeninde geziniyor, düşünmek istemediği ne varsa, özlemini çektiği hangi duygu varsa, onu dürtüp uyandırıyordu.

Faytonda Melek'le olanlar sanki ondan bedenine bulaşmış zehrin son damlasını bünyeden atmak gibiydi. Selim ondan uzaklaştıkça rahatlamış, kendi özüne dönebilmenin, onu reddedebilmenin onurunu kendine bir kalkan gibi yuva yapmıştı. Melek nihayet önemsizleşmişti. Geçmişin hatırasına duyulan saygı değil miydi yaşanmışlıkları kıymetli kılan? Bu gece o faytondan inip Melek'ten uzaklaşmak, onu artık geride bırakmak gibiydi ve artık saygısı

---

90 Şimşeğin ışığı ile sesi arasındaki her 5 saniyelik fark 1-6 kilometre uzaklığı göstermektedir.

tamamen bitmişti, Melek'in kıymeti de biten o saygıyla birlikte kaybolmuştu. Keşke uyuyabilse ve bu kâbustan uyanabilseydi ama insan kendi fırtınasından uykuya kaçamazdı. Her çakan şimşekle aydınlanan değirmene dikti gözlerini ama bu sefer aklında ne babası, ne mirası, ne Melek ne de direniş vardı, Ülkü'nün varlığı zihninin her köşesini kaplamıştı. Sadece onu bilmek istiyordu.

Nereden gelmişti?

Neler yaşamıştı?

En sevdiği yemek neydi?

En yakın arkadaşı kimdi?

Neden o kıyafetleri giyiyordu?

Uyurken ne giyerdi?

Yataktan kalktı ve pencereye yaklaştı. Pencerenin kenarından seyrettiği fırtına sanki kalbinin yansımasıydı.

Şimşeği bekler gibi dikildi camın karşısında, gökyüzüne dikti gözlerini… o an şimşek öyle bir yüklü indi ki gözlerinin önünde değirmene, şok geçirdi Selim, gecenin karanlığında değirmenin tepesinden çıkan dumana baktı. Değirmenin tepesi resmen paratoner etkisi yapmıştı. Neyse ki yağmur öyle güçlüydü ki yangın çıkması imkânsızdı. Alnını cama dayadı, ağzından çıkan nefesin buğusunu cama bırakırken, kendini sıkkın hissetti… Ülkü'ye karşı hissettiği merak dışında hiçbir şeye ilgisi kalmamıştı sanki. Camdaki buğunun gerisinde, fırtınanın içinde, sokakta hareket eden bir şey fark etti. Hafifçe camdan çekti başını, eliyle buğuyu bir hamlede silip dikkatle baktı fırtınanın ortasında sokakta bu saatte koşan şeye.

Başının üstünde mavi bir branda tutan biri, hızla tepeye doğru koşuyordu. Koşan kişinin kimliği belli değildi ama duygusu kesinlikle Ülkü'ye aitti. Kaşları çatıldı Selim'in, onu takip edebilmek için tereddüt etmeden bir hamlede balkona çıktı. Sırılsıklam olmuş yere bastı tereddütsüz, pijamasının paçalarının da ıslanmasını umursamadan balkonun köşesine yürüdü yine tereddütsüz. Bardaktan boşalırcasına yağan yağmurun altında yüzüne hücum eden damlaların arasında gözlerini kısıp dikkatle baktı, tepeye koşan bir kızdı ve değirmenin arka tarafına dönene kadar dikildiği yerde nefessiz bakakaldı Selim.

Yerinden fırlayıp aşağıya inmekle, dikkatli bir şekilde değirmenin etrafında olacak herhangi bir hareketi izlemek arasında sıkışıp kalan zihni öyle kararsızdı ki bedenini kıpırdatamadı Selim. Saniyede 11 milyon düşünce geçiyordu zihnimizden ve bizler en fazla 40 tanesinin farkında olabiliyorduk ki Selim sadece bir tanesine kitlenmişti o an. Ülkü değirmende ne yapıyordu?

Ya tam aşağı inmeye başladığında Ülkü değirmenden çıkıp başka bir yere koşsaydı ve onu gözden kaçırsaydı? Ama Ülkü müydü değirmene koşan? Emin değildi. Belki de fırtınada sokağa fırlamış delinin biriydi!

Bekledi.

Sırılsıklam olduğu balkonun köşesinde titremeye başladığını umursamadan bekledi… İyi ki de beklemişti, çünkü aniden değirmenden fırlayan kişi, bu sefer yağmurdan korunmak için hiçbir şey tutmuyordu kafasının üstünde! Ülkü'ydü bu! Koşarak tepeden inmekteydi.

Neden kaçıyordu?

Kovalayan kimse de yoktu!

Yağan yağmurun şiddetiyle çamura dönen yamaçtan kayıp düştü Ülkü ama hemen kalkıp koşarak çamur içinde aşağı inmeye devam etti.

Nefesini tutarak izledi onu Selim, Valpreda'ya girmemiş olsa, o da aşağıya fırlayıp peşine düşecekti ama neyse ki Ülkü apartmana girmişti.

İçeri girmek için hızla döndü Selim, ıslak ayakları bir an kaysa da balkonun demirine tutunup düşmekten kurtardı kendini, bu kadar ıslandığını fark etmemişti. Sırılsıklamdı. İçeri girdi.

Üzerindeki ıslak pijamayı bir hamlede çıkardı, ayaklarını pijamaya kurulamaya çalıştı ama ayağı ile bastıkça daha da su çıktı pijamadan, etraf da ıslandı. Hemen halının üstüne geçti, ayaklarını halıya sürtüp kurularken hızla bulduğu şeyleri üstüne geçirdi. Yeni ütülenmiş bir tuxedo pantolonu ve gömleği giydiğini bile fark etmedi. Ülkü'nün yardıma ihtiyacı varsa ona yetişmekti önceliği.

Fırladı, çıktı odadan, sokak kapısına geldiğinde elinde gaz lambasıyla dikilen Nana'yı görse de umursamadı, "Nere paşam?" demişti Nana ama cevap vermedi Selim. Sadece eliyle "Şşş" diyen bir sus işareti yapıp çıktı kapıdan.

Hanımı gecenin bir yarısı uyandırmakla Selim'in peşinden gitmek arasında sıkışıp kaldı Nana ama sadece birkaç saniye ve sonra Selim aniden geri dönüp ona anlaşmalarını hatırlattı ve kapıyı kapattı.

Hanıma ajanlık yaparsa, Selim bir daha onunla hiçbir şey paylaşmayacaktı. Selim'e uymaya karar veren Nana gaz lambasını yerine koyacaktı ki başını iki yana sallayıp yavaşça tekrar sokak kapısını açtı, Selim'in geri geleceğinden emin bekledi kapının kıyısında ve o sırada Selim geri geldi. Bu karanlıkta apartmandan inmesi mümkün değildi, gaz lambasını Nana'nın elinden alıp yine parmağı ile "Şşşt" yapıp aşağı inmeye başladı.

Nana'nın kapıyı kapatmasını beklemeden, gecenin bu saatinde ses çıkarmadan üçer beşer atlayarak inebildiği kadar hızlı indi merdivenleri Selim, kaç kat indiğini bilmiyordu, tam kafası karışmıştı ki yerdeki suyu fark etti. Elindeki gaz lambasını yere tutup iz sürerek suyun geride, indiği merdivenlerde olup olmadığını hesapladı… su gerideydi, telaştan Ülkü'nün evini geçmişti. Tam bir üst kata çıkacaktı ki alt kattan demir apartman kapısının kapanma sesi geldi. Tırabzan boşluğundan hızla baktı aşağıya, kalbi, güm güm atarken, bu saatte o kapıdan çıkan Ülkü'den başkası değil diye fısıldıyordu sanki, kalbinin sesini dinledi Selim, hızla aşağıya indi. Sabah olmasına daha vardı ve dışarıda fırtına devam ediyordu. Çıktı sokağa.

Kalbi doğru söylemişti. Ülkü elinde tüfeğiyle koşuyordu ve sokağın köşesini dönmek üzereydi. Önce ona seslenmeyi düşündü ama gecenin bu saatinde bir skandala mahal vermek istemedi.

Yetişme umuduyla peşinden koşmaya başladı, yağmurdan sönen elindeki gaz lambasını köşeye fırlatıp attı, hızlandı.

Ülkü'nün çaresizliği kendine de bulaşmıştı.

-14-

Koştu Ülkü, bacakları kırılsa bile yine de koşacaktı.

Ölse bile durmayacaktı.

Sırılsıklamdı, üstündeki kalın kabandan bedenine sızan suyun soğukluğu koşmaktan alevlenen bedeninin sıcaklığı ile çatışmada, sırtındaki tüfeğin sanki her adımda artan ağırlığı yerçekimiyle işbirliğinde ve avucunda sıkıca tuttuğu kırık mahmuzun etine batan ucu Yakışıklı'yı çalanlarla suç ortaklığındaydı.

Ama ne sırılsıklam olduğunu, ne tüfeğin ağırlığını, ne sıkmaktan avucunun içine saplanmış mahmuzun acısını hissetti Ülkü!

Hissetmiyordu, çünkü Yakışıklı'ya sahip çıkamamış olmanın yüreğinde açtığı yara o kadar büyüktü ki o an maruz kaldığı her şey yüreğindeki yaranın acısının yanında hissedilmezdi! Ama yine de şükretti!

Şükürler olsun ki Yakışıklı'yı kimin çaldığını biliyordu! Bu mahmuzu biliyordu!

"Allahım!" dedi kalbinin tüm hücrelerinden doğmuş ve zihninde yankılanan bir çığlıkla "Allahım n'olur bulayım kızımı!"

"Allahım ne olur kurtarayım Yakışıklı kızımı!"

-15-

*…hayatı boyunca her köşesini bildiği bu sokaklarda ilk kez
kaybolmuştu!*

Yoktu Ülkü!
Selim, Ülkü'nün peşinden köşeyi dönmüştü… ama o yoktu!
Yokuşu inip sahile ulaşmıştı… yoktu!
Yağan yağmur suratına saldırırken çaresizce etrafına bakındı
Selim ama Ülkü'den en ufak bir iz bile bulamadı. Sokağın sonu-
na kadar koşmaya devam etti, Ülkü'nün kestirmeden gidebilmek
için sıralı evlerin bahçesinden atladığını bilmeden… ve sokağın
sonunda çaresizliğinin tam ortasında durdu, hayatı boyunca her
köşesini bildiği bu sokaklarda ilk kez kaybolmuştu!
Bir an geriye döndü, sokak bomboştu. Bu yağmurda hayvanlar
bile ortalıkta yoktu.
"Ülkü!" diye bağırdı, yağan yağmurun gürültüsüne aldırmadan, bir
kızın adını sokakta haykırmanın skandalını taşımaya artık hazırdı.
Yeter ki onu bulsundu, Ülkü iyi olsundu.
"Ülkü!" dedi yine ciğerlerindeki tüm hayatı onun adına adar-
casına… Ülkü!
Ama Ülkü yoktu.

-16-

*…gücünü acısından alırcasına,
umudu bir yakıt gibi kullanırcasına…*

Gürleyen göğün… yağan yağmurun… kalbinde hissettiği sancı-
nın… saldırısının arasında bir yerde, tam son bahçenin de duvarını
atlayıp alt yola indiği anda duraladı Ülkü. Nefes nefeseydi, dikkat

kesildi, çünkü yemin edebilirdi sanki biri ona seslenmişti! Ama hemen sonra toparlandı, yine koşmaya başladı!

Güneş fırtınayı kovalarcasına doğmaya hazırlanırken nihayet sahile varacaktı!

Belediye binası görünmeye başladığında gözyaşlarına karışan yağmur sularını silip yine tabana kuvvet atıldı. Nefesi kalmamıştı ama azmi vardı. Umudundan alıyordu azminin gücünü ve azmini yitirmemiş biri koşullar ne olursa olsun daima hedefe ulaşırdı!

Belediye binasına ulaştı mı oradan mısır tarlalarına ve mezbahaya yol yakındı.

Ne olursa olsun Yakışıklı'yı *o adam*lardan kurtaracaktı!

Avucundaki yaranın mimarı mahmuzu o an ilk defa gevşetti. Bedeni yitip gidecekti, gücünü acısından alırcasına, umudu bir yakıt gibi kullanırcasına koşmaya devam etti.

-17-

Ülkü'den de eser yoktu...

Kalktı İlmiye, apartman boşluğuna bakan pencerenin perdesini araladı, aslında akşamdan ışık girsin de erken uyansın diye açık bırakmıştı ama ablalarından biri kapatmış olmalıydı. Cama suratını yapıştırıp dikkatle aşağıya baktı, açı aşağıyı istediği gibi görmesine yetmeyince camı aralayıp başını temkinli bir şekilde uzattı ve en alttaki Orhanlar'ın evini yokladı.

Genelde açık olan ve annesinin Orhan'a bağırmasını duyduğu mutfaklarının penceresi ve aralığa açılan kapı kapalıydı. Acaba evde yok muydular? Dün akşam da kapalıydı o kapı, ki normalde hiç kapanmazdı... Pazar sabahının mahmurluğunda Orhan kesin hâlâ uyuyor olmalıydı. Orhan uyanmadan çıkmalıydılar Valpreda'dan. Döndü, kütüphaneye gitmeleri gerektiğini hatırlatarak Ali'yi kaldırdı.

300

Ali uykulu uykulu bu kadar erken kütüphaneye gitmek zorunda olmaktan şikâyetçi kalktı, lavaboya gitmek için odadan çıkarken Ayşe girdi odaya, yanından geçen Ali'nin başını okşayıp İlmiye'ye yaklaştı, temkinli bir şekilde kulağına "Ülkü ablan nerde?" diye fısıldadı.

"Pazara gitmiştir, bugün büyük pazar kuruluyor ya," dedi İlmiye, "Masanın üstünde kuruttuğu ekinezyaları satacaktı," diye ekledi.

Gülümsedi Ayşe, o an hatırlamış gibi onayladı ve acele ettiğini belli etmeden çıktı odadan. Hızla kendi odasına dönüp dikiş makinesinin masasının üzerindeki örtüye serilmiş ekinezyaları sessizce topladı. Ve koridordan yaklaşan ayak sesinin annesine ait olduğunu anlayıp annesi odaya girmeden hızla örtüyü arkasına sakladı.

Semiha Hanım Ayşe ile Zübeyde Hanım'ın odasına girdiğinde ayakta dikilen Ayşe'ye "Kızım bu saatte ne işin var ayakta?" diye sordu, sonra annesinin hâlâ uyuduğunu görüp fısıltıyla "Ülkü nerde?" dedi.

"Pazara gitti," dedi Ayşe hazır bir cevapla ve biraz önce topladığı örtünün boş bıraktığı masayı gösterip "Otları da toplamış, sen merak etme, öğleye gelir," dedi ama aslında Ülkü'nün pazara gitmediğini biliyordu, çünkü pazarda satmayı planladığı tüm ilaçlarla dolu çantası ve tüm kıyafetleri evde bırakılmıştı. Annesini ve anneannesini velveleye vermemek için Ayşe onları da dikiş makinesinin yanına istiflemiş, üstüne yeni diktiği elbiseyi örtmüştü. Zübeyde Hanım mırıldanarak uyandığında "Yat anne!" dedi Semiha, "Daha çok erken."

Zübeyde Hanım saate baktı, sabah namazına az kalmıştı, kalktı. "Sizin ayakta işiniz ne bu saatte?" diye sordu uykulu bir vaziyette, "Ülkü kalkmış, ona bakim derken bir baktım Ali ve İlmiye de ayakta," diye açıkladı Semiha, "Çocuklar kütüphaneye gideceklerdi, ödevleri var, onlara menemen yapacağım," deyip çıktı odadan.

Zübeyde ve Ayşe bir an birbirlerine baktılar, İstanbul'a taşındıklarından beri ilk defa mutfağa girecekti Semiha, üstelik o ünlü menemeninden yapmak için! Her şey sanki eski ritmine dönecek gibiydi.

Semiha mutfakta kahvaltı hazırlığına giriştiğinde, Zübeyde Hanım da çocukları banyodan kovalamış abdestini alıyordu. Salondaki pencereye gitti Ayşe, etrafı kolaçan edip kimsenin gelmediğine emin olduktan sonra açtı pencereyi ve dikkatle sokağı inceledi. Fırtınadan sonra etrafa yayılmış ağaç yaprakları, çalılar ve çamurla kaplanmıştı sokak, bir köşede kırılmış bir gaz lambası bile vardı… ama hiç insan, hatta hayvan bile yoktu, kimse yoktu, Ülkü'den de eser yoktu…

Pencereyi kapattı Ayşe, çaktırmadan Ülkü'yü aramaya başladı evde. Her yere bakmıştı, botlarının ve paltosunun kayıp olduğunu fark ettiğinde geriye bir tek çatı kalmıştı. Acaba şu Selim Bey'le gizlice buluşmaya mı çıkmıştı? Dün köşkte gözlerini Ülkü'den ayıramayan adamın hali pek yazıktı.

-18-

Savaştaydı Ülkü ama hazır mıydı?

Sabahın ilk ışıklarıyla hareketlenmek üzere olan şehrin kıyısında dikildi Ülkü, belediye binasının önünden geçmiş ve güneşi karşılayan yolları aşıp buraya, mısır tarlalarına uzanan patikanın başına gelmişti. Mısır tarlalarının ötesindeki hayvan pazarına saplanmıştı gözleri umutla nemlenirken. Yorgunluktan bitap düşmüş bedeni dikleşti. Yağmur dinmişti ama üzeri sırılsıklamdı, önemsemedi. Üzerindeki palto çektiği su ile öyle ağırlaşmıştı ki ıslaklığı geceliğine kadar işlemişti, izin verse bedeni üşüyecekti ama hedefe öyle kitlenmişti ki Yakışıklı'yı bulmaktan başka hiçbir düşüncenin zihninde gezinmesine izin vermedi. Sırtında asılı tüfeği diğer omzuna geçirirken daldı mısır tarlasına, uzun patikadan gitmeyecekti.

302

Güneşe uzanırcasına büyüyen mısırların arasında daha geçen gün kara çarşafa saklanıp Yakışıklı'yı kurtarmak zorunda kaldığı o lanet olasıca yere, hayvan pazarının hemen arkasındaki mezbahaya doğru ilerledi.

Boyları uzamış mısırların arasında yönünü bulabilmek için arada zıplayarak geldi tarlanın ucuna, arada ince bir dere ve sonrasında yol vardı. Daha birkaç gün önce Yakışıklı'yı buradan kurtarıp kaçtığı yöne, sola baktı. Yine oraya kaçmak iyi bir fikir gibi geldi ama bu sefer kamuflajda değildi, aceleden kara çarşaf giyememişti. Derin bir nefesle birlikte aldı tüfeğini eline. Ya Yakışıklı'yı bu sefer buraya getirmedilerse diye düşündüğü anda gözleri doldu ama adalara giden yük vapuru buradan kalkıyordu. Yutkundu. Kendine sordu: Savaştaydı Ülkü ama hazır mıydı? *Savaş her şeyden önce hazırlıktı.*[91] Tüfeği vardı yanında ve namludakiler yetmezse de cebinde kurşunları… ama hazır değildi. Gözlerine dolan endişe yanaklarından kayarken geçti dereden, burada olduğunu bilen kimse yoktu. Annesi geldi aklına ama hemen sonrasında İlmiye ve Ali'nin düşüncesi sarstı zihnini.

Patikanın kıyısında durdu, kendisine bir şey olursa onlara kim bakacaktı, anneanneye kim sahip çıkacak, Ayşe'yi kim dinleyecek, İlmiye ve Ali'ye kim ders çalıştıracaktı? Peki ya annesi! Annesi böyle bir yıkımdan, yaşadığı onca şeyin üstüne nasıl sağ çıkacaktı? Her şeyi kaybetmişti ama bir evladını daha kaybedemezdi.

Durduğu yerde indirdi tüfeğini Ülkü. Sırılsıklam su çekmiş paltosunu açarken ne kadar üşüdüğünü ilk kez o an fark etti ama hemen tüfeği paltonun içine sokup kapattı yine düğmelerini. Elinde tüfekle yaklaşmak, bu kadar hazırlıksızken bela aramaktı.

Yürümeye başladı, tezeğin kokusu burnuna gelirken saçlarını düzletti, nasıl olsa geçen sefer Yakışıklı'yı kurtarırken adamlar onu görmemişlerdi ama Yakışıklı'yı güvende olsun diye götürdüğü patronları buradaysa kesin tanıyacaktı kendisini. O pis hırsız sabahın bu saatinde burada olabilir miydi?

---

91 Sun-tzu.

Gece boyunca fırtınanın altında otlakta bırakılmış hayvanların çamur içindeki hallerine baktı dikildiği köşeden ve etrafta kimler olduğunu taradı. Kimse yoktu, hava o kadar soğuktu ki herkes mezbahanın içindeki o köhne çayhanede olmalıydı. Duvarın üstünden eğreke[92] atlayıp balçığın içinde ineklerin arasından sıyrılarak ilerledi. Uzaktan duyulmaya başlayan türkünün sesine odaklanıp atların olduğu arka tarafa geçmek için binaya yaklaştı. Kapısı açık binanın içinde bir adam bağıra bağıra türkü söylüyordu ve ondan başka kimse yoktu. Binanın kıyısından dikkatle yürüyerek atların olduğu arka tarafa geçtiğinde adamın türküsüne dikkat kesildi, kendini şanslı hissetti, çünkü sessizlik tehlikeydi.

O sırada ileride yerde gördü kendi elleriyle yaptığı Yakışıklı'nın boncuklarını ve gözlerindeki duygular hücumla kirpiklerine sarıldı. Koluna sildi yüzünü Ülkü, yerde balçığın içinde çamur olmuş boncuğu almak için eğilerek ilerledi, tam boncuğu alacaktı ki atların olduğu ahırdan biri çıkıverdi, "Hasssaaannn! Tas getirsene lan!" diye bağırırken yerde iki büklüm eğilmiş, kıpırtısız Ülkü'yü fark etmemişti.

Nefessiz, kıpırtısız iki büklüm bekledi Ülkü, tüfeğin namlusu çıkıyordu paltosunun kıyısından. Türkü söyleyen adam susup "Tamam," diyerek cevap verdiğinde diğeri içeri girdi ama şimdi de türkücü çıkıp gelecekti. Çöktüğü yerden kalkmadan, iki büklüm hemen duvarın dibine ilerledi Ülkü ve o sırada türkücü elinde tasla yanından, hatta dibinden geçip onu görmeden gitti.

Adamın ardından bakarken çaresizliği ile yüzleşti Ülkü, nasıl bulacaktı Yakışıklı'yı, hadi buldu diyelim nasıl kaçıracaktı, ana kapı hâlâ kapalıydı, üstünde zincir vardı, acaba zorlasa, Yakışıklı şu duvardan atlayabilir miydi?

Zorlayamazdı, düşerse Yakışıklı, bir yerini kırarsa diye düşündüğü anda kapattı gözlerini, yaklaşmakta olan bir faciayı karanlıkla durdurmak ister gibiydi. Gözlerinin karanlığında o an aklına bir fikir geldi.

---

92 Hayvanların bir arada tutulduğu, etrafı çevrilmiş açık alan.

-19-

...nefesini tuttu Ali, Allah'ın kudretini bir maddede ilk defa bu kadar güçlü hissetti.

Neyse ki Orhan'a yakalanmadan Valpreda'dan çıkmışlar, sahile yürüyerek inmişler, 40 paraya motorla Boğaz'ı geçip Eminönü'ne varmışlardı. Kapalıçarşı'nın içinden kestirmeden yürüyüp Beyazıt Devlet Kütüphanesi'ne[93] erken gelmişlerdi. Ali "Bu saatte açık mı ki?" diye sorarken, İlmiye "7 gün 24 saat açık" dedi. "II. Abdülhamid 7 gün 24 saat açık olması için inşa ettirmiş bu kütüphaneyi, Abdülhamid'den sonra bir ara kalkmış bu uygulama ama Atatürk, Abdülhamid'in koyduğu bu kuralı yine uygulatmış. Yani her zaman açık!"

Anlamlar dünyasının içine girercesine geçtiler kapıdan, öylesine bir özenle içinde barındırdığı bilgiye yakışır şekilde tasarlanmıştı ki kütüphane, nefesini tuttu Ali, Allah'ın kudretini bir maddede ilk defa bu kadar güçlü hissetti.

Ülkesini İngiliz sömürgesi haline gelmekten kurtarmak için tüm varlığı ile çabalamış II. Abdülhamid'in yaptığı pek çok şey gibi bu bina da çok özeldi.

"Çok işimiz var," dedi İlmiye. Acaba Sümerler'le ilgili kitaplar neredeydi?

-20-

Değer verdiklerimiz değil miydi "kendimizin" özü?

Önce silah sesi duyuldu, hemen kalktı tuvaletten Hasan. Şalvarını çekiştirirken helanın aralık ahşap kapısından baktı dışarı ve telaşla

---

93 Kütüphane-i Umumi Osmaniye.

fırladı. Otlaktaki inekler açılmış kapıdan dışarı koşmaktaydı. Donunu toplarken bağırmaya başladı: "Hüseyin! Yetiş! Koşsan ya lan!"

Mumbar yapmak için boşaltmak üzere olduğu bağırsakları bırakıp fırladı dışarı Hüseyin ve koştu. Ne olduğunu daha anlamamıştı ama Hasan'ın sesi geliyordu öndeki binanın gerisinden. Sese doğru koştu. Köşeyi döndüğünde gördü açık kapıdan çıkan malları. Tabana kuvvet adımları hızlandı ve yandaki derme çatma duvardan atlayıp ineklerin mısır tarlasına dalmasını engellemek için patikaya çıktı. Önlerini kesmeye çalışacaktı.

"Haasssan!" diye bağırdı Hüseyin.

"Hüseyin!" diye bağırdı Hasan.

"Koş!" dedi Hüseyin.

"Sen bura koş!" dedi Hasan…

"Önünü kessen ya lan!" diyen bağırışmaları dinleyip adamların binadan uzaklaşmasını bekledi Ülkü ve saklandığı yerden, otlağa bakan binanın köşesindeki bidonların arkasından çıkıp eğilerek arka tarafta atların tutulduğu yere ilerledi hızla. Ahıra girdi.

Ahırda yirmiye yakın at, iki tane de deve vardı ama Yakışıklı yoktu. Hemen dışarı çıkıp eğilerek binanın en arkasına döndü, arka taraftaki açık otlaktaki atlara baktı ama gece boyunca yağmurun altında kalmış birkaç yaşlı beygirden başka at yoktu, otlak boştu. Adamların bağırışmaları hâlâ uzaktan geliyordu. Bu bağırışmalar kesilmeden önce Yakışıklı'yı bulmak zorundaydı, yoksa işler iyice karışacaktı, çünkü o demir kapı kilitlenirse bir daha açmak bu kadar kolay olmayacaktı. Çaresiz etrafına bakındı.

Atamadığı çığlıkla kalbinden koşup çıkan çaresizlik gözünden süzüldü, koluyla sildi yüzünü Ülkü ama ıslaklık tüm ifadesine yayıldı, çünkü paltosunun kolu bile hâlâ sırılsıklamdı ve o an titrediğini fark etti, istemdışıydı, kendini durduramadı. Binanın kıyısından temkinli adımlarla diğer binaya doğru yürüdü. Adamların bağırışları devam ederken sırtını dayadı duvara, tam karşısında duran taş duvara baktı, bu duvarın üstünden atlayıp gidebilirdi, kendini kurtarabilirdi… ama Yakışıklı'yı kurtarmazsa kendini kurtarmış olmazdı ki?

Değer verdiklerimiz değil miydi "kendimizin" özü?

Başını gerisindeki duvara yasladığında "Güm!" diye bir ses duydu dayandığı duvarın ardından, binanın içinden geliyordu, biri daha mı vardı içerde diye düşünürken onun sesini duydu. Yakışıklı'ydı bu! Bir şeyleri tekmeliyor ve o eşsiz sesiyle kişniyordu! İçerideydi!

Ülkü'nün titreyen bedeni sabitlendi, çünkü fikri öylesine odaklanmıştı ki Yakışıklı'nın varlığına, bedensel ihtiyaçları önemsizleşiverdi. Çektiği acılar, üşümek, yorgunluk değildi insanı yenen şey, umutsuzluktu! Umudu yerine geldi!

Hemen binanın gerisinden eğilerek dolandı, ineklerin olduğu otlağa bakan binaya yaklaştı ama adamlara gözükmeden binanın içine nasıl gireceğini bilemedi, köşede eğilip saklandı.

Adamlar ineklerin önünü ancak kesmişlerdi, biri inekleri kapıdan içeri, ereğe geri sürmeye çalışırken, diğeri silah sesinden coşup mısır tarlasına giren ineklerin peşindeydi.

Köşeden ikisini gözledi Ülkü ve her ikisi de arkasını binaya dönmüştü ki çömeldiği yerden kalkıp içeri girmek için hızla iki büklüm koştu ama üstündeki paltonun yünü öylesine ağırlaşmıştı ki ne kadar hızlı koşarsa koşsun sanki ulaşmak istediği yere varamayacak gibiydi. İki büklüm olsa da binaya varabildi. Kapıdan içeri attı kendini ve hemen dışarı geri fırladı, çünkü içeride o sırada duvarda asılı tüfeği almak üzere olan biri vardı.

Dışarıda, kapının önündeki duvarın dibinde, çöktüğü yerde sıkışıp kaldı Ülkü! Ya inekleri içeri sokmaya çalışan adamlar binaya döndükleri anda onu göreceklerdi ya da elinde tüfekle dışarı çıkmak üzere olan adama yakalanacaktı! Ne olursa olsun yakalanacaktı!

Bu hak'sızlar! Bu hırsızlar! Kapıyı onun açtığını, silahı onun sıktığını, inekleri onun saldığını kesin anlayacaklardı!

21

Allah'ın canına değer biçmek kimsenin haddi değildi!

Baytara varan yolu bitirmek üzereydi ki koktuğunu fark etti Orhan, keşke üstünü değiştirseydi ama aklına bile gelmemişti. Baytarın kapısında beklemekle geçirmişti dün bütün günü, eve vardığındaysa öyle yorgundu ki ekmek peynir yiyip aynı kıyafetlerle yatmıştı, uyanır uyanmaz da yine buraya varmıştı. Ülkü Abla'nın tanıdığıydı bu baytar ve şükürler olsun ki ondan para almamıştı ama kedinin ilk müdahalesi yapıldıktan sonra orada kalamayacağını da söylemişlerdi.

Mahcubiyetinin her halini giyinmiş girdi içeri Orhan, herkese selam verdikten sonra yavru kedinin durumunu sordu korkarak. Şükürler olsun ki geceyi atlatmış ve ölümden dönmüştü hayvan, ancak geçirdiği beyin sarsıntısı yüzünden duyu organlarında, özellikle orta kulağında ani darbe nedeniyle dengesinde sorun yaşayabileceğini öğrendi. Duyguları öyle hızlı ve öyle ani yükseldi ki çaresizlik akarken gözlerinden tutamadı kendini Orhan.

Kediyi küçük bir kutunun içinde getirdiler. Bacağında alçı vardı. İrkildi Orhan, o küçücük canı çok yanmış olmalıydı. Öyle küçük, öyle narindi ki Orhan elini uzatıp hafifçe başına dokunduğunda yan yattığı yerden Orhan'ın parmaklarına sürttü başını ve tuhaf bir ses çıkarmaya başladı, gırıltı gibi. Gözlerindeki duyguları silip hemen baytara seslendi Orhan "Bu ses ne? Sancısı mı var?" dedi.

Güldü baytar, "Kediler sevindiklerinde gırlarlar. Seni gördüğüne memnun oldu," dedi.

Rahatladı Orhan, parmağının ucu ile yavrunun çenesinin altını tatlı tatlı kaşıdı ve o sırada gözlerini kıstı yavru sanki başı havada uyumuştu.

Baytar, "Yarın öğlen yine getirmen lazım," dedi.

Kediyi o an alması gerektiğini anladığında mahvoldu Orhan, hissettiği çaresizlik ifadesine yansırken hem nasıl tepki vereceğini hem de yavruyu alıp nereye götüreceğini bilemedi. Kediyi eve gizlice soksa bile yarın okula gidecekti ve annesi nefret ediyordu tüm hayvanlardan, eve sokamazdı, evde hayvan beslemek haramdı! Allah hayvan beslemeyi yasaklamıştı. Yardım istercesine baktı baytarın yüzüne çaresizlikle. "Hayvan beslemek haram ya, annem eve kedi sokmuyor," derken, baytar "Kim diyor?" diyerek lafını kesti Orhan'ın.

Kur'an-ı, Allah'ın kanunlarını bilmiyordu birçokları, baytarın da bilmediği açıktı, çünkü yanında çalışan bir kadındı ve kadının saçı bile açıktı. Sıkılarak "Kedi, köpek gibi hayvanlar melekleri gördüklerinden eve giren melekleri korkutup kaçırırlar," derken güldü baytar, "Şimdi sence bir melek, yani Cebrail, Mikail, İsrafil, hatta Azrail kediden ya da köpekten korkup kaçıyor mudur?"

Dondu kaldı Orhan. Hiç böyle düşünmemişti. Melekleri çok narin varlıklar olarak canlandırmıştı zihninde, nedense… neden böyle hayal ettiğinden bile emin değildi ama baytar isimleri sayarken Azrail falan deyince, insanın bile canını teslim alan bir meleğin herhangi bir hayvandan korkuyor olması inanılır gibi değildi.

Baytar, "Sana kim dedi Allah'ın böyle bir buyruğu olduğunu?" diye sordu.

Orhan, "*Kur'an-ı Kerim*'de yazıyor, evde hayvan beslemek haramdır diyor," diye karşılık verdi.

"Yalan!" dedi Baytar, "*Kur'an-ı Kerim*'de tek bir cümle yazmıyor evde hayvan beslemenin haram olmasıyla ilgili, hatta tam tersine hayvanlarla ilgili, köpeklerin hayırlı varlıklar olduğuna dair şeyler var. Örnek vermemi ister misin?" dedi.

Kafası karışmıştı Orhan'ın, annesi, tanıdığı herkes, hatta camideki imam bile evde hayvan beslemeye karşıydılar, üstelik Allah'ın yasakladığını savunuyorlardı!

Başını evet anlamında salladı Orhan, baytarın vereceği örneği bilmek zorundaydı.

"Kehf süresi 9. ayet, içinde bulundukları toplumdaki yozlaşmadan uzaklaşmak ve Roma imparatorunun zulmünden kaçmak için bir mağaraya sığınan kalbi temiz, imanı güçlü genç Allah dostlarının bir gece uyuyup ertesi sabah, yüzyıllar sonra nasıl uyandığını anlatırken, bu imanı yüksek gençlerin yanlarında yaşayan köpeklerinden de bahseder. Sence eğer evde köpek beslemek haram olsaydı, *Kur'an-ı Kerim*'de imanının yüceliğiyle övülen kimselerin köpeklerle birlikte yaşıyor olduğundan bahsedilmesi çok çelişkili, hatta kendi özüne ters düşen bir ifade olmaz mıydı? Kısacası, evde köpek ya da hayvan beslemenin haram olduğu asla yazmaz *Kur'an-ı Kerim*'de. Hayvandan korkan ve bu korkularını zayıflık olarak gördükleri için saklamaya çalışan, korkularına kulp takmaya çalışan bir grup yobaz cahil tarafından uydurulmuştur meleklerin hayvanlardan kaçtığı," dedi, tam Orhan daha geçen hafta imamdan dinlediği hadisi şeriften bahsedecekti ki baytar "Ha bir de uydurma hadisi şerifler var. Hele onlar en kötüsü, hainler kendi sapkın düşüncelerini gerçekmiş gibi göstermek için Peygamber efendimiz söylemiş gibi hadisler uydururlar, hem hayvanlarla hem de kadınlara olan davranışla ilgili. Sen bu saçmalıkları dinleyip inanmak yerine, araştırıp her şeyi var edebilecek kudrette bir varlığın kendi yarattığı bir canı haram kılmayacağını anlamakla yükümlüsün, eğer tabii Müslüman'ım diyorsan." Dedi ve gülümseyip eline bir torba ve damla verirken ekledi: "Torbanın içinde yemek var, yarın öğlen yine getir kediyi. Damlayı da her sabah suyuna damlat, beslenmesine yardım edecek."

Elinde küçük bir kutu ve bir torba ile çıktı veterinerden Orhan, kediye yer bulmak zorunda olduğunu bilmekten dolayı hissettiği çaresizlik, kedinin yaşıyor olmasının verdiği mutlulukla çarpışıp parçalandı.

Eve gidecekti, *Kur'an-ı Kerim* ve peygamberimiz adına söylenen şu hayvanların haram olduğu yalanını annesinin öğrenmesinin de vakti gelmişti! Allah'ın canına değer biçmek kimsenin haddi değildi! Nerede, nasıl bedenlenmiş olursa olsun cana saygı duymak Allah'a saygı duymak değil miydi?!

...bu yaşadıkları kudretin şahitliği değildi de neydi!

Çöktüğü yerde gözlerini kapadı Ülkü, tane tane, her kelimede Yaradan'a sığınarak mırıldandı: "Güç ve kuvvet, sadece Yüce ve Ulu olan Allah'ın yardımından gelir."[94]

Gözlerini araladı, sanki zaman yavaşlamış anbean akmaktaydı. Dışarıya yayılmış yüzlerce inek... ağırlaşan zamanın kıyısında onları toplamaya çalışan adamların uğultuya dönüşen bağırışmaları... çamur içindeki boş otlağın hemen gerisinde devam eden mücadele... hayat anbean akmaktaydı. İzledi Ülkü, içerideki adamın her an dışarıya çıkmak üzere olduğunu bilerek...

Dibine çöktüğü kapının eşiğinde, adamın plastik çizmesinin ucunda fark etti. Birazdan da *o adam* tarafından varlığı fark edilcekti. Kıpırdamadı. Adamın kapıdan çıkması, hemen yanındaki Ülkü'yü fark etmesi, çıkardığı bu rezillik için onu ilkelliğinin emrinde tüm medeniyetten uzakta istediği gibi cezalandırması an meselesiydi...

Etrafında sakince akan anların arasında kapattı gözlerini Ülkü, "Güç ve kuvvet, sadece Yüce ve Ulu olan Allah'ın yardımından gelir," diye fısıldarken zihni, ıslandı kirpikleri.

Kendisi yakalandıktan sonra Yakışıklı'ya kim bilir ne olacaktı, ne kadar yalnız, kimsesiz, neler yaşayacaktı... Yakışıklı'yı kurtarması imkânsızdı, ne yapacaktı, bu adamları mı vuracaktı?! Elindeki tüfeğin kabzasını sıkan parmakları gevşerken "Şap şap şap" kulaklarına ulaşan tuhaf sese açtı gözlerini.

Derin bir nefesle içine çekerken hayatı, donup kaldı Ülkü, yaşadığı şok değildi, aslında kudretin şahitliğiydi...

"Şap şap şap..."

Ses ana kapıya doğru koşan adamın ayağındaki plastik çizmenin çamura vurmasından geliyordu. Adam yanından geçmişti,

---

94 Arapçası: La havle ve lâ kuvvete illâ billâhil aliyyil azîm.

koşarak Hasan ve Hüseyin'e yardım etmeye gidiyordu. Kendisini fark etmemişti bile!

Saniyeler sanki yıllar gibi geçerken arkasındaki duvardan güç alarak ayağa kalktı Ülkü, bedeni de ağır çekimdeydi sanki. Hayatın mucizesine baktı, biraz önce dibinden geçip giden adam, bağıra çağıra inekleri toparlamaya uğraşan diğer ikisine yardıma yetişmişti şimdi ve hiçbiri, kapının yanında, elinde tüfekle dikilmiş Ülkü'yü fark etmemişlerdi.

Hafifçe yana adım atıp eşiğin önüne geldi Ülkü, gözlerini adamlardan ayırmadan bir adım geriye atıp çıktı eşiğe, sanki görünmezdi… Aslında çok hızlı hareket ediyordu ama anlar öylesine yavaş akıyordu ki sanki hayat kıpırdamıyordu. Eşikten geriye bir adım daha attı, içi ahıra çevrilmiş yıkıntı binanın karanlığına çekti bedenini, sığındı.

Karanlığın içinden otlağın aydınlığına açılan kapının bir adım gerisinde durdu bir an… dışarıdaki hareketi izledi ve sonra hemen döndü, hayat yine hızlandığında, anlar saniyelerin içinde akmaya başladığında Ülkü'nün kovaları, eğerleri koşarak geçmesi, "Güm!.. Güm!.." diye gelen sese yaklaşırken sıra sıra karşılıklı dizilmiş ahırların olduğu bölüme varması, Yakışıklı'yı bulması… bu yaşadıkları kudretin şahitliği değildi de neydi!

-23-

Hissettirildiği her türlü suçluluk duygusundan sıyrıldığı gündü bugün. Karakterinin doğduğu gün.

Valpreda'nın özellikle arka bahçesinden dolandı, Selim Abi'nin arabası yoktu yerinde. Evin kapısına geldi, anahtarı ile açacaktı ki vazgeçti kapıyı çaldı.

Annesi söylene söylene açtı kapıyı ve Orhan'ın içeri bile girmesini beklemeden döndü yine söylene söylene odaya yürüdü.

Oturdukları ev o kadar küçüktü ki depo olarak tasarlanmış, sonradan eve dönüştürülmüştü, girişteki, salon olarak kullandıkları küçük odada uyuyordu Orhan, annesiyse iç taraftaki diğer odada.

Odasına geçmiş radyo dinleyen annesinin ardından "Anne?" dedi Orhan, annesinden cevap gelmedi, ikinci kere seslendiğinde "Ne var? Ne!" diye kızdı annesi.

Doğurduğu çocuklar yüzünden hayatını mahvettiğini düşünen, anne olduğu andan itibaren kendini hapishanede hisseden, aslında belki de hiç çocuk doğurmaması gereken, büyük ihtimal yanlış zamanda, yanlış kocadan, yanlış nedenlerle doğurduğu çocukların yükü altında ezilmekten yorgun olan kadınlardandı Selda, anneliği tadamamıştı, çünkü rahminden çıkardığı yavrusuyla o bağı kuramamıştı. Ve maalesef yaşayamadığı her şeyin suçlusuydu ona göre çocukları, kendi mutsuzluğunun hesabını onlardan sorarcasına geçiriyordu ömrünü. Sakince kapısına gitti Orhan, elindeki kutuyu dikkatle tutarken, divanda uzanmış radyo dinleyen annesine "Anne… sana bir şey sormam lazım," dedi.

Annesi uzandığı yerden ona baktı, sadece "O kutu ne?" dedi.

Orhan dikkatle kapağını açtı kutunun "Yavru buldum," dediği anda ayağa fırladı annesi, bağırmaya başladı!

Sen beni delirtmek mi istiyorsunla başlayan bağırışlar, ittirmelere, küfürlere, evden atmakla tehditlere ve nihayetinde evden kovmaya dönüştüğünde annesinin saldırısından korumak için kutuyu dikkatle yüksekte tutarak çıktı evden Orhan. Çaresiz kapıda kalakaldı, bir alışkanlığı yerine getirir gibi ağlamak istedi ama bu sefer ağlayamadı, annesi ile yaşadığı bu kavgalar, uğradığı bu saldırılar sonunda mutlaka hissettiği o ağır suçluluk duygusu artık nedense yerinde değildi. O suçluluk duygusunu hissetmeden ağlamak da mümkün değildi. Madem ağlayamıyordu o zaman üzülmek istedi ama ne kadar isterse istesin üzülemedi. Ağlayamadığı, üzülemediği için yine suçluluk duygusu hissetmek istedi… ama suçluluk da hissedemedi. Dünyada en güvenmesi gereken varlık olan annesi tarafından hüsrana uğratılan her can gibi duyguları iğdiş edilmişti.

Hissettiği tek duygu bu küçük kedinin yaşıyor olmasından dolayı duyduğu minnetti.

Gidebileceği hiç kimse yoktu, Selim Abi'den başka. Kaç gündür görmüyordu onu, Bahriye Hanımlar'ın köşkünde aniden ortadan kaybolduğu, iki gündür de ortalarda olmadığı halde kendisini merak etmediği için Selim Abi'ye kırgındı ama Selim Abi'ye gitmekten başka çaresi de yoktu. Yukarı çıkmak için asansöre bindi.

En üst kata vardığında parmağı ile küçük kedinin boyununu okşayıp kutuyu merdivenlere koydu, kapıyı çaldı. Nana kapıyı açtığında "Selim Abi'ye bakmıştım" demeyi planlıyordu ki Nana bir hamlede dışarı çıktı, kapıyı çekip apartmanın içinde fısıltıyla "Tam da sana inecektim birazdan Orhan, Selim nerde biliyon mu?" diye sordu.

Kaşları çatıldı Orhan'ın, "Evde değil mi?" dedi, sabırsız bir hayretle "Evde, içeride ama gerizekâlı olduğumdan nerde diye sana soruyorum!" diye tersledi Nana Orhan'ı.

"Niye kızıyorsun Nana Abla ya, ben de onu görmeye gelmiştim," diye çıkıştı Orhan. Nana bir an düşündü, sonra "Gece yarısı çekti gitti, hâlâ da dönmedi, bir hal olmuş olmasın, otomobili de yok yerinde," diye sorguladı.

"Merak etme," dedi Orhan, o sırada kutudan gelen ince sese döndü Nana "Aa bu da ne şimdi?" dedi.

Orhan kutuyu kucağına alıp hafifçe kapağını açarken "Yaralı," diye açıkladı.

Öylesine tatlı bir kedi vardı ki kutuda, dayanamadı Nana "Ah bu güzüzük yavru be…" derken aniden evin kapısı açıldı. Latife Hanım meraklı bir serzenişle, "Selim mi geldi?" derken kapının ağzında bitiverdi.

Apartmanda Orhan'ı görünce tüm neşesi gitti Latife'nin, "Ne yapıyorsunuz bakim burda?!" diye çıkıştı.

Nana konuyu değiştirmek için kutunun içindeki yavruyu gösterip "Yok hanımım, Orhan bunu bulmuş," dedi, sesinde neşe vardı.

Kutunun içine bir bakış atıp geriye kaçtı Latife, "Ay bitlidir bu, çek şunu!" diye kızdı ve Nana'ya içeri geçmesini, ellerini yıkamasını buyururken bir Alman savaş subayı gibiydi, duygusuz ve hissizdi.

Şok içinde izledi Orhan, neydi bu insanların hayvanlara olan nefretinin kaynağı? Bir insanın kalbinde nasıl olur da azıcık can sevgisi olmazdı? Hissettiği fark edişin ağırlığı ile gözleri sulanmıştı, sildi gözlerini. Sevgisizlik resmen bir hastalıktı, henüz tıp dünyasında adı konmamış, insanlığı bozan, yıpratan, dünyayı cehenneme dönüştüren bir hastalıktı ve belki de bulaşıcıydı.

Bu durum bir gün toplum tarafından hastalık olarak görüldüğünde, dünyadaki en acınası hastalık bu olacaktı, çünkü seni tüm dünyası yapan bir varlığın o yüce sevgisinden eksik kalıp yüreği böylesine coşturan bir duyguyu hissetmiyor olmak Allah'ın sevgisinden ırak kalmak değildi de neydi?

Bu sevgisizlik bir zamanlar Orhan'a da bulaşmıştı… ama bu küçücük kedi gelip onu bu hastalıktan kurtarmıştı. Her sokağın köşesinde bir can, bizi bu hastalıktan kurtarmak için Allah'ın emri ile nöbette beklemekteydi.

Orhan şanslıydı, kendisine sunulan fırsatı değerlendirmişti. Hayatı boyunca nedenini bilmediği halde hissettirildiği her türlü suçluluk duygusundan sıyrıldığı gündü bugün. Karakterinin doğduğu gün. Orhan'ın varlığına anlam indiği gündü, çünkü kendi çıkarları dışında sevgi hissedemeden doğamıyordu ki insanlığımız. Orhan'ın insanlığı bir kedinin hatrına doğmuştu… Orhan henüz anlamasa da milyonlarcasının doğumuna ilham olacaktı.

-24-

…vazgeçmecesiz yapılan hamleler değil miydi başarı?

İlahi formül akıyordu bedeninde, parmakları Yakışıklı'nın yüzünde gezerken gözyaşlarını sildi Ülkü. İnsan bir atı yavrusu gibi seve-

315

bilecek yürekle tasarlanmıştı ama… ancak insanlığı gelişmişse bu sevgi var olabiliyordu bedeninde.

Bu bedende doğup henüz ruhlarındaki insanlığı keşfetmemiş, insanlaşmamış olanlar bu sevgiyi anlayamazlardı. İnsan, sevgi hissedebildiği kadar insandı, yoksa en tehlikeli hayvandı. Yaşayan her cana karşı sevgi üretmek Yaradan'ın insana en kutsal emanetiydi, bu emanetten habersiz olmak insanlıktan bihaber olmak değil miydi?

İnsanlığının doruklarında, dopamine 1 reseptörünün[95] tetiklediği feniletilamin, varlığına yayılıp dokunduğu her yerde adrenaline yol olurken, o adrenalinin peşinden bedene yayılan sevginin ilahi formülünün kudretine, yüceliğine bulanarak, dengede bindi atına Ülkü, bir hamlede çıktılar daracık ahırdan, bir hamlede vardı binanın kapısına, bir hamlede sıçradı çıktı Yakışıklı otlağa, bir hamlede fırladı özgürlüğe uzanan ana kapıya… vazgeçmecesiz yapılan hamleler değil miydi başarı? Ülkü başarmıştı, Yakışıklı'yı bulmuş ama kurtarmış mıydı?

Çamurun içinde koşarak ana kapıya yaklaşırken havada yankılanan silahın gümbürtüsü durdurmadı onları, eğildi Ülkü, Yakışıklı'nın bedenine yapıştı ama gözü elinde silahla ana kapıya koşan adamdaydı. Ondan önce varmalıydılar kapıya! Kapı kapanmadan, adamın ateşlediği kurşunlar hedefi bulmadan kaçıp kurtulmalıydılar!

---

95 2000 yılında Nobel alan Arvid Carlsson tarafından bir nörotransmitter olduğu keşfedilen bu değerli kimyasal, duygu kokteyllerimizi ve motivasyonumuzu şekillendirmekte etkilidir. Dopamin 1 Reseptörü'nün az çalışması kişinin sadakat ve vefa duygularını etkilemektedir. Hissettiğimiz tüm duyguların kimyasal reaksiyonların sonucu olduğunu ve bu kimyasal reaksiyonların ancak sağlıklı bir bedende, dengeli beslenme sonucu sağlanabileceğini düşünmeniz dileğiyle…

Paylaşım bittiğinde insanlık biterdi.

Valpreda'nın sokağına vardıklarında sokağın başında durdu İlmiye, Orhan'ı bu kadar çok görmek isterken, ona bu kadar çok görünmez olmayı istemek nasıl çelişkili bir duyguydu... Düşünürken bile duygu içinde büyüdü, kalbi hızlandı.

Ali sanki zihnini okumuş gibi, "Ne olmuş ki bizi görse?" dediğinde, kendine geldi, yoksa dikildiği yerde sokağa bakıp kalacaktı sanki ve omuzlarını silkti, umursamıyormuş gibi görünmeye çalışırken yürümeye başladı. Ama çok iyi tanıyordu onu Ali, ondaki tuhaflığı seziyor ve halindeki farklılığı izliyordu. Kardeşlerimiz değil miydi en büyük şahitlerimiz? Ali, İlmiye'nin hayatının şahidiydi. Ali'nin küçük eli kendi parmaklarını sıkıca tutuverdiğinde, ona baktı İlmiye ve tebessüm yayılırken ifadesine rahatladı, sanki yanında ordusu vardı ve karmaşayı bölüp paylaşarak azaltıyordu. Duygular paylaşıldıkça hafifliyordu ve insanlar sanki bu yüzden bir arada yaşıyorlardı... paylaşmak için. Paylaşılan duyguların hafifliği medeniyetlerin de tetikleyicisiydi. Paylaşım bittiğinde insanlık biterdi.

Yokuşu çıktılar, Orhan'ın arka bahçede takıldığı birkaç serseri çocuğun önünden geçeceklerdi ki İlmiye'nin elini bıraktı Ali, dalga geçilmek istemedi. Yürüyüşünü değiştirdi İlmiye, Ülküleşti. Her adımda "Sıkıyosa bir laf atın" der gibiydi. Daha önce bir kere vukuatı olmuştu bu çocuklardan biriyle ve göstermişti ona nereden geldiğini... savaştan gelmişti İlmiye, mahalle serserileri vız gelirdi!

Çocukların yanından geçerken gururlandı Ali, mahalleye yeni taşındıklarında bu çocuklardan birini İlmiye'nin dövmesini izlemişti. Laf atan, sataşan kim varsa İlmiye asla geri çekilmez, ağızlarının payını daima verirdi, Ülkü ablası gibi. Ablalarının bu halleri şahaneydi. Apartmanın kapısına geldiler, anahtarla kapıyı açıp sessizce içeri girdiler.

…karar verdi gerekirse ölecekti.

İkinci kurşunu çiftenin ağzına vermişti Hüsnü, Hasan ve Hüseyin'in, kızı gördüğü bile yoktu, salaklar ineklerin peşindeydiler hâlâ. Tüm bu karmaşayı bu karı çıkarmış olmalıydı! Şamil'in bahsettiği kurnaz kızdı bu ama bu sefer ellerinden kaçamayacaktı! Kızı kolundan vursa yeterdi ama kız öyle eğilmişti ki kızı vurmaya kalksa atı vuracaktı, acaba vursa mıydı?..

Bir an tüfeği indirdi, atın nasıl da depara kalktığına baktı, Şamil Ağa'nın dediği doğruydu, söylediği gibi, at acayip iyi koşuyordu, dişi olması pek ilginç geldi, derken düşüncelerden sıyrıldı Hüsnü, çünkü hızla kapıya yaklaşıyorlardı, indirdi tüfeğini, dibinde duran kapıyı ittirmeye başladı, bakalım koştuğu gibi kapının üstünden atlayacak mıydı?

Yakışıklı'nın sırtında, yapıştığı yerden doğruldu Ülkü, kapı kapanmak üzereydi, ya daha hızlı olacaktı ya da yavaşlayacaktı! Daha hızlı olsa bile kapının yarısı kapanmıştı, demiri sıyıracaktı, kendilerinin varışından daha hızlı kapı kapanacak gibiydi.

Ama yapılacak başka bir şey yoktu, hızlandı, hızlandı, hızlandı, daha da hızlandı Ülkü!

Kızın atı coşturan çığlığı yankılanırken tüm gücüyle itti kapıyı Hüsnü! Hüseyin ve Hasan şok içinde otlaktaki harekete baktılar!

Yakışıklı'nın esen rüzgârla birlikte kapıya varması, kapının o an kapanması, çarpışma gerçekleşecekken Yakışıklı'nın ustaca manevra alması, kapının dibinden dönüp duvar boyunca koşması ve binaların gerisinde başka bir çıkış araması…

Çaresizdi Ülkü, çünkü çıkış yoktu. Yakışıklı'yı bulmuş ama kurtaramamıştı, arkadaki binaların gerisindeki otlağı da gezip, buradan tek çıkışın o kapı olduğuna emin oldu. Çatışmaya girmesi kaçınılmazdı. Daha oyalanırsa Şamil'in diğer adamları da, hatta belki kendisi bile gelmiş olacak, etraf kalabalıklaşacak, düşmanlar

çoğalacaktı… Sırtındaki tüfeği çekip omzuna yerleştirdi, karar
verdi, gerekirse ölecekti.

-27-

…anneannesi ve Ali kapının ağzında dikilmiş
kiminle konuşuyorlardı?

Neredeyse parmak ucunda merdivenlere yöneldi İlmiye, ardından
bir an bakan Ali gülecekti ama tuttu kendini. Sessizce yukarı çık-
tılar. Üç katı sakince tırmandılar, bir kat kalmıştı ki yukarıdan inen
birinin ayak seslerini duydular. Umursamadı İlmiye, Orhan'ın evi
nasılsa giriş katındaydı, yukarıdan inen o olamazdı. Evin kapısına
varıp zili çalmışlardı ki aşağı inen ayak sesleri iyice yaklaştı ama
o sırada anneannesi kapıyı açmıştı.

Ayakkabılarını çıkarıp içeri girdi İlmiye, kapıda bağcıklarını
çözen Ali'yi beklemedi. Kendilerine kapıyı açan anneannesini öpüp
"Ülkü ablam nerde?" dedi, "Çok erken çıkmış ablan, namaza kalk-
tığımda yoktu, karşı tarafta pazara geçecekti. Gelir, niye sordun ki?"
diye cevap verdi anneannesi, "Ona bir şey sorucam, ödevle ilgili,"
derken mutfağa geçti İlmiye. Bir bardak su koyarken apartman
boşluğundan aşağıya baktı, Orhan bazen o boşlukta oturup bir
şeyler yapardı ama kimse yoktu.

Eğildi, pencere açıktı ve radyonun sesi geliyordu. Orhan'ı görme
isteği büyüdü içinde. Acaba nereye gitmişti? Mutlaka ya bu boşlukta
tek başına ya da arka bahçede mahalledeki diğer çocuklarla olurdu
ve iki gündür ortalarda yoktu… diye düşündüğü anda kendini
toparladı, bu çocukla ne alakası vardı ki! Onu düşünmemeliydi
ama pencereden çekemedi bedenini. Zaten Atatürk düşmanı değil
miydi?!

O sırada Semiha girdi mutfağa ve apartman boşluğuna bakan
İlmiye'ye "Yavru?" dedi, İlmiye aniden annesine döndüğünde Semiha

319

masaya oturup "Söyle bakim şu iki gündür sen niye sürekli pencerelerdesin?" diye sordu.

Dondu kaldı İlmiye, buraya taşındıklarından beri annesi sanki derin bir uykudaydı ve bu sabah ilk defa menemen yaparken kendine gelmiş gibiydi.

"Ben mi?" dedi İlmiye, yapacağı açıklama için zaman kazanmaya çalışırken ve annesinin ifadesinde büyüyen o her zamanki, ama sadece şu son bir aydır kendini göstermeyen pek değerli gülümsemeye bakarken. Annesi kollarını açtı ve İlmiye hemen ona yaklaştı. Annesi oturduğu yerde, İlmiye ayakta sarıldılar birbirlerine. Semiha kızının saçını okşarken tatlılıkla, "Biliyorsun değil mi, biz her şeye ama her şeye çare bulabiliriz," dedi.

İlmiye başı ile onayladı, gülümserken biraz rahatlamıştı. Gözleri doluverdi nedense, annesini çok özlemişti. "Ne oldu şimdi?" dedi Semiha kızını öpüp yanaklarını silerken, ince bir mırıltıyla "Seni özledim," dedi İlmiye.

Elleriyle kızının gözyaşlarını silip alnından, yanaklarından öptü Semiha, "İyiyim ben kızım, yorgundum, biraz dinlendim," diye açıkladı. Neredeyse bir ay boyunca o odadan çıkmamıştı, çünkü yaşadığı travmayı kimseye anlatamamıştı ama şimdi geçmişti, her zamanki gibi, zaman her şeye iyi gelmiş, yaşanmışlıkları hafifletmişti.

"Sınıfta bir çocuk var," dedi İlmiye gülerken. Annesi ciddileşti bir an ama hemen ifadesini toparlayıp devam etmesi için meraklı küçük bir tebessümle sadece dinledi.

İlmiye "Tuhaf biri…" deyip sustuğunda, dayanamadı annesi "Seni rahatsız mı ediyor?" diye sordu, sakin olmaya çalışsa da hissettiği fırtına gözlerinde esiyordu.

"Yok," dedi İlmiye, "Öyle bir şey değil… sadece tuhaf biri," ve sonra ne anlatacağını bilemeyip "İnsanlar neden tuhaf olurlar ki?" diye geçiştirdi ve sokak kapısından gelen konuşma seslerine döndü İlmiye, "Kiminle konuşuyorlar Ali ve ananem?"

"Ananen yakalamıştır konuşacak birini, bak bakalım," dedi Semiha, "Ben de yemeği ısıtayım."

Mutfaktan çıktı İlmiye, koridordan salona ilerlerken banyodan Ayşe ablası "İlmiye bi gelsene!" diye seslendi.

"Abla bi dakka, geliyorum!" deyip salona vardı, anneannesi ve Ali kapının ağzında dikilmiş biriyle konuşuyorlardı.

"Ali?" derken ne olduğunu anlamak için başını uzattı İlmiye... ve sulanmış gözlerini silerken gördü onu. Onun da gözleri kızarmıştı. Kendini bir hamlede geri çekse de yakalanmıştı!

Ali ile konuşan Orhan, kan çanağına dönmüş gözlerini kaldırıp Zübeyde Hanım'ın gerisinde şok içinde dikilmiş İlmiye'yi görünce, o da dondu kaldı. İlmiye birkaç saniyede geri çekilse de ikisinin şoku birbirine karıştı.

-28-

...şoktaydı, Selim'in burada ne işi vardı!

"Davarları burda toplayın lan!" derken kapalı demir kapının üstünden atladı Hüsnü, dikkatle baktı ilerideki binanın etrafına, kız yoktu, geriye gitmişti. Önemli değildi, çünkü bu otlaktan tek çıkış bu kapıydı, arka taraftaki duvarlar daha da yüksekti, o at ne kadar hızlı koşarsa koşsun duvardan atlayamadığı kesindi.

Araladı kapıyı Hüsnü, kapının önünde birikmiş inekleri o aralıktan alıp otlağa doldurmaya başladı. O at nasıl olsa ineklerin arasından sıyrılamayacaktı. Gerisindeki Hüseyin'e bağırdı: "Arkaya dönsen ya lan! Bak şu karı nere kaçtı?"

Hüseyin duvarın dışından arkaya koştu ve kızı gördü, en arkadaki duvarın kıyısında turluyordu, çıkacak yer arıyordu. "Burda!" diye bağırdı Hüsnü'ye.

Girişteki otlağın içi biraz inekle dolmuştu ama çoğu hâlâ kapının önünde yığılmıştı, kapıyı kapattı Hüsnü, geride inekleri kapının önünde tutmaya çalışan Hasan'a seslendi: "Ayrılma burdan, davarları burda topla!" ve çamurlu otlağı temkinli yürüyüp elindeki tüfeğin nişanından gözünü ayırmadan Ülkü'ye doğru ilerledi.

Binanın yanına gelmişti ki kız atla şimşek gibi geçti yanından, ineklere çarpmamak için manevralar yaptı, kapıya yaklaşırken hemen gerideki Hüsnü bir el ateş etti havaya ve bağırdı "Dur!"

Durmadı Ülkü, ineklerin arasında hızla, manevralar yaparak Yakışıklı'yı sürmeye devam etti, öyle ki, inekleri de katmaya başladı önüne, çünkü asıl durursa vurulacağını biliyordu, hayatlarını hayvanları boğazlayıp bağırsaklarını temizleyip etlerini parçalayarak geçiren bu acizlerin vicdanı olmadığını biliyordu. Öldürmeyi öğrenmiş biri halden anlayabilir miydi?

Durmadı Ülkü, ineklerin hepsini önüne katıp sürmeye başladı. Hüsnü sinirden kudurmak üzeydi. Bu karı da kimdi?

Hasan "Jandarmayı çağıralım!" diye bağırdı.

Ülkü ona baktı, jandarmanın gelmesi tüm sorunları çözebilirdi ama Hüsnü koşup Hüseyin'in kulağına bir şey söyledi, Hüseyin de duvardan atlayıp daha geride duran Hasan'a bir şeyler söylediğinde işler değişti. Atın çalıntı olduğunu, kızınsa sahibi olduğunu söylemişti.

İlk kurşun çok yakınından geçti, öyle ki kulaklarındaki uğultu sanki kalıcıydı. İkinci kurşun bir ineğin ayağına saplanmadan önce, önündeki çamurdan öyle bir sekti ki Yakışıklı ve Ülkü'yü iyice kirletti. Yakışıklı hızlı manevralarla kaçsa da Ülkü çaresizdi. Bu adamların kendisini burada öldüreceğinden artık emindi ama yine de şükretti, çünkü Yakışıklı'yı vurmamaya dikkat ediyorlardı.

Ama öyle bir mucize oldu ki aniden durdu Ülkü!

Çamur içindeki o ölümlü umutsuzluğun arasından aniden o ses yükselmese… Sesin ne olduğuna bakmak için Ülkü döndüğünde yukarıdaki yoldan inen lüks arabayı görmese… Arabanın girişte yığılmış ineklerin arasına tereddütsüz bir ısrarla korna çalarak dalmasını izlemese… asla durmazdı ama otlağa girmek için korna üstüne korna çalan aracın etrafındaki her şeyle çatışan zenginliğine, şaşkınlıkla bakarken kovalamacayı bırakan adamların hali durdurdu Ülkü'yü.

Araç ineklerin arasından demir kapıya kadar varmıştı ama kornası hâlâ susmamıştı. Kapıyı açması için kapının yanında dikilen adama bağırırken ısrarla korna çalmaya devam ediyordu... Selim!

Yakışıklı ile üç beş adım kapıya yaklaştı Ülkü, şoktaydı, bu adamın burada ne işi vardı!

-29-

Çığlıkları duyup yardıma koşmuştu Orhan ama...

İkisi de aynı anda "Sen ne arıyorsun burada?" dediğinde Zübeyde Hanım ancak o zaman anladı İlmiye'nin hemen gerisinde dikildiğini ve dönüp "Kızım bu ne biçim laf!" diye itiraz etti ve dönüp Orhan'ı içeri buyur etti.

Orhan tabii ki içeri girmeyecekti, ne söyleyeceğini şaşırmıştı, yarım kelimeler çıkarken ağzından başta kimse ne dediğini anlamadı ama Ülkü'nün adı geçti, galiba Ülkü'yü mü sormuştu?

Orhan sonunda topladı kelimelerini ve "Ülkü Abla'ya bakmıştım," diyebildi.

"Ülkü ablam mı?" dedi İlmiye, Orhan'ın ablası ile ne işi olabilirdi?

Şaşkınlığını attı Orhan, dikleşti, "Burada mı oturuyorsunuz?" derken gözlerinin içindeki karmaşa hafiflemişti ki tam o sırada içeriden yükselen çığlıkla irkildiler.

Önce İlmiye, hemen ardından Zübeyde Hanım fırladılar içeri.

Banyoda, sıkmaya çalıştığı kocaman kumaşla, ıslak zeminin ortasında yere yığılan Ayşe, kalkmaya çalışırken kendisine yardıma gelen Semiha'yı da çekmişti yere, annesi düşünce telaşla bağırmıştı. İkisi de ıslak zemindeki sabunun kayganlığından ayağa kalkamıyordu.

323

Nihayet annesinin normale dönmesine neşelenmişti Ayşe, ikisi de suyun içinde oturdukları yerde gülüyordu. Ali de onlara katıldığında Zübeyde Hanım, banyodan çıkmaları, kumaşların üstünde tepinmemeleri, yoksa yine kayıp bir yerlerini kıracaklarına dair emirlere başladı.

Annesi ve ablasına kaymamaları için uzanıp çekerek yardım etti İlmiye, önce Ayşe çıktı banyodan, üzerindeki şalvar ıslanmıştı, sonra Semiha Hanım Ali ile birlikte çıktı. "Ya bir türlü sıkamadım şu kumaşı ya, çok büyük, çok ağır," diye söylenirken Ayşe, başını kaldırdığında öyle bir sıçradı ki tüm aile dönüp Ayşe'nin neye tepki verdiğine baktı. Koridorda şaşkınca dikilen Orhan vardı. Çığlıkları duyup yardıma koşmuştu Orhan ama bir dram yerine eğlence bulmuştu.

-30-

Bir an, sonsuza kadar zihinde yaşayacak
bir duyguya rahim olabilir miydi?

"Senin ne haddine mendebur!" diye bağırdı Selim, öyle bir bakış vardı ki suratında, kaşları kılıç, gözleri hedefe kilitlenmiş kurşun, sesi ise kırbaç gibiydi: "Sen benim kim olduğumu biliyor musun?!"

Bu cümle, bu topraklarda en dikkat edilmesi gereken cümleydi! Çok söylense de bazen doğru olabilirdi. Hemen bir adım geri attı Hasan, kimdi bu adam?..

Bilmiyordu adamın kim olduğunu ama onunla başının belada olduğuna emindi. Böylesine pahalı bir arabaya binen birinin önemli biri olduğunu bilecek kadar aklı yerindeydi, kim olursa olsun adam kesin zengindi ve zenginlerin dünyasıydı bu.

İstediklerini istedikleri şekilde alan, istemedikleri hiçbir şeyi yapmayan zenginlerin koyduğu kuralların içinde, fakirlikle birlikte

324

gelenek haline gelmiş köleliğin üst katmanlarına tırmanabilmek için, köyden kalkıp gelmişti buraya. Başını çevirip Hüsnü'ye baktı.

Çamur içindeydi Hüsnü, kızın peşinden koşmaktan mahvolmuştu. Hasan'ın bir bakışı ile tüfeği indirdi, kabzayı ayakkabısına dayarken kaşları çatıldı ama kızgınlıkla değil eziklikle... Bu pahalı arabanın ve bu sinirli zengin adamın ne işi vardı burada? Ne istiyordu? Arabanın indiği tepeye baktı, başka gelen var mıydı?

Yürüdü Hüsnü, silahını iyice geriye atıp bedenini küçülterek yürüdü, fakirin ilk öğrendiği şeydi bu, tehlike anında küçülmek, ezilmişliği fiziksel olarak da gösterebilmek bir fakirlik becerisiydi. Demir kapının yanına varmak üzereyken arabanın zenginliği gözünde iyice büyüdü ve koşmaya başladı Hüsnü, Hasan'a bağırdı: "Olum açsana efendiye kapıyı, salak!"

Öylesine bir aceleyle açtı ki kapıyı Hasan, önce inekler koşuşturdular içeri, sonra ineklerle birlikte içeri ilerledi Selim'in otomobili ama tamamen içeri girmedi, kapının ağzında kaldı öylece.

İnekler olmasa kesin arabanın kenarından koşup sıyrılarak dışarı çakardı Ülkü ama tıklım tıklımdı o aralık, Yakışıklı ile inekleri aşması, o aralıktan sıyrılması şimdilik imkânsızdı.

Selim otomobilin içinde ayağa kalkmış arabanın yanındaki adama üstten üstten konuşuyordu, hiçbir şey duymuyordu Ülkü ama kendisine ateş eden o manyak adam arabanın yanına varmak üzereydi ve silahını omzuna alıp göz-gez-arpacık ve adama hedefledi tüfeğini. Kalçası ile bir hareket yapıp Yakışıklı'yı adım adım tereddütsüz otomobile yaklaştırdı, Selim'in tehlikede olduğu en ufak bir hamlede tek tek indirecekti adamları! Kararlıydı. Önce silahlı adamdan başlayacaktı.

"Utanmazlar! N'apıyorsunuz burada?! Sabahtan beri prensesi arıyoruz, burada olduğu öğrenilirse ne yaparlar size bilmiyor musunuz?!" diye haykırdı Selim yanına yaklaşan çamurlar içindeki adama.

"Prenses mi..." dedi kaldı adam iki büklüm dikildiği yerde. Ne zavallıydı!

Zavallılıkları değil miydi insanları en tehlikeli yapan şey?

Parmağı ile Ülkü'yü gösterip "Siz bu hanımın kim olduğunu bilmiyor musunuz?!" diye bağırırken, eliyle Ülkü'ye silahı indirmesini işaret etti.

Gözünü nişandan çekti Ülkü, ne olduğunu anlamıyordu, Selim şimdi neden ona gel işareti yapıyordu. Sonra Selim'in yanında dikilen iki adam da dönüp dikkatle Ülkü'ye baktılar. Nasıl da ezik gözüküyorlardı. Silahla peşinden kovalayan adamlar gitmiş, yerlerine çamurlar içinde kelle koltukta adamlar gelmişti.

"Ama…" dedi Hasan, ürkek bir sesle Hüsnü'ye yaklaşıp "Prenses yok ki, padişah bile kaçtı, artık Cumhuriyet var…" diye sorguladı.

Hüseyin sorunun cevabını almak için hemen döndü Selim'e ama sorgulamadaki ısrarı arabanın varlığı ile parçalandı, prenses-mirenses, karşılarında zengin bir adam vardı. Güçtü para, yeni şeyler yapmak için değil karşına çıkanları ezmek için en büyük güçtü.

"Atatürk," dedi Selim, "Atatürk'ün manevi kızı bu!" diye ekledi, ağzından *o adam*ın adının çıkmasına hissettiği hayret gözlerine yansısa da kimse ne hissettiğini bilemedi.

Adamlar sanki hazırola geçmiş gibiydiler ve geride kalan, ne olduğunu hâlâ anlamamış Hüseyin koşa koşa Ülkü'nün yanından geçip Hüsnü ve Hasan'ın yanına gitti. Saatlerdir avlamak için uğraştıkları Ülkü resmen artık önemsizdi.

Ne olduğunu anlamaya çalışırken sakince Yakışıklı'yı biraz daha otomobile doğru yürüttü Ülkü, biraz önceki ineklerin tıkadığı aralık şimdi geçilebilecek açıklıktaydı. İnekler içeri dolmuş sadece birkaç tanesi dışarıda kalmıştı. Adamlara, otomobile, Selim'e hiç bakmadan, bir eli Yakışıklı'nın yelesinde, diğer eli sıkıca kavradığı çiftede yaklaştı onlara ve gözlerini ilerideki yola dikip tek kelime bile kimse ile muhatap olmadan geçmeye karar verdi. Aralıktan geçecek ve uçup gidecekti, Selim belli ki güvendeydi.

"Hanıma bir saygısızlık etmediniz de mi?!" diye oyunu sürdürerek sorguladı adamları Selim, Ülkü'nün yaklaşmakta olan varlığı içini rahatlatsa da tehlike bitmiş sayılmazdı. Arabaya yaklaşmasına bir metre kalmıştı ki arabanın içinde ayakta dikildiği yerde bir hamlede Ülkü'ye döndü Selim, hayatının en unutulmaz anlarından bir tanesini yaşamakta olduğunu bilmeden.[96]

Kocaman ıslak paltosuyla dik, mağrur yaklaştı Ülkü, çamur içinde, bakışları hedefe saplanmış gibi ilerideydi, yer yer çamurlanmış ıslak saçları, soğuktan solmuş yüzü ve ucu kızarmış burnu ile ne kadar da güzeldi... eşsizdi.

Acaba ne işi vardı burada bu adamlarla? Geceden beri sokaklarda onu ararken, şehrin her köşesine baktıktan sonra, onu ilk gördüğü yere, atın üstünde peçesini bıraktığı o yere inmeye karar vermişti ve buraya inerken silah seslerini duymuştu Selim, arabanın altını parçalamayı umursamadan basmıştı gaza engebeli toprak yolda ve varmıştı Ülkü'nün yanına, belki de tam zamanında.

Ülkü arabanın yanına vardı, sakince adım adım aralık kapıdan geçmeye başladığında iyice dikleşti Selim ve bir prensesi karşılar gibi bakmaktaydı ona, Ülkü hafifçe başını Selim'e çevirdiğinde Selim saygıyla eğilip ince bir selam verdi. O selam olmasa daha hızlı gidecekti Ülkü ama o selamı alırken Selim'le göz göze geldi.

Bir an, sonsuza kadar zihninde yaşayacak bir duyguya rahim olabilir miydi?

Selim'in teslimiyetini sunan gözleri, Ülkü'nün inatla mücadelesini yansıtan bakışıyla buluştuğunda, ikisinin de hissettiği duygular öylesine bulaştı ki birbirlerine, hemen gözlerini çekmek zorunda kaldı Ülkü, çünkü Selim'in varlığından kendisine akan o tuhaf duygu karşı konulamazdı ve etrafındaki her şeyi, biraz önce yaşadığı dehşeti bile önemsizleştiren etkisinden hemen kurtulmak zorundaydı. Savaştaydı, unutmamalıydı! Selim'den yayılan bu duyguya asla kapılmamalıydı!

Başını çevirdi Ülkü ve kapıdan çıktı... sessizce onu izledi Selim, nefesini tutarak Ülkü'nün uzaklaşmasını biraz daha seyretti ve sonra onun çekim alanından kopardı kendini, adamlara dönüp bir şeyler bağırdı, çağırdı ama zihni, kalbi o atın üstünde uzaklaşmaktaydı...

---

96 Müzik önerisi: Slow Meadow, *Boy in a Water Globe*

*...bildiği tek şey, İlmiye'nin savaştan geldiği,
onunsa savaşı köşkte, Boğaz'dan geçen İngiliz
donanmasını seyrederek geçirdiğiydi.*

"Bir şey oldu sandım, o yüzden koştum içeri," diye açıklarken Orhan hemen geri çekildi ama Zübeyde Hanım durdurdu onu, "Ülkü yok ama biz varız oğlum. Gel bakim buraya!" derken yaklaştı koridorda ona, "Neyin var bakim senin?" dedi, o sırada elindeki küçük kutunun içinden kedinin sesi geldi.

"Yok önemli değil teyze," diyordu ki Orhan, bu sefer Ayşe durdurdu onu, ıslak ellerini paçaları yukarı çekilmiş ve uçları ıslanmış şalvarına sürüp uzandı kutuya "Kedi mi var bunun içinde?" derken açtı kapağını.

Ayağı alçılanmış yan yatan küçücük kedi ince ince miyavlamaktaydı, yaralanmışlığından dolayı başını henüz dik tutamıyordu.

"Ah canım," dedi Ayşe, parmağı ile kedinin başını okşarken ve "Ne oldu bu yavruya?" diye sordu Zübeyde, Orhan kediye gösterilen şefkatin karşısında resmen şoktaydı. İlmiye ile göz göze geldiler bir an ve o an İlmiye Orhan'ın ifadesindeki utancı, enerjisindeki çekingenliği görüp iyice şaşırdı, şaşkınlığını hareketle kamufle etmek istercesine kediye uzandı, "Alabilir miyim kucağıma?" derken, Orhan "Kaburgası kırık olabilir, ele almamak lazımmış," deyince hemen çekti elini İlmiye.

Zübeyde Hanım, Orhan'ı geçip mutfağa giderken "Ah canım benim, paça çorbası yapmıştı Semiha ondan içirelim," dedi. "Kırığa, çatlağa en iyi gelen şeydir paça, hem de sirkede beklettik bir saat, şifası iyice çıksın diye," dedi.

Hepsi Zübeyde Hanım'ın peşinden mutfağa geçerken ailenin arasında Orhan da sürüklendi mutfağa. Zübeyde Hanım ocaktaki çorbadan çay tabağına koyarken mutfak kapısının ağzında yan yana beklediler. İlmiye kedinin başını sakince okşarken, Ayşe "Çocuklar, üstümü değiştireyim geliyorum," deyip gitti.

"Koy kutuyu oğlum," dedi Zübeyde, kutuyu yere indirdi Orhan, Zübeyde Hanım çay tabağını dikkatlice kutunun köşesine yerleştirirken hepsi kutunun başına eğildi. Kedi zorla kaldırdı başını ve kokuya doğru sürüdü alçılı patisini, kokladı… koklamaya devam etti, başını silkelerken dengesini kaybetti, İlmiye parmağı ile başını kaldırmasına yardım ederken mırıldandı: "Kız mı bu zilli?"

"Evet," dedi Orhan, bakışını kediden alıp dibindeki İlmiye'nin saçından gelen sabun kokusuna kaptırdı bir anda dikkatini ama hemen çekti. İlmiye üzerinde yoğunlaşan dikkati fark etmeden, kediye dengesini sağlaması için parmağı ile destek vererek, çorbayı içmesinde yardım etti "Seni zilli seni," diye mırıldanırken.

İlmiye'nin kediye odaklanmış gözlerinin uzun kirpiklerinde gezdirdi Orhan gözlerini ve onun dibinde böylece, iki büklüm, sanki sonsuza kadar durabilirdi. "Adı ne?" dedi İlmiye ve otomatik bir cevapla "Zilli," dedi Orhan düşünmeden.

İlmiye bakışını o an Orhan'a kaldırdı aniden, Zilli demesini bu kadar ciddiye alıp ismini koyması tuhaf gelmişti ama bakışı Orhan'ın ifadesi ile çarpışınca yüzü kıpkırmızı oldu ve hemen indirdi bakışını İlmiye. Orhan'ın gözlerindeki keskinliğe ve ifadesindeki her mimiğe bulaşmış ilgiye inanamadı!

Zilli çorbayı içmeye başlamıştı. İlmiye biraz kendini geri çekerken, bu tuhaf enerjiyi kamufle edercesine "Ne oldu ona?" diye sordu ve o sırada Zübeyde Hanım tabaklara doldurduğu çorbaları mutfak masasının üstüne koyarken çocukları buyur etti.

Orhan, çekingenlik içinde doğrulup "Sağ olasınız ama gideyim ben," dedi mahcubiyeti tüm bedenine yayılmıştı, öyle ki bedeni sanki çekmiş, küçülmüş gibiydi. Mahcubiyetti, yokluk nedir bilen onurlu kişilerin en belirgin işareti.

"Olur mu oğlum," dedi Zübeyde Hanım, "Bak, Zilli de daha yeni içiyor çorbasını, zavallıcık, at mı çarptı buna? Allah korusun tüm canları! Hadi bakalım siz de için çorbalarınızı," deyip kutuyu dikkatlice kenara çekti Zübeyde Hanım ve mutfak masasının sandalyelerini çocuklar için çekerken "Ali'ye de çorba götüreyim ben," deyip elinde tepsi ile çıktı dışarı. Orhan'la İlmiye kalakaladılar mutfakta… baş başa.

Ne yapacaklarını ikisi de bilemezken, ilk oturan İlmiye oldu, Orhan bir an boşluğa bakan pencereden baktı. "Ben en alt katta oturuyorum," dedi.

İlmiye zaten biliyordu, şaşırmış gibi kaşlarını kaldırdı, ne diyeceğini şaşırdı. Orhan'ı görmek isterken bir anda olayların bu kadar hızlı gelişmesi ve mutfakta onunla baş başa olmak ne tuhaftı…

"Biz aslında köşkteydik, Kemal'in adamları köşke el koyunca buraya geçtik," dedi Orhan.

İlmiye o sırada ikisi için de su dolduruyordu ve hızlı bir itiraz ile "Atatürk'ten mi bahsediyorsun Kemal diye?! Atatürk'ün adamları değil köşkünüze el koyan, devlet!" dedi ve yerine otururken, "Eğer çorbasından içmezsen anneannem seni mahveder," diye uyardı Orhan'ı, aslında mahcubiyetini hafifletmekti amacı ve niyetini belli etmemek için umursamazca sordu: "Köşkten sonra burası küçük geliyordur?"

İlmiye tüm heyecanına rağmen Orhan'a örnek olurcasına çorbasından bir kaşık alırken, "Yok," dedi Orhan, tedirgin, sandalyeye oturdu, "Köşkteydik dedim ama yanlış anlama, annem Selim Abilerin aşçısıdır. Daha doğrusu, annem Latife Teyze'nin kuzeninin kızı ama ben kendimi bildim bileli onlarda çalışıyor."

Tabaktan bakışını kaldırdı İlmiye "Yemeklerini mi yapıyor?"

Başını evet anlamında salladı Orhan, "Yemek, tatlı, servis… Çok davetleri olurdu Selim Abilerin… köşkteyken. Babasının sadrazam olduğunu biliyor musun?"

Çorbayı yutarken aldığı bilgi yüzünden aniden nefes aldı İlmiye ve çorba boğazına takıldı. İlmiye'nin öksürmesine ayağa fırladı Orhan, sırtına vurmak niyetiyle ona dokunmakla yanında dikilmek arasında kaldı. Hafifçe dokundu sırtına iki kez ama bu bile yetmişti bedeninde dolaşan duygunun ateşlenmesine ve hemen elini çekip masadaki suyu ona uzattı.

İlmiye'nin öksürmesi kesilmişti ki cebinden mendilini çıkarıp burnunu sildi İlmiye, "Öksürürken su içilmez, burun silinir. Sümkürürsün ki burun yolun açılsın. Dene bak. Ülkü ablam öğretti bize. Su içersen çok daha fazla öksürürsün ama sümkürürsen daha çabuk geçer öksürüğün," dedi.

"Ülkü Abla doktor mu?" diye sordu Orhan, içinde gezinen duyguyu atmaya çalışıp yerine otururken.

Güldü İlmiye, "Diploması yok ama çok iyi adam iyileştirir. Kırık çıkıktan bile anlar. Savaşta iki yıl bizim çiftlikte-" dedi ve sustu. Hemen boynundaki yarayı saklamak için kullandığı örtüye gitti eli, örtü hâlâ orada, yarayı saklamaktaydı.

Orhan ne diyeceğini, nasıl tepki vereceğini bilemedi, bildiği tek şey, İlmiye'nin savaştan geldiği, onunsa savaşı köşkte Boğaz'dan geçen İngiliz donanmasını seyrederek geçirdiğiydi.

"İlmiye," dedi, bakışını kaldırdı İlmiye ve Orhan "Okulda… ilk tanıştığımızda, söylediğim şey için özür dilerim," dedi.

Tebessüm doğacaktı İlmiye'nin suratında, sabah güneşinin taze yapraklar arasından süzülen ışığı gibiydi gözleri ama kendini tuttu İlmiye, omuzlarını silkti. "Zaten her söz sahibine aittir," dedi, çorbasından bir kaşık daha aldı, "Ayrıca ne dediğini hatırlamıyorum bile," diye ekledi.

Gülümsedi Orhan, İlmiye'nin hali, kendisini rahatlatmak istemesi huzur verdi ama oluşan tuhaf boşluğu doldurmak için masanın üstündeki küçük saksıda duran çiçeği gösterip "Bu mevsimde açmaz sanırdım bunlar," dedi. "Ülkü ablamın elinde her şey açar. Kaktüsü bile çiçeklendirir, sahi ablamı nerden tanıyorsun?" diye sordu İlmiye.

Dikkatle öne eğildi Orhan, bir sırrı paylaşır gibi fısıltıyla "Yukarıda değirmende tanıştık. Atını çalıcam sandı, vuruyordu az kalsın beni, ama Zilli'yi veterinere o götürdü önce, sonra ben gidip aldım ama şimdi annem eve almıyor, ona soracaktım nasıl bakabilirim diye?"

Kaşları havaya kalktı İlmiye'nin, cümlenin devamını dinleye-memişti, çünkü "atını" kısmında takılı kalmıştı zihni, şaşkınlıkla kalkan kaşları çatılırken kapıya baktı, gelen kimse yoktu. "At mı?" diye fısıldadı hayretle.

Donup kaldı Orhan, nasıl yani, haftalardır değirmenin içinde ablasının bir at baktığını bilmiyor muydu İlmiye?! Ülkü'nün başını derde sokmaktan ya da sırrını açıklamaktan çekindi, konuşamadı.

"Yakışıklı burada mı?" dedi İlmiye heyecanlı bir fısıltıyla, cevap beklerken ciddi ifadesi sevince dönüşmek üzereydi. Gözleri kocaman açılmış, dudağının kenarında doğan tebessüm elmacık kemiklerine yansımıştı… pusuda bekleyen bir mutluluk vardı. O mutluluğun hatrına dayanamadı Orhan, İlmiye'nin ifadesindeki güzelliğe, göz-lerinde doğan güneşin sıcaklığına, ayın ışığına teslim olur gibi başını evet anlamında salladı.

Aniden ayağa fırladı İlmiye, sandalyeden çıkan sesin şiddeti fazla gelmişti, hemen dönüp kapıya baktı ama gelen giden, duyan kimse yoktu, rahatladı, sessizce havalara zıpladı.

O sırada aniden Ayşe giriverince içeri "Kız?!" dedi, "Ne şimdi bu hareketler böyle?"

Sevincinin hareketlerini beden dersinde gösterilen spor hare-ketlerine eviriverdi İlmiye. "Ya Orhan geçen sabah dersi kaçırdı, ona gösteriyorum hareketleri," diye geçiştirip "İşte böyle Orhan," derken oturdu yerine.

"Siz aynı sınıfta mısınız bi de?" diye sorarken Ayşe, çok uzun süredir ilk kez mutlu hissetti kendini Orhan, ne kadar huzurlu bir evdi bu diye düşünürken, "Hadi gelin bakalım, kedi çorbasını içsin, siz bana yardım edin," dedi Ayşe.

Ayşe önde, İlmiye ve Orhan peşinde, banyoya gittiler. Leğenin içindeki örtüyü sıkmak için bir ucundan Orhan tuttu, diğer ucundan Ayşe ve İlmiye, döndürerek zorlansalar da nihayet sıktılar çarşafı.

"Bir makine yapmışlar," dedi Ayşe, "İki tane dönen çelik borunun arasına koyuyormuşsun eşyayı ve sıkıştırarak döne döne çamaşırı sıkarken diğer taraftan çıkarıyormuş." Orhan mühendis olduğunda

ülkenin ilk silindir sıkmalı çamaşır makinesini yapacağını bileme-
den hep birlikte güldüler.

-32-

Zaferin şekli yoktu ki.
En büyük zafer vicdan rahatlığı değil miydi?

Nihayet özgürdüler!

Yakışıklı'nın sırtında ilk defa tüm ağırlığını bıraktı Ülkü, ona yön verecek gücü bile kalmamıştı, bedeninden çekilen adrenalin, geride savaş yıkıntısı gibi bir hal bırakırken, gözünden süzülen yaşları dahi fark etmeden tepeyi çıkmaya başladı. Eve gidiyorlardı, nihayet.

Ne dibine kadar yaklaşan arabanın gürültülü sesini duydu Ülkü ne de yanaklarından süzülen yaşların suratına bulaşmış çamuru ince bir çizgi ile yıkayıp çenesine kadar indirdiğini hissetti, çünkü hissizdi. Hissizlik, yaşanmış travmalara zihnin verdiği en büyük tepkiydi, binayı yangından korumak için atan asfalyalar gibiydi bilinç. Ağır bir yük ile karşı karşıya geldiğinde kırılmamak için kapatıyordu analizi ve dinlenmeye alıyordu bedeni.

Yakışıklı'nın sırtında sanki otopilottaydı Ülkü.

"Ülkü Hanım!" diye bağırmasa Selim, hissizliğin derinliğinden çıkmayacaktı ama Selim'in sesi kendisine bir uğultu gibi ulaştığında sese döndü sıçrayarak, tedirgin.

Hemen yanında, yavaşça giden aracı fark ettiğinde irkildi ama şaşkınlığını belli edemeyecek kadar yorgundu, sadece dikleşebildi, yenilmediğini sunar gibi. İşte ilk defa o an hissetti ince çizgiler şeklinde akan gözyaşlarını, hemen başını yola çevirip hızla yüzünü sildi, az kalsın dengesini kaybedecekti ama Yakışıklı'nın yelesine tutundu. Güçsüz görünmektense acaba ölmeyi yeğler miydi?

333

Bu düşünce ile birlikte hemen Yakışıklı'nın varlığını hatırladı, eliyle sıkıca kavradığı yeleyi gevşetirken okşadı, onu kurtarmak herkese karşı, her halde olmaya değerdi. Zaferin şekli yoktu ki. En büyük zafer vicdan rahatlığı değil miydi? Peki ya vicdanları küf tutanlar… onların zaferi neydi? Vicdansız bir zafer ne olabilirdi?

Selim "İyi misiniz Ülkü Hanım?" dediğinde "Sağ olun," diye mırıldandı Ülkü, sesi çok tırtıklı çıkmıştı, boğazı şişmiş, kulakları bile tıkanmıştı, zor yutkunuyordu ve tüm bunları o an ilk defa fark etti. Bakışını önünde uzanan yola dikti ve sonra sakince dönüp baktı Selim'e "Teşekkür ederim," derken gözleri öylesine derindi ki o teşekkürdeki samimiyete saplandı Selim.

Ülkü başını yine yola çevirse de Selim ona bakakaldı. Atının üstünde Ülkü, üstü açık arabasının içinde Selim, saatte 1 km hızla, zamanı durduran bir duyguda, yan yana tırmandılar yokuşu.

Ülkü "Prenses ha?" dedi kendi kendine eğlenircesine gözlerini önündeki yoldan almadan ve güldü Selim.

Ülkü "Cumhuriyet'te prenses olmaz ki!" diye itiraz etti tebessümle ve sonra tüm yorgunluğuna rağmen keyiflendi, "Şanslıyız ki bu adamlar bunu bile bilmeyecek kadar cahiller!"

"Kendimizi kandırmayalım!" dedi Selim, "Mustafa Kemal'in kızı olsa prenses olmayacak mı yani?"

Yakışıklı aheste aheste yürümeye devam ederken, Ülkü çatılan kaşlarının altından "Atatürk'ün kendisini padişah ilan edeceğini mi düşünüyorsun?" diye sordu. Ülkü'nün tüm bitkinliğine ters düşen bir hali vardı sorunun.

"Her şey elinin altında, istediği gibi yasa yapıyor, müfredat hazırlıyor, bina yıkıyor, dikiyor, saraylara el koyuyor! Padişah değil de ne ki Mustafa Kemal! O bir diktatör! Şu cahiller bile adını duyunca nasıl korktular!" dedi Selim'in gerçekleri çok uzun süre içinde baskılamaktan, saklamaktan yıpranmış duyguları o an yüzeye çıkıverdiler.

Durdu Ülkü, belki bayılmak üzereydi ama uğruna ailesini, evini, çocukluğunu ve atalarını kaybettiği bir konuda kimsenin boş konuşmasına izin vermeyecekti!

Ülkü'nün ani duruşu ile frene bastı Selim, "İyi misiniz?" derken durdurdu motoru ama Ülkü kısılmış sesine, üzerindeki ıslak paltoya, soğuktan titreyen bedenine rağmen ona döner dönmez, "İçinde bulunduğumuz durumun zorluğunu, nasıl bir çukurdan çıktığımızı ve Mustafa Kemal'in bize Allah tarafından gönderildiğini görmüyor musunuz?" dedi dudakları, çenesi titrerken.

Oturduğu koltuktan aniden ayağa kalkıp koltuğun başına dayadı bedenini Selim, "Ülkü Hanım..." dedi, kızın ani tepkisine ve konuşurken titreyen bedenine rağmen ifadesinin aldığı kızgın şeklin güzelliğinde şaşkın, "Elimizde somut bilgiler olmasa haklısınız ama somut deliller var Mustafa Kemal'in niyetiyle ilgili," dedi nezaketle, amacı tartışmayı büyütmek değil, Ülkü'nün anlamasını sağlamaktı ama Ülkü bir hamlede indi attan ve arabanın kapısına geçirdi ellerini "Neymiş o somut deliller! Benimle paylaşma nezaketini gösterin o zaman!" diye diklendi çenesi titrerken.

Şoktaydı Selim, hemen dibindeydi Ülkü, kızgın, hesap soran ifadesi, dağınık nemli saçlarının yüzündeki rüzgârdan dansı... hayal gibiydi, onun bir yaprak kadar zayıf ama fırtınalar kadar güçlü halinden zihnini kopardı Selim "Ülkü Hanım... bunu daha uygun bir zamanda konuşsak-" derken, derin gözlerini Seliminkilerden kaçırmadan yavaşça başını hayır anlamında salladı Ülkü, tek kelime etmeden, cevap ver dercesine dikti gözlerini ona.

Selim bir hamlede döndü koltuğun tepesinden, atladı arabadan ve Ülkü'nün yanına indi. Aklında birleştirdiği tüm noktaları ona sunmak istercesine tekrar "Ülkü Hanım..." dedi, gözleri öyle yalvarırcasına anlamlıydı ki o an bakışını kaçırmak zorunda hissetti Ülkü, atına dönerken "Anlatamayacağınız güya somut olan sözde bilgiler üzerinden yargılamayın insanları," dedi Selim'in yüreğine hançer saplarcasına ve dayanamadı Selim, bir hamlede tuttu onu kolundan.

Aniden döndü Ülkü, nemli paltosunun üstünden bile hissedilecek sıcaklıktaki Selim'in elinden çekti hemen kolunu ve o an Selim tane tane sıraladı bildiklerini: "1912'de Trablusgarp ve Bingazi'yi İtalya'ya kaptırdık, 1913 Balkan hezimeti ile 500 yıldır elimizdeki Rumeli bizden çıktı, Bulgar orduları İstanbul kapılarını zorlamaya başladı, sandılar ki zayıfız ama aslında iç karışıklığımızdı bizi sarsan, düşman değil! Bu iç karışıklık planlanmıştı! II. Abdülhamid'in tahttan indirilmesinden beri Osmanlı'nın paylaşımı planlanmadı mı sanıyorsunuz?" dedi. Madem Ülkü delil istiyordu hazırdı Selim, ona anlatacaktı her şeyi! Ona ne isterse vermeye hazır, yüreği sanki onun ellerinde, konuşmaya devam etti: "Bizi parçalamak için gizli anlaşmalarla müttefik olmuş, planlar yapan Avrupa ülkelerine karşı tek başınalığımızdan ve sürekli saldırıya uğramanın verdiği emniyetsizlikten, Rusya'ya habire toprak kaybetmenin sıkıntısından kurtulmak için, eski gücümüze kavuşabilmek umuduyla Almanlarla ittifak yaptık. Savaşa girdik. Kaybettik. Bu kayıp sonunda, 18 Mart 1915'te İngilizler ve Fransızlar Çanakkale Boğazı'nı geçip İstanbul'u ele geçirmek için saldırıya geçtiğinde uğrayacakları yenilgiyi hayal bile edemediler. Ve sonunda öyle bir yenilgiye uğradılar ki 480 bin kişilik ordu ile gelip 105 bin asker ile geri döndüler. 375 bin düşman öldürdük o gün vatanı korumak için! 1 metrekareye 6 bin merminin düştüğü bir savaştı bu! Dünyaya karşı tek başımıza zaferle çıktık! O zaferden sonra istesek durmaz tüm Osmanlı topraklarını, Rumeli'yi, Trablusgarp'ı geri alırdık! Yine bayrağımızı tüm Balkanlar'a dikebilirdik ama böyle bir zaferden sonra durduk, durdurulduk Ülkü… Hanım. Neden dersiniz?"

"Mustafa Kemal nerdeydi o sırada?" diye sordu Ülkü gözlerini Seliminkilerden ayırmadan, sözleri silah, bakışları kalkan, karşı karşıya dikildikleri o ansa savaş alanıydı. Anlarda verilen savaşlar, meydanlarda verilen savaşlardan çok daha fazla iz bırakırdı.

Cevap verecekti Selim ama durdu, çünkü Ülkü daha da fazla titremeye başlamıştı. Onu bu şekilde kışkırtmaya devam ederse, kızcağız düşüp bayılacaktı.

"Lütfen otomobile binin, sizi eve götüreyim-" derken, Selim'in hafifçe uzattığı elinden yine çekti kolunu ve sorusunu yineledi Ülkü: "Madem her şeyi biliyorsunuz, söyleyin bakalım Selim Bey: Mustafa Kemal nerdeydi o zaman?!"

Sustu Selim, tartışma kontrolden çıkmak üzereydi ve Ülkü'yü bu halde, bu ıslak kıyafetlerin içinde daha fazla yormayacaktı ama Ülkü susmadı, "19. Tümen komutanıydı Yarbay Mustafa Kemal, düşmanın Conkbayırı boyunca çıkış yapmak üzere olduğunu görünce 57. Alayı Kocaçimentepe'ye sürdü. Conkbayırı'na çıktığında, Arıburnu'nda, bizim ordudan bazı askerlerin kurşunları bittiği için geri çekilmekte olduğunu fark etti ve atı ile onların önünü kesti, süngülerini takıp pusuya yatmalarını emretti, vatan çocuklarının hepsi de sözünü dinledi ve bizimkiler süngülerini takıp yere yatınca, peşlerinden gelen düşman da aniden durdu ve yere yatıp süngü taktılar![97] Ben nerden biliyorum bunu biliyor musun Selim Bey?! Çünkü benim dayım o kaçan askerlerin arasındaydı! Evet, Çanakkale'yi geçirmedik, çünkü Mustafa Kemal gibi Osmanlı'yı korumak için ölümü göze alanlar sayesinde geçilmez oldu Çanakkale! Peki şimdi siz bana cevap verin, Çanakkale'den sonra tüm topraklarımızı geri alabilirdik dediniz ama sonrasında nasıl oldu da İngilizler ellerini kollarını sallaya sallaya girdiler İstanbul'a? Kim aldı onları içeri, kim izin verdi onların topraklarımızı paylaşmasına! Padişah değil mi?! O sırada orduda sadece bir yarbay olan Mustafa Kemal ve tüm ordu mensubunun, emirleri bir tek padişahtan aldığını kabul edecek hakkaniyetiniz vardır umarım."

Sustu Selim ama Ülkü'nün yüzündeki hesap sorma öyle büyümüştü ki sonra dayanamadı, tutamadı kendini. "Ülkü Hanım madem konuya bu kadar hâkimsiniz, o zaman Çanakkale'de kurulan beşinci ordunun komutanlığını Alman Mareşal Liman Von Sanders'in yaptığını da bilirsiniz, Mustafa Kemal sadece Anafartalar bölümün-

___
97 Conkbayırı'nda savaşmış, Tabib Binbaşı Mehmet Muhlis Şumnu (Uzel)'in anılarından okuyunuz.

deydi," derken, Ülkü bir adım atıp çıkıştı: "Onun Anafartalar'da gösterdiği başarıyı inkâr mı ediyorsunuz?!"

"Hayır, tabii ki inkâr etmiyorum, zaten bu nedenle rütbesi de yükseltilmiştir ancak sanki tüm Çanakkale Mustafa Kemal tarafından kazanılan bir cepheymiş gibi olan yaklaşımı yanlış buluyorum," dedikten sonra sustu Selim, aslında susmak istememişti ama o an Ülkü'nün bakışında öyle bir anlam, öyle bir derinlik vardı ki nefesi kelimelere dönüşemedi, Ülkü'nün buğulu gözlerinde kaybolmak istedi ve Ülkü o sırada atağa geçti: "Bu mudur Mustafa Kemal'e yaptığınız haksızlığın nedeni? Tüm başarının tek sahibi olmayışı mı yani!"

Çaresizdi Selim, gözlerindeki teslimiyet ile "Hayır," dedi, "Asıl problem şu, aslında ordumuz sadece Çanakkale'yi koruyabilmişken, yani sadece Anadolu yakası merkezli hâkimiyet sağlayabilmişken, İngilizlerin Balkanlar üzerinden karayolu ile neden İstanbul'u ele geçirmediğini, Edirne'den itibaren çizilmesine izin verilmiş bugünkü sınırımızın, Avrupa Yakasındaki Boğazlardan itibaren çizilmemesinin nedenini söyleyebilir misiniz? Boğazlara kadar alabilecek kuvvetteyken niye Edirne'ye kadar bize bıraktılar bu toprakları hiç düşündünüz mü Ülkü Hanım?"

Dikleşti Ülkü, güzel çenesini kaldırıp "Padişaha sormak lazım, onun yönetiminde bir komutan olan Mustafa Kemal'e değil!" diye meydan okurken gözlerindeki ateş sanki kelimelerine bulaşmıştı.

"Öyle mi?!" dedi Selim, ona bu kadar yakın olup aynı konunun iki ayrı ucunda bu kadar uzak olmanın verdiği sancıyı yutkunup gözlerini Ülkü'nün dudaklarından çekmekte zorlanırken, "Hangi padişaha?" diye sordu Selim. "Haziran 1908'de Rusya ve İngiltere arasında yapılan Reval Anlaşması'nın Osmanlı topraklarını paylaşmaya yönelik olduğu dedikodusunu çıkararak 'vatan elden gidiyor' diye ortalığı velveleye veren İttihatçıların etkisi ile tahttan indirilmiş ev hapsindeki padişaha[98] mı?!"

---

98 2. Abdülhamid.

Dayanamadı Ülkü, gözlerindeki ateş tüm ifadesine bulaşıp korlanırken lafa girdi: "Ortalığı velveleye veren mi? Siz çıldırdınız mı Selim Bey, padişah tek başına yönetimde kalmasın, meclisle birlikte çalışsın diye isyan çıktı, isyanı İttihatçılar mı çıkardı! II. Abdülhamid ne yaparsa yapsın isyanı bastıramayınca II. Meşrutiyet'i ilan ederek meclisi açmak zorunda kalmadı mı? Avrupa'da olan onca ihtilalden sonra insanlar ülkeyi tek başına bir padişahla değil bir meclis ile yönetebilmek için ayaklandılar! Siz ise tüm dünya koşullarını, düşünce akımlarını dışlayıp sürekli tek bir suçlu arıyorsunuz! Çocuk gibisiniz. Toplumsal hareketlenmeleri kişilere, hatta bir kişiye bağlamaya çalışıyorsunuz. Hiçbir tek kişi bu güçte değildir! Şu halimize bakın! Reval Anlaşması'nda İngiltere'nin Rusya ile Osmanlı topraklarını paylaşmak için görüştüğünü bugün geldiğimiz durumdan hâlâ anlamıyor musunuz? Çanakkale Savaşı neden oldu?! İngiltere Rusya'nın yolunu açmak istediği için! Ve siz büyük resmi görmek yerine, yağan yağmur mahsulü bozduğu için yağmurdan etrafındakileri sorumlu tutan, karısına, çocuğuna bağıran, tarlasını kaybetmiş bir baba gibi davranıyorsunuz," dediğinde Ülkü hissettiği duygunun etkisi ile bir adım daha atmış ve Selim'in dibine girmişti, söyleyecek çok daha fazla şey vardı ama o an fark etti Selim'in bakışındaki ışığı… Kelimeler dondu zihninde… niye böyleydi Selim'in gözleri?

Niye böyleydi ifadesi?

Niye böyleydi kendi dudaklarına kayan bakışları?

Niye böyleydi… ona bu kadar yakın olmanın hissettirdiği bu duygu niye böyleydi?

Selim'in yüzünde gezinen gözlerini bir anda çekti Ülkü, bir anda kopardı kendini onun etkisinden, bir adımda uzaklaştı geri…

Sarsılmıştı.

İkisi de sarsılmıştı.

Birbirlerinin zıtlıklarında ilk defa denklerini görmüş gibiydiler.

Bir şey söylemek için ağzını açtı Ülkü ama yaşadıkları an öylesine tuhaf, öylesine daha önce hiç yaşanmamış bir şaşırtıcılıktaydı ki konuşamadı, Selim'in aralanmış ağzından da kelimeler çıkamadı. Bir anın içinde birlikteydiler.

Döndü Ülkü, hemen Yakışıklı'ya uzandı, buradan, bu andan, bu savaş alanından hemen uzaklaşmak zorundaydı, çünkü belki savaşı kaybetmeyecekti ama hissettiği duyguların içinde kendini kaybedebilirdi. Hem Selim'in burada ne işi vardı ki?!

Selim uzanmak istedi Ülkü'ye, onu tutmak, durdurmak, kollarının arasına almak, ısıtmak, yaşatmak, onda yaşamak, onunla coşmak istedi… kalbi öyle hızlı atıyordu ki sanki Ülkü'nün bedeninde bir mıknatıs vardı ve tüm bedenini, özellikle de kalbini kendisine çekiyordu… onun kalbi ile bir olmadan yaşamak için yeterli değildi sanki hayat… Selim'in kalbi, daha da hızlı atarken, göğüs kafesinden fırlayıp Ülkü'nün peşinden gidecekti…

Ülkü yakaladı yelesinden Yakışıklı'yı, yaşadığı gecenin etkisi miydi hissettiği halsizlik, yoksa Selim'in varlığını geride bırakmak için verdiği savaştan mıydı? Bilmiyordu, bilmek asla istemiyordu ama başı dönmeye başlamıştı, dünyanın dönüşü zihnine inmiş ve döne döne düşüncelerinden bir hortum yaratmak üzereydi, çekti kendini yukarı ama öyle sert asılmıştı ki yelesine, Yakışıklı alışık değildi, at bir adım geriledi, Ülkü hiddetle çekti kendini, atın sırtına binmişti ama… zihninde dönen düşünceler fırtınayı da getirmişti.

Önce toprak koptu yerden, var olan ne varsa kaldırdı havaya, her şey havalandı, sanki bir an hafifledi dünya ama bir an sonraysa, Ülkü'nün bedeni öyle ağırlaştı ki zihni "Sakın!" derken bedeni kapatmıştı kendini…

4. BÖLÜM

Mustafa Kemal'in en fazla bir yılı kaldı.

"Bölgeyi bu şekilde koparamayız!" dedi Picot, bu konudaki uzmanlığının, ortaya koyduğu onca başarıya rağmen, muhalefet görmesine inanamıyordu! Lloyd George'un dikkatle kendisini izlediğini bildiğinden, ses tonuna dikkat ederek tebessümle konuştu Robert'a. "Türk'ün dağa çıkmışına Kürt diyorlar. K ile T'nin yerini değiştir de bak. Kökten bağlı bunlar birbirlerine! Hele Çanakkale'den sonra bağları iyice güçlendi. Mustafa Kemal hayatta bölgeyi bize teslim etmez! Adam daha bize Boğazlar sözünü bile tutmadı. Resmen çırak çıktık. Her hamlede bir adım önde, her şeyi bir kenara bıraktım, Serbest Cumhuriyet Fırkası örgütlenmesine nasıl uyandı? Partiyi hemen kapattı. İstihbaratı çok güçlü. Daha devlet kurulalı kaç yıl oldu, kuluçka[99] sistemi bile hazırlamış. Önce bu istihbaratı mutlak bir şekilde kurutmalıyız,"[100] dedi Picot, dikkatlerin kendi üzerinde yoğunlaşmasının keyfindeydi.

---

99 Türkiye Cumhuriyeti sınırları içinde esnaf gibi serbest meslek erbabı olarak yaşayan, ancak ülke bütünlüğünü tehlikeye sokacak herhangi bir durumda anayasanın ilkelerini korumak için orduya bağlı olan, özel eğitim almış gizli ordu mensuplarına verilen isimdir. Özel yetiştirilen bu kişilerin kimlikleri milli sırrımızdır. Bu sırrı açıklamak vatan hainliğidir.

100 19 Aralık 2009'da dönemin Başbakan Yardımcısı Bülent Arınç'a sözde suikast iddialarının medyaya servis edilmesiyle başlayan "Kozmik Oda Operasyonu" sonunda; olağanüstü hal durumunda aktive olmak için eğitilmiş bu kuluçka ordu mensuplarının kayıtlı olduğu dosyaların, bu tarihte özkaynaklarımızı yağmalama amacındaki güçlerin eline geçmiş olma ihtimali söz konusudur.

"Mösyö Picot, Binbaşı Noel'in raporunu[101] okumadınız mı?!"
diye sordu Lloyd George[102].

Picot saygıyla itiraz etti: "Efendim, Cemiyetler işe yaramadı.[103]
Kürtlerle Ermenileri Osmanlı'ya karşı birleştirmeye çalıştık ne oldu?!
Elimizde patladı! Kürtleri Türklerden ayırmak kolay olmayacak!
Birliktelikleri sayesinde geri aldılar bu toprakları. Ayrıştırmayı bu
tip bir etnik kökene dayandırabilmek için en az 50 yıllık bir altyapı
hazırlamak lazım. Aşiret ağalarını toplamak, maaşa bağlamak yet-
mez! Bölgeyi biraz dürtüp zorlamak, çatışma yaratıp direniş bölgesi
haline getirip kıvama sokmak lazım, çünkü Kürtler Türklere, aşiret
reisleri de Mustafa Kemal'e bağlılar ve Ermenilerin Osmanlı'ya karşı
1918 ayaklanması yüzünden, Kürtler Ermenilere de yaklaşmıyorlar. O
bölgedeki Ermeni kovalamacasını Kürtlerin hallettiğini unutmayın.
Bu durumu unutturmadan zaten yol alınamaz. Ancak Ermenilerden
Kürtlere devşirme bir sistemle 50 yıl içinde bir lider çıkabilir ki bunu da
Kürt gibi sunmak şart, çünkü zaten bir Ermenistan var ama Kürdistan
yok. Kürtlerden Kürdistan yapamıyorsak, Kürt kisvesine dönüşmüş
Ermenilerden Kürdistan'ı kurmaya gidebiliriz ama tekrar belirtmek
istiyorum böyle bir kurulum için en az 40 yıl lazım ve yakın tarihi
unutturmak şart!"[104]

---

101 Halen İngiliz devlet kütüphane arşivlerinde bulunan Binbaşı Edward William Char-
les Noel'in günlüğü, doğudaki özkaynakların gelecekte kolaylıkla kullanılabilmesi
amacı ile Ermeni-Kürdistan yapılanmasının sistemli bir şekilde, İngiliz hükümeti
tarafından, nasıl yürütüldüğünü ve ajan olarak bu konu ile ilgili Doğu Anadolu'da ça-
lışırken binbaşının neler yaşadığını detayları ile anlatır. Bu günlüğün derlendiği kitabı
okumanızı tavsiye ederim: "Britain's Policy in Southern Kurdistan: The Formation
and the Termination of the First Kurdish Government, 1918-1919," Saad Eskander
British Journal of Middle Eastern Studies, cilt 27, sayı 2 (Kasım, 2000), s. 139-163

102 David Lloyd George. Araştırınız.

103 İngiliz Amiral Webb ile Dışişleri Bakanı Lord Curzon'un o dönemdeki yazışmalarını
okumanızı tavsiye ederim. Bölgede çoğunlukta olan Kürtleri örgütleyip gerektiğin-
de bir iç savaş unsuru oluşturmak için kurulan cemiyetlerden birinin, 1918 yılında
Osmanlı İmparatorluğu savaşı yeni kaybetmişken kurulan Kürt Teali Cemiyeti ol-
duğu, yine İngiliz Dışişleri Bakanı'nın Doğu Anadolu'da görevli İngiliz amiraller
ile yazışmalarında açıkça görülmektedir. Bu hususlar dikkate alındığında Kürt Teali
Cemiyeti'nin Kürtler için değil, İngiliz çıkarlarına hizmet etmesi için kurulduğu an-
laşılmaktadır.

104 40 yıllık süre şu şekilde işlemiştir: 1- Öncelikle Kürt köylerde sistemli bir şiddet uy-

"Abartıyorsun," dedi Robert, purosunu yakarken geriye yaslandı, "Vakfı soktuk bir kere içeri, 12 yıl oldu, o altyapının temellerini zaten attık. Öğrencileri vakıfla yetiştiriyoruz. Mustafa Kemal yakında bitecek, o zaman tarih kitaplarına el atıp daha da sistemli kök salmaya başlayacağız. Kürtlerle Türkler ayrılmaz değil ama evet haklısın, konunun sadece biraz iteklenmeye ihtiyacı var ki zaten orduya yerleştirdiğimiz hücreler aktif olduklarında Kürtlerin çoğunlukta olduğu bölgelerde eziyete başlayacaklar, 10 seneye kal-

---

gulanması için Türk ordusunun içinde gerçek Türk askeri ile hiç ilgisi olmayan, derin bir yapılanma oluşturulmuş, Kürt kardeşlerimize yönelik insanlığa sığmayan birtakım saldırılar gerçekleştirilerek kutuplaşmanın temelleri atılmış, bölgede görevli ecnebi harita uzmanlarınca Kürt aşiretlerinin listesi belirlenerek, özellikle seçilmiş aşiretlere Kürt-Türk düşmanlığını oluşturacak nedenler verilmeye başlamıştır.

2- 1973 yılında, Kıbrıs meselesinde zamanın en etkili diplomatlarından Los Angeles Türkiye Başkonsolosu Mehmet Baydar'ı başından vurarak öldüren Asala Terör Örgütü (Açılımı: Ermenistan'ın Kurtuluşu için Ermeni Gizli Ordusu) ilk defa bu olay ile ortaya çıkarak Agop Agopyan önderliğinde, bizzat 1974 Kıbrıs Barış Harekâtı adına görevli, yurtdışında bulunan memur ve temsilciliklere saldırmaya başlamıştır. Örgüt Kıbrıs'ın Türkiye'den ayrılması için, Türkleri öldürerek terör yaratsa da, Ermenilere özgürlük sloganı ile kendilerini dünyaya tanıtmışlardır.

3- Ermeni terör örgütü olarak Türk topraklarında Ermeni kardeşlerimizden dilediği desteği bulamayan Asala zamanla etkisizleşirken, 1978 yılında PKK'nin aktif hale gelmesi, 1980'lerde birçok kez birlikte hareket ettiklerine dair bildiriler yayınlamaları ve en önemlisi, ikisinin de kurucusu olarak bilinen Karen Brutents'in üst düzey bir KGB memuru olması bu iki örgütün halkların özgürlükleri için değil, başka devletlerin çıkarlarına hizmet edecek, gerektiğinde baskı oluşturacak şekilde dizayn edilmiş olduklarını düşündürmektedir. Fin tarih araştırmacısı Antero Leitzinger'ın bu konudaki 1999 yılı araştırmalarını okumanızı tavsiye ederim.

4- Son 50 yıllık süreç içersinde hükümetlerimiz tarafından yapılan bir sürü yanlış ile özellikle tasarlanmış bu Kürt-Türk kutuplaşması giderek fazlalaşmış, PKK'nin içyüzünü bilmeyen ve kendi vatanında dahi kabul görmeyen bir sürü insanımız hak ve adalet bulmak umuduyla bu kötülüğe maşa olmuştur.

5- Bugün halen PKK'yi Kürtlük ile eşleştirerek, Kurtuluş Savaşı'nda omuz omuza çarpışarak vatanımızı birlikte kurtardığımız Kürt kardeşlerimizi düşman olarak görenler, anlamalıdırlar ki vatanımız için en büyük tehlike bu tavırdır. Ülkemizde azınlıklar olarak yaşayan tüm grupları gerektiğinde bir baskı unsuru olarak kullanmak için tasarlanmış bu sisteme karşı yapılacak en önemli hamle, birlik duygusu ile vatan kardeşlerimizin her birini etnik kökenlerine, dinlerine, dillerine bakmadan kucaklamaktır. Sahip çıkmak, tüm sorunların en verimli çözümlerine giden ana yoldur. Birlik duygusu olmayan insalardan vatan olmaz.

maz alırız bölgeyi. Ayrıca unutma, tekke ve zaviyelerin kapanması ile güç kaybetmiş, açığa çıkmış, 'din elden gidiyor' kaygısına açık binlerce kişi var, onların da bize katkısı olacaktır elbet. Bu Türkiye'yi 50 yılda 50 parçaya böleriz."

Güldü Picot, "Mustafa Kemal'i küçümsüyorsun, fark etmeyecek mi bölgede kendi ordusunun alet olduğu bu planlı eziyeti?" derken tuttu kendini, aslında konunun uzmanıydı, Robert'ı bilgisiyle ezer, deneyimiyle siler geçerdi ama adam fiziksel olarak tehlikeliydi... yoksa tehlikeli olması değil de çekici olması mıydı onu ezip geçmemesinin nedeni? Önemsemedi, toplantı bahanesiyle bile aynı odada bulunmak, karşıt fikirlerde olsalar da eğlenceliydi.

"Asıl sen bizi küçümsüyorsun," dedi Robert, onu dinlemek için sustu Picot, aslında ne dediği değil, nasıl gözüktüğüydü Picot'un dikkatini çeken şey, Robert'ın gözleri kısılmış, dudağının kenarına ince, sinsi bir tatlılıkta tebessüm oturmuştu, ne kadar da çekiciydi bu hali. Kollarını iki yana kaldırıp, "Mustafa Kemal'in en fazla bir yılı kaldı," derken ellerini boynunun arkasında birleştirdi. Onun bedeninin altında düşündü kendini Picot ve sonra bir an sanki Robert düşüncelerini okuyormuş gibi dişlerinin arasında tuttuğu puroyu eliyle çekip dumanını ona doğru üfleyiverdi.

Kalbi hızlandı Picot'un, hayatının nefreti ve aynı zamanda eksikliği geldi o an aklına, ilk cinsel deneyimini yaşadığı abisinin rugby arkadaşı sanki Robert'ın bedeninde tam karşısında oturmaktaydı. İkisi de aynı türdü sanki, kasları, gözlerini kısıp sessiz mesajlar gönderen o bakışları, sinsilikleri, karşısındakinden istediğini alıp içine boşalıp, küfredip çekip gidecek kadar ikisi de erkektiler," diye düşünürken, sadece domine edildiğinde kalkan erkekliği harekete geçti, bu zaafının hayatına mâl olacağını bilmeden.

Picot, çocukken uğradığı tacizler sonrasında, erkekliği, çiftleştiği kişinin canına okumak sanan birçok taciz kurbanı gibi, sadece korktuğu kişilere saygı duyar hale gelmişti. Beyninin yaşadığı travma sonucu cinselliğinin bu şekilde kodlandığını bilmiyor ve duygu üretmekten sorumlu orta beyninin artık hiçbir zaman çalışması gerektiği gibi işleyemeyeceğini anlamıyordu. Güce tapıyor, o gücün altında ezilmeyi, domine edilmeyi, kendinden güçlü biri tarafından aşağılanmayı, kendinden güçsüz birini aşağılamayı cinsellik sanıyordu… kırılmıştı Picot, ruhu öyle kırılmıştı ki sanki o kırıklardan uçup gitmişti insanlığı.

Picot, "Mustafa Kemal'in nasıl bir yılı kalsın ki, uygulamada bir plan mı var bilmediğim?" dediğinde Lloyd'a baktı Robert, planları söyleyip söylememek onun seçimiydi.

Hafifçe başını sallarken gülümsedi Lloyd. "Bir seneye kalmaz Mustafa Kemal'i emekli edeceğiz."

Bir an kaşları çatıldı Picot'un, kendini tutamadı, "Ecelsiz ölürse unutun kutuplaşmayı! Daima kahramanların peşinde yükselmiştir uluslar, medeniyetler, hatta dinler bile…" derken güldü Lloyd, "Ooo mösyö pek romantiksiniz, uluorta öldürmeyeceğiz, biz de dünkü çocuk değiliz, merak etmeyin."

Anladı Picot, sakince onayladı ve sonra bir an düşünüp "Beni buraya yapılanma için çağırdınız. Beş yıldır girmediğim delik kalmadı. Ve ben diyorum ki Mustafa Kemal olsun olmasın bölgeyi ele geçirmek için gidilmesi gereken yol Kürt-Türk kavgası kesinlikle değil ama görüyorum ki sizin başka planlarınız var, o zaman beni azad edin. Hindistan'da yapılacak çok iş var. Khorasan'la[105] ilgili çalışmaya başlayayım."

"Khorasan?" dedi Robert, daha önce duymamıştı bu ismi.

Gülümsedi Picot, bilerek kullanmıştı bu ismi, Robert fiziksel olarak çok üstün olabilirdi ama kendisi de akıllıydı, araştırıp strateji oluşturmada, plan yapmada kimse onunla yarışamazdı, çünkü tarihçiydi Picot, geçmişte ne varsa gelecekte tekrarlanacağını bilen, hayatın nabzını geçmişten tutmayı öğrenmiş bir tarihçi.

"Afganistan'ın orijinal adı," dedi Picot, "Büyük Oyun[106] başlamadan önceki imparatorluğun adıydı bu. Afgan imparatorluk

---

105 Horasan: Farsçada, güneşin geldiği yer demek.
106 *Kim* adlı kitabıyla Nobel Ödülü'nü alan İngiliz Rudyard Kipling'in, adını Büyük
    Oyun koyduğu, İngiltere ile Rusya arasında 1830'da başlayan savaşlara, Hindistan'ı

tarihinin çok ilginç bir yanı var, tarihleri devlerin hikâyeleri ile dolu... O kadar ki her köşeye dev heykelleri yapmışlar...

Kültürün temelindeydi bu dev heykeller ve onlara dokunmak yasaktı. Ama kültür öyle canlı bir şey ki sürekli şekil değiştirebilir. Kültürü koruyan tek şey dokunulması yasak olan şeylerdir. Ancak dokunulması yasak olana dokunulabildiğinde yani direnç kırıldığında, kültürü istediğin gibi yeniden şekillendirebilirsin. Afganistan'da bugün

---

sömürge olarak kullanan İngiliz Doğu Hindistan Şirketi ile Rusya arasında o dönemin Afganistan Horasan İmparatorluğu'nu sömürgeleştirmek üzerine oynanan politik ve ekonomik oyunlara verilen isim. Bugün aynı oyunu Rusya ve Amerika oynamaktadır. İndus Vadisi olarak bilinen bölgeye İngilizler girmeden önce bölgenin hem kültürel hem ekonomik açıdan zenginliği ile dünyanın en gelişmiş iki imparatorluğuna ait olduğunu araştırınız.

tohumlarını attığımız sistem, bu heykelleri ortadan kaldıracak[107] kadar güçlendiğinde, artık göreceksiniz ki Afganistan da bizimdir! Toplumun en kıymet verdiği düşünceyi deforme edip yok ettiğinde kültür, tarih, sanat… toplumu toplum yapan ne varsa çözülüyor! Bunu Hindistan'da, Afrika'da uyguladık ve gördük! Net!" diye konuşurken lafa girdi Robert "Niye şimdi Afganistan'ı konuşuyoruz ki biz?" derken aslında Picot'un tam da istediği gibi oltaya gelmişti!

-2-

…kapı açıldığı anda hayatındaki her şeyin tamamen değişeceğini umursamadan.

Rüzgâr gibi girdi eve Selim, kendisine kapıyı açan Nana'nın meraklı sorularını duymadan yürüdü odasına, hemen çıkardı üstünde kurumuş geceden, fırtınadan kalma kıyafetleri, eline ne geçirdiyse hızla giydi. Ne o sırada kapıya gelen ağlamaklı annesinin gün boyunca süren endişesini dinledi, ne de teyzesinin sorularına cevap verdi. "Gitmem lazım, çok acelem var. Sonra anlatırım," deyip çıktı evden. Daha üstünü değiştirirken annesinin Nana'yı aşağıya, peşinden takibe gönderdiğini bilmeden.

Üçer beşer atlayarak indi merdivenleri, dördüncü kata geldiğinde durdu, üstünü başını ve nefesinin ritmini düzeltti. Kapıya uzattı yumruğunu sonra çekti, parmağını zile uzattı, yine basmadı çekti. Sesini düzeltti, dikleşti.

Ülkü'nün emin ellerde olduğunu ailesine söylemeliydi. Derin bir nefes alıp çaldı kapıyı nihayet, kapı açıldığı anda hayatındaki her şeyin tamamen değişeceğini umursamadan.

---

107 Kültür mirası olan bu tarihî dev heykeller, Taliban'ın emri ile 2001 yılında patlatıldılar ve Afganistan artık halkına ait olmaktan çıktı.

347

Vahabizm Mister Lloyd, Vahabizim!
Tüm isteklerimizin cevabı Vahabizm.

Tebessümle ayağa kalktı Picot, Robert'ın ihtişamının yanında kendisi neredeyse bir hiçti… Robert belki daha yakışıklı, dikkat çekici, etkileyici olabilirdi, Lloyd'un Robert'a bakışlarındaki onaylamayı görecek kadar odadaki atmosferin farkındaydı ama asıl işe yarayacak olan kendisiydi ve bunu göstermenin vakti gelmişti.

Robert'ın önüne dikilip Lloyd'a, Robert ile aralarındaki bilgi farkını göstermek istercesine konuştu: "Bakın şimdi Afganistan'da durumu nasıl kontrol altına aldık hatırlatayım: Afganistan'da 14 etnik grup vardı. En aktif olanları Paştun'lardı. Buradaki Türkler gibi. Paştunlar'ın yönetiminde, binlerce yıldır çıkar çatışmasına girmeden yaşıyordu bu etnik gruplar. Doğu Hindistan Şirketi, Hindistan'da yayılınca, Rusya yukarıdan inip ele geçirdiğimiz kaynaklara Afganistan üzerinden musallat olmasın diye, Afganistan'a da el atılması gerektiğine, sizin de bildiğiniz gibi, Mr. Lloyd karar verilmişti. Ayrıca dünyada çıkan madenlerin hepsi Afgan topraklarında var olduğundan, bu kullanılmayan madenleri işlemek de parlamentoda gündeme gelmişti," diye Picot konuşmaya devam ederken Robert derin bir iç çekti, Picot gibi kaç tanesi gelip geçmişti kendisine meydan okuyan ve sonunda mutlaka boyunun ölçüsünü alan! Elindeki purodan derin bir nefes alıp üflerken "Tarihçiydin değil mi sen?" dedi.

Picot bir an durakladı, "Evet," dedi ve Robert'ın tebessümündeki kinayeyi fark edip sadede gelmek için "Yani burada anlatmak istediğim," derken Robert yine lafa girdi, "Anlatmak istediğinin ne olduğunu değil, anlatmak istediğin konuyu anlatsaydın keşke, tarihçilerin vakti çok galiba," dedi, purosunun dumanını üflerken pek keyifliydi, gülümsedi.

"Ben… " dedi Picot, ama cümlesine devam edemedi, çünkü Lloyd "Vakıf raporu nerde?" diye sormuştu. Picot, çantasından vakıf raporunu çıkartırken "Burada anlatmak istediğim…" diyerek yine konuya girdi ama Lloyd kendisine uzatılan raporu eline alırken "Hindistan'daki başarılarını, ülkemiz için yaptıklarını biliyoruz Mösyö Picot ama bu saatten sonra tarih dersi dinlemek için toplanmadık. Ayrıca bu Türkler senin Afganlardan farklılar," dedi ve umursamaz bir şekilde raporun ilk sayfasını açtı.

Picot "O kadar da değil Mister Lloyd, bakın bu konu çok mühim…" derken, Lloyd raporun ilk sayfasındaki, Vakıf[108] tarafından okutulan öğrencilerin etnik kökenlerinin listesine bakmaktaydı.

Picot "Demek istediğim, Kürtler ile Türkler arasında çıkarılması planlanan çatışma gibi bu tip etnik grupları birbirleriyle çarpıştırmak, tamam kargaşa yaratıyor ve o kargaşada özkaynaklar kontrolsüz kalıyor ama özkaynaklar üzerinde mutlak bir kontrol sağlamak için bu tip bir iç kargaşa yeterli değil! Üstelik bu kargaşayı çıkarmak hem çok pahalı, hem de çok zaman alıyor! Yönetmekse tam başa bela! Daha verimli bir sistem-" derken, Robert pencerenin kıyısına gitmiş denize bakıyordu, Lloyd raporu incelerken tatmin olmamış bir ifade ile başını sallıyordu. Kimsenin Picot'u dinlediği yoktu. Dinlenmemek aşağılanmanın doruğuydu!

Sustu Picot.

Söyleyeceği şeyin ne denli önemli olduğunu anlamayacak kadar salaktı ikisi de diye düşündü dişlerini sıkarken, tuttu kendini. Beş yıllık detaylı çalışmanın ardından koca bir plan yapmıştı ama silahları dışında başka hiçbir şeylerini, özellikle de akıllarını kullanmayı bilmeyen bu iki ajana nasıl anlatacaktı gidilmek için seçilmesi

---

108 Amerikan devletine bağlı ECA (Educational and Cultural Affairs - Eğitim ve Kültür İşleri Bürosu) ve Fulbright (Amerika Birleşik Devletleri Kültürel Değişim Programı) bursları adı altında, Amerikan Dışişleri Bakanlığı'na bağlı Eğitim ve Kültürel İşler Bürosu'nun resmî sitesinde yer alan listede, Uluslararası Ziyaretçi Liderlik Programı ile "yetiştirilen" dünya liderleri arasında aktif olarak Türk siyasetinde yer alan Türk politikacılar da vardır. Daha sonra ilgili içerik, resmî siteden kaldırılmıştır. Bu kuruluşların hepsi, Vakıf adı altında, dünyanın en varlıklı ailesi olarak bilinen Rockefeller Vakfı tarafından beslenmektedir. Söz konusu Vakıf, Rockefeller Vakfı'dır.

gereken bu yolun zorunluluğunu! Picot sabah ilk iş merkezi aramaya karar verdiğinde, Lloyd "Ben size Zazaları, Kürtleri toplayın, onlara burs verin diyorum! Bu liste ne böyle! Tek bir Kürt yok!" diye itiraz etmişti.

Robert purosundan üflerken hemen cevap verdi: "Mustafa Kemal'e karşı olanlardan başladık."

Başını hayır anlamında salladı Lloyd, "Tamam da, zamanı geldiğinde bu etnik grupların başına geçirebileceğimiz çobanlar yetiştirmeliyiz. Mustafa Kemal'e karşı olmaları yetmez, Türkiye'ye karşı olmalılar! Osmanlı'yı bu Cumhuriyet ilettinin, Mustafa Kemal'in yıktığını düşündürmeliyiz! Noel'in raporunu unutmayın! Canları yanmış olmalı… padişah takipçileri, şu Yüzelliliklerin akrabaları, çocukları, savaştaki ayaklanmalarda Osmanlı tarafından öldürülenlerin çocukları torunları, Türk düşmanları, Mustafa Kemal'i padişahı kurtarmadığı için hain olarak görenler, halife müritleri… bunların soyundan başlayın desteklemeye! O burslar bunlar için! Yoksa bunların çoluğunu çocuğunu okutmaya niyetimiz yok! Kendi fakirimize verirdik bu bursu, amaç anarşist yetiştirmek! Kuluçkalar oluşturmak!" diye buyurdu, dosyayı kapattı, sehpanın üstüne atıp kalktı.

O an artık dayanamadı Picot, bu salak Lloyd dünyanın en eski sömürge tekniğini sanki kendisi yeni icat etmiş gibi konuşurken onu dinlemeye devam edemeyecekti!

"Mister Lloyd!" dedi aniden.

Lloyd esnerken döndü Picot'a baktı, Robert gülerek "Yine ne oldu Picot?.." dedi ve sonra Lloyd'a dönüp "Lloyd, gidiyor musun?" diye sordu.

Picot dişlerini sıktı iyice, bu Robert fazla oluyordu!

Picot lafa girdi: "Etnik gruplar değil, dinden girmeliyiz. Aynı Afganistan'daki gibi! Arabistan'daki gibi! En başarılı olduğumuz bölgelerin ortak yanlarına bakın! Afganistan'da da, Hindistan'da da etnik çatışmayı besleyerek bir yerlere varmaya çalıştık ama etnik çatışma değil, din çatışması bizi götürdü varmak istediğimiz yere!

Vahabizm Mister Lloyd! Vahabizim! Tüm isteklerimizin cevabı Vahabizm. Vahabizm'i Ortadoğu'ya yaydığımız gibi bu topraklara da yaydık mı gerisi kolay!"

Dikkatle baktı Lloyd, "Vahabizim… şu bizim Lawrence'ın 1700'lerden bulup çıkardığı fikir değil miydi? Al-Azhar mıdır nedir Mısır'da açtığımız üniversitede okuttuğumuz şey… Neydi? Şu senle aynı olmayanı öldür diye… Neydi ya?"

"Cihat," dedi Picot.

"Hah!" dedi Lloyd, "Cihat" derken iyice neşelendi, İngiliz sömürgecilik tarihinde en çok anlatılan başarıydı bu cihatın anlamını değiştirmek. Papa'dan bile kutlama gelmişti. "Hey gidi Thomas Edward Lawrence[109]… Tarih gerçekleri konuşsa Thomas'a peygamberlik unvanı vermek zorunda kalırdık. Suudilerin peygamberi olurdu! Adam tek başına din yarattı! Muhammed'in değil, Thomas'ın kuralları!" dedi kendi kendine gülerken, "Kimin haklı olduğu değil, kimin haklı göründüğü önemli," dedi ve ekledi: "Sahi nerde o? Hâlâ Arabistan'da mı?"

"Buraya geldi. Geçen gün birlikteydik," dedi Picot, çantasının üstünde duran dosyayı alıp Lloyd'a uzatırken. "Türkiye ile ilgili çok verimli bir strateji hazırladık onunla birlikte. Arabistan'da giriştiğimiz gibi Mollaları topladık. Lütfen inceleyin," dedi.

Lloyd dosyayı açarken Robert merakla Lloyd'un başına gitti, aralarındaki boy ve şekil farkı komik sayılacak kadardı. İkisi de dikkatle raporu incelemeye başladı.

Lloyd ilk sayfayı çevirirken, Robert sayfadan başını kaldırıp "Peki nasıl yaymayı düşünüyorsun bu Vahabizm'i? Türkler Araplar gibi değiller," dedi.

"Bunu bilmiyor muyum sanıyorsun?" dedi Picot, "14. sayfaya geçin lütfen."

---

109 Osmanlı'ya karşı Suudileri örgütlediği için Kraliçe tarafından ödüllendirilen İngiliz ajanı. Osmanlı'ya karşı Arapları örgütlemesinin konu edildiği, "Arabistanlı Lawrence" filminde başroldeki ajan.

Robert'ın kendisine soru sorması hoşuna gitmişti. Masanın üstündeki purolardan bir tane aldı, Lloyd'a bakıp izin isteyecekti ama Lloyd hızla sayfaları çevirmekteydi, Robert'ı taklit edip puroyu yaktı Picot. Dumanı üflerken "Suudi Arabistan'ı kurmamızın büyük katkısı oldu fakat büyük resmi göremeyen bir sürü kişi parlamentoda bu kuruluma karşı çıkmıştı, halbuki biraz vizyon sahibi olsalar on yıl önce bile kurabilirdik! Kurulumun 1932'ye kadar uzaması çok yazık. Suudiler var oldukça Ortadoğu'da en büyük güç olarak biz var olacağız! Bölgedeki petrol tamamen elimizin altında ve en önemlisi, Rusya'nın ya da diğerlerinin bölgeye inmesi artık mümkün değil, çünkü Suudiler tamamen İngiltere'ye bağlılar, anayasalarını bile biz yaptık, devlet yazışma dili bile İngilizce, ayrıca gerekirse Amerika devreye girecek. Mükemmel bir sistem kurduk Ortadoğu'da ve bu sistemin tamamlanması için birkaç hamle kaldı, Mustafa Kemal'in inkılaplarını da hallettik mi, 50 yıla kalmaz kuracağımız dünya düzeni işlemeye başlar. 14. sayfayı okuduğunuzda anlayacaksınız. Her şeyi en ince detayına kadar düşündük," dediğinde Lloyd sayfayı çoktan açmış, okuya okuya masasındaki yerine geçmişti.

-4-

"Ayyy!" dedi Latife ince, kalbinin hemen arkasından, korkularının saklandığı yerden gelen bir sesle...

Pencerenin köşesinde, perdenin gerisinde beklemekten yorgun düştü Latife Hanım, dayanamadı daha fazla, pencereyi açıp sarktı aşağıya, Selim'in arabası bıraktığı yerde duruyordu ama Selim kapıdan çıkalı da epey olmuştu. Nereye gitmişti bu çocuk? Evin diğer cephesindeki pencereye koştu, Nana da hâlâ köşede beklemedeydi... Selim şimdiye kadar çoktan aşağı inmiş olmalıydı. İçeri çekti bedenini, duvardaki saate baktı. Pencereyi kapattı. Hemen yanında, yolu gözleyen kardeşi Lütfiye'ye "Neydi ki şimdi bu acelesi? Akşam da evde değildi. Otomobili de burada," dedi.

Kardeşinin telaşını hafifletmek isteyen Lütfiye Hanım, "Demek yakın bir yere gitti çocuk! Endişelenme! Belki birazdan geliverir," derken itiraz etti Latife: "Giyinmiş kuşanmış ayol, ne birazdan dönmesi!"

Lütfiye, "Erkek bu Latife, akşam vardır gidecek bir yeri. Biraz rahat bırakmak lazım," dedi.

"Yok, o kadar basit değil Lütfiye, Refik'ten mektup aldığından beri tuhaflık var," diye çıkıştı Latife.

Lütfiye Hanım yorum yapacaktı ki içeriden gelen patırtıya bakmak için kapıya yöneldiler, tam belki de Selim geri geldi diye telaşla salona girmişlerdi ki Nana nefes nefese daldı içeri.

"Kız ne arıyorsun burada?! Selim'in peşinden niye gitmedin?! Köşeden gözlesen ya!" diye azarladı Latife, çaresizlik içinde.

"Hanımım, çıkmadı ki paşam! Bekledim köşede ama apartmandan hiç çıkmadı. Arkadan çıkarsa diye çocukları koyduydum köşeye, oradan da çıkmamış! Eve mi döndü diye bi gelip bakayım dedim," diye açıkladı Nana nefes nefese, "Asansörle inerse kaçırmayayım göreyim diye, merdivenlerden çıktım hanımım. Gelmedi mi Paşam geri?" dedi şaşkınlıkla.

"Koş!" dedi Latife telaşla Nana'ya, "Nereye gitti bu çocuk?" diye bağırdı kendi kendine telaşın doruklarında.

Nana şaşkındı, tamam koşacaktı ama nereye? Derken evin arka tarafına giden Lütfiye'den hayretin sesi yükseldi aniden "Aaaa!" demişti pencereden dışarıya bakarken.

Herkes ne olduğunu anlamak için cama koştu ve gördükleri şey karşısında hepsi birden hayretle aynı sesi çıkardı, izledikleri görüntünün hayreti hepsinde eşitti.

Selim arabaya binmek üzereydi ama açtığı kapıdan önce Zübeyde Hanım ve yanında bir kadın binmişti. Zübeyde Hanım ve tüm torunları, o hadsiz erkek kılıklı kız hariç, hepsi doluştular Selim'in arabasına.

"Ayyy!" dedi Latife, ince, kalbinin hemen arkasından, korkularının saklandığı yerden gelen bir sesle ve bir adım geri attı pencereden, bayılacak gibiydi, yığıldı köşedeki koltuğa.

"Ay... benim paşamın bu rustakilerle[110] ne işi var?" derken, arabayı çalıştırmış ve hızla çıkmıştı yola Selim.

Nana hemen kapıya koştu peşinden ama nafile... aşağıya inip de mesafeyi kapatıp otomobile yetişecek at arabası bulabilmesi imkânsızdı.

-5-

...cehennem kapısıdır Anadolu ve Türkler
o kapının bekçisidirler.

Lloyd dosyayı okumaya devam ederken, sıkılmıştı Robert, dikildiği yerden Picot'u kurcalamak için, "Bu uygarlık bilmez Araplara devletler kurmak ne kadar mantıklı bilmiyorum. Osmanlı'ya ihanet ederken tereddüt bile etmediler. Sıra bize de gelebilir," diye çıkıştı.

Picot, "Yanılıyorsun," dedi. "Aslında Araplar gönüllü değildiler, Osmanlı'nın homojen yapısında yaşamaktan memnundular ama Mc Mahon, Mekke Şerifi Hüseyin ve oğlu Abdullah ile temasa geçmese bu işi çözemezdik[111]. Bir kişi tüm dünya tarihinin kaderini değiştirdi," dediğinde "Hain Hüseyin," dedi Robert, İngilizlerin Mekke Şerifi'ne taktığı isimdi bu, çünkü o dönemde parlamentoda en çok adı geçen yabancıydı Hüseyin ve sonrasında, 15 sene boyunca krallığını resmî olarak İngiltere'ye kabul ettirmeye çalıştığından İngiltere'de haberleri takip edip de Mekke Şerifi'nin

---

110 Farsça da köylü demek.

111 Birinci Dünya Savaşı'nda Osmanlı'ya karşı ayaklanarak Osmanlı'nın yıkılmasına meydan veren Araplar adına Mekke Şerifi Hüseyin'in, İngiliz ordusu Yarbayı Mc Mahon ile mektuplaşmasını okumalısınız. Osmanlı'nın yıkılmasını planlayan bu mektupları, İngiliz Devlet Kütüphanesi arşivlerinde ya da internette bulabilirsiniz. Bkz.: McMahon and Hussein correspondence pdf.

354

adını ve Osmanlı'ya karşı yaptığı hainliği bilmeyen kalmamıştı. Bir
ülkede bu kadar yaygın olan bilginin Anadolu'da halen bilinmiyor
olması ne tuhaftı.

Picot devam etti: "Mutlaka bir lokomotif olması lazımdı! Hüseyin,
İslam peygamberi ile aynı soydan geldiğini iddia ediyordu, hali-
feliği ona devredip bunu kullanmak istedik ama tutmadı, çünkü
Muhammed Peygamber'in dört göbek önceki dedesinden kuzen-
lermiş ve peygamberin kızının torununun soyuna bağlantısı varmış
şeklindeki akrabalığı Arap dünyasında itibar görmedi, çünkü bu
şekilde Muhammed Peygamber'in büyük büyük dedesinden gelen
binlerce kuzeni var, hepsi halifeliğin üstünde hak iddia edebilirdi.
Düşünsene, binlerce halife! Hüseyin'in halifeliğini yayamadık ama
söz verdiğimiz gibi krallığını yaydık. Osmanlı'nın yıkılmasıyla birlikte
Ortadoğu'da kurulan devletlerin krallarına bak, hepsi Hüseyin'in
oğullarıdır! Bir oğlu Suriye'nin kralı oldu ve sonra da Irak'ın, bir
diğeri Hicaz'ın ve küçüğü de Ürdün[112] Emirliği'nin kralı oldu. Arap
dünyasını, Osmanlı'ya ihanet eden bu adamın soyunda kurduk,"
derken gözü rapora dalmış Lloyd'a kaydı, Lloyd dikkatle okuyordu
yazılanları ve iyice keyiflendi Picot. Nihayet konuyu hâkimiyetine
almıştı, sabah merkezi aramasına gerek kalmamıştı.

Robert, "Ya bir gün bu Araplar cihat ruhuyla birleşirlerse? O
zaman bu stratejiler kıçımızda patlamasın!" diyerek güldü.

Robert'ın, sinirini bozmak istediğini biliyordu Picot, Thomas'ın
bu adamla ilgili söylediği her şey, tüm uyarıları doğru çıkmıştı, acaba
bir şey mi yaşamışlardı... diye düşündüğü anda kendinin de Robert
ile bir şey yaşama ihtimali heyecana dönüştü kalbinde, böyle bir
maskülenliği tatmanın keyfi büyük olmalıydı, sakince cevapladı:
"Cihat'ı biz yarattık arkadaşım! Asker toplayabilmek için bundan
daha ekonomik bir yöntem bulunamaz! Kuralları biz koyduk! İslam'a
göre cihat, nefsin terbiyesi gibi bir şey demekti. İnsanın kendi ken-
diyle savaşı anlamına geliyordu. Budist saçmalıkları gibi bir şeydi.
İslam'ı incelesen şaşarsın, sevgi, barış, nefis terbiyesinden hallice

---

112 Emirates of Transjordan.

bir din. Sadece bir kelimenin anlamını değiştirdiğimizde çölde bela arayan yabanileri savaş makinesine çevirdik ve işte Thomas Edward Lawrence'ın dahiyane icadı, Ortadoğu'nun sihirli anahtarı Vahabizim böyle doğdu! Cihat için tek bir Hıristiyan ölmedi bugüne dek ve göreceksin ki ölmeyecek! Birbirlerini yiyecekler bu Müslümanlar! Vahabizm çatısı altında Sünni-Şii çatışması gibi onlarca etnik çatışmaya yer var! Çok verimli! Zamanı geldiğinde hepsini o çatının altında uygulayacağız. 14 ilâ 25. sayfa arasında tüm strateji hazır. Bir tek bütçeye onay almak lazım, sonra açacağımız imam okulları için temel oluşturacak sistemi kurgulamaya başlamak lazım. Nasıl Suudilere başından beri ayda beş bin pound veriyorsak, burada da mollaların, şeyhlerin örgütlenmesi için bir bütçe lazım. Mustafa Kemal tekke ve zaviyeleri kapatarak bizi bu hamleden yıldıracağını sandı ama olayın şeklini değiştireceğiz, imam yetiştirir gibi bu ideolojiye asker yetiştireceğiz. İslam'ı biz istediğimiz yere çekeceğiz. Yobazlığa teşvik edeceğiz," dedi.

Kaşları çatıldı Robert'ın, "Anlamadım şimdi ben, madem bu Mekke Şerifi Hüseyin, Muhammed Peygamber'in büyük büyük dedesinden kuzeniyse nasıl Suudi oluyor? Suudilerin Muhammed ile alakası yok ki," dediğinde Picot purosundan bir nefes daha çekip manzaraya karşı koltuğa otururken kendini konuya hâkim hissetmenin kudretiyle açıkladı: "Şerif Hüseyin, Suudi değil zaten. Hüseyin, Haşimi Ailesi'nden gelir. 1924'te desteğimizi Suudilere kaydırana kadar bölgeyi Hüseyin'in kontrolünde bıraktık. Bölgenin Osmanlı'dan koptuğuna emin olmak için krallıklar kurmalarını sağladık ama sonrasında Vahabizm'i yaymada işbirliği göstermediler, o zaman Suudiler ile anlaştık. Çok da iyi bir karar oldu bu. Suudilerin bölgeyi nasıl aldığını araştırsaydın keşke, Ortadoğu politikalarımız hakkında bir şey bilmeden burada göreve gelmen çok yazık olmuş Robert. Bir ara vaktim olduğunda sana anlatayım. Türkiye'den sonrası öyle bir cehennemdir ki cehennem kapısıdır Anadolu ve Türkler o kapının bekçisidirler. Bu kapıyı kontrol eden, dünyanın tüm basınç noktalarına hâkim olur. Kontrolü onlardan almanın zamanı geldi," dedi Picot.

"Thomas Edward Lawrence ve sana madalya vermeliler! Sizin mimarlığını yaptığınız bir cehennem desene," derken tebessüm yayıldı Robert'ın ifadesine, geri sayımı başlayan saatli bomba etkisinde bir tebessümdü bu ve yeşil gözleri kısılıp parlarken sonrasında gelecek olan tepkinin şiddetini vaat ediyordu sanki, çünkü Picot'la işleri bittiğinde, ona ne yapacağı o an aklına yerleşmişti. Sırıtması kocaman bir gülümsemeye dönüştüğünde "Benim de sana öğreteceğim şeyler var Mösyö," dedi her harfinde ima yüklü bir tonda.

O sırada aniden ayağa kalktı Lloyd, "İnanılır gibi değil!" dedi ve Picot'un tebessümü öyle ışıklandı ki hazırladığı stratejinin yarattığı etkiyi izlemek için Picot da ayağa kalktı, dikleşti, gülümsemesi iyice genişledi ve "Plan hazır! Uygulama için sadece zamanlamaları koymak ve bütçeyi onaylamak gerek! Afganistan'da ne yaptıysak, hemen hemen aynı strateji burada da çalışacak! Dinden gireceğiz! Harika olacak," dedi.

Elindeki dosyayı bir hamlede havaya kaldırdı Lloyd ve sallarken, "Bu kadarı beni bile aşıyor Mösyö! Sorumlu olduğum bölgede, soykırım ile biten bir hikâye başlatmak istediğimi sana kim düşündürdü!" diye çıkıştı, "Biz sadece Kürdistan'ı kurup, Ermenistan'ı büyütüp Rusya'nın bölgedeki etkisini engelleyecek, Boğaz hâkimiyetini parça parça ele alacağımız bir sistemle Asya Türkleri'nin birleşmesini engelleyerek Hindistan'a yaptığımız gibi sömürgeleştirerek özkaynakları, madenleri işlemek istiyoruz! Seninkisi nasıl bir strateji? Tarımı bitirip, çocuk evliliklerini yasallaştırıp toplumu yozlaştırıp, oğlancılığı… sapıklıkları desteklemek ve koca bir ırkı yok etmek üzerine kurulmuş! Şeriat getirme üzerine kurulmuş bu planın Arap Yarımadası'na, verimsiz çölün ortasında Vahabizim adı altında uygulanmasına destek verdiler ama Avrupa'nın dibinde, hem de böylesine verimli topraklarda, alışverişimizin olduğu seviyede uygarlaşmış bir topluma, bunu yapmayı planlıyor olmanın tehlikesini görmüyor musun? Cehennem yaratmak istiyorsun!

Günahım kadar sevmem bu Türkleri, sadece Çanakkale'de değil, öncesinde Avrupa'nın içine sıçtı pislikler ama senin bu planını şeytan bile uygulamaz Mösyö! Çok belden aşağı vurmuşsun! Ne demek sapıkları çoğaltmak, tarikatlarda sübyancılığı artırmak, oğlancılığı[113] yaygınlaştırmak... üstelik camilerde?! Din kisvesiyle!" derken suratı kızarmıştı.

"Anlamıyor musunuz? İslam'la savaşıyoruz Mr. Lloyd!" diye itiraz etti Picot. "Toplumdaki erkeği deforme edeceğiz ki kadının yani, toplumu doğuran annenin köleleşmesine zemin hazırlayabilelim. Kadın haklarını nasıl elleyeceksin Mustafa Kemal'in ideolojisindeki adamlar etrafta cirit atarken! Annesi, bacısı için ölmeye hazırken. Kadını toplumda bitirmeliyiz! Haksızlaştırmalı, sahipsizleştirmeli, önemsizleştirmeliyiz. Çünkü annesi köle olan bir çocuk zaten köle doğar."

-6-

Asri Kadınlar Cemiyet Hastanesi yazıyordu girişteki mermer tabelada, oğullarını, eşini, kardeşlerini, babasını bıraktığı toprağın başına diktikleri mermer taş geldi Semiha'nın aklına... mermere yazılmış her yazı mezarlık etkisindeydi. Zübeyde ve Ayşe'nin peşinden yüreği titreyerek içeri girdi Semiha, Ali'nin ve İlmiye'nin elini bir an bile bırakmadan, çünkü kimin elini bıraksa, hayat alıyordu onları sanki.

---

113 Dünyanın en tehlikeli istihbarat teşkilatlarında tetikçi olmak üzere seçilen insanların, çocukluk yıllarında uzun süre cinsel istismara uğrayan ve bu istismarı bir sır olarak saklayan kişiler arasından seçildiğini biliyor muydunuz? CIA'in gizli bir şekilde parasal olarak desteklediği MKUltra Deneyleri ve Donald Ewen Cameron'un 1960'lardaki çalışmaları CIA'in ilerki yıllarda ajanlarını seçmesinde temel olarak alınmıştır.

Koridor boyunca Selim'i takip ettiler, diğer koğuşlarda yatan hastaların önünden geçip vardılar Ülkü'nün yerleştirildiği odaya. Zübeyde ve Ayşe hemen Selim'in peşinden telaşla içeri girerken durdu Semiha. Odaya adım atmak istedi ama ayaklarını yönetemedi. Aklında tek düşünce yankılanırken beyni sanki sinyal vermeyi bırakmıştı kaslarına: Ülkü'yü de kaybedemezdi!

O odaya girip Ülkü'yü kaybetmek üzere olduğunu öğrenemezdi!

Elleri titremeye başladığında, İlmiye ve Ali annelerinin halini fark ettiler. Ali annesinin elini dudaklarına götürüp sakin bir öpücük kondurdu. Başını kaldırıp dikkatle ona baktı, annesinin gözlerinin kendininkilerle birleşmesini bekledi… zaman aldı ama nihayet Semiha, titreyen yorgun bedenine rağmen, elini öpen oğlunun varlığına çevirdi dikkatini.

Ali'nin gözleri, küçük yüzündeki cesur tebessümü, bakışındaki ışık çekti çıkardı onu fırtınasından. İnsanı kendi fırtınasından sadece sevgi çıkarabilirdi. Mutlak sevgi, karşılık beklemeden yürekte hissedilen bir yücelikte, sınırsız bir coşkuda ve koşullar ne olursa olsun daima gerçekte neyin önemli olduğunu hatırlatacak güçteydi. Gözleri Ali'nin gözleri ile buluştuğunda "Anne," demişti Ali.

Anne… bu muhteşem kelime, durmak üzere olan bir kalbe vurulan adrenalin iğnesi gibiydi… anne… mücadelenin bitmek bilmez ateşiydi. Herkesi, her şeyi kaybedebilirdi Semiha ama bir yavrusunu daha asla! Ali'nin gözlerinde kendini gördü, o küçücük bedenin içinde atan yüreğin annesiydi… anneler asla pes etmezlerdi!

"Ben yanındayım," dedi Ali kelimelerinin Semiha'nın bedenine giren bir ilaç gibi yayıldığını bilmeden. Semiha'nın ellerinin titremesi sakinleşirken, o an yavrularının ikisinin de ellerini ne kadar sıktığını fark etti. İlmiye ve Ali'nin ellerine kenetlediği parmaklarını gevşetirken titremesi hafifledi, kendine geldi.

Gerçek sevgi insanı kestirmeden daima kendine getirirdi. Bu yüzden sevilmeye muhtaçtı insanlar, çünkü kendilerine gidebildikleri en kısa yoldu sevgi, kendilerini bulabildikleri tek memleketti.

İlmiye'ye baktı Semiha, kızının ıslak gözlerindeki endişeyi silkelercesine gülümsedi. Onu başından öperken mırıldandı: "Ben buradayım... sonsuza kadar."

Ağlayacaktı İlmiye ama tuttu kendini... ve annesinin elini bırakıp sıkıca sarıldı ona, o kadar sardı ki kollarını Semiha'nın vücuduna, var olan ilk insandan beri nesiller boyu bir sonrakine aktarılarak kendisine kadar ulaşmış ve hücrelerine kazınmış tüm deneyimler, korkular, güdüler birbirine karıştı, kucaklamaya dönüştü.

Aldı kızını kollarına Semiha, sardı onu. Bu son aylarda onu ne kadar yalnız bırakmıştı, boyu bile uzamıştı.

Annesi elini bırakıp aniden İlmiye'ye sarılınca sakince izledi Ali, bu kadınlar hep bir garipti. İkisi birden ağlamaya başlayınca, Selim Abi'nin laflarını hatırlatmak zorunda hissetti: "Anne, abla... Selim Abi dedi ya Ülkü ablam iyiymiş diye! Bari siz yapmayın! Şimdi ananem çıkıp sizi böyle görecek, valla hiçbirimiz susturamayız onu o zaman! Hastaneye bile bulaşır ağlaması. Yazık değil mi bu hemşirelere."

Geçmişin anılarını, kayıplarını toplayıp kurumuş bir nehir yatağında sürüklercesine bugüne gelen duygular, akıttıkları gözyaşlarıyla ikisinin içinden akarken, Ali'nin sade tepkisi ile yükselen mutluluğa aniden yol oldular.

Tutamadı kendini güldü İlmiye, çünkü anneannesinin verme olasılığı olan her tepki gerçekten de komikti. Semiha da gülüp kızına katılırken, Ali başını salladı, kadınlarla yaşamak duyguların dört mevsimini bir güne sığdırmaktı. Gülüşleri gözyaşlarına karışırken çektiler Ali'yi de aldılar aralarına, ikisi de sımsıkı sarıldı ona. Gülerken ağladılar, ağlarken sıkı sıkı sarıldılar, çünkü gözyaşları hayat, birbirlerini sıkıca kavradıkları parmakları cihattı...

Zübeyde çocuklara bakmak için koridora çıktığında ifadesi karıştı, koridorda gülmekten gözleri kızarmış, birbirlerine sarılan çocuklarını görünce iyice şaşırdı. Buraya taşındıklarından beri Semiha'nın en sonunda kendine gelip sokağa çıktığına mı sevinse, Ülkü'nün içerideki perişan haline mi üzülse bilemedi... Tam ne oluyor diye soracaktı ki İlmiye ve Semiha fark ettiler onu, "Gelsen ya anane!" deyiverdi Ali, kolundan yakalayıp çekiverdi Semiha annesini ve sarılıverdi İlmiye… o kocaman sarılmada birlik oldular.

Hayatlarındaki kayıpların boşluğunda halsiz kalmış benlikleri bir posa gibiyken, o an birbirlerine hissettikleri sevgiyle sanki yeniden dolabilmişti. Hepsinin gözyaşları hayat, birbirlerini sıkıca kavradıkları parmakları cihattı!

En büyük devrim her şeye rağmen yaşamaktı. Gülmek ise her karanlığa şafaktı!

-7-

Emir en yukarıdan gelmişti ve çok netti:
Ne yaparsanız yapın, tarihe tek bir iz bırakmayın.

Şoktaydı Picot, şok içinde bir an nasıl cevap vereceğini bilemeden, Lloyd'un tepkisini ölçerek dinledi. Şaka mı yapıyordu bu adam! Ne demek istiyordu bu Lloyd?! Çocukları öldürmek serbestti de, kullanmak mı değildi! Hindistan'da ektikleri binlerce dönümlük afyon tarlasında çalışmaktan uyuşan çocuklara yıllarca neler yaptıkları ortada değil miydi?! Peki ya zorla afyon üretimi yaptırabilmek için Çin ile savaşırken öldürülen binlerce çocuk tarihe geçmemiş miydi?! En azından bu sefer öldürmeyeceklerdi çocukları!

Sakince planın mantığını anlatmaya çalıştı. "Değerleri sindirilmemiş bir toplumu dışarıdan kalkıp gelen biri yönetemez. Çanakkale'de destan yazdık diyorlar! Kürtlerle omuz omuza çarpıştılar! Onları ayırmalı ve bizden yardım isteyecek hale getirmeliyiz! Yardım isteyecek hale gelen bir toplum karmaşa içinde yeniden yapılandırılmaya hazır hale gelir. Mustafa Kemal bilim adamı yetiştirmeye başladı! Avrupa ile yarışacakmış! Bir nesil yetiştirmek 15 sene ama

361

bir nesli yok etmek beş sene sürüyor.[114] Beş nesli bitmiş bir kültür teslimdir! Eğitimi bitirmeden, zafer ile böylesine kenetlenmiş bir toplumu çözemezsin! Köy enstitüsü dedikleri bir sistem kurmayı, camileri medreseler gibi bilim eğitimi verilen ibadethanelere çevirmeyi konuşuyorlar! Görmüyor musunuz, hazırlanıyorlar! Herkes gerçek İslam'ı anlasın diye ezan bile Türkçe! Anlamıyorum! Siz ne istiyordunuz Lloyd? Özkaynakları alalım, gerekirse önümüze geleni öldürelim ama namuslarına mı dokunmayalım?! Ne büyük bir hipokrasidir bu! Türkler ve Kürtler binlerce yıldır savaşarak var olmuş bir halk! Onları savaşarak yenemeyiz, değerlerini bitirmeliyiz! Onların sonunu bir tek kimliksizlik ve Vahabizim getirebilir!"

Lloyd daha da gergin görünebilmek için hiddetle ağzını açtı ama Picot ona doğru bir adım atıp devam etti: "Hindistanda kaç yüz bin kişiyi öldürdünüz Mister Lloyd! Kaçı çocuktu bunların?! Silahlarla savaşmak yerine dinî kullanmak istiyorum diye bana burada ahlak dersi vermeniz kabul edilemez!"

Sustu Lloyd, yutkundu, bu yüzden çağırmışlardı Picot'u göreve, kimsenin yapamadığını, yapmaya midesinin kalkmadığını yapsın diye. Lawrence ile öyle iyi bir takım olmuşlardı ki Arabistandaki başarılarının yanında, tüm o sapkınlıkları, çocuklarla, adamlarla yaptıkları partiler destana dönüşmüştü. Sübyancılığı kültürün merkezine koymuşlardı. Kendi nesline tecavüz eden bir millet zaten ne olursa olsun kalkınamazdı! Avrupa'dan bile bu sapık keyif için Arabistan'a gidenler vardı. Girdikleri hangi coğrafya olursa olsun kültürün üzerinden buldozerle geçer gibi değerleri deforme edip toplumu istedikleri gibi yola getiriyorlardı. Öyle ki bu adamlardan birinin kendi yerine atanmasından tedirgin olmaya başlamıştı Lloyd. Neyse ki dışişleri bakanının sapıklığa karşı ince bir dikkati vardı, özellikle sübyancılık falan fazla gelirdi safkan İngilizlere, elinde salladığı dosyayı kolunun altına sıkıştırdı Lloyd, derin bir nefes alıp "Sakin kafayla bir incelemek istiyorum," diyerek konuyu kapattı. Sabah ilk iş olarak, dosyadaki detayları merkeze iletip Picot'un

---

114 Kitap önerisi: Wilhelm Reich, *Dinle Küçük Adam*.

ipini çekecek hamleleri yapacaktı! Picot'u aradan çıkardıktan sonra dosyadaki planı törpüleyerek, küçülterek uygulamaya koyacaktı. Herkese iyi günler dileyip çıktı odadan.

Odadaki gerilimin varlığından memnun Robert, sakince "Raporun kopyası var mı?" dedi. Lloyd'un çok uzun süredir Picot'tan rahatsız olduğunu biliyordu. Dosyadaki stratejinin karanlığı değil, Picot'un kendi konusunda bu kadar başarılı olmasıydı asıl problem, bunu da biliyordu Robert, kendisi de bundan rahatsızdı. Bu sinsi sivrisinek, otoritenin tepesine tırmanmaya başlarsa, savaşlar silahlar üzerine değil, çocukların masumiyeti üzerine kurulur hale gelecekti. Devletler birbirlerini öldürmeyi bir kenara bırakıp nesilleri atalarına düşman etmek için planlar yapar hale gelecekti. Kendi kızını düşündü. Cehennem kapısı olarak gördüğü Türkiye'den tüm Avrupa'ya yayılacak bir pisliğin habercisi gibiydi Picot'un varlığı. Picot, onu ilk tanıdığından beri, İngiltere'nin radarına girmiş küçük ülkeleri kendi gelecek nesillerinin ihanetiyle vurmaktan bahsediyordu. Babayı çocuğuna öldürtmek diyordu bu stratejiye.

Bu tipleri iyi biliyordu Robert, o küçük, aciz görünen bedenlerinin içinde kendi sapkınlıklarına meydan arayan, savaşta hayat bulan, gerekirse savaşlar yaratan psikopatlardı hepsi. Var olacak başka yer bulamıyorlardı kendilerine… Ama sadece bu değildi Robert'ı rahatsız eden şey, çünkü daha beterlerini de görmüştü. Bu yöntemler uygulanıp sömürgeleştirme operasyonlarının yöntemleri haline gelirse, tüm insanlığın nasıl da manipülasyona açık bir organizma olduğunu, diğerleri, özellikle Ruslar, Almanlar fark etmeyecekler miydi?! İşte buydu asıl sorun! Birinci Elizabeth insanın doğasının nasıl da yönetilmeye hazır olduğunu ilk fark ettiğinde, küçücük bir adada yaşayan bir halkı dünyanın sahibi yapacak istihbaratı kurabilmişti! İngilizler bu yüzden öndeydiler, her şeyi hızla sömürdükleri için değil, yöntemleri hâlâ fark edilmediği ve dolayısıyla taklit edilemedikleri içindi liderlikleri!

Emir en yukarıdan gelmişti ve çok netti: Ne yaparsanız yapın, tarihe tek bir iz bırakmayın.

Toplum mimarlığı işi, özkaynakları açık büfeye dönüştürmekti, halkları esir almak değildi! Koca bir halkı ya da dinî tamamen İngiltere'nin çıkarlarına uygun hareket edecek hale getirirken iz bırakmamaktı! Hindistan'daki parazit mantar[115] geldi aklına, kendisini yiyen karıncaların bedeninde büyürken, karıncanın zihnini ele geçirip onu istediği gibi yönetebilmesiydi mantarı yüce kılan. Picot'un dizayn ettiği şey, her ne ise, kurban olan birkaç nesilden sonra gizli kalması mümkün değildi! Yapılanlar ortaya çıktığında, sonrasında mutlaka intikam ve dünya savaşları gelecekti. Birileri *Kur'an*'ı mutlaka okuyup Vahabizm'in aslında İslam'la alakası olmadığını anlayacak ve sonrasında bu sapkın fikrin kimden çıktığına yakınen baktıklarında altında İngiltere'yi göreceklerdi. Her sırrın ortaya çıkacağı bir zaman mutlaka gelirdi. Suudi Arabistan, dünyada bir ailenin adı ile var olan tek devletti! Gerçekleri analiz etmeyi bilenler için bu bile tuhaflığın daniskası değil miydi? Ortadoğu'da hâkimiyet sağlamadaki başarılarından dolayı, o toprakların tamamı, ayda beş bin pound[116] ve silah, tank takviyesi ile birlikte Suud ailesine hediye edilmişti! Bu beceriksiz Picot ve Lawrence, Birinci Dünya Savaşı kargaşasında yaptıkları saçmalıkları kamufle etmenin yolunu bulmuşlardı ama daha fazlasına susamış bu halleri halledilmeliydi! Hele Thomas'ın, hayatını film[117] yapmak istemesi bile yeterliydi! Emir büyük yerdendi! Zamanı gelince, ikisinin de ipini çekmek için buraya gönderilmişti Robert ama daha işleri bitmemişti, zamanı gelmemişti.

Picot, çıkıp giden Lloyd'un ardından şokta bakarken bir an sonra döndü Robert'a, "Tek kopya Lloyd'daki," dedi. Bu kadar gizli olan bir dokümanın kopyalarını ortalıkta gezdirmeyecekti.

"Peki Mösyö, bu Suudilere nasıl bu kadar güvenebiliriz?" diye sordu Robert, onu kurcalamak istedi.

---

115 Fungus Cortyceps - Kordiseps Mantarı.
116 İngiltere hükümeti tarafından Birinci Dünya Savaşı döneminde her ay Suudilere ödenen resmî miktar.
117 Film: "Lawrence of Arabia - Arabistanlı Lawrence."

"Biz Suudilere değil, kurduğumuz plana güveneceğiz Mister! Ayrıca Suudileri tanımıyorsun. Soylarının nereden geldiğini biliyor musun?" diye sordu Picot.

Aslında Suudiler ile ilgili bilinmesi gereken her şeyi Arabistan'da kaldığı sekiz ayda öğrenmişti, seri katile dönüştüğü yerdi Suudi Arabistan, öylesine derine işlemiş sapkınlığın içinde kaybolmaktan keyif alamayan bir kiralık tetikçi için bile, o bölge en fazla sekiz ay çekilebilmişti.

Salağa yattı Robert, karşısındakinin neyi, ne kadar bildiğini anlamak için salağa yatmak istihbaratta öğretilen ilk davranıştı. Birini yok etmek istediğinizde karşınızdakinin sizin salak olduğunuzu düşünmesi, ne kadar tehlikeli olduğunuzu düşünmesinden iyiydi.

Anlatmaya başladı Picot, Hempher'in[118] Abdül Wahhab ile nasıl bağlantıya geçtiğini, Osmanlı zamanında yasaklanmış Vahabiliği Hempher'in nasıl da güzel besleyip şekillendirdiğini, bölgenin Osmanlı hâkimiyetinden çıkmasıyla birlikte İslam'ın nefis terbiyesi olan cihat fikrini birlikte nasıl bir ölüm felsefesine çevirdiklerini ve bu fikri takip edecek gönüllüleri nasıl kolayca bulduklarını, 1932'de kurdukları Suudi Arabistan ülkesi ve Vahabilik sayesinde Ortadoğu'da Suudileri bir demir yumruk[119] gibi kullanarak İslam'ı nasıl baskılayacaklarını, Suudiler sayesinde Afrika'daki küçük İslam ülkelerini nasıl tasmada tuttuklarını, toplumu nasıl manipüle edebileceklerini... anılarını yazsa ne güzel kitap olacağını anlatıp durdu Picot... kendini Robert'a beğendirme çabasında ağız ishali olmuştu sanki, zihnindekileri kusarcasına konuştu da konuştu... Kendisini sinsi bir dikkatle dinleyen Robert'ın saatinin zinciri ile oynarken "zamanı geldiğinde" kendisi için bambaşka planları olduğunu bilmeden.

---

118 Konu ile ilgili önemli bir kitap önerisi: 1888 yılında Vahabizm'in nasıl kurulduğunu toplanmış belgelerle anlatan kitabın orijinal adı: *Memoirs of Mr. Hempher, The British Spy to the Middle East.* Türkçe çevrisi, *İngiliz Casusun İtirafları.*

119 Suudi Arabistan'da uygulanan Vahabilik ile İngiltere hükümetinin ilişkisini, bu ilişkinin İslam'ı bölmek için planlandığını İngiliz hükümeti ve Suudi Arabistan toplantılarının içeriğini belgelerle ortaya koyan, 24 Eylül 2002 yılında hazırlanan, 53 sayfalık Irak İstihbarat Raporu'ndan okumalısınız. Bu raporun yayınlanmasından altı ay sonra Irak, George Bush'un kararı ile işgal edilmiştir.

Yalnızlık yine çökerken zihninin her köşesine...

Bir eliyle saçını düzeltti Orhan, diğer elinde tuttuğu saksılı fidenin kenarlara bulaşmış toprağını fark etti o an, hemen eliyle silkeledi. Hediyesinin temiz görünmesini istedi. Eline bulaşan toprağı ne yapacağını bilemedi, otomatik bir hareketle üstüne sildi elini ama bu sefer de pantolonu kirlendi. Çiçeği indirdi elinden, ellerini birbirine sürtüp temizledi, sonra pantolonunu silkeledi. Nihayet hazırdı, fidenin saksısını adlı eline ve kapıyı çaldı.

Dimdik bekledi.

Kimse açmadı.

Hafifçe kulağını kapıya dayayıp içerden gelen sesi dinledi.

Yine kapıyı çaldı... açan olmadı.

Bu sefer vurarak çaldı. Açan olmadı.

Anladı, evde yoklardı. İlmiye nereye gitmişti ki?

Peki ya Zilli? Zilli'yi de yanlarına mı almışlardı?

Kaşları çatıldı Orhan'ın, ya Zilli'ye bir şey olduysa diye düşündü ama o zaman Zübeyde Hanım Teyze evde olurdu, ailecek yoklardı.

Doğduğundan beri hissettiği yalnızlık duygusu yüreğine yayılırken Selim Abi'yi de aklına getirdi. Yalnızlığının tek çaresi olmuştu hep Selim Abi. Ona gitmeyi istedi ama gidemezdi, çünkü kızgındı ona. Kendisini doğru düzgün dinlemediğini fark etmişti. Acaba hep böyle miydi, yoksa son zamanlarda mı böyle olmuştu ilişkileri?

Merdivene oturdu Orhan, fideyi kenara koydu. Işık yine söndü, karanlıkta başını duvara dayayıp öylece bekledi. Keşke Selim Abi o gece kendisini arayacak kadar değer vermiş olsaydı. İlmiye böyle aniden ortadan kaybolsa Ayşe Abla onu kesin arardı, hele Zübeyde Hanım Teyze sokaklara çıkardı... İnsanın sevenlerinin olması, değer verenlerinin çoğalması ne güzeldi. Kendi annesi geldi aklına, ne kadar kuru ve sevgisizdi. Abisinin ölümü yüzünden böyleydi diye düşünmek istedi ama aslında abisinin ölümünden çok önceden beri... annesi hep böyleydi... annesi, anne gibi değildi. Hayatla tek başına mücadele etmekten annesinin hayatında sevgiye yer kalmamıştı sanki ama aslında sevgi değil miydi her savaşı yenilir kılan? Annesi hep kendisiyle savaştaydı ve belki de insanın kazanamayacağı tek savaş kendisiyle olandı.

Asansör çalıştı aniden, biri asansörü aşağıya çekmişti. Ayaklandı Orhan, eğer gelenler İlmiyeler ise burada böyle zavallılar gibi onları beklerken görünmek istemedi. Işığı açmadan karanlıkta bir kat yukarı çıktı hemen, köşeye çekilip bekledi.

Yukarı çıkan asansörün sesi yaklaştıkça kalbi hızlandı Orhan'ın, neşesi yerine geldi, Zübeyde Hanım Teyze'nin çorbasından kalmış mıydı acaba diye düşünürken asansör üst kata gelince neşesi yine gitti. Yukarı çıkan kimdi diye kuytuda dikkat kesildi ve o an Nana'yı fark etti.

Yalnızlık yine çökerken zihninin her köşesine, yine Selim Abi'yi görmek istedi.

Selim Abiler'e gitmek, eve gidip annesinin şikâyetlerini, suçlamalarını, onu doğurduğu için pişmanlıklarını dinlemekten daha iyiydi.

Kalktı Orhan, Selim'e karşı kızgınlığını sırtlandı ve çağırdı asansörü. Selim Abi evdeyse ona söyleyecek iki lafı vardı!

-9-

Duygunun dört mevsimi, kadınların bedeninde her an özgürce gezinmekteydi...

Ülkü... böylesine narin bir varlığa verilecek en sert isimdi... Çatlamış dudakları aralanmış, incecik bedeni yatağa bırakmıştı kendini... aldığı kısa nefeslerle inip kalkan gerdanıyla hâlâ baygındı ve odanın loşluğunda parlayan bir ışık gibiydi... Örgüsünü açıp alelade bir şekilde tepeden toplamışlardı saçını ve bu bile ne kadar yakışmıştı. Örgünün saçta bıraktığı kıvrımlarda gezdirdi gözlerini Selim. Dokunmak istedi ona, o lastiği çekip saçlarını açmak, parmaklarını saçlarının arasında gezdirip tenine kaydırmak, o çatlayan dudaklarında nem olmak istedi... ama dışarıdan gelen seslerin etkisiyle bir anda silkelenip kendine geldi, gizlice birini izlemekten suçlu, yakalanmış gibi hissederken kendini, başını yere indirip yataktan bir adım geri çekildi.

Ayşe dikiliyordu hemen yanında, yatağın kenarındaki hemşireye binbir soru soruyordu ağlamaklı ve kendisine de bir şeyler demişti galiba ama soruların hiçbirini duymadığını ona nasıl anlatacaktı ki Selim, bakışı yerde öylece bekledi ve derken dönüverdi Ayşe, dışarıdan gelen tuhaf seslerin etkisiyle dikkatini Ülkü'den alıp, susup ne olduğuna bakmak için şükürler olsun ki kapıya yöneldi.

Sonra kapının kıyısında dikildiği yerde kıpırdamadan ve artan bir şaşkınlıkla koridorda olanları izlemeye devam edince Ayşe, merakla yaklaştı yanına Selim, ne oluyor diye baktı Ayşe'nin odaklandığı yere ve gülse mi üzülse mi anlamadı.

Koridorda birbirlerine sarılmış ağlaşan ya da gülüşen Semiha, Zübeyde ve İlmiye ne yapıyorlardı böyle?

Ağlıyorlardı!..

Yok gülüyorlardı...

Kadınlar... gerçekten tuhaftı. Duygunun dört mevsimi, her birinin bedeninde her an gezinmekteydi, erkeklerse sadece ilkbaharı görmeye niyetliydi.

Ali'nin "İmdat" diyen sesi duyulduğunda aniden açıldılar ve aralarında sıkışmış olan ufak tefek Ali, saçı başı dağılmış çıktı ailesinin koynundan, kızgın bir eda ile saçlarını düzletirken "Öldürecektiniz beni anane ya! Böyle sarılma mı olur!" deyip saçını başını toparlayıp kapıda dikilen Ayşe'yi geçti, Ülkü ablasının yatağının yanına geldi.

Güldü Selim, sonra yanında dikilen Ayşe'ye baktı ve gülümsemesini hemen toparladı. Ali'nin veletliği ile ilgili yorum yapacaktı ama sustu, çünkü Ayşe'nin gözleri dolmuştu, yanaklarından süzülen duygular, nedeni Selim tarafından bilinmez bir acıya yol olmuştu. Kapadı ağzını Selim, tebessümünü sildi, ciddileşti. Ne oluyordu bu hanımlara bilemedi. İnsan ağlarken neden gülerdi? Kendini konuya yabancı ama nedense duruma yakın hissetti. Ali'nin yanına gidip Ülkü'nün başında bekledi.

Serumu değiştirmesi biten hemşire "İyi olacak merak etme," demişti Ali'ye, Ali de gülümseyip "Biliyorum," diye onay vermişti, kendinden dünyalar kadar emindi! Çünkü biliyordu, ablası Ülkü yenilmezdi.

-10-

Kapıyı çalmak için elini kaldırdığında açılıverdi kapı, telaşla kapıdan çıkan Nana, Orhan sanki görünmezmiş gibi koşup yanından geçip asansöre biniverdi. Açık kalan kapıdan girdi Orhan, evdeki telaşın tuhaflığına bakarken şaşkın bir halde salona ilerledi. Salondaki kanepede uzanmıştı Latife Hanım Teyze ve herkes başına toplanmıştı. Annesi Selda, hatta doktor bile vardı!

Hızla yaklaştı. "Ne oluyor?" diye sorduğunda Latife Hanım ve başında toplanan herkes sanki eve mucize gelmiş gibi döndüler ona telaşla.

Latife Hanım ayaklanıp "Ah Orhan!" dedi tiz bir çığlıkla ve eliyle yanına gelmesini işaret edip "Nereye gitti Selim?" diye sordu.

Bilmiyordu Orhan, Selim nereye gitmişti? Acaba başına kötü bir şey mi gelmişti? O yüzden mi kendisini arayamamıştı bile? Selim Abi'ye kızgınlığı saniyeler içinde suçluluk duygusuna dönüşürken, Latife Hanım yine kendini bıraktı koltuğa, Orhan'ın annesi sürekli ona yelpaze sallarken durdurdu kadını. "Kız üşüttün beni dur biraz!" sonra Orhan'a "Çık Orhan, bak bakalım nereye gitmiş o kevaşelerle?" dedi.

Anlamadı Orhan, anlamadığı, ifadesindeki her çizgiye yansıdı.

369

"Nereye çıkıp baksın Latife?! Her yere baktılar?!" dedi Lütfiye Hanım ve sonra Orhan'a dönüp "Yok oğlum sen git Selim Abi'nin odasında bekle, lüzum ederse burda ol," dedi ama Orhan'ın ifadesindeki şaşkınlıktan konuyu anlamadığı belliydi, açıkladı: "Selim abin 4. katta yeni taşınan aileyi aceleyle otomobiline bindirip bir yere gitti onlarla, ama bize söylemedi nereye gittiğini. Evden fırladı çıktı. Dün gece de evde değildi. Bir şeyler oluyor ama hadi bakalım hayırlısı. Mahalledeki çocuklara duyurduk kulübe bile baktılar ama yok hiçbir yerde. Nana da telef oldu iz sürmekten."

Şokta kalakaladı Orhan. Selim Abi İlmiyelerle mi birlikteydi? Şaşkınlık içinde kekeledi: "Nereye gittiler ki?"

Latife başını yastıktan kaldırıp "Ben de onu soruyorun ya sana oğlum!" diye azarladı, sonra öfkesi Orhan'ın annesine sıçradı: "Kız Selda sallasana şunu, ölücem sıcaktan!"

Latife tekrar kendini koltuğa bıraktığında Orhan'a döndü yine azarlaması: "Şu elindeki pis şey de ne? Ay bi de fide mi soktun güzelim eve?!"

Lütfiye Hanım'ın kaş göz işaretleri ile yönlendirmesini dinleyip ses çıkarmadan içeri geçti Orhan, fırtınadan kaçar gibi Selim Abi'nin odasına sığındı. İlmiye'nin başına bir şey gelmiş olmasındı!

-11-

Kaplan gözleri vardı Semiha'nın,
yeşilin her tonunda kocaman bir orman gibi,
canı isterse huzurlu, canı isterse tehlikeliydi...

Gözyaşlarını sildi Semiha, İlmiye'nin saçını, annesinin yemenisini düzeltip girdi odaya. Güzeller güzeli kızı yatıyordu yatakta. Dolan gözlerle yaklaştı yatağa, dudakları titredi, mırıltıyla "Dudu," dedi.

Odadaki duygu öyle yoğundu ki Semiha'nın Ülkü'ye söylediği kelimeyi doğru duyduğundan emin olamadı Selim. Dudu… bu isim de neydi?

Ülkü'nün tepesindeki tokayı açtı Semiha, parmaklarını saçının içine sokup düzeltti saçlarını, bir eliyle silerken kendi gözyaşlarını.

"Anne," dedi Ali, "Ablam iyi, sadece uyuyor. Uyanacak, her şey iyi olacak."

Semiha başını okşadı oğlunun, incecik bir tebessümle onu onayladı. Hemşireye baktı, "Senin adın ne kızım?!" dedi, artık titrekliği tamamen gitmiş, kalbinde yatan kaplan uyanmıştı.

"Zeynep efendim," dedi ve "Merak etmeyin," diye ekledi hemşire.

Başını salladı Semiha, sakince Selim'e dönüp "Ülkü'ye ne oldu Selim Bey?" diye sordu, ifadesinde artık duygudan eser yoktu.

"Anlattığım gibi Semiha Hanım, manejde attan düştü," diye açıkladı Selim, uyandığında Ülkü'nün başını derde sokmamak için daha fazla bilgi vermek istemiyordu. Gece yarısı gizli gizli değirmene gittiğine göre ailesinin olanlardan haberi yoktu ama Semiha bunu onun ifadesindeki her mimikte, her çizgide sanki görüyordu. Kaplan gözleri vardı Semiha'nın, yeşilin her tonunda kocaman bir orman gibi, canı isterse huzurlu, canı isterse tehlikeliydi…

Semiha'nın bakışları çekilmeyince açıklamak zorunda hissetti Selim: "Uyanınca kendisi size anlatacaktır Semiha Hanım, merak etmeyin lütfen."

Nihayet çekti gözlerini Semiha, "Ben bu gece burada kalacağım," derken hemşireye baktı.

Hemşire, "Refakatçiye izin vermiyoruz efendim. Öyle bir düzeneğimiz yok," derken geri çekildi, Selim sessizce köşede bekledi, Semiha Hanım'la hemşirenin girebileceği herhangi bir savaşa kesinlikle dahil olmayacaktı!

Semiha Hanım'ın kararlı ifadesinde kaşları iyice çatılırken tam ağzını açıp bir şey diyecekti ki Zübeyde Hanım'ın itirazı geldi.

...dine gerçek ve sonsuz bir taht olan vicdanı bırakmıştır.

Pencereden değirmen tepeye baktı Orhan, gördüğü en nazlı değirmendi bu, dün akşamki fırtınadan miras kalan rüzgâr bile onu döndüremiyordu, paslanmış kanatları rüzgâra karşı direniyordu. Eskiydi, bakımsızdı ama asla çirkin değildi... "Neden çirkin değildi?" diye düşündüğü anda fark etti Orhan, çünkü direniş vardı bu değirmende.

Direniş değil miydi maddeye anlamını veren? Daha da dikkatle baktı. Acaba Ülkü Abla'nın Yakışıklısı arka tarafta mıydı? Ama buradan görmesi imkânsızdı. Nana falan, Selim Abi'yi ararken bari gidip Yakışıklı'yı bulmasalardı diye düşündüğü anda çaktırmadan değirmene gidip kontrol etmeye karar verdi. "Dün geceki yağmurdan hayvan nasıl kendini koruyabilmişti?" diye düşündüğünde kendine şaştı. Bir hayvanın halini daha önce hiç düşünmemişti, Zilli'nin varlığı tüm düşüncelerini nasıl etkilemişti.

Fidesini alıp gidecekti ama fideyi komodinin üzerinden alırken yere düşen buruşmuş kâğıdı fark etti. Kâğıdı aldığında bunun Bahriye Hanım'ın konağında o cübbeli adamın buruşturup yere attığı o kâğıt olduğunu anladı, çünkü daha önce görmediği kadar beyaz bir kâğıttı bu. Açtı kağıdı, ilk iki cümleyi okudu:

"Kanunları dine dayalı olan devletler kısa bir zaman sonra ülkenin ve ulusun ihtiyaç ve isteklerini karşılayamazlar. Çünkü dinler değişmez hükümler içerirler."

Düşündü Orhan, Fred ilk ortaya çıkan dinleri anlatmıştı. Aslında dinler önce yazılı değildiler, hayatla birlikte değişebilecek şekilde sözlü olarak nesilden nesile aktarılsın diye dizayn edilmiştiler, belki de o yüzden hiçbir peygamber yazmamıştı indirdikleri dinin kitabını. Herkesin ayetleri dinleyerek öğrenmesini ve okuyarak hatırlamalarını istemişlerdi. Yahudilerin şabatını[120] düşündü. Ağızdan ağıza aktarılan, güncellenen bir din olarak tasarlanmıştı dünyanın ilk dini ama sonra bir şeyler değişmiş, insanlar cana sahip çıksınlar diye tasarlanmış dinler için, insanlar birbirlerini öldürür olmuşlardı.

Cana sahip çıkmak için can almak mantıklı mıydı? Ölüm gelmişti dinlere. Bu işte bir şeytanlık kesin vardı! Orhan elindeki kâğıdı okumaya devam etti:

"Yaşam yürür; ihtiyaçlar hızla değişir, din kanunları, kesinlikle ilerleyen yaşamın önünde, biçimden ve ölü sözcüklerden fazla bir değer, bir anlam ifade edemez hale gelirler. Değişmemek dinler için bir zorunluluk haline gelir. Bu nedenle dinlerin sadece bir vicdan işi olarak kalması, günümüz uygarlığının esaslarından ve eski uygarlıkla yeni uygarlığın en önemli ayırt edici özelliklerinden birisidir. Esaslarını dinlerden alan kanunlar, uygulandıkları toplumları indikleri ilkel dönemlere bağlarlar ve ilerlemeye engel belli başlı etken ve nedenler arasında bulunurlar.

Din, devlet gözünde vicdanlarda kaldığı sürece saygındır ve temizdir. Dinin hüküm halinde kanunlara girmesi, tarihin akışında çoğu kez hükümdarların, zorbaların, güçlülerin keyif ve isteklerini tatmine aracı olması sonucunu getirmiştir. Dini yasalardan ayırmakla yüzyılımızın devleti, insanlığı, tarihin bu kanlı sıkıntısından kurtarmış ve dine gerçek ve sonsuz bir taht olan vicdanı ayırmıştır. Kanunlar dine dayanırsa, vicdan özgürlüğünü kabul zorunda bulunan devletin, çeşitli dinlere girmiş vatandaşlar için ayrı ayrı kanun yapması gerekir. Bu durum, yüzyılımız devletinde, temel koşul olan siyasal, toplumsal, ulusal birliğe tamamen aykırıdır."

Yazı Mahmud Esad Bozkurt adıyla imzalanmıştı. Bu adamın adını birçok kez duymuştu Orhan ama ne iş yaptığını, neden önemli olduğunu bilmiyordu. Fidanını aldı eline, kâğıdı koydu yerine ve çıktı odadan.

---

120 Daha önceki bölümde anlatıldığı gibi, Yahudilerin Cuma güneş batımından pazar güneş doğumuna kadar çakmak bile çakmadan, tüm işlerden uzak, genç yaşlı bir arada, sadece varoluş ve tarih konuşarak geçirdikleri dinî günler.

Salona vardığında Latife Hanım telefonda Melek Hanım'la konuşuyordu. Lütfiye Teyze'ye yaklaşıp "Lütfiye Hanım Teyze, ben bir yer var oraya bakıp geleyim," dedi.

"Tamam," dedi Lütfiye Hanım, Orhan gidecekti ki döndü fısıltıyla sordu: "Ha Lütfiye Hanım Teyze, Mahmud Esad Bozkurt kimdi?"

"Şşşt!" dedi Lütfiye Teyze, zaten cinleri tepesinde olan kardeşinin iyice çıldırmasını istemiyordu, "Oğlum bilmez misin adalet bakanı kim?" diye fısıltıyla karşılık verdi.

Bilmiyordu Orhan, adalet bakanı ne demek, ne iş yapar, onu bile bilmiyordu. "Mustafa Kemal denen adamın sadrazamı mı?" diye sordu.

"Oğlum ne sadrazamı artık! Neyse sonra ben anlatırım sana, şimdi sırası değil," dedi geçiştirdi Lütfiye, çünkü Latife telefonu kapatıp aniden neşelenerek ayaklanmıştı.

"Kalkın kızlar hazırlanın!" demişti Latife Hanım, "Bu işi kökünden çözeceğim ben. Kristalleri, gümüşleri çıkarın! Ziyafet hazırlıyoruz."

Latife Hanım'ın planının ne olduğunu anlayamayan ev ahalisi şaşkınca bakarken, Lütfiye Hanım, "Latife, ne ziyafeti?" diye sorunca Latife sinirli bir gülümsemeyle "Şu aşüfte komşuları yemeğe çağıracağız ayol! Hoş geldin yemeği! Biz kim, onlar kim görmeli Selim. Melek haklı! Yan yana bir koyalım kendimizi bu kevaşelerle de görsün Selimim ne hizemkeştir[121] bunlar!" diye açıkladığında, hizmetliler öylece bakakaldılar. Ne konuştuklarını anlamadan çıktı evden Orhan, Yakışıklı'yı kontrol etmeliydi.

---

121 Farsça. Odunculuk yapan köylü.

5. BÖLÜM

...doğum, ışığa kavuşup duyu organlarımızın dünyaya açılması ile başlasa da, ana rahminden çıkınca bitmiyordu asla, anbean devam ediyor, ölene dek sürüyordu. İnsan her an ya doğmaya ya da ölmeye devam ediyordu.

Beynin ağrısı hücre hücre yayılmıştı bedeninin her zerresine... kıpırdarsa ölecekmiş gibi bir ağrı ile karanlığa uyandı Ülkü. Hâlâ kapalıydı gözleri ve zihni ağrının kaynağını tespit etmek için bedeninin her köşesinde gezindi... Kolunu kaldırmak istedi ama beyninden boynuna, boynundan kollarına ve tüm bedenine inen ağrı, kıpırdarsa sanki katbekat artacaktı, riske giremedi. Sakince aldığı nefesin ciğerlerini yakan etkisini engellemek için tuttu nefesini ve acıya yenik gözlerini araladı... karanlığın loşluğunda küçük, beyaz, sade bir odadaydı... Neredeydi?

Yatağın kenarında yanan mumun ve hemen yanındaki serum askısının gölgesi karşı duvarda dans ederken, uzandığı yatakta, çarşafın altındaki kıpırtısız bedeninde küçücük bir hareketle gezdirdi gözlerini. Ne kadar zamandır böyle yatıyordu?

Epey olmuş olmalıydı, çünkü ayak topuklarının yatağa değdiği yerler fazlasıyla sıcaktı ve az az zonkluyorlardı. Koluna takılan serumu hissetti ama başını ya da kolunu kaldırıp bakmadı. Çünkü her hareket daha fazla ağrı için bir tuzaktı.

Karanlığı istedi Ülkü. Mumun ince ışığındaki loşluk bile fazlaydı, bayılacak gibiydi. Gözlerini kapattı. Yaşamak için ışığa ihtiyaç duyarken, yaralarımızdan iyileşmek için karanlığa sığınmak istememiz ne büyük ironiydi ama aslında hayatın dengesi işte bu ironide değil miydi? Karanlık da gerekliydi, ışık gibi. Çünkü karanlıktan gelmişti insan, beden karanlık bir suyun içinde hücre hücre dokunmuştu ve doğum, ışığa kavuşup duyu organlarımızın dünyaya açılması ile başlasa da, ana rahminden çıkınca bitmiyordu asla, anbean devam ediyor, ölene dek sürüyordu. İnsan her an ya doğmaya ya da ölmeye devam ediyordu. Her deneyimle birlikte yeni bir hal alıyordu… ta ki varlığı hayata hizmette bir yol olana kadar. Yaralandığında, yolundan saptığında, öz merkezinden uzaklaştığında karanlık gerekliydi insana, yüzleşmek, iyileşmek, öz yoluna dönmek, kendi merkezinde durmak için karanlık insanlar giriveriyordu hayatımıza, bizi silkeliyor, anlamaya hazırsak neyin daha önemli olduğunu bize hatırlatıyor ve özümüzü korumak için mücadeleye sokuyorlardı bizi.

Kendini gerçekleştirme diyorlardı buna ve kendini ne kadar gerçekleştirebildiğindi hayatta tek aslolan.[122]

Kendi karanlığında, sakin ama derin bir nefes aldı, göğüs kafesi öylesine ağrıyordu ki nefesi yarım kaldı. Kollarını oynattı, birinde serum takılmış olsa da kolları şükürler olsun sağlamdı. Bacaklarını oynattı, bacaklar da sağlamdı. Omurgası, beli sağlamdı ama nefesinin derinleşmesini bile engelleyecek şiddette bir ağrı vardı sol göğsünün hemen altında. Neredeydi? Yoksa ağrıyan kalbi miydi?!

Gözlerini araladı, tavanın kenarlarındaki süslü kartonpiyerleri fark etti. Odanın tavanı da epey yüksekti ama bir evde değildi, bildiği hiçbir yerde değildi. Ağzını açtı, seslenmek istedi ama nefes bile alırken ağrıyan göğüs kafesi ile nasıl seslenebilirdi? Sadece yutkunabildi, boğazının da ağrıdığını o an fark etti. Vücudu uyuşmuştu, topukları zonklamaktan patlayacaktı sanki ve tüm acıya rağmen dirseklerini yatağa dayayıp çekti kendini yukarı Ülkü. Uzun süre aynı pozisyonda yatmaktan ezilmiş yerleri azıcık da olsa rahatlarken, sağ göğsünün altında sürekli yeni bir bıçak saplanıyormuş gibi

---

122 Kimsin sen? Kim olmaya karar verdin. Kendini seçtin mi? Yoksa başkalarının seçimlerinden mi etkilendin? Unutma, sen sadece olmaya karar verdiğin kişisin.

ağrıyan bölge öyle gerildi ki hemen geri bıraktı bedenini, dümdüz yattı ve o an anladı: kesin kaburgası kırılmıştı.

Ciğerine batma riski olmalıydı, emindi, çünkü savaşın Ülkü'ye en iyi öğrettiği şey insan bedeniydi. Yara temizleyerek geçirmişti çocukluğunu ve mezar kazarak. Birazcık daha aşağıya kayıp topuklarını yataktan dışarı çıkardı ve bedenini düzleştirdi. Şükürler olsun ki şimdi daha iyiydi.

-2-

Elindeki anahtarı sıkıca tutarken üçer beşer çıktı merdivenleri İlmiye, geri kalanlar asansördeydiler, onlardan önce hemen eve girip Ülkü'nün eşyalarını kurcalayacaktı. Yakışıklı İstanbul'daydı ama neredeydi?! Selim Abi, attan düştü demişti, Yakışıklı'dan düşecek kadar acemi değildi ama bir şeyler olmuştu işte... En önemlisi, Ülkü onu nasıl buraya getirmişti! Ülkü'nün İstanbul'a herkesten sonra gelmesinin nedeni Yakışıklı'yı buraya getirmesi miydi? Koca atı nereye saklamış olabilirdi ki? Annesi bunu asla öğrenmemeliydi. Çünkü babasının atıydı Yakışıklı, Ülkü bakmıştı ona hep, büyütmüştü ama Yakışıklı'yı görür görmez annesinin hatırlayacağı ilk şey babası ve dolayısıyla yaşadığı acıydı ama buna rağmen eğer kaybolmuşsa da annesi yine karanlığa bulanacaktı... Annesinin ve anneannesinin önünde Selim Bey'e Yakışıklı'nın nerede olduğunu soramamanın azabı, içinde iyice büyüdü. Saat çok geç olmasa Orhanlar'ın kapısına dayanacaktı ama Orhan'ın annesi çok suratsızdı, selam verildiğinde bile almıyordu, sanki herkesten nefret ediyordu, soru sormak için bile bu saatte onlara inse, dedikodu fırtınası çıkarırdı. Yukarı yaklaşan asansörü çoktan geçmişti. Dördüncü kata vardığında donup kaldı!

Orhan merdivenlerde, oturduğu, daha doğrusu büzüştüğü yerde uyuyakalmıştı. Dibindeki domates fidesi de neydi? Aşağıdan yaklaşan asansörün birazdan kata varacağını, annesinin Orhan'ı burada uyurken göreceğini düşünüp heyecanlandı, Orhan'a doğru bir adım attı, onu uyandıracaktı ama durdu. Orhan için hangisi daha utanç vericiydi, İlmiye'nin onu böyle görmesi mi, yoksa annelerinin mi?

Ruhuna yayılan bahar havasında ifadesi gevşedi, Yakışıklı'nın kaybolmuşluğu bir an da olsa önemsizleşip Orhan'ın kapıda kendisini bekliyor olması zihninin her hücresinde havai fişek etkisiyle patlarken hemen sessizce geriledi İlmiye ve merdivenlerden geri indi. En büyük mahcubiyetin kendinden kaynaklanacağına karar vermişti, çünkü Orhan'ın gözünden kendi değerini ilk kez o an hissetti.

-3-

Ayşe bu çarşafları görse bunlardan
gelinlik dikmeye kalkardı!

Uzandığı yerde kıpırtısız, küçük nefesler alarak kendine teşhis koymaya devam etti Ülkü, çok yavaş bir hareketle gövdesini yokladı çarşafın üstünden. Problem kesinlikle sol tarafındaydı. Boynu da ağrıyordu ama ağrı galiba beyninden kaynaklanıyordu, hafifçe boynunu oynattı… şükürler olsun ki sağlamdı. Beden öyle güzel tasarlanmıştı ki kendi ağırlığı ile asla zarar vermiyordu kendine.

Odada gezdirdi bakışlarını, başını yavaşça kapıya çevirip kapıyı inceledi. Ne kadar da güzel ahşap bir kapıydı. O sırada avuçlarını çarşaflara dayadı, çarşafların dokusu pek serin ve narindi, sanki içinde ipek vardı. "Ayşe bu çarşafları görse bunlardan gelinlik dikmeye kalkardı!" diye düşündüğü anda kalkmak istedi, evdekiler merak etmiş olmalıydılar, derken o anda Hemşire Zeynep içeri girdi.

378

Ülkü'nün kalkmak için çaresizce hareketlendiğini görünce telaş etti Zeynep, hızla yatağa koşup "Uyanmışsınız," dedi, Ülkü kendini yine yatağa bıraktığında kaydı ve Zeynep bir anlık tereddütle, "Yukarı çekmeyeyim mi sizi?" diye sordu.

Ülkü sadece başını hayır anlamında hafifçe salladı ve kısık gözlerini Zeynep'e çevirdi yavaşça.

"Nerdeyim?" diyebildi.

"Asri Kadınlar Cemiyeti," dedi Zeynep, Ülkü'nün anlamadığını anlamadan, "Sabah getirildiniz-" derken Zeynep, Ülkü göğsündeki sancıya rağmen dirseklerinin üstüne doğruluverdi, sancı saplandığı için kendini yine yatağa bırakmak zorunda kaldı ama sorusunu zor da olsa sormuştu: "Yakışıklı… Yakışıklı nerde?"

"Ha bir dakika hemen çağırıyorum," deyip odadan çıktı koşar adımlarla, Ülkü'nün geri kalan kelimelerini beklemeden.

Karmakarışık kaldı Ülkü, kaşları çatık doğrulmaya çalıştı ama ciğerine saplamak istemiyordu kaburgasını ve hemşirenin ardından seslenmek istese de nefesi çıkamadı. Nereye gitmişti şimdi bu kız?! Derken koridordan patırtılar duyulmaya başladı. Yaklaşan ayak seslerine odaklanmıştı ki Ülkü, Selim içeri girdi.

Yakışıklı deyince kız Selim'i getirmişti… İnanılır gibi değildi!

-4-

…her şeyden saklandığı, kimseyle paylaşmadığı tüm duyguları o derinliğin içinde pusudaydı…

Yorulmuştu Ali, bir güne neler neler sığmıştı! Hayatı boyunca binmek için hayalini kurduğu o arabaya binmiş, hatta mahalleden, yollardan geçip gezmiş ve ablasının iyi olduğunu da öğrenmişti! Asansör kata varırken uyku bedeninin her tarafına öyle yayılmıştı ki sanki tatlı tatlı şeker geziniyordu hücrelerinde.

Esnedi Ali, İlmiye'nin merdivenlerden sessizce geri indiğini fark etti ve esnemekten açılan ağzı şaşkınlıktan açık kaldı. Tam da o sırada açıldı asansörün kapıları. Dışarı çıktı önce Ali, İlmiye'nin peşinden seslenecekti ki kapının yanında yukarı uzanan merdivenlerin önünde uyuyan Orhan'ı fark etti. Asansörün kapısını aniden ittirip annelerinin inmesini geciktirirken, ayağı ile hemen Orhan'ın ayakkabısına vurup kısacık bir hamle ile uyandırdı onu.

Orhan o an uyansa da sıçrayarak anında ayaklandı, yanındaki saksıyı kucağına alıp sanki hiç uyumamış gibi hazır olda dikildi kapının yanında ama duvara yasladığı saçları durumunu ele veriyor vaziyetteydi.

O sırada asansörden inen Zübeyde, Orhan'ı kapının yanında görünce sıçrayıverdi, ardından inen Ayşe de zıpladı ve Semiha Hanım da.

"Neyse ki kimse uyuyakaldığımı görmedi" diye şükretti Orhan, tabii Ali dışında ve Ali'ye teşekkür edercesine tebessüm edip karşısındaki kalabalığın içinde gözleri İlmiye'yi ararken "Ben Zilli'yi çok merak etmiştim," diye açıkladı, tam İlmiye'yi soracaktı ki İlmiye çıktı merdivenleri ve o an Orhan'ı ilk defa görüyormuş gibi yaparak "Aa Zilli'yi merak ettin tabii, kusura bakma Orhan hastanedeydik. Ülkü ablam attan düşmüş," dedi.

Şok içinde kalakaldı Orhan, "İyi mi?" diyebildi.

Semiha "İyi çocum, merak etme. Ülkü iyi olmayı bilir! Babasının kızı!" deyip girdi içeri.

Zübeyde kalakaldı. Kızı Semiha'nın yıllardır ilk defa kocasını anmış olmasına hayrette bir an ardından baktıktan sonra kendisine uzatılmış fideyi fark edip Orhan'ın yanaklarını sıkıştırdı ve saçının dağınık tarafını düzeltirken teşekkür etti Orhan'a.

Zübeyde ve Ayşe iyi akşamlar dileyip Ali'yi içeri sokarken, İlmiye'ye bir bakış attı Ayşe, "Geç oldu artık," demesi yetti, Orhan'a fide için tekrar teşekkür edip girdi içeri.

İlmiye ve Orhan aralık kapının önünde baş başa kaldılar. Evdekilerin koridora girmesini bekledi İlmiye ve hemen Orhan'a yaklaşıp fısıltı ile sordu: "Yakışıklı nerede biliyor musun? Ablamla gördüm demiştin, nerde görmüştün en son?"

Orhan, İlmiye'ye eğilip fısıltı ile cevap verdi: "Değirmende görmüştüm onları bizim Zilli'yi saklamaya çalışırken ama bugün her yere baktım! Değirmene, arkasındaki ovaya, taaa denizin ordaki çengicilerin yerine kadar gittim, hiç at yoktu."

Dikkatle düşünürken kaşları çatıldı İlmiye'nin, Orhan ise ona bu kadar yakın olmanın duygusunda sersemlemiş hissetti kendini. Aslında bedenini geri çekmesi gerekirdi, fısıldaşmaları bitmişti ama sanki mıknatıs etkisindeydi İlmiye'nin varlığı, uzaklaştıkça kendine çekiyor, yapışmak istiyordu insan! Geri çekilmemek için bir şeyler daha söylemesi gerektiğini düşünüp "Yakışıklı'yı Selim Abi'ye sormak lazım, Ülkü Abla'yı o götürmüş olmalı Asri Kadınlar Cemiyeti'ne," dedi.

Düşüncelerinden sıyrılmadan "Evet," dedi İlmiye, o an aralık kapıdan sızan ışığın yumuşak aydınlığında İlmiye'nin güzel kaşlarının iyice çatılmasına bakarken Orhan, "Selim Bey götürmüş hastaneye," diye devam etti İlmiye, "Annemler ona sordular ama manejde attan düştü dedi, sanki Ülkü ablamı kulübe alırlarmış gibi… anlatmadı ne olduğunu, kızınıza sorarsınız uyandığında dedi anneme."

İlmiye soru sormak için bakışını kaldırdı "Selim Abi'nin götürdüğünü sen nerden biliyorsun?" diye soracaktı ama soramadı, çünkü Orhan'ın gözleri öylesine dikkatle kendisine kitlenmişti ki… o derinliğin içinde kendini buldu sanki İlmiye, her şeyden saklandığı, kimseyle paylaşmadığı tüm duyguları o derinliğin içinde pusudaydı… Orhan'ın gözleri sanki kendi ruhunu yansıtan bir aynaydı.

İlmiye'nin bir bakışında yırtıldı Orhan'ın çevresini sarmış o kalın zar. Varlığının üstüne katman katman oturmuş o hal öylesine ani, öylesine büyük bir güçle çekildi ki varlığından; var olduğunu dahi bilmediği benzeriyle buluşmuş gibi oldu Orhan. Ne gözlerini, ne de gözlerinden İlmiye'ye akan duyguların şiddetini çekebildi… baktı öylece, hissettiği duyguların beraberinde getirdiği korkularla sarmalanmış sevgiyi hissetti. Çok isteyeceğini bildiği bir şeyi istemenin beraberinde getirdiği endişeyi hissetti. Kalbini hızlandıran bu narin bedenin varlığını her hücresinde hissetmiş olmanın verdiği şaşkınlığı hissetti... hissetti Orhan... daha önce hiç hissetmediği gibi. Aşkı ilk defa hissetti. O ilk aşkın hissi hiç geçer miydi?

Nefesi iç çekişe döndüğünde kendini aniden kopardı İlmiye Orhan'ın gözlerinden ve bedenini bir adım geriye çekip arkasındaki duvara sığınırcasına yapıştı ama nafile, o an kaçacak yer olmadığını anlamıştı! İnsan bir tek aşkın gerçeğinden kaçamazdı.

Tekrar Orhan'a bakmaya cesaret edemedi, bakışları yerde, sesindeki titrekliği kontrol edemeden acemi bir hırsızın kendisine merhamet gösteren manavdan elma çalması gibi, "Ablamın Selim Bey'le olduğunu nerden biliyorsun?" diye mırıldanabildi sesi titrerken.

Orhan elini uzatıp İlmiye'nin kolunu tuttuğunda İlmiye emindi, düşüp oracıkta ölecekti!.. Ama ölmedi, kolunu çekip bir hamlede içeri girdi. Yavaşça kapıyı kapattı ve sonra kıpırdayamadı! Kapının önünde dikildi.

Ne olmuştu? Bu hissettiği duygular ne zaman içinde doğmuştu? Yavaşça kapıya yaslandı İlmiye, zihni Orhan'ın adını tekrarlarken kapının arkasından incecik gelen sesi duydu.

Kapanan kapı ile sanki hayatına binlerce kapı açılmıştı Orhan'ın. İçindeki korku azalıp sevgi çoğalırken; bir tek İlmiye'nin varlığında hayat bulacağına karar verdiği endişesi yok olurken; kalbini hızlandıran bu narin bedenin varlığını her hücresinde hissetti şaşkınlığından silkelenirken... hissetti Orhan... sanki ilk defa başka birini de hisseder gibi ve başını kapıya dayayıp kapının diğer ucunda durduğuna emin olduğu İlmiye'ye mırıldandı: "İyi uykular."

Önce ses gelmedi, apartmanın karanlığında öylece bekledi, hayatının sonuna kadar İlmiye'nin kapısında bekleyebilirdi, evindeki yatağından bile daha rahat uyuyacağı yerdi burası, çünkü görebileceği en güzel rüya içerideydi.

İlmiye'nin fısıltılı sesi apartmanın karanlığında duyulduğunda, gülümsedi Orhan, kapının arkasında İlmiye'nin de altüst olmuş olduğuna ve hayatının anlamını onun bedeninde bulacağına emindi. İlmiye'nin gözünden kendi değerini ilk kez o an hissetti. İlmiye "Zilli iyi. Merak etme... bizi," demişti.

Biz... dünyanın en anlamlı kelimesiydi.

-5-

...hayatı kader sanıyordu, oysa hayat daima
zıtlıkları birbirine bağlıyordu.

Zübeyde Hanımlar'ı eve bırakıp geri döndüğünden beri rahatsızlık vermemek için Ülkü'nün odasına girmemiş, gönlü tuttursa da onun yanı başında uyanmasını beklememişti Selim ama bir dakika bile ayrılmamıştı bu koridordan. Şimdi aniden çağrılınca içeri girip saatlerdir ilk defa Ülkü'nün gözlerini gecenin bu yarısında açık görünce dondu kaldı kapıda, yatağın karşısında.

Konuşamadı.

Gözleri öyle ani bir fırtına ile doldu ki ne hissettiğini bile anlamadı Selim... Yatakta uzanan Ülkü'nün fotoğrafını çekti zihni: yatağın dışına çıkmış narin ayakları, incecik kolları, odanın loşluğunda bile kıvrımları belirginleşmiş o dudakları, hele o salık saçları... Niye gözlerinin böylesine ani dolduğunu, niye sadece Ülkü'nün varlığı ile huzur bulduğunu bilemedi.

Venüsü'nün, Ülkü'nün ayı ile birleşimde olduğunu bilmiyordu ki... Onun hissettiklerini hissedeceğini, onu sonsuza dek korumak isteyeceğini bilmiyordu... Evrenin bir parçası olduğumuzu, var olan her şeyle bağlantımız olduğunu ve bu bağlantının bazen, bazılarıyla çok daha kuvvetli olduğunu bilmiyordu, hayatı kader sanıyordu, oysa hayat daima zıtlıkları birbirine bağlıyordu. Kaderimiz seçimlerimizden oluşuyordu. Ve tüm bu akışı anlamamak fırtı-

383

nalar doğuruyordu. İnsanlar kendi fırtınalarında yitip gidiyordu. Nedenlerini bilmediğimiz duygularımız değil miydi fırtınalarımız?

Ama henüz görmüyordu onu Ülkü, değerlerini korumak ve hayatta kalmak için her an mücadele etmesi gerekmiş bir varlık için, bir başkasının ilgisini fark etmek bile lükstü. Kendini her duyguya kapatmış bir savaşçının kalbi atıyordu Ülkü'nün bedeninde. Başını geriye bıraktı Ülkü, mahcubiyetinin doruklarında gücünü toplayarak sancı içinde ilk sorusunu sordu: "At…atım nerde?"

İyi ki soru sormuştu Ülkü, kendine geldi Selim, yutkundu ve "Bir dakika," deyip döndü ve çekip gitti.

-6-

Selim'in hali bir ayna gibiydi, onun bu haline baktıkça
kendi varlığı ile yüzleşti Ülkü.

Hızla çıktı odadan Selim, aynı hızla ilerledi koridorda, aynı hızla girdi lavaboya ve hızını kesmeden helaya girip kapıyı kapattı. Nihayet derin bir nefesle içindeki basıncı bırakırken gözlerindeki sulanmayı dışarı boşalttı, yanaklarından inen duyguları sildi attı. Kendine erkek olduğunu hatırlattı! Kapıya yasladı bedenini. Neydi bu kızın kendi üzerinde yarattığı bu etki?! Nedendi?

Öyle bir şey vardı ki Ülkü'de, onun bedeninden kendininkine akan bir müzik gibiydi. Ne kadar kendini onun etkisinden kurtarmak istese de zihninin içinde akmaya devam eden, dinledikçe dinlemek istediği, her şeyden farklı, eşsiz bir müzik gibiydi… dinledikçe insanı değiştiren cinsten. Kendi haline baktı, üstünü öğlen değiştirmişti ama hali perişandı, aceleden ne kadar alakasız giyindiğini fark etti ama umurunda bile değildi, hayatta umursayacak hiçbir şeyi olmayanlar değil miydi hep kıyafet peşinde koşanlar! Çabasızlıktı bu saçma kıyafet takıntısı. Ve çabasız bir hayatın sıkıntısını hiçbir şey geçiremezdi. İlk defa çok yorgun hissetti kendini. Nasıl olmuştu da Ülkü uyanana kadar kendi perişanlığını bile fark etmemişti.

Dikleşti. Çıktı tuvaletten. Dümdüz yürüyüp geçti koridoru, odaya vardı, kapı hâlâ açıktı ama yine de kenarda bekleyip kapının çerçevesine tıklattı.

"Buyurun!" sesi geldi hemşireden.

Girdi içeri Selim.

Bir askerin generaline açıklaması gibi dik, net, kısa "Atınız ahırda, emin ellerde güvende Ülkü Hanım. İyileştiğinizde kulüpten alabilirsiniz," diye açıkladı, kalbinde gökkuşağı doğuran duygularını baskılayarak.

Ülkü'nün kaburgasındaki ağrı o kadar yüksek olmasına rağmen hissettiği vicdan azabı ezip geçmişti bedenindeki her ağrıyı. Duygular acıttığında geri kalan bedensel acılar önemsizleşirdi.

Yakışıklı'nın emniyette olması bir nefes gibi gelse de, başını doğrulttu Ülkü, "Annemler?" diyebildi. Yakışıklı iyi olsa da geçilmesi gereken o kadar çok okyanus vardı ki rahatlamaya hacet yoktu, evdeki herkes meraktan ölmüş olmalıydı, hele annesi yokluğunda kesin mahvolmuştu.

Selim cevap verdi: "Akşama kadar yanınızdaydılar ama refakatçi yasak bu katta, gitmek zorunda kaldılar… Gerçi anneanneniz epey bir direndi," dedi.

Zübeyde Hanım, torununu yalnız bırakmamak için tüm hastaneyi ayağa kaldırınca, Asri Kadınlar Cemiyeti'nin özel sekreteri, Selim'in dikbaşlılığı ile şöhret yapan —yalnız bir kadın olarak özgürlüğünü ilan ettiği için ailenin yüz karası— halası Hayrünnisa Hanım, onunla bizzat kendisi konuşmak zorunda kalmıştı, sakinleştirmişti Zübeyde Hanım'ı ama Ülkü bu ayrıntıyı hayatı boyunca bilmeyecekti. Yaşlı anneannesinin huzuruna verilen önemi görememişti. Bizden habersiz bir sürü iyilik olurken bizden habersiz olan kötülüklere saplanıp yaşıyorduk belki de hayatımızı. Odaklandığımız her şeyi düşündükçe çoğaltıyor, dünyamız yapıyorduk.

Düşünülmesi gereken tüm konuların düşünüldüğünü, halledilmesi gereken her şeyin halledildiğini anladığında rahatlaması gerekirken kendini berbat hissetti Ülkü, çünkü rezildi bu hali! Tüm ağırlığını bu zavallı adama bırakmıştı! Selim'in kapıdaki haline baktı gözleri ıslanırken, üstündeki kıyafetler dün sabah otlağın oradakilerden farklıydı ama yine de mahvolmuş bir hali vardı. Adamın üstünü başını bile batırmıştı. O mahvettiği elbiseler kim bilir ne kadar pahalıydı. Selim'in hali bir ayna gibiydi, onun bu haline baktıkça kendi varlığı ile yüzleşti Ülkü. İyice rezil hissetti kendini. Böylesine sorunsuz, tertemiz birini bile ne hale getirmişti kendi sorunlarıyla. Yaklaşması yetiyordu insanlara, sanki gittiği her yere felaket götürüyordu, belki savaş bile onun uğursuzluğuydu, aslında hep böyle hissediyordu. Uzandığı yerden doğrulmak istedi, kaburgası ciğerine batsa da kalkacaktı bu yataktan ve bu adamcağızı kurtaracaktı kendi sorumluluğundan, ağırlığından, varlığından. Pahası ne olursa olsun onurunu da geri alacaktı.

Aniden ayaklanmaya kalkınca Ülkü, ne yapacağını şaşırdı Selim, Ülkü'nün üzerine atılıp onu yatırmaya çalışan hemşireye yardım etmek ile Ülkü'ye kalkması için yardım etmek arasında sıkıştı kaldı. Bir adım yaklaştı yatağa ve Ülkü "İyiyim ben," demişti zorlansa da, "Eve gidebilirim," diye eklemişti ama söyledikleri değildi, gözleriydi aslında Selim ile konuşan.

O an dondu Selim, anladı, kendi varlığıydı bu kızı o yataktan kalkmaya zorlayan… utandıran. Ülkü'nün bedeninden taşıp neredeyse odayı dolduran mahcubiyetini hissetti, sanki onun tüm duyguları kendi bedeninde akıyormuş gibi. Ülkü'nün hissettiği mahcubiyetin kaynağının kendisi olduğunu anladı. Ve onun asaletinde yok olmak istedi.

"Gidemezsiniz Ülkü Hanım, burası ücretsiz bir kadın cemiyeti, burada istirahat edip iyice dinlenmelisiniz," dedi ve ekledi: "Ben sadece uğramıştım. Rahatsızlık verdiğim için üzgünüm."

Odadan aniden çıkıp gitmese Selim, kesin kalkacaktı o yataktan Ülkü, isterse ciğeri parçalansındı! Ama Selim'in ani gidişiyle, iyice artan sancıya dayanamayıp bıraktı mücadeleyi ve ağrıyan kaburgasına koyarken elini, bedenini geri bıraktı. Hissettiği mahcubiyet bedenin her ağrısından daha batarlıydı ve Selim'in gidişiyle sanki mahcubiyeti de uzaklaşmıştı. Keşke bu kadar rezil bir durumda, güçsüz, kontrolsüz olmasaydı… şu yaşamda bir bela gibi yer kaplamasaydı.

-7-

Zihninin labirentlerinde gezinmeye başlamış biri için
sadece duyu organları ile hissedilen bu dünya
gerçekten var mıydı?

Koridorda yürüdü Selim, hızla merdivenlere gitti, bir an durakladı, geri dönmek istedi, döndü ama birinci adımda durdu, ona giderse onu yine üzecekti… birine bu kadar yakınlık hissedip uzak kalmak zorunda olmak nasıl bir cehennemdi?! Yine döndü ve aşağıya indi.

Binadan çıkmazsa, kendini o odadan iyice uzaklaştırmazsa, Ülkü'nün yanına gidip ellerine yapışacak ve ondan af dileyecekti! Onu bu kadar mahcup hissettirdiği için ne yapacağını bilemeden yürüdü. Yataktan kalkmaya çalışan o hali gözlerinden, ruhunda uyandırdığı duygular bedeninden gitmedi.

Sokağa çıktığında bekçiyi görmedi bile, arabasının yanından geçip giderken bekçi ona arabayı alıp almayacağını seslendi ama duymadı. Zihninin labirentlerinde gezinmeye başlamış biri için sadece duyu organları ile hissedilen bu dünya gerçekten var mıydı?

Yürüdü Selim, varmak istediği yerden adım adım uzaklaşarak yürüdü.

Ülkü… ne anlamlı bir isimdi. Ardından koşulan, uğruna çalışılan, ulaşılmak istenen yücelik değil miydi Ülkü'nün anlamı?

Koşmaya başladı Selim, ardından koşarcasına, uğruna çalışmaya hazır, ulaşmak istediği o yüceliğe yetişircesine koştukça koştu, her

387

adımda Ülkü büyürken içinde sanki delirmişti ve Ülkü o deliliğin en büyük belirtisiydi!

Ne demiştik: Aşk toplum tarafından kabul görülen tek delilik değil miydi?[123]

____

123 *Çi.*

6. BÖLÜM

… gerçeğimizi her daim görebilenler değil miydi
gerçek dostlarımız?

Gözlerini açtı Ali, saat daha çalmamıştı ama İlmiye de uyanmıştı. Apartman boşluğuna bakan camın kenarındaki masanın üstüne çıkmış, bağdaş kurarak Zilli'yi kucağına koyduğu yastığa almıştı, sakince kedinin başını okşarken, apartman boşluğundan aşağıya bakıyordu kıpırtısızca.

Kalktı Ali, ablasının yanına gidene kadar İlmiye fark etmedi onu. Masanın üstüne çıkarken sıçrayarak ona döndü İlmiye, Zilli'nin yastığını köşeye çekip uykudan yeni kalkmış Ali'ye açtı kollarını, masanın üstüne tünerlerken "Erkek kedim de kalkmış benim," dedi.

"İyi misin abla?" demişti Ali, sırtını ablasına dayayıp miskin miskin Zilli'yi okşamaya başladığında.

"Hı hım," dedi İlmiye, "Sen?" diye sordu.

"Sen iyiysen ben de iyiyim," dedi Ali. "Orhan Abi'yi mi bekliyorsun?" diye sordu.

"Saçmalama!" dedi İlmiye, Ali ablasına yasladığı bedenini ondan çekip döndü, dikkatle yüzüne baktı… ve bir an sonra ikisi de güldü.

Birlikte saçmalayacak yaştaydılar nihayet. Yanlarında saçmalasak da gerçeğimizi her daim görebilenler değil miydi gerçek dostlarımız?

-2-

İzlerimiz değil miydi hayatın bizi süslemesi?

Gözlerini açtı Ayşe, sessizce yataktan kalkarken anneannesini yokladı. Sabah namazına bir saat vardı, derin bir uykudaydı Zübeyde. Dikiş makinesinin üstünde yarısı dikilmiş elbiseyi ve nakış sepetini aldı, parmaklarının ucunda sessizce banyoya süzüldü. Işığı açıp kapıyı sessizce kapattı. Yüzünü yıkadıktan sonra küvetin kıyısına oturdu, elbiseyi dikkatle işlemeye başladı.

Latife Hanım'ın verdiği özellikle bu kumaş çok güzeldi ama kocaman bir lekesi vardı ortasında. Ne yaparsa yapsın çıkmamıştı bu leke, ipeğin narinliğini zedeleyecek kadar uğraşmıştı Ayşe ve tek çareyi lekenin üstüne nakış işlemekte bulmuştu. İzler değil miydi hayatın bizi süslemesi?

-3-

Bizi kendimizle en çok yüzleştirenler değil miydi
en çok hırpaladıklarımız?

Gözlerini açtı Lütfiye, besmele çekti. Yataktan kalktı, perdesi açık pencereden güne baktı. Gün gelmek üzereydi, yatağının yanında komodinin üstündeki oğlunun fotoğrafını aldı eline, öptü koydu yerine ve çocuğunun ruhuna dua etmeye başladı. Her sabahki yaşlar yine gözlerinden akarken duası bitmişti. Namaz öncesi abdestini almak için sessizce banyoya yöneldi, koridordan geçerken kardeşi Latife'nin aralık kapısından baktı, hâlâ uyuyordu, yatağın kenarları boş şekerleme kaplarıyla doluydu. Bu kadar şekere dadanması iyi değildi. Bugün onunla konuşup şu zavallı kızlar konusunda onu kendine getirmesi gerektiğini biliyordu Lütfiye, kendini çaresiz

390

hissederken tuvalete girdi. Latife ile ilk büyük kavgaları geldi aklına, iki sene konuşmamışlardı o kavgadan sonra.

Bugün yapmayı planladığı konuşmadan sonra da Latife yine inatla küsebilirdi ama kardeşine sahip çıkmanın, ne olursa olsun saçmalamasını durdurmanın zamanı gelmişti. Kardeşinin iyiliği için hırpalanmaya hazırdı Lütfiye. Bizi kendimizle en çok yüzleştirenler değil miydi en çok hırpaladıklarımız?

-4-

Hissettiklerimiz değil miydi cennetimiz
ya da cehennemimiz?

Gözlerini açtı Orhan, hemen bir hamlede yataktan fırladı, otomatik bir hareketle mutfağa gitti. Üstünde bir atlet ve altında pijaması ile apartman boşluğuna çıktı. Duvarın karşı köşesine gidip başını yukarı kaldırdı. İlmiyeler'in mutfağının camı açıktı... Yine sesler gelmeye başlamıştı. Haftalardır bu yeni taşınanların sabah kahvaltısında çıkardıkları seslerden, ettikleri sohbetten, kızartıkları böreğin kokusundan şikâyetçiydi annesi ama Orhan dikkatle dinliyordu o sesleri.

İlmiye acaba uyanmış mıydı?

Zübeyde Hanım Teyze mutfakta kahvaltı hazırlıyor olmalıydı. Mutfak masasına oturmuş tüm ailenin kahvaltı ediyor olduğunu düşündü bir an, gülümseme yayıldı ifadesine. Apartman boşluğuna yayılan kokuyu çekerken içine, karşısındaki camda kendi aksi ile karşılaştı. Ve nasıl göründüğünü o an fark etti.

Havalanmış kabarık saçları, hâlâ yüzünde gezinen uykunun ağırlığı ve atletli pijamalı bu hali ile çok pejmürdeydi. İlmiye şuracıktan başını uzatsa onu böyle görecekti. Hemen içeri girdi, tuvalete giderken yine kendi kendine söylenen annesinin yanından geçti, ne ne söylediğini duydu ne de kendisine kızdığını... Zihni

391

artık bedeninin olduğu yerde değildi ki. Orhan aklını o kahvaltı masasında İlmiye'nin varlığına emanet etmişti.

Her sabah nefretle girdiği soğuk suyun altına girerken kendini ilk defa cennette gibi hissetti. İlmiye ile konuştu zihninde, bakıştı, dinledi onu… İlmiye'nin fikri bile cennette bir düşünceydi. Hissettiklerimiz değil miydi cennetimiz ya da cehennemimiz?

-5-

Rüyalarımız değil miydi gönlümüzün eksikliğini çektiği imkânsızlıklarla buluşabildiğimiz tek yer?

Gözlerini açtı Selim, Ülkü'nün saçlarının kokusunu içine çekerken boynuna değen yüzünü hissetmenin hazzıyla iyice ona döndürdü bedenini.

Ülkü yaşamın derinliğini, anlamlarını barındıran eşsiz gözlerini araladı ve Selim'in gözlerine teslim etti bakışlarını. Bir an birbirlerine baktılar ve o andan hemen sonra daha fazla dayanamayıp Ülkü'yü kendine çekti Selim, yumuşak dudaklarını ağzının içine aldı, tadını çıkara çıkara, kendini yavaşlata yavaşlata emdi dudaklarını. İncecik bedenini kollarıyla sarmaladı, döndü altına aldı, Ülkü'nün narin inlemeleri artarken bacaklarının arasında yavaşça yerini buldu Selim, sanki kendini bildi bileli hep ait olduğu bu yeri beklemişti.

Huzur vardı altındaki bedende ve huzura sürterken kendini, bir anda kenara kaydı Ülkü ve dudakları hâlâ Selim'in ağzında ittirdi, yatırdı onu geri. Ağzını ağzından zorla da olsa çekti… dağılmış saçları, örgünün izini hâlâ taşımaktaydı, üstüne çıktı Selim'in ve içine alırken onu gözlerine bakıp mırıldandı: "Selim…"

Gözlerini açtı Selim, kasıklarındaki hareket onu uyandırmıştı, ilk defa uykusunda boşalmıştı. Rüyalarımız değil miydi gönlümüzün eksikliğini çektiği imkânsızlıklarla buluşabildiğimiz tek yer?

392

-6-

Oysa paylaştığımız coşku değil miydi aile olmanın
en büyük keyfi?

Gözlerini açtı Ülkü, yanına baktı, yatağın kenarı boştu. Annesi kalkmıştı. Mutfaktan gelen sesleri bir an dinledi, dirseklerinden güç alarak hafifçe doğruldu, bacaklarını yataktan aşağı indirip kaburgasının bükülmesini engelleyecek bir açı ile kalktı yataktan ama yaptığı her hamle onu epey zorluyordu.

Ayağa kalkabildiğinde yavaş, temkinli ama derin bir nefes aldı, nefesin derinliği bir yerde durmak zorundaydı, çünkü insanın kaburgasının ucunda ciğerini hissetmesi tuhaf bir acıydı.

Sakince mutfağa ilerledi, İlmiye'nin sesi Ali'ninkine karışırken, anneannesinin kızarttığı böreklerin kokusu koridora yayılırken, annesi her zamanki gibi o güzel sesiyle Hakikat Gizli Bir Sır'dır türküsünü söylerken, Ayşe'nin dikiş makinesi hararetle yine çalışmaya başlamışken, önce odanın önünde durdu Ülkü, ablasına baktı. Takmıştı kafayı o elbiseye, Cumhuriyet balosunda illa da onu giydirecekti Ülkü'ye.

Ülkü'nün ayaklandığını görünce dikişi bırakıp fırladı Ayşe ve ona refakat etti. Mutfağa vardıklarında akşam davetli oldukları yemekle ilgili konuşuyordu Semiha ve Zübeyde. Kapıda Ülkü ve Ayşe'yi görünce hepsi aniden çok mutlu oldu, çünkü tüm aile her sabahki gibi kahvaltı masasında buluşmuştu.

Ülkü'nün ayaklandığını görünce coşku sardı herkesi, ilk alkışlayan Ali oldu, İlmiye ve Ayşe ona tezahüratla katılırken Semiha Hanım bastı ıslığı ama anneanne neyse ki herkesi susturdu, çünkü bu apartman boşluğundan tüm sesler her eve yayılıyordu. Selda denen kadın kaç kere şikâyete çıkmıştı... Oysa paylaşabildiğimiz coşku değil miydi aile olmanın en büyük keyfi?

7. BÖLÜM

Salondaki cehalet öyle bir seviyedeydi ki yapayalnız hissetti kendini, naralar atan tarikatçıların, şeyhlerin, okuma yazma bilmez ümmi müridlerin, saldıracak yer arayan kendini kaybetmişlerin arasında…

Dev haritanın önünde kendinden emin bir gülümse ile dikiliyordu Thomas. Gerisindeki haritada Türkiye'nin bölgeleri vardı. "Hoş geldiniz kardeşlerim," derken tek tek odadakilerin yüzlerine baktı. Gülümsemesi büyürken "Kardeşlerim! Nihayet her şey hazır!" dedi ve kenara çekilip elinde ince sopası ile bekleyen Mösyö Picot'a söz verdi. İlk alkışlayan Bahriye Hanım oldu, hemen ardından salondaki herkes alkışlamaya başladığında, Selim en önde oturuyor olmaktan sıkkın bekledi, hazır olan şeyin ne olduğunu bilmeden neyi alkışlayacaktı ki? Ama salondaki coşku artınca az kalsın onlara katılmak zorunda kalacaktı ki o an alkış dindi. Ve Picot elindeki çubukla Ege Bölgesi'nde bir noktayı göstererek "Hareket işte buralarda, hiç beklenmedik bir noktada başlayacak, ordunun zayıf olduğu bir yerde ve özellikle küçük, plansız bir şekilde. Mühim olan…" derken Şamil Ağa sabırsızca "Ne zaman?" diye sordu.

Thomas lafa girip "Bu detayları konuşacağız. En doğru zamanda olacak, merak etmeyin," diye cevapladıktan sonra Picot anlatmaya devam etti: "Mühim olan, sakin ve sistemli olmak. İlk hareketin başlaması ile iki gün içinde," derken elindeki çubukla doğuda bazı noktaları gösterip "kardeşlerimiz buralardan da," dedi ve sonra Karadeniz'de ve İç Anadolu'da çeşitli noktalar gösterip "ve buralardan İstanbul ve Ankara'ya toplanmaya başlayacaklar. Burada hedef, önümüze kattığımız herkesi Hizmet Hareketi'ne dahil etmek.

Onlara padişahın ordularının yolda olduğunu, Kemalizm'in İslam'a karşı olduğunu..." derken, Selim lafa girdi, "Kemalizm?" ilk defa duymuştu bu kelimeyi. Picot, Thomas'a bakınca arkadaki haritanın sayfasını kaldırdı Thomas, alttan çıkan beyaz sayfada kocaman tek bir kelime yazıyordu: KEMALİZM.[124]

"Evet, Kemalizm! Bu kelimeyi bolca kullanmak mühim," dedi Thomas.

Selim'in kaşları çatılırken, Picot "Mustafa Kemal'in takipçileri olan bu kişiler hem İslam'ın hem de Osmanlı'nın en azılı düşmanlarıdır. Mustafa Kemal'in Osmanlı'yı nasıl yıktığını, Vahdettin Padişah'a nasıl ihanet ettiğini artık hepimiz biliyoruz!" dediğinde salondan bir uğultu yükseldi, çünkü son beş yıldır kulaktan kulağa bir fısıltı şeklinde tarikatların içinde yayılan bu tuhaf dedikodu, ilk defa uluorta yüksek sesle söyleniyordu.

Plan mükemmel işliyordu. Picot'a baktı Thomas, beş yılda bile Hizmet Hareketi'nin ne kadar yol aldığına hayret ederken Kemalizm kelimesini dikkatli bir şekilde tarikatlarda işleye işleye anlamını Osmanlı düşmanlığına dönüştürdüklerinde, gerisinin kolay olacağına emindi. Bugün Mustafa Kemal'in peşinden göğüslerini kabarta kabarta gidenleri, onun adını bile söyleyemez duruma getirdiklerinde ülke artık ellerindeydi!

"İslam elden gidiyor kardeşlerim!" dedi Thomas, bir adım öne atıp Picot'un yanına geldi, "Kemalizm ve Kemalistler durdurulmalılar! Sizler Suudi kardeşlerinizle birleşmelisiniz!" dedi ve masanın yanına gidip üstündeki kutudan kitaplar çıkardı, elden ele dağıtılması için köşedeki kişiye vermeye başladı. Bu kitabın bir *Kur'an-ı Kerim* meali olduğunu, kendisine ulaştığında anladı

---

124 Kemalizm kelimesi ilk olarak İngilizler tarafından, sistemli bir propaganda aracı olarak çıkartılmıştır. 1926'dan beri özellikle kullanılan bu kelime ve arkasında suni bir şekilde yapılandırılmaya çalışılan "ırkçı milliyetçilik" ideolojisinin Atatürk İlke ve İnkılapları ile alakası olmadığı halde, bu ilke ve inkılapları değersizleştirerek faşist bir odak oluşturmak ve tekke ve zaviyelerin kapatılması ile güç kaybeden tarikatları bu odağın karşısında birleştirmek adına organize etmek için bu kelime sistemli olarak kullanılmıştır. Nâzım Hikmet 1954 yılında Budapeşte Radyosu'na yaptığı konuşmada konuyu çok net açıklamıştır.

Selim. Kapağın hemen altında Muhammad ibn Abd al-Wahhab[125] yazıyordu. Salondaki 60 kişiye kitaplar dağıtılırken ve kitapları ellerine alanlar öpüp alınlarına değdirirken, Thomas, "Bu hayırlı davada, Suudi Arabistan'ın yanınızda olduğunu bilmeniz için bizzat Abdül Aziz El-Suud tarafından sizin için gönderildi bu kutsal kitaplar," diye açıkladı.

Nedense o an, Altay Bey geldi aklına Selim'in. Bahriye Hanımların evinde olay çıkardığı o günden beri, onu görmediğini fark etti. Vahabizim diye bahsettiği şey elinde tuttuğu kitabın üzerindeki isimle ilgili olabilir miydi? Sakince sordu Selim "Mister Thomas siz Müslüman mısınız?"

"Elhamdüllillah," dedi Thomas, "tabii ki, Mösyö Picot da öyle. Bu yüzden hizmetteyiz," diye cevap verdi.

Şamil, alenen duyduklarının etkisinde küskün, kırgın, sarsılmış ayağa kalkıp "Bu Mustafa Kemal mi bitirmiş Osmanlı'yı?" diye sordu. Dedikodu olarak duyduğu ama dinlemediği bir şeyin gerçek olmasının sarsıntısı kaldırmıştı onu yerinden.

Salonda uğultu gürültüye dönüşürken Picot ve Thomas birbirlerine baktılar, mahcup ve üzgün görünüyorlardı. Ayağa kalkan diğerlerini sakinleştirmek için Picot "Kardeşlerim, sakin olunuz! Dinleyiniz!" diye bağırınca insanlar yerlerine oturmadılar ama uğultu bir anda kesildi, şimdi salondaki herkes pür dikkat dinlemekteydi.

Thomas "Kemalizm bir hastalıktır. Mustafa Kemal Vahdettin tarafından görevlendirilmiş basit bir çavuşken düşmanlar tarafından işgal edilen Osmanlı'yı yıkmak için fırsatı görmüş ve Yunanlılarla birleşerek Vahdettin hazretlerinin güvenini kötüye kullanmıştır.[126] Kendisinin nerede doğduğunu biliyorsunuz! Selanik. O bir Yunanlıdır!"

---

125 İslam adına terör işleten organizasyonların yetiştirdikleri militanlara İslam eğitimini bu kitapla verdikleri ve cihat kelimesinin anlamının bu kitapta tamamen değiştirilerek, Allah'ın adıyla öldürmek anlamında manipüle edildiği tespit edilmiştir.

126 Osmanlı topraklarındaki özkaynakların peşinde olanlar, bu özkaynaklara sahip çıkan direnişin başındaki Mustafa Kemal'in adını önce Yunan Mustafa olarak yaymaya çalışmışlar. Mustafa Kemal Yunanlara karşı büyük zaferler kazanınca ve özellikle Çer-

Uğultu yine yükseldiğinde, salondaki bazı şeyhlerden Mustafa Kemal'in şahsına küfürler yükseldi. "Zaten Yunan olmasa tekke ve zaviyeleri niye kapatsın ki? Sizleri Hıristiyanlaştırmaya çalışıyor bu adam kardeşlerim ama Allah ondan daha büyük. Küçük bir kıvılcımla ordunun zayıf olduğu bir köyde başlayacak hareket, sanki üç beş kişinin çabasıymış gibi önemsiz gözükecek. Ordunun bölgede birikmesini bekleyeceğiz ve iki gün sonra ters köşeden vuracağız Mustafa Kemal'i, hedef Ankara değil, İstanbul olacak! İstanbul'u tuttuk mu buradan Anadolu'ya ilerleyeceğiz. Fetvaların katkısı ile geçtiğimiz her yerde halkı da takacağız peşimize, Suudiler devreye girip Müslüman dünyasını Kemalizm'in dinsizliğine karşı uyaracaklar!" diye bağırdı Picot ve ülkenin dört bir yerinden gelmiş birbirinden farklı 60 kişinin kalplerindeki özlemi depreştirecek son cümlesini de ekledi: "Hizmet Hareketi Osmanlı'yı geri getirecek! Osmanlı'nın torunları haklarını yeniden kazanacaklar!"

Şoktaydı Selim, çünkü Mustafa Kemal'i günahı kadar sevmiyordu ama Yunan ajanı olmadığından da emindi! Babası da

---

kez Ethem'in Yunanistan'a sığınmasından sonra Yunan ordusuna karşı olan tavrı net bir şekilde ortaya çıkınca, onun adını kirletme manipülasyonunun başlığı Kemalizm olarak değiştirilmiş ve Osmanlı'yı yıkan kişinin Mustafa Kemal olduğu, tarikatlarda konuşturulmaya başlamıştır. 1954 yılından beri de İngiliz Kemal söylentisi sistemli bir şekilde çıkarılmıştır ki, 60 yıllık aralıklarla halka açılma zorunluluğu olan ve yurtdışındaki ajanların resmî yazışmalarına kadar detaylı bir şekilde devleti ilgilendiren her şeyin hukuki zorunlulukla depolandığı İngiliz devlet arşivleri incelendiğinde, İngilizlerin Mustafa Kemal'e karşı olan rahatsızlıklarından ve onu etkisiz hale getirebilmek için yapılan planlardan başka, Mustafa Kemal'in İngilizlerle işbirliği içinde olduğunu gösteren hiçbir belgeye rastlanmamaktadır. Mustafa Kemal'i bir İngiliz ajanı gibi göstermek için organize edilen tüm bu kumpas İngiliz gazetesi *Daily Mail*'de çalışırken İngilizlerin savaş cephelerini gezen George Ward Price'ın Mustafa Kemal ile Pera Palas Oteli kafesinde öğle vakti, uluorta buluşmasına dayandırılmaktadır ki o buluşmaya Mustafa Kemal yanında Refet Bey ile birlikte gitmiştir. Bugün, uydurulmuş onlarca yalan belge ile Mustafa Kemal'in onuruna sistemli bir saldırı olmasının nedenini Hindistan'ı sömürge haline getirmekte çok başarılı olan İngiliz Eski Dışişleri Bakanı George Nathaniel Curzon'un şu lafında bulabilirsiniz: "Kolonizasyon toplumun en fakir kesimini beslemekle başlar, geçmişin değerlerini silkeleyip yeniden yapılandırmakla devam eder." Kök değerleri tarihten silinen ve tarihi manipüle edilen Hindistan, medeniyetimizin en köklü kültürlerinden biri olmasına rağmen 200 yıldan fazladır tüm özkaynaklarıyla tamamen İngiltere'nin emrinde bir koloni olmuştur.

Selanik doğumluydu ve yıllar boyu Osmanlı'da sadrazam olmuştu. Osmanlı toprağıydı o zaman her yer. Bulgaristan'da ya da Selanik'te doğsan da Osmanlı topraklarındaydın. Mustafa Kemal'e düşman olmanın doğru düzgün nedenleri olmalıydı ama bu söylenenler nasıl dolambaçlı yalanlardı, bu yalanı kim yutardı? Ama naralar yükselirken sustu Selim. Salondaki cehalet öyle bir seviyedeydi ki yapayalnız hissetti kendini, naralar atan tarikatçıların, şeyhlerin, okuma yazma bilmez ümmi müridlerin, saldıracak yer arayan kendini kaybetmişlerin arasında yine göz göze geldi Bahriye Hanım'la. Kadın da perişan görünüyordu hiçbir kadına yer olmayan bu sözde geleceğin kıyısında...

Çıkıp gitmek istedi Selim ama bu kadar sırrın paylaşıldığı bir yerden çekip gidilemezdi! Sakince bekledi, eli otomatikman göğsüne gitti, iç cebinde babasının mektubu vardı. Osmanlı'yı geri getirmek için gerekirse canını vermeye hazırdı ama kalbinde hissettiği bu sıkışıklık fazlaydı, elinde tuttuğu Vahabi kitabın ağırlığı sanki kalbine bulaşmıştı. Ama ne olursa olsun babası Hizmet Hareketi'ne yardım etmesini istemişti, Altay Bey'i bulmanın şu Vahabizm'i ona sormanın vakti gelmişti.

-2-

"Bu akşam," dedi Latife, rutubet kokan pis odanın içinde tünediği koltuğun köşesinde, "bu akşam yemeğe gelecekler."

Kadın dikkatle baktı suya, mırıldandı "Çok güzel bu kız." Melek gayriihtiyari bakışını Latife Hanım'a çevirdi, vereceği tepkiyi merak etmişti. Latife, ne güzel dedi, ne de itiraz etti. Melek tam kadına soru soracaktı ki büyücü kadın başını iki yana sallayarak "Üç çocuk olacak," dedi, daha konuşmaya devam edecekti ki Latife, "Tövbe!" diye itiraz etti hemen, Melek sordu: "Kimden?"

Büyücünün lafı ağzında kaldı, başını kaldırıp karşısındaki iki süslü kadına baktı. "Ben çözerim bu işi sizin için ama..." dedi.

399

Melek hemen çantasından cüzdanını çıkardı, çünkü o "Ama"nın daima bir karşılığı olduğunu biliyordu. "Aması maması yok işte, çözeceksin, hem de hemen. Vahamete girmeden."

Melek'in uzattığı parayı aldı kadın, yakasından içeri sokup göğsünde istiflerken, "Hanımım ne zaman üzdüm sizi," dedi ve önündeki suyun üstünü örterken "bu akşam için su hazırlayacağım, madem yemeğe geliyorlar onu kıza içirin, gece yarısını bir geçe de oğlana içirin. Önce kıza içiremezseniz o zaman ikisini de yan yana bulmak lazım, yan yana olduklarında önce oğlana içirin, oğlan içtikten hemen sonra kıza içirin ama dediğim gibi o zaman yan yana olmaları şart. Yarın öğlen de birini gönderin muskayı alsın, gece hazırlayacağım ama tam dediğim gibi kullanmazsanız olmaz!" diye ekledi.

"Nasıl kullanacağız?" diye sordu Latife Hanım tedirginlikle, ilk defa geliyordu büyücüye, oğlunun ele geçirilmiş iradesini geri almaktı gayesi. Melek haklıydı, o köylü yosması, Selim'e kim bilir ne büyüler yapmıştı! Aklı başında değildi Selim'in.

Kadın, "Muskayı oturdukları hanenin kapısının pervazı var ya?" derken Latife pürdikkat dinledi Melek'se pek önemsemedi, daha önce zaten muska sıkıştırdığı çok kapı olmuştu, kadın yine aynı şeyi anlatıyordu.

"İşte o pervazın üstünü bıçakla aç, oraya sıkıştırıver muskayı."

"Peki etkisi ne zaman olur?" dedi Latife çaresizce ve ekledi: "Bunlar bir yıllık kira vermişler ama önemli değil paralarını da alıp gitsinler. Ne zaman giderler?"

Kadın "Bir vadeye kalmaz giderler," diye açıkladı.

"Nasıl bir vade?!" diye hayretle sordu Latife, "Bir yıl mı, bir hafta mı?" dedi.

"Orasını bilmem! 10 vade demedim bacım, şükret ki bir vade dedim!" diye çıkıştı kadın.

Melek, "Latife Hanımcığım, lütfen üzmeyin canınızı daha okunmuş suyumuz da var, bu akşam yemekte kıza içirdiniz mi göreceksiniz her şey tıkırına oturacak," diye rahatlattı Latife Hanım'ı.

Kadın yanındaki çanı çalınca, içeriden eski bakır bir sürahide su getirip kadına verdiler. Kadın kucağına aldı suyu, gözlerini sürahiye dikip kendi kendine sallanarak mırıldanmaya başladı. Latife Hanım gözlerini kaçırdı kadından, büyünün nasıl yapıldığına bakmaya dayanamadı. O sırada Melek ile göz göze geldiler, Melek gülümsedi, Latife Hanım'ın elini tutup, "Siz çok iyi bir annesiniz, merak etmeyin, Selim kendine gelecek," diye moral verdi Latife'ye.

İç çekti Latife, o sırada kadına kaydı gözü yine, kadın okuduğu duayı devam ettirirken sürahinin kapağını kaldırıp içine tükürüverdi. Dondu kaldı Latife, bir şey söylemek istedi ama kadın bu sefer de genizinden topladığı ikinci tükürüğü çaktı sürahinin içine ve kendini tutamadan sessizce öğürdü Latife, bakışını kadından çekerken Melek sırtını sıvazlayıp "Bakmayın sultanım, bakmayın siz o tarafa," dedi.

Latife elindeki lavanta ile yıkanmış mendili yüzüne götürüp tuttu kendini. En tiksindiği şeylerden biriydi başkasının tükürüğü ve büyülerin tükürükle yapıldığını bilmiyordu. Oğluna bu pis kadının tükürüğünü nasıl içereceğini düşündü, sanki oğlunun iradesini baskılayan bir enerjiyi yavrusuna musallat etmek, hayatı boyunca o baskının ağırlığını onun üstünde bırakıp iradesini tutsak etmek, hiç tanımadığı birinin tükürüğünü içirmekten daha az kötüydü…

Büyücünün işi bittiğinde Latife Hanım ve Melek aldılar sürahiyi ve bindiler süslü faytonlarına, çıktılar yola… büyünün her türlü negatif enerjiyi çektiğini, lanetten doğup uğursuzlukla işlediğini ve başkasının iradesini yönetmek için yapılan her şeyin daima ama daima sahibine demirden bir yumruk gibi geri döneceğini, bir leke gibi yapışıp hayatını zehir edeceğini bilmeden, düşünmeden Valpreda'ya vardılar.

Niye konuşan kapıyı anlatmadın?

İlmiye, Ali ve Orhan tahtaya çizdikleri haritayı bitirmek üzereydiler ki zil çaldı, teneffüsten sınıfa gelen öğrenciler, kara tahtaya çizilmiş haritanın hangi bölgeye ait olduğunu anlayamadılar, çünkü üstündeki isimler yabancıydı.

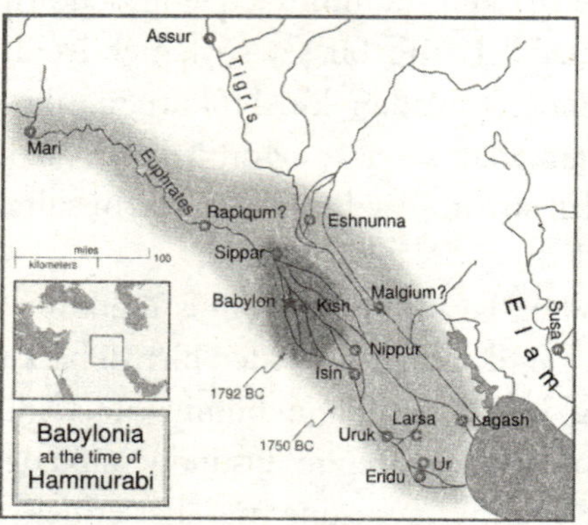

Öğrenciler yerlerine otururken üstü başı tebeşir olmuş Orhan ellerini silkeleye silkeleye, İlmiye'ye yardım etmenin huzuru ifadesine yansıdığı bir gülümseme ile yerine geçti. Gurur duyuyordu İlmiye ile ve belki de ilk defa kendisiyle. Ali ise haritanın köşelerini temizleyip Fred öğretmen ve Derviş geldikten sonra oturdu yerine. Fred içeri girdiğinde tahtaya çizilmiş haritaya dikkatle baktı önce, Türkiye, Irak, İran, Suriye arasında Dicle Nehri boyunca uzanan bölgeyi tahtaya çizmişti çocuklar, üstelik Sümerler zamanındaki haliyle. Ayakta ödevini sunmaya hazır bekleyen İlmiye'yi selamladı ikisi de ve yerlerine geçtiler.

"Sümerleri yöneten tüm kralların listesi ve kaç yıl yönetimde kaldıkları Sümer tabletlerinde bulunuyor," dedi İlmiye, sınıftan ince bir itiraz yükseldi, tamam tahtadaki harita başta etkileyiciydi ama ödevin ana koşulu insanı şaşırtan bilgilerle hazırlanmış olması değil miydi! İlmiye'nin bu söylediği şey hiç de ilginç değildi, e ne olmuştu yani, alt tarafı krallarının listesini yapmışlardı Sümerler!

Orhan sınıftaki gürültüye sabırsızca bakıp susmaları için ağzını açacaktı ki "Ama!" dedi İlmiye itirazları kesmek için sesini biraz yükselterek, "Buradaki şaşırtıcı konu!" derken sınıf nihayet sessizleşti.

"Sümer tabletlerine göre 242 bin yıl süren Sümer tarihinde yönetimde toplam sadece… 8 kral olmuştur. 242 bin yılda 8 kral!" dedi İlmiye ve sınıftaki sessizliğin dikkatine baktı.

Elinde tuttuğu kâğıdı dikkatle okumaya başladı: "Tablette şöyle yazıyor: Göklerden hükümdarlık indiğinde, krallık Eridu'daydı. Eridu'da Alulim kral oldu; 28.800 yıl hükmetti.

Alaljar 36.000 yıl hükmetti. İki kral 64.800 yıl hükmettiler.

Sonra Eridu düştü ve hükümdarlık Bad-tibira'ya götürüldü. En-men-lu-ana 43.200 yıl Bad-tripa'da hükmetti.

En-men-gal-ana 28.800 yıl hükmetti.

Çoban Dumuzid, 36.000 yıl hükmetti. Üç hükümdar, 108.000 yıl hükmettiler. Sonra Bad-tibita düştü ve hükümdarlık Larag'a götürüldü.

Larag'da, En-sipad-zid-ana 28.800 yıl hükmetti. Bir kral 28.800 yıl hükmettikten sonra Larag düştü ve hükümdarlık Zimbir'e götürüldü.

Zimbir'de En-men-dur-ana hükümdar oldu, 21.000 yıl hükmetti. Bir kral 21.000 yıl hükmettikten sonra Zimbir düştü ve hükümdarlık Curuppag'a götürüldü.

Curuppag'da, Ubara-Tutu hükümdar oldu, 18.600 yıl hükmetti. Bir hükümdar, 18.600 yıl hükmetti. 5 şehirde 8 hükümdar, 241.200 yıl hükümdar oldular. Ve sonra sel her şeyi süpürdü."[127]

İlmiye'nin okuması bitmişti. Sınıftaki şoka baktı, ifadesine yayılan tebessümün zaferi gözlerindeki ışığa bulaştığında sakince "İnsanların ömürleri büyük tufana kadar bu kadar uzunken, büyük tufandan sonra devam eden kral listesinde hükümdarlık tarihlerine dikkat edelim lütfen," dedi ve elindeki kâğıdı okumaya devam etti:

"Sümerlerin anlatımına göre, Annunnakilerin, yani tanrıların kopardığı tufandan sonra hükümdarlık gökten yine indiğinde, hükümdarlık Kic'e geçti. Kic'de Jucur hükümdar oldu, 1200 yıl hükmetti," dedi ve sınıfa kaldırdı bakışlarını, "Şimdi tarihlerin nasıl kısaldığına bakın lütfen," dedikten sonra okumaya devam etti:

"Kullassina-bel 960 yıl hükmetti. Nanjiclicma 670; En-tarah-ana 420 yıl 3 ay 3,5 gün; Babum 300 yıl. Puannum 840 yıl; Kalibum 960 yıl; Kalumum 840 yıl. Zuqaqip 900 yıl…" yine başını kaldırdı İlmiye sınıfa "Burasını sizleri sıkmamak için hızlı geçiyorum. Kısacası 23 hükümdar 24.510 yıl 3 ay ve 3,5 gün boyunca Kic'de kalmıştır ve sonra hükümdarlık E-ana şehrine geçmiştir," dedi ve sınıfa kaldırdı bakışlarını, açıkladı: "Sadece hükümdarların hükmetme yıllarının uzunluğu değil, bahsi geçen hükümdarların, Sümerlerden sonra gelen medeniyetlerin kaynaklarında da aynı bu şekilde listelenmiş olması çok şaşırtıcı değil mi? Sümerlerden sonraki kültürler de bu hükümdarların ne kadar uzun yaşadıklarını kendi tarihî kaynaklarında aynı bu şekilde belgelemişler."[128]

---

127 Alman araştırmacı Hermann Hilprecht tarafından Nippur'da bulunan ilk ve sonradan en eski olduğu anlaşılan Kral Listesi tabletinin 1-39 satırlarını içermektedir. Sonrasında Babil, Susa, Asur ve özellikle Asur Kraliyet Kütüphanesi olan Ninaveh'de bu liste ile aynı bilgiyi sunan kral listeleri tabletleri bulundu. Bugün bu listenin en iyi korunmuş tablet örneğini İngiltere Oxford'daki Ashmolean Müzesi'nde görebilirsiniz.
128 Sümerlerin tufan öncesi ve sonrası kral listelerini toplu olarak bu kaynakta bulabilir-

Sunumun bittiğini anlayan öğrenciler alkışlarken Ali'nin kafası kartıştı, çünkü İlmiye'nin bulduğu şaşırtıcı iki şey bu değildi ki, ilk bulduğu maddeyi neden ikiye bölüp anlatmıştı şimdi?

İlmiye yerine geçerken Fred, "Bravo İlmiye, önemli bir konuya değindin," dedi ve tahtadaki haritayı gösterip çocuklar önceki derslerde konuştuğumuz gibi buranın Türkiye'nin topraklarını da içine alan güney bölgesi olduğunu unutmayın. Bu tabletler sizin topraklarınızda da çıkmaktadır," dedi ve sonra sıradaki öğrenciyi sunuma davet etti.

Yerine oturan İlmiye'ye eğilip fısıldadı Ali, "Niye konuşan kapıyı ya da 14. tableti anlatmadın?"

Omuzlarını silkeledi İlmiye ve "Nasılsa başkası anlatır?" diyerek susturdu Ali'yi, ama Ali ikna olmadı:

"İyi de 14. tablet daha ilgi çekici değil miydi abla?"

-4-

Sekiz gün önce balıkçılar çekmişler ağ ile...

"Altay Bey'e bakmıştım?" dedi Selim, üst üste yığılmış yüzlerce eski kitabın arasında, küçücük bir taburede oturmuş dikkatle kitap okuyan adama. Adam gözlüklerinin üstünden bir an dikkatle baktı Selim'e, bu kadar zengini gelmezdi sahaflara, "Niye?" diye sordu.

"Kendisine danışmak istediğim meseleler var, aşağıdaki dükkândan buraya gönderdiler," dedi.

Ayağa kalktı Nazım, küçücük taburede otururkenden çok daha farklı, iri cüsseli bir hali vardı dikildiği yerde. Gözlüğünü çıkardı. "Tanır mısınız kendisini?" diye sordu.

---

siniz: http://etcsl.orinst.ox.ac.uk/section2/tr211.htm

"Evet," dedi Selim, "Yıllar öncesinde poligondan tanışırız. Biz çocukken Altay Abi, bana ve kuzenime atış yapmayı öğretmişti. Ama bir süredir görüşemedik… işler güçler yüzünden," dedi.

Nazım gözlüğünü çıkardı yavaşça ve sanki gözlükle birlikte suratındaki buzdan maske de çıkıverdi. İfadesindeki soğukluk, uzaklık gitti ve sıcacık bir hüznün ıslaklığında baktı gözleri, "Altay'ı kaybettik oğlum biz…" dedi.

Duyduğu kelimelerin ifade ettiği anlamlar fazla gelmişti Selim'e, dikildiği yerde duyduklarını sindirmeye çalışırken "Nasıl?" diye mırıldanabildi, daha on gün önce onu Bahriye Hanım'ın konağındaki münasebette görmemiş miydi?

Nazım'ın hüzünlü suratı, söylemek istemediği cümleleri söylemek zorunda kalan halinin acısını her mimiğinde hissettirirken "Boğaz'a düşmüş…" diyebildi.

"Ne zaman?" diye sordu Selim ve son yumruk işte o zaman geldi: "Sekiz gün önce balıkçılar çekmişler ağ ile… ama boğulma değil, boğazı kesilmiş. Kızları kahroldu."

Dikildiği yerde yerçekimi fazla gelince arkasındaki kitaplara gayriihtiyari yaslanıverdi Selim, kitapların aniden devrilmesi, Selim'in dengesini kaybetmesi, Nazım'ın Selim'i tutmaya çalışırken sendeleyip düşmesi… karışmıştı ortalık, yoksa zaten hep karışık mıydı da Selim yeni mi anlamaktaydı?..

Babasının sınıf arkadaşıydı Altay Bey ama Birinci Dünya Savaşı kaybedilince, İngilizlerin Senegal ve Hindistan'dan getirdiği askerler İstanbul'u kuşatınca, Kuvva-i Milliye'ye katılıp Kurtuluş Savaşı kazanılana kadar kaybolmuştu ortalıktan. Atatürk sevdalısı olduğu ve kendini içkiye verdiği için eski çevresindeki herkes tarafından dışlanmıştı ama yine de hürmet gören, güvenilir bir adamdı. Selim toparlanıp nihayet ayaklanabildiğinde küçücük dükkânda yaptığı karışıklığa bir hayretle bakıp hemen kitapları toplamakta Nazım Bey'e yardıma başladı ve işte böyle bir acıdan, sarsıntıdan doğdu Selim ile Nazım'ın hayat boyu süren dostlukları.

-5-

Çalan kapının zili mutfağın içinde süren telaşı bastıramayınca
yine çaldı… yine çaldı…

Nana hazırlanan yemeklerle ilgili çalışanlara emirler yağdır-
dıktan sonra söylene söylene hâlâ çalmaktan olan kapıya gitti, açtı.

Gelen davetiyelerdi!

Özel kâğıda, elyazması yaldızla hazırlanmış, sanki koca bir
sarayın soyluluğunu küçücük zarfa sığdırmıştı.

Adamı kapıda bekletip koşup gümüş tepsiyi getirdi Nana, ölse o
davetiyeye değmeyecekti. Tanesi 20 paraydı! Gümüş tepsinin üstüne
özenle bıraktırdı davetiyeleri ve evin içindeki telaştan sıyrılarak,
büyük salondan sonraki Latife Hanımlar'ın kanadına geçti aceleyle,
koridorun sonunda sadece Latife ve Lütfiye Hanım'ın kullandığı
yatak odalarına açılan diğer salonun kapısını tıklattığında buyur
edilmeyi bekledi.

-6-

Gözünü masanın üstünde duran eski sürahiden ayırmadan
ağzına bir akide şekeri daha atarken Latife Hanım, itiraz etti
Lütfiye, "Latife kızım, kendini mi unuttun! Buna kaldık şimdi!"

"Sen zaten hep muhalefet ol Lütfiye! Başka bildiğin yok. Hep
karşı çık. Ne yapsaydım yani, göz göre göre oğlumu o kevaşelere
mi kaptırayım? Bırakayım da, güzeller güzeli paşam o köy aşüftesi,
soysuz kıza mı kapılsın! Kim bilir asıl onlar ne haltlar yediler de

kafası karıştı Selim'in," derken şeker kâsesine yine uzandı, bir akide daha atacaktı ki ağzına, çekiverdi şekerliği Lütfiye Hanım, "Hasta olacaksın iyice Latife," derken, Latife iyice uzandı ama yetişemedi, Lütfiye "Kraliçe I. Elizabet'in tüm dişleri şeker yemekten çürümüş ve diş ile kalbin çok önemli bir bağlantısı olduğunu söylüyorlar, koskoca kraliçe bile, dişindeki iltihap kalbe indiği için tükenmiş diyorlar, senin dişindeki ağrı da şekerden olmasın?" derken sinirle çıkıştı Latife, "Ne saçmalıyorsun kuzum sen, şekerle dişin ne alakası var! Hele dişle kalbin! Yok artık! Daha neler! Bu salak Cumhuriyetçiler gibi konuşma lütfen!" dedi ve şekerini kütürdeterek çiğnedi. "İlahi… bu saçmalıklara inanmaman lazım. Kafamızı karıştırmak için uyduruyorlar bunları cahiller."

Elinde şekerlikle iyice geri çekildi Lütfiye, yıllar geçtikçe kardeşiyle nasıl da birbirlerine yabancılaştıklarını izlemişti, farklılıklarının büyüklüğünü görmezden gelmek artık ne kadar da zor oluyordu, ama hemen zihnini silkeledi, çünkü insanın kardeşi hayatının ortağı değil miydi? Kocası gittiğinden beri evine almıştı Latife kendisini. Onun evinde yaşıyor, onun yemeğini yiyor, yöntemlerini onaylamasa bile onun tarafını tutmakta zorunlu hissediyordu kendini, özellikle oğlunu kaybettiğinden beri, Selim ve Latife'nin desteği ile hayata katlanabiliyordu ama artık zorlanıyordu. Köşkte yaşarlarkenki havalı halleri Valpreda'ya taşındıklarında neyse ki dinmişti ama şimdi de etrafındakileri aşağılamalar, anlamadan dinlemeden kafayı bu komşulara takmalar başlamıştı. Hedef arayan birinin hali vardı Latife'de. Hayatın acısını çıkaracak bir hedef arar olunca insan, hayat huzura akmazdı.

Latife kendi kendine yine söylenmeye başladığında, pencerenin önündeki koltuğuna oturup kitabının üstünde duran tesbihini eline aldı Lütfiye, oğlu öldüğünden beri hayatın engellenemeyen karmaşasında kaybolduğunda, dualara sığınmak onu her zaman rahatlatmıştı. Başladı tespihini çekip oğlu için, Latife ve Selim için, tüm yetimler ve hakkını korumak için mücadeleye girmek zorunda kalanlar için duasını etmeye.

Nana, elinde kutsal bir tepsi taşıyormuş gibi içeri girmese Lütfiye'ye kesin yine saracaktı Latife ama Nana'nın getirdiği davetiyeler neyse ki neşesini yerine getirdi, oturduğu yerden fırlayıp hızla aldı davetiyelerden birini eline, dikkatle, gururla inceledi.

Duasını bitiren Lütfiye, eline kitabını alırken daha fazla dayanamayıp "Çok abartılı olmadı mı Latife?" diye sordu. Latife onu duymazdan gelerek Nana'yı "Koş hemen indir bunu aşağıya ama altına dantel koy ve sakın böyle gitme! Güzelce giyin, saçını topuzla! Farkını koy ortaya!" diye uyardı ve "Altına dantel koymadan davetiye mi takdim edilir!" diye azarladı.

Lütfiye bu sefer yine pes etti, belki bu yüzüncü pes edişiydi, belki yüz bininci… Nana giyinip geleceğini söyleyip aceleyle çıkacakken odadan, "Selim hâlâ dönmedi mi?" diye sordu Latife. Nana'nın suratı düştü, Selim sabah işe gider gibi evden çıkıyor ve hep geç gelip odasına giriyordu, Nana sorudan kaçmak istercesine bir yavaşlıkta dönerken sessizce "Yok hanımım, ama merak etmeyin Paşam iyidir, işleri vardı belli, hem kötü haber tez yayılır derler, bir şey olmuş olsa şimdiye duyardık," diye mırıldandı.

"Ne saçmalıyorsun sen kız!" diye kızdı Latife, "Ne olacakmış ki benim oğluma kötü haber olsun! Allah korusun! Kafası karışık sadece, ama ben bu akşam bitireceğim bu işi! Hadi şimdi koş danteli getir bakim!" dedi. Yorgunluğunu saklayarak emri kabul etti Nana, Latife onu nöbete koyduğundan, dün geceden beri uyumamıştı, sabah da deliler gibi mutfakta ziyafet hazırlamaya başlamıştı ve itaatkâr, çıktı odadan, dantel getirmeye gitti.

Latife telefonu eline alıp çevirirken neşe ile "Bak şimdi alsınlar boylarının ölçüsünü, bizim Nana bile onlardan daha görgülü, Selimim görmeyecek mi bunların aşüfteliğini, anlamayacak mı?! Yan yana durmamız yeter!" dedi ve telefonun diğer ucundan cevap gelince neşe ile "Kuzum nasılsın?.. Ah dinlemez miyim! Hazır her şey. Hı hı…Kaçta?" diye ahizeye konuşurken Nana dört çeşit dantel ile geri geldi.

Lütfiye bıraktı kitabını, dantellerden en sadesini seçip güzelce yerleştirirken, Nana bu sefer de giyinmeye gitti. Latife'nin telefon konuşması nihayet bittiğinde Lütfiye dantelli gümüş tepsinin üstündeki zarfı masanın üstüne koymuştu, kitabını okumaktaydı.

"Ne okuyorsun bu fırtınanın içinde Lütfiye? Teessüf ederim!" diye sitem etti Latife ahizeyi yerine koyarken.

"Fırtınaya en iyi gelen şey okumak Latife, bir okumaya başlasan anlayacaksın," dedi Lütfiye bıkkınlıkla.

Latife güldü, hayatında tek bir kitabı bitirmemişti, hayatı boyunca yaşamadığı bir deneyimi aşağılayabilecek kadar hayatın hediyelerinden habersiz, her şeyi çözdüğünü sanan her kara cahil gibi dalgasını geçti, "Yer yerinden oynuyor, oğlum kevaşelere kapılıp elden gidiyor, ben oturup kitap okuyacağım! Neymiş bu okuduğun, neye iyi geliyormuş, oku bakalım!" dedi.

Lütfiye tartışmak istemiyordu, daha önce çok anlatmaya çalışmıştı ama asla Latife kadar zengin ve gösterişli olmadığından dinletememişti kendini. Sadece zenginlerin dinlendiği bu cemiyette Lütfiye kimdi ki?! Sakince satırları okudu: "Kâfir kelimesi kökünü küfürden alır. Kâfir hakikati örten demektir. Kâfir, sadece 'Allah'a inanmıyorum' diyen değil, dilinde olanın aksini davranışı ile yapan ve bu şekilde hakikati inkâr edendir. *Kur'an*'da kâfir kavramı, aynı zamanda kişinin nefsinde, kendi ilahi hakikatini örtmesi manasına da gelmektedir. Kâfirler, kendilerini doğuştan Müslüman sansalar da, İslamiyet'in –yani teslimiyetin– ne demek olduğunu, insanın nasıl bir varlık olduğunu, nereden geldiğini, nereye gideceğini, varoluşunun amacını bilmeyen küfürdedirler… yani kâfirdirler."[129]

Okuması bittiğinde odada derin bir sessizlik oldu, Lütfiye ve Latife göz göze geldiler. Hayatları boyunca yan yana olmuş, birbirini korumuş iki kardeşin varlıkları, aynı odanın içinde olmalarına rağmen şimdi öylesine birbirine uzak bir histeydi ki sanki aralarında dev uçurumlar, derin okyanuslar, geçilmez çöller ve en önemlisi,

---

129 Deniz Erten'in *İşaret (Misafir)* kitabından.

farklı evrenler vardı... ve ilk defa aralarındaki mesafeyi ikisi de aynı anda bir daha asla görmezden gelemeyecek kadar net hissettiler.

Çok uzun süredir ilk defa birbirlerinin gözlerinin içine aynı anda bakmışlardı, o an Latife ile ilk defa gerçekten, en içten gelen bir duygu ile konuşma fırsatını bulduğunu düşündü Lütfiye, "Latife," dedi sevgiyle aynı rahimden birkaç saniye ara ile çıktığı, aynı yumurtanın bir diğer parçası olan kardeşine. Latife dinlemeye hazırdı, buğulanmış gözlerindeki çağrı "Anlat," diyordu sanki.

Aralarındaki o okyanusların, uçurumların, geçilmez çöllerin üstüne çocukluklarında oynadıkları o derenin üstündeki o eski, küçük, taş köprü gelip konmuştu sanki. Latife dinlemeye, Lütfiye de paylaşmaya hazırdı. Nana tiril tiril hazırlanmış içeri girdiğinde bile, ikisi de birbirlerinden çekmediler gözlerini.

Lütfiye, Nana'ya odadan çıkmasını söylemek için ona dönmüştü ki o an telefon çalmaya başladı, Nana, önce Latife Hanım'ın telefona atlayacağını sanıp bir an geride beklemişti ama Latife ve Lütfiye'nin bakışları yine birbirlerine kenetlendi. Çocukluğundaki bir köprünün üstünde biri ile, özellikle de doğumu paylaştığın biri ile aniden buluşabilmek böyle bir şeydi. Dünya önemsizleşirdi. Ama Lütfiye bekledi, Latife'nin Nana'yı odadan göndermesini bekledi, eğer paylaşsın istiyorsa bunu göstermeliydi, azıcık da olsa kendisini dinleyeceğinin çabasını göstermeliydi, bunca yıldan ve bunca yanlış anlaşılmadan sonra sadece gözlerinin içine bakıyor olması yetmezdi.

Nana dayanamadı ve açtı telefonu "Samigiller buyrun," diyerek... Bir an sonra telefonu Latife'ye uzatıp "Melek Hanım arıyor," dedi.

Hayat anlarda ağırlaşmış akarken, Lütfiye saplanmıştı kardeşinin gözlerine onun dikkati için yalvarırcasına bakmaya devam ederken, Latife gözlerini bir an sonra kopardı ve Nana'dan aldı telefonu... sanki o taş köprü yıkılmıştı.

Nana tepsiyi alıp hanımefendiliğinin doruklarında odadan çıkarken Latife, "Melekcim, kuzum," dediğinde Lütfiye sanki Latife'nin uzaklaşmasını yıkık köprünün diğer ucundan izler gibiydi...

Benim şu terziliğim bir tutsa, altı aya kalmaz
döneriz köye, evimizi yaptırıveririz.

İğneye yastık olmuş yaralı parmağı, nasırın her şekline yuva olmuş elleriyle Ayşe, elbisenin üstündeki lekeyi kapatmak için işlediği yerin çevresine dikiş atarken esnemek istedi ama tuttu kendini, o an belki de ilk defa ne kadar yorulduğunu, belinin, sırtının ve en çok da boynunun ne kadar ağrıdığını fark etmesine rağmen yine de tuttu kendini, bedenini esnetmek için dikişi bırakıp gerilmedi, nakışı işlemeye devam etti.

Bu yaptığı işlemeyi daha önce hiçbir elbisede görmemişti. Kendinin bulduğu bir teknik olacaktı, tabii bitirebilirse. Boncuklardan ve ince iplerden yapılmış bir sürü nakış görmüştü ama bu yaptığı farklıydı. Lekenin etrafını kelebek şeklinde kesmişti, içine başka bir kumaş koymuş, onun üstünü simli iple işlemişti ve şimdi de üstüne beyaz iple makinede dikiş atmaktaydı, altta kalan ipin simi, üstte ipeğin rengiyle uyumlu düz renk ipin arasından belli belirsiz kendini göstermekteydi. İşlemenin farklı yapısı Fransız kumaşlarda olan bir asillik vermişti ve işi bitmek üzereydi ama bir terslik vardı… durdu.

Elbiseyi kaldırdı baktı… anlayamadı, ayağa kalktı, o an suratı kasıldı, boynu cidden fena tutulmuştu ama durmadı, elbiseyi yatağın üstüne serip dikkatle baktı ve tersliğin ne olduğunu anladı: Kahretsin, ne kelebeği, işlediği şekil kanatları gerilmiş bir ejderha gibiydi. Hangi kadın üzerinde kelebek ejderha kırması bir işlemeden kıyafet isterdi ki! O an Zübeyde girdi içeri, Ayşe onu fark etmedi bile, elbiseye bakıp şekli nasıl değiştirebileceğini hesaplamaya çalışırken Zübeyde Hanım da torununun yanında dikilmiş, gözlüklerini düzeltip onun baktığı şeye bakmaktaydı. Bu şekil de nedir diye düşünürken, Semiha girdi, saçına kına yakmıştı ve üstünde koltuk altından sardığı peştemal vardı.

Semiha, "Neye bakıyorsunuz öyle?!" diye sorduğunda, Ayşe ancak dikkatini elbiseden koparmıştı ve dibinde dikilmiş anneannesini fark ediverdi, sıçradı. Sonra annesine dönüp "Değişik bir şey deniyordum ama…" dedi Ayşe durumu nasıl açıklayacağına şaşkındı, konuşamadı ama Zübeyde Hanım gözlüklerinin üstünden hâlâ elbiseye bakarken: "Kelebek aslında bu ama kanatları çok büyük olmuş kızım… ne bileyim yani… sanki ejderha mı yapmak istedin?" deyiverdi.

Canı sıkıldı Ayşe'nin, elbiseyi mahvetmiş gibi hissetti bir an. Zübeyde, Ayşe'deki bitkinliği ve umutsuzluk okyanusunun kıyısını gördü ve hemen yanına gidip elini omzuna atarak, "Kızım çok güzel, değişik bir elbise bu. Zaten biri çıkıp daha önce yapılmamış değişik bir şey yapınca o moda oluveriyor. İşte bu da moda olur belki," dedi ve elbisenin işlemesine dikkatle bakıp "Bak, kanatlarla uğraşma, iki üç kat teğelle ortaya incecik bir sıra boncuk koy, kelebeğin gövdesiymiş gibi," dedi. Sonra Ayşe'ye baktı ama Ayşe elbiseye dalmıştı, üzgündü. "Yapacaksın kızım! Merak etme. Olmazsa alırız bir elbise," diye teselli etmeye çalıştı.

Ayşe'nin umudunun son kalkanı da düştü yeni bir elbise almak zorunda kalabilecek olmanın düşüncesiyle birlikte, "Anne kaç para bir elbise biliyor musun?" diye mırıldandı çaresizlikle.

"Olsun kızım, 30 lira olsun, alırız," dedi Semiha, "Ne 30 lirası anne, burası İstanbul, iyi bir elbise 80 liradan aşağı değil!" diye cevap verdi Ayşe.

Annesi itiraz etti: "Kızım ne 80 lirası bu! Fayton mu alıyoruz! Bir elbise bu paraya olur mu!"

"Anne ya!" dedi Ayşe, "Sen sosyeteyi bilmiyorsun. Kendini göstermek için yaşayan bir grup rüküş kadın bunlar! Bu medeniyet dedikleri şeyin en büyük zehri işte bu anne, gelişmemişliklerini, eksikliklerini saklamak için kıyafete kafayı takmış sosyete hanımları, öyle çok para harcıyorlar ki hepsinin yarışı bu. Yarıştıkları yerlerse balolar, davetler, o elbiselerse birer silah! Şu kafamın içindekini, bu aciz parmaklarımla bir dikebilsem, gösteriş savaşlarının en hızlı silahşoru olacağım, balo meydanlarında şanım alıp yürüyecek, kadınlar benim diktiğim şeyleri giymek için birbirlerine girecek," dedi, sonra umutla annesine döndü, annesinin sıcak gülümsemesine bakıp "Ama ben o kadar meşgul olacağım ki elbiselerimi almak isteyenleri sıraya sokmak zorunda bile kalabilirim," diye devam etti ve sonra hayallerden kopup "Hem biz buraya para biriktirmeye gelmedik mi! Ne elbise alması! Elbise satmamız lazım anne, almamız değil. Benim şu terziliğim bir tutsa, altı aya kalmaz döneriz köye, evimizi yaptırıveririz."

Çaresizliğini kovalamak istercesine kızının başını öptü Semiha, "Sen sıkma bakim canını! Hiçbir şeye mecbur değiliz. Allah yardım edecek evimizi onarmamıza ama kendimizi bunun için paralamayacağız. Hem ev dediğin şey nedir ki! Ailedir," demişti ki kapı çaldı. Ayşe hemen toparlanıp annesini geçip kapıyı açmaya gitti.

Giyinmiş kuşanmış, üstünden çiçek kokuları yükselen Nana, elinde güzeller güzeli gümüş bir tepsinin üstünde muhteşem bir işçilikle işlenmiş dantel örtünün tam ortasındaki altın yazmalı zarfla kapıdaydı.

Heyecandan konuşamadı Ayşe, ağzını açtı ama kelimeler yerine kocaman bir gülümseme çıktı şaşkınlığının hemen ardından. Neyse ki Nana tepsiyi ona uzatırken hemen lafa girmişti, bu akşamki daveti hatırlatıp ev ahalisinin hepsinin akşam Latife Hanım tarafından beklendiğini, davetin çok önemli olduğunu, özellikle Ülkü Hanım'ın muhakkak teşviklerinin beklendiğini, ağdalı bir saray ağzıyla anlattıktan sonra öylece bekledi.

Bir an ne yapacağını şaşırdı Ayşe, şaşkınca elini uzatıp zarfı aldı ama Nana hâlâ beklemekteydi. Ayşe kendini çok yabancı hissettiği bu sosyetik halin içinde gülümseyip "İyi akşamlar," diyebildi.

Nana dümdüz sordu: "Geliyorsunuz ailecek değil mi?"

Ayşe o an Nana'nın cevap beklediğini anlamıştı ki Nana ekledi: "Ona göre kurulacak sofra da bilmem lazım,"

"Evet," dedi Ayşe sevincini baskılamaya çalışarak. "Tabii ki! Şeref duyarız."

"Kardeşiniz Ülkü Hanımlar, o da gelecek kesin değil mi?" diye sordu ve yine cevap bekledi: "Evet tabii, tabii gelecek Ülkü de," deyince Ayşe, Nana iyi günler dileyip bindi asansöre.

Şaşkınca elinde zarfla girdi, koridorda ilerlerken Ülkü çıktı odasından, giyinmişti. Ayşe bir anlık şaşkınlığı atıp "Kız nereye?" diye sordu.

"Doktor yürü dedi ya biraz yürüyüp geliyorum," dedi.

Ayşe "Dur hele!" dedi "Üstümü değiştireyim hemen geliyorum. Birlikte yürüyelim."

Tuttu onu Ülkü, durdurdu, Ayşe'yi alamazdı yanına! "Biraz yalnız yürüyeyim ben," diye geçiştirdi.

"Niye kız?" dedi Ayşe, hemen lafa girdi Ülkü: "Abla ben hep yalnız yürümez miyim?"

"Tamam, anladık, musallat olmayız," diye çıkıştı Ayşe, gülümsedi, elindeki zarfı Ülkü'ye uzatıp "Ama akşam Selim Beyler'deyiz ona göre!" derken pek neşeliydi.

Ayşe'nin imalı bakışını anlamadı bir an Ülkü, zarfa bakınca kendi kendine başını sallarken "İnanamıyorum bir de davetiye mi göndermişler?" dedi mırıldanır gibi.

"Kızım sosyete bunlar. Sonuçta Latife Hanım sadrazamın karısıydı. O yüzden tüm o havası! Bakalım akşam kimlerle tanışacağız?" diye heveslendi Ayşe.

"Siz tanışırsınız, ben çok yorgunum abla," dedi Ülkü ve Ayşe hemen itiraz etti. "Valla olmaz Ülkü ya! Bizi yalnız bırakamazsın! Kesin geliyorsun. Bak, oyunbozanlık yapma son dakkada! Söz de!"

Sıkıldı Ülkü, "Abla ya, ne işimiz var o züppelerin yanında?" dedi ama Ayşe açıklamasını hazırlamıştı, "Kızım, bir teşekkür edelim değil mi Selim Bey'e, validesine… adamcağız seni hastaneye taşıdı ya! Görgüdür bu."

Derin bir iç çekti Ülkü ve kaburgası inceden batar gibi olunca durdu, bıraktı nefesini, "Daha da fazla rezil olmak için yer arıyoruz," dedi ama Ayşe hemen itiraz etti: "Kızım, biz üzerimize düşeni yapalım, gerisini hayata bırakalım. Bir teşekkür etmek lazım kesin."

Başını tamam anlamında sallarken, "Kuru kuru mu abla? Bizim gücümüz yetmez ki onlara teşekkür etmeye," dedi.

Ayşe ıslattığı parmaklarıyla Ülkü'nün kaşını düzeltirken, "Kızım, gücümüzün yettiği kadarıyla teşekkür ederiz biz de. Halden anlamazlarsa keyifleri bilir. Anneannem etli lahana sarması yapıyor, onu götürecekmiş, bundan iyi teşekkür mü olur?" diye çıkıştı.

Güldü Ülkü ve kapıya yönelirken "Bir soluklanayım gelirim bir iki saate," dedi.

Ayşe "Sakın geç kalma!" diye seslendi ardından. Cevap gelmeyince, peşinden "Ülkü!" diye seslendi.

"Tamaaam!" diye cevap gelince tüm dikkati yine elindeki davetiyeye kaydı, kâğıdın dokusunu incelemeye başladı. Ah bu Latife Hanım gıcıktı mıcıktı ama ne zevkli kadındı…

Sosyete dedikleri şey böyle bir şeydi herhalde, insanlığa karşı adap yoksunu kadınların zevklerini yarıştırarak kendilerini ortaya koyma çabası…

-8-

Önemin en keskin ölçüsüydü aşk…

Derin bir nefes aldı Orhan, sınıftaki tüm dikkat kendisinde toplanmıştı, elindeki kâğıdın girişini okudu önce: "Birazdan okuyacağım satırlar Sümerlerin tüm peygamberler doğmadan binlerce yıl önce yazdıkları ve günümüze kadar ulaşabilmiş tabletlerinden birine aittir. 14. tablet olarak arşive işlenmiş bu tabletin anlattıklarını hep birlikte anlamaya çalışalım."

Sınıfın kendisine kitlenmiş bakışında heyecanlanmak istedi ama heyecanlanamadı, çünkü okuduğu şey öyle ilgi çekiciydi ki geri kalan her şey önemsizleşmişti, İlmiye hariç. Başını bir an kaldırdı, İlmiye'ye baktı, göz göze geldiklerinde kendisindeki duygunun eşini onun gözlerinde gördüğünü düşündüğü anda kalbi saatte 300

416

kilometre hızla koşarcasına atmaya başladı, hissettiği duygunun onda karşılık bulma olasılığı bile kalbini göğüs kafesinden koşturup çıkarmaya yetecek kıvamdaydı.

Başını yine kâğıda indirdi, elinde tuttuğu binlerce yıl önce yazılmış yazı, bu duygu ile nasıl da önemsizleşmişti. Önemin en keskin ölçüsüydü aşk, hissedilen kişiyi öyle merkeze koyan bir duyguydu ki sanki evren onun etrafında genişliyordu ve İlmiye bir kara delikti, Orhan'ın tüm dikkatini bir mıknatıs gibi kendine çekiyordu. Derin bir nefesle kalbinin hızını yavaşlatmaya çalışıp okumaya başladı Orhan:

"Nibiru'da[130] hüküm süren Anu'nun ilk doğan oğlu Lord Enki'nin sözleri," dediğinde İlmiye'nin yazısının ne kadar güzel olduğunu düşündü, her harf tane tane, özenle yazılmıştı ama sonra dikkati yine metne geri geldi, bu sabah ilk okuduğundan beri aklı almıyordu binlerce yıl önce yazılmış bu tableti. Kendine bulaşan şaşkınlığın ve merakın birazdan tüm sınıfa yayılacağına emin, okumaya başladı:

"Lord Enki diyor ki, ağır bir ruhla ağıtlarım var; acı dolu ağıtlar kalbimi doldurur.

Toprak nasıl çarpılmış, toprağın halkı Şeytan Rüzgâr'a teslim edilmiş, ahırları terk edilmiş, otlakları boşaltılmış.

Şehirleri nasıl çarpılmış, halkın ölü bedenleri üst üste yığılmış, Şeytan Rüzgâr'a yakalanmışlar.

*Araziler nasıl çarpılmış, bitki örtüsü solmuş, **Şeytan Rüzgâr tarafından dokunulmuş.***

Nehirler nasıl çarpılmış, hiçbir şey yüzmez olmuş artık, saf, parlayan sular zehre dönüşmüş.

***Siyah kafalı insanlarıyla** Sümer boşalmış, tüm hayat gitmiş.*

En görkemli şehirlerinde sadece rüzgâr uğuldar, tek kokuysa ölümdür.

Tanrılar tarafından başları cennete kadar uzatılmış tapınaklar terk edilmiş.

---

130 Sümer yazıtlarında bahsi geçen Annunnakilerin geldiği, dünya dışında olduğu belirtilen yerin adı Nibiru gezegeni.

Lordluk ve Krallık yönetimi yok olmuş, asa ve taç gitmiş.

Bir zamanlar hayat veren yemyeşil iki büyük nehrin kıyısında, sadece yabani otlar büyüyor.

*Kimse **otobanlardan** geçmiyor, kimse yollarda görünmüyor, gelişmiş Sümer terk edilmiş bir çöl gibi.*

Bölge, Tanrıların ve insanların evi, nasıl çarpılmış.

Bu topraklar insan için bilinmeyen bir felakete düştü.

Daha önce kimsenin dayanamadığı, İnsanoğlunun daha önce hiç görmediği bir felaket.

*Tüm bölgede, batıdan doğuya her yerde, yıkıcı bir terörün eli yerleştirildi. **Kendi şehirlerinde Tanrılar da insanlar kadar çaresizdi.***

Uzak bir ovada doğan Şeytan Rüzgâr, büyük bir felaket yolunu işledi.

*Batıda doğan **ölüm dağıtan rüzgâr** doğuya kadar ulaştı, onun rotası kader tarafından belirlendi.*

*Fırtına öğüten bir tufan değil, su değil, rüzgâr ile yok edici; suyun dalgalarıyla değil, **zehirli hava ile yıkıcıydı.***

Kısmetle değil kader ile ortaya çıkmış, büyük Tanrıların kendi konsilinde büyük Felakete neden olmuştu.

Enlil ve Ninharsag tarafından izin verilmişti ve ben tek başıma durdurmak için yalvarıyordum.

Enhil'in savaşçı oğlu Ninurta ve benim kendi oğlum Nergal, büyük düzlükteki silahları zehirleyip sonra serbest bıraktılar. Bu Şeytan Rüzgârın ışığı takip edeceğini bilmedik derken acı içinde şimdi ağlarlar. Tanrılar şimdi sızlanırlar.

Şeytan Rüzgâr Shumer'e doğru ilerlerken Tanrılar, kutsal şehirlerinde durup inanmadılar.

Sonra birbirleri ardından Tanrılar şehirlerini tek tek bıraktılar ve tapınaklarını rüzgâra bıraktılar.

*Benim şehrim Eridu'ya **zehirli bulut yaklaşırken** onu durdurmak için hiçbir şey yapamadım.*

Eşim Ninki ile birlikte "Açık bozkıra kaçın!" diye insanları yönlendirdim. Şehri terk ettim.

Nippur kendi şehrinde, gökyüzünün yeryüzü ile bağlandığı yerde, **Enlil olanları durdurmak için hiçbir şey yapmadı.**

Şeytan Rüzgâr Nippur'a varmak için acele ediyordu. Enlil ve eşi, **göksel gemilerine binip aceleyle gittiler.**

Ur şehrinde, Shumer şehrinin hükümdarı Nannat babası Enlil'e yardım için ağladı.

Cennetin yükseldiği Tapınağın 7. Basamağında, kaderin eli Nannar dinlemeyi reddetti.

Enlil oğlu Nannar'a seslendi: 'Soylu oğlum, senin harika şehrinin krallığı verilmiştir; edebi saltanat verilmemiştir. Eşin Ningal'ı al ve **şehirden uç**. *Taksiratlarına karar verdiklerimin ben bile kaderlerini bükemem.'*

Böylece benim kardeşim Enlil konuştu, ne yazık, bu kader değildi!

Bu felaket, **dünyalıların**[131] **başına gelen tanrıların tufanından**[132] *daha büyük bir şey değildi ve ne yazık ki o bir kader değildi.*

Büyük tufanın gerçekleşmesi gerekiyordu ama ölüm dağıtan fırtınanın büyük felaketi gerçekleşmemeliydi.

Yaratılmış bir terör silahı ile Heyetin kararı sonucu, bir yeminin ihlali nedeniyle yaratılmıştı.

Bir karar ile, kader ile değil, zehirli silahlar salıverilmişti.

Marduk'a karşı, benim ilk doğanım, iki oğlum yıkımı yönetti, intikam yüreklerindeydi.

Enlil'in ilk doğanı bağırdı: Yükseliş, Marduk'un değil ki kavrasın! Ninurta dedi ki, silahlarla ona karşı gelmeliyim!

İnsanlardan bir ordu oluşturdu. Babil dünyanın göbeği ilan edilmiştir! Diye bağırdı Marduk'un erkek kardeşi Nergal.

Yüce Tanrıların konseyinde, zehrin söylentileri yayıldı. Gece gündüz ben itirazlarımı bağırdım, aceleciliklerini kınadım, barış önerdim.

İkinci kere insanlar göksel imajlarını kavradılar, neden karşıtlık devam etsin? Diye yalvararak sordum.

---

131 Orijinali Eearthlings olan bu kelime dünyada yaratılmış olan, dünyalı demek.
132 Bizlerin Nuh Tufanı adını verdiğimiz tufan.

Tüm aletler kontrol edildi mi? Göklere Marduk dönemi gelmedi mi? Diye bir kez daha sordum.

Ningishzidda, benim oğlum, göklerin diğer işaretlerini belirtti. Biliyordum ki Marduk'un adaletsizliği kalbinde affedilemezdi.

Nannar, Enlil'in dünyada doğanı da çok muhaliftti. Dedi ki, Kuzey şehrindeki benim tapınağımı Marduk kendine ikametgâh yapmış!

İshkur, Enlil'in en genç oğlu, ceza talep etti, dedi ki, onun ürettiği peşindeki insanlar benim topraklarımda!

Nannar'ın oğlu Utu'nun gazabı, Marduk'un oğlu Nabu'ya yöneldi: Gök arabaların yerini ele geçirmeye çalıştı!

İnanna, Utu'nun ikizi, hepsinden daha öfkeliydi, sevgilisi Dumuzi'nin öldürmesi için Marduk'un cezalandırılmasını talep etti.

Ninharsag, Tanrıların ve insanların annesi, bakışlarıyla süzdü herkesi, Neden Marduk burada değil? dedi sadece.

Gibil, benim kendi oğlum, kasvetle cevapladı: Marduk tüm ricaları bir kenara koydu, göklerin işaretleriyle kendi üstünlüğünü iddia ediyor.

Marduk sadece silahlarla durdurulabilir diye bağırdı Ninurta, Enlil'in ilk doğanı.

Utu gök arabalarıyla ilgili tedirgindi, Marduk'un eline asla geçmemeli dedi.

Nergal, alt diyarların efendisi, vahşice talep etti: Yok etmek için eski terör silahları kullanılsın!

Kendi oğluma inanamadım. Kardeş kardeşe karşı terör silahı kullanmak için yalan yere konuşuyorlardı.

Rıza yerine sessizlik vardı.

Sessizlikte Enlil konuştu: Ceza verilmeli. Kötülük yapanlar kanatsız bırakılan kuşlar gibi olmalı.

Marduk ve Nabu, bizi mirastan mahrum ediyorlar, onları Gök arabalarından mahrum edelim!

Ninurta bağırdı: Bırakın o yer yakılıp unutulsun, yakan da ben olayım!

Heyecanlı Nergal ayağa kalkıp bağırdı, bu kötülerin şehirleri de karışsın! Günahkâr şehirleri yok etmeme izin verin, sonrasında adım yok edici olsun!

Israrla dedim ki, Bizim tarafımızdan yaratılmış dünyalılara zarar gelmemeli, günahkârların yanında masumlar yok olmamalı!

Ninharsag, benim yaratıcılıkta yardımcımın rızası şuydu: Bu konu sadece Tanrıların arasında bir konudur, insanlar zarar görmemeli.

Anu, göksel meskeninden konuya dikkat kesildi.

Kaderleri belirleyen Anu'nun sesi göksel meskeninden duyuldu: Terör silahları bu seferlik kullanılsın, roketlerin yeri yok edilsin, insanların kurtulmasına izin verilsin.

Ninurta kavursun, Nergal yok etsin! Enlil kararı duyurdu.

Tanrıların sırrını onlara vermeliyim, terör silahlarının yerini onlara açıklamalıyım.

İki oğul, biri benim, biri onun, Enlil iç odaya çağırdı.

Nergal, benim yanımdan geçerken bakışı bertaraf edilmişti.

Ne yazık! Kelimesiz ağladım, kardeş kardeşe düşman oldu. Önceki zamanlar yeniden tekrarlanmaya mahkûm mu?

Geçmiş zamanlardan bir sırrı, terör silahını Enlil onlara emanet ediyordu.

Terör ile örtülü, bir parlaklıkla serbest bıraktıkları şey, dokunduğu her şeyi bir toz yığınına dönüştürdü.

Dünyada kardeş kardeşe karşı yalandan yemin ettiler, hiçbir bölge etkilenmez.

Camdan bir kavanozun işe yaramaz parçalara kırılması gibi yemin şimdi bozulmuştu.

İki oğul, coşku içinde hızlı adımlarla silahları iç odadan götürdüler.

Diğer Tanrılar şehirlerine geri döndüler, hiçbiri kendi felaketini sezinlemedi.

Şimdi bu önceki zamanların ve terör silahının hesaplaşmasıdır.

Önceki Zamanların başı Başlangıçtı, Önceki Zamanlardan sonrası Eski Zamanlardı.

Eski zamanlarda, Tanrılar dünyaya geldiler ve dünyalıları yarattılar.

Önceki zamanlarda Tanrıların hiçbiri dünyada değildi, dünyalılar da daha yapılmamıştı.

Önceki zamanlarda, Tanrıların meskeni onların kendi gezegenindeydi, adı Niburu'ydu.

Güneşin etrafında uzun bir devre[133] yapan kırmızı hareli, büyük bir gezegen.

Niburu bir süre soğukta yutulmuştu. Devresinin bir parçası güneş tarafından fazlasıyla ısıtılmıştı.

Volkanik patlamalar yüzünden atmosferi kalınlaşıp katlanmıştı.

Tüm yaşam bu atmosfer tarafından muhafaza edilir, onsuz sadece azap var olabilir!

Soğuk zamanda Niburu'nun iç ısısı, sürekli yenilenen ılık bir paltı gibi gezegeni de ılık tutar.

Sıcak zamanda, güneşin kavurucu ışınlarına kalkan olur.

Ortasında yağmurları tutar ve bırakır, göllere ve akıntılara yol açar.

Atmosferimiz bereketli bitki örtüsünü besler ve korur; sudaki ve karadaki yaşamın her türünün filizlenmesine neden oldu.

Aeon[134] zamandan sonra bizim kendi türümüz filizlendi, kendi özümüz sonsuz yaratabileceğimiz bir tohumdu.

Sayımız arttıkça, Niburu'nun birçok bölgesine atalarımız yayıldı.

Bazıları toprağı ekti, bazıları dört ayaklılara çobanlık etti.

Bazıları dağlarda yaşadı, bazıları vadileri kendine ev yaptı.

Rekabet oluştu, gasp etmeler oldu, çatışmalar meydana geldi, sopalar silah oldu.

Klanlar kabilelerde toplandı, sonra iki büyük ulus birbiriyle yüzleşti.

Kuzeyin ulusu ile güneyin ulusu kapıştı.

Elde tutulan füzeler açıldı, ışık ve şimşek silahları vahşeti artırdı.

Uzun ve sert bir savaş gezegeni yuttu; kardeş kardeşe çarpıştı.

Kuzeyde ve güneyde ölüm vardı.

---

133 Kelimenin orijinali circut – devre olarak çevrilmiş, ancak bizim dilimizde dönüş olarak kullanıyoruz.

134 İki ya da daha fazla jeolojik zamanı kapsayan zaman dilimi. Dünya gezegenindeki 1. Jeolojik zaman 4 Milyar yılı sürmüştür.

Birçok devrede, ıssızlık hüküm sürdü, tüm yaşam azaldı.

Sonra ateşkes ilan edildi, barış yapıldı.

Ulusların birleşmesine izin verilsin, yetkililer birbirlerine şöyle dedi:
Niburu'da tek bir saltanatın olması için tek bir taht olsun.

Eğer kral kuzeyden gelirse kendine, kendi ile yönetimde eş güneyden
bir kraliçe seçsin. Eğer güneyden gelirse kendine kuzeyden bir kraliçe
seçsin.

Karı koca olsunlar, tek beden olarak."

Durdu burada Orhan ve İlmiye'nin kendisine öğrettiği gibi, işaretli yere geldiğinde sınıfa kaldırdı başını, "Tabletin bu kısmını hızlı geçip asıl şaşırtıcı olan kısma varmak istiyorum ama aradaki kısım ilginizi çekerse kâğıtları teneffüste benden alabilirsiniz. Atladığım kısımda krallığın Niburu'da nasıl kurulduğu ve sırasıyla kimlerin kral olduğu, ardından," diye açıkladı ve devamını okumaya devam etti:

"Anib'in Ninib'den bir oğlu doğdu; tahtın halefi oldu, kral sırala-
masında 4. Kraldı.

An.Shar.Gal kraliyet ismi ile anılmak istedi, Anlamıysa Prenslerin
Prensi An'ın Prensi idi.

Eşi, yarım kardeşi, Ki.Shar.Gal eşit şekilde isim aldı.

Bilgi ve anlayış ana yaklaşımıydı; gökyüzünün yollarını yılmadan,
usanmadan araştırdı.

Niburu'nun büyük devresini çalıştı, bir Shar'ı[135] dönüş devresinin
uzunluğuna eşitledi.

---

135 Sümerlerin de kullandığı bir zaman ölçüsü, 1 Shar yaklaşık olarak 3,657 yıla tekabül etmektedir.

Niburu'nun 1 yılı ölçü alındı ve kraliyet tarafından hesaplanıp kaydedildi.

Shar 10 bölüme bölündü ve 2 festivalin ismi koyuldu.

Güneşe yakın olan zamanda[136] sıcaklığın festivali kutlandı.

Niburu güneşten uzaklaştığında, serinlik festivali kararı alındı.

İkisi tüm kabile ve ulusların eski festivallerini değiştirip, halkı birleştirdi.

Karı ve kocalık, oğul ve kızlık kanunlarını kararname ile kurdu.

İlk kabilelerden gelen âdetleri her yer için geçerli kıldı.

Savaşlar yüzünden kadınlar, erkeklerin sayısından fazlaydı.

Kararname ile erkeğe birden fazla kadın eş edinme hakkı verdi.

Kanun ile, eşlerden biri resmî olarak eş olacaktı ve bu ilk seçilen eş oldu.

Kanunen, ilk doğan, babanın mirasçısı olacaktı.

İlk doğan, ilk eşten olmadığında bu kanunlarda karışıklık çıktı.

Böylelikle, ilk eşten doğan oğul da sonra doğmuş olsa bile yasal vâris olarak karar kılındı.

Anshargal'ın krallığında, Kishargal ilk eş olarak duyuruldu. Kralın yarım kardeşiydi.

Anshargal'ın krallığında cariyeler yeniden saraya getirildi.

Cariyelerden kralın oğulları ve kızları doğdu.

İlk doğan bir oğul, cariyeden doğmuş ilk doğandı.

Sonrasında Kishargal oğul doğurdu. Saltanatın yasal vârisi oydu ama ilk doğan değildi.

Kishargal sarayda sesini yükselterek bağırdı:

Eğer ilk eşten doğan benim oğlum, haleften yasaklanmış olur, çift tohum hakkı ihmal edilmemelidir!

Farklı anneler olmasına rağmen Kral ve ben aynı tohumdan geliriz.

Ben Kral'ın yarım kardeşiyim ve Kral benim yarım kardeşim.

Bu yüzden benim oğlum babamız ulu Anib'in çifte tohumuna sahiptir!

Bundan böyle Tohum Yasası, Nikahın Yası üstün gelsin!

---

136 Ekinokslar.

Bundan böyle yarı kardeşten bir oğul ne zaman doğarsa, doğan her oğuldan daha üstün vâris tutulsun.

Anshargal, düşünüp Tohum Yasası'nı benimsedi:

Eş ve cariye, evlenme ve boşanma düzensizliği engellendi.

Onların (Anshargal ve Kishargal) konsilinde, vâris için Tohum Kanunu uygulandı.

Kralın emri ile kararname kaydedildi.

Böylece, bir sonraki kral Tohum Kanunu ile ardı ardına ilan edildi.

Ona An.Shar ismi verildi. 5. Kral oldu.

Kanun değiştiğinde diğer prensler de çekiştiler.

Söylenmeler vardı, isyan yoktu.

Anshar kendine bir eş olarak yarı kardeş seçti. Ona Ki.Shar dediler.

Kraliyet kanunen devam etti.

Anshar'ın saltanatında, tarlaların verimliliği azaldı, meyveler ve tahıllar bolluğunu yitirdi.

Her devrede, Niburu güneşe yakınlaştığında güneşin ısısı arttı, uzaklaştığında serinlik daha sertleşti.

Krallığın şehri Agade'de, kral büyük anlayışa nail olanları topladı.

Bilge âlimlere, derin bilgi sahibi olanlara durumu sorgulama emri verildi.

Bölgeyi ve toprağı incelediler, gölleri ve akıntıları teste koydular.

Biri, daha önce oldu diye cevap verdi: Eskiden de Niburu'nun sıcağı ve soğuğu böyle büyüdü.

Niburu'nun döngülerinin içindeki bir kader bu.

Döngüleri inceleyen bilgili diğerleri, Niburu'nun kaderini suçlamadılar.

Onların bulguları, atmosferdeki kırılmaydı.

Volkanlar, atmosfere daha az püskürtme yapıyordu.

Koruyucu kalkan azaldığında Niburu'nun havası inceldi.

Anshar ve Kishar'ın hükümdarlığında, bir salgın çıktı, mücadele etseler de üstünden gelemediler.

Oğulları En.Shar tahtın vârisi, hanedanlığın altıncısı oldu.

İsmi Shar'ın Lord Ustası anlamına gelir.

Çok büyük anlamayla doğmuştu, daha da fazla öğrenme ile bilgelik kazandı.

Niburu'nun göksel devresinden kaynaklanan felaketlere çare bulabilmek için çok çalışmalar yaptı.

Güneşin ailesinin göz alıcı güzellikteki beş üyesini kendi döngülerinde kucakladı.

Felaketlere çare bulabilmek için onların atmosferini inceledi.

Her birine, atalarının atalarını onurlandıran isimler verdi, onları göksel çiftler olarak düşündü.

İlk karşılaştığı, ikize benzer gezegenlere An ve Antu dedi. Niburu'nun devresinin dışında, Anshar ve Kishar, en büyük gezegenlerdi.

Diğerlerinin rotasında bazen Nibiru ile haberci olarak Gaga buluşur. Güneşin etrafında döndükçe beşi Nibiru'nun karşılayıcılarıydılar. Ötesinde, bir sınır gibi, dövülmüş bilezik gibi Güneş çevrilmişti. Göklerin yasaklı bölgesinin karşısının gardiyanı gibi korudu.

Güneşin diğer çocukları, dört tane, bileziğin kalkanladığı yere zorla girenler.

Bu beşinin atmosferini Enshar iyice inceledi.

Tekrar eden devrelerde Niburu'nun döngüsünde olan beş tanesi dikkatle incelendi.

Göksel arabalarla ve gözlemle nasıl bir atmosfere sahip oldukları test edildi.

Bulgular muazzamdı, keşifler kafa karıştırıcıydı.

Döngüden döngüye Niburu'nun atmosferi daha da kırılma yaşadı.

Öğrenmişlerin konseyinde, çareler azimle tartışıldı, deliği sarmanın yolları aciliyetle düşünüldü.

Gezegeni saracak yeni bir kalkan yapılmasına kalkışıldı, yukarı ittirilen her şey yere geri geldi.

Öğrenmişlerin konseyinde, duman püskürten volkanlar çalışıldı.

Püsküren volkanlar oluşturuldu, azalmış püskürtmeleri tarafından yaranın oluştuğu anlaşıldı.

İcatla yeni püskürtme desteklensin, volkanlar püskürtsün yine! Diyordu bilge bir grup.

Hangi araçlarla daha fazla püskürtme yapmayı başaracakları konusunda krala bilgi veremediler.

Enshar'ın hâkimiyetinde gökyüzünün ihlali büyüdü.

Yağmurlar tutuldu, rüzgârlar daha sert esti, bahar derinlerden ortaya çıkmadı.

Yerde bir itham vardı, annelerin memeleri kurumuştu.

Sarayda gerilim vardı, bir suçlama oldu.

Tohum Yasasına saygı yüzünden Enshar'ın yarım kardeşi karısı olarak alındı.

Nin.Shar dendi ona, Shar'ların dişi ayısı. Bir oğul doğurmadı.

Cariyelerden Enshar'a bir oğul doğdu, ilk doğandı.

Ninshar ilk eş ve yarım kardeş tarafından oğul doğrulmadı.

Halefiyet Kanunu tarafından cariyenin oğlu tahta geçti, 7. Kral oldu.

Du-Ur onun kraliyet adıydı.

Sarayda değil, cariyelerin evinde doğdu.

Değerli Duuru, eş olarak genliğinden bir kızı seçti, ilk eş aşk ile seçildi, tohum yasası ile değil.

Da.Uru kızın kraliyet ismiydi. Benim yanında olan anlamına geliyordu.

Kraliyet Mahkemesinde karışıklık başladı. Oğullar vâris değildi, eşler yarı kardeş değildi.

Yeryüzünde ıstırap yükseldi. Tarlalar bolluklarını kaybetti, insanlar arasında doğurganlık azaldı.

Sarayda doğurganlık yoktu, ne oğullar ne de kızlar doğdu.

An'ın 7. Tohumu hâkimiyetteydi ama sonra onun hâkimiyetteki tohumu kurudu.

Sarayın kapısında Dauru adlı bir çocuk bulundu, oğul olarak kraliçe onu sahiplendi.

Duuru sonunda onu evlat edindi, onu vârisi ilan etti; Lahma, kuruluk anlamında ona isim verildi.

Sarayda Prensler söylenir oldular, Danışmanlar Konseyinde şikâyetler vardı.

Sonunda Lahma tahta yükseldi. An'ın tohumu olmasa bile 8. Kral oldu.

Öğrenmişlerin Konseyi'nde atmosferi iyileştirmek için iki tavsiye vardı:

Biri metal kullanmaktı, adı altındı. Niburu'da altın çok azdı, ama ezilmiş bilezikte -güneşin etrafındaki- çoktu.

En iyi şekilde toz haline gelebilecek tek maddeydi, gökyüzüne yükseltilip orada asılı kalıyordu.

Öyle ki takviyelerle atmosfer iyileşebilir ve Niburu'yu daha iyi koruyabilirdi.

Gök araçları inşa edelim, gök donanması ile Niburu'ya altın getirelim!

Dehşet silahları yaratalım da bir başka fikirdi, yeri sallayan, dağları ayıran füzeler ile volkanlara vuralım, uyku halindeki volkanları harekete geçirelim, böylece atmosferi çoğaltalım.

Atmosfer kalınlaşınca, çatlaklar yok olur!

Hangi kararı vermek konusunda Lahma çok yetersizdi.

Bir döngü Niburu tamamladı, Niburu'nun iki shar gittiği hesaplandı.

Tarlalarda ıstırap ağı azaldı. Volkanik püskürtme ile atmosfer onarılmadı.

Üçüncü shar geçti, dördüncüsü hesaplandı. Altın elde edilemedi.

Yeryüzünde kavga bol oldu, su ve yiyecek bol değildi.

Yeryüzünde birlik yok oldu, suçlamalar boldu.

Kraliyet Mahkemesi'nde âlimler gelip gidiyor, danışmanlar içeri dışarı aceleyle koşuyordu.

Eşinden aldığı danışmanlıktan başka Kral onların lafına dikkat etmedi, eşinin adı Lahama idi.

Eğer kader buysa, Her şeyin Yüce yaratıcısına yalvaralım dedi kraliçe.

Yalvarmak, ağ hareketi umut için tek çare!

Kraliyet Mahkemesi'nde prensler hareketliydi, krala suçlamalar yöneltildi:

Çare getirmek yerine aptalca, akılsızca, daha büyük felaketler getirdi!

Eski depodan silahlar çıkarıldı, ayaklanma başladı.

Kraliyet sarayından bir prens silahlanan ilk kişiydi.

Söz ile tedirgin ettiği diğer prensin adı Alalu idi.

Lahma artık kral olmasın! Diye bağırdı.

Gelin, krala tahtı bıraktıralım!

Adamın kelimeleri Prenslere gerilim verdi, hepsi sarayın kapılarına koştular.

Kraliyet odası girişi yasaklıydı ama akıntılı su gibi geçtiler.

Kral kuleden kaçtı ama Alalu peşine düştü.

Kulede boğuşma vardı, Lahma ölümüne düştü.

Alalu bağırdı: Artık Lahma yok!

Neşe ile duyurdu, artık kral yok!

Alalu taht odasına koştu, tahtın üstüne kendi oturdu.

Hakkı ya da konsey olmadan, kendini kral ilan etti.

Yerde birlik bozuldu, bazıları Lahma'nın ölümüne sevindi, diğerleri Alalu'nun hamlesine üzüldü.

Şimdi bu Alalu'nun krallığının ve Dünya'ya gitmesinin hesabı.

Yerde birlik bozulmuştu, kralla ilgili birçokları mahzundu.

Saraydaki prensler gergindi, konseydeki danışmanlar şaşkındı.

Hâkimiyet babadan oğula art arda An'dan gelen taht devam etti.

Sekizinci kral Lahma'nın bir oğul evlat edindiği ilan edildi.

Alalu kimdi? Yasal vâris miydi? İlk doğan mıydı?

Hangi hakla tahtı gasp etmişti; o bir kral katili değil miydi?

Alalu'yu Yargılayan 7'den Önce'de, onun kaderi düşünüldü.

Alalu'yu Yargılayan 7'den Önce'ye Alalu itirazını sundu:

Ne yasal olarak ne de ilk doğan olarak kraliyet tohumu değil.

Anshargal'ın soyundanım, diye yargıçlara iddia etti.

Cariyelerden benim akrabam doğdu, adı Alam'dı.

Shar'ın hesabına göre, Alam ilk doğandı, taht ona aitti.

Kraliçe göz yumarak onu kenara koydu!

Kendi oğlunun kral olabilmesi için boşluktan yarattığı Tohum Kanununu yarattı.

Alam'ı krallıktan mahrum etti; onun yerine krallık oğluna verildi.

Alam'ın süregelen soyundanım ben; Anshargal tohumu içimde!

Yargılayan 7'ler, Alulu'nun sözlerine ilgi gösterdiler.

Konuyu Danışmanlık Konseyi'ne aktardılar ki doğru ya da yanlış olduğu anlaşılsın.

Kayıtlar Evi'nden kraliyet kayıtları getirildi; büyük bir dikkatle okundu.

An ve Antu ilk kraliyet çiftiydi; üç oğulları vardı ve hiç kızları olmamıştı.

İlk doğan Anki'ydi; tahtta öldü, hiç çocuğu yoktu.

Onun yerine ortanca oğul tahta çıktı; Anib'di adı.

Anshargal onun ilk doğanıydı; tahta o çıktı.

Ondan sonra ilk doğan tarafından sürdürülen taht krallığı devam etmedi;

Tohum Kanununun yerini Veraset Kanunu aldı.

Bir cariyenin oğluydu ilk doğan; Tohum Kanununa göre krallıktan mahrum edilmişti.

Krallık onun yerine Kishargal'ın oğluna verildi; sebebi Kral'ın üvey kız kardeşi olmasıydı.

Kayıtlar cariyenin oğlundan, ilk doğandan, hiç bahsetmiyordu.

Onun soyundanım ben, diye haykırdı Alalu danışmanlara.

Veraset Kanununa göre krallık ona aitti; veraset kanununa göre krallık şimdi benim hakkım!

Danışmanlar tereddüt içinde Alalu'dan doğruluk yemini etmesini istediler.

Alalu yaşam ve ölüm yemini etti; konsey onu kral kabul etti.

Yaşlıları çağırdılar, prensleri çağırdılar; onların huzurunda kararı açıkladılar.

Prensler arasından genç bir prens bir adım öne çıktı; krallık hakkında bir şeyler söylemek istedi.

Veraset tekrar gözden geçirilmelidir dedi meclise.

Ne ilk doğan ne de kraliçeden doğan bir oğul olmasam da saf bir tohumdan geliyorum:

An'ın özü içimde korundu, hiçbir cariye onu sulandırmadı!

Danışmanlar onun sözlerini hayretler içerisinde dinliyorlardı; genç prens çağrılanlara bir adım daha yaklaştı.

Ona adını sordular.

Ben Anu; büyükbabam An'ın adı verildi bana!

Neslini soruşturdular; onlara An'ın üç oğlunu hatırlattı.

Anki ilk doğandı, oğlu ya da kızı olamadan öldü;

Anib ortanca oğuldu, Anki'nin yerine tahta çıktı; Anib küçük kardeşinin kızını eş olarak almıştı; veraset onlardan itibaren yıllıklara kaydedilmişti.

Kimdi bu An ve Antu'nun oğlu, en saf tohumlardan biri olan küçük kardeş?

Danışmanlar merakla birbirlerine baktı.

Enuru'ydu adı diye duyurdu Anu; o benim büyük atamdı!

Eşi Ninuru bir üvey kız kardeşti; oğlu ilk doğandı; Enama'ydı adı.

Karısı üvey kız kardeşti, tohum ve veraset kanunlarına göre ona bir oğul doğurdu.

Nesiller, kanuna ve tohuma göre kusursuz olan bu saf soydan geldiler!

Ailem bana atamız An'dan sonra Anu ismini verdi;

Tahttan azledildik; An'ın saf tohumundan çıkarılmadık!

Anu kral olsun diye bağırdı birçok danışman. Alalu azledilsin!

Diğerleri ihtiyatlı olmayı önerdi: Çekişme önlensin, birlik sağlansın!

Keşfedilen bulguları anlatmak için Alalu'yu çağırdılar.

Alalu, Prens Anu'ya onu kucaklamayı teklif etti; bu yüzden Anu'ya dedi ki:

Her ne kadar farklı evlatlardan gelse de soylarımız, tek bir atadan geliyoruz;

Birlikte huzur içinde yaşayalım ki Niburu'ya bereket geri dönsün!

Tahtta kalmama izin ver, ben de veliaht olmana izin vereyim.

Sonra konseye seslendi: Anu veliaht olsun, izin verin vârisim olsun!

İzin verin oğlu kızımın eşi olsun, veraset birleşsin!

Anu konseyin huzurunda eğildi, meclise açıklama yaptı:

Alalu'nun sakisi olacağım, bekleyen vârisi olacağım; oğullarımdan biri onun kızlarından birini gelin olarak seçecek.

Konseyin kararı buydu; kraliyet kayıtlarına bu şekilde yazıldı.

Böylelikle Alalu tahtta kalmış oldu.

Bilgeleri, âlimleri ve danıştığı komutanları çağırdı; karar vermek için birçok bilgi edindi.

Dövülmüş Bilezik içinde altın aramak için gök sandalları inşa edilsin diye karar verdi.

Sandallar Dövme Bileziklerle parçalandı; hiçbiri geri dönmedi.

Niburu'nun bağırsakları Terör Silahları ile kesilip açılsın, yanardağlar tekrar patlasın diye emir verdi yine.

Gökyüzündeki savaş arabaları Terör Silahları ile donatıldı, gökten gelen terör füzeleri yanardağlara çarptı.

Büyük parıltılar gök gürültüsüyle patladığında dağlar sarsıldı, vadiler titredi.

Ülkede büyük sevinç vardı; bereket beklentisi vardı.

Sarayda Anu, Alalu'nun sakisiydi.

Alalu'nun ayaklarına kapanır, içki kadehini Alalu'nun eline verirdi.

Alalu kraldı; Anu'ya onun bir hizmetkârı gibi davranıyordu.

Ülkede bayram sevinci azaldı; yağmurlar tutuldu, rüzgârlar sertleşti, Yanardağların püskürtmeleri artmadı, atmosferdeki gedik kapanmadı.

Göklerde, Niburu rotasında turlamaya devam etti; attığı her turda sıcaklık ve soğukluk daha dayanılmaz oldu.

Niburu halkı krallarına saygı göstermeyi bıraktı; ferahlık yerine, sefalete sebep oldu!

Alalu tahtta kaldı.

Prensler arasında en önde gelen güçlü ve bilge Anu, onun huzurunda duruyordu.

Alalu'nun ayaklarına kapanıyor, içki kadehini Alalu'nun eline veriyordu.

Sayılan dokuz dönem boyunca Alalu Niburu'da kraldı.

Dokuzuncu Shar'da, Anu Alalu'ya savaş açtı.

Çıplak bir şekilde, yumruk yumruğa Alalu'ya meydan okudu.

Kazanan kral olsun, dedi Anu.

Şehir meydanında birbirleriyle boğuştular; kapı dikmeleri titredi ve duvarlar sallandı.

Alalu diz çöktü; yüzüstü yere yığıldı.

Alalu düelloda yenildi; Anu alkışlanarak kral ilan edildi.

Anu konvoy eşliğinde saraya götürülürken; Alalu saraya dönmedi.

Kalabalıkların arasından gizlice uzaklaştı; Lahma gibi ölmekten korkuyordu.

Diğerlerine haber vermeden, acele ile gök savaş arabaları sarayına gitti.

Alalu füze fırlatan bir savaş arabasına tırmandı; kapağını arkasından kapadı.

Ön taraftaki odaya girdi; komutanın yerine oturdu.

Yol Göstereni aydınlattı, odayı mavimsi bir atmosfer kaplarken.

Ateş Toplarını karıştırdı; uğultuları bir müzik gibi büyüleyiciydi.

Savaş arabasının Büyük Fişeğini canlandırdı; kırmızımsı bir parlaklık yayıyordu.

Diğerlerine haber vermeden, Alalu gök sandalının içinde Niburu'dan kaçtı.

Alalu rotasını kar renkli Dünya'ya çevirdi; Başlangıç'tan gelen bir sır sebebiyle seçmişti bu hedefi."

Sınıf sessizdi... bugün bilinen uygarlık kurulmadan binlerce yıl önce, tüm peygamberler doğmadan binlerce yıl önce yaşayan insanlar, bir yılı dünya yılı ile kıyaslandığında 3600 yıla tekabül eden Niburu adlı bir gezegenden, insan özelliklerinin hepsini taşıyan ama insandan çok daha iri, çok daha uzun ömürlü, çok daha gelişmiş, Annunnakiler adlı bir uygarlığın dünyaya indiğini, madenlerde çalıştırmak için insanı var ettiğini, yeryüzünde işçi olarak çoğalan eğitimsiz, sahipsiz insanlığın çığrından çıktığını, bu yüzden Annunnakilerin gelişmiş teknolojileri sayesinde dünya gezegenindeki okyanus yatağını değiştirerek oluşturdukları tufan ile çığrından çıkan insanlığın kalabalığını temizlediklerini, sonrasında da bir grup insanın belirli bir şekilde eğitilerek yaşamasına izin verildiğini anlatıyordu... Ve bu anlatılan hikâyeye Sümerler Yaradılış diyorlardı aynı Yahudilerin kutsal kitabı olan *Tevrat*'ın ilk kitabında anlatıldığı gibi... ve aynı, Hıristiyanların eski ahit diye kabul ettikleri *İncil*'in ilk bölümünde anlatıldığı gibi… Bilginin ağırlığı altında sessizliğe gömülen çocukların istisnasız her birinin aklında tek bir soru vardı: Bunlar gerçek olabilir miydi?

-9-

Bilmiyordu Selim ama yeniden doğacaktı.
Ve mutlak yalnızlık yeniden doğumun tek şartıydı.

"Senin konun ne?" dedi Orhan, Ali cevap vermeden İlmiye güldü "Beyfendi kimseye söylemiyor. Büyük bir sırrı açıklayacakmış velet!" dediğinde Ali bir bakış attı ablasına, çocuk değildi artık ve kendisi ile böyle konuşulmasına izin veremezdi.

Ali'nin bakışının haklılığına teslim oldu İlmiye, "Affedersin," dedi ve mahcubiyetini belli edercesine Ali'nin yanağından bir makas aldı.

Ali özrü kabul ettiğini belli eden bir gülümseme ile "Sizin sunumlar fena değildi, binlerce yıl yaşayan krallar, uzaydan dünyaya gelip insanlığı başlatan Alallu falan evet ama benim bulduğum şey ayakları çok yere basan, ispatlı bir şey, birkaç taşın üzerine kazınmış anlatımdan çok daha kuvvetli bir şey!" dedi.

Orhan ve İlmiye ciddi ciddi meraklanmışlardı. Valpreda'nın sokağının başına varmak üzereydiler ama Orhan durdu ve Ali'ye dönüp söyleyecek misin söylemeyecek misin diyen bir bakış attı.

Güldü Ali, "Tamam," dedi, bu ikisini bu kadar oyaladığı yetmişti, "Tabletlerden birinde Annunnakiler'in yerin altından yeşil renkli ve ışıldayan ama aynı zamanda hastalık yayan bir taş çıkarttıkları uzun uzun anlatılmış. Çıkan taşın, taşı çıkarmak için madende çalışan insanları nasıl hasta ettiği, öldürdüğü tasvir edilmiş. Ama ilginç olan kısmı tabii ki bu değil. Şunu dinleyin: Tablette bahsi geçen yere giden maden mühendisleri gerçekten de madencilik yapılmış bir sürü antik alan buluyorlar o bölgede. Ve bir bakıyorlar ki bu alanların hepsinde ama istisnasız hepsinde yeşil renkli, ışıldayan

434

bir maden olan uranyum var. Düşünün şimdi, binlerce yıl önce öldürücü bir maden çıkarıldığı anlatılan bir tabletin bahsettiği yere gidiliyor ve tablette anlatılanların doğru olduğu anlaşılıyor ve bunun üzerine Afrika'da uranyum çıkarmak isteyen bir şirket, uranyum rezervlerinin az olmasının fizik kurallarına aykırı halini araştırırken milyonlarca sene önce, bu bölgeden de uranyum çıkarıldığına dair arkeolojik kanıtlar buluyor. Şimdi burada sorulması gereken bir soru var!" dedi ve dikkatle baktı İlmiye ile Orhan'ın yüzüne.

Orhan "Senin bu bilgileri nerden bulduğun mu?" dedi tebessümle.

Kızdı Ali, kaşları çatık cevap bile vermedi Orhan'a ve İlmiye "Tabletler acaba anlattıkları diğer konularda ne kadar doğruyu söylüyorlar?" dedi.

Ali'nin kaşları aniden gevşedi ve başı ile yaptığı küçük bir hareket ile "Evet! İşte asıl soru bu olmalı! Nasıl?"

Orhan başını salladı sakince, "Merak uyandırıcı, şu tabletlerin hepsini detaylı bir okumak lazım," dedi.

İlmiye, "Binlerce var ve sadece 30 tanesi çevrilmiş şimdiye kadar, Papa tabletleri incelemeye aldığından çeviri durdurulmuş. Vatikan'ın tabletleri geri teslim etmesini bekliyorlar diye bir şey okudum," dedi, Ali tam duruma tepki verecekti ki Orhan'ın adını duydular geriden. Biri seslenmişti.

Selim "Selamın Aleyküm çocuklar," derken yaklaştı yanlarına. İlmiye ve Ali kalplerinin en özünden gelen sıcacık bir gülümseme ile karşılarken Selim'i, Orhan buruk bir ifade ile sade bir halde selamladı onu.

Selim, "İzin verir misiniz çocuklar Orhan ile bir şey konuşmamız lazım," dediğinde, İlmiye ve Ali Selim'e iyi günler dileyip, Orhan'a "Sonra görüşürüz," deyip yokuşu çıkmaya koyuldular.

Onların ardından hasretle baktı bir an Orhan, Selim'e döndüğünde susmak için kendini zor tutan bir ifade oturdu mimiklerine. Dökülmemeliydi içinde tuttukları şimdi.

"Buyurun," dedi, abi demek istemediğini gösterircesine.

Selim fark etmedi ya da etrafta olan binbir tuhaflığın arasında umursamadı mı… ama Orhan'ın mimiklerine hiç takılmadan, hal hatır bile sormadan konuya daldı hemen, "Tuhaf şeyler oluyor Orhan, şimdi sen hemen bir koşu Bahriye Hanımlar'ın eve git ve ona şu mektubu ver, okusun ama onda bırakma," derken iç cebinden bir mektup çıkarmıştı, "Mutlaka geri al okuduktan sonra ve bana geri getir ama Bahriye Hanımlar'dan sonra," derken sustu aniden Selim, çünkü ona uzattığı mektubu almak için en ufak bir hareket dahi yapmamıştı Orhan, öylece bakıyordu Selim'in suratına, ifadesiz, heyecansız ve sanki hayatsızdı.

Selim sustu, gözlerini Orhan'ın bakışlarında gezdirdi. "Bir şey var sende belli…" dediğinde Orhan içindekileri kelimelere dönüş-türmemek için daha da tuttu kendini ama Selim "Hadi oyalanma," dediğinde Orhan'ın kelimeleri zihninde patlayıp ağzından fırlamış gibi çıkıverdiler.

"Bir şeyim olduğunu anlıyorsun, görüyorsun ama yine de sor-muyorsun? Neden hiç merak etmiyorsun beni Selim Abi? Neden halim hatrım seni hiç ilgilendirmiyor? Bu kadar mı önemsizim senin için! Kaç gün oldu en son beni göreli! Hiç mi merak etmedin! Ama dur, ben yaşamıyorum ki zaten, bir tek sen yaşıyorsun bu dünyada, bir tek senin isteklerin, ihtiyaçların, yapılması gereken şeylerin var. Bense sana kulum öyle mi?! Dediklerini yapmak dışında benim ne önemim var ki! Neden böyle Selim Abi? Benim deli anam hizmetçiliğinizi yapıyor diye ben de mi malınız oluyorum?!"

Selim önce şoktaydı! Ne diyordu şimdi bu çocuk böyle! Ne haller olmuştu buna bile!

Ama sonra şaşkınlığı öyle hızlı kızgınlığa evrildi ki Orhan'ın devam eden kelimelerini duymadı bile: "Bu ne hadsizlik oğlum! Biz annene ne zaman hizmetçi muammelesi yaptık da böyle konuşuyorsun! Himayemizde aile bildik sizi! Alt tarafı bir Bahriye Hanımlar'a git dedim diye kul mu oldun Orhan! Hale bak! Böyle davranmayı, büyüğüne, hele ki bana böyle diklenmeyi, nankörlüğü mü öğretiyorlar sana Cumhuriyet denen bu illetin okullarında! Bu hadsizliğin ne böyle!”

“Hadsizlik mi!” diye çıkıştı Orhan, gözleri öyle hızlı ıslanmıştı ki keşke Selim Abi'nin önünde çocuk gibi ağlamasaydı! Ama kendini bildi bileli her anısında vardı Selim'in hatrı ve şimdi onunla böyle kapışmak yüreğinde yaralar açmış, o yaralardan sızan toksinler gözlerinden akmıştı.

“Kaç gündür nerdeyim, ne haldeyim, başıma bir şey geldi mi, o gece niye ortadan kayboldum niye bir soru bile sormuyorsun Selim Abi? Bir gelip bana bakmıyorsun bile! Bunu sormak mı hadsizlik? Doğru ama benim ne haddime ki! Sadrazamın oğlu değilim ki ben! Ne değerim var!”

Selim sarsılmıştı, günlerdir Orhan'ı neden merak etmediğini kendisine bile anlatamadı. Düşünceler girdaplara dönüşüp her şeyi aşağı çekerken “Orhan,” diyebildi.

Kıpkırmızı gözlerinden akan yaşlar, ifadesindeki ciddiyet ve soğuklukla zıtlık içinde konuşmaya devam etti Orhan, “Senin hadsizlik dediğin şeye okulda karakter diyorlar! Saygı diyorlar! Evet, okulda öğretiyorlar bunları! Adam olmayı, sana saygı duymayanın yüzüne konuşmayı öğretiyorlar!”

Orhan haklıydı ama ne kadar haklı olursa olsun yılların verdiği üstünlüğün alışkanlığı ile Selim de kendisi ile böyle konuşulmasına daha fazla tahammül edemezdi, “Orhan kendine gel!” dedi küçük bir gürleme gibi. “Kendine gel, ağzından çıkanı kulağın duysun! Benim nelerle uğraştığımı, neler peşinde heba olduğumu biliyor musun da bana hesap soruyorsun! Benim kim olduğumu unutuyorsun!”

“Kimsin sen Selim Abi? Sen kendin biliyor musun ki kimsin?! Niye konuşmayayım sana böyle, içimden düşüneyim yüzüne güleyim mi sarayda yaptıkları, babanın hep şikâyet ettiği gibi? Neden, ha! Neden? Sen bana dilediğin gibi saygısızlık yap, ben hep sineye çekeyim! Bu mudur abi kardeş ilişkisi! Sen ne olursun o zaman biliyor musun, yabancı olursun. O beğenmediğin Cumhuriyet'in okulunda ne öğretiyorlar biliyor musun, tam da şu an yaptığımı: En çok, değer verdiğini eleştireceksin ki yabancılaşmasın."

Selim sarsılmıştı, doğduğundan beri yanında gezdirdiği bu çocuğun, karşısında dikilmiş kendisine kafa tutmasına inanamıyordu. Vatan delirmişti ve bu delilik kesin bulaşıcıydı.

"Artık kimse kimseden üstün değil ve o sevmediğin Atatürk yaptı bunu! Hakkı eşitledi adam! Ama görmezsin sen bunu! Artık sadrazamın oğlu değilsin ve buna alışsan iyi edersin!" dediği anda elini kaldırdı Selim ve "*O adam*ın adını ağzına alma!" derken Orhan'ın yüzüne tokatı indirdi ve indirdiği anda tüm varlığını kaplayan müthiş bir pişmanlığın altında öyle ezildi ki Selim'in ezikliğini onun gözlerinde gördü Orhan.

Orhan'ın kızarmış gözlerindeki duygular aniden kururken Selim özür dilemekle açıklama yapmak arasında bir şeyler geveledi, Orhan'a uzandı, "Oğlum iyi değilim ben, neler yaşadığımı bilmiyorsun…" diyordu ki Orhan sakince "Kin bürümüş içini," dedi. Bir adım gerileyip "İntikam almak için kendine düşman arar olmuşsun ama burnunun dibindeki asıl düşmanı görmeyecek kadar kendini kandırıyorsun! Sadece seninle aynı şeyden nefret ediyorlar diye pisliklerle birlik olunmaz! Ne yaptı bu adam bize? Kendini padişah mı yaptı, kızını danışman, damadını bakan mı yaptı! Vatan malını ucuza satıp kendine mal mı yaptı! Bankalar, otomobil ve şeker fabrikaları, elektrik santralleri kurdu.[137] Okullar, üniversiteler, meslek liseleri açtı! Ne yaptı size bu adam!" dedi ve bir adım daha geriledi. Öyle bir baktı ki Selim'e, o bir bakışa dünyanın tüm hayal kırıklıkları, umutsuzlukları ama en kötüsü de acıması sığabilmişti.

Mahvoldu Selim, gözleri aniden dolarken konuşmak istedi ama kelimeler boğazında düğümlendi.

---

137 Ülkemizin tarihindeki en kalkındırıcı yapılanma Atatürk'ün inkılapları ile ilk 15 yıl içinde açılan fabrikalar, devlet bankaları ve elektrik, su, telefon, haber ajansı kurumları gibi kurumlar ile yapılmıştır. Atatürk'ün vizyonu ile sadece halka, yani Bize ait olacak şekilde kurulan bu çok değerli kurum ve kuruluşların % 98'i bugün yabancılara değerlerinden çok daha düşük fiyatlarla devredilmiştir.

Orhan, "Yanlış taraftasın Selim Abi! Ben Bahriye Hanım'ın evine giderim ama bir tek o Mösyö denen aşağılık herifin kafasını ezmeye giderim oraya. O gece, Bahriye Hanım ve Mösyö koruda sevişirken gördüm onları, utancımdan saklandım, sonra *o adam*, o pislik… küçücük, savunmasız, zararsız bir kedi yavrusunu öyle tekmeledi ki öldürüyordu az kalsın! Kendisine hiçbir kötülüğü dokunmamış bir kedi yavrusundan bahsediyoruz! Düşün Selim Abi, savunmasız bir cana, bile isteye zarar veren biri! İşte sen böyle biriyle yoldaşsın! Bil!" dedi.

"Niye anlatmadın bana?" diyebildi Selim ama Orhan'ın öfkesi yüreğinden taşmıştı. "Dinler miydin!" diye haykırdı. "Benim sana konuşmaya hakkım var mı Selim Abi! İçimdekileri söylemeye, düşündüklerimi anlatmaya ha! Hakkım var mı? Düşünmeye bile hakkım var mı? Sorsaydın, gelseydin, Orhan nerdesin deseydin…" dedi ve duygularını kalbine tıkıp döndü yürüdü. Ama sonra hıncını alamayıp geriye döndü. "Ayrıca!" dedi, geri geri yürürken, "Odanda buruşturulmuş bir kâğıt var, Mahmud Esad Bozkurt'un yazısı. Okudum onu! Onu okuyup da yazanla hemfikir değilsen, sende bir tuhaflık var Selim Abi! Daha kendi hayatını düzenlemeyi beceremiş, kimseye katkısı olmayan tekkecilerle mi Osmanlı'yı hayata geçireceksin? Onlar anca cehennemi var edebilirler! Osmanlı BİZİZ!" dedi ve sonra döndü, hızla yokuşu tırmanmaya başladı.

Kalakaldı Selim, duyguları kök saldı dikildiği yerde, acısı çoğaldı, Orhan'ın haklılığında azaldı varlığı, azaldıkça azaldı ve sanki minnacık kalakaldı yolun kıyısında, yapayalnızdı Orhan'ın ardında… Bilmiyordu Selim ama yeniden doğacaktı. Ve mutlak yalnızlık yeniden doğumun tek şartıydı.

Ancak, yeniden doğmayı göze alabilenler, mutlak kabul ettirildikleri şeylerden soyunmaya karar verip gerçeğin peşine düşmeye cesaret edebilenler, sonunda kendilerine kavuşacaklardı. Çünkü insan katman katmandı ve kendinden soyunmadan, önyargılarını kurban etmeden öze inmek belki de imkânsızdı.

Selim'in bu kıza kafayı niye taktığını bir anda anladı:
Kendisi gibi olabilen kaç kişi vardı kalabalıkların arasında?

Derin bir nefes aldı Ülkü, dikleşti ve karşıya geçerken adama söyleyeceklerini kafasında tekrarladı. Kulübesinde oturmuş gazete okuyan Cemil Efendi, başını kaldırır kaldırmaz, otomatik bir telaşla lafa girdi Ülkü, "Atımı görmeye geldim, müdür beyin haberi var, Selim Bey'in talimatıyla beni bekliyorlar. Atım içeride. İçeri girmek zorundayım," dedi.

Gözleri kocaman açıldı Bekçi Cemil'in, şaşkınlıkla "Ülkü Hanım sen misin doktor?" diye mırıldandı.

Daha da dikleşti Ülkü, cevap vermedi ama bakışı öyle netleşti ki Cemil hemen kulübesinden çıkıp hürmetle açtı kapıyı. "Buyrun doktor hanım," dedi, Ülkü doktor olmadığına dair adamı düzeltmedi, çünkü o kadar gergindi ki tepki veremedi, başı ile küçük bir hareket verip girdi içeri, Cemil kapıyı arkasından kapatırken döndü önüne Ülkü ve ne tarafa gideceğini bilemeden, bekçiye de sormadığı için pişman, bir an kalakaldı.

Demir parmaklıkların arkasındaki arazi öyle güzel şekillendirilmişti ki sol taraftaki güzeller güzeli kulüp binasının önünden ta gerideki maneje kadar her yer yemyeşildi. Savaş buraya kesinlikle gelmemişti.

Manejde ata binenlere baktı Ülkü, mutluluk kapladı kalbini çünkü böylesine özenle bakılmış bir yerdeyse Yakışıklı, özenle bakılıyor olmalıydı. Sakince binaya yürüdü Ülkü, yanından geçen beyefendiler onun erkek kılığındaki kıyafetlerine baktıklarında bir an daha da gerildi ama gerginliği hemen geçti, çünkü çok efendi bir şekilde kendisine selam verilmişti. İma, kinaye, şaşkınlık yoktu, sadece saygı vardı.

Binaya girdi Ülkü, üniformalı görevliye kendini tanıtıp atının burada olduğunu açıklayıp müdürü görmek istediğini söyledi ama müdür teftişteydi, neyse ki kendisi atına götürülürken müdüre de haber verilecekti.

Manejin kıyısından geçtiler. Patikadan yürüyüp arka taraftaki ahırların oraya geldiklerinde kulübün temizliğini, ahırların lüksünü inceledi Ülkü, ifadesine yayılan huzur Yakışıklı'nın sesini duyması ile zirveye ulaşırken, gördü onu! Koridorun sonundaki bölümde tımarlanmaktaydı, nasıl da yakışıklı bir kızdı!

Hemen ona koştu Ülkü gözleri dolu dolu, ruhunun okyanuslarını salmış sarıldı Yakışıklı'ya. Ancak kalp gözü açık olanların hissedebileceği yüceler yücesi Allah'ın sevgisini paylaştılar birlikte, bir lokmayı paylaşır gibi sakin ve sade. Bir canın diğerine duyduğu, Allah'ın canına duyulan saygı, sevgi ve sahip çıkma değil miydi İslam.[138]

"Bismillahirrahmanirrahim," diye art arda mırıldanırken şükretti Ülkü. Öyle şükretti ki yüreğindeki sevgi büyüdü büyüdü, zerre kadar bedeni sanki evrenle bir oldu, Allah'ın duygusuna teslim oldu… anlamlarla var oldu.

Bir sıçrayışta bindi atına, kaburgasının ağrısı tamamen geçmişti, çünkü duyguların en yücesi sevgi yüreğe indiğinde beden unutulurdu.

Yakışıklı ve Ülkü buyur edildikleri maneje adım adım asaletle yürüdüler. Anadolu'nun duygusundan gelen bir kısrak ve bir kız… kadınlıklarının asaletinde "Ben de varım, daima da var olacağım! Gör beni!" dercesine turlamaya başladılar manejde, bıraksalar tüm dünya kadının ve canın değerini görene kadar turlamaya devam ederlerdi.

Önce müdür bir anda fark etti manejde beliren ahengi, adamın bakışı o kadar odaklanmıştı ki müdürün nereye baktığına çevirdi başını Robert ve uzun süredir… çok uzun süredir… ilk defa ilgisini çeken bir şey gördüğünü fark ettiğinde dakikalar çoktan geçmişti, hâlâ Ülkü'yü izlemekteydi. Bir ata böylesine ahenkle binebilmek için belki de dişi olmak lazımmış diye düşünürken, gözlerini manejden

---

138 Müzik önerisi: Sedef Sebüktekin & Can Ozan, *Bul Beni*

ayırmadan yanında aynı şaşkınlıkla Ülkü ve Yakışıklı'nın ahengini izleyen müdüre sordu "Kim bu kız?"

Kimdi bu kız!

Çok etkileyiciydi. Onu izlemek büyülü gelmişti, çünkü erkeğin ilk dikkatini çeken kadının bedeni bile olsa, asıl bağ kadının halinden doğan o duyguda köklenirdi.

Müdür önce soruyu duymadı, soru tekrarlanınca "Bilmiyorum," diye mırıldandı... sonra aniden "Ülkü Hanım olmalı..." dedi, Selim Bey'in bir sabah mahvolmuş bir halde getirdiği çamur içindeki hırpalanmış atın böylesine eğitimli olması hayret vericiydi.

Robert'a döndüğünde adamın merdivenlerden inip maneje doğru ilerlediğini o an fark etti ve hemen ona yetişti.

Kendini Yakışıklı'nın ritmine senkronize edip hızlandı Ülkü... bedeni her adıma yön verircesine ritimlendi, hızlandı... hatta öyle hızlandı ki manejin etrafında toplanmış kendisini izleyenleri fark etmedi bile, kulüp terasından kendisini dikkatle inceleyen diğer üyeleri de... Kulübe hayat gelmişti. Bazı insanlar gittikleri yere sanki hayatı götürmekle görevlendirilmişti, o hayatın merkezi olmaksa sadece kadınlara özeldi.

Bir hamlede sıçradı Robert ve manejin ahşap çitine çıktı, oturdu. Atın üzerindeki kızın güzelliği her türlü dikkati, her türlü ilgiyi hak edecek seviyedeydi, hele hali... bu topraklarda, hatta hiçbir yerde hissedilmeyen bir duygu vardı kızı izlerken insanın zihnine yayılan. Neydi bu duygu?

Uzun saçının örgüsünde sanki isyan vardı, üzerindeki tuhaf kıyafetin temsil ettiği her şeyde sanki dinlemeye doyulamayacak bir hikâye vardı, ata binişindeki ahenkte gerçek bir karakter vardı... Kız her şeyden öte öylesine doğaldı ki sanki doğa yetiştirmişti bu halini. Topraktan beslenmiş, yağmurla süslenmiş, güneşle neflenmişti... Kimdi bu kız? Bu ortama ait olmadığı belliydi, vahşiliği kesinlikle bu kulübe ait değildi, peki burada ne işi vardı?

Elindeki küçük dürbünü indirdi Melek, masadaki tüm kadınların dikkatinin hâlâ manejdeki kızda olduğunu fark edince, yine kaldırıp baktı dürbünle… Ülkü daha da hızlanmıştı! Selim'in bu kıza kafayı niye taktığını o an anladı: Kendisi gibi olabilen kaç kişi vardı kalabalıkların arasında? Ve bu kız kim olursa olsun, kendi gibi bir mahluktu. Orijinaldi. Ahşabın üstüne çıkmış tüm dikkatini kıza vermiş Robert Bey'in ilgisinden belliydi kızın orijinalliği.

Melek dürbünü indirip "Bu ne şimdi?" diye laf attı ortaya, dikkatleri maneje kitlenmiş diğer sosyetik hanımların ilgisini çağırırcasına…

Hanımlar Melek'e döndüler, bir tanesi "Kim bu kız?" diye sordu, bir diğeri "Neden böyle giyinmiş acaba?" diye meraklandı ve bir başkası "Çok iyi ata biniyor? Fransız olmasın?" diye sorguladı… Bir başkası "Buradan göründüğü kadar güzel mi acaba yakından?" dedi.

Melek susturdu hepsini. "Latife Hanım'ın yaka silktiği kiracısı bu kız. İşe yaramaz bir ailesi var, bir eve doluşmuşlar, kadın kadına yaşıyorlar ve bu kız da kendini erkek sanıyor. Hani bir hastalık var ya kadınlar erkek olmaya çalışıyorlar, ondan işte… Geçen gün bana bir bakışı vardı ki kocam bile bana öyle bakmadı," dediğinde masada bir kıkırdama ve uğultu yükseldi.

Melek, yayması gereken zehri yaydığından emin açtı yelpazesini, bazı kadınlar parlayan her şeyi karalayarak kendi karanlıklarını kamufle etmenin yoluna sapmışlardı, daima kıskanç ve sapkınlardı! Yelpazesini sallarken masadaki kadınların dikkatinin nasıl da kızdan koptuğunu memnuniyetle izledi ta ki gözü yine Robert'a ilişene kadar. Robert resmen kitlenmişti kıza. Onun kimseye kitlendiğini daha önce görmemişti.

Kıza seslenmek istedi Robert, "Hey!" diye bağırmak, atı durdurmak, kızı belinden tutup attan indirmek, onunla konuşmak ve kızın bu uyandırdığı his kadar gerçekten de ilginç olup olmadığını tartmak istedi! Çok uzun süredir konuşmak istediği tek kişiydi. Acil bir istekti bu. Çünkü çok uzun süredir ilk defa hissedebilmiş biri olarak merakı öyle depreşmişti… fakat yine de kıpırtısız oturdu çitin üstünde, yanında dikilen müdür aniden manejin kapısına gittiğinde kız o an fark etti müdürü.

Ülkü manejin içinde turlamaya devam ederken ritmi ustalıkla yavaşlattı, o bir an gözü çitin üstünde oturan adama kaydı. Adam ecnebi olmalıydı, niye kendisine bu kadar dikkatle bakıyordu? Başı yine belada mıydı!

Yakışıklı'yı fazla koşturduğu için tepki aldığını düşündü bir an Ülkü ve hemen son turunu da tamamlayıp çıkışta kendisini bekleyen takım elbiseli adamın yanına yaklaştı, müdür olmalıydı bu, Yakışıklı'dan bir hamlede indi ve o an ilk defa kaburgasını yine hissetti.

Neyse ki, "Ülkü Hanım!" diye büyük bir tebessümle karşılamıştı müdür kendisini. Tokalaşmak için kendisine uzanan elin beyfendiliğinde şaşkınlığını attı Ülkü, bir terslik olmadığını anladı ve tokalaştılar.

Müdür ata binme stiline yarı Fransızca yarı Türkçe övgüler dizdikten sonra, Yakışıklı'yı misafir etmekteki keyfini anlatmaya geçtiğinde kendini sanki başka bir gezegende gibi hissetti Ülkü, haftalardır bu kulübe girmeye çalışmıştı, kapıda nasıl aşağılanmıştı ve şimdiyse nasıl da büyük bir hürmetle karşılanmıştı!

Müdür "Selim Bey'i yıllardır tanırım. Atınıza yer açmamı istediğinde hemen, hay hay dedim Ülkü Hanım. Sizi bizimle tanıştırması bile ne büyük nezaket," dediğinde, küçücük bir tebessümle mahcubiyetinin doruklarına çıkıp Selim'in varlığının ne kadar uğurlu olduğunu düşünürken Ülkü "Etkilendim!" diyen sese döndüler müdürle birlikte. Robert yanlarına gelmiş, yüzüne vuran güneşin etkisiyle parlayan renkli gözlerini Ülkü'ye kitlemiş ve "Böyle ata binmeyi nerde öğrendiniz küçük hanım?" demişti.

Ülkü irkildi! Savaşı Ege'de göğüslemiş biri için bir ecnebinin bu denli yakınlığı kaybettiği her şeyin tedirginliği gibiydi. Selim'e karşı hissettiği mahcup tebessümü, Robert'ın varlığı ile kitlenmiş bir ifadeye dönüştü önce, bir an baktı ona Ülkü ve ifadesinde tek bir duygu olmadan ve umursamazca "Savaşta," dedi.

Sanki kızın söylediği bir kelime değil, Robert'ın zihnine atılmış bir yumruktu… belki de kelimeleri değildi yumruğun merkezi kızın gözlerindeki gerçeklikti. Bunca sahteliğin arasında böylesine çiğ bir gerçek olabilme hali bulunmaz bir şeydi.

Ülkü küçük bir baş hareketiyle selam verip müdüre dönerken çite yaslandı Robert, müdür ve Ülkü giderken gözlerini kızdan ayırmadı. Uzun süredir çalışmayan kalbi tane tane de olsa sanki atmaya başlamıştı, ilgisini bu kadar çeken bir şeyi buralarda bulmuş olması keyif verdi. Ülkü'nün yürüyüşündeki endamı, umursamazlığını, yanından geçtiği herkesin dikkatini nasıl da esir aldığını izledi… Kimdi bu kız? Kimindi?

Kendini seçmiş ve sonrasında kendini bilmiş bir kadının, kimse tarafından sahip olunamayacağını öğrenmesinin zamanı gelmişti.

Ülkü Yakışıklı'yı bırakmak için ahırların bölümüne geçtiğinde, müdür, Ülkü ile yaptığı kısa sohbetten çok keyifli geri döndü. "Kusura bakmayın üstadım, Ülkü Hanım'a bir merhaba demek istedim sadece, evet nerde kalmıştık… Hah diyordum ki kulüp için yatırım alacaksak…" derken müdürün lafını böldü Robert. "Eğer iyi bir yatırım istiyorsanız, tüm gün terasta oturup dedikodu yapan kadınlardansa şu ata binen Ülkü Hanım gibi hanımlar olması lazım etrafta. Kimdir bu hanım?" dedi.

Müdür şaşkın gülümseyerek, "Valla Robert Bey, ben de ilk defa görüyorum kendisini ama sizinle hemfikirim, ahıra giderken öğrendim ki atlara bakarak büyümüş, savaş öncesinde at çiftlikleri varmış," dedi.

"Nerde?" diye sordu Robert. "İlgim fazla gelmesin, ayıp olmasın diye sormadım üstadım," dedi müdür.

Robert kutunun içinden sigara çıkardı, yakarken düşündü, bir nefes çekti ve sonra üflerken "Biliyor musun müdür?" dedi, müdür ilgiyle baktı Robert'a, ağzından çıkan her kelime önemliydi, çünkü alacakları yatırım Robert'ın dudaklarının arasındaydı. "Manejde böyle bilgili bir hatun çalıştırsan Atatürk'ün çok hoşuna gider. Kadın haklarına destek verdiğiniz için ciddi puan toplarsınız, yatırımcıların da işine gelir," dedi.

Para söz konusu olunca zihne tohum ekmek ne kolaydı. Karakteri zayıf insanların paraya daima bir zaafı vardı.

-11-

İnsan başka bir insanı bu kadar net hissedebilir miydi? Böylesine hissettiğimiz birinin anlamı neydi?

Orhan'a uğramıştı Selim, aralarında geçen hadise öyle ağır bir yüke dönüşmüştü ki vicdanından yaralanmış herkes gibi onunla konuşmak zorunda hissediyordu kendini ama kimse yoktu evde. Asansöre binmek yerine merdivenleri çıkmış, hissettiği ağırlığı yorgunlukla yenmeye çalışmıştı. Ülküler'in katına yaklaştığında kapıyı çalmamak, Ülkü'nün varlığında rahatlamamak için zor tuttu kendini. Durakladı ve Orhan'ın ayakkabılarını gördü kapının önünde, ne kadar da eski ve yıpranmışlardı. On yıl önce giydiği eski ayakkabılarıydı bunlar. Kendi eskilerinden vermişlerdi hep Orhan'a. Neden ona hiç yeni bir şey almadığını düşündü, ilk defa. Kardeş gibi görmüyor muydu ki onu? Kardeşi değildi ama ellerine doğmuş bir bebekti… Orhan'ı hayat getirmişti. Hayatın getirdiklerinin kıymeti neden ancak kaybedilince bilinirdi?

Her şeyi yanlış yapmış, yanılmış, yenilmiş bir duygu ile taşıdı bedenini çatıya, kapıya vardığında zile bastı, normalde hemen açılan kapı açılmayınca, zile ikinci kere basarken içeriden gelen telaşın sesine kulak kesildi, evde bir şeyler oluyordu, derken Nana kapıyı açtı.

"Buyur Paşam," deyip Selim'in ceketini almak yerine döndü ve telaşla mutfağa yollandı. Selim kapının ağzında çalışanların telaşına baktı, ev süslenmiş, çiçekler kristal vazolara yerleştirilmiş, mumlar gümüşlere serpilmişti. Annesinin bugün neyin peşinde olduğunu merak etti ama soru sormamaya karar verdi. Neyin peşinde olursa olsun dahil olmayacaktı. Odasına ilerledi.

446

İçeri girdiğinde, yatağının üstünde giymesi için hazırlanmış özel kıyafeti gördü. Kendini süslü bir saray kuklası gibi hissetti, ilk defa. Ne giyeceğine bile karar veriyorlardı. Bir kez bu kıyafetlerin fiyatını bile sormamıştı. Orhan eski ayakkabıları ile gezerken kendisi ipekler içinde aşık atmaktaydı… Bir hamlede yatağın altından valizi çekip çıkardı, yatağın üstüne atıp açtı, özenle konulmuş kıyafetin üzerine denk gelmesini umursamadı. Komodinden birkaç parça eşya alacaktı ama komodinin üstündeki kâğıdı gördü, gözleri öyle ani sulandı ki Orhan'ın bahsettiği Mahmud Esad Bozkurt'un yazısıydı bu.

Eline alıp yine buruşturdu kâğıdı. Çatılan kaşlarının altında ezdikçe ezdi düşüncelerini, fırlattı attı kâğıdı yere ve o an *o adam* geldi aklına, bu kâğıdı aynı şekilde buruşturup köşeye atan o molla… Nasıl da yabani, nasıl da kendini bilmez bir hali vardı adamın, hele peşindekiler nasıl da anlamsız bir kaybolmuşluktaydılar. Koşullar ne olursa olsun, tapınıldığında sanki şeytana dönüşüyordu insan, insanlığını unutuyordu ve insanlığını unutmuş bir insandan daha tehlikeli bir şey yoktu. Bir adımda atıldı ve kâğıdı yerden aldı. Daha önce okumuştu okumayacaktı, başını kaldırdığında ilk defa yıllarca kıpırtısız kalan değirmenin döndüğünü fark etti!

Islak gözleri kocaman açılırken balkon kapısını açtı Selim, dışarı çıkıp hayretle değirmene baktı. Rüzgâr ne kadar hafifti ama değirmen yine de dönmekteydi… bir mucize gibi.

İçini titreten derin bir nefes alırken, nedense başını diğer tarafa çevirip sokağın gerisine baktı Selim, kimse yoktu… ama bir an sonra, Ülkü yokuşun başında beliriverdi.

İnsan başka bir insanı bu kadar net hissedebilir miydi? Böylesine hissettiğimiz birinin anlamı neydi?

… bir mucizeye hakkını verircesine.

Valpreda'ya uzanan yokuşun başında dikildi Ülkü, değirmene kaldırdı başını ve hayretle kalktı kaşları… bir zamanlar Yakışıklı'yı sakladığı ümitsizlik dolu o yer, şimdi bulutların arasından süzülen güneşin ışığı ile yıkanırcasına huzur tapınağı gibi duruyordu ama bu değildi Ülkü'nün bakışını değirmene saplayan şey, değirmen dönüyordu… ne fırtınalar çıkmıştı da kıpırdamamıştı o pervaneler ama şimdi bu yumuşacık havada canlanmışlardı sanki.

Elindeki torbaları yere koydu Ülkü, derin derin o anı geleceğine kazırcasına baktı Değirmen Tepeye… bir mucizeye hakkını verircesine.

Yukarıda gözünün ucunda bir hareketlenme olmasaydı manzarayı izlemeye devam edebilirdi ama bir anda Selim'i gördü balkonda ve hemen sonrasında içeri girişini.

Acele bir utançla indirdi başını, yere bıraktığı torbaları toparladı ve başı önünde yokuşu tırmanmaya başladı. Elindeki malzemelere baktı, akşam Selim Bey'e teşekkür edebilmek için tüm parasını bu ekinezyalara ve zencefile vermişti. Para ile satın alınamayacak bir hediye vermek istiyordu, nasıl teşekkür edeceğini bilmiyordu. Bir an vereceği hediyenin Selim gibi her şeye sahip bir adam tarafından nasıl da küçük görüleceğini düşündü, hele annesi kim bilir nasıl dalga geçecekti ama sonra silkeledi düşüncesini, çünkü onlar ister anlasın ister anlamasın verdiği hediyenin değerini kendisi biliyordu, birinin sağlığına iyi gelmek hediyelerin en büyüğü değil miydi?

Değeri biçilemeyecek bazı şeyler vardı hayatta ve birinin sağlığına verilen kıymet bunların başındaydı.

… sanki bir tek onun varlığıyla tamamlanacaktı.

Neşe maskesi paramparça oluverdi Latife'nin, gülümsemesinin son parçalarını da suratında tutmak için ne kadar uğraştıysa da "Bu ne şimdi?" diye mırıldanırken çırılçıplak kaldı ifadesi. Şok ve korku içinde "Selim!" dedi, tiz bir çığlık gibiydi sesi.

Ülkü'nün varlığına kitlemişti gözlerini Selim, annesinin sesiyle irkilse de kıpırdamadan bakmaya devam etti ona. Ülkü o an durdu ve Selim'in emrini yerine getirir gibi başını kaldırıp değirmene baktı. Selim hissettiği şoku, Ülkü'nün halinde de görünce tebessüm doğdu ifadesinde, âşıktı bu kıza, hem de fütursuzca, sorgusuzca, nedensizce, kalbinin en derinlerinden aniden gelircesine, en büyük fırtınaları beraberinde getirircesine ve yokluğunda ölürcesine âşıktı… sanki bir tek onun varlığıyla tamamlanacaktı. Balkon kapısı açılmasa, Ülkü'nün varlığına teslimdi ama Latife Hanım balkon kapısını açınca, hemen dönüp içeri girdi Selim.

Annesinin ifadesindeki korku dehşete dönüşmek üzereyken "Merak etme anne, telaşlanacak bir şey yok," dedi.

"Nereye oğlum?" diyebildi Latife.

Gülümsedi Selim ama Orhan'ın ateşlediği duygunun alevleri çekilmedi ifadesinden ve tebessümü acı ile bulanınca annesini çekti, kollarının arasına aldı, sıkı sıkı sarılırken ağzında gevelediği lafı susturup "Merak etme," dedi.

"Babama gidiyorum. Ve senden tek bir şey istiyorum."

Kollarını gevşetip annesinin yüzünü kaldırdı elleriyle, gözyaşlarını sildi, annesi nedense mutluluktan gülmeye başlamıştı, Selim anlayamadı. "İyi misin?" dedi.

Latife, aşağıdaki köylü kızla kaçacağını sanmıştı oğlunun, babasını görmeye başka bir diyara gidiyor olması umurunda bile olmadı. Korkusu hafifledi, gözyaşları dindi, dehşet gidip yerine huzur geldi, Selim'in o yolculuktan çok uzun zaman dönmeyeceğini ve hayatındaki her şeyin bu gidişle değişeceğini bilmeden...

"Ne zaman yola çıkacaksın?" dedi Latife.

"Senin muhteşem yemeklerini yemeden gideceğimi düşünmedin herhalde validem," dedi Selim annesinin neşesini getirmek için. "Sabah treniyle gider, hafta geçmeden de dönmüş olurum."

Selim annesinin ifadesindeki güneşi görünce rahatlayıp "Nerden çıktı ki bu davet şimdi? Kim geliyor akşam yemeğine?" diye sordu.

Latife keşke şu köylüleri davet etmiş olmasaydı, şimdi giderayak o kızla Selim'i aynı çatıya sokmak tehlikeli olacaktı diye düşünürken düşüncelerini silkeleyip "Eş dost işte paşam... Hadi sen hazırlan," dedi.

Yatağın üzerindeki valizi çekip kısmen altta kalan kıyafeti düzeltti. Kuşağın da burada deyip sandalyenin üstünden aldığı kuşağı yatağın üstüne koydu.

Sadece gülümsedi Selim, artık annesi bile olsa kimsenin kendisini giydirmesine izin vermeyeceğini bilen bir gülümsemeydi bu ama Latife onaylama sandı Selim'in tebessümünü... oğluna yakıştırmak için sabırsızlandığı onlarca duygusu vardı, bu duyguların ihtiyacında kayıptı.

-14-

...ondan akan enerjinin bedeninde dolandığını, kalbine dokunup ritmini hızlandırdığını, düşüncelerinde gezinip kendine yuva bulduğunu hisseder olmuştu.

Asansör bozuk muydu? Yoksa çatı katında yine açık mı bırakılmıştı?.. Evet kesin öyleydi! Koşarak çıkmak, bunun nasıl bir haksızlık olduğunu saray meraklılarına anlatmak istedi Ülkü merdivenleri çıkarken ama tabii yapmayacaktı, bu akşamki yemekten önce kavga çıkarmaması şarttı.

450

Zili çaldığında içerideki telaşın sesi geldi önce ve hemen sonrasında Ali açtı kapıyı, "Abla ya!" dedi ağlamak üzere olan bir ifadeyle ama Ülkü telaşlanmadı, çünkü bu ifadeyi çok iyi tanıyordu. Ali'nin neye mızıklandığını dinlemek için, içeri girer girmez torbaları bırakıp bekledi, "Şu halime bak ya, Ayşe Ablamın bana bunu yapmasına izin verme lütfen!" dediğinde Ali, dayanamadı gülümsedi Ülkü.

Çocuk bedenine tuhaf gelen bu üniforma tipindeki takım elbisenin manasızlığında kaybolmuş olsa da, Ayşe'nin küçülttüğü bu takım elbisenin içinde öyle yakışıklıydı ki Ali, Ülkü dayanamadı "Ama çok yakışmış!" dedi.

Ali sinirle içeri gitti, son çare annesinden yardım isteyecekti. Ülkü paketlerini alıp evdeki telaşı görmezden gelip muftağa girdiğinde Orhan ve İlmiye masada oturmuş bir kitabı inceliyorlardı ama aslında mutfaktaki atmosfer, bir kitap incelemesinden ziyade yoğun bir enerji paylaşımı gibiydi. Karşılıklı sevgi üretmeye başlamış iki beden, sessizliğin içinde, birbirlerine hiç dokunmadan enerjilerini bulaştırabilirdi. Ülkü bunu biliyordu, çünkü ne zaman Selim'i düşünse ondan akan enerjinin bedeninde dolandığını, kalbine dokunup ritmini hızlandırdığını, düşüncelerinde gezinip kendine yuva bulduğunu hisseder olmuştu.

Elindeki torbaları koyarken "Çok şıksın İlmiye," dedi ve ancak o zaman Orhan Ülkü'nün mutfağa girmiş olduğunu fark etti. Dikkati masanın üstündeki kitapta gibiydi ama aslında aklı tamamen İlmiye'deydi.

İkisi de sıçrayıp ayağa fırladılar ve Ülkü'nün paketleri boşaltmasına yardım ederken "Sen giyinmeyecek misin abla?" dedi İlmiye, "Birazdan, şu zencefil pastilini yapayım," diye açıkladı. Orhan'a sepetin içindeki kutuyu çıkarmasını işaret etti. Orhan ahşap küçük kutuyu çıkarırken "Çok güzelmiş bu Ülkü Abla," dedi.

Gülümsedi Ülkü, yapacağı pastilleri Ayşe'nin diktiği özel ipek bohçaya koyup sonra el oyması ile işlenmiş bu özel kutunun içine yerleştirecekti. Tam bunu çocuklara açıklamak üzereydi ki telaş fırtınası halinde Ayşe esti içeri.

Önce Ülkü'ye kızdı, neden hazır değildi hâlâ, sonra İlmiye'ye kızdı, neden hazır halde mutfaktaydı ya üzerine yemek bulaşsaydı, sonra Orhan'a kızdı, neden giyinmemişti! Derken hatırladı, Orhan davetli değildi ki…

Ayşe, etraftaki herkese direktifler verip anneannesinin saçını yapmak üzere mutfaktan çıkınca; Ülkü, İlmiye ve Orhan bir an onun ardından bakakalıp sonra telaşına güldüler. Orhan ve İlmiye'nin de mutfaktan çıkmasıyla işe koyuldu Ülkü.

Zencefilleri iyice yıkadı, kabuklarını taş ile tıraşladı, sonra ince ince rendeleyip taş dövücünün içinde döverek sulandırdı, ekinezyaları ve zencefili suya koyup demledi ve ekinezyanın suyunu, balı birbirine ekledi, ılık macun soğurken kalktı, giyinmeye gitti.

Şükürler olsun ki herkes hazırdı. Ayşe, ilk defa kendini huzurlu hissederken "Evet!" Hazırız!" dedi ama o sırada aniden mutfaktan çıkan Ülkü'nün hali, Ayşe'yi yine çıldırttı.

"Kızım senden özellikle rica ettim, geç kalma diye, şu haline bak."

"Ya benim kaç dakikada giyineceğimi biliyorsun, lütfen rahatla artık ya, tüm aileyi paketledin, ben de on dakikaya yanınızdayım. Pastilleri hazırlayıp geliyorum," dedi.

"Ne!" dedi Ayşe isyan içinde, "Daha bir de şekerleme mi yapacaksın! İnanılır gibi değil."

"Yaptım ablam ya! Telaş etme, kutuya yerleştireceğim sadece," diye beyaz bir yalan söyledi Ülkü ve girdi odasına.

Bir an koridordan gelen kalabalığın patırtısının evden çıkmasını dinledi, evin kapısının kapanması ile birlikte aniden çöken sessizliğe sığınırcasına gevşedi. Önce sırtüstü kendini divana bıraktı, sonra yavaş yavaş düğmelerini açıp soyunmaya başladı. Ayşe'nin hazırladığı elbise dolap kapağının üstünde duruyordu, bu elbiseyi sanki ilk defa görüyordu ama tanıdıktı da… Güzel, sade, dümdüz, oyunsuz bir elbiseydi. Ayağa kalkıp elbiseye dikkatle bakınca hayret etti. Elbiseyi tanımıştı. Anneannesinin eski elbisesini küçültmüştü

Ayşe. Gerçekten de çok becerikliydi bu kız. Elbiseyi askıdan alınca dolap kapağındaki aynada kendini fark etti. Çıplaklığına baktı.

Acaba Selim onu böyle görse ne hissederdi? diye düşündüğü anda kendine geldi, "Tövbe tövbe" derken hızla giyindi.

-15-

Ağzından kelimeler çıkmadan gözleri Ülkü'yü aradı...

Gülümsemesinden bir mimik bile eksiltmeden fısıltı ile hayretini kamufle etmeye çalışarak "Oğlum bu halin ne!" diye çıkıştı Latife. Herhalde dünyada tüm hayretine rağmen gülümsemesinin arkasına bu kadar ustaca saklanabilen tek kişinin annesi olduğunu düşündü bir an Selim ve o da gülümsedi, aynı annesininki kadar maske bir gülümsemeydi.

"Ben böyle iyiyim anne," dediğinde, Latife Hanım "Ama lütfen Paşam, böyle çıkılır mı misafirin önüne, sonra ne derler," dedi ve o sırada öyle bir patırdı koptu ki içeri girenlerin arasında Melek'in olduğundan emin oldu Selim. Kendisine daha önce çok seksi gelen o kahkaha, o cilveli hatır soruşlar şimdi küflenmiş haller gibiydiler.

Hizmetlilere, hediyelerini bırakıp kendisini karşılayanlara selam vere vere ve etrafındaki herkesi önemsiz kılmayı hedefleyen abartılılıkta bir gülüşle içeri girdi Melek. İzledi Selim onu, kıpırtısız, tepkisiz sadece izledi ve belki de sadece Selim'in anlayabileceği bir telaşla, Melek'in gözlerinin nasıl da kendisini aradığını gözledi.

Bir an göz göze geldiler ve o bir anda etrafındakilerle sohbet ederken hemen tüm hamlelerini değiştirip sanki Selim'in varlığından habersizmiş gibi Selim'e doğru yöneldi Melek ama Selim önce davrandı, bir adım geri çekilip masanın arkasından dolanıp çıkışa yollandı. Tüm gece burada durup Melek'in küf kokulu yapmacıklığına katlanmayacaktı. Değirmene gidecekti, belki Ülkü'yü

453

orada görebilirdi. Kapıya yaklaştığı anda annesi durdurdu onu, "Nereye Paşam?" dedi, aynı maskeli ve endişe dolu gülümseme ile.

"Gitmeden önce Orhan'a inmem lazım," dedi Selim.

"Sen dur," dedi Latife, "Selda'yı göndeririz çağırıverir. Ne konuşacaksan odada konuşursun."

"Yok anne, annesini mi göndereceğiz çocuğu çağırmaya ben varken," dedi Selim.

Güldü Latife, "Ayol hep yaptığımız şey. Onlar bize çalışıyorlar," derken gülümsemesi soldu, çünkü Selim'in gözlerinde öyle bir bakış vardı ki susması gerektiğini anladı Latife.

Ve Selim başı ile küçücük bir selam verip kapıdan çıkmak üzere açtı kapıyı, gece yarısına kadar dönmeyecekti, emindi ama kapının ağzında kalakaldı, çünkü Semiha Hanım, annesi, Ayşe, Ali ve İlmiye kapıyı çalmak üzereydi.

Ağzından kelimeler çıkmadan gözleri Ülkü'yü aradı, neyse ki Ayşe halden anlamıştı. "Anne, Ülkü de gelir değil mi birazdan?" deyiverince, Selim ancak selam verebildi herkese.

İçeri girip Ülkü'yü beklemeyi düşündü ama vatandan ayrılmadan önce Orhan'ı bulup konuşmalı, onunla helalleşmeliydi. Şu kedi meselesini, Mösyö ile ilgili konuyu detaylıca öğrenmeliydi. "Buyurun lütfen, ben bizim Orhan'a bakıp geliyorum," dediğinde İlmiye'nin yüzünde beliren tebessümde öyle bir onaylama vardı ki o tebessümün etkisiyle bir kardeşe sahip olsa, kendisine nasıl hissettireceğini ilk defa o an anladı.

Hanımlar içeri girerken, Selim merdivenlerden aşağı indi.

-16-

Yüceltebilmek için kalbinde yücelik olması şarttı!

Onlarca kaş göz işareti, imalı bakışma, göz süzme, inceleme arasında, sessiz bir şiddetin ortasında gibi hissetti İlmiye kendini.

454

Ayşe ablasına baktı, onun hiçbir şey umurunda değildi. Başkasının düşüncelerinden etkilenmez, umursamaz olmayı nasıl öğrenebilmişti. Keşke Ülkü burada olsaydı, hissettiği karanlığı paylaşacak güçlü birine ihtiyacı vardı. Her nefeste yargılandığını hissediyordu İlmiye ve insanların birbirlerini neden durduk yere yargıladıklarını anlamıyordu, çünkü kıskançlık nedir bilmiyordu. Benlikleri kıskançlığın katmanlarında sıkışıp kalmış milyonlarcasının bir arada yaşadığı, toplu halde kıskandığı, aşağıladığı güzelliklerle doluydu bu gezegen ve İlmiye kıskançlığın değil, örnek almanın kıyısındaydı. Sadece iki uç vardı, kıskanıp lanetleyenler, örnek alıp yüceltenler. Yüceltebilmek için kalbinde yücelik olması şarttı!

Süslü kadın kıkırdayarak yanına yanaştığında, az kalsın Ayşe ablasının koluna girecek, arkasına gizlenecekti İlmiye ama kadın "Siz kaç kardeşsiniz kuzum?" demişti.

"Dört," dedi İlmiye, cevap vermek bir zorunlulukmuş gibi.

Ali'ye döndü baktı, açık büfenin başında kendini kaybetmişti resmen. Neyse ki annesi, Lütfiye Hanım'la sohbetteydi ve henüz yasak koyamamıştı. En azından Ali eğleniyor diye düşünüp tebessüm etmek geldi içinden, o sırada süslü kadın, "Bir ablanız daha vardı. Ülkü galiba. O gelmeyecek mi?" diye sorduğunda, kadının Ülkü'nün adını biliyor olmasından nedense tedirgin oldu İlmiye.

"Niye sordunuz?" deyiverdi düşünmeden.

Kadının ifadesindeki tatlı tebessüm gitti ama sadece bir anlığına ve sonra samimiyetinin doruklarında bir kahkaha gelip yerleşti ve "Ay ilk defa duyuyorum böyle bir soru. İnsan neden sormasın ki kuzum. Dağdan gelmedik ya, hal hatır sormak bir nezaket kuralıdır, değil mi?" dedi ve İlmiye'nin konuşmasına izin vermeden çekip gitti.

İlmiye dikkatle izledi kadını, adının Melek olduğunu öğrendi. Dekoltesine, saçlarının şekline, insanlara hitap etmesine dikkatle baktı. Bu kadında bir tuhaflık vardı. Eğer başrolde değilse, tüm filmi yok etmeye hazır aktirisler gibiydi varlığı. Zararlıydı.

… duyguların zenginliği değil miydi adamlık?

Öyle bir netlikte çaldı ki kapıyı Selim, Orhan hemen açtı. Hiçbir şey söylemeden sadece baktı suratına ve Selim, dingin bir mırıltıyla "Özür dilerim," dedi.

Orhan'ın ciddi ifadesi hiç gevşemedi, mimikleri sabitti ama bir şeyler diyordu, öylesine fısıltıyla mırıldanıyordu ki Selim anlamadı ne dediğini. Bir anlık sabırdan sonra "Oğlum konuşsana anlamıyorum," dedi.

Kapısına kadar inip veletten özür dilemişti, bu yaptığı saygısızlık değil de neydi derken, Orhan birkaç saniye daha mırıldanıp "Âmin," dedi. Sonra "Dur bi dakka ya! Ayetel Kursi okudum, enni misin cinni misin diye ama ı ıh! Senmişsin, benden özür dileyebileceğini hiç düşünmemiştim," dedi.

Selim bir anlık şaşkınlığını atıp eliyle Orhan'ın saçlarını karıştırdı. "Dalga mı geçiyon lan sen benle!" derken, Orhan gülmeye başladı. "Neden bu kadar uzun sürdü. Saatler önce gelmiş olman lazım değil miydi?" dedi içeri girerlerken.

Güldü Selim, "Geldim olum, geldim de kapı duvardı. Evde yoktun."

"Biliyorum," dedi Orhan, küçücük salondaki divana otururken, "Ben de senin nerde olduğunu biliyorum!" dedi Selim imalı.

Güldü Orhan. "Ciddi misin?" dedi, ortalıkta olmadığı halde Selim Abi'nin her şeyden haberinin olması imkânsızdı.

"İlmiye," dedi Selim, dikkatle Orhan'a baktı, kaşlarını kaldırıp "N'oldu eniğe döndün aniden," dediğinde, Orhan ciddileşti, "Ya Selim Abi ya, bak daha yeni özür diledin kendini özür dilemek zorunda kalacağın başka durumlara sokma da! Seni affetmekten yorulabilirim," dedi.

Güldüler, Selim neşelenmişti ama gülüşmelerinin sonunda tebessümlü bir ciddiyetle "Yorulur musun gerçekten?" dedi.

Orhan da ciddileşti, "Asla!" dedi. Net. Emin. Sonra ekledi, "Sen bu hayatta bugüne kadar başıma gelmiş en iyi şeysin be Selim Abi, senin hakkın asla uçup gitmez!"

Duygunun bir an içine sinmesine izin verdikten sonra "Ne demek lan bugüne kadar!" diye çıkıştı Selim, "Peki ya bugünden sonra?!" deyip ayağının ucuyla ittirdi Orhan'ın dizini.

Güldü Orhan, "E tabii bilmediğin bazı gelişmeler var," dedi.

Orhan ona İlmiye'yi anlattı, nasıl hissettiğini, duyguların içinde adım adım nasıl yayıldığını, onu kuşattığını anlattı ve Selim, Ülkü'ye karşı hissettiği duyguların bir başka bedende, bir başka deneyimde, bir başka kişiye karşı hissedilmesinin hayretinde, huzurla dinledi Orhan'ı.

Konu kendisine geçtiğinde bir süre gideceğini söyledi ve cebinden çıkardığı içi para dolu zarfı Orhan'a teslim edip, "Bu acil bir durum için oğlum. İhtiyaç halinde sen ne yapman gerektiğini bilirsin," dedi.

Orhan'ın itiraz etmesine, soru sormasına izin vermeden kapattı konuyu ve onu da yemeğe davet etti. Ama Orhan gelmemekte kararlıydı. İlmiye'nin önünde herhangi bir terslenmeye maruz bırakamazdı kendini, zaten annesinin edepsizliği bâkiydi.

Anlayışla karşıladı Selim. Kalkıp evden çıkacaktı ki Orhan koşup içeriden ödevini getirdi. "Bu, İlmiye'nin hazırladığı ödev, ilgini çekeceğine eminim, belki trende bi bakarsın Selim Abi," dedi.

Ne anlattığına baktı Selim, Sümerlerin 14. tabletiydi ödev başlığı ve hemen altında, "Millattan 4 bin yıl öncesi" yazıyordu. Ödevi ikiye katlayıp iç cebine koyarken o an Fehmi'nin mektubu geldi. "Hay Allah!" dedi kendi kendine.

"Ne oldu Selim Abi?" diye sordu Orhan telaşla, "Yok bir şey, Fehmi'nin bana verdiği bir mektup vardı, evde aradım yoktu, acaba çatıda mı düşürmüş diye bakacaktım, o geldi aklıma, önemli değil!" dedi.

"Abi," dedi Orhan, Selim kapının ağzında durup döndü ona, "Bak işte sana bunu demeye çalışıyorum, Fehmi oturmuş sana mektup yazmış, neden? Kıymet verdiğinden. Bizi ciddiye al be abi. Mektupları kaybetme. Halimizi hatırımızı sor," dedi sakin bir itinayla.

Haklıydı Orhan, mahallede diğer veletlerle kedi kovalayan çocuk bir anda adam olmuştu. Çünkü duyguların zenginliği değil miydi adamlık?

Selim, Orhan'ın yanağından bir makas aldıktan sonra "Haklısın oğlum," dedi. Eliyle onun başını karıştırdı, "Bir hafta sonra görüşürüz," dedi, o bir haftanın aylar sonra geleceğini bilmeden çıkıp gitti.

-18-

… muharebe meydanı gibi hissettiği bu eve böyle nefes nefese,
perişan girmeyecekti.

İtina ile pastilleri ipeğin içine, ipeği de kutuya yerleştirdi Ülkü ve kutuyu kapatıp uçları mühürlenmiş kurdele ile özenle bağladı.

Öyle güzel, öyle yararlı, öyle anlamlı bir hediye olmuştu ki Latife Hanım'ın böylesi bir emeği anlayacak kapasitede olmaması ne üzücüydü. Kim bilir bu kutu nereye atılacak, verilen emek yok sayılacaktı… İç çekerek aldı kutuyu eline ve çıktı evden Ülkü.

Kapıyı çekti, asansörü denedi ama çalışmıyordu. Dikleşip tane tane, acele etmeden çıkmaya başladı merdivenleri. Bir kat çıkmıştı ki aşağıdan bir ses duydu, biri ikişer üçer tırmanıyordu merdivenleri. Bir anda kalbi hızlandı, ateş bastı yüzünü, bir hamlede tırabzandan baktı, bir anlık da olsa elini gördü onun!

Selim tırmanıyordu merdivenleri!

O parmakları nerede görse sahibini bilirdi. Eğer kendine gelmezse birkaç dakikada Selim kendisine yetişecekti.

Fırladı Ülkü, neden Selim'den kaçtığını bilmeden, kendini önemsiz, eksik, az hissederek ikişer ikişer çıktı merdivenleri sessizce.

458

Çatıya gelmişti ki kapıyı çalmak yerine, yaklaşan Selim'den saklanırcasına bir üst kata çıkmayı seçti, muharebe meydanı gibi hissettiği bu eve böyle nefes nefese, perişan girmeyecekti.

Çatının kapısını açmak istedi, tam kapıyı aralıyordu ki kapı gıcırdayınca durdu, kıpırtısız, Selim'in ayak seslerinin yaklaşmasını bekledi.

-19-

Erkeklerin iki beyni vardı...

Güdümlenmiş bir füze gibi çatıya çıkacaktı Selim, çatıya çıkacak ve son bir umutla Fehmi'nin mektubuna bakacaktı. Evin katına varmıştı ki kapı aniden açıldı ve çatıya yönelemedi Selim, çünkü Melek aniden dışarı çıkmış ve karşısında Selim'i görünce, kapıyı çekip onunla apartmanda baş başa kalıvermişti.

"Ah," dedi, yumuşak, tatlı bir inlemeyle, daha önceleri Selim'in aklını başından alacak bir tazelikte. "Nerde kaldın sen? Soğudum, üşüdüm resmen."

Sevişirken kullandığı kelimelerdi bunlar. Eskiden öylesine manalı ve anlamlıydılar ki Selim'in aklına başından almakta birebirdiler, çünkü Melek'in üstüne kapaklandığı o gecelerde, kulağını emerken kendisine fısıldadığı kelimelerdi bunlar. Paylaşılmış günahın tadı vardı her hecesinde ama artık zerre etkisi kalmamıştı.

Geri çekildi Selim, Melek'in kendisine yaklaşmak için yaptığı her hamleye nasıl tepki vereceğinden artık emindi. Çünkü sahibini bulmuş bir erkek başkasına el süremezdi. Zihni Ülkü'nün hükümdarlığında, bedeni Ülkü'nün hizmetinde bir köle gibiydi ve erkekliğinde Ülkü dışında kimseye tahammülü olmayan bir savaşçının duygusu gezinmekteydi. "Kocan bu hallerini görse..." dedi.

Ama Melek de boş değildi. Kadınlığının kıvraklığıyla gelmişti buraya kadar, istediği bir şeye sahip olmadığı daha önce hiç görülmemişti. Selim zaten kuldu kendisine, sadece biraz hatırlatılmaya, kurcalanmaya, biraz da azdırılmaya ihtiyacı vardı. Erkeklerin iki beyni vardı ve aşağıdaki çalışmaya başladığında üstteki öyle bir susardı ki tek yapması gereken ona yeterince yaklaşmak ve kendini hatırlatmaktı.

-20-

Kadının cilveli sesini, kıkırdamalarını duyunca kaçmak, yok olmak istedi Ülkü. Şok içindeydi. Çatının kapasını ne kapatabiliyor ne de biraz daha açıp arasından geçebiliyordu. Aralık kapının önünde Araf'ta gibi sıkışıp kalmıştı.

Kadının gülüşü yükseldi bir an, sonra bir şeyler söyledi, ne söylediği net değildi ama cilveli tonu yetti. Aşağıda resmen oynaşıyorlardı.

-21-

"Ah Selim…" derken göğsünün dekoltesini aşağı indirdi ve memesini açıp sundu Melek, daha önce onlarca kere yaptığı ve Selim'in iştahla memesine yapışmasıyla hal bulan bu hareketin karşısında Selim bir hamlede çekti Melek'in elbisesini ve kapattı dekoltesini.

"Kendine gel!" derken resmen emir verdi.

Melek bozuldu ama sadece birkaç saniye ve sonra kalbindeki hınçla "Neyin var senin!" dedi. Dudaklarına yaklaşıp "Niye uzaksın bana böyle? Kızgınsın… biliyorum," derken ağzına o kadar yaklaştı ki Selim onu hafifçe ittirmek zoruna kaldı. Onu geçip merdivenlerden aşağıya inmeye, onun bedeninden uzaklaşmaya karar vermişti ama aralarındaki mesafe bir an açılsa da dikildiği

460

yerden meydan okudu Melek, "Kızmakta haklısın," derken eteğini kaldırdı ve kendine dokunmaya başladı.

Selim "N'apıyorsun! Toparla kendini!" derken, Melek elini külodunun içine sokmuştu bile, "Senin yapmadığın şeyi yapıyorum. Beni şuracıkta becermeyecek misin? Ha…" dedi küçük inlemelerle sokulurken Selim'e…

-22-[139]

Hayata aitti Ülkü, başka bir aidiyete gerek yoktu!

Gözleri öyle ani dolmuştu ki… gözlerinden akan yaşları sessizce silerken ayakkabısını çıkardı Ülkü. Resmen dibinde oynaşıyorlardı, burada kendini bu işkenceye daha fazla maruz bırakamazdı. Fark ederlerse etsinlerdi! Onların ayıbından kendisi utanacak değildi. Çıkardığı ayakkabıyı ayağının ucuyla aralık kapının arasına soktu. Elindeki pastil kutusunu kurdelesinden kapının kenarındaki çiviye astı. Ve derin bir nefes alıp tüm gücünü toplayarak kapıyı bir hamlede araladı, arasından sıyrılıp kendini çatıya attı. Kapının çarpmasını engelleyecek hızla kapıyı kapattı, ayakkabısının arada kalmasına dikkat etti. Çatıda mahsur kalamazdı.

Çatıya kaçtı Ülkü, kalbi ağrıyordu, yoksa ağrıyan ruhu muydu? Şahit olduğu şey öyle çirkin, öyle toksikti ki tuz buz etmişti Selim'le ilgili her düşüncesini.

Kadını sesinden tanımıştı. Selim ve o evli kadın nasıl sevgili olabilirdi? Evli bir kadınla münasebet yaşayacak kadar karaktersiz miydi Selim? Bu ilişki nasıl böyle uluorta sürebilmişti ki? O edepsiz kadının kulüpte kendisine tuhaf bakışları, ters davranışları geldi aklına ve taşlar nihayet yerine otururken yüreği sızladı iyice, sanki kalbi kan pompalamıyor, hüzün yolluyordu damarlarına. Hüzün

---

139 Müzik önerisi: Anthony Weeden, *By the Roes, And by the Hinds of the Field* AirLindhurst String Orchestra performansıyla.

461

gezinirken bedeninde çatının kıyısına geldi Ülkü ve ancak o an kapının arasına bir şey koymadığını fark etti, burada mahsur kalmıştı ama umursamadı, kalbi Selim'in hayal kırıklığında öyle tutsaktı ki, bedeninin mahsur kalması önemsizleşmişti.

Aşağıda olan her şeyden kopmak istercesine yüzünü manzaraya döndü ama gördüğü şehir değildi, Selim'in duygusu şehrin her taşına yapışmıştı. O duygudan kaçarcasına başını kaldırdı, gökyüzüne baktı, hissettiği hayal kırıklığı sanki bulut olmuştu, gökyüzüne karışmıştı. Selim'in duygusu sanki dünyaya bulaşmıştı. Gözlerinde toplanan yaşların akmasına izin verdi. İlk defa ağlamak sanki serbestti.

Ağladı Ülkü... uzun süredir ilk defa kendini bıraktı ve hayata ağladı. Kaybettiği her şey için, hak ettiği ama sahip olamadığı şeyler için saldı gözyaşlarını. Kabul etmek istemese de zihninin her köşesine yayılmıştı Selim, düşünmüyormuş gibi yapsa da onun hissi vardı kalbinde. Bir tohum gibiydi bu his, bir gün gelir filizlenir umudu vardı. Selim vardı ve artık onu kendinden silmek zorundaydı. Varlığından böylesine beslendiğini anladığın anda o şeyi silmek zorunda olmak nasıl da yıkıcıydı. Savaşlar görmüştü insanların birbirlerini öldürdüğü ama en büyük acımasızlık galiba birini unutmak zorunda olmaktı. Ondan kalbini kurtarmak için kalbine bulaşmış olduğu kısmı kesip atmak, gerekirse kalpsizleşmek lazımdı.

Yağmur çiselemeye başladığında telaş etmedi, göğün suyunun, gözyaşlarına karışmasına izin verdi. Dünya da onunla birlikte ağlıyordu sanki. Dünya ile paylaşabildiği duygular olduğunu düşündü. Bu gezegeni ne kadar sevdiğini düşündü. Canlı bir hücrenin içinde, sadece ve sadece ona ait olduğunu düşündü, hayatın dünya olduğunu düşündü ve bu düşüncede nihayet aidiyetle birlikte huzur buldu. Hayata aitti Ülkü, başka bir aidiyete gerek yoktu!

Elindeki kutuyu kolunun altına sakladı, bu kadar emek verdiği bir şeyi ziyan etmeyecek kadar karakteri sağlamdı. Karakterin sağlamlığı değer bilmekten gelmez miydi? Sakince geri dönüp kapının yanında dikildi, Selim'le o kadın hâlâ bir şeyler yapıyor olmalıydılar diye düşündüğü anda kendine kızdı, ne yapıyorlarsa yapsınlardı! İnsan hiç sahip olmadığı bir şeyi kaybedebilir miydi?

-23-

... insan sevdiğini kendinden koruyabilir miydi?

Selim ittirdi Melek'i ve onu hızla geçip çalıverdi zili. Yetmedi bir daha çaldı! Sonra bir hamlede geri çekilip üst kata çıkan merdivene sığındı.

Melek telaşlı toparlanırken "N'apıyorsun sen!" diye çıkıştı.

"Seni uyarıyorum," dedi Selim, "İçeri gir ve hayatın boyunca beni hiç tanımıyormuşsun gibi davran bana! Yoksa fena olacak!" dedi ve üst kata çıkan merdivenin yukarısına çekildi.

Nana kapıyı açtığında Melek sinirini yutkundu. Nerde oduğuna dair Nana'nın meraklı sorularını geçiştirip girdi içeri. Kapının kapanması ile birlikte derin bir nefes aldı Selim. Bu saçmalıktan nihayet sıyrılmış olmanın huzurunun, bedenine inmesini bekledi.

Ne bulmuştu bu kadında da bir zamanlar peşinde koşmuştu! Ülkü'nün gerçekliği ile birlikte, herkesin sahteliği ışığa çıkmıştı sanki. Ne ahmakmışım diye düşündü Selim. Melek'in o zavallı adamla evlendiği gün, nasıl da kahrolduğu geldi aklına... hayatının en kötü günü olduğunu düşündüğü o gün, halbuki hayatının en şanslı günüymüş diye gülümserken kendi kendine, Fehmi'nin mektubuna bakmak için tırmandı merdivenleri. Yukarıdan esen rüzgâr saçlarına değdiğinde fark etti Selim, çatının kapısı açıktı.

Yaklaştı, kapının aralığındaki ayakkabıyı fark edince kalbi dans etmeye başladı... küçük, narin, eski olmasına rağmen sadeliğinde güzellik olan bir kadın ayakkabısı vardı. Ayakkabı Ülkü'nün olabilir miydi?!

463

Kapıyı aralarken krişte asılı duran paketi fark etti, öyle güzel bir paketti ki bu, gayriihtiyari eline aldı Selim, ipek kumaşın dokusu ve kurdelesindeki özene baktı dikkatle. Acaba içinde ne vardı? Elinde paketle kapıdan çıkmıştı ki ayakkabının diğer teki ayağına takıldı, öylece yere bırakılmıştı. Çiseleyen yağmurun altından aldı onu da. Diğer tekini, kapının arasında sağlama alıp etrafına baktı, kimse yoktu. Çatıya açılan kapının duvarının arkasına bakmaya karar verdi, bir tek orası görünmezdi. Sessizce ilerlediğinde, yere çökmüş, küçülmüş Ülkü'yü gördü duvarın dibinde.

Hızlanmış yüreği öyle burkuldu ki aniden halsizleşti Selim, ona eğilmek, bir hamlede kucaklayıp onu sonsuza kadar her şeyden, dünyanın tüm sıkıntılarından, hatta çiseleyen yağmurdan bile korumak istedi, daha önce hiçbir şeyi bu kadar korumak istememişti. Peki, insan sevdiğini kendinden koruyabilir miydi?

-24-

Ülkü… hayatta ait olmak istediği her şeyin
bedenlenmiş haliydi.

Nasıl oldu bilmiyordu ama üzerinde hissetti bakışı ve hissettiği bakışa döndüğü anda ayağa fırladı Ülkü!

Nefes nefese geriye sıçradı. Korkmuştu!

Birinin sessizce yanına gelmiş olması bir yana, gelenin Selim olması da korktuğu her şeyin karşısında dikiliyor olması gibiydi. Selim'le şu anda karşılaşıyor olmaktansa, dünyanın en korkunç canavarı ile karşı karşıya gelmeyi tercih edebilirdi.

Ülkü'yü korkutmaktan çaresiz "Ülkü Hanım…" diyebildi Selim, sonra kekeleyerek saçma sapan özür diledi. "Burada olduğunuzu fark etmedim," diye açıkladı ama konuşurken bakışları Ülkü'nün elbisesine kaymıştı.

Dünyanın en güzel elbisesini giymişti sanki Ülkü. Eskiydi elbise, belli ki küçültülmüştü, omuzları tam oturmuyordu, başkası giyse iğreti olurdu ama Ülkü'nün üstünde çöp bile paha bulurdu. Pahasızdı onun her hali. Muhteşem görünüyordu.

Anlık da olsa elbisesinde gezinen Selim'in bakışını fark etti Ülkü, bir zamanlar anneannesine ait olan elbisenin bu kumaşı kadar eski, modeli kadar demode hissetti kendini, karşısında tertemiz duran Selim'in varlığı, kendi eksikliğinin aynası gibiydi ama yine de dikleşti. Bir hamleyle öne gelip Selim'in elinden ayakkabısını almak için uzandı. Selim sakince uzattı elindeki ayakkabıyı ve kutuyu uzattı sanki kalbini uzatır gibi… Aldı Ülkü ama sadece ayakkabıyı. Gözleri ile kutuyu işaret ederek "O sizde kalabilir," dedi, "Size layık değil ama ailenize sıhhat verecek bir hediye."

"Teşekkür ederim," dedi Selim, şaşkınlığını tatlı bir tebessüme sarıp paketi sahiplenirken.

O sırada yağmur durdu. Ülkü gayriihtiyari havaya baktı, sonra resmî bir ifade ile Selim'e iyi akşamlar dileyip duvarın diğer tarafından yürüdü.

Selim bir hamlede geriye dönüp arka taraftan çatının kapısının önüne geldi, Ülkü'yü karşıladı ve gitmesini engellemek için kapıdan ayakkabıyı almayı düşündü ama onu çatıya hapsedip kendini bu kadar küçük duruma düşüremezdi. Ne yapacaktı, Ülkü'yü kaçıracak mıydı? Çaresiz, Ülkü'nün giymesi için ayakkabının diğer tekini de alıp ona uzatırken kapanmaması için kapıyı tuttu.

Utanç içinde giydi Ülkü ayakkabısını, her şeyin üstüne bir de Selim'in karşısında bu halde yalınayak olması inanılır gibi değildi. Hayat sanki rezil olması için çıkarmıştı bu adamı karşısına. "Ama aşağıda o kadınla yaptıkları şey asıl rezillik değil miydi?" diye düşünerek silkeledi zihnini. Teşekkür etti Selim'in suratına bakamadan. Kapıdan çıkacaktı ki önce Selim'in kolu kesti yolunu ve sonra Selim bir hamlede kapıyı ittirdi, kapattı.

Donup kaldı Ülkü, resmen Selim kapıyı kapatmıştı ve çatıda kalmışlardı.

Niye yaptığını sormak için bakışını Selim'e kaldırdı Ülkü ama Selim "Her yerdesin Ülkü…" derken gözleri öylesine ani ıslanmıştı ki gözlerindeki ıslaklık tsunami gibi çarptı Ülkü'ye, Selim şimdi ne diyordu!

Selim bir adım daha yaklaştı Ülkü'ye. "Bir bilseniz nasıl savaştım, nasıl geçip gitmenizi bekledim, nasıl istedim! Diledim. Dualar ettim ama geçmiyor… gittikçe daha da büyüyor. Kalbim ağrıyor ve ben artık katlanamıyorum," derken Selim elini kendi kalbine koydu.

Ülkü'nün gözleri öylesine kitlenmişti ki Selim'e, şok içindeydi, hele hele biraz önce aşağıda tanık olduğu ahlaksızlığın üstüne, ne düşüneceğini, ne söyleyeceğini bilemeden, allak bullak olan zihninden kelimeler sıyrılıp çıkıverdiler: "Ben… ne demek istediğinizi anlamıyorum Selim Bey?"

"Seni…" dedi Selim, gözlerinin ıslaklığında öylesine derin bir acı vardı ki "Seni seviyorum," dedi.

Seni seviyorum… belki sadece iki kelimeydi ama duygularla savaşan biri için atom bombası etkisindeydi. Kelimeler değil, coşturdukları duygulara verdikleri güçtü kalbin bombasını patlatan.

Sanki kalbi parçalandı Ülkü'nün, öyle sarsıldı, öyle sarsıldı ki… Altüst oldu. Bir anda kavruldu. Bir anda soğudu, kor bir buz oldu. Konuşamadı, aralık dudaklarından kelimeler çıkamadı, sadece baktı Selim'in acılar içindeki anlamlı gözlerine.

Bu hali gerçek miydi?

Bu hali yalan mıydı?

Gözleri hep bu kadar derin ve anlamlı mıydı?

Selim'den kaçabilmek için şimdiye kadar görmezden mi gelmişti o gözlerin anlamını? Böylesine anlamla bakan biri sahte olabilir miydi? Selim'in gözlerinin içinde kaybolacak gibi hissetti kendini Ülkü, kaşları çatıldı, kalbindeki savaş tüm duyguları toplamış ve benliğine taarruza geçmişti sanki.

Selim, "Bitmez tükenmez bir aşkla seviyorum sizi," demişti bir balyozu indirir gibi ve sonra "Her detayda, her adımda, her düşüncede, her nefeste… her yerdesiniz Ülkü. Zihnimin her köşesinde… ve en çok da kalbimde," demişti, jilet atar, kurşun sıkar, bıçak saplar gibiydi kelimeleri…

Ülkü kalbindeki savaşın ortasında, duyguların ordusuna yenilmeye ramak kala dinledi Selim'i. "Bedenimde taşıyorum sizi, gittiğim her yere götürüyorum. Bana bulaştırdığınız bu duygu hiç geçmiyor, hafiflemiyor. Asla dinmiyor…" derken Selim, Ülkü'ye tamamen teslimdi.

Susmasını istedi Ülkü, bu teslimiyetten çıkmasını istedi, çünkü her şey ile savaşabilirdi ama bununla değil.

"Geldiğiniz yere, ailelerimiz arasındaki seviye farkına, eğitimimizdeki büyük farklara rağmen, seni, olduğun kişiyi görebiliyorum Ülkü ve her an seni düşünmekten, hissetmekten alamıyorum kendimi. Her zerrem sana akıyor. Lütfen beni kabul et," deyip elini Ülkü'ye uzattığında, Ülkü, Selim'in devam eden kelimelerinin etkisiyle yenilginin altından şahlanırcasına kalktı, üzerindeki tüm duyguların ağırlığını parçaladı, attı!

Bir adım ondan uzaklaşıp Selim'le arasındaki mesafeyi açtı, kendisine uzanan o elden kaçındı.

Ülkü'nün o bir adımdaki uzaklaşması sanki milyon kilometre gibi geldi Selim'e, ona uzanan eli buz kesti ve o an Ülkü'den cevap geldi: "Size böyle hissettirdiğim için özür dilerim Selim Bey. Ama bilmelisiniz ki kesinlikle istemeyerek neden olduğum bir şey bu… bu 'kriziniz'!" dedi, özellikle kriz kelimesini vurgulayarak. "İnanın, ASLA böyle bir buhrana sebep olmak istemezdim," dediğinde kelimelerden yaptığı hançeri sanki Selim'in kalbine sokmuştu ve hançeri döndürürcesine "Özür dilerim," dedi.

Selim'in eli yavaşça indi aşağıya, gözünde toplanan okyanustan bir damla süzülmek üzereyken çatılan kaşlarının hayreti sanki kelimelere dönüştü, "Böyle mi hissediyorsun?" diyebildi, şaşkınlıktan ölmek üzereydi, çünkü Ülkü'nün de kendisi gibi bu duyguları hissettiğine yemin edebilirdi! Mırıldandı: "Ama… böyle hissediyor olamazsın."

"Epey üzerine düşündüğünüz o farklarımızı biraz daha düşünürseniz, eminim bu kökleri olmayan duygularınız inkıtaa uğrarlar! Allah sabır versin, eminim başaracaksınız kurtulmayı bu illetten!"

Anlayamadı Selim, Ülkü'nün bu soğukluğunun nedeni neydi?

"Ülkü…" diye mırıldanıp ona doğru bir adım attı ama Ülkü savaş moduna geçmişti bir kere, onurunu korumak için verdiği savaşı kazanmak zorundaydı: "Bana adımla hitap edecek kadar tanımıyorsunuz beni! Hanım deyin lütfen. Etrafınızdaki hanımlara yaklaşmaktaki merakınız aklınızı karıştırmış, Melek Hanım'a olan tavrınızla bana davranacağınızı düşünüyorsanız sizi uyarıyorum!" dedi.

Selim şoktaydı, Ülkü ne duymuştu, acaba ne sanmıştı ki Melek çoktan bitmişti! Ülkü'nün duygusu kalbindeki her zehri temizlemişti.

"Beni bunun için mi reddediyorsun?" diye sakin bir endişe ile sordu ve dayanamayıp bir adım daha yaklaşıp "Onunla aramda hiçbir şey yok, kalmadı!" diye ekledi.

"Umurumda mı sanıyorsunuz!" diye çıkıştı Ülkü, Selim'in kendi üzerindeki etkisinin olmadığını göstermek için bir adım attı Selim'e diklenircesine. "Öylesine üstünsünüz ki benden, yanınızda bu kadar küçülen biri size nasıl yakışsın! Siz! Koskoca sadrazam soyundan geliyorsunuz! Köylü bir kızın, sizin gibi özel okullarda okuyacak kadar şanslı olmamış birinin sizinle ne işi olsun?" dedi.

Selim "Ülkü," dedi, açıklamak istiyordu ama Ülkü izin vermedi, bir adım daha yaklaştı, sanki çatıyı ve Selim'in tüm dünyasını fethetmeye hazır, "Karşıma dikilmiş bana sizden ne kadar aşağıda olduğumu ve bana karşı olan duygularınızdan, daha doğrusu bu illetten kurtulmak için dualar ettiğinizi anlatıp durdunuz! Öyle üstten bakıyorsunuz ki," derken dayanamadı Selim lafa girdi, "Kalbimi veriyorum ellerine! Görmüyor musun Ülkü?" dedi, bir adım da ona doğru Selim atmıştı şimdi.

Ülkü geri çekilmedi, gözlerini Selim'inkilerden ayırmamaya yeminli, "Böylesine şımarık bir kalbi istediğimi size kim söyledi ki!" dediğinde, Selim'in kalbindeki acı öylesine hızlı bulaştı ki ifadesine, o bir andaki çaresizliği tüm bedeninde hissetti Ülkü. İnsan birine böylesine yakın hissederken nasıl olur da ondan kendini sakınabilirdi? Öyle yoğun bir çelişkiydi ki bu, lavın suyla buluştuğu yerde oluşan o dev kayalar gibiydi. Su ne kadar vurursa vursun asla eritemeyecekti.

Yüreği ağrırken gözlerini Ülkü'nün gözlerinden çekemedi Selim, öylesine güzeldi ki ifadesi… öfkesine, nefretine, her duygusuna Selim yine de teslimdi ve bu yüzden geri çekilmedi. İyice dibine girdi. İkisi de birbirlerinin gözlerinin içinde gördüler kendilerini. Birbirlerinde vardılar.

Ülkü de geri çekilmedi, kendini daha fazla ezdirmeyecekti ama ona bu kadar yakın durmaya da devam edemezdi, çünkü o gözlerde kaybolacak gibiydi. Selim sakince "Şımarık…" dedi ve sonra gözlerindeki aşk yine acıya bulanırken "Benim şımarık olduğumu düşünüyorsun…" diye mırıldandı.

Cevap vermedi Ülkü, sadece dik duruşunu koruyup yutkundu ama duyguları gırtlağına takıldı, sanki dünyayı yutmuştu.

Selim "Öylesine yargılayıcısın ki… apaçık bir yürekle karşında durduğumu, ilişkimizi etkileyebilecek kaygılardan bahsettiğimi görmüyor musun? Senin ailenden gelen birinin benim aileme girmesindeki karmaşayı konuşmamızın ne kadar doğal olduğunu görmüyor musun?"

"Benim ailemden gelen birinin! Bu mu sizin beyefendiliğiniz Selim Bey? Benim sizden ne kadar eksik olduğumu mu konuşmak istiyorsunuz? Kendinize işkence yapacak başka birini bulun o zaman!" dedi Ülkü, gırtlağında takılı kalan duygu yine gözlerine hücum etmişti.

Ülkü'nün o gözleri… nemli, duygulu, ışığı titrek, derin gözleri… kızarmış o burnunun ucu… aralanmış eşsiz dudaklarının şekli… Ülkü… hayatta ait olmak istediği her şeyin bedenlenmiş haliydi.

"Kapıyı açın lütfen!" dedi Ülkü, kelimelerinin soğukluğu gözlerindeki acının ateşi ile çelişkide dikilirken, Selim o an onu kendine çekip dudaklarına yapışmakla, kapattığı lanet olası kapıyı kırmak arasında kalakaldı. Bedeni kendiliğinden dibindeki Ülkü'ye doğru yaklaştı, dudakları aralandı, gözleri, Ülkü'nün gözlerinden dudaklarına indiğinde, Ülkü kalbindeki savaşa yine çekiliyor olmaktan tedirgin, geri çekilmek istedi ama çekilemedi, Selim'e bu kadar yakın olmak, onun varlığına bu kadar yakından maruz kalmak... anlık da olsa kalbine yerleşiverdi, salisenin binde biri hızla kendini gördü onun yanında, çocuklarını doğurdu, onunla uyudu, uyandı, yaşlandı, yaşadı... onunla var oldu... kendini bu düşten sıyırmak için mırıldandı: "Aşağıda hanımlar sizi bekliyorlar."

O an anladı Selim... Ülkü'nün savaştığı her şeyi temsil ediyordu kendisi. Ne yaparsa yapsın, onun fikrindeki halini değiştirmesi mümkün olacak mıydı? Hayata kızdı! Hayatında ait olmak istediği tek kişi, onu öyle derinden yargılıyordu ki... hele o yargının içinde gerçeklerin de olması katlanılır gibi değildi. Kendini Ülkü'nün gözünden görse belki ölmek isteyecekti.

Hemen sonra Selim öyle ani çekti ki bedenini geri, öyle ani bir tekme indirdi ki kapıya, öyle ani kırdı ki hem kapıyı hem Ülkü'nün düşüncesini... Tekmeleyip kırdığı kapıyı tuttu Selim, eliyle sökercesine çekti açtı ve Ülkü'ye döndü, dişlerini gevşetti, "Buyurun Ülkü Hanım. Sizin için en azından bunu yapabildim," dedi.

Ülkü şok içindeydi, koca kapı kırık bir şekilde Selim'in elindeydi ve birkaç kelime söylemek istedi Ülkü ama Selim'in ifadesindeki öfke o kadar büyüktü ki Selim'in en çok da, yaptığı hatalarına kızdığını anlamadı, kendisine kızdığını sandı ve geçti kapıdan, koşarak indi merdivenleri...

Ülkü'nün gitmesiyle kapıyı fırlattı Selim ve o sırada başlayan yağmurun altında kendini öyle kaybetti ki kendine geldiğinde kapıyı paramparça etmişti. O kapının tamir edildiğinde Ayşe'nin dükkânında sehpa olacağını bilmeden ne yaptığına baktı...

Yüzünü yağmura kaldırdı, zihnindeki tek kelimeyi mırıldandı: "Dudu..."

İnsan, kalbinin gürültüsünü duymazdan gelebilir miydi?

Aşağı indi hızla Ülkü, karanlığa aldırmadan o kadar hızlı ve üçer beşer indi ki merdivenleri bir an sonra kaçıncı katta olduğunu bilemedi, durdu, neyse ki her katta yanan gaz lambasının ışığında etrafına baktı. İkinci kata kadar inmişti ama hemen yukarı çıkmadı, merdivenin tırabzanına tutunup bir an sokuklandı ve sonra, Selim ile ilk tanıştığı o gün, çatıdan yine böyle hızla inerken yaptığı gibi başını sakince tırabzanlardan uzatıp yukarı baktı.

Hemen fark edemedi önce ama bir an sonra karanlığın içinde gördü onu. Selim, en tepeden aşağıya kendisine bakıyordu. Hemen geri çekti kendini Ülkü, kalbi göğüs kafesinde davullar çalarken, kanının yükselen basıncı tüm hücrelerine yayılırken derin derin nefesler alarak nabzını dindirmeye çalıştı. Zihnindeki gürültüyü susturmak istedi Ülkü ama gürültü aslında zihninde değil kalbindeydi. Durdurulması da mümkün değil gibiydi. İnsan, kalbinin gürültüsünü duymazdan gelebilir miydi?

Selim'in aşağıya inebilme olasılığı aklına gelir gelmez yapıştı merdiven duvarına ve ikişer üçer asılarak basamakları çıktı. Eve vardığında anahtarı öyle hızlı kullandı ki içeri girdiğinde kapıyı bu kadar kolay açtığı için kendisine şaştı. Bir an bekledi kapının önünde… belki Selim gelir diye. Ama gelmedi Selim ve o an hissettiği hayal kırıklığı ile yüzleşmedi Ülkü. Koşullar ne olursa olsun peşinden gelecek birine ihtiyaç duyduğunu düşünmek istemedi.

Anahtarını bırakırken annesinin ayakkabılarını fark etti köşede, "Anne?" diye seslendi, koridorun ışığı da yanıyordu ama annesinden ses gelmedi. Temkinli bir şekilde koridor boyunca yürüdü, "Anne?" diye yine seslendiğinde banyoda birinin olduğunu fark etti. Kapıyı çaldı, içeriden su sesi geliyordu, araladı ve annesini gördü, lavaboya eğilmiş abdest alıyordu. Ne olduğunu anlamadı Ülkü, "Neden davette değilsin anne?" diye sorarken annesi başını kaldırmıştı, kan çanağına dönmüş gözlerini Ülkü'den kaçırarak havluya sildi yüzünü ama Ülkü hemen yaklaştı ona "Ne oldu?" derken savaşa hazır, emir bekleyen bir asker gibiydi.

Gülümsedi Semiha, savaşı engellemek isteyen bir vicdanın yapmacıklığında, "Yorgunum kızım, dinlenmek için indim," dedi ama ifadesi konuşurken aniden erimişti ve Semiha'nın gözlerinin yeniden ıslanması, Ülkü'nün onu kollarına alması aynı anda oldu. Annemize annelik yapmak için doğduğumuzu kabullendiğimizde ancak gelebiliyordu huzur. Yoksa her an, bir anlama ve anlayış savaşıydı.

Sıkı sıkı sarıldı Ülkü annesine, ne olduğunu anlamak istiyordu ama onu sorulara boğmak da istemiyordu, bazen sadece bir omuz olmak verilebilecek en güvenli duyguydu. Annesinin hıçkırıkları önce yoğunlaşıp sonra azalmaya başladığında onu yatağına götürdü Ülkü, yatırdı, yanına uzandı, bir çocuğa sarılır gibi sıkı sıkı sarıldı.

"Anne," dedi, "Lütfen anlatır mısın ne oldu?"

Annesinden yine hüznün incecik sesi çıktığında, ısrarını bir süre kesti Ülkü ama ne kadar zaman geçmişti, ne oldu bilmiyordu, sadece İlmiyeler'in eve döndüğünü biliyordu. Ev ahalisi yatmaya hazırlanıyordu ve o hâlâ annesine sıkı sıkı sarılmış yanında yatıyordu.

Annesi uyumuş muydu, yoksa sessizliğe mi saklanmıştı bilmiyordu ama o sırada "Ülkü," dedi ve fısıltıyla "Bizimkilere bir şey söyleme tamam mı kızım?" diye ekledi.

"Anne… bana ne anlattın ki söyleyeyim?" diye itiraz etti Ülkü ve sordu: "Bana anlatacaksın de mi ne olduğunu?"

Semiha derin bir iç çekti, başını evet anlamında küçücük salladı. "Ama bana söz ver," dedi, "Hiçbir şey yapmayacaksın. Söz mü?"

Allak bullak oldu Ülkü, kime, ne yapmasına yol açacak bir şey anlatacaktı ki annesi! Tutamayacağı bir söz vermek üzereydi…

Analarını korumayan bir vatan, vatan değildi ki!

Köşede bekledi Ülkü, kurtuluştan beri ilk defa pusudaydı. Saltanattan kalma talimhanenin önünde, hazır, her şeyi göze almış ama temkinli bekledi… Saltanat yanlısı, Cumhuriyet karşıtı, padişahla birlikte sarayı ve sarayın onlara sağladığı prestiji de kaybetmiş, tüm kaybeden cemaat yalakaları bu talimhanenin üyesiydi. Yaklaşan faytondan biri inmek üzereydi, inen kişiye bakmak için bir iki adım öne geldi ve gördü onu, nihayet gelmişti. Gece Orhan'dan doğru bilgi almıştı.

Parmaklarını geçirdiği çifteyi, kendini zor tutarcasına tuttu, yoksa kaldırıp vuracaktı herifi alnının ortasından. Bu mesafeden ıskaladığı hiç olmamıştı!

Adam içeri girdiğinde, çifteyi omzuna asıp peşinden koşmamak için kendini zorlayarak adım adım geçti yolu. Talimhanenin önüne geldiğinde, kapının önünde oturmuş kesedeki meşeleri sayan iki çocuğun önünden hızlı ve sakin adımlarla geçip girdi içeri.

Çocuklardan sadece biri anlık fark etti onu ama emin de değildi, içeri giren erkek kıyafetleri içinde bir kız olabilir miydi?

Çocuk kaldırımda çöktüğü yerden kalktı, içeri girenin kız olup olmadığına bakmak için girişe adımladı… Talimhanenin içindeki atış alanlarının oraya ilerleyen kişi kesinlikle bir kızdı, ne giymiş olursa olsun, saçının örgüsü bas bas bağırıyordu.

"Hanfendi…" dedi çocuk Ülkü'nün ardından ama duyuramadı sesini, talimhanenin bölümlerinden bazılarında atışa başlamış olanların silah sesleri kuvvetliydi, daha da yüksek bir sesle "Abla!" dediğinde, Ülkü çocuğa döndü, parmağını ağzına götürüp sus dercesine bir işaret yaptı ona ve dönüp kitlendiği hedefe doğru ilerledi.

Çocuğun "Abla!" diye bağırmasıyla, atış talimi yapan birkaç kişi durup ne olduğuna dönmüşlerdi ki omzunda tüfekli bir kızın, erkek kıyafetleri içinde içeride olduğunu gördüklerinde, atışı bırakıp kıza odaklandılar. Bu kız da kimdi! Bilmiyor muydu buraya sadece erkeklerin alındığını! Bu ne cüretti!

"Bacım!" diye seslendi Ülkü'nün yanından geçtiği adam, "Buraya karılar giremez!"

Ama durmadı Ülkü, kendisine dikilmiş gözlerin her birine tek tek bakarken sakin sakin Rıza'nın peşinden adımladı.

"Bu ne cürret!" dercesine bağıran bir sessizlikle dikilmiş gözlerin önünden adım adım geçerken her birine başıyla yavaşça ve kinayenin doruklarında selam verdi. Sırtındaki tüfeği şimdi elindeydi. Pantolon giymiş bir kadının sadece erkeklere özel bir yere böylesine gerine gerine girmesinin şoku Ülkü'nün selamındaki küstahlıkla iyice katlanırken sarsıldı efendiler.

Adım adım Rıza'ya yürüdü Ülkü, tüm dünya karşısına dikilip varlığının yanlış olduğunu söylese de, varoluş hakkının doğruluğunu bilen birinin hakkı zaten safkan haktı! Haktan üstün ne vardı?!

Kendinden eminlik koşullar ne olursa olsun zaferdi!

Ülkü zaferdeydi.

Ağızlarını açıp akıllarındakini söylemeyi şaşkınlıktan unutan adamlar neyse ki hâlâ şoktaydılar, çünkü bu aşağılamaya hazır bakışların kelimelere dönüşmesine hazırlıklı değildi Ülkü, elindeki tüfek, belindeki kurşunlar hedefi her an karıştırabileceğinin ya da 12'den vurabileceğinin simgesiydi… canı nasıl isterseydi.

Savaşa doğmuş, savaşta var olmuş bir kız çocuğunun kendi varlığından eziklik duyması mümkün değildi, Ege'nin sırrıydı aslında bu, Ülkü'nün doğduğu topraklarda kadın yenilmemeyi öğrenmişti. Ve bu miras artık epigenetikti![140]

Her şeye hazırlıklıydı Ülkü ama hakarete, aşağılanmaya, hor görülmeye asla! Ve böylesine bir adiliğe verebileceği tek cevap daima şiddetti.

Tüfeği kaldırdı, kabzasına baktı, çatlağın içine sızmış kan lekesinde dinlendirdi gözlerini… kendine hatırlattı, yaşadıklarından

---

140 Bir organizmanın atalarının yaşanmışlıklarını, atalarından aktarılmış genler aracılığı ile duygu ve hal kodlamaları olarak alması.

sonra kimse ailesine zarar veremeyecekti! Babasının kanı vardı o çatlakta ve abisinin…

Korumak için feda edilmiş canlara şahitlik eden biri asla kim olduğunu unutmazdı! Kendini bilirdi. Ülkü kendini öyle bilmekteydi ki kimse bilmese de o bilmeye devam edecekti. Yaşadıkları, hissettikleri genlerine kadar işlemişti. Ailesine yapılan her hamlenin cevabını vermek için görevliydi! Hele annesine dokunmaya cüret edebilmiş bir haini haklamak vatanî bir görev gibiydi. Analarını korumayan bir vatan, vatan değildi ki!

Tüfeği omzuna koyarken, toplanmış şaşkınca kendisine bakan adamların varlığı, köşede dikilen çocukların varlığı, köşedeki görevlinin varlığı, talim pistine girmek üzere olan eski saray görevlilerinin varlığı… varoluş… sanki yok oldu… Kalbine gülle gibi oturmuş duyguya sığınırcasına, kendini bildi Ülkü ve bir görev gibi çekti tetiği… yine çekti… yine… yine…

-27-

"Her şey yolundayken, bir ihtiyacınız var mı diye sormak yerine, böyle ters ters sorguya çekilmek pek işe yaramıyor Mr. Robert," dedi Lawrence. Picot'un belki bu herife zaafı vardı ama kendisi iyi tanırdı bu pisliği ve onunla tartışmaya girmenin anlamı olmadığını da öğrenmişti. "Raporlarımın ne kadar önemsendiğini en iyi sizin bilmeniz lazım. Şimdi ben, merkeze, bu tavrınızla ilgili nasıl bir raporlama yapacağıma şaşırmış bulunmaktayım."

Sakince dudaklarını yaladı ve incecik ısırıp bıraktı Robert, köşesinde oturmuş avına bakan bir kaplan gibiydi. "Bu kadar ortada olmanız doğru değil," derken dışarıda bir gariplik olduğunu fark etti.

Aslında pek bir hareket yoktu ama atışların aniden durmasından kaynaklanan sessizlik ve eski sükselerinden eser kalmayınca deşarjı silah sıkmakta bulan saray görevlilerinin şaşkın ifadeleri bir şeyler olduğunu anlatıyordu.

Herkesin gözlerini diktiği yere çevirdiğinde başını, pencerenin kıyısından gördü onu. At kulübündeki kızdı bu ve omuzuna ustalıkla dayadığı tüfekle art arda vuruyordu uzaktaki hedefi, üstelik hedefle arasında kalan Rıza Bey'i büyük bir ustalıkla ıskalayarak.

Rıza Bey ilk kurşunla yere atmıştı kendini ama durmamıştı Ülkü, adamın kulaklarının yanından geçirmeye özen gösterdiği kurşunları sıkarken Rıza nereye giderse gitsin kurşunların onu sıyıracak uzaklıkta ama kulak zarını patlatacak yakınlıkta olmasına özen gösteriyordu. Robert, içini titreten bir sancıyla yayılan nefesini tuttu önce, şaşkınlıktan çattığı kaşlarının altında kıza kitlediği gözleri sanki hapisteydi, Ülkü'nün hapsi talimhanedeki herkesin gözlerini ve zihnini esir almıştı ve Rıza Bey ıskalanmaktan kaçamadığı kurşunların saldırısında ıstıraptaydı.

"Onur," diye düşündü Robert… onur vardı bu kızda… peki neyin onuruydu bu? Sormak istedi… bilmek istedi. Gözlerini kırpmadan, çattığı kaşlarını gevşetmeden Ülkü'nün tetiği çekmesini izledi. Bir an bile gözü hedefe kaymadı, çünkü emindi, her neyi isabet ettirmek istiyorsa attığı her kurşun Ülkü'nün istediği yerin tam merkezine gidecekti. Adamı vurmak isteseydi çoktan vurmuş olacak kadar becerikliydi.

Tüfeği indirdiğinde, gözlerinde toplanan yaşları yutkundu Ülkü, "Ayağa kalk!" diye emretti Rıza'ya ama adamın kulakları duymuyordu. Ülkü yanına gidip önünde dikilirken suratına dikkatle bakıp dudaklarını okuması için fısıldadı "Kalk…"

Rıza kalkarken ayağa, Robert çıktı kulübeden, kapının kıyısında diğerlerinin yanında dikildi. İki büklümdü Rıza, ölüm korkusu ele geçirmişti bedenini. Ülkü namluyu Rıza'nın çenesine dayayıp adamın dikleşmesini sağladı. Rıza dikleşti, o sırada gözü kapının yanından kendisini izleyenlere kaydı, "Yardım!" dedi ama Robert'ın bir hamlesi durdurdu diğerlerini. Bu kız ne yapmaya gelmişse, karışmayacaklardı. Adamlar yine de tetikte izlerken Robert, Ülkü'den ayıramadı gözlerini, eli belindeki silahın köşesindeydi, eğer biri bu kıza zarar vermek isterse, onu bir hamlede indirmek için tetikteydi. Böylesine vahşi, böylesine nadir, böylesine kadın bir varlığa kimsenin zarar vermesine izin vermeyecekti, kendisinden başka. Çünkü Robert gibi adamların varlıkları tehlikenin kendisiydi.

Ülkü'nün tüfeğinin namlusu Rıza'nın boynundan çenesine kayıp oradan adamın küstah, arsız, ince dudaklarına ulaştığında iyice bastırdı Ülkü ve uğuldayan kulakları yüzünden Rıza'nın dudaklarını okuyup cümlelerini anlayabilmesi için mırıldandı: "Eğer bu pis dudaklarınla bir daha annemi öpmeye kalkarsan," dedi ve sonra tüfeği yavaşça adamın birbirine kenetlediği ellerine indirip "Bu pis ellerinle ona uzanmaya kalkarsan," dedi ve yine sonra namluyu yavaşça kaldırıp adamın yüzüne yaklaştırdı, sağ gözünün tam ortasına koydu, Rıza gözlerini kapamıştı şimdi ve Ülkü tüfeği hafifçe ittirip bağırdı: "Aç!"

Rıza açtı gözlerini ve Ülkü mırıldandı: "Bu anlamsız gözlerinle bir kez bile ona bakarsan," namluyu alnının ortasına kaydırdı ve namluyu sakince adamın kulağına kaydırıp kulağının dibinde peş peşe iki kez çekti tetiği.

Yüreğinin tsunamisi gözlerine hücum etmişti ama yutkundu Ülkü, çünkü kendisini izleyen bu sırtlanların, kan kokusu almışçasına duygularını sezinlemelerine izin vermeyecekti. Saltanatın tüm köpekleri buradaydı, kula kulluk etmek için, pahalı kıyafetler ve şekilci gösterişler içinde yaşayabilmek için, yalakalığı sanat edinmiş bu vatan pezevenklerine acısını zerre kadar göstermeyecekti!

En uzaktaki hedefe döndü Ülkü, hedefi köşeden ince bir açı ile görüyor olsa bile yine doldurdu tüfeği, dayadı omzuna ve durduğu noktadan kıpırdamadan art arda çekti tetiği... bir kadın olarak kendisine, annesine ve tüm kadınlara odaklanmış anlamsız ve daima acımasız tüm yargıyı, aşağılamayı, hadsizliği tam ortasından vururcasına hedefi delik deşik etti. Aslında kadından korkan, ancak onu tutsak edebildiklerinde kendilerini erkek hisseden bu zavallı sırtlanlar, hayatlarının şokunu yaşıyor olmalıydılar.

Başını Rıza'dan kaldırdığında Robert'ın bakışlarıyla çarpıştı bakışları. Adamın ifadesindeki hayranlık ele alıp yoğrulabilecek kıvamdaydı ve iyice çatılan kaşlarıyla o hayranlığı süpürdü attı Ülkü, silahın sıcak namlusuna geçirdiği parmaklarıyla "Yaklaşırsan parçalarım seni" dercesine net ve gergindi.

Bir kelime de olsa onunla konuşmak için büyük bir istek duyan Robert, Ülkü'nün o bakışıyla adımını durdurdu, çünkü tanıyordu o bakışı, kendisinde de aynısından vardı. İnsanın kaybedecek hiçbir şeyi kalmadığında, geri kalan herkes anlamsızlaşır, insan ıssızlaşır ve o ıssızlık bir bakışla dünyaya bulaşırdı. Yıllardır ilk defa kalbi bu kadar ritimlenirken, Robert sadece başı ile küçücük bir selam verdi. Selamı bile almadı Ülkü, çevirdi bakışını ve dimdik çıkış kapısına doğru yürüdü.

Emindi Rıza, bu kız onu kesin vuracaktı. Yere attı kendini, sıkı sıkı kapattığı gözlerinin karanlığında elleri kulaklarında bağırdı ama bir şey olmadı. Gözlerini araladığında yattığı yerde yalnızdı. Kız gitmişti. Zar zor yerden kalkan Rıza, zar zor duyan kulaklarıyla "Sadece azıcık şakalaşmıştım kadınla, latife yaptım," diye açıklama yapıyordu kendisine yardım etmeden dik dik bakanlara. Çünkü Rıza gibi adamların daima erkekliğin tanımıyla ilgili çok ciddi problemleri vardı. Kaybolmuşlardı. Erkekliği kadına uygulanan baskı sanacak kadar iktidarsız, erkekliğin özünün yaşama babalık yapmaktan geldiğini anlamayacak kadar da soytarıydılar. Bu iktidarsız soytarıların toplumları doğuran kadınlara aciz bırakacak güçle saldırmalarına göz yummak, insanlığa karşı işlenmiş en büyük günahtı.

İstedikleri kadar karanlığı çağırmaya çalışsınlar
bu topraklarda güneş doğmuştu ve her gün yeniden
doğmaya devam edecekti...

Duygusuz, dik, sarsılmaz adımlarla; kalbindeki fırtınanın zerresini bile belli etmeyen Ülkü'nün yürümesini izledi Selim.

Talimhaneden çıkarken köşede, herkesin gerisinde dikilmiş Selim'i fark ettiğinde bir anlık da olsa gözlerini çekmekte gecikti Ülkü ve hemen başını öne eğip Selim'in yanından geçip yola çıktı. Onun burada ne işi vardı? Elinde neden çanta vardı?

Ülkü'nün kapıdan çıkması, Selim'in zihnini toplayıp sakin bir hamle ile dönmesi ve Ülkü'nün peşine takılması kaderdi. Daha Ülkü o atın üstündeyken, Selim arabasıyla mısır tarlalarının arasından geçerken yazılmıştı, belki de bu gezegen daha oluşmadan önceden beri belliydi bu yaşayacakları...

Ülkü önde gergin, Selim birkaç adım gerisinde sakin, adım adım yürüdüler.

Ülkü'yü takip ederken boğazında düğümlenmiş kuruluğu silkeleyecek şekilde boğazını temizledi Selim ve ancak o zaman anlayabildi, kuruluk değildi o hissettiği, yoğunlaşan duyguları hiçe saymaya çalışmaktan, baskılamaktan gelen basınçtı. Yutkunması ve gözlerinin dolması bir anda oldu. Ülkü'yü gördüğü o ilk an ile bu ana gelene kadar yaşanmışlıkların hepsi zihninden ışık hızında geçti. Dün kapıyı parçalarken hissettiği öfke her anıyla içinde yeniden patlarken, Ülkü'yü nasıl kendinden aşağıda görebildiğine kahroldu. Nasıl yargılamıştı onu ilk gördüğünde ve kendi yargısında en çok kendisi yaralanmıştı. Her şeyi bildiğini sanırken hiçbir şey bilmeden yargılamak ne hainlikti! Kendini hain hissetti. En çok da kendine haindi.

Selim'in birkaç adım gerisinde olduğunu biliyordu Ülkü, onu hissediyor, dün onun hakkında öğrendiği onca iğrenç şeye rağmen yine de varlığında huzur buluyordu, dönüp asla geriye bakmayacak, Selim ile karşı karşıya gelmeyecekti ama onu düşünmek bile huzur demekti. Sanki iki ayrı kişiydi Selim, biri Ülkü'nündü, diğeri ise evli kadınlarla ilişkiye girecek kadar ahlaksız bir ruha sahip bir serseriydi… kiminse kimindi.

Selim ise gözlerini bir saniye bile ayırmadı ondan, tüm duygularını yutkunurken, o narin bedeni, sonuza kadar takip edeceğine emindi.

Yürüdüler… sokakları geçtiler… Ülkü geriye dönmemek, Selim'e bakmamak için tuttu kendini hep ve Selim hızını arttırıp onu kendine çekip kollarına almamak için… İnsanın kendini tutmak zorunda kalacağı duyguları daima zihni tutuklardı. İkisi de birbirlerine tutukluydu.

Valpreda'nın kıyısına geldiğinde hafifçe döndü Ülkü, Selim'in hâlâ peşinde olduğunu fark ettiğinde hemen önüne geri döndü, adımlarını hızlandırdı, Selim önce az geride kaldı ama Ülkü aniden koşar adımlara geçip arayı açınca o da hızlandı.

Ülkü Valpreda'nın kapısına varmıştı, Selim onu apartmanda nasılsa yakalayacağından emin, rahatlamak üzereydi ki Ülkü hızla açtı kapıyı, içeri girip kapattı. Aniden kapanan kapının önünde kalakakalan Selim, cebinden anahtarı çıkarırken Ülkü'ye baktı, asansöre binmişti ve Selim içeri girer girmez merdivenlere atılıp onun peşinden yukarı fırladığında Ülkü durdurdu asansörü ve aşağı inen düğmeye bastı.

Selim dördüncü kata koşarken asansörün geri indiğini fark etti ama üçer beşer merdivenleri indiğinde Ülkü çoktan asansörden çıkmış ve gitmişti. Ama demir kapı kapalı duruyordu. Ülkü bu hızla oradan çıkmış olsa kapı kapanmak üzere olmalıydı ve o an anladı Selim: Ülkü arka taraftan çıkmıştı.

Hızla arka tarafa koştu, Ülkü yoktu ama gidebileceği tek bir yer vardı ve Selim hızla değirmen tepeye fırladı.

Patikanın tepesinde tam değirmenin arka tarafına dönerken gördü Ülkü'yü ve gürültü yapmadan hızlandı peşinden.

Selim değirmenin metruk binasına çıktığında, Ülkü elindeki tüfeği ona doğrultmuş bekliyordu ve kendisine yaklaşan Selim'i görür görmez, "Ne istiyorsun?!" dedi. Durmasını istiyordu. Onun yakınlığı her şeyden daha tehlikeliydi.

Selim durmadı, iyice yaklaştı ve ne söyleyeceğini bilemeden "Ne yapıyorsunuz böyle Ülkü!" dedi, Ülkü cevap vermedi. Selim ifadesinin her mimiğine yansıyan endişe ile "*O adam*ların ne kadar tehlikeli olabileceğini bilmiyorsunuz," derken Ülkü güldü, yapmacık, tiksinti ile renklenmiş ama Ülkü'nün ifadesinde olduğu için yine de güzel olan bir gülüştü bu. "Her erkeğin ne kadar tehlikeli olduğunu biliyorum ben de... Hem benden size ne Selim Bey!" diye çıkıştı Ülkü.

"Önemsiyorum," deyiverdi Selim, kalbinde tutamadığı kelimelerden birini salıvermiş gibiydi.

İyice gerildi Ülkü, gerginliği aslında sinirden değil, Selim'in ifadesindeki o önemseyiştendi.

"Önemsemeyin," dedi, dik ve mesafeli. "Ben başımın çaresine bakarım!"

"Siz bir hanımsınız Ülkü, bir kadın böyle tehlikelere atmamalı kendini!" diye itiraz etti Selim, hissettiği endişenin doruklarında.

Dikkatle baktı Ülkü, gözleri ilgiyle kısıldı, kadınlık güçsüzlük demekti bu topraklarda. Kadın acizdi, güçsüzdü, güzelliği kadar değerli, hizmeti kadar önemliydi. Kadın sanki insan değildi.

Çok uzun zamandır zihnini kurcalayan soruların cevapları birleşip sanki ancak şimdi düşüncesine anlamları getirmişti. Selim gibi eğitimli biri bile, kadını aciz görecek şekilde yetiştirilmişti. Bir adım ona doğru attı Ülkü, sakince gözlerinin içine bakıp sordu "Kadın kendi hakkını korumamalı mı?"

Ülkü'deki ani sakinliğe, gardının inip gözlerinin içindeki ışığın şekillenmesine şaşırdı Selim ve şaşkınlığını üstünden atamadan "Kadın korunmalı," dedi, gözleri kelimeleri gibi içtendi.

"Kadın... Kadın güçsüz mü?" diye sordu Ülkü sakince ve Selim'in zihnindeki karışıklık gözlerine yansıdı, söyleyeceği her kelimenin yeni bir tartışma başlatabileceğinin bilincinde dikkatle açıkladı: "Erkek kadar güçlü değil."

"Peki neden?" dedi Ülkü cevabını bildiği bir soruyu sormaktan çok cevap bekleyen bir çocuk gibiydi sanki.

"Öyle yaratılmış," dedi Selim, Ülkü'nün yüzündeki ışığın teninde gezinmesine saplanmıştı gözleri, "Allah herkesi farklı yaratmış. Kadınları da böyle," derken bir adım daha atsam Ülkü'yü çekip kollarıma alsam, incecik belinden tutsam ve hiç bırakmasam diye düşündü.

"Nasıl?" dedi Ülkü yumuşacık bir sesle. Selim eriyecekti sanki o mırıltının içinde. Selim'in konuşmasına izin vermeden bir adım daha yaklaştı ona Ülkü, Selim'in kalbi yerinden çıkıp Ülkü'nünkine yapışacakmış, sonsuza kadar orada onunla birlikte yaşayacakmış gibi atmaya başlamıştı. Selim ağzını araladı, açıklayacaktı ama Ülkü incecik bileğini havaya kaldırıp "Çok nariniz," dedi, teninin pürüzsüzlüğü Selim'in kalbine yerleşirken "Çok kırılgan… öylesine güçsüz ki bir erkeğin gücüyle kıyaslanamaz gücümüz. İnce, narin… Kırılganız. Peki neden bu kadar narin ve kırılganız biliyor musun Selim?" dediğinde, Ülkü'nün hem hitapta hem mesafede ilk defa kendisine bu kadar yakın olmasının etkisinde, sadece Ülkü'nün gözlerinin içine bakıp bekledi Selim. Ne diyecekse kabul etmeye hazır, bu yakınlığın bozulmasına neden olacak her şeyi dışarıda tutarcasına eridi Ülkü'nün gözlerinde. Ülkü sakince fısıldadı: "Anne sütünün ne olduğunu hiç düşündün mü Selim?" derken bir adım daha Selim'e yaklaşıp tam dibinde durmuştu şimdi.

Selim derin bir iç çekti, Ülkü'nün kokusu zihnini sararken ne konunun anne sütüne nasıl geldiğini anladı ne de anlamak istedi, tek istediği, Ülkü'nün bedenini bu kadar yakında hissetmeye devam etmekti. Gözlerini Ülkü'nün kıvrımlı dudaklarına indirdi hafifçe, istemdışı bir eğimle o dudaklara yaklaşmak istedi ama tuttu kendini. Ona böyle yaklaşıp onu küçük düşüremezdi, ona dokunmak için her şeyi feda edebilirdi ama onun onurunu asla!

Ülkü fısıltıyla konuştu: "Kemik suyudur anne sütü. Biz dişiler kemiğimizin içinde ne varsa çeker, kemiğimizi suya çevirir ve yaşamak için kendimizin en büyük ihtiyacı olan bu suyu; bedenini taşıması, yaşaması, sağlıklı olması için bebeğimize veririz… Aynı, annenin seni kendi kemiğinin suyuyla beslemesi gibi… Dünyada doğmuş her çocuğu bir kadın doğurmuştur ve doğan her insan annesinin kemik suyu ile beslenmiştir… insanlık var olduğundan beri anneler yavrularını var edebilmek için onları kendi kemikleri ile besleyerek büyütmüştür. Anneler… yani kadınlar, insanı, toplumları, dünyayı doğuran… sürekli doğuran, doğurduğu yavruyu yaşatmak için kendi canından veren bir organizma, seven, adanan, çok seven, sevdikçe daha da adanan bir organizmayız biz… kadınlar.”

Ülkü'nün fısıltısından kendine yayılan nefesinde hayat buldu Selim, kemik suyu ilginçti ama keşke sonsuza kadar bu yakınlıkta konuşsa ve hiç susmasaydı Ülkü, çünkü sustuğu anda onu kollarının arasına alıp öpmekten alıkoyamayacaktı kendini. İradesi tükenmişti. Aşk, iradeyi tüketen en görünmez şeydi.

Şükürler olsun ki Ülkü konuşmaya devam etti. Mırıltıları ibadet, nefesi cennetti.

“Erkek kendisi için yer, gelişir, kaslarını çalıştırır, kadın yavrusu için yer, yavrusuna sağlık verebilmek için gelişir ve kemiğinden aldığı suyla beslediği yavrusu yüzünden asla kasları gelişmemiştir. Ve erkek sürekli avlanarak, yaşamak ve ailesini yaşatmak için öldürmek zorunda kalarak, binlerce yıl savaşarak yaşamış, şiddete alışmıştır. Evet, erkek bu yüzden şiddette güçlüdür Selim,” derken iyice yaklaştı Ülkü ve kulağına fısıldarcasına, yanağı yanağına neredeyse değercesine yumuşak bir fısıltı ile “Evet… daha güçlüsünüz… Selim,” dedi.

Selim kendi teninde Ülkü'nün etkisi eşsiz nefesini hissetti, nefes alsa nefesleri birbirine karışacak gibiydi…

Ülkü “Ama…” demese, Selim başını azıcık çevirse kesin onu öpecekti ama Ülkü net bir şekilde “Ama…” demişti.

Sonra başını azıcık geri çekip kendi dudaklarına kitlenmiş Selim'in gözlerine bakmış, Selim'in bakışının kendi dudaklarından gözlerine kaymasını beklemişti.

Göz göze geldiklerinde öyle yakındılar ki Selim teslimdi, tüm varlığı ile ait olduğu yere nihayet varmış gibiydi.

Ülkü, "Ama kesinlikle daha iradesizsiniz," dedi. Fısıltı ile yanağına yaklaşıp "Öyle iradesizsiniz ki bir erkek bir kadını istediği anda alamaz ama bir kadın bir erkeği istiyorsa onu istediği anda alabilir. Erkeğin iradesi her zaman öylesine teslimdir ki…" dediğinde Selim'in başı resmen dönüyordu, anlar durmuş ve hayat akmayı bırakmıştı sanki, ta ki Ülkü aniden bir adım geriye çekilene kadar.

Dümdüz, soğuk bir sesle, "İşte bu yüzden," dediğinde, yumuşaklığı mimik mimik ifadesinden çekilirken ve bir savaşçının zafer kazanmışlığı gözlerine otururken, "İradesizliğinizi dengelemek için o kaslara öyle ihtiyacınız var ki, yoksa bu kadar zayıf bir irade ile bir hiç olurdunuz. Bizim kaslarımız zayıf belki ama yüreğimizde yenilmez bir irademiz var!" dedi.

Yakalanmamalı, tutsak olmamalı, emre girmek için ikna olmamalı, bizden daha iradesiz birilerine lokomotif olmalıydık! Vagon değil! Bir kadın asla bir erkekten daha aşağıda ya da daha geride değildi!

Bu, şeytanın en büyük yalanıydı! Bu yalana kanacak kadar aptallaştırılmış olanlar karanlıkta yaşayacaklardı! Gerçek bir kadın, iradesiyle, anlayışıyla, duygularıyla, anneliğiyle bu gezegendeki en gelişmiş organizmaydı! Çünkü İnsanlığın rahmiydi kadın! Var olduğu ve doğduğu yerdi.

Temizliği kendi gücünü fark etmesinden, kudreti kabul görmek için şekilden şekle girmemesinden, değeriyse erkeğin gözünde kabul gören o her süslü halden çok daha üstün olduğunu bilmesinden geliyordu! Kendi gücünü anlamalı, kabul görmek için şekilden şekle girmemeli, üstünlüğünü bilmeliydi! Bunları bilmiyorsa kadın değildi ki! Organlar değildi cinsiyetleri belirleyen, hallerdi!

İstedikleri kadar karanlığı çağırmaya çalışsınlar bu topraklarda güneş doğmuştu ve her gün yeniden doğmaya devam edecekti, günler var olduğu sürecek aydınlık vardı… bunu kimse değiştiremeyecekti.

Bir hamlede Selim'den tamamen çekti kendini Ülkü ve gözlerinin içinde yanan ateşi yansıtırcasına, "Bir tarafta seven, severek yaşatan iradesiyle kendini bile feda edebilecek güçte olan bizler ve diğer tarafta öldüren, öldürerek hayatta kalmayı öğrenmiş, zerre kadar iradesiyle kendini güçlü sanan sizler… Bir daha bir kadını küçümserken bunu düşün Selim," dedi. Annesine yapılan hakaretin tüm duygusunu Selim'in o evli kadınla olan münasebetinin yarattığı öfke ile birleştirerek acısını çıkarırcasına konuşmuş ve dönüp gitmişti.

Bedeninde gezinen Ülkü'nün etkisi ile onun gidişine bakıp kalakaldı Selim, bedenindeki hayatı Ülkü'ye vermek için uyanmış erkekliği olmasa peşinden koşacaktı ama koşmadı, peşinden gidemedi… Ülkü'nün söylediği her kelime zihnine yerleşirken kendini aciz hissetti. Kendisine böyle yaklaşmış olması oturdu önce yüreğine. Üzerindeki gücünü böyle kullanmış olması yıktı geçti zihnindeki her hayali. Ait olmak için var olduğunu hissettiğin birinin sana böyle uzak olması, seni böyle yargılaması, tuzaklar kurması ve seni tüm açıklarınla görebilmesi resmen lanetti. Lanetlenmiş hissetti kendini Selim. Ülkü'nün gözündeki kendi halinden tiksindi ve o tiksinti yüzünden ona yaklaşamayacağı için hiddetlendi, suçladı Ülkü'yü, ona yüreğini böylesine teslimiyetle uzatmışken, Ülkü nasıl olur da hâlâ bu kadar peşin hükümlü ve saldırgan olurdu?

Patikadan inerken düşündü Ülkü, "Erkekler kadınlar gibi değildiler, otomatiğe alınmış, her dokunuşa cevap veren iradesiz cinsellikleriyle öylesine zayıf, öylesine kontrolsüzdüler ki… İnsan, bu kadar zayıf bir organizmanın binlerce yıldır gezegeni yönetiyor, kurallar koyuyor, kararlar veriyor, sporu bile anlamsız hale getirip savaşa çeviriyor olmasına ve periyodik aralıklarla savaşlara ihtiyaç duyan bu kadar başarısız bir sistem kurmasına hayret ediyordu. Tüm bunlar, iradesizliklerinin net bir şekilde ortaya konması değil miydi? Her şey ortada değil miydi? Dünya neden böyle berbat bir yerdi? Kasta istedikleri kadar güçlü olsunlardı, gönülleri kadınlar kadar sağlam değildi ki… kadının bedenindeki kudretten habersiz ve kadını güçsüz görecek kadar kaybolmuş, sadece vuslat hayalinden ibaret bu erkeği nasıl kendine eş seçsindi?"

8. BÖLÜM

*… kalbi başkasına ait biri, ait olduğu kişiden uzakta
ne kadar özgür olabilirdi ki?*

"Dik dur ve daha ritmik!" derken seyis, dikleşti Ali, gözü manejin kıyısında oturan ablasına kaydı. Ülkü her zamanki gibi çok dalgındı… uzaklara dalmış gözleri ötelerde bir yerlerde sanki kendini bulmaya çalışmaktaydı. Ülkü'nün dikkatinin kendi üzerinde olmamasını değerlendirerek durdurdu atı, seyisin yanına yaklaşıp "Çişim var hocam," dedi.

"Yine mi oğlum be!" diye çıkıştı seyis ama umursamadı Ali, çünkü hayaları ağrımıştı, çiş miş bahaneydi, ara vermesi gerekti.

Attan indiğinde ablasının yanına gitsem mi diye bir an düşündü ama sonra vazgeçti, bazen yalnız kalmak ruhun sıkıntısına iyi gelen tek şeydi. Aniden başına konan el, her zamanki gibi saçını karıştırmasa, o da dikildiği yerde ablasına kilitlenip kalacaktı ama saçlarını bozmayı kendine bir iletişim aracı haline getiren bu iri yarı ecnebi Robert "Naber len valet?" dediğinde, ne diyeceğini bilemedi Ali. Gülümseyip "İyidir," dedi, valet değil velet diye düzeltmek istedi ama vazgeçti ne zaman bu adamla bir kelime fazla konuşsa, adamın yalandan ilgisine çarpıyordu sanki söyledikleri. Onun geçiştirmeli sorularına anlam yüklemekten ve ona cevap vermekten artık pes etmişti.

Aslında kimseyle ilgilenmiyordu Robert, herkesle ilgileniyormuş gibi görünüyor, herkesle sohbet ediyor ama kimseyi özünde umursamıyordu, bir görev gibi yapıyordu ne yapıyorsa ya da kendini göstermek için gibiydi tüm motivasyonu. Ama kulüpteki yetişkinlerin hiçbiri Robert'ın bu durumunu fark etmiyordu, adam yakışıklıydı ve çok da parası vardı. Kadınlar tipiyle, erkekler de parasıyla ilgilendiğinden sağlam kamuflajdaydı. Şekilcilerin hepsinin, bu kulübün hemen hemen tüm üyelerinin kalplerini çalmıştı… Ülkü hariç.

Laf olsun diye Robert'a ne iş yaptığını soracaktı ki gidiverdi Robert yanından, yine Ülkü'ye odaklanmıştı.

Çok kadın tanımıştı Robert, her türlüsü ile yatmış, ne istiyorsa, istediğiyle yaşamıştı. Gezdiği her ülkede maceraları vardı ama hiçbiri böyle hissettirmemişti, onda böylesine bir merak uyandırmamıştı.

Terasın köşesinde yüzünü vadiye dönmüş kızın güzelliğine yaklaştı adım adım… her adımda ona sahip olmanın isteği kalbinde büyürken bu kızı bu kadar farklı kılan şeyin ne olduğunu düşündü. Her seferinde bunu düşünüp bir değil onlarca cevap bulmak ne tuhaftı. Böylesine sade bir kızda bu kadar renk olması acayip cezbediciydi. Ahlaklı bir edepsizlik vardı bu kızda. O kapalı yakasının altında sakladığı durgun bedeni yatağa koysan bir yılan gibi kıvrılacaktı, emindi.

Yanına vardığında konuşmadan dikildi başında, gözlerini uzaklara, Ülkü'nün baktığı yere dikti, kendisini fark etmesini bekledi… ama Ülkü onu fark etmedi…

Robert en sonunda "Nereye bakıyoruz?" dediğinde oturduğu yerde küçücük sıçradı Ülkü ve başını kaldırıp dibinde dikilen adamın tebessümüne baktı, gülümsedi hafifçe, bedenini azıcık diğer tarafa kaydırıp sonra başını yine vadiye çevirdi "Kendi içimize," dedi.

Gerideki şezlongu çekip Ülkü'nün yanında oturdu Robert, "Hep düşüncelisiniz Ülkü Hanım, aklınızda gezinen düşünceleri nasıl merak ediyorum bir bilseniz?" diye sordu kızın dudaklarının dolgunluğunun kıvrımlarından taşan lezzete bakışını odaklayarak.

Adamın kendisine bakışındaki yoğunluğu fark eder etmez ayağa kalktı Ülkü, boynundaki saate baktı, "Çok geç olmuş, ahırı gezmem lazım. Size iyi günler Robert Bey," dedi.

Robert da fırladı ayağa ve o sırada arkasını dönmüş Ülkü'ye bir hamlede atılıp hafifçe kolundan tutup durdurdu onu. "Size bir şey sormak istiyorum," derken, "Daha doğrusu, sizinle bir şey konuşmak istiyorum, dün de söylemiştim," diye ekledi.

Zoraki tebessümün sahteliğine sığınırken hafifçe çekti kolunu Robert'ın elinden Ülkü, "Ama şimdi gitmem lazım," dedi ve tebessümünü büyütüp "İyi günler Robert Bey," deyip adamın tek kelime söylesine fırsat vermeden döndü gitti, tebessümü ifadesinde solarken aklına Selim gelmişti, daha doğrusu Selim zihninin her köşesinde her daim pusuda değil miydi?

Acaba neredeydi şimdi? beş hafta olmuştu en son değirmen tepede konuştukları o günden beri, Selim resmen yok olmuştu ama hayatta olduğunu biliyordu Ülkü, emindi, çünkü onun kalbinin atışını kendi kalbinde hissediyordu. Bir şekilde sızmıştı içine ve nereye giderse gitsin, sanki daima orada yaşıyordu. Baktığı her yerde onun fikri vardı, o derin gözlerindeki anlamlar sanki dünyanın her köşesine, güneşin her saatine yayılmış, Ülkü'nün baktığı her yerde pusudaydı. Zihnine sızan Selim'den kaçamıyordu, Selim daima yanındaydı. Manejin yanına geldiğinde Yakışıklı'yı fark etti Ülkü, iki gündür binmemişti ona, Yakışıklı'yı manejde koşturan seyise ıslık çalıp ahıra gitmek yerine bir hamlede döndü ve çitin üstüne sıçrayıp manejin içine atladı.

Yakışıklı onu görür görmez kendisini seri bir şekilde koşturan seyisin elinden çekti ipini ve Ülkü'ye gitti.

Kolayca ipi çıkardı Ülkü, bir sıçrayışta bindi üzerine, Yakışıklı eyersizdi eski günlerdeki gibi ve önce manejin içinde bir tur attılar, sonra hızlanıp ikinci turu tamamladılar ve aralık olan kapıdan uçup kulübün arka tarafında ormana açılan patikaya daldılar…

Özgürdü Ülkü ama kalbi başkasına ait biri, ait olduğu kişiden uzakta ne kadar özgür olabilirdi ki?

Ülkü'nün peşinden, dikildiği yerde sigarasını yaktı Robert. Bu kızı öylesine istiyordu ki artık onu ne zaman görse kasıkları ağrıyordu. O umursamazlığı, o yaralı tebessümünü takıp kaçışı, ata binerkenki doğallığı, gözlerinin vahşiliği, bedeninin kıvraklığı… Ülkü uzun süredir ilgisini çeken tek şeydi… Kız ata binip uçarcasına uzaklaşırken peşinden gitmek istedi ama ona yetişemeyeceğine emindi, zaten patikaya dalıp gitmişti bile. Yetişemeyeceğini düşündüğü ilk kızdı Ülkü, her hali taptazeydi. Erkekliğinin daha da hareketlendiğini fark ettiğinde attı sigarasını bir köşeye, çekti zincirinden saatini çıkardı ama amacı saate bakmak değildi, zinciriyle oynamak kendisine iyi gelecekti... iyi gelmedi ve o an karar verdi, şu arada sırada uğradığı Melek'e gitmek iyi gelebilirdi.

Yakışıklı'nın sırtında uçtu Ülkü ama bedeni hafiflerken zihni kurşun gibi dibe çökmüştü. Çünkü ne zaman bu hıza çıksa Selim'i ilk gördüğü ânın anısı, gelip yapışıyordu aklına.

İnsan bir ânı bin kez yaşayabilir miydi? Bin kez yaşanan tek bir an tüm anları kaplayıp hayatı önemsizleştirebilir miydi?

Atın üstünde hızla mısır tarlalarına yaklaştı, keşke ona söylemek istediklerini söylemiş olsaydı ama duygularıyla savaşmaktan anlayışa yer kalmamıştı ki... korkular sinmiş, beden savunmaya geçmişti... onunla savaşırken Selim gitmişti...

Hızlandı Ülkü, daha da hızlandı... ama ne kadar hızlanırsa hızlansın, Selim gittiği her yerdeydi, çünkü kalbindeydi.

-2-

Kıyametler sakinlikten doğduğunda
devrimlere yol olurlardı.

"Kadınların alınmaması şart! Bu durum modern ülkelerin hepsinde böyle. Kadından mason falan olmaz," dedi Mösyö Picot, brendisinden bir yudum aldı, purosundan bir nefes çekti. "Zaten kadınlar ne işe yarar ki değil mi?" dedi gülerken, elinden gelse tüm dişileri silecekti yeryüzünden, erkeklerle baş başa kalacağı bir gelecek fantezisi öylesine derinden kaplamıştı ki yüreğini... Rakipsiz, erkek erkeğe geçirdiği o Arap gecelerinin özlemi her an yüreğindeydi.

Rıza Bey, Lawrence'ın brendisini doldururken "Bizde bir söz vardır, 'kadının sırtından sopayı, karnından sıpayı eksik etmeyeceksin,' Anladınız mı Mösyö?" dediğinde, Picot abartılı bir gülüş attı ortaya ve gülüşü Lawrence'ın bakışı ile çarpıştı. Gülüşünü ustaca topladı Picot, çok keyif aldığı şu kadınları aşağılama konusundan çıkıp "Fethi Bey ile görüşmek halk açısından çok hayırlı oldu. Sağ olasınız," diyerek asıl konuyu açtı.

Lawrence, "Bizim katkımızla birlikte Serbest Cumhuriyet Fırkası'nın ilk seçimlerde seçilmesi mutlak haline gelecek. Göreceksiniz. Tavsiyelerimizi ve emekçilerimizi kabul etmeleri bu işbirliğine ne kadar hazır olduklarını sunuyor. Müteşekkir olduk. Birlikte çok güzel şeyler yapacağız, Hizmet Hareketi için böyle bir hamle gerekliydi," dedi ve Rıza Bey'e eğilip fısıltı ile "Yüzelliliklerin geri dönüşü ayarlandıktan sonra halifeliğin güneşini yine bu topraklarda doğuracağız," dedi ve ekledi: "Ancak bir ricamız olacak,"

"Hay hay," dedi Rıza Bey ilgiyle, "Elimden geliyorsa ne âlâ," derken ihtiyaç duyulmaktan heyecanlanmıştı.

"Gelmez olur mu üstadım! Şu Fethi Bey ile bir daha konuşmak lazım, kapatılmış olan tekke ve zaviyelerden dolayı mağdur kalmış çok kalabalık bir kitleyi yok sayamayız, tarikatların da desteğini alabilmek için şu askıya alınmış konuyu önce çözmek lazım. Onlar da bu vatanın evladı değil mi ama?! Sonra aşiretleri de unutmamak lazım," dedi Lawrence, sonra iyice Rıza Bey'e eğilip fısıltı ile "Bize kalabalık lazım. Tarikatta baştaki bir adamı ikna ettin mi binlercesini emrine amade yapıyorsun. Onları partiye dahil etmek şart," diye ekledi.

"Ancak benim o konuda tavisiyede bulunmam biraz münasebetsiz olmaz mı?" diye sorguladı Rıza Bey ve açıkladı: "Fethi Bey, sonuçta Mustafa Kemal'in çok yakın arkadaşı. Başarılı olmaktan, halkın desteğini, sevgisini görmekten keyif alıyor ama Mustafa Kemal'e karşı bir harekette yer alacağını hiç sanmıyorum, ki tekke ve zaviyeleri partiye alması hele, tarikatlara partide yol vermesi çok abes olur bu anlamda. Çünkü Mustafa Kemal en çok tarikatçılığın düşmanı!"

Güldü Picot, "Yooo, yok öyle bir şey. Bu insanlar da halk. O konu çok basit," derken Rıza Bey Picot'a eğilip "Mösyö!" dedi fısıltıyla ve ekledi: "Halk malk ama Kurtuluş Savaşı'nda destek vermediler, orduyu saymadılar. Ayaklanmaları nasıl unuttunuz, hadi biz unuttuk, Mustafa Kemal unutur mu?! Vatan düşmanı diye hepsi mimli bunların. Yaklaşırsak biz de mimleniriz. Partiyi bile bir gecede kapatıverirler. Tarikatlardan nefret ettiği kadar hiçbir şeyden nefret etmez Mustafa Kemal, bir kişinin bin kişiye hükmetmesine savaş açmış bir adam bu. Kaş yapalım derken göz çıkarmayalım," dedi ama güldü Picot, elini Rıza Bey'in omzuna koyduğunda sırıtması büyüdükçe büyüdü. "Kemal'e takılmayın siz, onun da sırası yakındır," dediğinde Lawrence aciliyetle lafa daldı, Picot'un patavatsızlığını düzeltmek istercesine: "Halk bu kadar baskıya, ayrışmaya nasıl dayansın. Bir gün bir ayaklanma çıkar, Napolyon bile dayanamamış, kimse dayanamaz halkın gücüne. Halktan güçlü kimse yok üstadım!"

"Ama," dedi Rıza Bey, kafasının karıştığı gözlerindeki bakıştan, kaşlarının çatılmasından belliydi. "Halk! Hangi halk? Halk zaten onun arkasında değil mi?! O halkla yenmedi mi dünyayı bu adam?" diye itiraz etti. Bu adamlar neden bahsediyorlardı, ülkede Mustafa Kemal'in parmağı kanamasın diye ölecek milyonlarca fanatik vardı. Kadınlar âşık, erkekler de minnettardı! Adam hepsine şapka bile taktırmıştı. Kadınlara çarşaflarını attırmıştı. Zıplayın dese zıplayacak kadar örnek alıyorlardı Mustafa Kemal'i. Kendi gözleri ile görmese inanmazdı ama hükümet kurulurken sokaklarda gezmiş, adamı devirmek için bir çare var mı diye analiz ederken, halkın Mustafa Kemal'in arkasında olduğunu kendi gözleri ile tespit etmişti. Kovulan Yüzelliliklere raporlarını hazırlarken yapması gereken tüm araştırmayı yapmış, ülkedeki milliyetçiliğin tırmanmasını birebir izlemişti. Nasıl kenara çekilecekti Mustafa Kemal, nasıl sırası gelecekti ki? Padişahlığı geri getirmenin çaresi yoktu, şimdilik.

"Bilmediğim bir şey mi biliyorsunuz üstatlar?" diye sorduğunda Rıza Bey, Lawrence'ın bir bakışı ile sustu Picot, geriye yaslandı.

Lawrence kaşları havada, "Allah, yolunda olana yardım edermiş Rıza Bey, ne bilelim, dua ediyoruz, açlara, haktan mahrum bırakılmışlara yardım ediyoruz," derken açıldı kapı ve sakalları uzamış, saçları sakallarına karışmış ama gözleri sanki uyanmış Selim girdi içeri.

Rıza Selim'i görür görmez ayağa fırladı. Picot şok içinde kalakaldı, bu çocuk her zaman hoştu ama sanki erkeklik gelmişti önceden mutlak bir nezaketle bezenmiş bedenine. Bir insana pasaklılık bu kadar mı yakışırdı. Resmen kalbi hızlandı Picot'un.

Rıza Selim'i kucaklarken "Nerdesin be paşam ya? Geri dönmeyeceksin diye validenin yüreği dağlandı. Sana bir şey oldu sandık," dedi. Selim de bakışı Picot ve Lawrence'ta, gülümseyip sırtını sıvazladı Rıza Bey'in, soğuktu ama evden uzakta geçirdiği zamanın yaşanmışlığı soğukluğunu normal kılarken "Mektuplarım ulaşmadı mı?" diye sordu. Kendisini selamlamak için karşısına dikilen Lawrence ve Picot ile tokalaştı.

"Ulaştı, ulaştı da üç satır mektuptan nasıl rahatlasın validen?" dedi Rıza ve Selim'in üstüne başına bakıp "Eve uğramadın mı? Annenler geldiğini bilmiyorlar mı?" diye sordu, çünkü daha önce hiç üstünde görmediği eski bir ceket ve içinde dik yaka boğazlı bir kazak vardı. Şıklığı gitmiş, yerine işlevsellik gelmişti.

Selim cevap vermeden, "Haliniz pek manidar üstadım, nerelerdeydiniz?" dedi Lawrence.

Picot "Gözlerimiz sizi aradı toplantılarda," derken Selim'in elini avuçladı. Çocukluğu gitmiş, erkeklik bedenine yerleşmişti. Acaba onu bu hale ne getirmişti?

Selim'in cevap vermesine fırsat vermeden, "Umarım hayırlı haberlerle geldiniz üstadım," dedi Lawrence.

Uzamış saçını geriye atarken gülümsemesi büyüdü Selim'in, başını evet anlamında salladı, "Köşk sizindir!" dedi. Yerine otururken "Yarın işlemleri tamamlayacağım, eve bile gitmedim daha," diye ekledi ve yayılırken "A ama bugün Cuma, bu akşam Cumhuriyet balosu var de mi, Pazartesi hallederiz" dedi.

Picot ve Lawrence heyecanlandılar ve heyecanlarını Selim'e sunarcasına "Ah tam zamanında geldiniz ama katılacak mısınız ki o lanet baloya?" diye sordu Picot, Lawrence lafa girdi "Babanız nasıl üstadım?"

"Çok iyi, selamları var," dedi Selim.

Picot'un gözleri mıknatıs gibi Selim'e yapışmıştı, halindeki değişiklik inanılır gibi değildi, o paşa hali gitmiş, daha yaban biri gelmişti, dayanamadı ve "Ne oldu size kuzum böyle?" diye sordu kısık gözlerinden fırlayan bir merakla.

Selim sanki Picot'un tüm zaaflarını biliyormuş gibi baktı gözlerinin içine ve başını geriye dayadığı yerden imalı bir tebessümle "Hiçbir şey," dedi ama Lawrence, "Selim Paşam savaştan kaçmış gibisiniz," dediğinde güldü Selim "Yok," dedi, "Bir kere kaçmıştım savaştan… burada İstanbul'da… ama bir daha asla!" diye ekledi ve sessizce süzdü ikisini de, sonra bakışını Rıza'ya çevirip "E Rıza Bey, ne yaptınız ben yokken, karılar kızlar hiç iş tutabildiniz mi?" dedi, umursamaz ve çiğdi.

Rıza şaşkın kalakaldı, Selim'den daha önce hiç duymadığı tavırda bu sorunun karşısında ne diyeceğini şaşırdı. "Selim, oğlum iyi misin sen?" dedi. Talimhanedeki o günden sonra görmemişti onu, o karı nasıl rezil etmişti kendisini ama neyse ki unutulmuştu her şey, aylar geçmişti. Şakaya vurup "Tövbe tövbe…" dedi.

Umursamaz güldü Selim, doğruldu, ceketini çıkarırken Picot iyice kitlendi ona, çünkü Selim kaslanmıştı da, omuzları genişlemiş, çalıştırdığı belli olan bedeni gerilmişti.

"Önce Yemen'e gittim," dedi Selim, "Epey karışık orası ama Arabistan kadar değil," derken gülümsemesi dehşetli bir yalnızlığa dönüşmüştü. Picot, Selim'in bedeninden çekmek zorunda hissetti gözlerini, çünkü Lawrence ilgisini fark etmişti ve dik bir bakış atarak onu silkelemek istemişti ve Lawrence bakışını Picot'tan Selim'e döndürdüğünde Selim "Arabistan Araf'ın bittiği yer gibi…"

diyordu ve gözlerini o an nedense o da Lawrence'a çevirmişti. "Sanki orada cehennem başlıyor," dedi.

Lawrence nedenini anlayamadığı bir biçimde öylesine rahatsız oldu ki Selim'in bakışından, bir an birbirlerine baktılar ve Picot o an ayaklanmasa Lawrence açık açık ne olduğunu soracaktı Selim'e ama Picot "Yarın kahvaltı yapalım isterseniz üstadım?" dediğinde teklifindeki fazla samimiyeti kamufle etmek için "Köşkle ilgili işlemler öncesi buluşmak için… hayırlısıyla!" dedi neşe içinde, neşesi o kadar sahteydi ki Selim'in ayağa kalkması bir an gecikti ama Rıza Bey dahil hepsi kapıya dönünce o da ayağa kalktı, "Niye kalkıyorsunuz ki daha otursaydık," dedi Selim ama Lawrence girdi lafa "Akşamki Cumhuriyet balosuna hazırlanmak lazım, siz geliyor musunuz Selim Paşam?" diye sordu yine.

Selim'in Cumhuriyet karşıtı olduğunu biliyordu ama güldü Selim, hemen cevap vermedi, kendi kendine gülerken hepsi bu gülüşün tuhaflığına baktı, sonra "Allah bilir," dedi Selim. Selim'in garipliğinden kurtulurcasına misafirlerini geçirmek için Picot ve Lawrence'ı önüne katıp kapıya yöneldi Rıza Bey. Kapıda Picot ve Lawrence'ın Rıza Bey ile konuşmasına baktı Selim, tekrar yerine oturup geriye yaslandı. Kopacak kıyameti beklemenin sabırsızlığı gezinirken bedeninde sakinliğe sığındı. Kıyametler sakinlikten doğduğunda, devrimlere yol olurlardı.

-3-

Bizim kurcaladığımız belli olmasın.

"Kendine gel!" diye çıkıştı Lawrence, "Bu halin ne senin böyle!" derken faytona bindiler. Yaramaz ve umursamaz bir çocuk gibi oturdu köşesine Picot, bacak bacak üstüne attı, omuzlarını silkerken "Kıskandın mı?" dedi cilveli cilveli.

Fayton harekete geçtiğinde iyice ciddileşti Lawrence, "Bu Türkler Araplara hiç benzemez!" diye çıkıştı dişlerini sıkarak ve öne eğilip "Adamı sadece sikmezler, sikebildikleri herifleri kazığa oturturlar! Ve bunu sadece ibret olsun diye yaparlar. Kendine gel!" diye çıkıştı.

Toparlandı Picot, bacağını indirdi, haklıydı Lawrence oynaşılacak yer değildi burası. Ciddileşip "Bir soruşturmak lazım bu çocuk nereye gitti de böyle oldu. Bunca zamandır neredeydi ve hiç Ankara'ya gitti mi öğrenmek lazım," dedi.

"O kadar da değil! Bir deli hali var ama ters bir şey olsa köşkü vermezdi. Belli, kaybolmuş gittiği yerde, hâlâ kendinde değil. Arabistan'a gitmiş, doğaldır. Bir saray çocuğu için değildir çöl," dedi Lawrence.

"Köşkü vermiş de değil daha," diye kurcaladı Picot. "O yüzden dedim, yarın sabah kahvaltı edelim de bir anlayalım nesi var diye"

"Sen lütfen uzak dur ondan!" diye kestirip attı Lawrence, "Şu an en son ihtiyacımız olan şey bir skandal," derken bakışları dışarıdaydı, bir süre sessizce dışarı baktı ve sonra Picot'a dönüp "Bizim kurcaladığımız belli olmasın. Çok ortalıktayız. Robert'ın kaynaklarından baktıralım, nerelerdeymiş, kimlerle görüşmüş, emin olalım. Sen ayarla. Babasını da birileri gitsin, sorgulasın," dedi. Selim'in hali, konuşması, bakışları… hiçbir şeyi normal değildi.

9. BÖLÜM

...zorlu bir yolculuğun sanki varışına gelmişti...

Mareşaller, orgeneraller, oramiraller, korgeneraller, tümgeneraller, albaylar, yarbaylar, binbaşılar, yüzbaşılar... Cumhuriyet tehlikeye düşerse, canı pahasına onu korumakla görevli herkes; tüm hükümet mensupları, politikacılar, birinci dereceden devlet memurlarının hepsi Dolmabahçe Sarayı'nın girişindeki resmî karşılamadan geçerek yerlerine teşrif etmekteydiler. Cumhuriyet'in kutlaması için beyazın her tonuna sarmalanmış ipek elbiseli kadınlar, siyah taksidolu erkeklerle şıklık içinde eşleşerek, zarafetlerinin doruklarında baloya gelmişlerdi.

Kocaman açtı gözlerini Ali, öylesine etkilenmişti ki savaşın içinde doğmuş bir çocuk için zaferin kutlanmasını görmek terapi gibiydi. İlmiye ablasının elini bırakmadan, kocaman mermer girişten geçip güzeller güzeli bahçeye girerken dikkati tamamen etrafındakilerdeydi. Belki etrafındaki herkes yetişkindi ama giydiği takım elbisesi ile kendini asla kimseden az hissetmedi, kendisi gibi birkaç çocuk vardı etrafta ama Ali'nin tüm merakı ordunun mensuplarındaydı. İlmiye'nin elini sıkıp onun dikkatini kendine çektiğinde "Abla ya şu kıyafetlere bak!" dedi. Ordu mensuplarının madalyalı üniformalarından gözlerini ayırmadan, "Ben de bir gün general olacağım," diye ekledi.

Güldü İlmiye, "Doktor olmaya ne oldu? Bir kostüme sattın bakıyorum doktorluğu," diye dalga geçerken kalabalığın içinde gözlerini Ayşe ve anneannesinden ayırmadı, annesinin koluna daha da sarılırken takıldı Ali'ye, "Ayrıca olacaksan Mareşal ol!"

"Askersen doktor da olabilirsin, avukat da! General, mareşalden daha önemli, rütbesi en yüksek olan değil, en çok hizmet veren olmak istiyorum ben," diye cevap verdi Ali.

O sırada Ayşe döndü onlara, peşindeler mi diye baktı. Önlerine geçmelerini bekledi ve hep birlikte çıktılar girişteki beyaz mermer merdivenleri. Kapıya yaklaştığında sanki huzura yaklaşmış gibi hissetti, zorlu bir yolculuğun sanki varışına gelmişti çünkü değer verdiği herkesi nihayet istediği şıklıkta giydirmişti. Zor olmuştu aileyi bu şıklığa getirmek ama başarmıştı Ayşe. Henüz kimsenin kalabalıkta fark etmediği bu elbiseleri dikebilmek için; kumaş avına çıkmış, haftalarca uykusuz kalmış, belini, sırtını mahvetmişti ve parmaklarına kan oturmuştu ama başarmıştı. Şükürler olsun ki Latife Hanım'ın verdiği kumaşlar çok işe yaramıştı. Kapıdan geçmeden geriye döndü bir an, Ülkü'yü aradı kalabalığın arasında gözleri ama göremedi, kulüpte hazırlanıp gelecekti. Yine gecikmişti, gecikmesi önemli değildi ama bari gelseydi. Selim gittikten sonra Ülkü öyle sessizleşmişti ki, yanlarında olsa bile sanki onlarla değildi. Ama dikerken mahvolduğu o elbiseyi, Ülkü'nün üzerinde görmek için sabırsızlanıyordu. Acaba lekenin üstüne işlediği o desen, bu ışıkta nasıl duracaktı? Kendini ejderha mı kelebek mi olarak sunacaktı?

-2-

Orhan yüreğindeki acının yansımasıyla fısıldadı
"Başın sağ olsun abim."

Şok içindeydi Nana, ağzı açık, kaşları kalkık, kalbi davullarını ve zurnalarını çıkarmış gümbür gümbür atarken şok içinde kalakaldı kapının ağzında!

"Kız ne bu hal! Bir sarılıp hoş geldin demeyecek misin?" demese Selim, Nana'nın kalakalmışlığı devam edecekti ama Selim'in konuşmasıyla birlikte gözyaşları boşaldı ve "Paşam!" deyip atıldı Selim'in boynuna Nana. Onu öyle özlemişti ki.

"Latife Hanımlar şimdi çıktı!" derken sokağa fırlamak istedi, peşinden gidip yetişecek haftalardır yolunu gözlediği oğlunun geldiğini ona bildirecekti.

"Biliyorum," dedi Selim, Nana'nın dışarı çıkmasını engellemek için kapıyı kapatırken. "Baloya gittiler değil mi?"

"Evet," dedi Nana burnunu çekerken, Selim'in uzayan saçlarına, sakalına baktı. "İyi misin sen paşam?" diye sordu, Selim'deki farklılığı ancak anlamış gibiydi.

"İyiyim," dedi Selim koridora doğru yürürken, Nana peşine takılıp "Banyo hazırlayayım mı?" diye sordu. "Gerek yok" diye verdiği cevaba Nana'nın ne kadar şaşırdığını görmedi Selim, o sırada odasına girmişti.

"Çantan yok mu paşam?" diye sordu Nana şaşkınlığının doruklarında, "Yok," dedi Selim. Ve ayakkabılarını çıkarıp bir hamlede kendini yatağa bıraktı. İfadesinde huzur ve mutluluk vardı. Kapıda kendisine şok içinde bakan Nana'ya döndüğünde gülümsemesi büyürken, Nana'nın şaşkınlığına cevap verircesine "Bir bilsen kaç zaman oldu böyle yatağa uzanmayalı," dedi.

"Niye ki paşam? Nerelerdeydiniz?" diye merakının doruklarında sorunca Nana, "Önemli olan şimdi burada olmam Nana, gerisi teferruat," diye geçiştirdi onu Selim.

Selim'in konuyu kapatmasına anlayış gösterip "Aç mısın paşam?" dedi Nana, aç olduğuna emindi. "Hemen kurayım sofrayı!"

"Yok Nana," dedi Selim, "Birazdan çıkacağım zaten, üstümü değiştirmek için geldim," diye açıkladı.

Nana bir adım attı içeri ve endişeli ifadesi gözlerindeki duyguyu kelimelere taşır gibi, "Latife Hanım çok merak etti seni oğlum, çok," dedi.

"Merak etme, onunla buluşmaya gidiyorum," diye rahatlattı onu Selim yataktan doğrulurken. Nana şaşkın "Cumhuriyet balosuna mı gideceksiniz?" diye sordu.

Gülümsedi Selim, Nana'nın yanağından bir makas aldı. "Benim taksidoyu hazırlar mısın?" derken belindeki silahı çıkarıp komodinin üstüne koydu. İç cebinden babasının mektubu ile birlikte, Mahmud Esad Bozkurt'un mektubunu da çıkardı.

Nana taksidoyu dolaptan çıkarmak için bir hamle yapsa da, silahı görür görmez durdu kaldı, Selim'e baktı soran gözlerle ve Selim "Merak etme..." dedi.

"Ama bu Refik Bey'in beyliği değil mi?" diye sorduğunda Nana, Selim'in gözlerindeki hüznü gördü, soracak bin sorusu vardı ama sustu. Selim'in aniden nemlenen gözlerinde çakan şimşekler duygu fırtınasının habercisi gibiydiler ve o an anladı Nana, onu yalnız bırakmalıydı. "Ayakkabılarınızı getireyim ben önce," deyip hemen dönüp odadan çıktı.

Pencereye ilerledi Selim, değirmen tepeye baktı. İnce rüzgârın eşliğinde dönüyordu hâlâ kanatları... O günden beri dönmeye devam etmiş olmalıydı. Değirmeni izlemeye devam etti Selim, pencereye yaklaştı. Gözlerini değirmenden bir an bile çekmeden başını cama dayadı, gözlerine yaşlar dolarken kendi kendine mırıldandı: "Bismillahirrahmanirrahim... İlahi bi-ahassi sifatike ve bi-izzi celalike ve bi-a zami esma ike ve bi-ismeti enbi- yaike ve bi-nuri evliyaike ve bi-demi suhedaike es eluke ziyadeten fi'l-ilmi ve tev- beten kable'l-mevti ve rahaten inde'l-mevti ve magfireten bade'l-mevti ve necaten mine'n-nari ve duhulen fi'l-cenneti ve afiyeten fi'd-dünya ve'l-ahirati bi-rahmetike ya erhame'r-rahimin. İlahi bi-hakki Hüseynin ve ahihi ve ceddihi ve ebihi ve üm- mihi ve benihi hallisni mimma ene fih, bi-rahmetike ya erhame'r-rahimin."[141]

---

141 Rahman ve Rahim olan Allah'ın adıyla... Ya Rabbi, sıfatların, yüce saltanatın, en güzel isimlerin yüzü hürmetine, peygamberlerinin temizliği, velilerinin nuru, şehitlerinin kanı yüzü hürmetine ilmimi arttır, ölmezden önce tövbe, ölürken rahatlık, öldükten sonra mağfiret, cehennemden kurtuluş, cennete giriş nasip eyle, dünyada da, ahirette de afiyet ve huzur ver, ey merhametlilerin merhametlisi, rahmetin yüzü hürmetine duamı kabul buyur. İlahi Hüseyn ve kardeşi yüzü hürmetine, dedesi, babası yüzü hürmetine, anası ve oğulları yüzü hürmetine beni bulunduğum darlıktan kurtar, ey merhametlilerin merhametlisi rahmetinle isteğimi kabul buyur.

İçeriden odaya doğru yaklaşan telaşlı adımlar olmasa, başını, dayadığı camdan kaldırmayacaktı ama Orhan tüm coşkusuyla girmişti odaya ve "Selim Abi!" diyerek atılmıştı Selim'in boynuna. Birbirlerine sıkı sıkı sarılırken ikisinin de gözleri ıslandı.

Geri çekildiklerinde, Orhan yüreğindeki acının yansımasıyla fısıldadı "Başın sağ olsun abim."

Selim ıslak gözlerle başını salladı. Nana elinde ayakkabılarla odaya girerken, Selim, Orhan'la balkona çıktı. Onları hiç rahatsız etmeden dolaptan taksidoyu çıkardı ve yatağın üzerine serip her şeyi hazırladı, dönüp Selim'e haber verecekti ki Selim ve Orhan'ın balkon kapısını kapatarak konuştuklarını gördü. Sessizce çıktı odadan, kapıyı da sessizce kapattı.

-3-

Toprak değildi kurtardıkları, kimlikleriydi.

El oyması kartonpiyerlerle çevrilmiş tavan resimleri ve kristalleri özenle temizlenmiş dev avizenin altında toplanmış yüzlerce insan... Zaferi kutluyorlardı.

Toprak değildi kurtardıkları, kimlikleriydi.

Başka bölgede kök salmış öteki kimliklerin zehirli bir sarmaşık gibi buraya uzanıp kendi kurallarını koymasını, kendi iklimlerini getirmelerini engellemiş ve ortak bilinci oluşturan kültürlerini birlikte korumuşlardı. Vatan ancak o birlik duygusunda doğardı.

Özenle yapılmış saçların, kulakları süsleyen tane incilerin, bileklerdeki narin altınların, ışıltısı narince göze değen elmasların, uzun ipek elbiselerin, kuyruklu frakların arasındaki bu sade ihtişamın ortasında gözleri doldu Ülkü'nün. Burada buluşabilmek, herkese adalet eşitliği veren bu sistemi kutlayabilmek için feda etmek zorunda kaldıkları... babası, abisi, amcaları, dayısı aklına geldi. Peki ama değmiş miydi?

Herkes kendi seçtiği yolda layık olduğuyla
buluşmuyor muydu zaten?

Dağınık saçlarının arasına saklanmışçasına, jilet gibi tıraşlı insanların arasından geçerken nasıl göründüğünü umursamadı Selim ve hemen sonra artık nasıl göründüğünü de umursamadığını fark etti. İçindeki saraylı gitmiş, yerine anlam arayan bir kâşif gelmişti. Artık nasıl göründüğü değil, nasıl hissettiği önemliydi. Bedenine anlam inmiş biri zaten her haliyle etkili değil miydi? Zihinlerindeki sarayı merakla değiştirenler bu yüzden mi nasıl göründüklerini önemsemez hale gelirlerdi? Ülkü'yü fırında gördüğü o günü düşündü. Nasıl da yadırgamıştı giydiği asker kıyafetlerini ama keşke şu an hissettiği duygu, bedeninde, zihninde o zaman da geziniyor olsaydı ve onu, görür görmez anlasaydı… kollarına alıp hiç bırakmasaydı.

Aşkın fırsatlarının değeri bilinmediğinde, kalpte öyle bir delik açılırdı ki o fırsatı değerlendirememiş olmanın ıstırabı hayata yayılır, geri kalan her şeyi zamanla anlamsızlaştırırdı. Anlamsızlık içinde geçen bir hayata dönüşürdü, aşkı kaçırmış ya da feda etmişler için yaşam. Çünkü insanın canı her zaman yarasındaydı ve aşk eğer yaraya dönüşmüşse en büyük yaraydı.

Salonun girişine hâkim bir köşeye geçti, kalabalığı izlerken merdivenin üst basamaklarına çıkmaya karar verdi, sırtını duvara yasladı ve çekildiği kuytuda görünmez, bekledi.

Biliyordu, emindi, Ülkü birazdan o kapıdan girecekti. Belki çoktan gelmişti, içeride bir yerlerdeydi ama kalbi ona burada bekle demişti ve bu çıktığı yolculukta hiçbir şeyi öğretmediyse bile hayat ona, kalbini duymayı öğretmişti, dinleyip dinlememek sadece bir seçimdi. Kalbini duymayan, kalbinin bir sesi olduğunu bile bilme-

---

142 Müzik önerisi: Philippe Rombi, *Dans La Maison*

yen milyonlarcasının arasında kalple konuşabilmek ne büyük bir ayrıcalıktı. Kendini bilmek kalbini duyabilmekle başlardı.

O sırada kalabalığın arasında Melek'i fark etti, kendini fark ettirmekten başka hiçbir işi olmayan haline baktı hafif tiksintiyle... eskiden damarlarında hissettiği heyecandan şimdi eser yoktu. Melek'in, yanından geçtiği herkese kendini sunarcasına attığı adımlarla uzun boylu, gösterişli adamın yanına yaklaşmasını izledi. Bu, Robert denen o ecnebi değil miydi? Bu kadın ne klişe diye düşünürken tebessüm doğdu Selim'in ifadesinde, çünkü babasının Yemen'de söylediği söz gelmişti aklına "Uç oğlum!" demişti babası, "Kimseyi bekleme, sen uç. Aynı cinsten olmayan kuşlar nasılsa birlikte uçamayacak. Sen kime layıksan o gelecek, yanında seninle seyir alacak. Herkes kendisi gibi olanı bulacak. İsterlerse aynı mahalleden olmasınlar, hatta aynı şehirden. Ruhları aynı kaynaktan gelenler bu zamanda birbirlerini mutlaka bulacaklar, yeter ki sen yola çık, o yolda ilerlemek, yani yolculuğun kendisi getirecek sana senin olanı, sen yeterki uç."

Herkes kendi seçtiği yolda layık olduğuyla buluşmuyor muydu zaten? Seçe seçe varmıyor muyduk kendimize? Birlikte olmayı seçtiğimiz insan kendi yolculuğumuzun pusulası haline geliyordu zamanla ve doğru insanla çıkılan yol ne kadar zorlu olursa olsun bizi adrese ulaştırırken yanlış insanla daima kayboluyorduk kendimize varamadan.

Melek, yıllar önce aynı kendisine yaptığı gibi, Robert'ın da kravatını belli belirsiz bir hamle ile düzeltip elini, adamın kolundan kaydırıp serçe parmağına dokunduracak şekilde indirmişti. Selim çok iyi biliyordu bu hareketin anlamını, seni özledim demekti. Göründüklerinden bile daha samimiydiler. Melek cazibesinin doruklarında zannederek kendini bir kahkaha attı, çalan müziğe, salondaki kalabalığa rağmen duyulan kahkahasıyla, hali nasıl da bayattı. Eskiden nasıl da işe yarardı bu kahkahası, bu halleri, hele şu an ifadesinde beliren o kocaman, parıltılı gülümsemesi ama...

asalet gibi görünen bu halin içindeki "ama"nın ne olduğunu artık anlamıştı Selim. Sahtelikti!

Çözülmüş bir bulmacanın heyecanı ne kadarsa, keşfi bitmiş bir ilişkinin heyecanı da o kadar değil miydi? Aslında asaletten o kadar uzaktı ki bu kadının ruhu, en uzakta durduğu şeyi sadece taklit etmeyi öğrenmişti, varlığı kocaman bir sahtelikti. Attığı kahkaha, bedenin her hareketi mutlaka başka birilerinden kopyalanmıştı. Keşfetmek yerine etraftan kopyalaya kopyalaya kendilerini oluşturan sahteler vardı ve Melek o sahtelerin sultanıydı. Pırlantaymış gibi görünmeye çalışan bir cam vardı karşısında, basıncın altında dura dura yanmış, kor olmuş, o korluktan pırlantaya dönüşmüş bir değer değil, kumsalda beklerken aniden gelen hediye gibi bir şimşek tarafından cama dönüştürülmüş kumun sıradanlığı vardı aslında bu kadında. Makyajı, saçı, elbiseleri… kaç saat harcamıştı bu hale dönüşebilmek için? Selim nasıl görememişti onun gerçeğini? İnsan gerçek bir duygu ile karşılaştığında anlıyordu ancak yüreğine bulaşmış sahteliği, yoksa hissedilen her saçmalık sanki gerçekti. Ülkü'nün gerçek duygusu, tüm sahteliklerin üzerindeki toprağı silkelemişti.

Bakışını çekti Melek'ten, bu küflü duygudan kopardı kendini ve duyguların zirvesinde dikildi Selim.

Dimdik, ilk defa sakin hayatının manzarasına baktı. Orada herkes, her yaşanmışlık, her anı, her duygu vardı. Çocukluğunun hallerinde gördü kendini, ergenliğinde Melek'e duyduğu aşkın fırtınası bunca yaşanmışlıktan sonra şimdi dinmiş, yağmurlu, gri, köhne, küçük bir buluta dönüşmüştü. Savaşın zorlamaları, imparatorluğun yıkıntıları arasında babasının vefatı vardı. Bakmak istemese de oradaydı. Keşke şu an baktığı bu duygunun yerinde bir mezar olsaydı ama yoktu, yerinde kandırılmışlıkla karışan acizlik vardı. Kendi acizliği değildi baktığı, babasınınkiydi.

Kitlediği dişlerini sıkarken kartal burnundan çektiği ince ama derin bir nefesle doldurdu ciğerlerini, babasının hainliğinin duygusundan sıyrılıp daha da dikleşti. Ve nihayet Dudu'ya dönebildi.

Yalanlarla bezenmiş aşk fırtınalarının, devrim yıkıntılarının, hayal kırıklıklarının arasında Dudu'nun hatırası bir vaha gibiydi. Selim'in manzarası içinde, yeşilin her tonuyla yaşama bağlanmış, güneşin her tonuyla hayata adanmış, duygunun her haliyle aşka hizmette tek yerdi Dudu'nun varlığı. Asla vazgeçilemeyecek, gerekirse uğruna ölünecek, hatta uğruna her nefeste yeniden doğularak yaşanacak tek yerdi. Kalbinin attığı yerdi. Zihninin merkeziydi. Dudu... duygularının tek sahibiydi.

Uğruna ölecek bir duygu, biri, bir fikir olmadıktan sonra insan nasıl tanıklık etmiş olurdu ki hayata?

Bir nefes tazelik ararcasına döndüğünde Selim yine salona, o an hızlandı kalbi, çünkü ipek dokusunda bir alev gibi Ülkü'nün içeri girmesini, kalabalığın arasından buz gibi pürüzsüz, alev gibi sıcacık bir etkide süzülmesini izledi.

Ona bakmayı öylesine özlemişti ki... Onu izlemek bedene neden vermek gibiydi: Bir sonraki günde de var olma, yaşama, mutlu olma nedeniydi.

Sanki derin bir nefes alsa içine çekebileceği kadar narin, çarpışsa her tarafını kıracak kadar güçlüydü Ülkü'nün varlığı... Eşsizdi.

Kuytudan çıktı Selim, adım adım inerken merdivenleri, kalabalığın arasından ve yanından geçtiği herkesin dikkatini ele geçirdiğinden habersiz, herkese karşı ilgisiz, Ülkü'den gözlerini bir an bile ayırmadan onun peşinden gitti. Ülkü'nün varlığı bir mıknatıs gibi bedenini çekerken, arkasından sakince ona yaklaştı Selim. Saçı sakalına karıştığından tanınması zor olsa da, yanından geçtiği kişilerin kendisine selam vermelerini fark etmeyecek kadar odaklanmıştı.

Işığın, Ülkü'nün bedeninde her adımda dans etmesini, o incecik belinin ipeğin içinde kalçalarının yuvarlaklığı ile çarpışmasını izledi Selim... ah... Ülkü'yü izlemeyi ne çok özlemişti. Ensesinde ince örgülerle topuzladığı saçı, açıkta kalan omuzları, incecik kolları... Gerekirse sonsuza kadar adım adım onun peşinden gidebilirdi. Bir sonraki günde de var olmak için kendisine verilmiş en güzel nedendi.

Ülkü bir an yavaşça geriye doğru dönünce durdu Selim. Şimdi profilden görebiliyordu onu, biraz daha dönse göz göze geleceklerdi ama dönmedi Ülkü, gözlerinde titreyen ışığın nemi, profilinden fark edilebilecek kadar güçlüydü.

O an anladı Selim, gözlerindeki nemin etkisinde uzaklık vardı, Ülkü sanki başka bir evrendeydi, belki en fazla on adım vardı aralarında ama Ülkü bulunduğu yerden çok uzaklardaydı, o nemli bakışıyla bambaşka yerlerde gezinmekteydi zihni. Onu öyle çok izlemişti ki her halinin duygusunu ezberlemişti. Acaba yine nerelere gitmişti?

Bir adım attı Selim, geriye 9 adım kalmıştı, Ülkü'nün zihni o an nerede olursa olsun, birazdan yanına gidecek ve daldığı yerden onu çıkarıp ulaşacaktı ona. Bir adım daha attı, geriye 8 adım kalmıştı... Kalabalığın arasında güdümlenmiş bir hayalet gibi ilerlerken, Ülkü'nün etkisi iyice büyüdü kalbinde, 7 adım kalmıştı ki önce orkestranın sesi yükseldi salonda ve sonra her şey öylesine ani oluverdi ki... Ülkü'ye bu kadar yakın olup uzak kalmak, cehennemdi.

-5-

Bu ikisinin arasındaki şey artık nihayet içlerinde tutamayacakları bir hale gelmişti.

Gururla dikildi Ayşe giydirdiği ailesinin yanında, Ali'nin papyonunu düzeltti, İlmiye'nin elbisesinin kol pilelerini aşağıya çekti, biraz daha mı uzun yapsaydı ama o zaman da bu balon etkisini kaybedebilirdi... Anneannesinin topuzundaki inciyi toparladı ve o an kalabalığın arasında nihayet gördü şaheserini... pudra rengi ipeğin içinde sadeliğinin doruklarında, etraftan çektiği ilgiden tamamen kopuk, ilerlemekteydi Ülkü... Elbise beklendiğinden daha iyi oturmuştu üzerine, özellikle bu ışığın altında bedeninin kıvrımlarını asaletle ortaya çıkarmış, kadınlığının sırlarını nezaketle saklamıştı... çok güzeldi.

Karın kısmındaki işleme, salonun ışığında öylesine güzel, ince ince parlamaktaydı ki işlemenin bir kelebekten çok ejderhaya benzemiş olmasındaki şaheserliği ilk defa o an fark etti Ayşe. Tuhaf durmamıştı, tam tersi şahaneydi. Etrafına bakındı, kendisi gibi Ülkü'nün güzelliğini, elbisesindeki etkiyi fark eden var mıydı?

Yanından geçtiği herkes ve etraftaki kadınların birçoğu fark etmişti Ülkü'nün zarafetini. Ayşe iyice gururlandı. Utanmasa "Ben yaptım, bu elbiseyi ben diktim" diye bağıra bağıra gidecekti kardeşinin yanına.

O an Ülkü'nün hemen gerisinde, birkaç adım ötesinde Selim'i gördü. Selim geri dönmüştü!

Hali her zamankinden farklıydı. Geriye taradığı saçları uzamıştı ve ifadesinde derin bir yaşanmışlık vardı... viraneydi görüntüsü ama bu hal ona çok yakışmıştı. Gülümseyerek yanına gitmek, onu selamlamak, hoş geldin demek istedi ama sadece bir an ve hemen adımını durdurdu, çünkü Selim'in Ülkü'ye nasıl kitlendiğini fark etti. Bu ikisinin arasındaki şey artık nihayet içlerinde tutamayacakları bir hale gelmişti.

Selim'in yokluğunda Ülkü yaşamıyordu sanki. Dalıp gidiyor, konuşmadan dinliyor, tepki vermeden izliyordu.

Kalbi yerinden fırlayacak gibi hızlandığında, Selim'in Ülkü'ye adım adım yaklaşmasını izledi, çok heyecanlı bir film seyretmek gibiydi. Kocaman bir tebessüm doğdu Ayşe'nin ifadesinde, birazdan Selim'in geri döndüğünü Ülkü'nün de görecek olması büyük bir nefes gibiydi.

O sırada Semiha, Ayşe'ye döndü, çünkü uzakta kalabalığın arasında Lütfiye Hanımlar'ı görmüştü, "Ayşe!" diye seslendi ama Ayşe tepki vermedi, öylesine mutlu ve dikkatle bakmaktaydı ki bir yere, Ayşe'nin ifadesindeki mutluluğun kaynağını ararcasına onun odaklandığı yere baktığında o da gördü Ülkü'ye yaklaşmak üzere olan Selim'i ve kendi kendine gayriihtiyari mırıldandı: "Ne zaman dönmüş bu çocuk?.."

"Ay evet" dedi Ayşe, gözlerini Selim ve Ülkü'den çekmeden, "Ülkü bilmiyor daha," diye ekledi. Selim'in bir adım daha yaklaşmasını heyecanla izlemeye devam ederken de "Hadi ama!" diye içinden mırıldandı.

Müzik başladığında aniden ve Selim'in yanından güdümlü bir füze gibi geçip Ülkü'ye giden, onu belinden tutup dansa davet eden adam her şeyi mahvetti.

Dondu kaldı Ayşe, Selim'e baktı. Ülkü'ye varmasına birkaç adım varken kalakaldığı yerde Selim'in, Ülkü ve Robert'ı seyretmesini izledi şok içinde! Bir türlü sonu gelmeyen bir film gibiydi her saniye.

Müziğin iyice yükselmesiyle dans pistine dönüşen alanın ortasında kalan Ülkü'nün kendisini kıskaca alan ecnebi adamın karşısındaki çaresizliğini fark etti Ayşe ve daha fazla dayanamadı, kalabalığın arasına atıldı.

-6-

Dokunuşun hissi tanıdıktı.

Kapıdaydı gözleri İlmiye'nin. Ara ara parmaklarının üstüne kalkıyor ve kalabalığın gerisindeki kapıyı görmeye çalışıyordu ama nafileydi. Müzik de başlamıştı, insanlar önlerindeki sahnede kalabalıklaşmıştı.

Canı sıkıldı İlmiye'nin, yanında dikilen Ali'nin kendisine dik dik baktığını fark etti, "Bu bakış ne?" der gibi göz kırptı.

Gülümsedi Ali, kinayeli "Ne o abla, birini mi bekliyorsun?" dediğinde kaşları çatıldı İlmiye'nin, "Saçmalama!" diye çıkıştı, umursamaz bir tavırla "İnsanlara bakıyorum öylesine," diye açıkladı ama ne Ali'yi ne de kendini kandırabildi. Orhan neden hâlâ gelmemişti?

508

Elbisesini düzeltti, saçını toparladı, ayakkabılarındaki tozu sildi, biraz daha oyalandı, Ali'nin, anneannesinden dedesiyle ilgili anı dinlemesine baktı… sıkılmıştı… ama tam da o anda yavaşça biri serçe parmağını tuttu.

Dokunuşun hissi tanıdıktı. İçi titrerken çekmedi elini İlmiye, dibinde duran Orhan'a bakmadı da… Yüreği sanki o küçücük parmağında, Orhan'ın dokunduğu yerde atmaktaydı. İkisi yan yana, öylece durdu kalabalığın içinde, parmakları birbirlerine değerken bakışını hiç Orhan'a çevirmeden, gözü önündeki kalabalıkta, "Niye geç kaldın?" dedi.

Orhan serçe parmağını bıraktı İlmiye'nin ama sadece bir an ve eliyle elini kavrarken "Tam zamanında geldim aslında," diye cevap verdi.

İlmiye haşarı bir tebessümle döndü Orhan'a "N'apıyorsun?" dedi, kalabalığın içinde elini tutması ayıp değil miydi?

Orhan omzunu silkeledi, "Şşş!" dedi sakince, "Boynumu kırmayacaksan lütfen sus ve şu anın tadını çıkarmama izin ver."

Önüne döndü İlmiye, eli Orhan'ın elinde, zihni hissettiği duyguların şenliğinde, öylece izledi partiyi. Bir zamanlar boynunu kırmak istediği bu çocuğun hayatının aşkı olacağını nerden bilsindi…

-7-

… karanlık çöktü, sis oturdu Selim'in ruhuna.

Durdu Selim.

Dikildiği yerde durdu ve kalabalığın akışına bıraktı kendini. Dans pistine dönüşen yerde durup kalabalığın arasında kaybolurken sakince Ülkü'yü izledi, Ülkü'nün belindeki eli izledi… bir girdabın içine çekilir gibi.

Anlar öyle ağır geldi ki bir türlü geçmek bilmedi… karanlık çöktü, sis oturdu Selim'in ruhuna.

Bu adamın Ülkü ile ne işi olduğunu, samimiyetlerinin seviyesini ölçmek için dikildiği yerden izledi ikisini.

Kaşları çatılırken Ülkü'yü kaybetmiş olabileceği duygusunun zerresi bile fazla geldi. İçindeki sarsıntı çenesine bulaştı, sıktı dişlerini iyice. İçinin sıkıntısı yumruklarına kadar ulaştığında patlayacak gibi hissetti kendini, o sırada Robert Ülkü'nün saçından bir tutamı geriye atmak üzereydi ama sonra aniden doğdu güneş, karanlık kayboldu, gökkuşağının renkleri çıkarken saklandıkları yerden, Ülkü bir adımda bedenini geri çekmişti o pis ellerden, belindeki eli kendinden sıyırırken belli ki adama karşı ilgisizdi.

Ayşe'nin aniden gelmesi, Ülkü'yü adamdan koparıp telaşlı bir şeyler anlatarak kalabalıktan sıyırması Selim için bir mucize gibiydi.

-8-

"Çabuk çabuk çabuk!" demişti Ayşe Ülkü'ye yaklaşır yaklaşmaz, "Çabucak gelmen lazım," deyip yanındaki adamı görmezden gelerek Ülkü'yü elinden tutup çekmişti.

Ayşe'nin telaşına katılan Ülkü, Robert'a hoşça kal demeden hemen takıldı ablasının peşine.

-9-

Ayşe'nin Ülkü'yü götürmesini izlerken Selim'in yumruğu açıldı önce, sonra çene kasları gevşedi, kaşları hafifledi… dünyanın ağırlığını sanki zihninden indirmişti. Ülkü, *o adam* saçının tutamına bile değsin istememişti. O saçın tutamına dokunan kendisi olsa Ülkü yine çeker miydi bedenini?

Sorunun cevabından emin olmasa da rahatladı Selim ama sadece bir an, çünkü Robert'ın dikildiği yerde Ülkü'nün ardından bakışını fark ettiğinde rahatlaması tamamen gitti. Gözleri yine Ülkü'ye kaydı, ne kadar taze, temiz bir hali vardı. Robert da hâlâ ona bakıyordu ve Selim o an karar verdi, bu adamla yüzleşmenin sırası gelmişti.

<h2 style="text-align:center">-10-</h2>

Siyah-beyaz oluyorduk... soluyorduk.

"Ne oldu abla?" diye sorarken Ayşe'nin bir anlık tepkisinden anladı, kendisini kurtarmak içindi tüm o heyecanı. Ailenin tüm fertlerinin toplandığı köşeye geldiklerinde Ülkü'yü ilk kucaklayan Ali oldu, Semiha ve Zübeyde Hanım, Ülkü'nün elbisesini inceleyip güzelliğine iltifatlar dizerken hemen geride dut yemiş bülbül gibi yan yana dikilen İlmiye ve Orhan'ın durgun tuhaflığına baktı Ülkü. İnsanoğlu aslında duyguları yüzünde gezinen bir mahluktu, diye düşündü, duyguları maskelemeyi öğrendiğimiz yaşa gelene kadar her duygumuzun ifademizden okunuyor olması ne tuhaftı. Neydi bize duygularımızı saklamayı öğreten şey?.. Hayat değildi, diğerleriydi. Duygularımız yüzünden yargılana yargılana saklanmayı öğreniyor ve belki de sürekli herkesten sakladığımız duygularımızı bir zaman sonra artık hissedemiyor, ruhumuzun rengini, varlığımızın neşesini feda ediyorduk yargılanmamaya. Siyah-beyaz oluyorduk... soluyorduk.

İlmiye ve Orhan'ın ifadesindeki acemi saklanmada kendisiyle yüzleşti Ülkü ve bir anda solgun hissetti... yorgun hissetti. Etrafında neşe ile Cumhuriyet'i kutlayan insanların varlığı ağır geldi, çünkü Selim'in yokluğunu bağırıyordu sanki bu kalabalık... ama yine de gülümsedi Ülkü, duyguları saklamanın en kolay yolu tebessümlerimiz değil miydi?

Ülkü hayattı ama sanki hüzün vardı ifadesinde...

Robert ile yüzleşemedi Selim, çünkü o sırada omzunda hissettiği elin varlığıyla durdu, Ülkü'ye varmazsa ölecek gibi hissederken kendisini tutan ele döndü, el de, ses de Melek'e aitti.

"İnanmıyorum! Döndün mü?! Seni burada görmek ne büyük sürpriz Selim. Ne zaman döndün?" demişti.

"Annem rapor vermedi mi sana?" dedi Selim. "Hayret!" diye eklerken o an hatırlamış gibi, "Ha tabii ben gidince hiç arayıp sormamışsındır, o da senin ne mal olduğunu nihayet anlamıştır."

"Bu nasıl bir konuşma şimdi! Edepsizlik yapıyorsun resmen," diye çıkıştı Melek.

Güldü Selim "Edepsizliği senden öğrendim Melek ama edepsizlik yapmıyorum, o alanı tamamen sana bıraktım. Hem senin kocan nerde? Zavallı adamı kaç kişiyle boynuzladın?" dedi amacı aslında ona laf geçirmek değildi, umurunda bile değildi ama sadece çekip gitsin istiyordu ve edepten mahrum, namus fakiri birini uzaklaştırmanın tek yolu onu gerçeklerle yüzleştirmek, daha doğrusu, onun gerçeğini gördüğünüzü ona hissettirmekti. Karşısındaki kişi tarafından çırılçıplak görüldüğünü bilen bir namussuz oyunu bırakırdı. Oyunu bıraktı Melek, yürüdü gitti.

Yine Ülkü'ye döndü Selim, uzakta, ailesinin içindeki haline baktı. Gülümsüyordu ve bir ömür geçerdi o gülüşün tazeliğinde, bir yaşam dolusu mutluluk vardı o bedenin şefkatinde... Ülkü hayattı ama sanki hüzün vardı ifadesinde... Selim'in ruhu o hayatı yaşamak, onun yanında olmak, ondan nefes almak, o hüznü tüm varlığından çekip almak için sanki kıvranırcasına sancıdaydı.

… hayatımızın kördüğümleri değil miydi
yüreğimizin yarası?

"Neniz var sizin?" dedi Ülkü. Orhan ve İlmiye'nin kaşları aynı anda kalktı, ikisi de neyi olduğunu sanki bilmiyordu, ikisinin de kolları önünde bağlı, ikisi de kıpkırmızıydı ve ikisi de aynı anda "Yoo," dedi, Ülkü sadece gülümsedi.

Birbirine duygu üreten iki insanın halini izlemekte daima bir huzur vardı, diye düşündüğü anda Selim geldi aklına, daha doğrusu, zaten hep orada, aklının kuytu köşelerinde, hatta meydanlarında, egemenliğinin tadını çıkarmaktaydı. Sıcacık tebessümü Selim'in fikri ile yine hüzne bulandığında Ayşe fark etti ondaki saklı duyguyu, bir an dönüp geride kalan Selim'e baktı. Onun geldiğini Ülkü'ye söylemek istedi… ama ya Selim bugün de onun yanına gelmezse… Gidişi ile Ülkü öyle sarsılmıştı ki Selim'in geri döndüğünü bilip onu görmemek, aralarındaki bu düğümü çözememek duyguları yoğunlaştırır, düğümleri körleştirirdi… hayatımızın kördüğümleri değil miydi yüreğimizin yarası? Ülkü için her şey daha da sarsıcı olabilirdi. En iyisi, hayatın akışına karışmamaktı. Zaten Selim de kaybolmuştu kalabalığın arasında. Bakışını geriden aldığı sırada Ülkü ile göz göze geldi. Ülkü şüpheli bir tebessümle "Yine neler çeviriyorsun sen?" dedi.

Sırıttı Ayşe, "Söyle bakim bana, şu balodaki en güzel elbise hangisi?" diyerek konuyu değiştirdi.

Ülkü ablasının elini aldı, parmaklarının her birine öpücük kondurdu hızlı hızlı, "Sen bir tanesin! Çok teşekkür ederim!" dedi, öyle samimi, öyle sevgiyle çıkmıştı ki kelimeler, Ayşe dayanamayıp sarıldı kardeşine ve hemen geriye çekilip "Dur kız! Ağlatacaksın şimdi beni!" dedi ve tam o sırada öyle bir alkış koptu ki ikisi de sıçradı.

Salona biri girmişti.

-13-

… hayalinde yaşattığın kişi için önemsiz olmak, değersizliğin
zirvesi değil miydi?

Ali, Zübeyde Hanım, Ayşe, Semiha, İlmiye, hatta Orhan bile merakla yaklaştılar ilginin toplandığı kapıya, Ülkü biraz geride kaldı. İlmiye'ye uzanıp ben tuvalete gidiyorum dedi. İçeri kim girmişse girmişti, daha önce kutlamak için can attığı herkes, Selim'in fikrinin kalbinde yine fethe çıkmasıyla önemsizleşmişti. İnsanlar alkışa doğru ilerlerken Ülkü geri çekildi, koridorda köşede bekleyen görevliye tuvaleti sordu.

Sol kanatta büyük merdivenlerin hemen altındaydı tuvalet. Kapıya hücum ettikleri için azalmış olan kalabalığı geçip tuvalete vardı Ülkü, içeri girdi. Sanki ilk defa kendini görüyormuş gibi bakakaldı aynaya, evde de kendine bakmıştı ama şimdi bu ışıkta elbisesinin önündeki ejderhanın nasıl parladığını ilk defa fark etti.

Tuvaletlerden birinden aniden çıkan Melek ile göz göze gelmese aslında huzuru kalbinin köşesindeydi. Etrafa meydan okumak için ruhunu lime lime satmış ve onurunu tıraşlamış bir kadın olarak Melek, Ülkü'yü görür görmez küçümser bir bakış takındı. Her ne kadar savaş maskesini takmış gibi görünse de, artık o maske şeffaftı, etkisi tamamen gitmiş, yerine hüzünlü bir hal gelmişti. Melek lavaboya adımladı, yürüyüşü öyle sahte bir asaletteydi ki yürümüyor, kendini gösteriyordu ve sanki bu yüzden aslında varması gereken yere bir türlü varamıyordu, bu yürüyüşü işlevsellikten uzaktı. Ulaşması gereken şeye ulaşmak için değil, kendini göstermek için yaşayanlar ancak ruhlarının çürüdüğü bir yere varırlardı. Üzerimize çektiğimiz dikkate takılıp keyifte kaybolmak, yolda oyalanmak çok gereksizdi.

Bakışını çevirdi ve tuvalete girdi Ülkü. Aslında çişi yoktu ama Melek'in varlığından uzaklaşmak için girmişti buraya. Dışarı da

514

çıkabilirdi ama kalabalık fazla gelmişti. Nasılsa birazdan çekip giderdi.

Biraz bekledi Ülkü ve çıktı tuvaletten ama dışarı çıktığında Melek hâlâ oradaydı. Rujunu sürüyordu umursamaz bir tavırla ama aslında tüm dikkati resmen Ülkü'nün etrafında dönüyordu.

Ülkü lavaboya yaklaşırken rujunu çantasına koydu Melek, dik ve tehditkâr bir ifade ile aynadan ona baktı ve sonra aniden ona dönüp "Selim artık döndüğüne göre Robert ile oynaşmayı bırakırsın," dedi ve küstahlığının doruklarında çıktı tuvaletten.

Önünde akan suyun altına soktuğu elini ovuşturamadı bile Ülkü, donup kalmıştı. Zihnindeki binbir düşüncenin saldırısı ile bir an daha donukluğu devam etti, sonra kendine geldi. Selim gelmişti! Selim gelmişti... ama ona gelmemişti.

Kendisine koşarak geleceğine emin olduğu, öyle hissettiği Selim'in umurunda bile değildi. Melek'e gitmişti ama kendisine gelmemişti.

Hızla elini yıkadı ve kapattı çeşmeyi. Geri adım atıp tuvaletin kapısına yaslandı ve aynadaki yansımasına bakarken öyle kızdı öyle kızdı ki kendine, kendi saf salaklığına, zihninde beslediği düşüncelerin nasıl da aptal umutlar olduğuna... eliyle vurdu tuvaletin kapısına ve gözyaşlarını içine çekti. Daha fazla kendini kendine küçük düşürmeyecekti. Çıktı tuvaletten.

Aylardır her an ama istisnasız her an beklemişti onu. İstisnasız her an onu düşünmüş ve hissetmişti. Emindi, o da kendisini hissetmekteydi ama emin olduğu o his şimdi öyle aptal hissettirdi ki kendini... öyle yaraladı ki kalbini. Beslediği o duygu kendi aptallığından başka hiçbir şey değildi! Kendini küçük hissetti, güçsüz hissetti, değersiz hissetti... hayalinde yaşattığın kişi için önemsiz olmak, değersizliğin zirvesi değil miydi?

Kalbi düğümlendi, öylesine karıştı ki hissettikleri, kalbindeki kördüğümü sanki hiçbir şey çözemeyecekti.

Koridorda yürürken zihnindeki savaşı dindirmek için resmen başını silkeledi, burnu sızlıyordu, kalbi ağrıyordu, ağlasa, bir köşeye geçip hüngür hüngür ağlasa belki nefes alacaktı ama asla rahatlamayacaktı. Rahatlamak yoktu bu duyguda.

Koridordan çıktığında kalabalığın yine dansa devam etmesine baktı ve o an zihninin içinde sürekli bir şekilde onun adını tekrarladığını fark etti ve gözlerini sıkıca kapatıp zihnini susturmak istedi.

Selim… Selim… Selim…

Kurduğu tüm hayaller, hissettiği tüm o duygular aslında saçmasapan aldanışlardı, kendi kendini kandırmış, onu hissederek kalbinde kocaman bir yara açmıştı, halbuki Selim yoktu, öyle biri hiç olmamıştı. Onu kendi zihninde yaratmıştı. Melek'ten aldığı gibi, her kadından bir şeyler almanın peşindeki o aciz adamlardandı ve ilgi koleksiyoncusu birinin geçici ilgisinden başka bir şey değildi demek onunkisi…

Kalbindeki sarsıntıyı dindirmeye çalışarak yürürken, yıllar önce evlerine gelen albaylardan birini gördü köşede. Durdu Ülkü. Anılar hücüm ettiğinde zihnine artık Selim'i düşünemez olmuştu ama anıları yürek dağlayan tuzaklar gibiydi, çünkü o anılarda var olan herkes artık gitmişti. Anıları tuzaklara dönüşenler zaferler kazanabilirler miydi? Bu kadar çok şey kaybetmişken Cumhuriyet gerçekten de bir zafer miydi?

Böylesine kaybetmişken idealleri kazanmanın ne anlamı vardı ki? Hayatın ne anlamı vardı?

Süzülen yaşı da parmağının ucuyla yakalayıp koparırken kendi kendine sordu, değmiş miydi? Babasını, abisini, dayılarını kaybetmesine değmiş miydi?

İçinden çıkılamaz o geçmişin kayıplarının labirentine girdi yine Ülkü. Her şeyi kaybetmeye alışmış birinin sancısı geçer miydi?

Evlerine gelen bu albayın kendisine hatırlattığı her şeyden kaçmak istedi Ülkü, koşup bu saraydan çıkmak ve geçmişin anılarını zihninden silmek istedi, ancak o zaman anlayabildi, her şeyden kaçıp sığınabileceği tek kişi Selim'di ama o da gerçek değildi ki… umutsuzluk bedenine iyice yayıldığı sırada bir alkış daha yükseldi.

Aslında umurunda bile değildi kimin geldiği ama "Bozkurt!" diye atılan naralar alkışların arasından kulaklara ulaşırken, ancak o zaman ani bir heyecanla dikleşti Ülkü. Ülkü düşünmeden avuçlarının içinde elektrik akımları oluştururcasına alkışa katılırken gözlerindeki yaşlar çekildi. Ruhu sakinleşti. Mahmud Esad Bozkurt'u karşılamaya koştu Ülkü... hayatlar kurtaran adam gelmişti.

-14-

Birbirlerindeki yaşanmışlıkta ikisi de vardı.

Gösterilen ilgiyi, saygıyı mağrur bir sakinlikle selamlayan Mahmud Bey, kendisine uzatılan elleri sevgiyle kabul edip herkesle tokalaşırken, kalabalığın arasında heyecanla dikilen Ülkü'yü görüp durdu.

Ülkü'nün varlığı, bir tebessümle birlikte doğdu ifadesinde. Tebessüm kocaman bir gülümsemeye dönüşürken etrafında toplanan heyecanlı kalabalıktan izin isteyerek sıyrılıp Ülkü'ye yöneldi.

Kavuştuklarında bir an durdular, birbirlerine baktılar. Birbirlerindeki yaşanmışlıkta ikisi de vardı. Ülkü'nün gözleri ilk defa sevinçle dolarken, küçük bir kahkaha eşlik etti hissettiği ıslak coşkuya ve kollarını açtı Mahmud Bey, Ülkü ona sarılırken sırtını sıvazladı. "Nasılsın Dudu?" derken, Selim dikildiği yerden şaşkınlıkla onları izlemekteydi. Adalet Bakanı olarak seçilen adamın Ülkü ile ne işi olabilirdi ki? Üstelik ona Dudu demişti.

Bakanın etrafındakiler kalabalığı geride tutarken Ülkü ve Mahmud Bey, arka terasa doğru yürüdüler. Mahmud Bey'i karşılamak ve onunla birkaç kelime edebilmek için birbirleriyle yarışan "önemli" kalabalık, Ülkü'nün varlığının yanında adam için nasıl da önemsizleşti diye düşündü Selim onları izlerken.

Dudu... onun adını içinden sürekli tekrarlarken sütunların arasından geçip peşlerine takıldı.

517

Adamın tüm dikkati öylesine bir samimiyetle Ülkü'deydi ki, ikisini takip ederken ona yöneltilen her ilgide cehennemde hissetti kendini Selim... onu öyle özlemişti ki... İnsan dokunmadığı bir bedeni nasıl bu kadar özleyebilirdi?

-15-

*... birine huzur veren bir kelime diğerinin
kalbini nasıl dağlardı?*

Mahmud Bey'in tok sesi kahkahalarla gülerken, "Hey gidi Dudu, koca kız olmuşsun. Hâlâ atış yapıyor musun?" dedi.

"Babamın tüfeğiyle hem de," diye cevapladı Ülkü... sonra hissettiği ıssızlığı paylaşmak için, "Artık annem bile bana Dudu demiyor Mahmud Amca," diye belirtti.

Mahmud Bey, arka terasa açılan kapının ağzında durup kırdığı potu düzeltmek isteyen samimi bir telaşla "Affedersin kızım," diye irkilince, Ülkü hemen düzeltti: "Hayır Mahmud Amca, ismimi duymak iyi geldi."

Mahmud Bey, koluna giren Ülkü'nün eline iki dokunuşla yanında olduğunu hissettirirken, "Onu maruz gör kızım, bugünlere gelebilmek için annen hayatını, ailesini bağışladı bu vatana. Yaşamlarını hayata sunan kadınlar olmasa, şimdi bu topraklarda hepimiz köleydik. Hindistan'a neler yapıyorlar, unutma. Bilinen en eski, en köklü medeniyeti sömürebilmek için tarihlerini bile sildiler tarihten. Dudu... ismin annene babanı hatırlatıyordur kızım."

"Evet," dedi Ülkü önce hüzünle ama hemen sonra gülümsedi: "Babamı hatırlatıyor, o yüzden seviyorum ismimi" dedi.

Mahmud Bey sakince cevap verdi: "Ama annene de babanın kaybını hatırlatıyor olabilir... Sendeki duygusu ile aynı olmayabilir."

Başını salladı Ülkü, birine huzur veren bir kelime diğerinin kalbini nasıl dağlardı? Hayatın zıtlıkları her köşede pusudaydı.

Terasa çıktılar.

518

Evlatlarını ancak başka bir toprağı sömürerek
büyütebilmeyi öğrenmişler.

Hızla fırladı Selim ve sol kanattaki merdivenlerden aşağıya indi. Ülkü'yü bir an bile gözünden ayırma fikri, onu sanki bir daha hiç bulamama riski gibiydi. Terasın aşağısındaki bahçeye çıktı Selim. İçerinin kalabalığına rağmen bahçe ıssızdı ve yukarıdan ikisinin konuşmalarını duyabiliyordu.

Mahmud Bey, sakince, denizin karanlığında yer yer yanan fenerlerin ışığına bakarken "Önemli olan, her şeye rağmen hayatı sevebilmek Ülkü," dedi. "İnsanlar hayatı sevmeyi unutuyorlar, öyle telaşlı bir meşgalenin içinde kayboluyorlar ki nefes aldıklarında bedene yayılan oksijenin huzurunu, sağlığın keyfini, hayatın neden var olduğunu, düşünmenin anlamını unutuyorlar. Şu ışıklar gibi olmak lazım, her yeri aydınlatamayacağını bildiğin halde, hayatın sevgisiyle yine de yanmak lazım."

Ülkü derin bir nefesle yıllardır içinde tuttuğu düşünceyi salıverdi, "Mahmud Amca… Aklım almıyor… kendi insanlarımız nasıl böyle hainlik yapabildiler… yani savaşta?" diye sorguladı, bu düşünce ne zaman zihninde doğsa çaresizlik çöküyordu kalbinin her köşesine. Babasının tüfeğini eline alıp sokaklara çıkmak, vatana ihanet eden o hainleri bulup tüm soylarını kurutmak istiyordu.

"Hainlik değil kızım," dedi Mahmud, merdivenlerden alt bahçeye inmek üzere yürürken, "Cahillik," dedi. "Etrafında olan oyunu fark etmeden savaşa giren, sadece kendisiyle savaşır. Öfke, daima adresi kolayca değişebilen, manipüle edilebilen bir duygudur. Padişahlık elden gidiyor diye herkesi galeyana getirdiler, sanki padişaha biz tuzaklar kurmuşuz gibi, bizi kendi silahımızla vurmanın yollarını buldular… çünkü bu 'dış mihraklar' çok kuvvetliler. Binlerce yıldır ziyaret ettikleri her yeni yerdeki halkı sömürmekte uzmanlaşmış, algı yönetimi konusunda kendilerini aşmış milletler bunlar. İşleri bu! Sömürmek. Evlatlarını ancak başka bir toprağı sömürerek büyütebilmeyi öğrenmişler. İnsanlık tarihine baktığında, sömürge tarihi olduğunu göreceksin. Biz bunların yanında fazlaca naif ve bir başka deyişle mert kalıyoruz. Bizim mertliğimizi bize karşı kullanabilecek kadar cin fikirliler. Birinci Elizabeth 1550'lerde kraliçe olduğunda öylesine köklü bir istihbarat ve planlama sistemi kurdu ki, yüzlerce yıldır geliştirip ustalaştıkları bu sistemi, bizim Kurtuluş Savaşı ile yenmemiz resmen mucize, Allah'ın işi ama daima çabada olmalıyız Dudu. Bunu da sağlam nesiller yetiştirerek, bilimde ustalaşmış bireylerle yapacağız. Çünkü bilim giren bir zihin asla fethedilemez! Neyse zaten hayatımız politika konuşmakla geçiyor, şimdi anlat bakalım nasılsınız? Annenler, kardeşlerin memnun mu buradaki hayattan? Rahatınızı kaçıran şeyler var mı?"

"Memnunuz," dedi Ülkü, alt bahçenin sessizliğinde kalbindeki burukluğu yutkundu, "Ali ve İlmiye okulda çok başarılı, Ayşe artık öyle güzel dikiyor ki pek geliştirdi terziliğini, ben kulüpte at terbiyeciliği yapıyorum," dediğinde Mahmud Bey gülümsedi: "Afferin kızım sana! Neydi senin atın adı? Yakışıklı mıydı?" derken onayladı Ülkü, "o hâlâ sizinle mi?" diye sordu. "Evet," dedi Ülkü gülümseyerek "Ona kulüpte yer verdiler. Çok şanslıyız şükürler olsun."

"Peki ya annen?" diye sordu Mahmud Bey. "Annem daha iyi Mahmud Amca... hayatında her şey değişmiş birinin sonrasında kalbi kolay değişemiyor sanırım. Acıya saplanabiliyor ama şimdi çok daha iyi."

Mahmud Bey mırıldandı: "Zaman her şeyin çaresidir derler ya aslında zaman değildir çare, o zaman içinde acılarımızı yenmek için harcadığımız çabadır. Eminim annen de çabalıyordur."

Ülkü başıyla sakince onaylarken, Mahmud Bey'e yukarıdan seslenen valinin gür sesi, aşağıda Selim'in durduğu yerden de duyuldu. İyice karanlığa çekilmişti Selim, merdivenin altındaki o kuytuda görünmezdi ama Ülkü'nün varlığı sanki kendi varlığını deşifre edecek bir histeydi. Birbirlerini hissettiklerine emindi. Ülkü önüne dönerken nefesini bıraktı Selim, fark edilmemiş olmanın derin nefesini aldı. Rezil olabilirdi merdiven altına saklanıp onları dinlediği ortaya çıksa, durum feciydi ama umurunda mıydı?

Aslında pek de umurunda değildi, kendini tutmazsa zaten çekildiği bu kuytudan çıkıp Ülkü'nün karşısına dikilecekti, tek yapmak istediği, gözlerinin içine bakarken o bir anın etkisinde sonsuzluğun huzurunu bulabilmekti. Ona haykırmak istedi. "Seni seviyorum ve bilmeden oldu!" diye bağırmak, duygularının tüm kapısını ona açıp onu kalbine almak istedi ama zaten o, kalbinin her hücresinde değil miydi?

Almak istediği yer kalbi değildi, hayatıydı, hayatına almak istedi Ülkü'yü, onda yaşamak, onda nefes almak ve onda doğmak istedi. "Dudu..." diye mırıldanmak istedi Selim. Gözlerini Ülkü'den ayırmadan sessizce "Dudu" diye fısıldarken dudaklarının aldığı şekle dokundu parmaklarıyla, kendini susturmak ister gibiydi. Ülkü'nün narin bedeni bahçede yanan kandillerin ışığında, öylesine unutulmazdı ki... o bedenin varlığının hissettirdiklerinde, saklandığı gölgeye iyice sindi Selim. Bir gölge gibi o bedeni dolamak, saçlarında gezinmek, rüzgâr olup yüzüne esmek, nefesle içine girmek, yüreğinde atış olmak, damarlarında koşmak, zihnine ulaşmak ve fikrinde doğmak istedi... duvarın dibinde onu izlerken hissettiği duygunun girdabında, fırtınasında, depreminde çaresizdi. O çaresizliğin doruğunda dayanamayıp sindiği gölgeden çıkıp ona gidecekti ki yukarıdan aşağıya inen vali, partide bekleyenleri raporlayıp Mahmud Bey'i kibarca göreve çağırırken Ülkü ile tanıştı.

Selim o an yine durdu. Ülkü'yü de yukarı buyur ettiler, hepsi yukarı çıkarken Selim sırtını yasladığı duvara başını da yasladı, bir an gözlerini kapadı. Sanki hayatı boyunca bu duyguyu aramıştı ve onu Ülkü'de bulmuştu ama ulaşması mümkün müydü? Ona bu kadar yakın olup uzak kalmak, bir uçurumun kıyısında durup on metre ötedeki cennete bakmak gibiydi... Çaresizlikti.

Gözlerini açtığında fırladı Selim sindiği kuytudan, koşup merdivenleri çıktı. Bahçe kapısı yeni kapanmıştı, hızla atıldı kapıya, içeri girdi. Ülkü, bakan ve valiyle yan yana ilerlerken Selim'den on metre ötedeydi.

-17-

Selim tam karşısındaydı.

Ülkü'nün Egeli olduğunu öğrenen vali, öyle bir başlamıştı ki konuşmaya, savaşın anılarını ortaya dökerken, Ülkü'yü zihninin içinde asla girmek istemediği o labirente, kaybettiklerinin anısını depoladığı o yere hapsettiğini bilemeden, konuştukça konuştu.

Babasını tanıyordu, babasının öldüğü günü andı adam, savaşın ilk günlerinde öldürülen büyük abisinin ardından açılan cepheyi andı, o cephede ölen yüzlercesini andı, andı da andı, Ülkü'nün yüreğini dağladı.

Feda edilmiş her şeyin depolandığı o labirentin birbiri içine işlenmiş daracık koridorlarının, babasının, abilerinin olduğu o çıkmaz sokakların dev duvarları içinde sıkışıp kaldı Ülkü, bağıra bağıra ağlamak, "Değdi mi ha! Değdi mi?" diye haykırmak isterken, sustu, yutkundu. Ama daha fazla tahammül edemeyecekti, başkasına anı gibi gelen bu yürek dağlayıcı gerçeklerin kıyısında konuşmaya, bir adımla geri çekti bedenini ve sanki birine bakıyormuş gibi çevirdi başını ve o an, tam da nefesin tıkandığı, sessiz çığlıkların zihninde patlamalar yaptığı o an... Selim tam karşısındaydı. Gözlerini dikmiş ona bakıyordu.

Saçları uzamış, sakalları bilinen her haline meydan okurcasına karışmıştı ve o gözlerde... o aynı gözler ama daha derindiler.

522

-18-

İnsan bir bakışla esir düşebilen,
bir bakışla özgürleşebilen belki de tek varlıktı.

O bir anda Ülkü başını öyle ani çevirmişti ki bir şeyden kaçmak ister gibiydi. Kalabalığın içinde, sanki binlerce kilometre uzaklıktaki iki ayrı yerde, göz göze geldiler.

Zihninin kaybolduğu feda edilmişliklerin labirentinden, Selim'le çarpışan o bir bakışla çıktı Ülkü. Labirentin dev duvarları yıkılıverdi aniden ve kaybolmuşluğunun labirenti viraneye dönerken, yıkımın ortasında yapayalnız kaldı Ülkü... ama hayır yalnız değildi! Bir kendisi vardı... bir de Selim... o yıkımın ortasında iki kişiydiler. Hayata şahitlik etmek için pek de yeterliydiler. İnsan bir bakışla esir düşebilen, bir bakışla özgürleşebilen belki de tek varlıktı.

Bir bakış bin anlayışı taşıyabilir miydi?

Bir çarpışma tüm duyguları bulaştırabilir miydi?

Selim'in, karşısında dikiliyor olmasının etkisi, biraz önce zihninde yıkılan labirentin getirdiği tüm duygulara sellerle eklendiğinde, parmağının köşesi ile saldırdı Ülkü gözünden süzülen yaşa ama çekemedi gözlerini Selim'inkilerden, derin bir nefes alıp gayriihtiyari dikleşti. Güçsüz görünmeyecekti!

"İnsan bir anın etkisinde sonsuzluğun huzurunu bulabilir miydi?" diye düşünürken Selim, Ülkü'nün varlığındaki cennette, bakışındaki bu iklimde kıpırtısız yaşayabilirdi. Nasıl da mağrur ve savunmada hemen dikleşmişti o narin bedeni, ah bir bilseydi hissettirdiği şeyin kalbindeki tüm savaşı dindirdiğini... bu hissin her şeyi bir hamlede yendiğini, kalbinin duvarlarını yıkıp her hücresine girdiğini... ah bir bilseydi varlığının etkisini... eşsizliğini... güneşleri uydulara çeviren o bedenin çekiminde öylece dikildi Selim, "İnsan bir anın etkisinde sonsuzluğun huzurunu bulabilir miydi?" diye mırıldanırken zihni, dudaklarında oluşan kıvrım tebessüme dönüşmek üzereydi... İçindeki tüm coşkuyla nihayet Ülkü'ye selam verecekti ama aniden arkasını döndü Ülkü. Yanındaki adamlardan izin isteyip kalabalığa karışırken, geride dikildiği yerde kahroldu Selim, ne olduğunu bilmese de bir terslik olduğuna emindi.

-19-[143]

… onun varlığı bir an daha kalbine işlemiş olsa ve sonra kalbine sızdığı yerde daha da büyük bir yara açmış olsa…

Kalabalığın arasından sıyrılarak sakin ama hızlı ilerledi Ülkü, Selim'in uyandırdığı tüm duyguların, zincirlerini koparmış, zihninde geziyor olması ve ona böyle yakalanmış hissetmenin ağırlığı hâlâ gözlerindeydi. Saklandığı her ıssızlıkta vardı Selim. Kimsenin olmadığı yerlerde, kimsenin hissettiremediği duygularda tek başına hep oradaydı.

Selim'in varlığı kalbinin ağırlığıydı… Koşar adımlarla ilerledi, kaçar gibi.

Kaçtığı şey, Selim'in ifadesinde doğmak üzere olan o gülümsemeydi… saçının sakalına karışmış o haliydi… gözlerinin derinliğiydi… onun hissettirdiği her şeydi… ama en çok da onun temsil ettikleriydi.

Kimdi ki Selim! Evli bir kadınla bile ilişkiye girebilecek kadar ahlaksız, Atatürk'ün ilke ve inkılaplarını anlamayacak kadar vizyonsuz, bir padişaha kul olabilecek kadar kimliksizdi!

Hızlandı Ülkü, insanları sıyırdı geçti. Selim'in fikri, kaybettiği ailesinin fikri ile harmanlanırken onu da kazanamadan kaybetmiş gibi hissetti ama bu hissi hemen sildi, çünkü Selim gerçek değildi ki.

O gerçek değildi!

"O gerçek değil" diye mırıldanırken kendine kalabalığın arasından sıyrıldı, tanıdık, güvendik bir yüze öyle muhtaçtı ki… hızla ailesine

---

143 Olafur Arnalds – *Lost Song*

524

varmak istedi. Annesinin kollarına sığınıp kalbini ağırlaştıran tüm o biriktirilmiş duyguları açmak, yardım istemek, "Anne!" demek istedi, kalbinin ağırlığından kurtulabilmek için çare bulmak istedi.

Selim'in ifadesinde doğmak üzere olan o gülümsemenin izi aklına öylesine derin kazınmıştı ki. Orada dursa, gülümsemeyi karşılasa, onun yanına gelmesini beklese… onun varlığından bir an daha kısmetlenmiş olsa… onu bir an daha yaşamış olsa… peki ya sonra…. onun varlığı bir an daha kalbine işlemiş olsa ve sonra kalbine sızdığı yerde daha da büyük bir yara açmış olsa…

Adımları hızlandı Ülkü'nün, koridor bitmiş, neyse ki sahnenin kıyısına gelmişti, kenardan dolanıp diğer uçtaki ailesinin yanına varmasına az kalmıştı. Selim'in fikri yürek dağlayan bir tuzağa dönüşürken kalbinde, ağlamaya ne kadar ihtiyacı olduğunu anladı Ülkü. Gözünün kıyısında süzülmek için pusuya yatmış yaşı parmağının ucuyla yakalayıp yine koparırken, köşeyi döndü ve aniden önüne çıkan bedenle çarpıştı. Başını kaldırdığında, karşısında tüm heybetiyle dikilen Robert vardı.

-20-

… sanki gerçekten de tüm sırlarını biliyordu.

Robert "Merhaba Ülkü Hanım, sizi yine görmek ne güzel," dediğinde Ülkü gülümsemek için zorladı kendini ama ruhunda hissettiği hüzün öyle ağırdı ki önce konuşamadı, sonra başıyla tatlı bir selam verirken mırıldanabildi: "Sağ olun Robert Bey."

Pudra rengi ipeğin kızın teninde bıraktığı etkiye baktı Robert bir an, sonra kızın bedeninde gezinen bu mağrurluğun kızı nasıl da sarmaladığına… "Ülkü Hanım," dedi ona doğru eğilirken, bir adımla bedenini yaklaştırdı. "Size vermem gereken bir sırrım var."

Robert'ın gözlerine bir ışık gibi yerleşen merakı tebessüme dönüşürken, bir küçük adımla geriye çekti bedenini Ülkü, zoraki

525

bir tebessümle "Ailemin yanına gitmem lazım," diye mırıldandı ve gayriihtiyari geriye baktı... o bakışta Selim'in varlığının umudu vardı... ama Selim yoktu. Peşinden gelmiyordu.

"Sırrımı vermeden önce söylemek istediklerim var," dedi Robert, gözleri öylesine yumuşak ve tebessümü öylesine samimiydi ki Ülkü kendini kötü hissetti. Neden bu adamın varlığından hep rahatsız oluyordu?!

Robert bir adım daha Ülkü'ye yaklaşırken boynunu iyice ona doğru eğmiş, gözlerini Ülkü'nün yere saplanmış gözlerine kitlemişti, parmaklarını uzatıp Ülkü'nün saçının teline dokunurken "Çok güzelsin Ülkü," demişti, çok içtendi ama Ülkü o içtenlikteki tehlikeyi sezmişti.

Ülkü adamın yakınlığından uzaklaşmak için bir adım daha geriledi ve arkasındaki masaya çarptı bedeni, "İzninizle," derken resmîydi, bakışları bile hâlâ yerdeydi, adamla göz göze gelmek istemedi ama Robert küçük bir hamle ile Ülkü'nün beline uzandı ve diğer eline parmaklarının ucuna alıp "Beni şu an dinlemezseniz ne yaparım bilmiyorum," dedi.

Ülkü bakışını adama kaldırmak zorunda kaldı, arkasında yapıştığı masa ile bedenini markajlamış Robert'ın arasında sıkışıp kalmıştı. Robert, "Sende öyle bir şey var ki, başka kimsede yok gibi..." derken adamın hayalarına dizini geçirip kendini bu markajdan kurtarmak geçti Ülkü'nün aklından ama vurmadı, yapmacık bir tebessümle parmaklarını adamınkilerden çekip kenara kaydı, adamın üzerine eğilmiş ağırlığından sıyrıldı ama sadece bir an, çünkü Robert birilerini köşeye sıkıştırmak konusunda öyle ustaydı ki bir adımla yine önüne geçti Ülkü'nün, yanındaki sütunun kenarına sıkıştı Ülkü.

Arkasında masa, yanında sütun ve karşısında Robert vardı. "Ailem bekliyor," dedi Ülkü bakışları yerde, çünkü gözünü kaldırsa yakınlıkları katlanılamayacak kadardı. "Sırrımı hiç merak etmiyor musunuz?" diye mırıldandı Robert ve daha fazla dayanamadı Ülkü, bir hamlede eğildi, adamın kolunun altından geçip sütun ile masanın köşesinden kurtardı kendini ama Robert da çok çevikti, kolunun altından geçen Ülkü'yü önce elinden yakaladı, sonra usta bir hamle ile yukarıya kaldırdığı eliyle döndürüp kendine çevirdi onu, diğer eliyle de belini tuttu, kendine çekti, dans etmeye hazırdılar sanki. Elini çekmek istedi Ülkü ama sıkıca tutmuştu Robert, izin vermedi ve Ülkü'nün hamlesine güldü, oyun oynuyordu sanki.

O an Ülkü silkeledi üstündeki tüm mahcubiyeti ve bakışını kaldırdı yerden, Robert'in gözlerine kilitledi gözlerini, "Sırrını biliyorum," dedi.

Robert'ın gülümsemesi dondu, kızın gözleri, kelimeleri öylesine netti ki… sanki gerçekten de tüm sırlarını biliyordu.

Ciddileşti Robert, bu kızı gerçekten de çok istiyordu. Dudaklarına kaydı gözleri ve aralarındaki mesafe o kadar azdı ki, uzansa öpebilirdi onu. Ağzını araladı Robert, kıza onu öpmek istediğini fısıldayacaktı ama Ülkü önce davrandı, "Beni öpmek istiyorsun," dedi, Robert'ın gülümsemesi iyice genişledi, istediğini alacak gibi hissetmek çok iyi geldi ama Ülkü öyle bir hamle yapmıştı ki…

Robert'ın küçücük bir hamleyle daha kendisine yaklaştığı o anda, önce aniden başını yana çevirip kafasının üstüyle adamın burnuna çarpıp, Robert'ın sıkı sıkı tuttuğu elinin altından dönüp arkasına geçti. Ülkü'nün elini sıkıca tutmuş olsa da aniden ters dönen kolunun sancısıyla gevşemişti parmakları ve o an geriye döndüğünde kızı yine tutacaktı ki kalakaldı Robert… Biri sanki geçmişten kendisine seslenmişti, atik olmasıyla ünlü reflekslerine hâkim olamadan yıllar önce Vahdettin'in sarayına yanlış bilgiler verirken kullandığı o isme döndü Robert, kim ona "Alfons" diye seslenmişti ki?!

-21-

Kalabalığın arasından sıyrıldı Selim ve güdümlü bir füzenin eminliğinde, havada süzülen tüyün zarafetinde Ülkü'ye doğru yürürken "Alfons!" diye seslendi Robert'a. Ve Robert bir hamlede sese döndüğünde, Selim ifadesindeki kurşuni tebessümle çarpıştı. Biliyordu! Selim onun kim olduğunu biliyordu! Yıllar önce Selim'in sadrazam babasını manipüle etmek için bu isimle Osmanlı'ya girdiğini de biliyor olmalıydı. Yüzellilikler çözülmeye başlamıştı!

Selim onun boğazına dayadığı bıçağı çeker gibi çekti bakışlarını Robert'tan. Onunla işi tabii ki bitmemişti ama hazırladığı plan onun ve diğerlerinin icabını her hamleden daha iyi görecekti.

Robert'tan elini o an kurtaran Ülkü'nün önüne geçti Selim. Başını önünde eğip onurlu, sakin, net bir selam verdi. Elini Ülkü'ye uzatıp "Şu söz verdiğiniz dansın zamanı geldi sanırım Ülkü Hanım," demesi kaderin resmen cilvesiydi.

-22-[144]

Soluksuz kaldı Ülkü. Robert'ı, salondaki insanları, geçmişte olanları ve geleceği unuttu... Hayatı boyunca beklediği anlar toplanmış ve hissetmek için kalbinin beklediği her duyguyu peşine takıp nihayet gelmiş gibiydiler. Uçuşan elbisesinin içinde kendini bir hayalet gibi hissetti Ülkü ve elini uzattı Selim'e... daha fazla geçmişi düşünemeden, onun seçimlerini yargılayamadan, suçlamadan izin verdi Selim'e parmaklarını tutması için. Yaşadığı her şeye rağmen onunla bir dans etmenin anısını hediye edecekti kendisine, yaşadığı onca sancıdan, hayal kırıklığından sonra onunla bir dans belki de tek mükafat olacaktı. Sonrasındaysa yolları asla kesişmemek üzere nasılsa ayrılacaktı.

Hayalet gibi adımladı onun yanında... Hayata, bir tek Selim'in eline değen parmaklarıyla tutunan, gerisi hayal olan bir hayalet gibi...

---

144 *Hable con ella* – Alberto Iglesias

Aşk, izlenmesi en yaşam dolu şey değil miydi?

Parmaklarının ucunda canını tutar gibiydi Selim, onu hayata bağlayan tek şey yürüyordu yanında. Gözlerini bir an ondan ayıramadan, Ülkü'nün başı önünde, bakışları yerde, boynunun tüm narinliğini sunarcasına yanında yürümesini izledi. Tenine dokunan parmaklarının hissi tüm bedeninde, zihninin her köşesinde gezinmekteydi.

Yanlarından geçtikleri herkes dönüp ikisine odaklandı. Aralarındaki duygu öylesine güçlüydü ki Selim'in bakışındaki kararlılığı, Ülkü'nün halindeki utancı hissetmek, yeni doğan güneşi izlercesine aşkın hal bulmasına tanıklık etmek gibiydi.

İnsanoğlu, binlerce yıldır, birbirine âşık olacak yüreği olanları izlemeyi seçmişti. Aşk, izlenmesi en yaşam dolu şey değil miydi? En merak edilen, en çok düşünülen, en çok akla gelen, hayata en çok motive eden konunun iki insanın birbirlerine duydukları duygu olması, herkesin o duygunun peşinde olması, insanın yalnızlığının en büyük göstergesi değil miydi?

Yalnızdık, hatta bazılarımız yapayalnızdık. Koca koca toplumların, ailelerin içinde öyle yalnızdık ki sığınacak bir aşk bulmazsak sanki var olamayacaktık, çünkü aynı anda karşılıklı olarak düşünülmek, hissedilmek, merak edilmek, istenmek öylesine güçlü bir duygu kokteyliydi ki hayatın anlamına ipucu gibiydi…

Selim ve Ülkü, parmaklarından ve kaderlerinden birbirlerine bağlı, adım adım yürüdüler ve piste vardıklarında birbirlerine döndüler.

… erkeğin emrinde bir sırtlan gibi
saldırmaya hazırdırlar.

Nefret hissetti Melek! Saf, katıksız, şiddetli bir nefret! Bir zamanlar kendi çevresinde dönen, her şeyi vermeye, varlığını adamaya hazır bir gezegen şimdi başka bir güneş bulmuştu kendine…

Öyle nefret etti, öyle nefretle doldu ki yüreği, azıcık durup düşünse, hissettiği her şeyin kendi sahteliğinden kaynaklandığını görebilecekti ama mümkün değildi. Melek gibi kadınlarla doluydu toplum. Hepsi birbiriyle arkadaştı. Bir sırtlan sürüsü gibi moda peşinde, tazeliğe savaş açmış, sosyete adını verdikleri lağım çukurunun içinde, oturdukları yerden sadece beğenilmek hedefiyle sahteliğin katman katman gezegene yayılmasını sağlamışlardı.

Binlerce yıldır ezilmiş, hakkı yenmiş, hor görülmüş, alınmış, satılmış, tecavüz edilmiş, susturulmuş, insanlığı unutturulmuş kadına, insanlığın anasına taraf olmak yerine, erkeğin ilgisinde hayatı bulmaya çalışmaktan kaybolmuş, ilgiye bağımlı ve daha fazla ilgi için hemcinsi ile kapışmaya, karalamaya, aşağılamaya hazır sahte kadınlar! Toplumun her köşesinde, erkeğin emrinde bir sırtlan gibi saldırmaya hazırdırlar.

Anlamlı olan bir şeyi desteklemek, korumak, hakkını vermek uzaktı onlara, çünkü kendilerini soktukları o çukurun içinde aslında çok yalnızdılar.

Dişlerini sıktı Melek, bakışını çevirdi onlardan, yanında dikilen adamlardan birine dönüp cilve yapmak istedi, flört etmek, beğenildiğini hissetmek o anlık bile olsa iyi gelecekti, "Ah bir nefeslensek mi?" derken sustu, çünkü etraflarındaki birçok kişinin bakışı pistteki Selim ve Ülkü'nün halindeydi.

İnsanoğlu aşkı seyretmekten asla vazgeçemezdi.

Nefesini tutarak izledi Ayşe. Annesinin aniden kendisine kenetlenen eli yüzünden bir an Semiha'ya dönüp onun da Ülkü ve Selim'e kenetlenmiş gözlerindeki mutluluğu gördü, sonra hemen yine onları izlemeye döndü.

Ülkü'nün parmakları Selim'inkilere ulaştığında, Selim yanlarında dikilen adamın varlığına aldırış etmeden döndü ve eli Ülkü'nün elinde adım adım onu dans etmek için pistin ortasına götürdü.

Aşk, eğer gerçekse, engellenemezdi.

Piste geldiklerinde, Ülkü bakışları yerde, döndü Selim'e. Gözlerini Ülkü'den bir an bile çekmemişti Selim, belki ona böyle bakması ayıptı ama aşk ayıp tanır mıydı? Gerçekten aşk hisseden bir erkek tüm ayıpları çiğneyip ezer bir hadsizlikte, fütursuz bir diklikte yaklaşırdı sevdiğine, bir mıknatısın kendini zıttına yapıştırması gibi aidiyetinin adresi belliydi. Aşk, eğer gerçekse, engellenemezdi.

Ülkü başını kaldırdığında Selim'in gözlerinde gördü ondaki etkisini. Selim'in ifadesindeki teslimiyet ve geri kalan herkesle, her şeyle savaşmaya hazır o kararlılık öyle bir zıtlıktaydı ki o zıtlığın içinde kendini buldu Ülkü. Kalbi öyle hızlı atıyor, başı öyle güzel dönüyordu ki gözlerinin duygularla dolmasını, duyguların kirpikleriyle buluşmasını engelleyemedi.

Selim tuttuğu parmaklarından sakince çekti onu kendine ve Ülkü adım adım yürüdü Selim'e. Bedenleri birbirlerine yaklaştığında artık etraflarındaki insanlar, salon, dünya tamamen kaybolmuştu. Aşkta buluşanlar daima baş başaydılar.

Sağ elini eline kenetledi. Sol eliyle belinden tuttu onu. Parmakları ipeğin dokusunun altında ılık bir su gibi Ülkü'nün tenini hissettiğinde, dişlerinin arasından ince bir nefes aldı Selim.

Beline değen el, önce sakince yerini belledi ama bir an sonra, Selim aldığı ince nefesle birlikte, elini iyice yerleştirip çekti kendine Ülkü'yü.

Dondu Ülkü, gözlerine saplanmış bakışlardan kaçarcasına indirdi gözlerini, Selim'in düğmesine odakladı ama emindi Selim'in bakışları bir an bile kendi üzerinden çekilmemişti. Eğer bir şeyler söylemezse, bu yakınlığı deforme etmezse bayılacak gibi hissetti Ülkü ve bakışını ona kaldırmadan hafifçe bedenini ondan uzaklaştırırken "Ne zaman döndünüz?" dedi.

"Şimdi," dedi Selim. Gereksiz konuşmaları kesip atan, yıkıp geçen bir tonda ve netti.

Ve sustular.

Müziğin[145] ritminde birbirlerine aktılar.

<h2 style="text-align:center">-27-</h2>

Balonun güzelliğinden keyifli, yanından geçtiği herkese selam vere vere Ayşeler'in yanına yaklaştı Latife, Lütfiye'yle. Elinde yelpazesini sallaya sallaya Ali ve İlmiye'yi selamladı önce Latife, Lütfiye ise yanında getirdiği çiçeği Ali'nin yakasına taktı. Zübeyde Hanım'la lafladılar ve ancak ondan sonra Ayşe ve Semiha'nın neden put gibi sırtları dönük durduğuna odaklandılar.

Lütfiye yanlarına gitmişti ki o da dikildiği yerde donup kaldı. Bunlar ne seyretmekteydi?!

Latife de yaklaştı yanlarına, "Kuzum neniz var?" derken hanımlara baktıklara yere çevirdi başını ve gördü oğlunu, saçı sakala karışmış,

---

145 Müzik önerisi: André Rieu & Anthony Hopkins, *And The Waltz Goes On*

kollarındaki Ülkü ile dans etmekteydi pistin ortasında. Ağzı açık kaldı Latife Hanım'ın.

-28-

Her zerremde sen varsın… her zerrem sana dönük.

"Beni istiyor musun?" dedi Selim aniden.

Bakışını kaldırdı Ülkü, Selim'in kendisine çivilenmiş gözleri ile çarpıştı. Selim Ülkü'yü kollarında döndürürken üzerine basa basa mırıldandı: "Beni istiyor musun?"

Şoktaydı Ülkü, bakışını indirmek ve koşup saklanmak istedi ama Selim'den uzaklaşamazdı ki, ait olduğu parçayı bulmuş gibi hisseden biri bu aidiyetten nasıl kopabilirdi? Gözlerini indirdi. Dudakları aralandı ama cevap vermek için değil, bedeninin ihtiyacı olan oksijeni içine çekebilmek içindi. Göğüs kafesi hissettiği duyguların ritmi ile inip kalkarken tek kelime çıkmadı Ülkü'den.

Selim aniden daha da kavradı onu belinden ve bir hamlede düşünmeden, hesaplamadan, doğallıkla ve fütursuzca çekti kendine onu, iyice. Biraz önce Ülkü'nün koymaya çalıştığı mesafeyi de çekti kopardı sanki aralarından.

Kalbinin ritmi Ülkü'nün bedeninde atarcasına dikleşti Selim, Ülkü'nün karşısında dimdik ama ruhu ona tamaman eğik baktı gözlerine, fısıldadı: "Her zerremde sen varsın… her zerrem sana dönük."

Gözlerini Selim'e kaldırdı Ülkü, Selim'in kızarmış gözlerindeki samimiyete baktı. Sanki her şey, her yaşanmışlık onları burada buluşturmak için gerçekleşmişti.

Anda birleştiler.[146]

Birbirine kenetlenmişti gözleri, elleri, bedenleri…

---

146 Müzik önerisi: Johann Johannsson, *McCanic*

533

Bir zamanlar bakmamak için günah saydığı o atın üstünde hayatla yarışan o kızın gözlerinde kendini buldu Selim, zaten aslında hep orada kendini bekler gibi pusudaydı ve ancak doğru seçimleri yaparak kendine varacaktı.

Var edebilmek için en değerlilerini kaybetmek zorunda kalmış olmasına rağmen, bir Cumhuriyet kadını olarak, temsil ettiği her şeye karşı yargılı olan bu adamın kollarında var oldu Ülkü. Tüm bu zıtlıkların bir anlamı vardı, zıtlıkların içinde anlamları görebilenler hayatın mucizeleriyle tanışırdı.

-29-

Fred'di değil mi?

Dişlerini sıktı Robert, bu sümsük Osmanlı'nın böyle bir kadını kollarına alabilmiş olması fazla geldi. Hele kendisine tercih edilmiş olması onu iyice gerdi. Bir an adamı bir yumrukta yere sermeyi düşündü ama kız çoktan onunla gitmişti. Ülkü'nün halleri adamı görür görmez nasıl da değişmişti.

İkisine bakmaktan çekmek istedi gözlerini ama çekemedi. İstiyordu bu kızı, bir zafer gibi istiyordu. Zafer peşinde koşan çoğu eksik erkek gibi, bir kadına sahip çıkmak değil, ondan sadece bir parça koparmak istiyordu. Kadınlardan kopardıkları parçalarla kendilerini erkek ilan etmiş eksik erkeklerle doluydu dünya.

Selim'e odaklandı, raporlar alıyordu bu herifle ilgili, Picot ve Lawrence'ın kurduğu şu saçma sapan Hizmet Hareketi'nin en dolgun yemlerinden biriydi. Çıkmalıydı buradan, yoksa birilerinin işini bitirecekti! Geri döndü ama öyle hızlı dönmüştü ki hemen gerisinde duran adamla çarpıştı.

Kısa boylu adam dönüp "Ah kusura bakmayın," dediğinde fark etti ki adam kendisi gibi bir yabancıydı ve etrafına aniden top-lanmış çocuklar ona öğretmenim diyorlardı. Aralarında Ülkü'nün kardeşini de gördü Robert. Çekip gidecekti ama bu yabancı adamın etrafındaki Osmanlı'nın torunlarına öğretmenlik yapıyor olması Robert'ı durdurdu. Yoksa bu, şu bahsi geçen Avustralyalı Profesör müydü? Biz güneşin batmadığı imparatorluğun çocukları olarak, bu kültürsüz barbarları kontrol altına almanın yolunu bulalım diye yırtınırken, bu adam onlara verdiği eğitimle onları muasır medeniyet seviyesine çıkarabileceğinin küstahlığını yaşıyordu! Haindi!

Düşüncelerinin aksine, tüm kibarlığıyla "Asıl lütfen siz kusura bakmayın," dedi Robert ve elini uzatıp toklaşırken "Fred'di değil mi?" diye sordu.

Kocaman, samimi, hayat dolu bir gülümsemeyle sıcacık "Evet," dedi Fred, "Tanışıyor muyuz? Kusura bakmayın lütfen benim bu yaşlı aklım, artık birçok şeyi unutuyor."

Güldü Robert: "Önemli değil Profesör, zaten tanışmıyoruz ama şimdi tanışmış olduk," derken cebindeki zinciri çekip saatine baktı sonra başını kaldırıp sırıtarak Fred'e "Tam zamanı," dedi.

Ve işte Robert böylece Selim'e duyduğu öfkeyi yönlendirecek birini bulmuştu.

-30-

Çünkü aşktı Yaradan ve etrafımızda gördüğümüz
her şey onun yansımasıydı.

Selim'in kollarında, onun bedenine bu kadar yakınken aldığı her nefeste huzur buldu Ülkü. İnsan ancak ait olduğu yerdeyse böylesine derin bir huzuru bulurdu.

"Özür dilerim," dedi Selim.

Ülkü bakışını kaldırdı, baktı Selim'in ifadesine.

Selim, Ülkü'nün belindeki eliyle onu biraz daha çekerken kendine, gözlerini gözlerinden ayırmadan "Öyle kolay sevebilen… kolay isteyebilen… biri değilim ben," dedi.

535

Ülkü'nün kalbi hızlandı, aldığı nefes bedenine heyecan yüklerken göğüs kafesi inip kalkmaya başladı. Ülkü'nün bedenindeki nefesin ritmine baktı Selim ve sonra onu sıkı sıkı tutarken "Sana yaklaşmaya çalışırken tüm acemiliğim, yaptığım tüm aptalca şeyler bu yüzdendi Dudu," dedi.

Babasının ona seslenirken söylediği adını Selim'den duymanın huzurla karışan etkisi öyle sarstı ki Ülkü'yü, Selim mırıldanmaya devam ederken, gözlerinde biriken yaşları engelleyemedi Ülkü.

"Duygularımı nasıl ortaya koyacağımı bilemedim... daha önce hiç hissetmediğim, hissedebileceğimden bile haberim olmayan bir duyguyla kalbimdesin."

Bakışını indirmek zorunda kaldı Ülkü ve gözlerini sıkıca kapatıp kirpiklerine tutunmakta güçlük çeken zavallı gözyaşlarına nihayet özgürlük verdi.

Yaşlar yanaklarından akıp hayata karışırken, belindeki Selim'in elinin ani bir hareketle çekilmesini hissetti, belinde elden geriye kalan soğukluk tüm bedenine yayılırken gözlerini açtı Ülkü ve o sırada Selim'in eli yanağından süzülen yaşı sildi. Göz gözeydiler, kalplerinin ritmi sanki birleşmiş, nefesleri senkronize olmuş ve varlıkları tamamlanmıştı...[147] İnsan her zerresiyle istediği birine bu yakınlıkta durduğunda, sanki Allah'ın duygusuyla sarmalanırdı. Çünkü aşktı Yaradan ve etrafımızda gördüğümüz her şey onun yansımasıydı. O yansımadaki özü görmek aşkta buluşabilmekti.

Selim "Her zerremde sen varsın... her zerrem sana dönük," derken Ülkü'nün gözyaşları duygu sellerine dönüşmek üzereydi ve Ülkü çaresizlikle, zar zor gücünü toplayıp mırıldanabildi, "Selim... yapma... lütfen yapma..." diyebildi, bakışını önüne eğdi, yoksa başını onun boynuna yaslayıp her şeyiyle ona teslim olmak üzereydi. Zor duruyordu sanki ayakta, bastırdığı tüm duyguları ayaklanmış ve o duygular tarafından ele geçirilmiş bedeni öylesine

---

147 Müzik önerisi: Anthony Weeden, *By the Roes, And by the Hinds of the Field*, AirLindhurst String Orchestra

titrek ve ürkekti ki… Selim'in mırıltısı sanki son darbeyi de indirdi, "Dudu…" demişti Selim, bir ses tüm bedene hükmedebilir miydi?

Ülkü başını kaldırdı, bedenindeki son enerjiyi de harcarcasına, gözünden akan yaşlardan utanacak bile mecali kalmamışçasına "Yapma…" diyebildi, "Bana fazla bu duygular… Lütfen… beni azad et."

"Önce," dedi Selim, gözlerindeki kararlılık öylesine keskindi ki o keskinliğin içindeki nemi gördü Ülkü. Kızgın bir çölü ormana çevirecek yoğunluktaydı onun da duyguları. Selim cümlesini tamamladı: "Önce… sen beni azad et… Edebilirsen, zaten sen de azad olursun."

Elini Ülkü'nün belinden bir kez daha çekti Selim ve onun yüzündeki tüm yaşları sildi, sonra dayanamadı, yanağına dokundu parmakları, yanağından kaydı ve yüzünün köşesinden inip çenesinden kaldırdı Ülkü'nün yüzünü, kendisine bakmasını sağladı, fısıldadı, "Görmüyor musun, sadece biz tamamlayabiliriz birbirimizi… Tüm farklarımıza, zıtlıklarımıza rağmen ikimiz sadece birbirimize aitiz."

-31-

Aşk.

Aşk… insanoğlunun en büyük sırrı…
Binlerce yıldır sorulan en ortak soru…
Herkesin kalbini açabilen tek anahtar…
Eksiklik duygusunun tek çaresi…
Tamamlanmanın tek yolu…
Hissetmenin zirvesi…
Hayatla dolmanın bahanesi…
Duyguların efendisi… Aşk.
Pistte azalmış kalabalığın ortasında aşkı izledi Latife, oğlunun kendisine haber vermeden gelmiş olması onu ilk gördüğünde, içinde

aniden patlayan kızgınlığa rağmen şimdi önemsizleşmiş, Selim'in Ülkü'ye saplanmış varlığı bir toprakta kök salmaya yeminli bir tohum gibi sanki yeşermişti... Aşkın filizini gördü Latife, haftalardır oğlunun yokluğuyla yaralanan yüreğinin sancısı, yalnızlığın kıyısında değersizleşen hayatının endişesi siliniverdi. Selim gelmişti ve aşka filizlenmişti.

Ne kadar zaman olmuştu bu yüce duygunun varlığını düşünmeyeli?

Ne kadar zaman olmuştu böylesine umutla dolmayalı?

Gözlerinden akan yaşları ipek mendiliyle silerken döndü ve yanında dikilen Semiha'ya baktı. Onun da hali fenaydı. Mendilini ona uzattı Latife ve Semiha da sildi duygularını ifadesinden. İnsan gözlerinden duygu sızdıran bir varlıktı. Duygularımız içimize fazla geldiğinde, dolup taştığında gözlerimizden akar, sanki dünyaya saçılırdı...

Elindeki küçük çantasından pastil kutusunu çıkardı Latife, haftalar önce Ülkü'nün Selim'le eve gönderdiği aynı kutuydu bu ama içindeki ilk pastiller bitmiş, neyse ki yenileri gelmişti. Her hafta da gelmeye devam etmişti. Latife Hanım artık Ülkü'nün en fanatik müşterisiydi. Pastilden bir tane kendisi alacaktı ama durdu, paylaşmanın zamanı gelmişti: Önce yanında dikilen Semiha Hanım'a ikram etti, sonra diğer yanında dikilen Lütfiye'ye, Semiha'nın yanında duran Ayşe'ye, gerideki çocuklara ve Zübeyde Hanım'a... İlk defaydı bu paylaşımı. Aylardır herkes onun bu pastil konusundaki cimriliğinden bahsederken, oğlunu sahnede aşk içinde görmek geri kalan her şeyi değersizleştirmişti. Kendisine sıra geldiğinde boştu pastil kutusu... Gözünden akan yaşları silerken gülümsedi Latife Hanım, kutuyu ellerinin içine alıp sıkı sıkı tuttu. Belki küçücük bir kutuydu ama ne çok şey öğretmişti, en büyük mutluluğun, belki de, hayatı sana en uzakta duranlarla paylaştığında doğacağını anlayabilmişti.

Şifaydı mutluluk, nail olmak için şifacı olmak, hayatı kucaklamak, yargılamadan sana getirdiği fırsatları anlayabilmek, yaşamın hiçbir halini dışlamamak lazımdı.

Latife Hanım, gelini olacak Ülkü sayesinde her ağrısından, şikâyetinden, hastalığından kurtulacağını bilmeden umutla baktı Selim ve Ülkü'nin kök salan filizine… Çaresini aradığımız sorunlarımızın cevabıydı belki de küçük görüp sakındıklarımız.

-32-

İnsan aşkı sindirebilir miydi?

Çekemedi kendini Ülkü, Selim dudaklarını alnına dayadığında sanki tüm tabular kalkmış, kurallar kaybolmuş, yargılamalar çözülmüş ve dünya geri kalan tüm insanlarla birlikte yok olmuştu… Koca pistte sanki sadece ikisi vardı, etraflarındaki her şeyden kopmuş, sadece birbirlerindeki duyguda nefes alıyorlardı. Atmosferleri aşktı.

Alnında hissettiği Selim'in dudaklarına teslimdi Ülkü, ne bedenini ondan çekebildi ne de onu kendinden itebildi. Kalbi tüm bedenini, fikrini, zihnini ele geçirmişti ve Ülkü'ye "Dur!" diyordu, "Dur ve teslim ol!" diye emrediyordu.

Önce durdu Ülkü, sonra, alnına değen Selim'in dudaklarından bedenindeki 37,2 trilyon hücreye akan duyguya teslim oldu. Aşkın esiri oldu.

Selim dudaklarını Ülkü'nün alnından sakince geri çektiğinde hemen gözlerini açmadı Ülkü, hissettiği duygu öyle yoğun, bedeninde gezinen aşk öyle koyuydu ki sindirmeyi bekledi… ama insan aşkı sindirebilir miydi?

Selim'in "Dudu" diye mırıldanan sesi olmasa açmayacaktı gözlerini Ülkü ama Selim'in ruha işleyen mırıltısına araladı gözlerini ve Selim "Benim olur musun?" demişti.

539

Gözlerini Selim'inkilerden ayırmadan, "Hı hımm," demişti ki, aniden onu çekiverdi kenara Selim.

Öyle ani ve telaşlı bir hareketti ki bir an nefessiz kaldı Ülkü, ne olduğunu anlamak için Selim'in yöneldiği yere baktı, Latife Hanım kendilerine yaklaşmaktaydı.

-33-

adam olmuşsun.

Kendisine yaklaşan gözleri yaşlı annesini görür görmez, önce dikkatini Ülkü'den çekmek zorunda kaldı Selim, sonra ellerini bıraktı Ülkü sanki yine yapayalnızdı…

Selim'in varlığı tamamen annesine döndü. Çok merak etmiş, beklemekten bitap düşmüş ve şimdi onu Ülkü ile pistin ortasında görünce perişan olmuş olmalıydı.

"Validem," derken tuttu Latife'nin elini Selim, annesinin ıslak gözlerinin etkisiyle yüreği sancırken "Anne lütfen," diye mırıldandı.

Latife'nin Ülkü'den nefret ettiğini biliyordu ve tek isteği, her şeye rağmen, Ülkü'ye olan aşkını anlamasıydı.

Latife Hanım "Selim… paşam" demişti ki gözleri daha da sulandı.

Selim, annesinin elini aldı avcuna ve öperken, kendine hayat veren bu kadında yarattığı ıstıraba bakıp kıvranırcasına "Annem," dedi, öyle içten öyle doğallıkla edilmiş bir hitaptı ki devamı geliverdi: "Annem lütfen… lütfen anlamaya çalış. Üzülme… Anlayacaksın, azıcık izin versen anlayacaksın… Ülkü ve ben birbirimize aidiz."

Parmaklarıyla annesinin gözyaşlarını silerken "Ona yapacağın her hakaret benim kalbime yapılmış olacak. Her tavrın beni adres bulacak. Ülkü demek ben demek anne…" dediğinde, gözyaşlarını sildi Latife, burnunu çekti, oğlunun gözlerindeki nemi sildi, sakalına karışmış saçını düzeltti, gülümsedi, "Saçların ne de uzamış,

540

hele sakalların… artık çocukluğundan eser kalmamış be oğlum, adam olmuşsun," dedi.

Selim, annesinin diğer eline uzandı, iki elini de avucunun içine alırken diğer elindeki şeker kutusunu fark etti, İstanbul'dan ayrıldığı gün çatıda Ülkü'nün kendisine verdiği hediye paketinin içinden çıkan kutuydu bu.

-34-

*Gerçekten seven biri, sevdiğine sahip çıkmak
için gerekirse delirirdi.*

Selim öylesine bir telaşla annesine atılmıştı ki sanki bir anda önemsizleşmiş ve yok olmuştu Ülkü. Selim'in kalbinde köklendiğini sanırken, şimdi bırakıldığı köşede yapayalnız onu izlemek ağır geldi. Annesinden gelecek tepkinin telaşı nasıl da sarmıştı her halini. Utanç duyuyordu belliydi, teni belki istiyordu Ülkü'yü ama değirmende haftalar önce saydığı tüm o aşağılayıcı farklılıklar Selim'in kalbinde duruyordu. Farklıydılar… ve en kötüsü, ne olursa olsun, Selim asla unutmayacak, önemsizleştiremeyecekti bu farklılıkları. Zihninin bir köşesinde daima bir eksiklik ya da fazlalık olarak var olacaktı farklılıkları. Bir an, daha iyi bir ailede doğmadığı için, daha iyi bir eğitim alamadığı için, kendini daha çok geliştirmeye fırsat bulamadığı için isyan etti Ülkü, isyanı kendine nefrete dönüştü ve hemen sonra o nefreti içinde doğurana geri döndü ve Selim'e nefretle baktı Ülkü… olmadı… insan böylesine güzel bir şeye nasıl nefretle bakardı… Hüzün sardı varlığını, ait olduğun kişinin sendeki eşitliği, aidiyeti görememesinin hüznünden daha ağır ne vardı ki?

Pistin ortasında, kenara atılmışlığın doruğunda şok içinde izledi Ülkü Selim'i.

541

Gerçekten seven biri, sevdiğine sahip çıkmak için gerekirse delirirdi. Başka duygular devreye girdiği anda kaybolan, aniden unutulan, umursamazlığa yenik düşen, zamanla etkisi hafifleyen hiçbir şey aşka ait değildi. Yalandı. Sahip çıkılmamış her şey sadece yalandı. Duygulara gerçeklik yükleyen tek şey, sahip çıkılmalarıydı.

Ülkü dikildiği yerden, Selim'in sahip çıkmadığı aşkının kıyısından, durup izledi onu ama sadece bir an, çünkü hemen sonrasında onu zihninden, fikrinden, hayallerinden, bedeninden, hafızasından tamamen çıkarmak zorunda olduğuna emindi. Her şeye rağmen, ancak kadınına sahip çıkabilecek kudrette bir erkeğin eşi olabilirdi. Duygularına kapılıp gerçeği görmezden gelmeyecekti.

Sahip çıkmak gerçek aşkın ilk kuralıydı. İkinci kural ise öncelik tanımaktı. Her şeyden, herkesten önce, her duygunun önünde olmalıydı sevgilinin varlığı, yoksa hissedilen şey aşk değildi. Biliyordu Ülkü, çünkü kendisi böyle hissediyordu. Selim gerçek olsa dünyanın önceliğini ona vermeye hazır duruyordu… ama Selim gerçek değildi.

Döndü Ülkü, bedeninde gezinen duyguların etkisi hücre hücre varlığını yakarken, arkasını döndü ve alev alev uzaklaştı Selim'den.

Kendi kafasında yarattığı bir hayalin peşinde kendini kaybetmeyecekti, bunu ona hayat öğretmişti. Hissettiği açlıkla gerçek olmayan hiçbir şeye teslim olmayacak, yıkılmayacaktı.

-35-

"Yavrum sen gideli çok şey değişti…" dedi Latife Hanım. "Ben anladım Ülkü'yü… annesini, kardeşlerini, anneannesini… her birini tanıdım."

Annesinin kelimeleriyle yuva buldu gözyaşları Selim'in ve bir mucizeye tanıklık eder gibi dinlerken, Latife Hanım elindeki kutuyu ona uzatıp "Akıllı bir kız bu… sadece güzel değil, şifalı da. Al onu oğlum. Hakkım helal olsun," dedi.

Gözleri duygularla dolu dolu, yüzünde doğan mutluluğun coş-
kusuyla aniden döndü Ülkü'ye Selim ama Ülkü bıraktığı yerde
yoktu…

Telaşla etrafına bakındı. Pistin gerisinde bir hayal gibi süzülüp
çıkışa doğru ilerlediğini fark etti. Ona yetişmeliydi!

-36-

bir şey ancak onu her şeye rağmen korursan değerlidir.

Selim'in kimselere benzemeyen o güzeller güzeli sesinden kendi
adını duydu ama durmadı Ülkü. Daha önce durmaması gereken
birçok yerde durarak, seçmemesi gereken birçok şeyi seçerek, kendini
bu labirentin merkezine, Selim'in kalbinin ortasına getirmişti ve
şimdi artık onun kalbinden, hayatından çıkmanın, onu da zihninden
çıkarmanın zamanı gelmişti. Uyanmış gibiydi.

Latife Hanım ile aralarındaki her şeyin onun yokluğunda düzel-
miş olduğunu öğrenmiş olmalıydı ama artık önemi yoktu… annesi
izin verdiği için sevdiğine gidebilen biri, asla bir erkek değildi.

Sevgi gerçekse, her şeye rağmen, gerekirse herkese karşı verilmesi
gereken mücadelenin en nadide zaferi değil miydi? Başkalarının
iznine, onaylamasına yer yoktu sevgide. Annesinin, babasının kara-
rıyla eş seçenler kendilerine, kalplerine ihanetteydiler!

Selim, onu kolundan tutup kendine çevirmese durmazdı Ülkü
ama Selim'in ıslak gözlerinin kırmızısında gördü kendi bedeninde
yanan alevi, durdu.

"Ne oldu Dudum?" diye mırıldandı Selim.

Ülkü'nün gözlerini dolduran yaşlar daha da yoğunlaşırken "Selim,"
dedi Ülkü. "Evet çok haklısın… seninle aynı duygudayım, artık
bunu daha fazla saklayamam, savaşamam da ama bir farkımız var."

Selim elini uzattı, Ülkü'nün yanağından süzülen yaşa dokuna-
caktı ama Ülkü küçük bir hamleyle çekti bedenini ve eliyle aniden

siliverdi yaşı. "Ben ne hissettiğimi ve hissettiğim şeyin değerini biliyorum ve o yüzden daima sahip çıkmaya, gerekirse korumaya, onu önceliğim yapmaya hazırım. Çünkü topraklarımızı korurken öğrendim ki bir şey ancak onu her şeye rağmen korursan değerlidir. Bir şeyi değerli kılan, onu her şeye rağmen koruyan kalptir. Bu kalp bende var ama…" dedi ve Selim'in ifadesindeki karmaşalı tebessümü dondururcasına ekledi: "Sende yok ve hiçbir zaman da olmayacak. Senin kalbin tasmalanmış Selim. Kalbinin bile sahibi sen değilsin."

Selim anlamamıştı, elini ona uzattı. "Kendi karşılığımı arıyorum ve o sensin," diyebildi ama dibinde dursa bile Ülkü sanki yine binlerce kilometre ötedeydi.

Kıyamet kopmasa, onu, ne kadar uzakta olursa olsun çekip yanına alacaktı, çünkü insan ait olduğu kişiyi bir kez buldu mu ancak onunla var olurdu ama vakit kıyametti ve salonda aniden susan orkestranın anlık sessizliğinin yerini sokaktan içeri akan bağırışmalar alınca ikisi de döndü kapıya.

Bir şey olmuştu… sokaktan gelen ses kalabalıklaştıkça kalabalıklaştı ve hayat tamamen durana kadar arttı.

Selim ve Ülkü şaşkınlıkla kapıya adımladılar. Sarayın önüne toplanmış bir tabur askeri gördüler. Telaşla dışarı akan kalabalığın arasında kendine çekti Selim Ülkü'yü. O sırada hızla dışarı koşan Orhan'ı gördü. "Orhan!" diye seslendi, durdurdu onu.

Orhan, Selim'i görür görmez yanına gelmek istedi ama mümkün değildi, akın akın dışarı çıkan kalabalığın iki ucundan birbirlerine yetişmeleri mümkün değildi. Aynı telaşı İngilizler İstanbul'a girdiğinde yaşamıştı Selim. Kaşları çatıldı, Ülkü'yü önüne aldı, onu asla bırakmayacaktı, içinden yemin etti, birkaç dakika sonra onu bırakıp gitmek zorunda olacağını bilmeden…

"Ne oluyor?" diye bağırdı Selim Orhan'a, Orhan bir şeyler söyledi ama bu mesafeden onu duyması da imkânsızdı. O sırada yanlarından telaşla geçen subaylardan biri bir hamlede "İsyan çıkmış," dedi. Bir diğeri "Bir onbaşının başını kesmiş hainler!" diye ekledi.

Bir diğeri "Hem de düşmana karşı en güçlü olduğumuz yerde, Ege'de!" diye bağırdı kalabalığın akıntısına kapılmış, çıkışa akarken.

Ayaklanma çıkmıştı, kim ayaklanmıştı belli değildi ama vatanın evlatları ölmüş, anaların hakkı haram olmuştu…

Uzaklaşan subaya seslendi: "Nerde?"

Adam cevap verdi: "Menemen'de!"

İçi titredi Selim'in, kalbi hızlandı, ruhu sancılandı, bedeni dar geldi hissettiği karanlığa, Menemen Fehmi'nin gittiği yer değil miydi?

10. BÖLÜM

En değerliler giriyordu toprağa önce ve bu lanetli düzen, cehaletin
daimi arsızlığı ile işliyordu.

Gözlerinin buğusu görüşünü engelleyene kadar gözünü kırpmadan taşın üzerindeki yazıyı okudu Ali:

"Gönül ile aklı koydum kafese;

Biri 'ümit' diyor,

Biri 'kes' diyor.

Çırpındıkça kalbim nefes nefese,

Biri 'dayan' diyor,

Biri 'pes' diyor.

Yüreğim döndükçe döndüm ak kora.

Sabrım demir aldı, yelkenler fora!

Gitmek istiyorum çok uzaklara.

Biri 'aman' diyor,

Biri 'es' diyor."

Sıkıca bir kez kapattı gözlerini Ali, olan her şeyin hayal olmasını dileyerek ve açtığında yaşlar toprağa kavuşmak için acele edercesine yanaklarından akarken, gerçekliğin ağırlığı altında ezilircesine derin bir nefes aldı. Mevlânâ'nın bir yazısıydı bu, Fred ölmeden yazdırmıştı taşını, oğlunun mezarının olduğu tepenin karşısındaki mezarlığa da dikilmişti işte şimdi.

Fred ölmemişti, ölmekle öldürülmek arasında fark vardı... Fred'in resmen canı çalınmıştı.

İnsanlar neden birbirlerinin canlarını çalarlardı?

Fred gibi hayatını yaşamın değerlerini korumaya, hakikati bulmaya adamış birinden kim ne istemişti ki! Fred gitmişti… ama öğrettiği her şey, bulaştırdığı o yüce merakın duyguları insanoğlu var olduğu sürece nesilden nesile bulaşmaya devam edecekti, çünkü Fredler gitse bile yerine Aliler gelecekti. Ali yemin etmişti. Fred'in anısına hizmette hayatın askeri olarak geçirecekti günlerini. Hakikate erişecek zekâda değildi insan, belki, ama insanlığının temeli, vazgeçmecesiz o hakikatin peşinden gitmesi, daimî bir çabada olması değil miydi?

Hayatının en iyi öğretmenini kaybetmişti ama kardeşinin gözlerinden akan yaşın acısını yüreğinde hissetti İlmiye, kendi acısı önemsizleşti. Çünkü küçük bir yüreğin böylesi bir haksızlığa, bu kadar erken bir yaşta tanıklık etmesi, kendi acısını önemsizleştirdi. Ali'yi geçmişin kayıplarından korumuşlardı ama insanlığın acımasızlığı her andaydı… insan, insan olmayı öğrenene kadar dünde, bugünde ve gelecekte, bu acımasızlık, peşine taktığı haksızlıkla kol kola daima var olacaktı… Fred haklıydı, insanlık, binlerce yıldır en değerlilerini feda ederek gelmişti bugünlere. Tuttuğu tek taraf hakikat olan iyi bir öğretmene bile yer yoktu bu koca dünyada. Kardeşini her an dünyanın haksızlığından saklamak isterken şimdi mezarlığın ortasında, Fred'in yokluğunun merkezinde, yüreğindeki o kocaman yaranın sancısında onu izlemek, başarısızlıkların en büyüğüydü. Koruyamıyordu Ali'yi ve bu yüzden yok olmak istedi İlmiye, kalbindeki ıstırabın gözlerinde yoğunlaşan duygusunu yutkunurken, Ali'ye bir şeyler söylemek, onu hafifletmek istedi ama kelimeler çıkamadı nefesinden, tıkandı.

Tam o tıkanıklığın basıncında, yana sarkmış elinin kıyısında, parmağının ucunda hissettiği o parmak, tüm bedenini, kalbini sımsıcacık sarıp ona "Seninleyim" demese tutmakta zorlandığı hıçkırıklara boğulacaktı. Ama neyse ki hayatta Rabbin hediyesi aşk vardı…

Orhan dibinde durmuş, kızarmış gözlerini ona dikmiş, parmağını onunkine dolarken sadece ona bakmıştı. O bakışta ordular vardı, emrinde ölmeye hazır, yaşamaya hazır, adanmaya hazır Orhan'ın orduları, İlmiye'nin emrini beklercesine yanında dikilmiş, tüm dünyasını çevrelemiş, ona bakmaktaydı. Derin bir nefes aldı İlmiye ve Orhan'ın elini tutarken, diğer eliyle Ali'nin başını okşadı ve nihayet güç toplayıp mırıldandı: "Dua edelim Ali'm"

Dualarımız değil miydi kalbimizin tamamen açıldığı yer ve an?

Ablasına baktı bir an Ali, derin bir iç çekerken başını önüne eğdi. Fred'in mezarı sanki bir girdaptı, tüm anlamları içine çeken derin bir girdap… Hayatın ne kadar eksik olduğunu, ne yaparsan yap tamamlanamayacağını anlatan, ne versen yutan, hiç doymayan bir girdap… "Eksiğiz, her birimiz," dedi Ali.

Sanki eksik değilsen doğmuyordun bu gezegene. Burası dünya, burası eksik ruhların gezegeni… Kalbimizdeki duygu eksik, zihnimizdeki düşünce eksik, bilgimiz eksik, azmimiz eksik, motivasyonumuz eksik, nefesimiz eksik, suyumuz eksik, huyumuz eksik… Çünkü hayatımız eksik…

İlmiye onunla konuşmak istedi ama öylesine kendi kendiyleydi ki Ali'nin kelimeleri, onun iç sesini bölmek istemedi. Şoktaydı Ali. Bu yaşta, böylesine değerli birini kaybetmenin yaşattığı acı geziniyordu bedeninde. Ya çabaya geçip bir savaşçıya dönüşecekti ya da korkuda kaybolup kurban gibi hissedecekti kendini. Ya yaşayan olacaktı ya da izleyen… hayat daima bir seçimdi. Konfor alanının içinde her nefeste ölenlerden mi, hayatın içinde tamamlanmak için gösterdiğin çabada her nefeste doğanlardan mı olacaktın? Hayat işte bunun seçimiydi.

Ali'nin küçük ellerini kaldırıp mırıltılarla duasına başlamasıyla birlikte, Fred'in tüm öğrencileri, cenazesine gelmiş herkes, başladı kalplerini tamamen Ali gibi açmaya.

Birbirlerine sokulmuş, üzgün, kalpleri yaralı çocukların dua etmelerine baktı Semiha. Hayatta kalmanın şans olduğu savaş günleri hâlâ bitmemişti. Ne çok mezar görmüş, ne çok üzülmüştü. Hayattan nasıl da gitmek istemişti ama beklemişti, çocuklarının varlığı onun hayat prangası gibi olsa da, acısının hafiflemesini beklemişti, hiçbir zaman tamamen geçmeyeceğini bilerek. O an yine ağlamak istedi Semiha ama gözyaşları sanki kurumuştu, hayatının en değerlilerini kaybetmiş biri için ölümler sıradanlaşır, acılar önemsizleşirdi ama hissedilen duyguların tazeliği asla geçmezdi. Annesinin hıçkırıkları arttığında sarıldı ona, ruhunda doğan tebessümü ifadesinde gizlemedi, gülümsedi, çünkü Zübeyde Hanım'ın hâlâ en taze haliyle hissediyor olması umut gibi geldi. Sırtında taşıdığı duyguların ağırlığından Semiha artık yenilerini hissetmekte zorluk çekiyor olsa bile, birilerinin hâlâ taptaze hissediyor olması güneşin doğması gibiydi, çünkü böylesine yürekten hissedenler oldukça var olacaktı insanlık. İnsan hissedendi. Cennetin ihtimali vardı o insanlıkta, yeni doğan bebeklerin gülüşleri, âşıkların gözleri, müziğin nameleri, birlikte söylenen şarkıların sözleri… evrende var olan her güneşin ışığı sanki toplanmıştı insanlığımızda. En çok da yavruları vardı…

Annesinin tebessümüne baktı Ülkü, dudaklarının kenarında, o güzeller güzeli elmacık kemiklerinin kıyısında umudu gördü ve gözyaşlarını sildi. Dikleşti. Fred'le tanışmamıştı ama Ali ve İlmiye'nin anlattıklarından Fred'in değerini fark etmişti ve taraf tutmadan gerçeğin peşine düşmüşlerin bir bir yağmalandığını düşünürken etrafındaki acıyı izlemek ağır geldi. O ağırlığın içinde Selim'in duygusuyla buluştu, yine. Acaba vatanın hangi köşesindeydi? Milli seferberlik görev emri ile gönüllü olarak askere katılmıştı vatanın erkekleri ve Selim de aceleyle isyanın çıktığı yere gitmişti.

Annesi tereddüt etmeden açtı diğer kolunu ve sarmaladı onu da. Belki taşıdığı duygulardan yorgundu Semiha ama yavruları için sığınacak bir yuva olmanın daimî gücü vardı kalbinde.

Annesinin kolları arasında cenazeyi izledi Ülkü. O kadar çok insan vardı ki "Fred'in ne çok seveni var" diye düşündü, okul çalışanları, belediyedekiler, hatta Asri Kadınlar Cemiyeti'nden hemşire Zeynep ve Bedir bile buradaydı. İkisinin cenazeye birlikte gelmesine şaşırmıştı.

Hayatı böylesine güzel etkileyen bu insanı keşke daha yakından tanıma fırsatı bulsaydım diye düşünürken çocukların çaresizliğinde kalbi ağrıdı, tabutun başında duran Derviş'in halinde ruhu kıvrandı. Adamın gözyaşları öylesine anlamlıydı ki hayata teslim olmuş, Allah'ın yolunda anlamlarla var olabilmek için kabule sığınmış birinin, Fred'in gidişinin ardından böylesine ağlamış olması, kaybedilen değerin büyüklüğünü tek başına anlatıyordu sanki.

Binlerce yıldır birbirini öldürmekten vazgeçmeyen bir türdü insan. Toprak için, para için, gurur için, kibir için, bazen zevk için alınıyordu canlar ve Allah'tan ödünç alınmış canı yağmaladığını fark etmeyen insanlık, aldığı her can ile Yaradan'a saldırıdaydı, çünkü can sadece Allah'ındı.

Yaradan'a karşı en büyük saygısızlığı yaparken, bu saygısızlığına mutlaka bir kulp takıyordu. Öldürmek sıradanlaşmıştı, hatta kültürün bir parçasıydı. En değerliler giriyordu toprağa önce ve bu lanetli düzen, cehaletin daimî arsızlığı ile işliyordu. Kendileri gibi olanı kayırıp parazitik bir sürü gibi önlerine gelen her hakkı yiyerek, hayatı artırmak yerine tüketen yeteneksizlerin, insanlığın gelişmesi için çabada olan diğerleriyle savaşı, binlerce yıldır devam etmekteydi ve Fred gibiler işte bu varoluş savaşının şehitleriydiler.

Şehit mezarındaydı Ülkü ve köşede duran dervişin gözleri bunu nasıl da haykırmaktaydı. Bir öğretmenden çok daha fazlasını kaybettikleri, Derviş Kâmil'in hissettirdiği duygulardan belliydi.

Hıristiyan doğmuştu Fred ama bir tek Allah'ın birliğine inanarak ölmüştü ve bu yüzden kilise kabul etmemişti cenazesini kaldırmayı. Vasiyetinde yazdırdığı mezar taşı ve sonrasında yapılmasını istediği şenlik dışında başka bir şey belirtmediği için Müslüman geleneklerine göre gömülmesi ayarlanmıştı.

"Merhumu nasıl bilirdiniz?" diye sorduğunda imam, kimseden ses çıkmadı, sadece içten okunan duaların mırıltıları duyuldu, herkes sanki o an Allah ile konuşuyordu ve sonra Derviş Kâmil konuşmaya başladı: "Aslında her an doğar insan… ve asıl doğum Yaradan'a kavuşmaktır. Ona layık olmak için çıkılan bir yolculuktur yaşam. Doğar, var olmanın hallerini fark eder, kendimizi bilmeyi öğrenir ve Rabbimize geri döneriz," derken gözyaşlarını sildi Kamil, kendine bildiklerini hatırlattı, derin bir nefes aldı. "Benim üzülmem Fred'in gidişine değil, bizim geride kalışımızadır. Fred, Rabba kavuşarak doğumların en hakikatine varmıştır. Burası, bu mezar, ruhun beden hapishanesinden kurtulduğu, hakiki özgürlüğe kavuştuğu, öz yuvasına, asıl ait olduğu yere, Yaradan'a döndüğü kapıdır. 'Öğreneceksin… Dünyanın hasret, ölümün vuslat olduğunu,' der Hazreti Mevlana ve bu yüzden, şu üzülmem Fred'e değil, Bizedir kardeşlerim… Fred tanıdığım en düşünceli, en faydalı ve çabada olan insanlardan biriydi. Onun gibiler çoğaldığında cenneti dünyada var edebileceğimize inanıyorum. Mekânı cennet olsun, varlığı Rabbimin ışığında ait olduğu yeri bulsun. Şimdi ağlamayı, kendimize acımayı bırakıp onun vasiyet ettiği gibi birlikte hafiflemeliyiz," dedi ve suratında doğan gülümseme gözlerinden akan yaşlara karışırken sustu. Bulaşıcıydı gerçek gülümsemeler, mutluluk gibi, acı gibi… Fred'i doğumuna uğurlamak için mezarının etrafında toplanmış herkesin yüzlerinde tebessüm doğarken defnedildi Fred.

Ve Bedir'in sesi yankılandı kalabalığın arasında. "Bu vuslatı kutlamak için yarın hepinizi okula bekliyoruz! Fred öğretmenimize hak ettiği vedayı vermek için şenlik yapmalıyız," derken, yükselen tezahüratın arasında, hüzne sarmalanmış sıcacık bir tebessümle baktı Orhan o an İlmiye'ye ve paylaştılar. Acıyı paylaştılar, umudu da. Acıyı birlikte paylaşabilmek umudu birlikte sahiplenmekti.

-2-

Dünyayı durdurup hesap sormak istedi.

Yorgundu Ayşe, hayat yorgunuydu ama öyle alışmıştı ki çalışmaya, çabalamaya… gayret etmekten başka nasıl yaşanır bilmiyordu. Sokağın ilerisinde yapılan yol çalışması yüzünden Valpreda'nın

552

yokuşunun başında faytondan indiklerinde, durdu, soluklandı. Hayatta her şeyin nasıl da hızla değişmekte olduğuna baktı. Herkesin hayatta kullanılmaz dediği şu otomobiller için yollar bile yapılmaya başlamıştı.

Yokuşu tırmanan ailesine baktı. Küçük Ali çok sarsılmıştı, İlmiye de öyle ama sarsıntılar değil miydi kabuğumuzu bir bir soyan ve o en içte, en görünmezde olan gücü açığa çıkaran? Hayatın darbeleri olmasa nasıl dönüşecektik ki kendimize?

Babasının elma tohumuyla ilgili anlattığı şey geldi aklına. Tohum ancak soğuktan öleceğini sandığında dışındaki kabuğu çatlatacak güçte özü filiz veriyordu ve zorluklar da insanı, özünü doğurmaya hazırlıyordu… Latife Hanım balkondan ona seslenmese yokuşun başında eve doğru yol alan ailesine saplanmıştı gözleri ama Latife Hanım'ın yaşadıkları günün hüznüne tamamen ters neşeli sesi, şen şakrak, "Ayşe! Ayşe! Kızım nerdesin? Herkes seni bekliyor." diye bağırdığında silkelendi Ayşe.

Herkes de kimdi?

İlmiye başını kaldırıp dikkatle baktı Latife Hanım'ın haline, balkonda bir sürü başka kadın da vardı. Hepsi nedense Ayşe'ye el sallıyordu. Bu kadınlar neden toplanmıştı? Semiha, Zübeyde, Ülkü, Orhan hepsinin dikkati şimdi Latife Hanımlar'ın balkonundaydı… ama Ali duymadı hiçbir şeyi, çünkü bakkalın önündeki gazetenin köşesinde Fred'in küçücük fotoğrafını fark etmişti. Haber olmuştu ölümü ama öylesine küçük bir haberdi ki sanki her şeyden daha önemsizdi.

Ablasının sosyetenin en ünlü terzisi olmak üzere olduğunu anlamadan, Ülkü'ye diktiği kıyafetin Selim'le olan dansının ve Latife Hanım'ın çenesinin de yardımıyla sosyetenin hatunları tarafından fark edildiğini henüz bilmeden, Fred'in fotoğrafına gitti Ali ve aldı eline gazeteyi. Keşke çok güçlü olsaydım ve Fred'i koruyabilseydim diye düşünürken gözlerinden akan yaşlar damla damla gazeteyi ıslatırken bağırmak istedi, haykırmak istedi! Dünyayı durdurup hesap sormak istedi. Hakikate savaş açmış kim varsa bulup yok etmek, Fred'e yapılanı o pisliklere iade etmek istedi.

Çocuk kalbi, acıyı intikamla işledi...

Latife Hanım'ın neşeli bağırışları altında hanımlar apartman kapısına yaklaşırken bakkalın önünde dikilen Ali'nin yalnızlığını o an fark etti Orhan ve dikkati yukarıdaki kalabalık balkonda olan İlmiye'yi dürttü. İkisi de Ali'nin baktığı şeyin ne olduğunu anlamak için ona yaklaştı.

Elindeki gazeteye uzanmak istedi İlmiye ama üzerine damlayan gözyaşlarını fark edip durdu. O sırada Orhan, nedense bir diğer gazeteyi almıştı eline, şok içinde bakmaktaydı gazeteye, çünkü ilk sayfada Fred'in köşedeki küçücük resminin yanında kocaman bir fotoğraf daha vardı. Picot'tu bu. Ölmüştü.

Gözleri açık, yatakta yatan bedeni ve boynuna oturmuş o tuhaf izli morlukla hak ettiğini bulmuş gibiydi. Gözleri açık gidenler sanki ruhlarını öldükleri yerde bırakmış, oraya sıkışmış gibiydiler...

Ali'ye dönmek yerine Orhan'daki şoku fark edip ona "İyi misin?" dedi İlmiye.

"Bu o!" diye cevap verdi Orhan. Neden bahsettiğini anlamaya çalıştı İlmiye, kim diye soracaktı ki Orhan "Zilli'yi tekmeleyen adam," dediğinde, İlmiye de dikkatle fotoğrafa baktı.

Ali'nin bakışı hâlâ Fred'in küçük resmindeydi, üçü de duymadılar Zübeyde Hanım'ın kendilerine seslendiğini. Zübeyde Hanım yanlarına gelip "Hadi çocum n'apıyorsunuz? Girsenize içeri," derken İlmiye gazetedeki fotoğrafı göstermese "Anneanne bak, bu bizim Zilli'yi tekmeleyen adammış," demese, Ali'nin hayatı bambaşka akabilirdi.

Gazetede Picot'un cesetini gören Zübeyde Hanım, Picot'un boynunda boydan boya oturmuş ize odaklandı, o kadar odaklandı ki gazeteyi neredeyse gözüne sokacaktı.

"Ne oldu anneanne?" diye sorduğunda Orhan, hemen sonra "Zübeyde Hanım teyze," diye lafını toparlarken, Picot'un boynundaki, fotoğrafta belli belirsiz izi gösterdi Zübeyde. Boğulmuştu Picot ve boydan boya boynunda izi çıkan şey X işaretinin ortasından çıkan P harfi gibi bir şeydi ama ilginç olan iz değildi, o izin aynısından zavallı Fred'de de olmasıydı!

Fred'in cansız bedenini Dolmabahçe Sarayı'nın dışında bulan temizlikçi kadından bir dedikodu gibi dinlemişti detayları Zübeyde, üstelik yanında Latife ve Lütfiye Hanım'la birlikte. Polisler kâğıda bile çizmişti Fred'i boğmak için kullanılan şeyin boynunda çıkardığı izi. "Sorun!" dedi Zübeyde Hanım telaş ve heyecanla "Latife Hanımgile de sorun! Lütfiye Hanım'a da. Bu aynı işaret. Fred'in boynunda da aynı böyle çarpma işaretinin üstünde P varmış. Latife Hanım iyi tanıyor Fred'i bulan temizlikçiyi," dediğinde kopardı kendini Ali Fred'in fotoğrafından ve aceleyle açtı elindeki gazeteyi, Picot'un fotoğrafına dikkatle baktı. Bu izi tanıyordu! X işaretinin ortasından çıkan P harfi. Hep anlamını sormayı düşünmüştü ama fırsat olmamıştı, Robert'ın saatinin zinciriydi bu. Emindi! Işık hızında geçti düşünceler ve bir bir birleşip anlamlandılar. Robert'ın baloda Fred ile konuşması geldi yapıştı önce zihnine, sonra o sinsi gülüşü ve sorduğu tuhaf sorular…

Ve Evanjelizm'in ana sembolü[148] olan bu işaret işte böyle Ali'nin kutup yıldızı oldu. Onu bulana kadar rahat yoktu! Çocuk kalbi, acıyı intikamla işledi… hakkın intikamını almak, hayatının merkezine yerleşti.

148

11. BÖLÜM

Kadınlar hayata katılınca, yaşam tohumlanır...

"Şundaki kaliteye, dikişteki sağlamlığa, iç demirlerdeki dayanıklılığa bak," derken, Latife elindeki korseyi ikiye bükmeye çalıştı ama korsenin içindeki demirler kıvrılmadılar bile. "Daha iyisini hiçbir yerde bulamazsın, hele hele böyle sana özel dikilecek falan, unut!" diye çıkıştı ve korseyi kutusunun içine yerleştirdi.

Kadın, paketini alırken çok memnundu, parasını kasadaki Ali'ye verdi. Pembenin binbir tonunda bir sürü kadın kıyafeti ve muhabbeti içinde sıkıntıdan bayılmak üzere oturduğu kasada duran Ali, paranın üstünü müşteriye verdiğinde kadın kutusunu alıp çıktı.

Ayşe, Latife Hanım'ın yanına geldi, soyunma kabininde kıyafet deneyen kadınların duymayacağı şekilde "Latife Abla ya, kadını bir azarlamadığın kaldı, daha yumuşak olalım. Alt tarafı yıkarsa bozulur mu diye sordu kadıncağız," dedi.

Omuzlarını silkti Latife, "Ayol akıl var, izan var, sen ki bunu ellerinle yapabilecek zekâ ve beceridesin, suda bozulmayacak bir kumaş da kullanmışsındır değil mi? Soru mu bu şimdi!"

Güldü Ayşe, Latife Hanım'ı yanağından öptü. "Hayat utandırmasın Latife Abla," dedi ve içeride, kıyafet değiştirmiş kadınların provasını yapmaya yöneldi.

Ayşe'nin kişiye özel yaptığı korseler öyle sükse yapmıştı ki ünleri İstanbul'dan taşmıştı. Karnı toplayan, belin kıvrımlarını ortaya çıkaran ve en önemlisi, ipek gibi narin kumaşlı elbiselerin içinde kendini göstermeden işe yarayan bu korselerden almaya, Paris'ten bile gelir olmuşlardı, tabii Latife Hanım'ın kopardığı yaygara sonrasında. Latife Hanım öyle çok konuşmuş, koca göbeğinin ince bir bele dönüşmesinde Ayşe'nin korselerinin etkisini öyle çok anlatmıştı ki katıldığı cemiyetlerde… Ayşe'nin emeğine sahip çıkmıştı. İstanbul'un ilk Türk moda ismi olmuştu Ayşe. Sadece diktiği korselerle değil, gelinlikler, davet kıyafetleri, takım elbiselerle de ünlenmişti. Yurdun dört bir yanından zenginler kendisine gelinlik diktirmeye gelir olmuştu. İstanbul'un bilinen ilk kadın terzisiydi. Cumhuriyet'le birlikte kadınlar, ustalıklarını sergilemek, hayata katkı sağlamak için sindirildikleri yerlerden çıkmaya başlamışlardı. Kadınlar hayata katılınca yaşam tohumlanır, kurak araziler ormanlara, kültürler mirasa dönüşürdü.

-2-

Kızım âşık mısın?

Geri geri çekildi Ülkü… adımları değirmenden uzaklaşırken güzel yüzüne yerleşmiş hüznü aralarcasına tebessüm doğdu ifadesinde, değirmenin restorasyonu nihayet bitmişti. Mekanizmayı yenileyememişlerdi ama paslı telleri değiştirip rüzgârı kucaklamasını sağlamışlardı. Duvarları yeniden örmüşler, girişteki taşların aynısını Haydarpaşa Garı'nın deposundan bulup orijinaline uygun döşemişler ve ilk yapıldığındaki ihtişamında olmasa da, değirmeni çalışır duruma getirip yenilemişlerdi.

Evlerine dönmeden önce bu, Selim'e edebilecekleri tek gerçek teşekkürdü. Ona ailesinin mirasını koruyabilmeyi hediye etmişlerdi, üstelik çok da ekonomik bir hediyeydi, çünkü mahallenin tüm çocukları çalışmıştı restorasyonda. Orhan iş vermişti hepsine, Bedir bile yardıma gelmişti. Malzemeyi de Ayşe'nin dükkânından kazandıklarıyla alabilmişlerdi. Anlamlı bir teşekkür olmuştu, Selim bunu henüz bilmese bile. Ama aslında bu bile azdı, çünkü Selim hayatını kurtarmıştı.

Değirmen de bittiğine göre köye dönme zamanı artık gelmişti, köyde yanan evlerini yeniden yapacak, tarlaları ekine sürecek ve eski yaşantılarına dönerken köylerinin de yeniden kalkınmasına destek olacaklardı. Devletten aldıkları şehit desteği ile Ali ve İlmiye'nin okuması da nasılsa garantide olacaktı.

"Bitti de mi?" dediğinde İlmiye, başını salladı Ülkü ve kardeşine dönüp "Nasıl oldu ama?" diye sordu. "Zamanda yolculuk yaptırdık cancağızıma," diye cevap verdi İlmiye, sonra etrafına bakınıp "Orhan hâlâ nerde?" dedi.

"Kızım âşık mısın? Bu kaçıncı soruşun, artan boyaları iade etmeye gitti dedim ya," diye çıkıştı Ülkü.

"İade etmeye gittiyse artık boyacıda yaşamayacak her hal!" diye çıkıştı İlmiye, saatler olmuştu Orhan gideli.

Ülkü, o an hatırlamış gibi elini alnına koyup "Off ya, tamamen aklım karıştı, sizin okulda sınıfları boyuyorlar ya oraya gidecekti, senle orada buluşmakla ilgili bir şeyler söyledi," dedi.

Tuhaf tuhaf baktı İlmiye ablasına "Bunu şimdi mi söylüyorsun" der gibiydi ama tepki vermedi, Ülkü'nün bir süredir aklı zaten başında değildi. "E toparlanıp gidiyorum o zaman ben, çünkü akşamüstü Latife Hanım bizi çatıya davet etti yine, ananem sakın geç kalmayın," dedi.

İlmiye giderken kardeşinin ardından baktı Ülkü, suratında doğan tebessüm, İlmiye'nin hayatının en anlamlı günlerinden birini yaşamak üzere olduğunun heyecanının yansımasıydı… bugünü kimse unutmayacaktı.

-3-

"Bul beni, bir fısıltıya sakladım kendimi."

Okula baktı İlmiye… bahçe bomboştu. Top süren çocuklar, merdivenlerde oturan kızlar, köşede bekleyen nöbetçi öğretmenler... herkes gitmişti. Sanki Fred'in yokluğu her köşeye sinmişti. Aslında okul tatile girmişti ama tüm pencereler, kapılar boyanın kuruması için açıktı. Boyacı için paraları yetmemişti. Dün bütün gün, her öğrenci kendi sınıfının boyanmasında çalışmıştı, boya yapmayı bile öğrenmişti İlmiye, şikâyetçi değildi. Azimliler için, her bir yokluğun yeni bir şey öğrenmek için fırsata dönüştüğünü, hayat ona çok güzel göstermişti. İçeri girdi, boş sınıflara göz atarak ilerlerken Orhan'a seslendi, hademe ile karşılaşınca sordu ama Orhan yoktu.

Geri çıkıyordu ki bahçeye, boya yapılırken dışarı çıkartılmış tahtanın köşesinde Fred'in el yazısını gördü, "Vazgeçmek yok" yazıyordu, yüreği öyle kabardı, ondan öğrendiği tüm anlamlar öyle hızlı duygulara ve minnete dönüştüler ki durdu İlmiye, Fred'in ruhuna Fatiha okumaya başlarken sakince bahçeye adımladı.

Duası biterken söğüt ağacına varmıştı. Yere çöküp söğüt ağacına yaslandı ve gözlerine dolan yaşları yutkundu. Okulun boşluğu Fred'in yokluğu ile iyice birleştiğinde gözlerini sildi. Kendi kendine gülümsedi. Şenlik yapmışlardı ardından, üzülmek yoktu, Fred böyle istemişti.

Birçok teneffüste Orhan'la yaptıkları gibi, başını ağacın dalları arasından sızan güneşe kaldırdı. Yaprakların arasından süzülen güneşin ışığına doğru kaydırdı yüzünü ve güneş gözüne gelirken gözlerini kapattı. Yüzü güneşle yıkamak diyordu Orhan buna. Yutkunamadığı duygularından birkaç gramı kayarken kirpiklerinin arasından, Orhan'ın neden hâlâ yanına gelmediğini düşündü ama iyi ki de gecikmişti, bu hüzünlü halinin ona bulaşmasını istemedi. Her ağladığında onu da ağlatmıştı, kalpleri bir olan insanların gözyaşları, gülüşleri, hayalleri de senkronizeydi.

Rüzgâr yaprakları oynattıkça, güneşin altında kutsandığını hissetti İlmiye ve mırıltıyla "Teşekkür ederim annem," dedi. Konuştuğu, onu doğuran annesi Semiha değildi, dünyaydı. Doğanın güzelliklerine her maruz kaldığında, dünyanın çekirdeğini düşünür, orada bir kalbin attığını, kendi kalbiyle bir olan o kalbin üzerinde yaşayan her cana hayat kattığını düşünür, Allah'ın zerresi olan bu yüce doğa anaya, dünyaya, teşekkür eder ve şükürlerini sunardı.

Yaşadığımız gezegen bir candı.

Gözlerini araladığında ancak fark etti: Havada sallanan bu şey de neydi?

Daha da açtı gözlerini, anlamak için doğruldu, katlana katlana küçültülmüş bir kâğıttı bu. İnce bir misina ile yukarıdan aşağıya asılmıştı.

Kalktı İlmiye, misinaya asılmış kâğıda merakla baktı ama epey yukarıdaydı. Etrafına bakındı, kimse yoktu. Bu kâğıdı oraya kim asmıştı, niye asmıştı ve içinde ne vardı?

Zıpladı İlmiye, yetişmedi. Söğüde döndü yüzünü, gerekirse tırmanacaktı, o kağıda ulaşmak zorundaydı, bedeni merakı tarafından ele geçirilmişti. Ağacın gövdesinin dallara budaklandığı o yere sıkıştırılmış mangal maşasını fark etti, kısa bir şok geçirdi. Biri sanki onu oraya kendisi için bırakmıştı. Aldı eline maşayı ve uzandı misinaya, yakaladı kâğıdı, çekti, kopardı yerinden. Kâğıt yere düştü ve telaşla, sanki kâğıt kaçacakmış gibi atılıp aldı İlmiye katlı kâğıdı. Açtı, öyle heyecanlandı ki açarken sanki hayatın tüm sırrı bu minicik katlanmış kâğıttaydı… kâğıtta tek bir cümle vardı: *"Bul beni, bir fısıltıya sakladım kendimi."*

Bu da ne demekti şimdi!

Kâğıt elinde, etrafına bakındı İlmiye, birilerine sormak istedi ama kimse yoktu. Orhan hâlâ neredeydi? Binaya doğru ilerledi. Yolda okul müdürü Refat Bey'i gördü, adamcağızın üstü başı da kendininki gibi boya içindeydi, selamlaştılar ama adam elindeki kâğıda şaşırmadı bile, ilgilenmedi. Koca okul müdürüne ağaca asılı kâğıdı sormak pek de mantıklı gelmedi, üstelik bunca işinin arasında.

Ana kapıya yaklaşırken gülümsedi kendi kendine, Orhan'ı bulup onu da bu sırra dahil etmek istediği anda, elindeki kâğıda bir daha dikkatle baktı. Orhan'ın yazısı bozuktu normalde ama bu yazı sanki onun yazısının özen gösterilmiş hali gibiydi. Harfler kalınlaştırılınca daha düzgün duruyordu. A'lar ve e'ler kesinlikle Orhan'ınkiyle aynıydı. Durdu İlmiye, ifadesinde daha da hınzır bir gülümseme belirdi. Okula girdi, doğru kütüphaneye gitti. Acaba fısıltı diye bir kitap var mıydı? Önce ona bakacaktı. Kendisi olsa böyle yapardı, Orhan da bunu hesaplamış olmalıydı.

Koridorda dinlenen arkadaşlarına Orhan'ı sordu, aslında alacağı cevabı biliyordu ve de tam düşündüğü gibi, iş bitiminden itibaren Orhan'ı kimse görmemişti, Orhan kendini bir fısıltıya koymuştu ve onu bulmalıydı.

Girdi kütüphaneye. Kitaplar alfabetik olarak dizilmişti. F harfine gitti… Fı… fi… fis… Fısıltı… aradığı kelimeye yaklaştı ve kalakaldı, çünkü rafta Fısıltı diye bir kitap gerçekten de vardı ama el yapımı, sırtına kurşunkalemle adı yazılmış tuhaf bir kitaptı.

Kitabı hayretle aldı İlmiye. Açtığında daha da şaşırdı. Kurşunkalemle çizilmiş kendi resmi vardı ilk sayfada. Çok iyi bir çizim değildi, yapan çok yetenekli olmasa da epey emek vermişti. Gülümsedi, Orhan'ın kendinin resmini çizmesine inanamadı. Sonraki sayfayı çevirdi, bir cümle vardı:

"Kelimelerim güçlü değil ama duygularım çok güçlü…"

Bir sonraki sayfayı çevirdi İlmiye, o sayfada, sayfanın ortasına yapıştırılmış bir çiçek vardı. Kurumuştu ve hemen altında tarih yazıyordu. Zilli'yi evlerine getirdiği o gün mutfak masasındaki açelyadan koparmıştı bunu. Şaşırdı İlmiye, Orhan'ın o gün o çiçekten kopardığını fark etmemişti…

Kitabı koynuna bastırdı, sevilmenin huzuru yüreğini kapladı, en başından beri, o gün ilk defa evlerine girdiği o günden beri sevilmiş olmanın eminliği zihnini sardı. Sarsıldı… Duygular gerçekten hissediliyorsa demek ki karşılıklıydı.

Bir sayfa daha çevirdi, orada, çok önce kaybettiği uğurlu kalemi vardı. Eski, küçücük bir kalemdi bu, açıla açıla o kadar küçülmüştü ki elde tutulması neredeyse zordu, başı da az biraz çiğnenmişti. Kâğıda yapıştırılmıştı kalem ve yanında da "Aza sahip olmanın yokluk olmadığını, gerçek zenginliğin zihinde başladığını gösterdin bana" yazıyordu.

Bir sonraki sayfayı çevirdi, kalakaldı İlmiye, aniden gözleri doldu, ruhu yıllardır taşıdığı ağırlıklarını bıraktı sanki, yine çocuk oldu, çünkü İlmiye'nin suratının yarısını çizmeye çalışmıştı Orhan ve boynundaki yarayı da bir çizgi şeklinde resmetmişti ama üzerine küçük küçük çiçekler, papatyalar yaparak… Yıllarca biriktirdiği o en ağır duygular, travmalar göz pınarlarından akıp giderken, eli, boynundaki fuların altında sakladığı yaraya gitti.

Orhan'ın, yarasını fark etmiş olmasına ve daha da önemlisi, bu konuyu kendisine hiç sormamış olmasına öyle sevindi ki sakladığı bir sırrı, utandığı bir yarayı doğallıkla paylaşmış ve en önemlisi de kabul görmüş hissetti. Yarasından öpülmüştü sanki ve o çiçekler kendisine sunulan bu duygunun çiçekleriydi…

Yaralarımızı sessizce görenler, sabırla paylaşmamızı bekleyecek kadar incinmemizden sakınanlar değil miydi gerçek sevenlerimiz? Sevgi sabırdı, inançtı, hissetmekti, anlamaktı.

Sayfanın altında küçücük bir yazı vardı: "Yaran, ışığın içine sızdığı yerdir" Mevlânâ yazıyordu.

Gözleri daha da doldu, mutluluğun ilk defa ağlamaya dönüşmesini deneyimledi bedeni. Bir sonraki sayfayı çevirdi, ortasında bir paragraf vardı,

"Eksiğim ben. Her şeyim az. Gerideyim. Sana layık değilim. Ne kadar koşarsam koşayım belki sana yetişemeyeceğim ama ardından gelmekten başka yapmak istediğim, yaşamaya dair hissettiğim hiçbir şey yok. Sana adanmak istiyorum, buna izin verirsen beni nerede bulacağını biliyorsun."

Evet, biliyordu onu nerede bulacağını! En başından beri beklediği yerde olmalıydı. Hayat her sonu nedense hep başa bağlardı, her olguda bir döngü vardı ve her döngüde bir bilgi. Hayatın bilgisini alacak kadar zihni açık olanlar ancak kendi döngülerini tamamlardı.

Kitaplıktan çıktı İlmiye, hızlı adımlarla Orhan'ın olduğu yere doğru ilerlerken sayfalara bakmaya devam etti. Sayfa sayfa bir sürü kitaptan, âlimden alıntılar yapmış ve ara ara İlmiye'nin resimlerini beceriksizce çizmeye çalışmıştı Orhan. Acayip bir emek vardı. Zaten aşkın gerçekliği verilen emekten anlaşılırdı. Kolay değildi aşk. Kolaya kaçan kimsenin haddi değildi aşka varmak. Onlar sadece aşkı ağızlarında bir sakız gibi çiğner asla aşktan beslenemezlerdi. Son sayfalara vardığında durdu İlmiye, saydı, son on sayfa tamamen Sümerce yazılmıştı!

Ne yazdığını anlamadı ama bir kalem ve kâğıt alıp çözmek için sabırsızlandı. Elindeki, kendisine hazırlanmış bu defterin, nesilden nesile, soyuna geçip ilham vereceğini bilmeden son sayfasına vardı.

Son sayfada tek bir kelime vardı: "Yüreğimsin…"

Gözlerindeki yaşları, zihnindeki şaşkınlığı sildi İlmiye, koridorda adımlarken heyecanı arttı, dayanamadı koşmaya başladı. Koşarak geldi ana kapıya! Dışarıdan gelen ışığın içeri dolması sanki huzura yaklaşmak gibiydi. Dışarı çıktı. Ana kapının önünde durup söğüt ağacının oraya baktı.

Orhan oradaydı. Üstü başı tertemiz, çok şık, Fransız dergilerinden fırlamış gibi, üzerindeki takımı Ayşe dikmişti! Ayşe'nin günlerdir uğraştığı kumaştı bu, hemen tanıdı. Söğüt ağacının altında kendisini beklemekteydi. Şaşkınlığını attı, gözyaşlarını sildi. Toparlandı ve onun yanına gitti.

Ona yaklaşıp kaşları havada, "Orhan Bey?" dediğinde, "İlmiye Hanım," diye cevap verdi Orhan ve bir adım geri çekilip İlmiye'yi söğüt ağacının altına davet etti. "Çok şıksınız," dedi İlmiye sarıldığı kitabını göğsünde tutarken.

Orhan "Sadece sizin için," dedi ve İlmiye bir anda öylesine utandı ki yanaklarını kan basınca başını önüne eğdi, Orhan'ın buyur ettiği yere adımlayıp bakışını bahçeye çevirdi. İkisi yan yana bir kaç saniye durdu.

"Demek bir fısıltıya koydun kendini," dedi İlmiye, Orhan'ın kendisine odaklanmış bakışlarındaki dikkati başka yöne yönlendirmek ister gibi ama Orhan ona daha da yaklaştı, elini eline alıp "Sana biraz acele gibi gelebilir ama değil, yeterince para biriktirdiğinizi söyledi Ayşe Abla ve eğer ailenle Atça'ya döneceksen, senden ayrı kalamam. Ruhumu almışken bedenimi de kabul eder misin?" dedi, cebinden kendi yaptığı bakır yüzüğü çıkardı, avucunun içinde bir sır gibi açarken "Her sabah seninle uyanmak, seninle sorular sormak, cevapları birlikte bulmaya çalışmak, sana Sümerce notlar hazırlamak, seninle dünyayı gezmek, Fred'in anlattığı o yerlerin hepsine seninle gitmek... seni yaşamak istiyorum İlmiye," dedi ve elinde tuttuğu yüzüğü ona uzatırken "Seni benimle paylaşır mısın?" diye sordu.

Orhan'ın boynuna atlamak, ona sıkıca sarılmak, koynunda sevinçten ağlamak istedi İlmiye ama ne boynuna atıldı, ne sarıldı, ne de sevinçten ağladı... Onun gözlerinin içine baktı, ona ait olurken, onu içine alırken, aynı dikkatle gözlerine bakacağı gibi baktı ona ve sakince boynundaki yarasını saklayan fularını açtı, savaştıkları askerler köylerini bastıklarında, İlmiye henüz küçücük bir çocukken ölmesi için açılmıştı o yara ama onu öldürmemiş, sadece varlığına anlam yüklemişti... Çırılçıplak yarasını sundu Orhan'a.

Çırılçıplak olmadan, tüm kusurlarımızla eşimize soyunmadan, hayaller ve fanteziler üzerine kurulamazdı bir birliktelik. En utandığımız yanlarımızı açmalı, gizlediğimiz her şeyi paylaşmalıydık. Yoksa bir arada olamazdık, sadece bir arayı birlikte doldurabilirdik, bir aralıkta birlikte hapsolabilirdik.[149]

Yaralarını sunamadığın biri asla senin eşin değildi ki...

Elinde fuları ile başını dik tuttu İlmiye ve açtı yarasını cesaretle. Orhan'ın gözleri öyle ani doldu, duygu şimşekleri öyle ani çaktı ki kalbinde, kızaran gözlerinde inatla tutunan yaşlar yenik düştüler İlmiye'nin gözlerindeki anlamlara... süzüldüler nezaketle.

Orhan ve İlmiye... birbirlerinin çekimlerine kapılmış, çarpışmak üzere olan iki nötron yıldızı arasındaki çekim gibi uzay ve zamanı bükercesine birbirlerine kilitlendiler. Birbirlerinden başka hiçbir şeyi umursamadıkları o anda ve sonraki yaşanmışlıklarında zamanı

---

149 Özer Bal'ın "Bir'ara'dayız" adlı şiirinden esinlenmeyle.

birlikte büktüler… aşk zamanı bükebilecek, geleceği değiştirebilecek, kaderi yeniden yazabilecek tek şeydi bu gezegende.

-4-

Aşkı yaşayanlar başkalarındaki aşkı görebiliyorlar, hissedebiliyorlardı.

Kalp sahibini bulduğunda, zihin kabul etse de, etmese de aidiyetini öyle bir ilan ederdi ki mantık baskıcı bir diktatöre dönüşmek zorunda kalırdı kalbe lafını geçirebilmek için… ama yürek yine de sevgiliye kavuşmak için atarken anlar geçmek bilmez, keyifler anlamsızlaşır, kalabalıklar duyulmaz olur, bakılan her yerde sevgilinin halleri hayat bulurdu… sesinin tınısı ruhunda yankılanırken, dünyanın en anlamlı kelimesi haline gelen adı dudaklarında sessiz bir fısıltıya dönüşürdü…

Selim… Selim… Selim…

Ülkü'nün iç dünyasını ele geçirmişti Selim, kalabalıkların arasında yalnız olmayı, otomatik tebessümlere saklanmayı, sohbetlerde görünmez kalmayı öğrenmişti Ülkü, çünkü onu düşünmekten başka hiçbir şey gelmiyordu kalbinden. Kalbinin bir sahibi vardı ve bedeni ondan çok uzaktaydı, bu yüzden sanki hayat cehennemin kıyısında kurulmuş bir pazardı. Etrafında akıp gidiyordu tüm curcunasıyla zaman ama aslında anlar hiç geçmiyordu. Çünkü zaman ona varmıyordu. Zihninde hep ona soruyordu: "Selim, bensiz nasıl yaşıyorsun?"

"Ülkü!" diye belki dördüncü kere seslenmese Zübeyde Hanım, Selim'in kalbine kurduğu hükümranlığın tutsaklığından sıyrılıp âna dönmeyecekti Ülkü ama "Ülkü dön kızım!" demişti Zübeyde Hanım ve döndü Ülkü, üzerindeki gelinliği kendisine iştahla bakan hanımlara etrafında dönerek gösterdi.

Ayşe'nin işleri öyle açılmıştı ki altında çalışan 12 kişi vardı ama hiçbirisi Ülkü kadar zayıf ve uzun değildi, bu satış gününde beş model gelinliği giymek bu yüzden Ülkü'ye kalmıştı. Herkesin aileye katkısı başkaydı ama bu katkıda elbise giymek zorunda kalacak kişinin kendisi olacağını ölse tahmin edemezdi Ülkü. Babasının kıyafetlerinden gelinliğe, şık elbiselere geçiş yapması hayatındaki değişimin, şu sıralar çok bahsedilen nam-ı diğer ışık hızında[150] olması gibiydi. En son aynaya baktığında üzerinde binici kıyafetleri vardı, şimdiyse gelinlik.

İlmiye heyecanla içeri girdiği anda, ona bakar bakmaz anladı Ülkü, ailede ilk gerçek gelinlik giyecek kişi İlmiye'ydi. Nasıl anlamıştı bilmiyordu ama İlmiye'nin yüzüne bir kez bakması, birkaç saniye göz göze gelmeleri yetmişti. Aşkı yaşayanlar başkalarındaki aşkı görebiliyorlar, hissedebiliyorlardı. Kendi bedeninde gezinen duygunun aynısı vardı İlmiye'nin gözlerinde, kelime aralarında aldığı nefeste, her halinde…

Herkese selam verdikten sonra Ülkü'nün yanına geldi İlmiye ve hafifçe ona doğru meyledip kulağına "Çıkar o gelinliği bakim, giyinmem lazım," dedi kıkırdayarak.

Şaşırmadı Ülkü, gülümsedi. Ülkü'nün şaşırmamasına şaşırdı İlmiye "Ablaaa!" diye tepki gösterdi. Ülkü "Kızım Yakışıklı bile anladı sizi," diye takıldı ona, sıcacık bir tebessümle "Ne zaman istemeye gelecekler?" diye sordu.

Yanakları aniden yine kızardı İlmiye'nin "Yarın akşam," dedi. "Bu akşam çatıda anneme açacakmış konuyu annesi."

Ve işte o anda sarıldı Ülkü İlmiye'ye ama sarılmaz olaydı, o âna kadar dikkati müşterilerde olan Zübeyde Hanım, iki torununun sarıldığını görünce bir an duraksadı, sonra gözleri açıldı ve o da konuyu ışık hızında anladı, sanki havada duyguları insanlara taşıyan bir virüs vardı. "Aaaaa!" diye çığlığı basınca Zübeyde, ortalık karıştı.

Ayşe'nin de konuya dahil olması, Latife Hanım'ın durumu anca kavraması, müşterilerin de şenliğe katılması… kasada bir cezalı gibi oturan Ali'nin dükkânın içinde kopan heyecanı oturduğu yer-

---

150 Işık hızı, ilk defa 1676 yılında Danimarkalı astronom Olaus Roeme tarafından ölçülmüştür.

den izlerken "Kadınlar" diye düşünmesi, "Kadınlar... bedenlerinde duyguların dört mevsimine hep yer var."

-5-

Aile gibiydiler, erkekleri eksik, özlem içinde bir aile.

"Oh be! Pembe görmekten yorulur mu insan?! Ben yoruldum be anne! Hele ipek! Valla hayatımın sonuna kadar ipek kumaş görmek istemiyorum. Hatta ipekböceği ya da asma yaprağı falan da, hepsini çıkardım listeden," diye çıkıştı Ali, güldü Ayşe, "Bizim ailede herkesin bir görevi var oğlum, okulun açılana kadar sen de kasayı tutuyorsun işte, şikâyet etme" dediğinde, Ali itiraz etti: "Abla valla senin yüzünden orduya katılacağım bak!"

İlmiye, "Hadi ordan palavracı, Ayşe ablamın üstüne yıkma bunu, zaten orduya katılacaktın. General Ali," dedi.

Lütfiye Hanım, "Orgeneral Ali," dedi, Latife "Mareşal Ali ayol!" diye düzeltti. Semiha dışında herkes güldü, Semiha artık asker görmek istemiyordu, hele kendi yavrusunun asker olması fikri yüreğini sarstı. Zoraki bir tebessümle şehrin manzarasına döndü yüzünü, çatıyı kullanır olmuşlardı. Bir çardak yaptırmıştı Lütfiye ve Latife Hanımlar ve yemek sonrası Ayşeler'i sıklıkla çaya davet ediyorlardı. Bazen akşam yemeklerini de birlikte yiyorlardı. Aile gibiydiler, erkekleri eksik, özlem içinde bir aile.

Semiha'daki durgunluğu fark etti Lütfiye ve dizi ile onun dizini dürtüp göz kırptı, "Ne oluyor" demekti bu, aralarında geliştirdikleri bir dildi. İkisi de en değerlilerini kaybetmiş ve bu kaybın duygusunda dostlukları gelişmişti. "Asker mi?" dedi fısıltıyla Semiha ve "Allah korusun!" diye ekledi.

O sırada Latife neşe ile lafa girdi, "E İlmiye kızım, heyecanlı mısın? Beni istemeye geleceklerinde gece boyunca uyuyamamıştım," dedi.

Başını evet anlamında salladı İlmiye, "Heyecanlıyım ama köye geri dönme falan derken taşınma işleriyle birlikte nasıl nişanlanacağız, her şey nasıl olacak, biraz endişeliyim de," dedi.

Neşesi soldu Latife'nin "Ne köye dönmesi?" derken ayağa fırladı ve Ayşe'ye baktı.

Zübeyde Hanım "Vakti geldi kuzum," dedi, saf saf "Bu yaza sizi de bekleriz. Bizim oralar cennettir. Zeytinimiz, otlarımız, darımız, domatımız bambaşkadır. Ye ye doymazsın Latifeciğim, kilo da almazsın, tam sana göre," derken Latife Hanım'ın tebessüm etmemesine şaşırdı. Kadının beti benzi atmıştı. Latife, Ayşe'ye dönüp "Yavrum… Ayşe kızım sen gitmiyorsun ama değil mi?" diye sordu alacağı cevaptan korkarak.

Latife Hanım'da yaratacağı hüsrandan tedirgin, "Zamanı geldiğinde köye döneceğiz demiştim ya Latife Abla," dedi Ayşe.

"Zamanı geldiğinde dedin Ayşe kızım, şimdi zamanı mı ki?" derken tansiyonu düştü Latife'nin, arkasındaki koltuğa tutundu, Zübeyde fırladı önce ayağa ve sonra herkes. Oturttular Latife Hanım'ı ve soluklansın diye yakasını açtılar. Semiha Nana'ya seslendi, kolonya istedi. Ülkü kalabalığı yarıp uzansın diye Latife Hanım'ı divana taşıdı, ayaklarını kaldırdı.

Ayşe elini tuttu, Latife "Yok," dedi sayıklar gibi, "Yok, benim Ayşe'mi köye götüremezsiniz! Bu kız buraya ait ayol! Bu yetenekle ne köyü! Eşşeklere mi dikecek o korseleri?! Yoo. Yok!" dedi.

"Şşş!" dedi Ülkü, Latife Hanım'ı sakinleştirmek için susturmaya çalıştı ama şenlik aslında yeni başlıyordu, Latife Hanım aniden ayağa fırladı, bin kaplan gücünde nutuk çekmeye başladı.

Ayşe öyle mutluydu ki kalbinde hissettiklerini kendisi yerine Latife Hanım'ın söylüyor olması, hele bir de böyle yenilmez bir duyguya sarılmış akıp gidiyor olması muhteşemdi, çünkü o da aslında kalmak istiyordu ama ailenin en büyük ablası olarak bunu nasıl söyleyebilirdi annesine, hele anneannesine, bilmiyordu, hatta telaffuzunun bile mümkün olduğunu sanmıyordu.

Latife Hanım Ayşe'nin İstanbul'da kalmasının gerekliliğini maddeler halinde sıralamaya devam ederken, üzgün, mağrur bir ifade ile izledi Ayşe, aslında içinde gökkuşakları doğmuş, havai fişekler ateşlenmişti bile. O bir anda Ülkü ile göz göze geldiler ve Ülkü Ayşe'nin içini okumuş gibi kırpıverdi gözünü ve Ayşe hemen bakışını kaçırdı, yaramaz bir çocuğun annesinden izin almak için komşuyu kullanması gibiydi hali.

Gece boyunca Latife Hanım'ın ayılıp bayılmasını, Ayşe'nin İstanbul'da kalmasını en sonunda dünya kadın haklarındaki gelişmeyi bile etkileyecek bir kadın devrimi gibi tuhaf bir şeye bağlamasını ve yine bayılıp ayılmasını dinlediler, izlediler…

Ve işte böyle kaldı Ayşe İstanbul'da, Latife Hanım'ın azim ve katkısıyla.

12. BÖLÜM[151]

*… istediği, açlığını çektiği, saygı duyduğu, değerini bilmeye yemin
ettiği her şey karşısında duruyordu.*

Başını kaldırıp güneşe baktı Ülkü, hava sıcaktı, baharı kucaklamaktaydı dünyanın bu kısmı. Yemenisini çıkardı, saçını at kuyruğu yapıp yemenisini etrafına doladı. Seradan topladığı otları sepetin içine istifledi. Hasatı yapılmamış iki sera kalmıştı, onları da topladığında, yanık ve egzama için atalarından kendine miras kalan merhemleri fazla fazla yapıp görüştüğü ilaç firmasına teslim edecekti. Test edeceklerdi. Artan malzemeyle sabun yapmaya karar vermişti. Ülkenin en köklü şifa markalarından birinin temellerini attığını bilmeden, sepetleri gölgeye kaldırdı.

Ve *o duygu* yine aniden bastığında yüreğini; duygularının selleri, kalbindeki ritmi etkilercesine aniden yükseldiğinde, düşünce zincirleri kurmasına gerek kalmadan ağlamaya başladı Ülkü. Çaresizlik vardı o ağlamada, gözyaşlarının her zerresinde biriken bir beklemişlik ve yokluk vardı… kavuşamama vardı… özlem vardı. En kötüsü de suçluluk vardı, zamanında değeri bilinmemiş duyguların anıları suçluluğa dönüşürdü. Kalbe saplanmış diken gibiydi hissettikleri. Hissettikçe acıtıyor, kendine daha da fazla yer açıyordu bedende. Yaraya dönüşüyordu. Kimse fark etmese de insanın canı daima yarasının olduğu yerdeydi.

Elini kalbine, yaraya koydu Ülkü, diğer eliyle gözyaşlarını sildi, bu ağlamalar aniden gelen yağmurlar gibiydi. Bazen saatlerce sürüyor,

---

151 Müzik önerisi: Tim Dup, *Soleil Noir* / Goratie, *Despair* / Craig Armstrong & Cecilia
Weston, *If you should fall*

ruhun fırtınasını tetikliyordu bazense birkaç dakikada diniyordu. Elini kalbine soksa, kalbini bedeninden çıkarsa… ve artık hissetmese… ama hemen sonra hissettiği için şükretti, çünkü Selim vardı o yarada. Kalbindeki o sancı Selim'in anısının yaşadığı yerdi. İnsan, diye düşündü, kalbi elinde, kalbini verecek birini arayarak gezen tek varlık bu gezegende.

Kalbin elinde, bir pusula tutmuş gibi arıyordun ait olduğun yeri, kişiyi, düşünceyi. Ne hayatlar vardı, o kalbi verecek birini bulamadığı için hüzünle geçip gitmiş, ulaşması gereken yere ulaşamadığı için her köşesine çaresizlik sinmiş, bir fikre adanamadığı için anlamlanmadan boşa geçmişti…

Kalbi elinde milyonlarca insan, aslında ait olmak istemedikleri bir sürü insanla yaşamış, değerlendirilmemişti. Sadece her nefeste harcanmıştı hayatları… üretmemiş, hizmet etmiş hayatlardı bunlar, kalabalığın içinde eksik insanlar… kendisi gibi. Güneşe kaldırdı başını yine, yanık güneş diye düşündü, sanki güneş bile yanmıştı…

Neyse ki ruhunun bu seferki fırtınası kısa sürdü, gözyaşları çekildiğinde geride kalan duyguda, tüm fırtınaların sonrasında yine Selim vardı bir başına. Ve değirmende ona yaklaştığı o ânın duygusu zamanla nasıl da filizlenmişti bedeninde…

Onu istiyordu Ülkü, kendine kabul etmek istemese de bedeninin onu istediğini artık biliyordu, çünkü kalbi hızlanıyor, içindeki evrende bir şeyler oluyordu. Sanki güneşti Selim ve onsuz Ülkü'nün evreni karanlığa gömülmüş, günü bekler gibiydi… Daha önce hiç böyle hissetmemişti, emindi, Selim bu duygunun tek tetikleyicisiydi ve kim bilir şimdi nerede, ne kadar uzakta, yabanda kimlerleydi…

Sabah kopardığı elmayı çıkardı cebinden, bir ısırık alıp çiğnerken sakinleşti, ne zaman elma yese kendine düşünecek, analiz edecek zaman verir olmuştu, ilk ısırıkta bile sanki o analizin rahatlaması vardı. Çardağa gidip zihnindeki karmaşayı düzene sokmaya çalışacaktı ama tepenin aşağısında, vadiden kendi evlerine uzanan toprak yolda gördü dumanı!

Dikkatle bakınca anladı, bu bir duman değildi, yerden yükselen toprağın havaya karışmasından oluşan bir toz bulutuydu. Buna ancak hızla koşan atlar neden olurdu. Vadiden yükselen ince toz bulutuna odaklanıp yaklaşan şeyin ne olduğunu görmek için tepenin ucundaki kayaya gitti. Aralıktan tek bir atlı çıktı. Çok uzaktaydı ama yine de kim olduğu belliydi, bu bir erdi. Endişe ile hızlanan kalbini susturup atlının peşinden gelen var mı diye dikkatle baktı...

Yoktu. Er tek başına ve telaşla köylerine doğru sürmekteydi atını, peşinden gelen olmasa da sanki biri onu kovalıyordu.

Yine atlının çıktığı aralığa odaklandı Ülkü, o aralıktan yüzlerce atlının tozu dumana katıp vadiye girmesini izlemişti yıllar önce ve sonra da köylerinin talan edilmesini. Bekledi... bekledi... kendi kalbinden başka o atlının peşinden koşan yoktu ama bir anda fırladı, zeytinlikteki müştemilatta tuttuğu çifteyi aldı. Yakışıklı'yı çağırdı.

Bu erin bu telaşla köylerinde ne işi vardı!

Çifteyi omzuna geçirdi, Yakışıklı'ya atladı, öyle hızlı fırladı ki gelen ne ise ailesini korumak için gerekirse öldürecek ve kesinlikle ölecekti, aynı babası ve abilerinin yaptığı gibi.

Uçabilse uçardı, toprak yola indiğinde birkaç kilometre önünden giden atlının toz bulutu hâlâ havadaydı. Yetişecekti ona. Ara ara dönüp peşinden gelen var mı diye de baktı... şükürler olsun ki yoktu ama atlının köye gitmek yerine kendi evlerine uzanan o patikaya dönmüş olduğunu anladığında yüreği ağzında mahmuzladı Yakışıklı'yı, daha da hızlandı. Öyle bağırdı, öyle çığlıkladı ki at uçabilse uçardı.

Ülkü'nün eve varması, bir hamlede Yakışıklı'dan inip çifteyi eline alırken "Anaaa!" diye anneannesine bağırması, cevap gelmeyince bir daha bağırması, bir daha bağırması!

Eve girerken çiftenin ağzına kurşunu vermesi, annesine, Ali'ye seslenmesi, cevap alamayınca telaşla salondan mutfağa geçmesi, arka bahçeye yürümesi, son bir çığlıkla Ali'ye seslenmesi bir kâbusun hayat bulması gibiydi...

Arka bahçe de boştu, çardakta kimse yoktu. Zeytinliğe ilerledi Ülkü, "Anaa!" dedi son bir çaresizlikle ve durdu, çünkü arkasında biri vardı, o bir anda kendi adını duydu, ses ona "Dudu" demişti ve tüm duyguları aniden dondu.

Ve sonra aynı anda tüm duyguları coştu.

Korku sardı kalbini… korkunun buz gibi kuruluğuna heyecan yetişti ve korkuyu sıcacık ıslatıp eritti… ardından neşe geldi dalgalar halinde ve neşenin dalgaları tsunamilere dönüşürken, ruhunda sıkışmış özlemin rüzgârı aniden esti, dev hortumlara dönüşüp neşeyi süpürdü geçti, ruhunun topraklarını kattı peşine heyecanın depremleri… duygularının afetinde savruldu Ülkü, çünkü duygularının efendisi Selim gelmişti.

Dönemedi Ülkü, konuşamadı, düşünemedi… sadece hissedebildi. Duygular gözlerinden taşarken, biriktirdiği, baskıladığı, ezdiği her şey aynı anda yerlerinden çıkıp zihnini ele geçirirken sadece hissetti Ülkü… Selim'in varlığını hissetti, çevresinde akan, içinde coşan hayatı hissetti… aşk hissedebilmek değil miydi?

Onu daha önce er kıyafeti içinde görmüştü, ipek uçuşan elbise içinde de… her seferinde kalbi fethedilmiş, ona teslim olmuştu Selim ama şimdi bu zeytinlikte, Ege'nin bu yumuşak ılıklığında, saçına doladığı o yemenisi, üzerindeki entarisiyle… istediği, açlığını çektiği, saygı duyduğu, değerini bilmeye yemin ettiği her şey karşısında duruyordu. Saçındaki yemeninin desenlerinde tarih vardı, binlerce yıldır toprağa tutunmuş bu zeytinlikte anlam vardı, üzerindeki entarinin işlevselliğinde gelenek vardı, elindeki tüfekte cesaret vardı… onun bedeninde aşk vardı.

Ona adım adım yaklaşırken "Dudu," dedi Selim, onu kollarına almazsa ölecek gibiydi. Hemen arkasında, dibinde durdu… ona uzandı, saçının ucuna dokundu, derin bir nefesle içine çekti onu.

Dönemedi Ülkü, konuşamadı, sadece yanaklarından kayan yaşları sildi sakince, kalbinin hızı dinmiş, bedenine yayılan adrenalinin yerini endorfin almıştı…

İyice yaklaştı Selim, elleriyle Ülkü'nün kollarından tuttu, alnını onun başının arkasına, yemenisine dayadı ve kokladı. Öyle derin çekti ki nefesi içine Ülkü'nün tüm korkularını, tereddütlerini, eksik hissetmelerini, onu Selim'den alıkoyan her şeyi sanki içine çekip sindirdi, yok etti. Ülkü'nün kollarını tutan elleri yavaşça onun bedenine dolandılar, sımsıkı ona sarıldılar ve mırıldandı Selim: "Ruhumun parçası…"

Ülkü'nün eli tüfeği bıraktı, yavaşça ve hafifçe Selim'in kollarına dokundu parmakları ve elleri tutundu ona.

Tutuşu bile öylesine narindi ki onun narinliğinde titredi kalbi Selim'in ve daha çok sardı onu, yetmedi iyice kollarının arasına aldı, yetmedi döndürdü onu kendine ve gözlerine baktı, mırıldandı "Seni ormanın suyu istediği gibi istiyorum…" derken Ülkü'nün gözyaşlarını sildi, mırıltısı devam etti: "Yaprağın güneşi beklediği gibi özlüyorum… bir damlanın okyanusa kavuşma yolunu bulabilmesi gibi, her zerremle hissediyorum… seni anlamak, şu güzel zihninin yoldaşı olmak için doğmayı bekler gibi sabırsızlanıyorum… seni seviyorum Dudu… seni seviyorum… öyle doğallıkla ve ihtiyaçla seviyorum ki ya beni şu eski çifteyle vurmak zorundasın ya da bana evet demek…" dedi ve heyecanı ifadesinin her hücresine yansıyan bir telaşta ona ilk sorusunu sordu: "Benimle büyür müsün?"

Sonra başını onunkine yaklaştırıp gözlerinden gözlerini ayırmadan fısıldadı: "Benimle hayatta yürür müsün?"

Alnını alnına koydu, ikisi de gözlerini kapadı, çünkü birbirlerine tamamen teslimdiler: "Beni tamamlar mısın?"

Önce burnunu, sonra dudaklarını onun alnına sürterken mırıldandı: "Çocuklarımızı doğurur musun?"

Gözleri kapalı, kendi iç karanlığında, Selim'in kollarında onun sesini, sorularını dinledi Ülkü ve duyguları öyle coştular ki dayanamadı, ağlamaya başladı… Alnı Selim'in alnında, yüreği onun yüreğinde, varlığı onunkiyle senkronize, sessiz hıçkırıklara bıraktı kalbini ve gözyaşlarıyla aktı…

"Selim" diyebildi incecik bir mırıltıyla ve o mırıltıda Selim'in her zerresi cız etti, nasıl da istiyordu onu, seviyordu, onu öpmemek için zor tuttu kendini. Sabırsızlandı, kollarına geçirdiği parmakları gerildi, erkekliği uyandı… Ülkü aynı tonda mırıldanırken, Selim onun sesinde, hissinde kayboldu. "Seninle büyürüm… senle tamamlanırım… çocuklarımızı doğururum," demişti.

Gerçek sevgide hiçbir zaman kontrol yoktu. İnsan sever. Aniden, çoğu zaman nedenini bilmeden. Astrologlar gezegenleri, din adamları kaderi, edebiyatçılar romantizmi, pragmatikler koşulları, depresifler can sıkıntısını… herkes bir şeyleri sorumlu tutar bir başkasına karşı hissettikleri sevgiden ama sorumlusu ya da nedeni ne olursa olsun, bedenimiz tarafından üretilmiş en muhteşem kimyasallardan biridir sevgi. Varoluşun sırrıdır.

Verilen her değerin ve dolayısıyla o değere sahip çıkmak için kendini bir şövalye gibi ortaya koyan çabanın da hammaddesidir. Sevgide çabayı mayalayıp değere dönüştürebilenler, Ülkü ve Selim gibi gerçek aşk ile tanışırlar. Ama her sevgi çabaya dönüşmez, yani aşk öyle kolay mayalanamaz, doğamaz.

İşte bu yüzden çabaya âşıktır aşk.

Hissedenin kudretine, sadakatine ve en önemlisi samimiyetine bağımlı olarak koyar kendini ortaya coşkulu bir fütursuzlukta… Köklerini coşkunun plansızlığından alan sevgi değere dönüştüğünde ancak o değerden aşk doğar, kömürün elmasa dönüşmesi gibi, basınca, zorluklara ve hayatta kalmak için de en önemlisi çabaya ihtiyacı vardır aşkın. Aşk çabadır. Emektir. Gayrettir. Mücadeledir… En çok da kişinin kendisiyle mücadelesidir.

Ülkü ve Selim… hayatın içinde kendilerini arayan iki ruhtu, önyargılarından sıyrılabilen herkes gibi, kendilerini zıtlıkların içinde birbirlerinde buldular.

Önyargılarından sıyrılamayanlarsa hep kayıptılar.

1950'ler

*Merakı aktive olmuş, doğru şeylere iştahlanmış, bilgiye acıkmışlarla
geçirilen zaman insana daima hayat verirdi.*

Kapısı çaldığında "Buyrun" sesiyle birlikte içeri girdi iki çocuk.
Öyle tedirgin, öyle sahipsizdi ki halleri, gülümsedi İlmiye. Bazen
bir gülüşeme, bir çocuğun kalbindeki buzları eritebilecek güçte
olabilirdi. İşte bu yüzden gülümsemeler çocuklardan asla esirgen-
memeliydi. "Buyrun çocuklar," dedi İlmiye, "Biz de sizi bekliyorduk,
yeriniz zaten hazır, geçebilirsiniz."

Çocukları sınıfa tanıttı, teneffüste okulu gezdirmesi için diğer-
lerine görev verip derse kaldığı yerden devam etti.

"Evet, nerde kalmıştık?!" diye sorduğunda, kızlardan biri hatırlattı:
"İsa'nin bir Yahudi olduğunu anlatmıştınız öğretmenim."

"Hah!" dedi İlmiye, "Tamam. Milat İsa ile başlıyordu ama bizler
çok daha öncesine gideceğiz, çünkü aldığımız eğitimin temel amacı
kendini bilmektir ve insanın kendini bilmesi, insanlık tarihini,
yani nereden geldiğini anlamasıyla başlar. Geldiği yeri bilmeyen,
gitmesi gereken yeri de bilemez ve bilinmezlik içinde kaybolmuş
biri, insan olamaz. İşte bu yüzden öncelikle insan tarihinin en
eskisine gideceğiz ve size öyle bilgiler vereceğim ki eğer keli-
melerimin arasındaki manaları anlayabilirseniz hayatı okumaya
başlayacaksınız. Hazır mısınız?"

Hazırdılar! Çocuklar aslında bilgiye daima hazırdılar, toplum
onları deforme edene kadar.

"Bugünkü medeniyetimize temel olmuş bir kültürle ilgili özel-
likle size anlatmak istediklerim var. Dünyanın en eski medeniyeti
neydi? Bilen var mı?" diye sordu İlmiye.

"Mezopotamya," dedi öğrencilerden biri.

"Sümerler," diye ekledi bir diğeri.

Gülümsedi İlmiye. Bu sınıfta çok iyi vakit geçirecekti. Merakı aktive olmuş, doğru şeylere iştahlanmış, bilgiye acıkmışlarla geçirilen zaman insana daima hayat verirdi.

"Hayır," dedi İlmiye.

Çocuklar şok içinde bakarken ona, açıkladı: "Dünyanın en eski medeniyeti, maalesef kitaplarımızda yazıldığı gibi Sümerler değil… Hintlilerdir.[152]"

Bir uğultu yükseldi sınıftan. Tarih kitapları neden yazmıyordu o zaman bunu? Şu İngilizlerin yüzlerce yıldır uşaklığını yapmış olan Hintliler nasıl oluyordu da dünyanın en eski medeniyetinin mirasçısı olabiliyorlardı?

Ve İlmiye açıkladı: "Unutmayın, doğru, daima doğrudur, ta ki birileri onun yanlış olduğunu kanıtlayana kadar ve tarih, doğru sanılan yanlışlarla doludur."

---

152 Dünyanın en prestijli akademik dergilerinden biri olan *Nature* Akademi Dergisi'nde yayımlanan Mani ve Dikshit'in araştırmaları, İndüs Vadisi'nin Mezopotamya'dan çok daha eski olduğunu ortaya koyuyor. İndüs Vadisi'nde kurulan uygarlıkların arkeoloji alanlarının sadece % 10 ilâ % 20 arasındaki bir bölümünün kazıldığı düşünüldüğünde, keşfedilen şehirlerden Hindistan Haryana'da bulunan Bhirrana milattan önce 7570 yılına, Pakistan'da bulunan Merhgarh'ın milattan önce 7000 yılına ve suyun altında bulunan Gujerat kıyılarındaki şehrin ise milattan önce 7500 yıl öncesine ait olması bölge tarihinin Mezopotamya var olmadan binlerce yıl önce yaşamış olduğunu sunuyor. Mezopotamya'da bulunan en eski kazı milattan önce 7090 yılına, Mısır'da bulunan en eski yapı ise 4400 yıl öncesine aittir. Ve Türkiye'deki Göbekli Tepe milattan önce 9000 yılına ait olsa da, İndüs Vadisi'ndeki gelişmişlikte büyük bir medeniyet olduğu henüz kanıtlanmamıştır. Bu nedenle İndüs Vadisi bugün bilinen en eski uygarlıktır. Mezopotamya'da ortaya çıkan uygarlıktan binlerce yıl önce yaşamıştır. Doğru, sadece biri onu değiştirene kadar doğrudur ve doğru daima değişir, güncellenir. Araştırınız.

İnsan nereye aitti?

Gün doğmak üzereydi. Poker masasının etrafı öylesine bir dumanla kaplanmıştı ki dumanın içinde kamufle olmanın, silikleşmenin huzurunu solur gibi derin bir nefes çekti Robert. Kendi atmosferindeydi. Masadaki adamların hepsi çantada keklikti, alkolik bir general, bir Suudi prensi, iki İngiliz Lord, Fas kralının ortağı olan petrolcü adam ve hele şu sakalı yeni terlemiş sersem İspanyol… hepsi topu topu bir lokmalıktı. Masanın üstünde toplanmış paraya baktı Robert, fazlaydı. Yığıldıkça yığılmış, ya hep ya hiç seçeneğine varmıştı oyun.

Masanın üzerinde ilk önce 2 As ve bir sinek 7 açılmıştı, As'lardan biri kupa, diğeri maçaydı. Şimdi ise sinek 3 gelmişti. Önemli değildi. İsterse cennet kapıları açılsındı şu masanın üstünde, Robert Kare As'ı garantilemişti ve kurduğu düzen sayesinde diğerlerinin elinde ne olduğundan da emindi. Mekân da, masa da onundu. Fas'ın sahibi değildi ama her usta ajan gibi, kurulu sistemlerin içinde kendi düzeneğini kurmak onun en gelişimiş özelliğiydi. Medeniyet denen canavarın parazitiydi Robert, sızamayacağı düzen, etkilemeyeceği sistem yoktu. Kendini her koşulda var etmeyi ona öyle iyi öğretmişlerdi ki Fas'ta olduğu bir yılda kraldan bile etkili bir ağ kurmuştu, bu kumarhane ve altındaki lüks genelev o ağın merkezi olmuştu. Ayda birkaç kez bu masaya oturan keriz zenginleri, Arap prensleri, hatta İngiliz Lord çocuklarını söğüşlemek, keyiflerinden biri haline gelmişti. Kumarhanede çalışan kızlardan ikisi diğerlerinin elinde ne varsa ona hissettirmekte emrine amadeydi. Para için yapmıyordu bunu, üstünlüktü bu. Bu salak heriflere, ormandaki en tehlikeli hayvanın kim olduğunu, kendi üstünlüğünü göstermenin başka bir yoluydu. Anlamsız bir hayata anlam katma çabasıydı…

---

153 Müzik önerisi: *Bones* (feat HVOB), Oliver Koletzki

Önünde ters çevrilmiş kartların sırtını parmağıyla okşadı, birazdan tüm parayı toplayacaktı ama daha önemlisi, şu herifleri tokatlamış olacaktı.

Ve son kart açıldı. Gelen Sinek 4'tü.

Robert blöf maskesini suratından çıkarıp atarcasına gülümsedi, sırıtması öyle yayıldı ki ifadesine, masada ona bakan general ve Lordlardan biri, anladılar masanın üstünde toplanmış parayı onun alacağını… ama öyle olmadı.

Açılan son kart ile kaybetmişliğin ifadesi her oyuncuda belirirken Robert, Kare As'ını açtı masaya ve geriye yaslanıp paralarını aldığı avanakların ifadelerindeki yıkıma baktı. Ezip geçmişti hepsini… biri hariç.

İspanyol çocukla göz göze geldiği anda bir terslik olduğunu anladı. Yırtıcı bir gece hayvanının, zifiri karanlıkta hiçbir şey görmese de, başka bir yırtıcıyı hissetmesi, kokusunu alması gibiydi İspanyol çocuğun bakışındaki hissi.

Bir terslik vardı!

Çocuğun eli, kesinlikle masadaki kartlarla tamamlanıp güçlenecek bir el değildi. Emindi, masanın üstündeki para kendinindi. Çocuk masaya elini açarken bir an açtığı kartların ne olduğuna baktı, sinek 5 ve 6 açmıştı. İmkânsızdı! Çocuk masadaki sineklerle birlikte tam bir seri yapmıştı!

Halbuki bu İspanyol piçinin elinde bir maça ve karo olması lazımdı. Hemen kendisine hizmet eden garson kızlardan birine baktı. Kız da şoktaydı ve çok hafif bir hareketle, adamın hile yaptığını ima etti. Desteden adamın eline verilen kartlar bunlar değildi.

Sakince durdu Robert, masadaki generale kaydı gözleri ve hemen geride içkide boğulmak üzere olan albaylara ve onların gerisinde sıkıntıdan bıkkınlık geçiren, ağızlarına tek bir içki koymamış emir eri yüzbaşılara… İçeride ordu mensupları vardı. Kafasına göre davranması çok daha büyük karmaşaya yol açacaktı. Ayağa kalkarken imalı bir bakışla İspanyol çocuğa gülümsedi. "Sürprizlerle dolusunuz bayım!" dedi.

Genç adam masanın üstündeki parayı toplarken, "Siz hiç değilsiniz!" dedi ve Robert'ın suratına bakmadı bile. Parayı kendisine verilen keseye koydu.

Robert sabırla izledi onu, bıçağını çıkarıp boğazını kesmek ya da alnından bir kurşunla işini bitirmemek içindi sabrı... ama sabır değil miydi keyfi zirvelere çıkaran tek şey?

Eli saatine gitti, zinciri çekip bakarken saatine, zincirin dokusunda gezdirdi parmaklarını. Karar verdi. Hem parayı alacak, hem de bu serseriye hayat dersi verecekti. Genç adam ayağa kalktığında herkese iyi akşamlar diledi, masadan ayrılırken sarhoş gibi sendeledi ama sarhoş olmadığını biliyordu Robert, bu kadar usta hile yapabilmenin birinci kuralı ayık bir zihindi. Sarhoş olmayı âdet haline getiren hiç kimse herhangi bir karmaşık işin altından kalkacak kapasitede değildi.

Çocuğun salondan çıkmasını izledi Robert sonra kendisi de generallerden izin istedi. Gün doğmuş, gece hayvanlarının kuytulara çekilmesinin vakti gelmişti.

Onu avlayacak olmasının heyecanı yükseldi içinde. Can almanın binbir değişik yolunu öğretmişlerdi ve öğrendiği her şeyin üzerine on bin değişik hal de kendisi keşfetmişti. Ölüm hiçbir zaman eskimiyordu, öldürmekten zevk alan biri için daima yeni yollar, yeni yöntemler sunuyordu ama ne olursa olsun saatinin zincirinden daha tatmin edici bir yöntem bulamamıştı Robert. Çok denemişti ama tene değen zinciri gererken parmaklarına yüklenen o hissin, boğduğu kişiden çıkan hırıltılarla eşleşen ahengi, o hırıltıların yakarışa benzeyen namesi, bedene saklanmış canı çekerek almak gibiydi... yüklediği duygu öyle güçlüydü ki canını aldığı herkesten sanki kendisine geçen ve güç veren bir şey akıyordu bedenine. Neydi o akan şey?

Çok düşünmüştü bunu ve aklına gelen tek bir şey olmuştu: Anlam.

Hayattan anlam çalmanın en garanti yoluydu öldürmek.

Tanrı ya da değil, kim kurmuş olursa olsun, kurulmuş bu yaşam sisteminin içinde de, kendi sistemini, dolayısıyla hâkimiyetini kurabildiğini hissettiği tek yerdi can aldığı anlar. Hele kendisine saygısızlık etmiş olanların canı, keyfine resmen hediyeydi!

Genç adam yalpalaya yalpaya lokalden çıkıp pansiyona vardığında, adamın nasıl bir üçkâğıtçı olduğunu çözdü Robert! Masaya oturmak için kurguladığı kimlik bile sahteydi, belliydi, çünkü hiçbir İspanyol dükünün vârisi böylesine boktan bir pansiyonda kalmazdı. Uyuşturucu müptelalarının yeriydi burası ama neyse ki odaya girmesi de, içeride bu salağın işini bitirmesi de kolay olacaktı.

Binayı iyi biliyordu. Ajan olarak bir ülkeye gönderildiğinde ilk yaptığın şey, her deliği keşfetmekti, zorda kalırsa saklanılacak, olay çıkartacaksa fitili ateşleyecek yerler belirlemekti. Eskiden zengin olan bu bölge her zengin bölge gibi zenginlerin çekilmesiyle birlikte en sonunda çingenelerin eline düşmüş, oradan da uyuşturucu çetelerinin eline geçmişti. Sanatçılar buralara gelip mekânları tek tek temizleyene, değişik kafeler, atölyeler, sergi salonları açana kadar da, bu bölge şehrin bataklığı olarak hüküm sürmeye devam edecekti ama sanatçılara prim verecek zekâ bu topraklarda ne arasındı ki…

Sigarasını yaktı, bir nefes aldı. Çocuğun resepsiyondan anahtarı almasını, bozuk olan asansörü es geçip merdivenlere tırmanmasını bekledi ve ikinci nefesi de alıp verdikten sonra şapkasını yüzünü kapatacak şekilde eğik takıp sendeleye sendeleye girdi içeri, sarhoşmuş gibi resepsiyonun önünden avluya geçti ve sonra hemen kenara çekilip dikkat kesildi. Ayak seslerini dinledi. Şapkasını çıkarıp hafifçe öne geldi ve o sırada üst kattaki balkonda gördü çocuğu, sarhoş taklidi yapmayı bırakmıştı salak, keseyi çıkarmış, iştahla paraları sayıyordu, anahtarı düşürdü bir an, sonra ayağı takıldı sehpaya, patırdı kopararak nihayet girdi odasına.

Başını salladı Robert, sigarasından son bir nefes daha alıp attı ve şapkasını takıp merdivenlere yöneldi. Kendine kızarak çıktı merdivenleri, aldığı onca eğitime rağmen serserilerin işini bitirmekten başka bir iş tutmaz olmuştu, tabii göreve gönderildiği küçük ülkelerin özkaynaklarını yağmalamak için vatan hainleri tespit edip onlarla işbirliği yapmak dışında…

Sakince yaklaştı odaya. Avluya bakan pencere açıktı, bu salak kapıyı kilitlememiş miydi?

Hayır, kilitlememişti. Klişe diye düşündü… kolay para vuran bu salaklar, bir süre sonra kendilerini öyle dokunulmaz bir şanslılıkta sanırlardı ki umursamamaya başlarlardı. Böyle kolayca girdiği bir sürü odanın içinde, kolayca işini bitirdiği bir sürü kişinin leşini bırakmıştı.

Saatinin zincirini içeri soktu, bu salağı zinciriyle onurlandırmayacaktı. Canı sıkıldı. Doğan güneşin Fas'ı vuran kızıllığı, açık pencerelerden giren rüzgârın havalandırdığı perdelere vuruyordu. Banyonun kapısı açıktı ve duşun sesi geliyordu.

Durdu Robert, bir an fark etti, her şey fazla kolay gelmişti. Hiçbir serseri sabahın köründe bir ton para koparıp odasında kapıyı açık bırakıp böyle duşa girmezdi. Bir terslik vardı. Geri bir adım attı, odadan çıkacaktı. Soldaki masanın üstünde duran keseyi gördü. Uzanıp almayı düşündü ama vazgeçti, bu işte kesin bir iş vardı. Bu adamın kim olduğunu sonra anlayacaktı. Geri birkaç adım atıp kapıya ulaştı ve sessizce açıp çıktı.

Suratının ortasına yediği yumruk olmasa, ucuz atlatmış olma hissi yayılacaktı zihnine ama adamın odada bile olmadığını, kapının önünde onu beklediğini, boynuna yemek üzere olduğu yumruk yaklaşırken anladı. Boyun sinirleri darbe alınca beden kısa devre yapar ve sistemi kapatırdı. Bayılırdı insan. Bayılırken Robert'ın aklında tek bir düşünce vardı: Kimdi bu adam?

Gözlerini araladı Robert. Boynundaki ağrı ensesinden omurgasına vuruyordu. Kıpırdamaya çalışırken etinde acı hissetti. Boynunda, bileklerinde, ayak bileklerindeki gerginlik, balina avlamakta kullanılan kalın misina ile bağlanmış olmasındandı. Boynu ayaklarına sabitlenmiş, ellerini ufacık oynatmaya kalksa boğazını kesecek gerginliği yaratıyordu. Daha önce hiç böyle bir teknik görmemişti. Japonların ustalaştığı tekniklerden bile farklıydı kendisine yapılan.

Yerde yatağın önüne oturtulmuştu. Karşısında dikilmiş genç adama baktı Robert, poker masasında hile ile parayı kaldırmış o herifti bu ama sarhoşlukla, yeniyetmelikle, İspanyol kontunun beceriksiz vârisi ya da iş bilmeyen bir dolandırıcı olmakla alakası yoktu! Başka biri vardı karşısında. Güneşin kızıllığı gitmiş, sarıya dönmüştü ışık ve gölgeler yer değiştirmişti, öğle vakti olmalıydı. Nasıl bir yumruk oturtmuştu ki saatlerce ayılamamıştı, buna neden olacak bir yumrukta boynu da kırılabilirdi diye düşünürken ağzındaki tattan anladı Robert, sadece yumruk değildi kendisini bayıltan şey, bu herif ona uyuşturucu da vermişti, büyük ihtimal trichloromethane bazlı bir şeydi, ağzındaki demir tadından belliydi.

"Kimsin sen?" dedi Robert İspanyolca.

Masaya yaslanmış çocuk sadece gülümsedi.

Robert Farsça "Ne iş şimdi bu?" dedi, bilerek argo konuşmuştu, çünkü Fas'taki çetelerden birinin emir eri miydi bu herif diye düşündü ama böyle bir tekniği bırak uygulamayı, bilmezdi bile bu Farsiler. Çocuktan cevap gelmedi. Üzerindeki atlet ve omuzlarında görülen yara izlerine bakılırsa epey kavgaya girişmişti, kurşun da yemişti.

Robert başını geriye yasladı, güldü. İspanyolca, "Anlaşacağımızı ikimiz de biliyoruz. Hatta bu anlaşmanın ikimiz için de yaptığımız en kârlı anlaşma olacağını da biliyoruz. Oyalanmaya ne gerek var. Hemen konuya girsek, halletsek, ben sana istediğini versem, sen hayatının en iyi anlaşmasını yapsan, özkaynaklarıyla seni uçurabilecek bir dost kazansan," dedi.

Masaya yaslanmış bedenini doğrulttu çocuk, önünde bağladığı kollarını indirdi, nasıl olmuştu da daha önce gözüne daha ufak tefek gelmişti bu herif, şimdi karşısında böyle atletle dikilince poker masasındaki o keriz halinden eser yoktu. Çok iyi eğitilmiş olmalıydı.

Robert, "Bana gençliğimi hatırlatıyorsun," dedi. Bu tipler genelde babasız yetiştikleri, küçük yaşta değer verdikleri birilerini falan kaybedip bir sürü travma geçirdikleri için bu yollarda kaybolurlar, özdeşleşecek hiçbir kimse bulamadıkları için tetikçi olurlardı. Çocuktaki bu yokluğu öyle net hissediyordu ki Robert, birazcık konuşsa ona yaklaşacağını biliyordu, o yokluğun nedeninin kendisi olduğunu bilmeden.

"Ben de senin gibiydim. Yenilmezdim, akıllı, kurnaz… ama şu halime bak, bir gün sen de benim yerimde olmak istemiyorsan sana anlatacağım şeylerle ilgileneceğine eminim," dediğinde, çocuk hiç tepki vermedi, öylece dikildi bir an, Robert "Kaç yaşındasın sen? 25 var mısın?" dediğinde de çocuk öylece baktı suratına, Robert onu konuşturmakla ilgili umudunu yitirmek üzereydi ki çocuk bir anda ona doğru yürüdü, gayet sakin bir şekilde elini uzattı, Robert geriye çekmek istese de başını, boynundaki sicimin gerilmesi yüzünden eti incecik kesilince çocuğun uzattığı elinden çekemedi kendini ama çocuk zarar vermeden, Robert'ın yediği yumruğa rağmen düzeninden tek bir tel kaybetmemiş saçını karıştırıp "Naber len valet?!" demişti sonra da yanından geçip gitmişti.

Çocuk Türkçe konuşmuştu!

Nefesi kesildi Robert'ın. İçi titredi. Zihni eski dosyaları aça aça geriye, eskiye gitti ve İstanbul'a vardı. Manejin kıyısında arada sırada konuştuğu o küçük çocuğa söylediği kelimelerde buldu aradığı şeyi! O at kulübündeki kızın küçük kardeşi vardı tüm düşüncesinin merkezinde!

O çocuk bu herif olamazdı!

Keşke adını hatırlayabilseydi ama zaten çocuğun adını hiç öğrenmemişti ki…

Şaşkınlıktan sıyrılıp Türkçe "Eyvallah!" dedi. Güldü, sevinmiş gibi yaptı. "Söylesene Türk olduğunu. Kardeşim benim!" dedi. Bu Türkler içtenlik meraklısıydı. Kardeşim falan dediğinde lafı ciddiye almak gibi acayip zaafları vardı. O sırada çocuğun adımları yaklaşmaktaydı, aklına söyleyecek başka cümle gelmedi, çünkü bin soru vardı kafasında, bu çocuk eğer o kızın kardeşiyse neden şimdi peşindeydi?

Örgüte falan mı girmişti? Ama tüm örgütler zaten kendininkine bağlıydı, peki bu saldırı nedendi?

İstihbaratta mıydı, yoksa tetikçi miydi?

Ne yani Türkler böyle sofistike bir eğitim mi vermeye başlamışlardı?

Osmanlı'nın intikamını mı alıyorlardı?!

Allah kahretsin keşke herifin adını hatırlasaydı!

"Ablan… ablan nasıl?" diyebildi. "Selamımı söyle, ablanı ben işe aldırmıştım kulüpte." dedi.

O sırada çocuk karşısına geçmişti. Bir elinde bir mektup vardı, üzerinde Selim Abi'ye mi yazıyordu? Diğerindeyse Robert'ın zincirli saatini tutuyordu.

Bir ritüeli gerçekleştirir gibi özenle mektubu masanın üstüne koydu, sonra elindeki zinciri döndüre döndüre Robert'a doğru yürüdü. Ne gülümsedi, ne de konuştu. Zinciri eline dolarken "Böyle miydi?" diye sordu, sonra zinciri yine elinden boşaltıp ters dolarken "Yoksa böyle mi?" dedi.

Robert tuttu nefesini, bu çocuk kesin iyi çalışmıştı kendisini, saatin zincirini kullandığını bile kavramıştı.

O sırada çocuk zinciri yine boşalttı, üzerindeki küçük sembole bakıp "Ha!" dedi ve sembol üste gelecek şekilde önce sağ eline doladı, saati de avcunun içine alıp bir kez de sol eline sardı… Robert'ın tediginliği doruk noktasına vardı, tekniğini bu detayda biliyor olması dehşet yarattı. Robert'ın kullandığı gibi sembolü konumladı çocuk ve mırıldandı: "Fred'inki gibi olacak seninki de, ha gayret!"

Fehmi'nin mektubu[154] masanın üstünde tüm anlamıyla dururken Fred'in selamı da Robert'ı bulmuştu, nihayet.

Yağmalanmış her anlam, işlenmiş her günah, yenmiş her hakkın dersi, mutlaka yağmacısına geri dönecek, bir kâbus olarak sunacaktı öğretisini. Bu hep böyleydi. Anlamak için çabalayanlarla, anlamdan kaçan yağmacılar arasında süren savaş, öyle bir şiddetteydi ki ya

---

154 *Dinle Beni*, Akilah

cehennem kazanacaktı ya da cennet... Ve insanoğlunun nereye ait olduğunu, neyi hak ettiğini galip gelen taraf belirleyecekti.

İnsan nereye aitti?

Süregelen, her nesilde yenilenen bir cehennemin acısı ile ancak hayattan dayak yiye yiye insanlığını acı ile keşfettiği bir gerçekliğe mi, yoksa anlamaya adanmış bir cennetin huzurunda, hayatla birlikte akarak zenginleşmiş ortak bir bilincin anlamlandırdığı bir gerçekliğe mi?

İnsan nereye aitse onu gerçekleştirecekti.

Nakar, pek yakında…

Toplumları doğuran kadınları kişi olarak göremeyen,
karanlığa iten toplumlar, mazeretleri ne olursa olsun, yok
olmaya, yağmalanmaya ve köle olmaya mahkûmdurlar,
çünkü kölelik anneden geçer.

**AZRA KOHEN'İN
TÜM KİTAPLARI**

AKİLAH
AZRA KOHEN
Fİ
1. KİTAP
BU HİKÂYENİN SADECE
İNANILMAZ TARAFLARI GERÇEKTİR.
420.000
ADET
§

AKİLAH
AZRA KOHEN
Çİ
2. KİTAP
İYİ BİR HİKÂYE
ASIL BİTTİĞİNDE BAŞLAR.
300.000
ADET
§

AKİLAH
AZRA KOHEN
Pİ
3. KİTAP
BU HİKÂYE BURADA BİTECEK
VE SEN BAŞLAYACAKSIN.
275.000
ADET
§

AKİLAH
AZRA KOHEN
AEDEN
BİR DÜNYA HİKÂYESİ
220.000
ADET
§